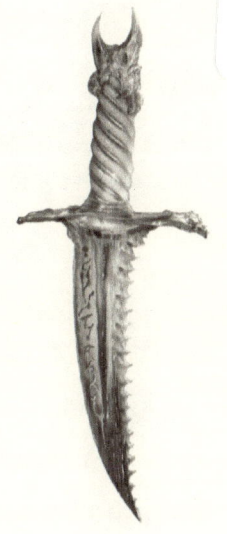

भारत की यह पावन भूमि सदियों से रक्तपात देखती आई है;
कभी सत्ता और प्रभुत्त्व के लिए, कभी प्रतिशोध के लिए,
तो कभी न्याय और धर्म की स्थापना के लिए।
किंतु यह कथा उस काल से आरंभ होती है,
जब भारत की इस भूमि को 'भारत' नाम देने वाले
हस्तिनापुर के महान चक्रवर्ती सम्राट 'भरत' का जन्म भी नहीं हुआ था।
यह कथा ऐसे दो महाविकराल संग्रामों की है,
जिसने उस काल में आर्यवर्त के नाम से जाने जाने वाले
भारतवर्ष का परिदृश्य बदलकर रख दिया।
यह गाथा किसी व्यक्ति विशेष की नहीं,
अपितु एक पूरे युग की है।

रणक्षेत्रम्

चार खण्डों में फैली रणक्षेत्रम् शृंखला का पहला भाग

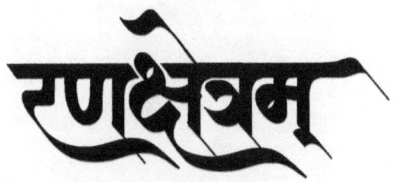

रणक्षेत्रम्

- खण्ड एक -

रक्षराज मार्केश का अंत

उपन्यास

उत्कर्ष श्रीवास्तव

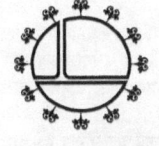

अंजुमन प्रकाशन

अंजुमन प्रकाशन
942, मुट्ठीगंज, प्रयागराज-3 उत्तर प्रदेश, भारत
www.anjumanpublication.com
contact@anjumanpublication.com

प्रथम संस्करण अंजुमन प्रकाशन द्वारा 2017 में प्रकाशित
द्वितीय संस्करण अंजुमन प्रकाशन द्वारा 2019 में प्रकाशित

सर्वाधिकार टेक्सट © उत्कर्ष श्रीवास्तव 2019
सर्वाधिकार सुरक्षित 2019

आवरण : ईशान चतुर्वेदी
टाइप सेटिंग : अंजुमन प्रकाशन

ISBN : 978-93-88556-15-6

|| ॐ श्री गणेशाय नमः ||

मेरी माँ कहती हैं कि देवों में श्रेष्ठ भगवान गणेश का नाम पूजा में सबसे पहले लिया जाता है। इसलिए मैं भी अपनी इस महागाथा का आरम्भ इनकी आराधना से करता हूँ। क्योंकि इस कथा को लिखना मेरे लिए किसी पूजा से कम नहीं।

मेरे जीवन के सबसे बड़े आदर्श, मेरे नाना
श्री पौहारी शरण श्रीवास्तव
को समर्पित

दो शब्द

हमारे भारतवर्ष के इतिहास में यूँ तो बहुत-सी पौराणिक कथाएँ प्रचलित हैं; किंतु दो ऐसी कथाएँ हैं, जिन्होंने भारतवर्ष के इतिहास पर अमिट छाप छोड़ी थी। ये कथाएँ हैं, त्रेतायुग में राम द्वारा रावण के वध की और द्वापर में भरतवंशियों के मध्य हुए महाभारत युद्ध की, जो एक युग-परिवर्तक युद्ध सिद्ध हुआ।

रणक्षेत्रम् की ये कथा इन दो महागाथाओं के मध्यकाल की कथा है। एक ऐसे काल की, जब इस देश का नाम भारतवर्ष नहीं था। कुछ इतिहासकार इसे जम्बूद्वीप का नाम देते हैं और कुछ का कहना है कि इसे आर्यों की भूमि आर्यावर्त कहा जाता था। ये कथा सम्पूर्ण आर्यावर्त की है।

चार खण्डों में बँटी ये काल्पनिक कथा, किसी विशिष्ट योद्धा की नहीं, अपितु पूरे एक युग की है।

ये कथा है द्वापर युग में हुए दो भीषण महासंग्रामों की।

मानवों, नागों और असुरों में हुआ पाँच दिन का महासंग्राम, जिसने असुरों के अस्तित्व को हिला दिया।

और दूसरा संग्राम, जिसने भरतवंश में ही नहीं, अपितु सम्पूर्ण आर्यावर्त में धर्म और न्याय की स्थापना की।

सरल नहीं थी इस काल्पनिक-कथा को लिखने की यात्रा। सात वर्ष पूर्व मैंने इस पर काम शुरू किया था। इस कथा को लिखने की प्रेरणा मुझे, हमारे देश के सबसे बड़े ग्रंथ महाभारत ने ही दी, जिसने मेरे हृदय को छुआ था।

आरंभ से ही मुझमें पौराणिक-काल के योद्धाओं के प्रति विशेष रुचि थी। बचपन से ही मेरे नाना ''श्री पौहारी शरण श्रीवास्तव'' ने इनके विषय में में मुझे बहुत जानकारी दी थी।

सबसे पहले मैंने दो महीनों तक इसके पहले भाग के कथानक पर काम किया। मैं उस कथानक से संतुष्ट तो नहीं था, किंतु फिर भी मैं इस कहानी को आगे बढ़ाता गया

और कथा का स्तर भी बढ़ता गया। परंतु अपनी पढ़ाई के चलते मुझे इसे बीच में ही छोड़ना पड़ा।

कुछ वर्ष के उपरांत मैंने 'डी.एम.ई.टी' कोलकातामें दाखिला लिया। इंजीनियरिंग के द्वितीय वर्ष में मुझे एहसास हुआ कि मैं अब अपने, वर्षों पूर्व छोड़े कथानक को दोबारा शुरू कर सकता हूँ। मैंने पिछले कथानक को ध्यान में रखते हुए उस कथा को दोबारा लिखना शुरू किया। इस कथा को लिखने के उपरांत भी मुझे इसका शीर्षक नहीं सूझ रहा था; तब मेरे एक मित्र आदित्य नारायण सरकार ने ये कथा पढ़ी और रणक्षेत्रम् शीर्षक सुझाया।

मैं तहेदिल से अपने पिता "रमेश चन्द्र श्रीवास्तव" का धन्यवाद करना चाहूँगा, जिन्होंने इस पुस्तक के प्रकाशन में मेरी बहुत सहायता की। उसके उपरांत मैं अपनी माता अंजू श्रीवास्तव और भाई हर्ष चन्द्र का भी धन्यवाद करना चाहूँगा।

ये पुस्तक पहले 'नोशन प्रेस' द्वारा 2016 में प्रकाशित हुई थी, और अब इस पुस्तक के नए संस्करण का प्रकाशन 'अंजुमन प्रकाशन' से होने जा रहा है।

शेषतः मैं वीनस केसरी जी का धन्यवाद करना चाहूँगा, जिनके सुझाव और समर्थन के कारण मेरी लेखन-शैली में काफी सुधार आया।

मैं विशेष रूप से अपने सीनियर छात्रों, सौरभ उपाध्याय और खेमचन्द खत्री का भी धन्यवाद करना चाहूँगा।

और अंत में मैं अपने मित्रों, अभिनव श्रीवास्तव, विकास राय, विकास सिंह, रश्मि पाण्डेय, आयुषी चित्रांश का भी धन्यवाद करना चाहूँगा, जिनके समर्थन के बिना मेरा इस पुस्तक को लिखना संभव नहीं था।

- उत्कर्ष श्रीवास्तव

प्रमुख पात्र

विक्रमाजित - महाऋषि ओमेश्वर के आशीर्वाद से जन्मे आर्या वर्त के सबसे श्रेष्ठ योद्धा।
रक्षराज मार्केश - असुरों का राजा, भगवान् महाबली का वंशज।
तेजस्वी - वह योद्धा, जिसका जन्म ही मार्केश के अंत के लिए हुआ है
युगांधर - नागों का सम्राट और विक्रमाजित का पुत्र।
वक्रबाहु - वर्षों से एक श्राप भुगत रहा एक असुर योद्धा, जिसके बल की कोई सीमा नहीं है।
भानुसेन - विक्रमाजित का अनुज एवं वक्रबाहु का वरदानी।
महाबली अखण्ड - भानुसेन का पुत्र एंव वक्रबाहु का वरदानी।
सूर्यम्-विदर्भ का राजकुमार और विक्रमाजित के दूसरे भाई वीरसेन का पुत्र।

अन्य पात्र

महाराज इलियान - चंद्रवंशी महाराज मनस्यु के पुत्र एवं हस्तिनापुर नरेश।
राजा भभूति - विदर्भ के भूतपूर्व राजा एवं विक्रमाजित के पिता।
वीरसेन - महाराज विक्रमाजित के दूसरे भाई।
भानुसेन - महाराज विक्रमाजित के सबसे छोटे भाई। इस पात्र का किरदार, अतीत के कई रहस्य उजागर करेगा।
त्रिकाल भैरव, दुदुम्भी, हिडिम्ब, दंशक, त्रिभुज, अधीम-रक्षराज मार्केश के भाई।
नागीश - दंशक का पुत्र।
सुबाहु - रक्षराज मार्केश का पौत्र।
गजेंद्र - विदर्भ देश का स्वामिभक्त सेनापति और अपने कबीले के तीस सहस्त्र विशिष्ट योद्धाओं का सरदार,जो इसके एक संकेत पर कभी भी अपने प्राण न्योछावर कर सकते हैं।
संजय - विदर्भ देश के महामंत्री।

चित्रलेखा - विक्रमाजित की पहली पत्नी।

विषंधर - नागों के राजा एवं युगांधर के पितामह।

कनिष्का - विक्रमाजित की दूसरी पत्नी और नागवंश के राजा विषंधर की पुत्री तथा भावी नागसम्राट युगांधर की माता।

सुवर्णा - बलिष्ठगढ़ की राजकुमारी, जिसका हरण करते समय प्रथम बार तेजस्वी और रक्षराज मार्केश का आमना-सामना हुआ।

सुवर्या - युगांधर की प्रेमिका।

सूचिपद - बलिष्ठगढ़ के भूतपूर्व राजा।

भार्गव - राजा सूचिपद के छोटे भाई एवं बलिष्ठगढ़ के वर्तमान राजा।

राजवीर, वृषभान-राजा भार्गव के पुत्र।

चक्रसेन - बलिष्ठगढ़ का सेनापति।

वसुंधरा - राजा भार्गव की पत्नी।

अम्बरीश - वल्लभगढ़ का राजा और एक अत्यंत क्रूर मनुष्य, जो अपनी वासना में लिप्त होकर किसी भी हद तक जा सकता है।

वीरभद्र, वासुसेन, जिष्णु, श्यामक, सहिष्णु, सुषेण - भानुसेन के अन्य पुत्र।

भैरवनाथ - एक अत्यंत छली कपटी और शक्तिशाली मांत्रिक, जो बार-बार रक्षराज मार्केश को हर संकट से बचा ले जाता है।

महर्षि कपिश - विदर्भ देश के रक्षण हेतु खड़ी सबसे बड़ी दीवार। भृगुवंशी भगवान परशुराम के श्रेष्ठ शिष्यों में से एक।

महर्षि शंकराचार्य - बलिष्ठगढ़ के कुलगुरु और एक अनन्य योद्धा।

तक्षक - नागलोक का निर्वासित नाग, खाण्डवप्रस्थ का निवासी।

दिव्य मणि - एक ऐसा दिव्य पत्थर, जो संसार के हर रोग को काट सकता है। जिस राज्य में ये मणि स्थापित हो, संसार का बड़े से बड़ा योद्धा उस राज्य को उसकी सीमा में पराजित नहीं कर सकता।

विजयधनुष - एक ऐसा दिव्य धनुष, जिसके समक्ष दिव्य मणि की शक्ति भी व्यर्थ है।

दुर्भीक्ष - चार खण्डों में बँटी इस शृंखला का सबसे प्रमुख पात्र। कई वर्षों से पंचशस्त्र के प्रभाव के कारण सुप्तावस्था में है। महर्षि ओमेश्वर का सबसे बड़ा शत्रु, जिसके विषय में उन्होंने प्रतिज्ञा कर रखी है, कि जब दुर्भीक्ष जागेगा, तब महर्षि ओमेश्वर स्वयं उसके वध के लिये एक क्षत्रिय योद्धा का जन्म लेकर लौटेंगे। किंतु इस पात्र की कथा, विस्तार से रणक्षेत्रम् की आगे की कड़ियों में है।

महर्षि ओमेश्वर - पंचशक्ति धारक एक सिद्ध महात्मा, जिनकी हत्या उन्हीं के बनाये पंचशस्त्र से छल द्वारा कर दी गयी। इस पात्र की कथा भी 'रणक्षेत्रम्' की अगली तीन पुस्तकों में विस्तृत होगी।

अनुक्रम

रणक्षेत्रम्
मानचित्र

पातालपुरी/
पाताललोक

त्रिगर्ता

हस्तिनापुर

पांचाल

बलिष्ठगढ़

विदर्भ

एकचक्रनगरी

गोदावरी नदी

सिंघल
/लंका

मूसलाधार वर्षा हो रही थी। एक वृद्ध योद्धा हाथ में गदा उठाये, एक दीवार के पास आया। उसके समक्ष एक मनुष्य दीवार से चिपका, तड़प रहा था। माथे पर एक तिलक, भूरे नेत्र और लंबी दाढ़ी वाले उस मनुष्य के शरीर में पाँच तलवारें धँसी हुई थीं; उसकी दोनों जंघा पर दो तलवारें और उसके दोनों हाथों में दो तलवारें धँसकर दीवार में गड़ी हुई थीं, जिसके कारण वो दीवार से चिपका हुआ था और पाँचवी तलवार उसके कंठ को भेद, दीवार में जा घुसी थी, जिसके कारण वो बोल तक नहीं पा रहा था। पूरी दीवार रक्त से लाल हो रही थी।

वो वृद्ध योद्धा उसके समक्ष खड़ा मुस्कुरा रहा था, ''आज तुम्हें ग्लानि हो रही होगी, कि तुम अमर क्यों हो; महर्षि ओमेश्वर की इन पाँच दिव्य तलवारों को तुम अपने शरीर से निकाल नहीं सकते और जब तक यह तुम्हारे शरीर में हैं, इनके घाव, भरकर फिर हरे होते जायेंगे, होते जायेंगे और तुम यूँ ही तड़पते रहोगे।''

वो मनुष्य कुछ बोलने का प्रयत्न कर रहा था, किंतु सफल न हो पा रहा था।

वह वृद्ध योद्धा फिर हँसा, ''आज तुम्हें यह भान होगा, कि तुम्हारा अमरत्व वरदान नहीं, श्राप है और तुम जैसे नीच के लिए इससे उपयुक्त दण्ड नहीं हो सकता। अब इस जीवन के हर क्षण तुम मृत्यु की कामना करोगे किंतु तुम्हें मृत्यु आएगी नहीं; तुम अनंतकाल तक ये पीड़ा भोगोगे।''

उसी समय एक राजकुमार वहाँ आ पहुँचा। ''ऐसी क्रूरता तो मानवता को लज्जित कर देगी महाबली।''

वह वृद्ध योद्धा मुस्कुराया, ''इससे उपयुक्त दण्ड इसके लिए हो ही नहीं सकता सर्वदमन; केवल इस व्यक्ति के कारण आर्यावर्त में दो-दो महाविकराल युद्ध हुए, लाखों

योद्धाओं की बलि चढ़ गयी। सुर्जन जैसा वीर योद्धा, जिसे धर्म के पक्ष में होना चाहिए था, वो अधर्म के पक्ष में लड़ा। कितनों का जीवन नष्ट हो गया और इनका सूत्रधार केवल एक है और वो है यह मनुष्य, जो अपने किये अपराध का दण्ड भोग रहा है।''
वह वृद्ध योद्धा पलटकर उस व्यक्ति को घूरने लगा।

सर्वदमन मौन था। वो निरुत्तर हो गया।

वह वृद्ध योद्धा सर्वदमन के निकट आये, ''तुम अब केवल हस्तिनापुर के युवराज ही नहीं हो, सर्वदमन; अब सम्पूर्ण आर्यावर्त का दायित्व तुम पर है; बहुत शीघ्र तुम हस्तिनापुर के ही नहीं, अपितु समग्र आर्यावर्त के सम्राट होगे। तुम अपने उत्तरदायित्व का निर्वहन करो पुत्र और इस व्यक्ति को मिलने वाले दंड को समग्र आर्यावर्त के लिए एक उदाहरण बनने दो।''

सर्वदमन ने उस व्यक्ति को दया भरी दृष्टि से देखा, ''हमने असुरों के विरुद्ध युद्ध किया महाबली और यह युद्ध करते-करते कदाचित् हम स्वयं भी असुर बन गए; इतनी क्रूरता तो असुरों में ही हो सकती है।''

वह वृद्ध योद्धा मुस्कुराये और सर्वदमन से कहा, ''जिसने जीवन में इतने जघन्य पाप किये हों, उसके लिए संसार का हर दण्ड तुच्छ है और कदाचित् तुम्हें ज्ञात नहीं सर्वदमन; मैं स्वयं भी एक असुर हूँ और यह प्रतिशोध मेरा निजी भी है।''

''क्या...!'' सर्वदमन स्तब्ध रह गया।

वह वृद्ध मुस्कुरा रहा था। सर्वदमन स्तब्ध था।

अध्याय 1

विदर्भ पर आक्रमण

आर्यावर्त का सबसे समृद्ध और शक्तिशाली राज्य विदर्भ। इसकी सीमा में उत्तर से लेकर दक्षिण तक के आर्यावर्त का दसवाँ भाग समा जाता है।

आज यहाँ की प्रजा में उत्सव का माहौल है; और हो भी क्यों न, आज विजयदशमी के दिन, विदर्भ के महाराज युद्ध जीतकर लौट रहे हैं।

''महाराज विक्रमाजित की जय हो, जय हो, जय हो...!'' प्रजा और सैन्यबल ने जयघोष आरंभ किया।

अपने रथ पर आरूढ़ हुए महाराज विक्रमाजित राजप्रांगण की ओर बढ़ रहे थे। उनके बायीं और दायीं ओर अश्व पर आरूढ़ दो योद्धा चले आ रहे हैं। दोनों ही शरीर से बलिष्ठ दिखाई पड़ते हैं। एक के हाथ में खड्ग शोभा दे रही है, तो दूसरे के हाथ में गदा। हाथ में खड्ग लिए थे विक्रमाजित के दूसरे भाई 'वीरसेन' और हाथ में गदा लिए अत्यंत बलिष्ठ दखाई दे रहे योद्धा, विक्रमाजित के पिता महाराज 'भभूति' की तीसरी संतान अर्थात् विक्रमाजित के भाई 'भानुसेन' थे।

राजप्रांगण में पहुँचकर विक्रमाजित अपने रथ से उतरे। वो एक ऊँचे स्थान की ओर बढ़े, जहाँ एक स्वर्णमणि स्थापित थी। उन्होंने उस मणि को झुककर नमन किया, उनके अनुज वीरसेन और भानुसेन ने भी उनका अनुसरण किया और मणि के सामने झुककर प्रणाम किया। इसके उपरांत महाराज विक्रमाजित आगे बढ़े और मणि उठा

ली। उन्होंने उस मणि को उठाकर अपने माथे से लगाया और प्रजा की ओर मुड़कर मणि उठाई।

"विदर्भराज की, जय हो, जय हो!" प्रजा ने जमकर जयघोष किया।

विक्रमाजित ने कहना आरंभ किया, "विदर्भ की पैतृक-संपत्ति यह दिव्यमणि, आज से ही नहीं, सदियों से इस राष्ट्र की रक्षा करता आई है। हम जब भी अपनी सीमा बढ़ाते हैं, तो उस सीमा के अंत में हम एक बार यह मणि गाड़कर पूजन अवश्य करते हैं, ताकि इस दिव्य मणि का प्रभाव उस सीमा तक बना रहे और हमारे पुरखों को यह वरदान मिला था कि जब तक यह मणि हमारे राष्ट्र में है, हम समृद्ध रहेंगे और सृष्टि की कोई भी सेना हम पर, हमारे राज्य में विजय नहीं पा सकेगी। यह दिव्य मणि, असमय हुआ संसार का हर रोग, पीड़ा, महामारी पल भर में दूर कर सकता है।"

विक्रमाजित ने कहना जारी रखा, "आज फिर कोई आया था हमसे हमारी धरोहर छीनने। बलिष्ठगढ़ के वह कपटी योद्धा आज पराजित और अपमानित होकर लौट चुके हैं। हम पीढ़ियों से इस मणि की रक्षा करते आये हैं और सदैव करेंगे, चाहे इसके लिए हमारे प्राणों की बलि क्यों न चढ़ जाये।" विक्रमाजित ने घोषणा की।

प्रजा जयघोष के नारे लगाती रही।

विक्रमाजित ने कहना जारी रखा, "आज विजयदशमी के इस अवसर पर मेरी इच्छा है कि हमारी आने वाली पीढ़ी इस राष्ट्र और इस मणि की सुरक्षा की शपथ ग्रहण करे; इसलिए सबसे पहले मैं आमंत्रित करता हूँ, मेरे अनुज भानुसेन के ज्येष्ठ पुत्र और विदर्भ के सिंहासन के उत्तराधिकारी, युवराज अखण्ड को।"

महाराज विक्रमाजित के आमंत्रण पर एक 18 वर्षीय बालक राजप्रांगण में आ खड़ा हुआ। वह बालक अत्यंत बलिष्ठ दिखाई पड़ रहा था। उसने महाराज विक्रमाजित को प्रणाम किया और निकट आकर चरण स्पर्श किये। तत्पश्चात उसने वीरसेन और भानुसेन के चरण स्पर्श किये।

भानुसेन ने उसे हृदय से लगा लिया।

विक्रमाजित मुस्कुराये, "तुम्हारी ही भाँति तुम्हारा पुत्र भी महाबली वक्रबाहु का बल लेकर जन्मा है भानुसेन।"

"हाँ ज्येष्ठ, गर्व है मुझे अपने इस पुत्र पर।" भानुसेन गर्व से अपने पुत्र की ओर देख रहा था।

"और अब वीरसेन के पुत्र सूर्यम् और भानुसेन के अन्य पुत्र वीरभद्र, वासुसेन, जिष्णु, श्यामक, सहिष्णु और सुषेण का इस राजप्रांगण में स्वागत किया जाये।" विक्रमाजित ने आदेश दिया।

"राजकुमारों की जय हो...!" प्रजा का स्वर गूँजने लगा।

महाराज विक्रमाजित ने अगले क्षण ही आदेश दिया, "सभी राजकुमार एक साथ एक-दूसरे का हाथ पकड़कर खड़े हो जायें।"

विक्रमाजित के आदेश का तत्काल ही पालन हुआ। इसके पश्चात विक्रमाजित ने कहा।

"युवराज अखण्ड, आज हमारी इच्छा है कि इस राष्ट्र के भावी राजा होने के नाते तुम कुछ प्रतिज्ञा लो; तुम्हें क्या प्रतिज्ञा लेनी है, यह मैं तुम्हें नहीं बताऊँगा, तुम्हें यह स्वयं विचार करना है कि इस राज्य के युवराज के रूप में तुम्हारा क्या उत्तरदायित्व है।"

"अवश्य तातश्री, मैं प्रतिबद्ध हूँ।" अखण्ड ने सहमति जताई।

विक्रमाजित ने हाथ उठाकर उसे जारी रखने का संकेत दिया।

"मैं विदर्भ का युवराज अखण्ड, आज यह प्रतिज्ञा करता हूँ कि मैं सदैव अपने तन, मन और धन से इस राष्ट्र की रक्षा करूँगा; मैं और मेरे अनुजों के जीवन का सबसे पड़ा उत्तरदायित्व विदर्भ की इस दिव्य मणि की रक्षा है और आज आठ भाइयों में ज्येष्ठ होने के नाते उनकी और से मैं प्रण लेता हूँ, कि जब तक हम जीवित हैं, विदर्भ की यह महान दिव्यमणि कभी भी अनुचित हाथों में नहीं जायेगी और मेरे अकेले की प्रतिज्ञा यह है कि ज्येष्ठ होने के नाते मैं सदैव अपने अनुजों के प्राण, सम्मान और अधिकार की रक्षा करूँगा और कभी उन्हें अनुचित मार्ग की ओर भटकने नहीं दूँगा।"

"और? क्या एक युवराज होने का दायित्व केवल इतना ही है?" विक्रमाजित ने अखण्ड से प्रश्न किया।

"नहीं महाराज; एक युवराज का दायित्व यह भी है कि वह सदैव धर्म के मार्ग पर प्रशस्त हो, राजा की अनुपस्थिति में महत्त्वपूर्ण निर्णय लेने में सक्षम हो; किसी भी विकट स्थिति में, जब तक कि शांति सारे द्वार बंद न हो जायें, वह युद्ध का चुनाव न करे। उसका दायित्व यह भी है कि वह अपने नरेश के कार्यभार को हल्का कर नियमित समयावधि पर अपनी प्रजा की समस्याएँ जानने के लिए उनके बीच जाये और उनकी पीड़ा दूर करने का उपाय खोजे।" अखण्ड ने अपनी अपनी बात पूरी की।

"तुममें एक उत्तम युवराज होने के सभी गुण विद्यमान हैं अखण्ड; मैं...।"

इससे पूर्व कि विक्रमाजित अपना कथन पूर्ण कर पाते, घंटे का एक बहुत ही तीव्र स्वर सुनाई दिया।

"प्रतीत होता है कोई संकट में है और हमें पुकार रहा है।" विक्रमाजित ने अनुमान लगाया।

"मुझे आज्ञा दें महाराज।" अखण्ड ने आज्ञा माँगी।

विक्रमाजित ने हाथ उठाकर जाने का संकेत दिया।

अखण्ड पलटकर जाने लगा। इतने में दो ग्रामीण दौड़ते हुए राजप्रांगण में आ घुसे। वह दोनों अत्यंत घायल थे। विक्रमाजित तत्काल सीढ़ियों से नीचे उतरकर उन दोनों ग्रामीणों के पास आये।

वो दोनों ग्रामीण हाथ जोड़कर अपने घुटनों के बल बैठ गए।

''ये दशा कैसे हुई तुम दोनों की?'' विक्रमाजित आश्चर्य में थे।

''बलिष्ठगढ़ के सैनिक महाराज।'' कहते-कहते दोनों ग्रामीण गिर पड़े।

तभी सेनापति गजेंद्र वहाँ आ पहुँचे, ''केवल इतना ही नहीं महाराज, मुख्यद्वार पर लौहाली गाँव के लगभग पचास ग्रामीण इसी अवस्था में हैं और उन्होंने ही घंटे को बजाकर सहायता का संदेश भेजा था।''

क्रोधित विक्रमाजित दहाड़े, ''भानुसेन! वीरसेन!''

''आज्ञा महाराज।'' भानुसेन, वीरसेन ने एक साथ कहा।

''प्रतीत होता है कि बलिष्ठगढ़ नरेश भार्गव को बार-बार हमारी दिखाई गयी दया रास नहीं आ रही; तुम दोनों सेनापति गजेंद्र के साथ जाओ और बलिष्ठगढ़ नरेश सहित उनके पुत्रों को बंदी बनाकर लाओ।'' विक्रमाजित ने आदेश दिया।

''जो आज्ञा महाराज।'' भानुसेन और वीरसेन तत्काल ही अपने अश्व पर आरूढ़ हुए।

''सेना को कूच का आदेश दें सेनापति!'' विक्रमाजित ने गजेंद्र को आदेश दिया।

''आज्ञा महाराज।'' सेनापति गजेंद्र, सेना को तैयार करने निकल पड़े।

इसके उपरांत विक्रमाजित अखण्ड की ओर मुड़े, ''युवराज अखण्ड, तुम अपने सारे भाइयों को लेकर जाओ और घायल ग्रामीणों को राजप्रांगण के भीतर लाकर उनके उपचार की व्यवस्था कराओ।''

''जो आज्ञा महाराज।'' अखण्ड अपने सातों भाइयों को साथ लेकर ग्रामीणों की सहायता के लिए निकल पड़ा।

शीघ्र ही वह सात भाई, सारे घायल ग्रामीणों को लेकर राजप्रांगण में पहुँचे। उन सभी के लिए एक-एक शय्या लगायी गयी और उन्हें लिटाकर उपचार आरंभ किया गया।

कुछ समय पश्चात राजप्रांगण में हाथ में धनुष लिए एक ब्राह्मण आ पहुँचे।

महाराज विक्रमाजित को उन्हें देखकर थोड़ा आश्चर्य हुआ, ''कुलगुरु कपिश।'' वो उनके निकट आये।

“क्या हुआ ऋषिवर, आप इस प्रकार शस्त्र धारण कर क्यों आये हैं?” विक्रमाजित ने प्रश्न किया।

“आक्रमण होने वाला है महाराज और यह आक्रमण करने कोई साधारण योद्धा नहीं आ रहा।” कपिश चिंतित थे।

“एक और आक्रमण; कौन है वह असाधरण योद्धा?” विक्रमाजित को कुछ आश्चर्य हुआ।

“वही, जो वर्षों से संसार की दृष्टि से दूर था; आज कदाचित् वो अपना प्रतिशोध पूर्ण करने लौट रहा है। सुना है वर्षों की तपस्या करके लौटा है; न जाने कितने वरदानों के साथ आया होगा, कहना कठिन है महाराज।” कपिश के मुख पर चिंता की लकीरें स्पष्ट दिखाई दे रही थीं।

“रक्षराज मार्केश?” विक्रमाजित ने अनुमान लगाया।

“हाँ महाराज। (वही, जिसने आज से सोलह वर्ष पूर्व भी आक्रमण किया था; जिसकी पीड़ादायक स्मृतियों को आप खो चुके हैं; महाराज।)।” महर्षि कपिश उत्तर देते-देते विचारों में खो गए।

“क्या विचार करने लगे कुलगुरु?” विचारमग्न कपिश को विक्रमाजित ने टोका।

“वो... कुछ नहीं, बस मैं यह पूछना चाहता था कि आपका आदेश क्या है महाराज?” कपिश ने प्रश्न किया।

“इस आक्रमण के विषय में तो हमें तीन दिवस पूर्व ही ज्ञात हो जाना चाहिए था यह सूचना इतनी विलंब से क्यों आयी?” विक्रमाजित ने प्रश्न किया।

“क्योंकि इस बार वो लंबा मार्ग चुनकर हमारी दक्षिणी सीमा से आ रहा है महाराज। उसका राज्य पातालपुरी, आर्यावर्त की उत्तर, पश्चिमी सीमा के बाहर है, इसलिए हमारी उत्तरी सीमा के संरक्षकों के पास कई संदेशवाहक उकाबों की व्यवस्था है, किंतु दक्षिण की सीमा के संरक्षकों के पास ऐसी कोई व्यवस्था नहीं है।” कपिश ने कहा।

विक्रमाजित असमंजस की स्थिति में थे, “कभी कभी मैं यह विचार करता हूँ कि आखिर वो भी तो हमारे संबधी ही हैं और उनकी पीड़ा का कारण कहीं न कहीं हम भी हैं। आज वर्षों उपरांत हमारी भेंट होने जा रही है; युद्ध करने से पूर्व आज एक बार फिर मैं उन्हें समझाने का प्रयत्न करूँगा, अन्यथा उनके एक अकेले हठ के लिए सम्पूर्ण राष्ट्र को बलि नहीं चढ़ाया जा सकता। वीरसेन और भानुसेन हमारा अधिकतम सैन्यबल लेकर जा चुके हैं; मैं शेष सेना को एकत्रित करता हूँ।”

''किंतु महाराज, मार्केश अकेला नहीं है; उसके साथ उसके पाँच और भाई भी हैं, इसलिए मेरा सुझाव है कि हमें आपके साथ आने की आज्ञा दें।'' कपिश ने सुझाव दिया।

''अवश्य गुरुवर, मैं सेना एकत्र कर आपको सूचित करता हूँ।'' विक्रमाजित प्रस्थान करने लगे।

'आपको तो यह अनुमान भी नहीं विदर्भराज, कि सोलह वर्ष पूर्व उस मार्केश के कारण आपने क्या खोया था; यदि आपकी वह स्मृतियाँ लौट आयें तो मार्केश को समझाने के स्थान पर आप उसकी छाती चीर डालें।' कपिश विचारमग्न थे।

प्रस्थान करते हुए विक्रमाजित के मार्ग में अखण्ड आ खड़ा हुआ, ''कृपा करके मुझे अपने साथ आने की आज्ञा दें तातश्री।''

विक्रमाजित ने प्रेम से उसके सर पर हाथ फेरा, ''यदि तुम मेरे साथ आये पुत्र, तो यहाँ महल, तुम्हारे भ्राताओं और इन घायलों की रक्षा कौन करेगा?''

''किंतु तातश्री...।''

''नहीं पुत्र; आगे चलकर तुम एक महारथी कहलाओगे; युद्ध के अवसर बहुत प्राप्त होंगे तुम्हें, किंतु अभी तुम्हारा प्रमुख दायित्व यही है।''

''जो आज्ञा तातश्री।'' अखण्ड ने सहमति में सर हिलाया।

विक्रमाजित वहाँ से प्रस्थान कर गए।

<hr>

भानुसेन, वीरसेन और गजेंद्र, विदर्भ की आधी सेना लिए उस गाँव की ओर जा रहे थे, जहाँ उन्हें आक्रमण की सूचना मिली थी। उनके मार्ग में एक पुल पड़ा। उस पुल को पार कर सेना को दूसरी ओर आने में काफी समय लग गया। पुल के नीचे का जल बहुत तीव्र गति से बह रहा था। लगभग दो प्रहर के कड़े प्रयास के उपरांत पूरी सेना ने वह पुल पार किया। कुछ ही समय में वह सभी लहौली गाँव से कुछ दूर खड़े थे।

किंतु उनकी आशा के विपरीत, पूरे गाँव में शांति थी, जैसे कभी कुछ हुआ ही न हो।

''ऐसा प्रतीत तो नहीं होता कि यहाँ कोई आक्रमण हुआ होगा भ्राताश्री।'' भानुसेन ने अपनी राय दी।

'तनिक आगे बढ़कर देखते हैं।'' वीरसेन ने अपना अश्व आगे बढ़ाया। गजेंद्र ने उनका अनुसरण किया।

उन दोनों ने ग्रामीणों की ओर देखा।

"यहाँ तो सबकुछ सुचारु रूप से चल रहा है गजेंद्र।'' वीरसेन अचंभित थे।

"ह्म्म… ए ग्रामीण, तनिक इधर आओ!'' गजेंद्र ने एक ग्रामीण को पुकार लगाई।

एक ग्रामीण दौड़ता हुआ गजेंद्र के समीप आया, "आज्ञा महामहिम।''

"क्या कुछ समय पूर्व यहाँ कोई आक्रमण हुआ था?'' गजेंद्र ने प्रश्न किया।

उस ग्रामीण को थोड़ा आश्चर्य हुआ, "नहीं, ऐसा तो कुछ नहीं हुआ महामहिम; किंतु आप ऐसा प्रश्न क्यों कर रहे हैं, यहाँ तो सबकुछ सुचारु रूप से चल रहा है।''

"बस यूँ ही; तुम जा सकते हो।'' गजेंद्र ने उस ग्रामीण को वापस भेज दिया।

"किसी बड़े षड्यंत्र की बू आ रही है गजेंद्र; हमें तत्काल लौटना होगा।'' वीरसेन ने अपना अश्व घुमा लिया।

गजेंद्र ने भी अपना अश्व घुमाकर उनका अनुसरण किया। वह दोनों शीघ्र ही सेना के पास पहुँचे।

"शीघ्र लौट चलो, कोई आक्रमण नहीं हुआ है यहाँ; यह कोई षड्यंत्र था; वापस चलो अतिशीघ्र!'' वीरसेन ने सेना को आदेश दिया।

"किंतु, भ्राताश्री।'' भानुसेन ने हस्तक्षेप करना चाहा।

"वाद-विवाद का समय नहीं है भानुसेन, महल पर अवश्य कोई संकट मंडरा रहा है; प्रस्थान करो।'' वीरसेन भानुसेन की बात काटी।

"जो आज्ञा भ्राताश्री।'' भानुसेन ने भी अपना अश्व घुमा लिया।

सेना मुड़कर वापस जाने लगी, किंतु नदी के छोर पर पहुँचते ही सेना के कदम रुक गए। नदी का पुल बुरी तरह क्षतिग्रस्त हो चुका था।

"इतनी शीघ्र इतना शक्तिशाली पुल किसने क्षतिग्रस्त किया?'' वीरसेन अचंभित थे।

"वो देखिये भ्राताश्री।'' भानुसेन ने एक ऊँची चट्टान की ओर संकेत किया।

वीरसेन और गजेंद्र का ध्यान उस ओर गया। उस ऊँची चट्टान पर एक सोलह-सत्रह वर्ष का बालक हाथ में धनुष लिए खड़ा था। वह वीरसेन और भानुसेन की ओर देख मुस्कुराया और उस चट्टान से सीधा भूमि पर कूद गया। वह तत्काल ही दौड़कर अपने अश्व पर आरूढ़ हुआ और वहाँ से निकल भागा।

भानुसेन अचंभित थे, "तो क्या इस बालक ने…!''

"कैसी बात कर रहे हो भानुसेन; एक बालक इतने शक्तिशाली पुल को कैसे तोड़

सकता है।'' वीरसेन ने आश्चर्य से कहा।

''तो फिर कौन हो सकता है?'' भानुसेन ने प्रश्न किया।

''वो जो भी है, अवश्य कोई बहुत बड़ा षड्यंत्र रच रहा है। हमें शीघ्र से शीघ्र महल पहुँचना है; किंतु प्रश्न ये है कि पुल तो टूट चुका है, हम महल लौटेंगे कैसे?'' वीरसेन चिंतित थे।

वहीं गजेंद्र ने हस्तक्षेप किया, ''एक मार्ग और है महामहिम, किंतु यदि हमने वह मार्ग चुना, तो महल पहुँचने में हमें सुबह हो जाएगी।''

''क्या वही एकमात्र मार्ग है?'' भानुसेन ने प्रश्न किया।

''जी महामहिम।'' गजेंद्र ने उत्तर दिया।

वीरसेन ने कुछ विचार किया। उसके उपरांत उन्होंने गजेंद्र को आदेश दिया, ''गजेंद्र, तुम सेना को लेकर उस मार्ग की ओर प्रस्थान करो; मैं और भानुसेन नदी में तैरकर उस पार जायेंगे। वहाँ पहुँचकर हमें पर्वतों के मार्ग से जाना होगा, ताकि हम संध्या होने से पूर्व महल पहुँच सकें।''

गजेंद्र ने उन्हें सावधान करने का प्रयास किया, ''किंतु महामहिम, इस नदी के बहाव की गति बहुत तीव्र है, ऊपर से इसमें कई जलीय जीवों का संकट भी है।''

''मैं और भानुसेन इतने सामर्थ्यवान तो हैं ही कि ऐसी अनेक नदियाँ पार कर जायें; तुम आदेश का पालन करो गजेंद्र।'' वीरसेन ने कड़े शब्दों में कहा।

''क्षमा महामहिम, आदेश का पालन होगा।'' गजेंद्र सेना की ओर मुड़ गया।

''दक्षिण की ओर कूच करो।'' गजेंद्र ने सेना को आदेश दिया।

सेना गजेंद्र के साथ चल पड़ी।

''छलाँग लगाओ भानुसेन!'' वीरसेन नदी में कूद गए। भानुसेन ने भी उनका अनुसरण किया।

वहीं दूसरी ओर महल में अखण्ड अपने भाइयों के साथ घायलों के उपचार में लगा था। वह सभी बालक, वैद्य और कुछ सैनिकों के साथ मिलकर बड़ी तीव्रता से कार्य कर रहे थे।

उनमें से दो घायल व्यक्तियों ने शय्या पर लेटे-लेटे एक-दूसरे को कुछ संकेत किया। वह दोनों सभी की दृष्टि बचाकर, शय्या से उठकर छिप गए। वहाँ से भागकर वह महल के मुख्य द्वार तक पहुँचे। उस द्वार पर उन्हें भाला लिए हुए दो रक्षक दिखाई दिए।

“यह तो बड़ा सरल निकला ज्येष्ठ।” उनमें से एक ने दूसरे को संबोधित किया।

“हाँ वृषभान; आओ हमें शीघ्र से शीघ्र मुख्य द्वार खोलना होगा।” वह दोनों आगे बढ़े।

रक्षक सैनिकों को उन दोनों को देखकर आश्चर्य हुआ। उनमें से एक ने उन्हें टोका, “एय, तुम दोनों यहाँ क्या कर रहे हो, जाओ जाकर विश्राम करो।”

यह सुनकर उनमें से एक ने अपनी कमर में से दो कटारें निकाली और बिजली की गति से उन रक्षकों की ओर चलायी। असावधान रक्षक एक पल को कुछ समझ ही नहीं पाए। दोनों कटारें उनकी गर्दन में जा धँसीं। रक्त का फव्वारा छूटा, और वह दोनों भूमि पर गिर पड़े।

“मुख्य द्वार खोलो वृषभान!” उनमें से एक ने दूसरे को आदेश दिया।

“जो आज्ञा ज्येष्ठ।” वृषभान आगे बढ़ा और द्वार खोल दिया।

द्वार के पार एक विशाल सेना खड़ी थी। उस सेना के नायक ने द्वार के भीतर प्रवेश किया।

“बलिष्ठगढ़ नरेश की जय हो!” वह दोनों अपने नरेश के समक्ष झुक गए।

बलिष्ठगढ़ नरेश अपने अश्व पर आरूढ़ हुए आगे आये, “युवराज राजवीर, राजकुमार वृषभान, हमारी योजना कहाँ तक पहुँची?”

युवराज राजवीर उठे, “योजना सफल रही महाराज; विदर्भ की आधी सेना जो वीरसेन के साथ गयी थी, वह कल सुबह से पूर्व यहाँ नहीं पहुँच पायेगी और शेष सेना विक्रमाजित और कपिश साथ लेकर गए हैं, जहाँ रक्षराज मार्केश उनका मार्ग रोके रखेंगे। महल में अधिक से अधिक पाँच सौ सैनिक हैं और उनमें से कुछ घायलों के उपचार में लगे हैं; किंतु उन्हें यह भान ही नहीं है कि जिन घायलों के उपचार में वह सहयोग कर रहे हैं, वह हमारे ही सैनिक हैं।”

“हम्म... तो फिर हमें अधिक विलंब नहीं करना चाहिए; हमें विदर्भ की वह दिव्यमणि किसी भी मूल्य पर प्राप्त करना है, क्योंकि केवल वह मणि ही है, जो हमारी पुत्री ‘सुवर्णा’ का रोग दूर कर उसे जीवनदान दे सकती है। हम वह मणि नहीं उठा सकते; उसे केवल एक व्यक्ति उठा सकता है, तुम जानते हो वो कौन है; तुम उसे शीघ्र से शीघ्र महल ले आओ, तब तक हम राजप्रांगण पर अधिकार करते हैं।” बलिष्ठगढ़ नरेश भार्गव ने आदेश दिया।

“अवश्य महाराज, हम शीघ्र से शीघ्र उसे यहाँ लेकर आते हैं, चलो वृषभान।” राजवीर और वृषभान महल के मुख्य द्वार से प्रस्थान कर गए।

“आगे बढ़ो!” राजा भार्गव ने सेना को आदेश दिया।

वहीं महल में एक सैनिक दौड़ता हुआ अखण्ड के पास आया। वह घबराया हुआ था, ''युवराज, छल हुआ है युवराज, बहुत बड़ा छल।''

''छल? कैसा छल?'' अखण्ड को थोड़ा आश्चर्य हुआ।

''बलिष्ठगढ़ की सेना महल के भीतर घुस आई है युवराज।'' उस सैनिक ने सूचित किया।

''क्या! यह कैसे संभव है?'' अखण्ड स्तब्ध रह गया।

''पता नहीं युवराज, परंतु सत्य यही है।'' सैनिक ने उत्तर दिया।

इतने में बलिष्ठगढ़ के घायल सैनिक,जिनका उपचार चल रहा था, वह सभी अपनी-अपनी शय्या से उठकर खड़े हो गये।

''तुम सब घिर चुके हो, उचित यही होगा की समर्पण कर दो, अन्यथा तुम मुट्ठीभर योद्धा बलिष्ठगढ़ की एक अक्षौहिणी सेना के समक्ष क्षणभर भी नहीं टिक पाओगे।'' उनमें से एक ने छींटाकशी की।

अखण्ड को स्थिति समझते देर नहीं लगी। ''तो तुम सब ग्रामीण नहीं, बलिष्ठगढ़ के योद्धा हो और तुमने षड्यंत्र कर हमारी आधी सेना को यहाँ से बाहर भेज दिया।''

''सही समझे युवराज; इसलिए समर्पण ही एकमात्र मार्ग है तुम सबके पास।'' बलिष्ठगढ़ का वह सैनिक मुस्कुराया।

''बंदी बना लो इन सबको!'' अखण्ड ने अपने सैनिकों को आदेश दिया।

बलिष्ठगढ़ के सैनिक हँसने लगे।

''कर लो, अपनी यह इच्छा भी पूरी कर लो।'' बलिष्ठगढ़ का वह सैनिक हँस पड़ा।

उन घायल सैनिकों को बंदी बनाकर ले जाया जाने लगा।

तभी विदर्भ का एक सैनिक अखण्ड के पास आया, ''युवराज, बलिष्ठगढ़ का सैन्यबल हमसे कई गुना अधिक है, हमें कोई उपाय सोचना होगा।''

''पहले मेरे सातों भाइयों को किसी सुरक्षित स्थान पर ले जाओ, बाकी की योजना मैं समझाता हूँ।'' अखण्ड ने अपने भाइयों की ओर देखा।

''किंतु भ्राताश्री मैं युद्ध को सज्ज हूँ।'' सूर्यम् ने म्यान से तलवार खींच निकाली।

''अभी तुम बालक हो सूर्यम्, सारे भाइयों को लेकर सुरक्षित स्थान की ओर जाओ।''

"किंतु भ्राताश्री...।"

"ये विदर्भ के युवराज का आदेश है सूर्यम्, तत्काल इसका पालन हो।" अखण्ड ने कड़े शब्दों में कहा।

"जो आज्ञा ज्येष्ठ।" उस बारह वर्षीय बालक सूर्यम् ने अपनी दृष्टि झुका ली।

"सैनिकों के संरक्षण में महल के भीतर जाओ!" अखण्ड ने सूर्यम् को आदेश दिया।

पचास सैनिकों के संरक्षण में सूर्यम् अपने शेष भाइयों के साथ महल के भीतर चला गया।

"आगे की क्या योजना है युवराज?" एक सैनिक ने प्रश्न किया।

"एक योजना है; उन्होंने हमारे साथ छल किया, तो इसके उत्तर में उन्हें एक छल मिलेगा, ध्यान से सुनो।" अखण्ड अपनी योजना समझाने लगा।

इधर विक्रमाजित और कपिश सेना लिए रणांगण में पहुँच चुके थे।

उन्हें एक गुप्तचर ने आकर सूचित किया, "महाराज, रक्षराज मार्केश बहुत विशाल सेना लिए आ रहा है, उसकी सेना हमारे बहुत निकट आ चुकी है।"

"उनका नाम सम्मान सहित लो गुप्तचर, संबंधी हैं वो हमारे।" विक्रमाजित ने कड़क शब्दों में कहा।

"क्षमा चाहता हूँ महाराज।" गुप्तचर ने क्षमा माँगी।

कपिश तिरछी आँखों से विक्रमाजित की ओर देख रहे थे। उन्होंने दबे शब्दों में कहा, "आप ऐसा केवल इसलिए कह पा रहे हैं महाराज। क्योंकि सोलह वर्ष पूर्व हुई घटना की स्मृतियाँ आप खो चुके हैं।"

"कुछ कहा आपने ऋषिवर?" विक्रमाजित को ऐसा महसूस हुआ कि जैसे कपिश कुछ कहना चाह रहे हों।

"वो... हम बस यह कहना चाह रहे थे महाराज कि हमें व्यूह-रचना आरंभ कर देनी चाहिए।" कपिश ने बात को टालना उचित समझा।

"सेना व्यूह-रचना के लिए तैयार है गुरुवर; किंतु सत्य कहूँ तो मैं युद्ध नहीं चाहता, इसलिए पहले मुझे संधि का प्रयास करने दीजिये।" विक्रमाजित ने कहा।

"जैसी आपकी इच्छा महाराज।" कपिश ने सहमति जतायी।

विक्रमाजित ने अपना अश्व आगे बढ़ाया।

असुरसेना के कदमों के स्वर कोसों दूर से सुनाई दे रहे थे। उनकी चहलकदमी के स्वर से भूमि काँप रही थी। ऐसा स्वर, जो दूर-दूर तक के पर्वतों को हिला दे। विक्रमाजित अकेले ही अपना अश्व लिए, बढ़े चले जा रहे थे।

शीघ्र ही असुरसेना के साथ चले आ रहे मार्केश का सामना विक्रमाजित से हुआ। एक काले अश्व पर आरूढ़ हुए उस योद्धा की आँखें जाने क्यों क्रोध से धधक रही थीं। विक्रमाजित को अपने समक्ष देख उसका क्रोध और बढ़ गया।

"स्वागत है विदर्भ नरेश, अंततः इतने वर्षों के उपरांत हमारा सामना हो ही गया।" मार्केश ने तलवार खींच निकाली।

"देखिये रक्षराज, हम संबधी हैं; हम आपकी पीड़ा समझते हैं, किंतु जैसा कि हम पहले भी कह चुके हैं कि उस घटना के पीछे किसी का षड्यंत्र था; उचित यही होगा कि हम युद्ध का मार्ग न चुनें, क्योंकि अपने निजी प्रतिशोध के लिए लाखों सैनिकों की बलि चढ़ाना उचित नहीं।" विक्रमाजित ने आग्रह किया।

मार्केश को विक्रमाजित की बात सुनकर आश्चर्य हुआ। तभी मार्केश का एक भाई अधीम, मार्केश के पास आया, "इसका सीधा-सीधा अर्थ यह है ज्येष्ठ कि मिली हुई सूचना सही थी; विक्रमाजित सोलह वर्ष पूर्व घटी घटना को पूरी तरह भूल चुका है।"

'हम्म... प्रतीत तो ऐसा ही होता है; कदाचित् यही कारण है कि इसके मुख पर क्रोध का कोई भाव नहीं, अन्यथा पीड़ा तो हम दोनों की एक समान है; क्रोध स्वाभाविक है।' मार्केश विचार करने लगा।

"क्या विचार करने लगे रक्षराज? मेरी बात मानिए, शांति का मार्ग ही प्रगति का मार्ग है, प्रतिशोध में अंधे मत बनिए।" विक्रमाजित ने उसे समझाने का प्रयत्न किया।

मार्केश मुस्कुराया, "तुम्हें भ्रम हुआ है विक्रमाजित; मैं तुम मानवों को परख चुका हूँ और यह मान चुका हूँ कि तुम मानव आर्यावर्त पर राज करने के योग्य हो ही नहीं, इसलिए अब आर्यावर्त पर केवल असुरों का राज होगा। प्रश्न यहाँ केवल प्रतिशोध का नहीं है; मेरा वास्तविक उद्देश्य तो तुम जैसे कपट करने वाले योद्धाओं को आर्यावर्त के हर सिंहासन से हटाना है। तुम मानव केवल छल करना जानते हो, इसलिए हम असुर तुमसे कहीं अधिक उत्तम शासक सिद्ध होंगे।"

"अपने अपने दृष्टिकोण की बात है रक्षराज; आपकी बुद्धि आपके गुरु भैरवनाथ ने भ्रष्ट कर रखी है, इसलिए सत्य आपसे कोसों दूर है।" विक्रमाजित ने एक बार फिर समझाने का प्रयास किया।

"अपने गुरु के विरुद्ध मैं एक शब्द नहीं सुनूँगा विक्रमाजित; युद्ध के लिए आये

हो तो युद्ध करो, वार्ता करने का समय पूर्ण हुआ। तलवार तुम्हारे म्यान में भी है और मेरे म्यान में भी; निर्णय तुम्हें लेना है कि तुम कायरों की भाँति मरना चाहते हो या अपने तलवार की धार का उपयोग कर वीरों की भाँति मृत्यु का वरण करना चाहते हो।'' मार्केश का क्रोध बढ़ता जा रहा था।

विक्रमाजित ने मार्केश को उत्तर देने के स्थान पर उसकी सेना की ओर ध्यान से देखा। सेना की संरचना देख वह मुस्कुराये, ''तो आपकी सेना पद्मव्यूह बनाने के लिए सज्ज है रक्षराज मार्केश।''

मार्केश अचंभित रह गया, ''उत्तम, उत्तम विक्रमाजित; सेना को देखकर तुमने होने वाली व्यूह-रचना का अनुमान लगा लिया, अद्भुत!''

''अवश्य रक्षराज, किंतु मैं आपको बता दूँ, कि मेरी सेना मण्डल-व्यूह के तत्काल निर्माण के लिए तैयार है और आपको भलीभाँति ज्ञात होगा कि मण्डल-व्यूह सागर की लहरों जितना गतिमान होता है, जो आपके व्यूह को बड़ी सरलता से बिखेरकर रख देगा; इससे केवल विनाश होगा और कुछ नहीं और आप भलीभाँति जानते हैं कि आप इस राज्य की सीमा में मेरी सेना को पराजित नहीं कर सकते, इसलिए उचित यही होगा कि सेनाओं में युद्ध न हो।'' विक्रमाजित ने खुली चुनौती दी।

''तो तुम्हारी मंशा क्या है?'' मार्केश ने प्रश्न किया।

''यही, कि इस युद्ध का निर्णय द्वंद्व से हो; आपके और मेरे द्वंद्व से।'' विक्रमाजित ने चुनौती दी।

''स्वीकार है तुम्हारी यह चुनौती।'' रक्षराज मार्केश तलवार लिए अपने अश्व से कूद पड़ा।

विक्रमाजित भी अपने अश्व से उतरे और तलवार लिए, रक्षराज की ओर बढ़े।

''इस द्वंद्व से पूर्व मैं तुम्हें कुछ बताना चाहता हूँ विक्रमाजित।'' रक्षराज मार्केश ने अपनी तलवार सीधी की।

''और वह क्या है?'' विक्रमाजित ने प्रश्न किया।

''यही कि मेरा तो तुम पर आक्रमण करना पूर्व-निर्धारित था; किंतु जब बलिष्ठगढ़ नरेश भार्गव को यह ज्ञात हुआ तो उन्होंने तुम्हारे विरुद्ध एक षड्यंत्र रचा; उन्होंने तुम्हारे भाइयों को गलत सूचना देकर भटकाया है। जो घायल ग्रामीण तुम्हारे महल में गए हैं, वह कोई ग्रामीण नहीं, अपितु बलिष्ठगढ़ के ही योद्धा हैं।'' रक्षराज मार्केश ने चेतावनी दी।

विक्रमाजित स्तब्ध रह गए, ''ओह। तो भगवान महाबली के वंशज अब युद्ध नियमों को भूलकर षड्यंत्र रचने पर आ गये।'' क्रोधित विक्रमाजित ने कटाक्ष किया।

"मैं तो पहले से ही तुम पर आक्रमण करने वाला था। यह तो केवल एक संयोग है कि बलिष्ठगढ़ नरेश जब पराजित होकर लौट रहे थे, मैं तुम पर आक्रमण करने आ रहा था।" दुशल ने अपना पक्ष रखा।

"तो यदि आप इस षड्यंत्र का भाग नहीं हैं, तो मुझे अपने राज्य की रक्षा के लिए लौटने दीजिये।" विक्रमाजित ने आग्रह किया।

"यह संभव नहीं है विक्रमाजित; सूर्यास्त से पूर्व तुम यहाँ से नहीं जा सकते, यदि जाना चाहते हो तो मुझे द्वंद्व में पराजित करो।" मार्केश ने चुनौती दी।

"तो फिर सज्ज हो जाइये एक भयावह द्वंद्व के लिए।" विक्रमाजित तलवार लिए दौड़ पड़े।

दोनों तलवारों के टकराव ने भयंकर स्वर उत्पन्न किया।

वहीं दूसरी ओर विदर्भ के राजमहल में अखण्ड अपने भाइयों को सुरक्षित स्थान पर पहुँचा चुका था।

जहाँ दिव्यमणि स्थापित थी, वहाँ चारों ओर अग्नि प्रज्जवल्लित कर उस क्षेत्र को घेर दिया गया था।

बलिष्ठगढ़ की सेना वहाँ शीघ्र ही पहुँच आयी। बलिष्ठगढ़ नरेश वहाँ लगी अग्नि देख अचंभित रह गए।

"यह सब क्या है? यहाँ अग्नि किसने लगायी और हमारे सैनिक, जिन्हें षड्यंत्र के तहत घायल किया गया था, वह सभी कहाँ हैं?" बलिष्ठगढ़ नरेश भार्गव चकित थे।

यह सुनकर उनके सेनापति चक्रसेन आगे आये, "सूचना मिली थी कि महल के भीतर उनके पाँच सौ सैनिक उपस्थित हैं महाराज; किंतु यहाँ तो कोई दिखाई नहीं पड़ता।"

"महल के भीतर हमारे केवल पाँच सहस्त्र सैनिक आये हैं, शेष महल के बाहर हैं। कहीं उन्हें यह ज्ञात तो नहीं हो गया और यह उनकी कोई योजना तो नहीं?" भार्गव शंकित थे।

"संभव है महाराज; अवश्य ही विदर्भ के योद्धा यहीं कहीं छिपे हैं। आपका आदेश क्या है महाराज?" चक्रसेन अपने राजा के आदेश की प्रतीक्षा कर रहा था।

"इस समय विदर्भ के राजमहल में न विक्रमाजित है, न भानुसेन, न ही वीरसेन; कदाचित् इसके कारण विदर्भ के सैनिकों का मनोबल टूट चुका है, इसलिए वह इस प्रकार अग्नि लगाकर समय नष्ट करने का प्रयास कर रहे हैं; बुझा दो यह अग्नि!"

भार्गव ने आदेश दिया।

तभी बलिष्ठगढ़ का एक सैनिक दौड़ते हुए राजा भार्गव के सामने खड़ा हो गया। वह हाँफ रहा था।

"क्या हुआ, इस प्रकार हाँफ क्यों हो रहे हो?" भार्गव ने उस सैनिक से प्रश्न किया।

"महाराज, महल का द्वार किसी ने बड़ी-बड़ी चट्टानों से बंद कर दिया है; हमारे केवल चार सहस्त्र सैनिक महल के भीतर आ पाये हैं, शेष सेना भीतर आने में असमर्थ है, उन पर लगातार आक्रमण हो रहा है।" सैनिक ने बताया।

"आक्रमण हो रहा है, उन पर कौन आक्रमण कर रहा है?" भार्गव चकित थे।

"पता नहीं महाराज; उनकी केवल चीख पुकार ही सुनाई दे रही है। हाँ इस महल के मुख्य द्वार के पास से कुछ तीर लगातार तीव्र गति से निकलते हुए दिख रहे हैं; किंतु वह तीर कहाँ से आ रहे हैं, कहना कठिन हैं।" सैनिक ने विस्तृत किया।

भार्गव स्तब्ध रह गये।

चक्रसेन ने तत्काल ही स्थिति भाँप ली, "इसका सीधा-सा अर्थ यह है महाराज, कि विक्रमाजित, वीरसेन और भानुसेन के अतिरिक्त कोई और भी है, जिसमें उन्हीं की भाँति सेना का नेतृत्व करने की क्षमता है, अन्यथा इतने कम समय में ऐसी उत्तम योजना बनाना किसी साधारण योद्धा के लिए संभव नहीं है।"

"तुम्हारा कथन उचित है चक्रसेन; इससे पूर्व कि कोई और अनहोनी घटना घटे, यह अग्नि बुझाओ, हमें वह मणि प्राप्त करनी है। ईश्वर करे राजवीर और वृषभान उस योद्धा को लेकर शीघ्र से शीघ्र यहाँ पहुँचें, क्योंकि केवल वही है जो इस मणि को उठा सकता है; बुझाओ यह अग्नि!" भार्गव ने आदेश दिया।

सैकड़ों सैनिक विदर्भ के महल के जलकुंड की ओर दौड़ पड़े। उन सबने घड़ों में पानी भरना आरंभ ही किया ही था कि उन सब पर पत्थरों और बाणों की वर्षा आरंभ हो गयी। वह सभी एक-एक करके घायल होकर जलकुंड में गिरने लगे। निःशस्त्र होने के कारण वह अपनी रक्षा करने में असमर्थ थे। जलकुंड रक्त से लाल होने लगा।

"सौ सैनिक यहाँ छत पर से बाणों की वर्षा जारी रखो, शेष मेरे साथ आओ।" वह बाण और पत्थर, अखण्ड के दिशा-निर्देश में बलिष्ठगढ़ के सैनिकों पर बरस रहे थे।

उधर बलिष्ठगढ़ नरेश और चक्रसेन, जल की प्रतीक्षा कर रहे थे।

तभी एक सैनिक ने उन्हें वहाँ आकर सूचित किया, "महाराज, जलकुंड के पास, छत से चारों दिशाओं से विद्युत की गति से बाण चल रहे हैं महाराज, हमारे सैकड़ों

सैनिक घायल हो गए हैं।''

भार्गव स्तब्ध रह गए।

''विदर्भ के योद्धाओं ने बहुत उत्तम योजना बनाई है महाराज।'' चक्रसेन ने चिंता जताई।

भार्गव ने सहमति जताई, ''उचित कह रहे हो चक्रसेन; इस स्थिति से केवल तुम्हारा पुत्र ही हमें मुक्त कर सकता है।''

''हाँ महाराज। युवराज राजवीर और वृषभान उसे लेकर आते ही होंगे; अब वही हमारी अंतिम आशा है।'' चक्रसेन के स्वर में हताशा थी।

तभी एक भीषण विस्फोट की ध्वनि सुनाई दी।

''यह क्या था?'' भार्गव स्तब्ध रह गए।

''इतने समय से जिसकी प्रतीक्षा थी, वो आ गया है महाराज, यह उसी के बाणों का स्वर है।'' चक्रसेन ने गर्व से कहा।

उनका अनुमान उचित था। उन बाणों ने उन सारे पत्थरों को नष्ट कर दिया था, जिन्होंने विदर्भ के महल के मुख्य द्वार को बंद कर रखा था। उस मार्ग को पार करता हुआ एक अश्व दौड़ा चला रहा था। अश्व पर सवार उस योद्धा को देख, बलिष्ठगढ़ के सभी योद्धाओं ने किनारे होकर उसे मार्ग देना आरंभ कर दिया। वह योद्धा सबके आकर्षण का केंद्र बना हुआ था।

उस श्वेत अश्व पर आरूढ़ योद्धा, जो सबके आकर्षण का केंद्र बना हुआ था, कोई और नहीं, वही बालक था, जिसने पुल तोड़कर वीरसेन और भानुसेन का मार्ग रोका था।

बलिष्ठगढ़ के सभी योद्धा किनारे होकर उसे मार्ग दे रहे थे। राजवीर और वृषभान उसके पीछे चले आ रहे थे।

वहीं भार्गव और चक्रसेन उसकी प्रतीक्षा में थे। तभी उनके आसपास खड़े सैनिकों पर बाणों की वर्षा होने लगी। लगभग तीन सौ सैनिक, छत को चारों दिशाओं से घेरकर आक्रमण कर रहे थे।

तभी अकस्मात् ही दो बाण आकर भार्गव की छाती और हाथ पर जा लगे।

'महाराज...।' चक्रसेन ने अश्व से गिरते भार्गव को थाम लिया।

''अब हम क्या करें चक्रसेन, हमारे सैनिक एक-एक करके गिर रहे हैं।'' भार्गव चिंतित थे।

''चिंतित न होइए महाराज, सेना और शस्त्रबल हमारे पास भी है, आप पहले

पीछे चलिए।'' चक्रसेन, भार्गव को बाणों के आक्रमण से बचाकर पीछे ले जाने लगे।

अपने राजा को सुरक्षित स्थान पर छोड़ने के उपरांत चक्रसेन आगे आये। उन्होंने आदेश दिया, ''धनुर्धारी, आगे आओ!''

एक सहस्त्र धनुर्धारी कुछ ही समय में आगे आकर एक पंक्ति में खड़े हो गए।

'आक्रमण!' चक्रसेन के आदेश पर छत पर खड़े सैनिकों की बाण वर्षा का उन्हें उपयुक्त उत्तर मिला। अखण्ड के सैनिक अब एक-एक करके छत से गिरने लगे।

अखण्ड से यह देखा नहीं गया। उसे सामने आना पड़ा।

वह अपनी गदा लिए छत से कूदा, ''शत्रु पर बाण वर्षा जारी रहे!'' अखण्ड ने अपनी सेना को आदेश दिया और गदा लिए, शत्रु पक्ष की ओर दौड़ा।

''कौन है यह बालक? अद्भुत साहस और आत्मविश्वास का धनी प्रतीत होता है।'' चक्रसेन उसे देख स्तब्ध रह गए।

अखण्ड, तीरों की बौछार से स्वयं को बचाता हुआ तीरंदाजों के निकट आया और अपनी गदा भूमि पर दे मारी। वहाँ की सम्पूर्ण भूमि काँप उठी और तीरंदाज एक-दूसरे पर गिर पड़े। यहाँ तक की चक्रसेन भी स्वयं को सँभाल नहीं पाए और अपने अश्व से गिर पड़े।

इस बार राजा भार्गव अपने सेनापति की रक्षा के लिए उसे सुरक्षित स्थान पर खींच लाये।

''यह अद्भुत बलधारी कौन है महाराज?'' चक्रसेन अभी तक स्तब्ध थे।

''एक बालक में इतना भीषण बल होना असंभव-सा प्रतीत होता है, निस्संदेह यह भानुसेन का पुत्र है, क्योंकि उसे और उसकी संतानों को महाबली वक्रबाहु का वरदान प्राप्त है।'' भार्गव चिंतित थे।

अखण्ड ने अपने भीषण बल का प्रदर्शन जारी रखा। जैसे ही सेना का समूह उसके निकट आता, वह भूमि पर गदा मारकर उनका संतुलन बिगाड़ देता, शेष कार्य छत पर तैनात धनुर्धर कर रहे थे।

तभी विद्युत की गति से दो बाण आये और अखण्ड को निःशस्त्र कर उसके कंधे पर घाव कर दिया।

उन बाणों का संधान करने वाले धनुर्धर की ओर देख, चक्रसेन की आँखें हर्ष से चमक उठीं, ''हमारी आशा की किरण आ गयी है महाराज।''

भार्गव की आँखें भी उस योद्धा को देख संतुष्ट थीं, ''हाँ चक्रसेन, अब हमारी विजय निश्चित है।''

यह वही योद्धा था, जिसने भानुसेन और वीरसेन का मार्ग रोका था और जिसने महल के मुख्य द्वार की बाधा को दूर किया था।

"महावीर तेजस्वी की जय हो!" बलिष्ठगढ़ के योद्धाओं का स्वर गूँज उठा।

"जय हो! जय हो!" वह स्वर रुकने का नाम नहीं ले रहा था।

अश्व पर आरूढ़ हुआ वह सोलह वर्षीय योद्धा, अपने अश्व से नीचे उतरा और अपना धनुष लिए अखण्ड की ओर बढ़ा।

उस योद्धा के पीछे राजवीर और वृषभान बलिष्ठगढ़ की अतिरिक्त सेना लिए महल में घुस आये थे।

इतनी विशाल सेना अपने समक्ष खड़े होने के उपरांत भी निःशस्त्र अखण्ड अपने स्थान से हिला तक नहीं। उसकी आँखें अभी भी क्रोध से धधक रही थीं।

छत से और शेष स्थानों से एकत्रित होकर अखण्ड के पीछे लगभग चार सौ धनुर्धर आ खड़े हुए और सामने खड़ी थी एक विशाल सेना।

इधर रक्षराज मार्केश और विक्रमाजित में होता द्वंद्व जारी था। दोनों निःशस्त्र हो चुके थे। दोनों में मल्लयुद्ध आरंभ हो गया। अकस्मात् ही मार्केश का एक मुष्टि प्रहार विक्रमाजित की छाती पर लगा। वह भूमि पर गिर पड़े। उनके मुख से रक्त का फव्वारा छूट पड़ा।

'रक्षराज मार्केश पहले से कहीं अधिक शक्तिशाली होकर आये हैं, मुझे सावधान रहने होगा।' विक्रमाजित ने भूमि पर पड़े-पड़े विचार किया।

यह देख रक्षराज ने उन पर कटाक्ष किया, "क्या हुआ विक्रमाजित, महाऋषि ओमेश्वर के आशीर्वाद से जन्मा आर्यावर्त का सर्वश्रेष्ठ वीर आज यूँ भूमि पर बेबस कैसे पड़ा है?"

विक्रमाजित भूमि से उठे, "बहुत शीघ्र मुझे विवश मान लिया रक्षराज; कदाचित् आप भूल रहे हैं कि असुरेश्वर दुर्भीक्ष जैसे महावीर को मैंने ही पराजित किया था, जिससे आप भी पराजित हुए थे।"

"वो भी तो एक छल ही था विक्रमाजित। ग्लानी तो मुझे तो इस बात की है कि मैं तुम्हारे उस छल में भागीदार बना और आज तुम्हारा वध कर मुझे उस अपराध का भी प्रायश्चित करना है।" रक्षराज मार्केश, विक्रमाजित की ओर दौड़े।

दोनों में एक बार फिर भयावह द्वंद्व आरंभ हो गया। अगले ही क्षण विक्रमाजित ने मार्केश की गर्दन अपनी काँख में दबा ली।

मार्केश के नेत्र क्रोध से लाल थे। उसने विक्रमाजित का हाथ पकड़ा और दाँव उलटकर उन्हें भूमि पर पटक दिया।

उन दोनों महारथियों के भीषण द्वंद्व की प्रतीक्षा सूर्य भला करता भी कैसे, उसे तो समयानुसार ही अस्त होना था, क्योंकि सूर्यदेव को भी ज्ञात था कि उन महावीरों का द्वंद्व इतनी शीघ्र समाप्त नहीं होने वाला।

सूर्यदेव के अस्त होते ही महर्षि कपिश ने युद्ध समाप्ति का शंख बजा दिया।

शंख का स्वर सुनते ही दोनों महारथियों के हाथ रुक गए।

''आज का युद्ध समाप्त हुआ रक्षराज, आशा है कि आपको यह भान हो गया होगा कि आप मुझे पराजित नहीं कर सकते।'' विक्रमाजित ने कड़े स्वर में कहा।

''तुम्हारा आत्मविश्वास आवश्यकता से अधिक हो चला है विक्रमाजित, किंतु इस बार मैं यहाँ तुम्हारा अहंकार तोड़ने ही आया हूँ; कल सूर्योदय होते ही एक बार फिर मैं तुम्हारा सामना करूँगा।'' रक्षराज की आँखें क्रोध से लाल थीं।

''तो फिर उचित है रक्षराज; यदि आप हम दोनों में से एक की मृत्यु ही चाहते हैं, तो यही सही; आपके गुरु ने आपकी आँखों पे जो प्रतिशोध की पट्टी बाँध रखी है, उसका मोल अब आपको चुकाना होगा, क्योंकि आप तो सत्य को मानना ही नहीं चाहते; आप नेत्र और कान होते हुए भी अंधे और बहरे हैं और ऐसा कान का कच्चा योद्धा यदि हमारे संसार पर संकट बनकर टूटेगा, तो उस संकट को हम जड़ से उखाड़ फेंकेंगे; सूर्योदय होते ही फिर से इसी रणभूमि में भेंट होगी।'' विक्रमाजित पलटकर जाने लगे।

''व्यर्थ का प्रलाप छोड़ो और जाओ अपनी मणि की रक्षा करो; प्रतीक्षा मैं भी करूँगा तुम्हारी और तुम्हारी मृत्यु की भी, जो इसी रणांगण में निश्चित है।'' रक्षराज उन्हें जाते देखते रहे।

वहीं दूसरी ओर राजमहल के प्रांगण में अखण्ड और तेजस्वी एक-दूसरे के समक्ष खड़े थे। तेजस्वी ने निःशस्त्र अखण्ड प्रहार करने के स्थान पर अपने धनुष पर एक बाण चढ़ाया और उसे सीधे आकाश में छोड़ दिया।

अखण्ड को कुछ पल के लिए समझ ही नहीं आया कि वो करना क्या चाहता है। तेजस्वी ने पहला बाण छोड़ने के बाद दूसरा, तीसरा... दसवाँ बाण एक ही दिशा में आकाश में छोड़ा। वो सारे के सारे बाण आपस में जुड़ गए।

अगले ही क्षण तेजस्वी ने एक लम्बी छलाँग लगायी और सारे जुड़े हुए बाणों को पकड़कर भूमि में धँसा दिया। अखण्ड को समझ ही नहीं आ रहा था वह कर क्या रहा

है।

उन बाणों को भूमि में धँसाकर उसने पीछे की ओर घुमाया, फलस्वरूप भूमि से एक जल की धारा फूट पड़ी और मणि के चारों ओर लगी आग को बुझाना आरंभ कर दिया।

"महावीर तेजस्वी की जय हो! महावीर तेजस्वी की जय हो!" बलिष्ठगढ़ की सेना ने जयकारा लगाया।

"ओह मुझे पहले ही समझ जाना चाहिए था!" अखण्ड ने दौड़कर अपनी गदा उठाई।

"धनुर्धरों आगे आओ!" अखण्ड, तेजस्वी की ओर दौड़ा, किंतु इससे पूर्व कि वो तेजस्वी तक पहुँचता, राजवीर और वृषभान कई सैनिकों को लेकर उसके मार्ग में आ गए।

"बाण वर्षा!" अखण्ड के एक आदेश पर उसके पीछे खड़े सैंकड़ों धनुर्धरों के बाण चलने आरम्भ हो गये।

अखण्ड ने गदा नीचे रखी और दौड़कर एक खम्भे के पास गया। उसने अपनी सम्पूर्ण शक्ति जुटाई और पूरा खम्भा ही उखाड़ लिया।

उसका ऐसा बल देख विपक्ष की सेना में भय का संचार होने लगा।

"यह तो भानुसेन जितना बलशाली है। मेरा संदेह उचित ही था, यह उसी का पुत्र है।" भार्गव ने अनुमान लगाया।

तब तक तेजस्वी ने चारों ओर घूमकर, मणि के चारों ओर लगी अग्नि बुझाना जारी रखा।

अखण्ड ने वह खम्भा उठाकर राजवीर और वृषभान की ओर फेंका। वह दोनों पीछे हटकर तो बच गए, किंतु उस खम्भे के नीचे बलिष्ठगढ़ के कई सैनिक दबकर घायल हो गए।

इसके उपरांत अखण्ड ने दौड़कर अपनी गदा उठाई और बलिष्ठगढ़ की सेना में मची उथलपुथल का लाभ उठाते हुए सीधा तेजस्वी की छाती की ओर लक्ष्य किया। किंतु तब तक तेजस्वी अग्नि बुझाने में सफल हो चुका था। अखण्ड की गदा को अपनी ओर आते देख तेजस्वी ने धनुष उठाकर अपने रक्षण का प्रयास किया, किंतु उस गदा का वेग इतना तीव्र था कि तेजस्वी का धनुष तोड़कर उसे भूमि पर गिरा दिया।

"महाबली अखण्ड की जय हो! महाबली अखण्ड की जय हो!" विदर्भ के सैनिकों ने नारे लगाने आरंभ कर दिए।

भार्गव, चक्रसेन और बलिष्ठगढ़ के सभी योद्धा अपनी आशा की किरण को इस

प्रकार भूमि पर पड़ा देख स्तब्ध रह गए।

तेजस्वी की दृष्टि उन सबके मुख पर गयी। उन सभी के मुख पे निराशा छाई थी।

''खड्ग पिताश्री!'' तेजस्वी भूमि से उठा और चक्रसेन से खड्ग की माँग की।

चक्रसेन ने खड्ग उसकी ओर उछाली।

''ये लीजिये महाबली!'' वहीं विदर्भ के एक सैनिक ने अखण्ड की ओर तलवार उछाली।

''कोई बीच में नहीं आएगा।'' तेजस्वी ने अपने योद्धाओं से कहा।

दोनों योद्धा हाथों में शस्त्र लिये एक-दूसरे की ओर दौड़े। दोनों तलवारें टकरायीं और भीषण ध्वनि उत्पन्न हुई।

वहीं नदी के मार्ग से तैरकर भानुसेन और वीरसेन जब महल के निकट पहुँचे तो महल के द्वार पर खड़ी विशाल सेना को देख स्तब्ध रह गए।

''कहा था न भानुसेन यह अवश्य कोई षड्यंत्र है और इसका प्रमाण है हमारे महल के बाहर बलिष्ठगढ़ का लहराता हुआ वह ध्वज।'' वीरसेन ने सचेत किया।

''आपने उचित कहा था भ्राताश्री। हमें यह तो ज्ञात हो गया कि यह षड्यंत्र बलिष्ठगढ़ का है। किंतु महल के द्वार पर सैनिकों ने तो मोर्चा खोल रखा है, हम भीतर प्रवेश करेंगे कैसे?'' भानुसेन ने प्रश्न किया।

''यह हमारा ही महल है भानुसेन और अपने महल में प्रवेश करने का केवल एक ही मार्ग नहीं है, मेरे साथ आओ।'' कहकर वीरसेन आगे बढ़े। भानुसेन ने उनका अनुसरण किया।

इधर विदर्भ के राजप्रांगण में अखण्ड और तेजस्वी में होता द्वंद्व जारी था। दोनों की तलवारों के टकराव ने सबका ध्यान अपनी ओर खींच रखा था।

''दोनों बालक अद्भुत कला का प्रदर्शन कर रहे हैं महाराज।'' चक्रसेन ने दोनों की प्रशंसा की।

''निःसंदेह तुम्हारा कथन उचित है चक्रसेन, किंतु अभी हमारी प्राथमिकता मणि होनी चाहिए। सूर्यास्त हो चुका है, महाराज विक्रमाजित कभी भी अपने महल में लौट सकते हैं, और यदि वो महल में लौट आये तो मणि प्राप्त करना असंभव हो जायेगा और अपनी पुत्री सुवर्णा के प्राणों की रक्षा करने की एकमात्र आशा भी धूमिल हो जाएगी।'' भार्गव चिंतित थे।

''तो इस समय हमें क्या करना चाहिए महाराज? इन दोनों योद्धाओं का द्वंद्व तो शीघ्र समाप्त होता दिख नहीं रहा।'' चक्रसेन के मुख पर भी चिंता की लकीरें थीं।

"हमें छल करना होगा चक्रसेन; इस बालक पर प्रहार करो और तेजस्वी को इससे दूर ले जाओ।" भार्गव ने आदेश दिया।

"जो आज्ञा महाराज।" चक्रसेन ने धनुष उठाकर बाण चढ़ाया और अखण्ड के हाथ की ओर लक्ष्य किया।

उस बाण ने अखण्ड को निःशस्त्र कर दिया।

"यह राजकुमारी सुवर्णा के प्राणों का प्रश्न है तेजस्वी, मणि उठाओ!" चक्रसेन ने आदेश दिया।

यह सुनकर तेजस्वी मणि की ओर दौड़ा। अखण्ड ने उसे रोकने का प्रयत्न किया, किंतु राजवीर और वृषभान ने उसका मार्ग रोक लिया।

राजवीर और वृषभान में इतना सामर्थ्य नहीं था कि वो अधिक समय तक अखण्ड को रोक पायें... किंतु इतना समय तेजस्वी के लिए पर्याप्त था कि वो मणि तक पहुँच पाए।

वहीं अखण्ड ने राजवीर और वृषभान को भूमि पर धकेल दिया।

तेजस्वी ने झुककर उस मणि को प्रणाम किया और अगले ही क्षण वह मणि उठा ली।

"महावीर तेजस्वी की जय हो! महावीर तेजस्वी की जय हो!" बलिष्ठगढ़ के सैनिकों ने अपने नायक के जयकारे लगाने आरंभ कर दिए।

अखण्ड क्षणभर के लिए स्तब्ध हुआ, किंतु अगले ही क्षण वह तेजस्वी की ओर दौड़ा। वह उछलकर तेजस्वी पर मुष्टि से प्रहार करने ही वाला था, किंतु तेजस्वी ने उसका वार बचाकर जो प्रहार उसकी छाती पर किया, उसके परिणाम ने उपस्थित सभी योद्धाओं ने स्तब्ध कर दिया।

महाबलधारी अखण्ड, कई गज दूर जा गिरा।

'अद्भुत!' भार्गव के मुख से शब्द फूट पड़े।

"यह कैसा चमत्कार है!" चक्रसेन भी स्तब्ध थे।

तभी महल के किसी गुप्त द्वार से भानुसेन और वीरसेन भी महल के भीतर उस प्रांगण में आ पहुँचे।

अखण्ड को भूमि पर गिरा देख भानुसेन उसकी ओर दौड़ा और उसे उठाया, "सँभालो पुत्र, उठो।"

अखण्ड भूमि से उठा। उसके मन में एक ही प्रश्न था, "यह कैसे संभव हो सकता है?"

"क्या कैसे संभव हो सकता है पुत्र?" वीरसेन ने अखण्ड से प्रश्न किया।

"अकस्मात ही उस योद्धा के भुजाबल में इतनी वृद्धि कैसे हो गयी?" अखण्ड स्वयं भी स्तब्ध था।

वीरसेन और भानुसेन ने तेजस्वी की ओर ध्यान से देखा। वह मणि उठाये अपने पिता चक्रसेन की ओर बढ़ रहा था और बलिष्ठगढ़ के योद्धा अपने उस नायक के जयकारे लगा रहे थे।

"कौन है यह बालक, जो हमारी मणि लिए जा रहा है? हमें इसे रोकना होगा भ्राताश्री।" भानुसेन ने गदा पर शिकंजा कसा।

"रुक जाओ भानुसेन, इस प्रकार अपनों पर ही प्रहार करना उचित नहीं।" वीरसेन ने भानुसेन का हाथ पकड़कर उसे रोका।

"अपना? यह आप क्या कह रहे हैं तातश्री।" अखण्ड ने प्रश्न किया।

"कोई साधारण योद्धा इस मणि को उठाना तो दूर, स्पर्श भी नहीं कर सकता; ये कोई अपना ही है और कदाचित् मुझे ज्ञात है कि यह कौन है।" वीरसेन अनुमान लगाने का प्रयास कर रहे थे।

"किंतु क्या केवल इस अनुमान के आधार पर हम उसे मणि ले जाने दें?" भानुसेन ने प्रश्न उठाया।

इससे पूर्व कि वीरसेन कुछ कहते, बलिष्ठगढ़ के कई योद्धा घायल अवस्था में राजप्रांगण की ओर दौड़े चले आ रहे थे।

"त्राहिमाम त्राहिमाम... रक्षा महाराज।" कई सैनिक घायल अवस्था में राजप्रांगण में आये और गिरकर अचेत हो गए।

महाराज विक्रमाजित और महर्षि कपिश किसी आँधी की भाँति महल में प्रवेश कर गए थे। विद्युत की भाँति चलने वाले उन दोनों के बाणों के समक्ष खड़े होने का साहस कदाचित् किसी में नहीं था।

"तेजस्वी, मणि लेकर पलायन कर जाओ!" चक्रसेन ने अपने पुत्र को आदेश दिया।

किंतु तेजस्वी ने कायरों की भाँति पीछे हटना स्वीकार नहीं किया। वह मणि पकड़े अपने स्थान पर अडिग खड़ा रहा।

"अब क्या करें महाराज? इन दोनों का सामना तो हमारी सम्पूर्ण सेना मिलकर भी नहीं कर सकती; एक ओर महारथी विक्रमाजित हैं, तो दूसरी ओर परशुराम के श्रेष्ठ शिष्यों में से एक कपिश।" चक्रसेन का भय तर्कसंगत था। विक्रमाजित और कपिश के

बाणों के समक्ष उनकी सेना केवल अपने प्राण बचाकर भाग रही थी।

विक्रमाजित के समक्ष सर उठाने का साहस किसी में न था, किंतु तेजस्वी को अपना सर झुकाना स्वीकार नहीं था। वह अडिग खड़ा रहा।

''महाराज विक्रमाजित की जय हो! महाराज विक्रमाजित की जय हो!'' विदर्भ के योद्धाओं ने जयकारे लगाये।

शीघ्र ही तेजस्वी और विक्रमाजित एक-दूसरे के समक्ष खड़े थे, 'यह बालक कौन है, जिसमें यह मणि उठाने की शक्ति है।'

कुछ समय विचार करने के उपरांत विक्रमाजित ने कड़े स्वर में निर्देश दिया, ''मणि को उसके स्थान पर वापस रख दो बालक।

''कदापि नहीं।'' तेजस्वी ने स्पष्ट रूप से मना कर दिया। अन्य योद्धाओं की भाँति उसकी आँखों में तनिक भी भय नहीं था।

विक्रमाजित अपने अश्व से उतरे और उसके निकट आने लगे। तेजस्वी के एक हाथ में मणि और दूसरे में खड्ग था। जबकी विक्रमाजित निःशस्त्र ही उसके निकट आ गए।

''मणि हमें दो बालक।'' विक्रमाजित ने हाथ आगे बढ़कर कड़े शब्दों में कहा।

''अपनी मृत्यु तक तो मैं ऐसा नहीं करूँगा महाराज; यदि आपको मणि चाहिए, तो पहले मुझे परास्त करना होगा।'' तेजस्वी ने चुनौती दी।

विक्रमाजित मुस्कुराये, ''तो फिर विलम्ब क्यों; तुम आयु में मुझसे छोटे हो, इसलिए पहले आक्रमण करने का अधिकार तुम्हारा है।''

तेजस्वी ने खड्ग से प्रहार करने का प्रयास किया, किंतु जाने क्यों उसके हाथ काँपने लगे। विक्रमाजित पर प्रहार करने का उसका साहस नहीं हो रहा था। कदाचित् वो उनसे जुड़ाव-सा महसूस कर रहा था।

'यह क्या हो रहा है? मैं अपना खड्ग क्यों नहीं उठा पा रहा? यह मेरे हाथ में कैसा कंपन पैदा हो गया है?' तेजस्वी को समझ ही नहीं आ रहा था कि वह क्या करे।

यह देख विक्रमाजित आगे बढ़े और मणि को पकड़ लिया। उस मणि का एक भाग विक्रमाजित के हाथ में था, दूसरा तेजस्वी के हाथ में। दोनों की उस मणि पर पकड़ बेहद मजबूत थी। कोई भी उसे छोड़ने को तैयार न था।

''हठ मत करो बालक, यह हमारी धरोहर है।'' विक्रमाजित ने चेतावनी दी।

''और हमारी भी राजकुमारी के प्राणों का प्रश्न है; अपने जीते जी तो यह दण्ड मैं नहीं छोड़ने वाला।'' तेजस्वी की आँखों में पीड़ा और क्रोध की भावना सरलता से देखी

जा सकती थी।

अंततः विवश होकर विक्रमाजित को उसकी छाती पर प्रहार करना ही पड़ा। तेजस्वी उछलकर कई गज दूर जा गिरा।

किंतु वहाँ उपस्थित योद्धा तब स्तब्ध रह गए, जब तेजस्वी को स्पर्श करते ही विक्रमाजित को एक तीव्र झटका लगा और वह भूमि पर गिर पड़े। कुछ क्षणों तक तो किसी को कुछ समझ नहीं आया।

किंतु अगले ही क्षण तेजस्वी ने मणि उठाने का प्रयास किया। किंतु इससे पूर्व कि वह मणि उठाता, महर्षि कपिश ने पाशास्त्र चलाकर, निःशस्त्र हुए तेजस्वी को बंदी बना लिया।

भानुसेन, वीरसेन और अखण्ड भी कपिश का साथ देने के लिए आ खड़े हुए। तेजस्वी के बंदी बन जाने से बलिष्ठगढ़ के योद्धाओं का मनोबल टूट चुका था, क्योंकि विदर्भ की सेना भी विक्रमाजित के साथ महल के अन्दर आ चुकी थी।

भार्गव, चक्रसेन, राजवीर, वृषभान सभी को घेर लिया गया।

वहीं विक्रमाजित अभी भी भूमि पर पड़े थे।

''ये अकस्मात ही ज्येष्ठ को क्या हो गया भ्राताश्री?'' भानुसेन ने प्रश्न किया।

''यदि मैं सही सोच रहा हूँ, तो कदाचित् ज्येष्ठ की पीड़ादायक स्मृतियाँ लौट आई हैं; कदाचित् महाऋषि शंकराचार्य के श्राप का प्रभाव समाप्त हुआ।'' वीरसेन ने अनुमान लगाया।

''हम पराजित हुए महाराज; अब समर्पण ही एकमात्र विकल्प है।'' चक्रसेन ने सुझाव दिया।

''कदाचित् तुम उचित कह रहे हो चक्रसेन; इन योद्धाओं से युद्ध करने का अर्थ सीधे यम के द्वार पर दस्तक देना है।'' भार्गव ने अपनी तलवार झुका ली और भूमि पर बैठकर समर्पण का संकेत दिया।

उनका अनुसरण करते हुए के बलिष्ठगढ़ के सभी योद्धा झुक गये। उन्होंने समर्पण कर दिया।

'चित्रलेखा...!' पीड़ा से विक्रमाजित चीख पड़े।

अध्याय 2

स्वयंवर

महाराज विक्रमाजित अभी भी पीड़ा में थे, किंतु वो पीड़ा कदाचित् शारीरिक नहीं, मानसिक थी, जिसका कारण किसी को समझ नहीं आ रहा था। तेजस्वी भी स्तब्ध था कि अकस्मात् ही उसे स्पर्श करते ही विक्रमाजित को क्या हो गया।

"यह सब क्या हो रहा है भ्राताश्री?" भानुसेन ने वीरसेन से अधीर होकर प्रश्न किया।

"ज्येष्ठ की पुरानी पीड़ादायक स्मृतियाँ लौट आई हैं भानुसेन और तुम्हारे समक्ष जो पशास्त्र में बंधक बना खड़ा है, वह ज्येष्ठ की पहली संतान है।" वीरसेन ने रहस्य खोला।

भानुसेन और अखण्ड दोनों स्तब्ध रह गए। उन दोनों की दृष्टि तेजस्वी की ओर घूमी।

वहीं विक्रमाजित भूमि से उठे और महाऋषि कपिश की ओर मुड़े, "इस बालक को कृपा करके मुक्त कीजिये गुरुवर।"

"जो आज्ञा महाराज।" कपिश ने बाण चलाकर तेजस्वी को मुक्त कर दिया।

तेजस्वी को समझ नहीं आ रहा था कि वह क्या करे। चाहे कितना भी कुशल योद्धा हो, था तो वह बालक ही। वह अपने पिता चक्रसेन की ओर देखने लगा।

राजा भार्गव ने चक्रसेन के कंधे पर हाथ रखा, ''समय आ गया चक्रसेन, अब तुम्हारे पुत्र को तुमसे दूर जाना ही होगा।''

''कदाचित् आप उचित कह रहे हैं महाराज।'' चक्रसेन, तेजस्वी की ओर बढ़े।

उन्होंने निकट आकर अपने पुत्र की आँखों में देखा, जिसमें कई प्रश्न उठते दिखाई दिए।

''मैं जो तुमसे कहने जा रहा हूँ, उसे धैर्यपूर्वक सुनना पुत्र, क्योंकि अब हमारे बिछड़ने का समय आ गया है।''

''यह आप क्या कह रहे हैं पिताश्री और क्यों?'' तेजस्वी आश्चर्य में था।

''मैं तुम्हारा पिता नहीं हूँ वत्स।'' चक्रसेन ने एक साँस में कह दिया।

तेजस्वी क्षणभर के लिए जड़-सा हो गया।

चक्रसेन ने आगे कहा, ''तुम्हारा स्पर्श पाते ही जिनकी स्मृतियाँ लौट आई हैं, तुम्हारे वो पिता तुम्हारे सामने खड़े हैं; महाराज विक्रमाजित ही तुम्हारे पिता हैं।''

तेजस्वी ने विक्रमाजित की ओर देखा, ''ये कैसा परिहास है पिताश्री; पिछले सोलह वर्षों से मैंने आपको पिता माना और अब आप यह कह रहे हैं कि विदर्भ के ये महाराज मेरे पिता हैं। यदि आप किसी दबाव में आकर यह कह रहे हैं, तो विश्वास रखिए पिताश्री। आपके पुत्र के धनुष का सामर्थ्य इतना शिथिल नहीं हुआ, जो आपको अपने शत्रुओं के समक्ष झुकना पड़े; बंदी तो मैं बस निःशस्त्र होने के कारण बन गया था।''

''सेनापति चक्रसेन सत्य कह रहे हैं पुत्र; महाराज विक्रमाजित ही तुम्हारे वास्तविक पिता हैं।'' राजा भार्गव ने चक्रसेन का समर्थन किया।

विक्रमाजित मौन खड़े थे। तेजस्वी की दृष्टि उनकी ओर गयी। वह भार्गव के निकट गया, ''क्या आपका अपनी पुत्री के प्राणों के प्रति प्रेम समाप्त हो गया है महाराज? यदि नहीं, तो आप यह व्यर्थ का प्रलाप क्यों कर रहे हैं? हम यहाँ सुवर्णा के प्राणों की रक्षा करने आये हैं; वह एक भयंकर रोग से पीड़ित है, जिसके उपचार के लिए हमें दिव्य मणि की आवश्यकता है बस, इससे अधिक मैं कुछ भी जानना और सुनना नहीं चाहता।''

''समझने का प्रयास करो पुत्र...।'' चक्रसेन ने समझने का प्रयास किया।

''समझने का प्रयास आप कीजिये पिताश्री; आपको भलीभाँति ज्ञात है कि राजकुमारी सुवर्णा के प्राण कितने मूल्यवान हैं, इसलिए यह पिता-पुत्र का प्रलाप हम बाद में करेंगे; पहले हमें वह मणि चाहिए और उसके लिए हमें युद्ध करना होगा।'' तेजस्वी ने दृढ़ता से कहा।

"उसकी कोई आवश्यकता नहीं है पुत्र; तुम मणि ले जा सकते हो।" महाराज विक्रमाजित ने हस्तक्षेप किया।

तेजस्वी का ध्यान उनकी ओर गया। उनके नेत्रों में भरी पीड़ा देख वह मौन रह गया।

विक्रमाजित उसके निकट आये, "यह मत समझना कि तुम मेरे पुत्र हो इसलिए मैं मणि तुम्हें दे रहा हूँ; मैं तुम्हें यह मणि इसलिए दे रहा हूँ, क्योंकि मैं किसी निर्दोष बालिका की मृत्यु का उत्तरदायी नहीं बनना चाहता। ले जाओ इसे; संसार का कोई भी रोग इस मणि के आगे दम तोड़ देता है; तुम्हारी राजकुमारी के प्राण अवश्य बच जायेंगे।" विक्रमाजित ने नम्र में शब्दों में कहा।

तेजस्वी को सूझ ही नहीं रहा था वह क्या बोले। विक्रमाजित ने मणि उसके हाथ में दे दिया। तेजस्वी स्तब्ध-सा मणि लिए खड़ा रहा।

इसके उपरांत विक्रमाजित ने राजा भार्गव की ओर देखा, "युद्ध और आपका उद्देश्य, दोनों पूर्ण हुआ राजा भार्गव; अब आप प्रस्थान कर सकते हैं और यदि आपका कार्य होने के उपरांत आपने स्वेच्छा से यह मणि नहीं लौटाई, तो स्मरण रखियेगा, हम अपनी धरोहर की रक्षा करना जानते हैं।"

"अवश्य महाराज, हम आपकी धरोहर लौटाने का वचन देते हैं।" भार्गव ने विक्रमाजित से कहा।

विक्रमाजित पलटकर महल के भीतर जाने लगे... किंतु जाने से पूर्व उन्होंने पलटकर तेजस्वी की ओर देखा, "तुम्हें तुम्हारा सत्य ज्ञात हो चुका है वीर। जानता हूँ, सरल नहीं होता ऐसा कटु सत्य स्वीकारना; किंतु जब तुममें इतनी शक्ति आ जाये कि तुम इस सत्य को स्वीकार सको, तो लौट आना; विदर्भ का महल अपने राजकुमार के स्वागत के लिए सज्ज रहेगा।"

विक्रमाजित, महल के भीतर चले गए।

"ज्येष्ठ कहाँ जा रहे हैं भ्राता?" भानुसेन, विक्रमाजित के पीछे जाने लगा।

वीरसेन ने उसे रोका, "उन्हें जाने दो भानु, उन्हें एकांत की आवश्यकता है।"

तेजस्वी, चक्रसेन के निकट आया, "मुझे सत्य चाहिए पिताश्री, केवल सत्य।"

"तुम्हें सत्य का ज्ञान अवश्य होगा पुत्र, किंतु इससे पूर्व मणि महाराज भार्गव को दे दो, ताकि राजकुमारी सुवर्णा का रोग दूरकर उनके प्राण बचाए जा सकें; समय कम है।" चक्रसेन ने भार्गव की ओर संकेत किया।

"किन्तु पिताश्री, आपने तो कहा था कि मेरे अतिरिक्त इस मणि को और कोई उठा ही नहीं सकता।" तेजस्वी को थोड़ा आश्चर्य हुआ।

"हाँ, यह सत्य है कि महाराज विक्रमाजित और उनके वंशजों के अतिरिक्त इस मणि को कोई नहीं उठा सकता; किंतु वह अपनी इच्छा से जिसे चाहे इसे सौंप सकते हैं।" चक्रसेन ने विस्तृत किया।

अखण्ड की आँखें भी आश्चर्य से फैल गयीं। उसे भी अब विश्वास हो गया था कि तेजस्वी उसका ही भ्राता है।

तेजस्वी, भार्गव के निकट गया और मणि उनके हाथ में दी, "यह लीजिये, अब कदाचित् राजकुमारी के प्राणों पर आया संकट टल जाये।"

राजा भार्गव ने सहमति में अपना सिर हिलाया और मणि लेकर अपने मस्तक से लगायी, "हर हर महादेव!"

"आप सभी का धन्यवाद; किंतु क्षमा चाहूँगा भद्रजनों, हमारे; समय नहीं है और कुछ कहने का।" वह पलटकर जाने लगे। राजवीर और वृषभान समेत बलिष्ठगढ़ की समस्त सेना लौटने लगी।

तेजस्वी एक बार फिर चक्रसेन की ओर पलटा, "मैं प्रतीक्षा में हूँ पिताश्री।"

"सत्य तुम्हें मैं बताता हूँ पुत्र।" वीरसेन आगे आये।

तेजस्वी उनकी ओर पलटा और उस कटु सत्य की प्रतीक्षा करने लगा।

वहीं विक्रमाजित अपने कक्ष में मौन बैठे थे। उनके नेत्रों में अतीत के पीड़ादायक दृश्य उमड़कर आ रहे थे। धीरे-धीरे वह वर्षों पूर्व की स्मृतियों में चले गए।

वहीं वीरसेन, तेजस्वी को अतीत की कथा बता रहे थे।

17 वर्ष पूर्व

सत्रह वर्ष पूर्व की वह रात्रि विक्रमाजित को आज भी स्मरण थी। बलिष्ठगढ़ राज्य के एक वन में विक्रमाजित और चित्रलेखा साथ में एक वृक्ष के नीचे बैठे थे।

"अब क्या करें युवराज?" चित्रलेखा के हाथ विक्रमाजित की छाती पर हाथ थे।

"क्यों, अब क्या हो गया राजकुमारी? मैंने कहा न, हम शीघ्र ही आपके पिता महाराज सूचिपद से हमारे विषय में वार्ता करेंगे।" विक्रमाजित ने चित्रलेखा को समझाने का प्रयास किया।

"किंतु कब युवराज? दो दिन बाद मेरे स्वयंवर का आयोजन है और त्रिकाल भैरव हर मूल्य पर हमें पाना चाहता है और आपके अतिरिक्त उसे कोई परास्त कर नहीं सकता।" चित्रलेखा चिंतित थीं।

"और आपके पिता इस स्वयंवर में हमें कभी भाग नहीं लेने देंगे।" विक्रमाजित

की दृष्टि चित्रलेखा के चिंतित मुख को निहार रही थी।

"हमें समझ नहीं आ रहा कि हम क्या करें।" चित्रलेखा का स्वर भारी हो रहा था।

"दोष आपका नहीं है राजकुमारी; आपके पिता ने आर्यों के स्थान पर असुरों का चुनाव किया; उन्होंने असुरों से संधि की है, जिसका परिणाम आप भोग रही हैं।" विक्रमाजित ने भारी मन से कहा।

"तो हम करें भी तो क्या करें युवराज; अपने पिता के विरुद्ध कैसे जायें?" चित्रलेखा वृक्ष की छाँव से उठीं।

विक्रमाजित भी वृक्ष की छाँव से उठकर चित्रलेखा के निकट आये, "आप हमारा प्रेम हैं राजकुमारी; वो त्रिकाल भैरव हो, रक्षराज मार्केश हो या सृष्टि का कोई भी योद्धा; आपका स्वयंवर हम ही जीतेंगे, चाहें हमें निमंत्रण मिले, या न मिले चाहे बलिष्ठगढ़ ने शत्रुता का मार्ग चुना हो; किंतु हम अपने प्रेम को इस शत्रुता पर बलि नहीं चढ़ने देंगे।"

"आपके वचन पर हमें पूर्ण विश्वास है युवराज, किन्तु रक्षराज मार्केश, वो तो आपके संबधी हैं, फिर आप उनको शत्रु क्यों मानते हैं?" चित्रलेखा के मन में प्रश्न उठ रहा था।

"रक्षराज मार्केश को शत्रु हम नहीं मानते, किन्तु वह हमें शत्रु अवश्य मानते हैं और हमारे समस्त परिवार से घृणा करते हैं।" विक्रमाजित ने दुखी मन से कहा।

"किंतु क्यों? कोई तो कारण होगा।" चित्रलेखा के मन में प्रश्न उठा।

"उन्हें यह भ्रम हुआ है कि हमारे पिता, महाराज भभूति ने उनकी पत्नी की हत्या की, जो उनकी अपनी बहन थीं; किंतु मैं जानता हूँ, यह सत्य नहीं है। हम आज तक अपनी बात को केवल इसलिए सिद्ध नहीं कर पाए, क्योंकि उस हत्याकांड का वास्तविक अपराधी अभी भी हमारी पहुँच से दूर है और इस बात का लाभ उठाकर उस नीच गुरु, रक्षगुरु भैरवनाथ ने रक्षराज को हमारे विरुद्ध खड़ा कर दिया है।" विक्रमाजित ने विस्तृत किया।

चित्रलेखा यह सुनकर कुछ क्षण मौन रहीं।

विक्रमाजित ने उनको विश्वास दिलाया, "आप चिंतित मत हो राजकुमारी; हमारे प्रेम के बीच में कोई नहीं आएगा, यह हमारा वचन है।"

चित्रलेखा के नेत्रों में संतोष नजर आया।

"अब आप जाइए राजकुमारी;रात्रि बहुत हो चुकी है, आपका यहाँ रुकना अब उचित नहीं।"

"अवश्य युवराज।" राजकुमारी चित्रलेखा ने एक कम्बल ओढ़ा और वहाँ से प्रस्थान कर गयीं।

कम्बल ओढ़े चित्रलेखा अपने महल की ओर बढ़ रही थीं, तभी एक हाथ ने उसे पकड़कर एक ओर खींच लिया।

"काकीश्री आप?" चित्रलेखा अपने सामने खड़ी स्त्री को देख अवाक् रह गयी।

"हाँ, मैं; तो तुम आज फिर उससे मिलने गयी थी?" उसके सामने खड़ी स्त्री ने प्रश्न किया।

"तो मैं क्या करूँ काकीश्री? प्रेम करती हूँ मैं उनसे।" चित्रलेखा ने रुआँसे स्वर में कहा।

"तो इसका अर्थ यह तो नहीं कि तुम इस रात्रि के समय महल के मुख्य द्वार से भीतर प्रवेश करो, जहाँ सबकी दृष्टि तुम पर पड़ जाय।" उस स्त्री ने उसका हाथ पकड़ा और उसे अपने साथ एक सुरक्षित स्थान पर ले गयी।

वहाँ पहुँचने के उपरांत उस स्त्री ने चित्रलेखा से प्रश्न किया, "अब बोलो क्या कहना चाहती हो?"

"एक आप ही तो हैं जो मुझे समझती हैं काकीश्री।" चित्रलेखा ने कहा।

"हाँ, ठीक है; यदि तुम्हें पुत्री नहीं मानती तो तुम्हारे लिए इतना बड़ा संकट नहीं उठाती। तुम्हारे कहने पर मैंने रात्रि में महल का द्वार खुलवाया और तुमने मुझे बताया तक नहीं कि तुम युवराज विक्रमाजित से भेंट करने जा रही हो।"

चित्रलेखा उस स्त्री के निकट गयी और उसे पकड़कर दुलराते हुए बोली, "अब जाने भी दो न काकीश्री, आप तो मेरी माता समान है।"

"तुम मेरे प्रेम का अनुचित लाभ उठा रही हो चित्रलेखा।" उस स्त्री ने कहा।

चित्रलेखा उस स्त्री को छोड़ पीछे हटी, "हाँ हाँ मार लीजिये ताने; आज मेरी माता जीवित होती तो मेरी भावनाओं की कद्र करती।"

उस स्त्री ने क्षणभर साँस भरी। वो चित्रलेखा के निकट गयी और उसके मस्तक पर प्रेम से हाथ फेरा, "तुम्हें ज्ञात है कि तुम मेरे लिए किसी पुत्री से कम नहीं, फिर भी ऐसे कटु शब्द क्यों?"

"तो आप ही पिताश्री को समझाइए न, कि युवराज विक्रमाजित को भी स्वयंवर में आमंत्रित करें; यदि मेरा उनसे विवाह नहीं हुआ तो मैं अपना जीवन समाप्त कर लूँगी।" चित्रलेखा ने रुआँसे स्वर में कहा।

"जब तक तुम्हारी यह माता वसुंधरा जीवित है, तब तक तुम्हारे जीवन पर कोई संकट नहीं आ सकता, इसलिए दोबारा ऐसे शब्दों का प्रयोग न करना।"

"तो फिर आप काकाश्री से बात कीजिये; वो पिताश्री से बात करेंगे।" चित्रलेखा ने कहा।

"हमारे पति, कुमार भार्गव महाराज सूचिपद के सगे भाई नहीं हैं, फिर भी उन्होंने उससे बढ़कर उन्हें सम्मान दिया। चचेरे भाई होने के उपरांत भी उन्होंने कभी उन्हें सगे से कम नहीं माना, अपितु सगे भाई से बढ़कर प्रेम और सम्मान दिया; इसलिए मुझे नहीं लगता कि वो अपने ज्येष्ठ भ्राता के विरुद्ध जायेंगे।"

"आप ही तो कहती थीं न, कि सुदृढ़ संबध तो आत्मीयता और प्रेम का होता है, रक्त का नहीं; मेरे पिता का भी यही मानना है, तो क्या फिर भी काकाश्री उन्हें नहीं समझा पायेंगे।"

वसुंधरा मुस्कुराई, "मुझे जहाँ तक लगता है, कि तुम युवराज विक्रमाजित को अब तक हर स्थिति के लिए तैयार कर चुकी होगी।"

चित्रलेखा मुस्कुराई। क्षणभर विचार किया और बोली, "आपने तो मेरे मन की बात जान ली काकीश्री। हाँ, यह सत्य है कि युवराज विक्रमाजित मुझे लेने अवश्य आयेंगे और मैं यह भी जानती हूँ कि उनके समक्ष टिकने का सामर्थ्य आर्यावर्त के किसी योद्धा में नहीं। मैं तो बस यह चाहती थी कि मेरे पिता मुझे प्रसन्नता से विदा करें और मुझे उनका आशीर्वाद प्राप्त हो।"

"कदाचित् यह संभव नहीं होगा पुत्री, क्योंकि रक्षराज मार्केश भी वहाँ उपस्थित होगा।" वसुंधरा ने चिंतित स्वर में कहा।

चित्रलेखा और वसुंधरा, दोनों ही कुछ क्षण शांत रहे।

"विक्रमाजित तो तुम्हें लेने आयेंगे ही, इसलिए अब सबकुछ समय पर छोड़ दो और महल के भीतर चलो।" वसुंधरा ने कहा।

"हाँ, रात्रि भी बहुत हो चली है, चलिए।" चित्रलेखा और वसुंधरा, महल के भीतर चली गयीं।

अगले दिन सूर्योदय होते ही बलिष्ठगढ़ में एक राजसभा बुलाई गयी। कई राज्यों के राजा वहाँ उपस्थित थे।

बलिष्ठगढ़ का भव्य राजमहल और सिंहासन पर बैठे राजा सूचिपद, उसकी शोभा बढ़ा रहे थे।

उस राजसभा में अनेक राजा बैठे थे। कदाचित् यह कोई स्वयंवर समारोह था।

राजा सूचिपद अपने सिहासन से उठे और अतिथियों का स्वागत किया।

"आर्यावर्त के वीर योद्धाओं! हमने निमंत्रण देकर आप सभी को हमारी पुत्री

चित्रलेखा के स्वयंवर में आमंत्रित किया है; आप सभी का इस स्वयंवर में स्वागत है।''

सभी राजाओं ने उन्हें प्रणाम किया।

राजा सूचिपद ने कहना जारी रखा, ''सभाजनों, आप सब इस आशा में होंगे कि यहाँ हमारी पुत्री के स्वयंवर के लिए किसी खेल या शस्त्र-प्रतियोगिता का आयोजन किया गया है, किंतु ऐसा नहीं है।''

''तो फिर स्वयंवर का विजेता कैसे चुना जायेगा, महाराज?'' वल्लभगढ़ के राजा अम्बरीश ने आसन से उठकर प्रश्न किया।

''इस स्वयंवर को जीतना इतना सरल नहीं है महाराज अम्बरीश; आगे का मार्ग काँटों से भरा हुआ है।'' सूचिपद ने अम्बरीश से कहा।

राजा अम्बरीश हँस पड़े, ''क्षमा करें महाराज, किंतु जबसे हमने राजकुमारी चित्रलेखा का चित्र देखा है, हमारी रातों की नींद उड़ गयी है; मैं क्या, यदि संसार का कोई भी मानव हो, असुर हो, या गंधर्व; चाहे देवता ही क्यों न हो, यदि उन सबकी दृष्टि राजकुमारी चित्रलेखा पर पड़ी होती तो कदाचित् पूरी पृथ्वी पर उनके लिए विकराल युद्ध छिड़ जाता।''

सभी उपस्थित जन अम्बरीश के इस परिहास पर हँस पड़े।

''प्रशंसा के लिए धन्यवाद और आपने कदाचित् उचित ही कहा महाराज अम्बरीश; एक असुर की कुदृष्टि ने इस स्वयंवर के मार्ग को काँटों से भर दिया है।'' राजा सूचिपद सिंहासन से नीचे आये।

''एक असुर की कुदृष्टि?'' राजा अम्बरीश को थोड़ा आश्चर्य हुआ।

''हाँ महाराज; भगवान महाबली के वंशज रक्षराज मार्केश के अनुज त्रिकाल भैरव की दृष्टि जबसे हमारी पुत्री पर पड़ी है, उसने चित्रलेखा से विवाह की ठान ली है; यदि हम उसका विरोध करेंगे तो हमें असुरों की सेना का सामना करना पड़ेगा। जब हमने रक्षराज मार्केश से इस विषय में विनती की, तो उन्होंने सर्वसम्मति से यह निर्णय लिया कि चित्रलेखा को वही वरेगा, जो त्रिकाल भैरव से श्रेष्ठ योद्धा होगा, अर्थात् जो उसे द्वंद्व में पराजित करेगा।'' सूचिपद ने विस्तार से बताया।

सभी राजा हतप्रभ रह गये। त्रिकाल से युद्ध करना अत्यंत दुष्कर कार्य था।

वल्लभगढ़ के राजा अम्बरीश को क्रोध आ गया, ''हे महाराज! आप यहाँ स्वयंवर का आयोजन कर रहे हैं या मृत्यु के किसी क्रीड़ांगण की रचना कर रहे हैं। त्रिकाल भैरव एक असुर है; न हम मायावी हैं, न हममें कोई दिव्य शक्ति है, हम उस मायावी से युद्ध कैसे करेंगे?''

''मैं आपको बताता हूँ महाराज अम्बरीश।'' ये स्वर किसी और का नहीं,

बलिष्ठगढ़ के कुलगुरु शंकराचार्य का था।

'कुलगुरु शंकराचार्य की जय हो!' राज्यसभा में उनके प्रवेश करते ही उनकी जय-जयकार के नारे लगने लगे।

शंकराचार्य ने अपना कथन जारी रखा, "राजा अम्बरीश, रक्षराज मार्केश ने वचन दिया है कि इस द्वंद्व में केवल बाहुबल का प्रयोग होगा, किसी माया का नहीं; रक्षराज मार्केश स्वयं इस द्वन्द्व के साक्षी होंगे और जैसा कि हम जानते हैं, भगवान महाबली के वंशज, रक्षराज मार्केश कभी अपना वचन नहीं तोड़ते।"

"अरे! ये क्या हास्य विनोद की बात है; भला ऐसी शर्त रखी ही क्यों महाराज सूचिपद ने, जो हमें सीधा मृत्यु के मुख में ले जाये?" अम्बरीश के मुख पर भय छाया हुआ था।

यह सुनकर शंकराचार्य को क्रोध आ गया, "स्वयंवर की यही शर्त है महाराज अम्बरीश; यदि आपमें इसे पूरा करने का सामर्थ्य नहीं, तो राजकुमारी चित्रलेखा को भूल जाइए।"

"शक्ति और सामर्थ्य की कोई कमी नहीं है हममें ऋषिवर, किंतु उस असुर को रोकने का सामर्थ्य आप स्वयं रखते हैं, फिर ये शर्त क्यों?" अम्बरीश ने प्रश्न उठाया।

"बलिष्ठगढ़ और असुरों में हुई संधि के कारण मैं उस त्रिकाल भैरव का वध नहीं कर सकता; यदि विवाह के उपरांत उसने फिर से चित्रलेखा पर कुदृष्टि डाली, तब भी क्या उसकी रक्षा मैं करूँगा? राजकुमारी चित्रलेखा ने बालपन से मेरी सेवा की है, इसलिये वो मुझे मेरी पुत्री समान प्रिय है; क्या विवाह के उपरांत मैं सदैव उसके रक्षण के लिये उपस्थित रहूँगा? ये तो संभव नहीं है; इसलिये हम चाहते हैं कि चित्रलेखा का वर ऐसा हो, जो त्रिकाल भैरव के संकट को ही समाप्त कर दे।"

"यदि ऐसा है, तो मैं इस चुनौती को स्वीकार करता हूँ ऋषिवर।" राजा अम्बरीश उत्तेजित होते हुए बोले।

राजा सूचिपद के मुख पर प्रसन्नता छा गयी, "तो फिर ठीक है; कल प्रातः ही इस द्वन्द्व का आयोजन होगा; कल उस असुर को भी आर्यावर्त के वीरों की शक्ति का भान होगा।"

सूर्य के उदय होते ही एक भव्य अखाड़े का निर्माण किया गया। बलिष्ठगढ़ की प्रजा उस अखाड़े के चारों ओर बैठकर उस द्वन्द्व की साक्षी बनने को सज्ज थी।

राजा सूचिपद, अखाड़े से बीस गज ऊपर एक भव्य सिंहासन पर बैठे थे। वहीं दूसरी ओर रक्षराज मार्केश भी एक ऊँचे सिंहासन पर बैठे इस द्वन्द के साक्षी बनने वाले

थे।

"बलिष्ठगढ़ नरेश की जय हो!" बलिष्ठगढ़ की प्रजा अपने महाराज के जयकारे लगा रही थी।

"राजकुमारी को प्रस्तुत किया जाय।" बलिष्ठगढ़ नरेश ने आदेश दिया।

राजा सूचिपद के आदेश पर राजकुमारी चित्रलेखा, हाथों में वरमाला लिए अपनी कई दासियों के साथ प्रस्तुत हुईं।

"राजकुमारी चित्रलेखा की... जय हो! जय हो!" प्रजा उनकी जय-जयकार करने लगी।

शीघ्र ही राजकुमारी चित्रलेखा, राजा सूचिपद के सिंहासन के पास आकर खड़ी हो गयीं।

अखाड़े का द्वार खुला और उस द्वार से महाराज अम्बरीश अपना भाला और ढाल लिए अखाड़े में आये। उनकी दृष्टि राजकुमारी चित्रलेखा पर जैसे ही पड़ी, वह स्तब्ध रह गये।

"जिसे केवल चित्र में देखा था, आज वह स्वप्न-सुंदरी नेत्रों के समक्ष आ गयी।" अम्बरीश का मुख चित्रलेखा को देख खुला रह गया।

रक्षराज मार्केश ने अपने आसन से उठकर शंख बजाया।

अखाड़े का दूसरा द्वार खुला और भाला और ढाल लिए एक बलिष्ठ असुर अखाड़े में आ खड़ा हुआ।

सेनापति चक्रसेन वहीं उपस्थित थे। वह राजा सूचिपद के निकट आये और प्रश्न किया, "क्या द्वन्द्व से पूर्व अपनी प्रजा को कुछ कहना नहीं चाहेंगे महाराज?"

"यह जानते हुए भी, कि अम्बरीश की विजय की संभावना न के बराबर है, मैं प्रजा से क्या कहूँ; अपने स्थान पर लौट जाओ चक्रसेन।" राजा सूचिपद ने आदेश दिया।

"जो आज्ञा महाराज।" चक्रसेन अपने स्थान पर लौट गये।

त्रिकाल भैरव नाम के उस असुर ने द्वन्द्व से पूर्व भयंकर गर्जना की। उस गर्जना से बड़े-बड़े योद्धा थर्रा जाते, किंतु चित्रलेखा के सौंदर्य ने अम्बरीश को स्थिर खड़ा रखा।

"द्वन्द्व आरम्भ हो!" राजा सूचिपद ने लाल पताका फहराई।

राजकुमारी चित्रलेखा को पाने की अभिलाषा ने दोनों के नेत्रों में क्रोध की ज्वाला भर दी थी।

वहीं रक्षराज मार्केश ने भी लाल ध्वज उठाया और संकेत किया, "आरंभ हो।"

त्रिकाल भैरव और अम्बरीश पूरी गति से एक-दूसरे की ओर दौड़े। दोनों भालों के टकराव ने भीषण ध्वनि उत्पन्न की।

पूरे आधे प्रहर तक वह द्वन्द्व चलता रहा। राजा अम्बरीश के भाले ने त्रिकाल की जंघा पर घाव किया।

त्रिकाल भैरव क्रोध से काँप उठा। अम्बरीश का अगला वार त्रिकाल की छाती की ओर बढ़ा, किंतु वह वार इससे पहले उसकी छाती तक पहुँचता, त्रिकाल ने उसका वह भाला पकड़ लिया और अम्बरीश की छाती पर प्रहार किया।

अम्बरीश के हाथ से भाला छूट गया। वह भूमि पर गिर पड़े। अगले ही क्षण त्रिकाल भैरव उनकी छाती को भाले से भेद देता, यदि वह अद्भुत चपलता दिखाकर भूमि के उस हिस्से से हटे न होते।

अगले ही क्षण उन्होंने त्रिकाल के पैर पर प्रहार कर उसे भूमि पर गिरा दिया और भाला उसके हाथ से छीन लिया। त्रिकाल भैरव अब निःशस्त्र था। अगले ही क्षण अम्बरीश का भाला उसकी छाती की ओर बढ़ा, किंतु समय रहते उसने वह भाला झटककर अम्बरीश को भूमि पर धकेल दिया।

अम्बरीश और त्रिकाल, दोनों अब निःशस्त्र थे।

''चपलता बहुत दिखा ली युवान्, अब इस द्वन्द्व का निर्णय बाहुबल करेगा।'' त्रिकाल, अम्बरीश की ओर दौड़ा।

''यही सही।'' अम्बरीश ने अपनी मुट्ठियाँ भींचीं और त्रिकाल की ओर दौड़े।

दोनों योद्धा मल्लयुद्ध के लिये भिड़ गए। शीघ्र ही अम्बरीश को यह आभास हो गया कि चाहे वह शस्त्रकला में भले त्रिकाल को टक्कर देने का सामर्थ्य रखते हों, किंतु बाहुबल में वो उसके आगे कुछ नहीं हैं।

त्रिकाल ने अम्बरीश को दोनों हाथों से पूरा उठा लिया और जोर से उन्हें भूमि पर पटका। अम्बरीश के पूरे शरीर में पीड़ा हो रही थी, किंतु फिर भी वह भूमि से उठे।

अगले ही क्षण त्रिकाल ने उनके मुख पर एक भीषण मुष्टि प्रहार किया। अम्बरीश के मुख से रक्त की धारा फूट पड़ी। बिना समय गँवाए, त्रिकाल ने उनकी छाती, पेट और मुख पर मुष्टि प्रहार करने आरम्भ कर दिए।

अंततः वह रक्तरंजित होकर भूमि पर गिर पड़े।

त्रिकाल ने उनकी छाती पर पाँव रखा और अहंकारपूर्वक कहा, ''अपनी भूल का परिणाम देख लिया अम्बरीश; स्मरण रखना, चित्रलेखा केवल मेरी है।''

वहीं अम्बरीश की दृष्टि राजकुमारी चित्रलेखा पर गयी, वह उन्हें दया भरी दृष्टि से देख रही थीं। उन्हें देखते हुए ही वह मूर्छावस्था में चले गए।

त्रिकाल ने अपना अगला प्रहार करने के लिए अपनी दोनों मुट्ठियाँ बाँधी, किंतु अगले ही क्षण रक्षराज मार्केश ने हस्तक्षेप किया।

"ठहरो त्रिकाल!" रक्षराज के स्वर ने त्रिकाल का ध्यान अपनी ओर खींच लिया।

"क्या हुआ ज्येष्ठ? मुझे अपनी विजय पर मुहर लगाने दीजिये।" त्रिकाल ने विनती की।

"तुम विजयी हो चुके हो त्रिकाल; अपनी विजय पर मुहर लगाने के लिए तुम्हें किसी मूर्छित योद्धा का वध करके हमारे वंश का अपमान करने की अवश्यकता नहीं है।" मार्केश ने कड़े शब्दों में कहा।

"जो आज्ञा ज्येष्ठ।" त्रिकाल पीछे हट गया।

कुछ क्षण विचार करने के उपरांत त्रिकाल फिर आगे आया।

"क्षमा चाहता हूँ ज्येष्ठ; मैं इस द्वन्द्व में तो विजयी तो हो गया, किंतु मेरी चुनौती अभी समाप्त नहीं हुई।" त्रिकाल ने कहा।

"तुम्हारे कहने का अर्थ क्या है?" मार्केश ने प्रश्न किया।

"बताता हूँ ज्येष्ठ।"

कहकर त्रिकाल भैरव अखाड़े के मध्य में आया और भयंकर गर्जना की, "मैं इस द्वन्द्व का विजेता हूँ, किंतु एक योद्धा को पराजित कर मुझे संतोष नहीं, इसलिए इस प्रांगण में उपस्थित सभी राजा या राजकुमार, वो निमंत्रित हो या अनिमंत्रित; कोई गंधर्व हो, कोई देव हो या कोई ब्राह्मण हो, यह त्रिकाल भैरव उन सबको चुनौती देता है। यदि उनमें सामर्थ्य है तो मुझसे द्वन्द्व करें और राजकुमारी चित्रलेखा को जीतकर दिखायें; स्वयं ईश्वर को त्रिकाल की चुनौती है, यदि उनमें सामर्थ्य हो, तो चित्रलेखा को मुझसे छीनकर दिखायें।" त्रिकाल का अहंकार आकाश छू रहा था।

वहाँ उपस्थित सभी प्रजाजनों में कानाफूसी होने लगी।

"ईश्वर को चुनौती देकर अपनी मृत्यु को निमंत्रण मत दे मूर्ख!" बीस गज की ऊँचाई से आये उस स्वर ने सभी का ध्यान अपनी ओर खींचा। यह कोई और नहीं, विक्रमाजित थे।

बीस गज की ऊँचाई से वह क्षणभर में नीचे अखाड़े में कूद गए।

उन्होंने कहना जारी रखा, "वो देव हो, दानव हो, असुर हो, गन्धर्व हो या मानव हो; जब-जब किसी ने परमपिता को चुनौती देने का साहस किया है, प्रकृति ने स्वयं उसके विनाश का मार्ग खोज निकाला है... और तुम जैसे अहंकारी के विनाश के लिए उसी प्रकृति ने मुझे चुना है।"

रक्षराज मार्केश को इस पर क्रोध आ गया, ''वहीं रुक जाओ विक्रमाजित, इस स्वयंवर में तुम्हें आमंत्रित नहीं किया गया।''

बलिष्ठगढ़ नरेश सूचिपद भी मार्केश के समर्थन में उठ खड़े हुए, ''रक्षराज मार्केश उचित कह रहे हैं युवराज विक्रमाजित; इस स्वयंवर में आप आमंत्रित नहीं हैं, इसलिए आप इस द्वन्द्व में भाग नहीं ले सकते।''

विक्रमाजित ने कड़े स्वर में कहा, ''ऐसा प्रतीत होता है कि आपकी स्मरणशक्ति थोड़ी क्षीण हो गयी है महाराज सूचिपद; कदाचित् आपने सुना नहीं कि त्रिकाल भैरव ने अभी-अभी क्या कहा... उसकी चुनौती संसार के सभी योद्धाओं के लिए है और मैं भी इस संसार का एक भाग हूँ।''

''किंतु मेरी पुत्री पर केवल मेरा अधिकार है; उसका विवाह मैं भले ही एक असुर से कर दूँ, किंतु तुमसे कदापि नहीं करूँगा विक्रमाजित।'' सूचिपद क्रोध में थे।

विक्रमाजित के नेत्रों में क्रोध की ज्वाला धधकने लगी, ''धिक्कार है आप पर, आपके विचारों पर; आप तो क्षत्रिय कहलाने योग्य ही नहीं हैं महाराज सूचिपद।''

''विक्रमाजित...!'' सूचिपद क्रोध से चीखे। उन्होंने कहना जारी रखा, ''तुम हमारा अपमान कर रहे हो; अगर एक पिता होने के नाते हम अपनी पुत्री पर अधिकार जताते हैं, तो इसमें अनुचित क्या है?''

विक्रमाजित ने तर्क देना आरंभ किया, ''स्त्री कोई वस्तु नहीं होती, जिस पर अधिकार जताया जाय। आपकी गोशाला में बँधी वो कोई गाय नहीं है, जिसे किसी के भी खूँटे से बाँध दिया जाय। हमारी ही भाँति वो भी एक स्वंतत्र जीव है। आर्यावर्त में स्वयंवर की प्रथा इसलिए आयोजित की जाती है, कि स्त्री को अपनी इच्छानुसार जीवनसाथी चुनने का अवसर मिले; सदियों से चली आ रही ये परंपरा तोड़कर अपने राष्ट्र के मान को कलंकित मत कीजिए, महाराज; इस विषय में अपनी पुत्री से प्रश्न कीजिये, यदि उनकी इच्छा न हुई; तो मैं इस द्वन्द्व में भाग नहीं लूँगा; चूँकि वरमाला उनके हाथ में है, इसलिए उनकी इच्छा सर्वोपरि है।''

विक्रमाजित के इस कथन ने एक बार फिर प्रजा में कानाफूसी आरम्भ करवा दी। सबको इस बात की प्रतीक्षा थी, कि राजकुमारी चित्रलेखा क्या कहेंगी।

सूचिपद की दृष्टि भी चित्रलेखा की ओर गयी।

राजकुमारी चित्रलेखा आगे आईं और घोषणा की, ''युवराज विक्रमाजित की चुनौती हमें स्वीकार है।''

विक्रमाजित के मुख पर मुस्कान खिल उठी। वहीं रक्षराज मार्केश वापस अपने आसन पर जा बैठे।

सूचिपद की दृष्टि चित्रलेखा को देख रही थी।

"क्षमा करें पिताश्री, किंतु आपके अहंकार को संतुष्ट करने के लिए उस असुर की भार्या बनना मुझे स्वीकार नहीं।" चित्रलेखा ने स्पष्ट रूप से कह दिया।

वहीं विक्रमाजित और त्रिकाल भैरव, द्वन्द्व करने को सज्ज खड़े थे। रक्षराज मार्केश अपने सिंहासन पर चिन्तित बैठे थे।

त्रिकाल भैरव की आँखों में ज्वाला भड़क रही थी, "चाहे कितना भी प्रयास कर लो युवान्। चित्रलेखा मेरा प्रेम है, मुझे उससे कोई नहीं छीन सकता; मेरा अधिकार उस पर सिद्ध है।"

"मैंने अभी-अभी कहा, त्रिकाल, स्त्री कोई वस्तु नहीं, जिस पर तुम्हारा अधिकार सिद्ध हो जाए; यदि राजकुमारी को तुमसे प्रेम होता तो मुझे इस द्वन्द्व में भाग लेने की आज्ञा ही नहीं मिलती।" विक्रमाजित के शब्दों में चुनौती साफ़ दिखाई दे रही थी।

अखाड़े में उपस्थित प्रजा में कानाफूसी होने लगी।

"तो फिर विलम्ब कैसा विक्रमाजित, अपना शस्त्र चुन लो।" त्रिकाल ने अहंकारपूर्वक कहा।

"तुम्हें पराजित करने के लिए मुझे किसी शस्त्र की आवश्यकता नहीं है, त्रिकाल... तुम्हें सबसे अधिक अहंकार अपने भुजाबल पर ही है न, तो क्या अपनी भुजाओं के इस बल का प्रदर्शन जारी रखना नहीं चाहोगे?" विक्रमाजित ने त्रिकाल को मल्लयुद्ध के लिए ललकारा था।

"मेरी भुजाओं का बल यहाँ उपस्थित समस्त प्रजाजनों ने देखा है और वल्लभगढ़ नरेश अम्बरीश का वह मूर्छित शरीर इसका साक्षी भी है; मैं तो तुम्हें शस्त्र चुनने का अवसर इसलिए दे रहा था, ताकि तुम इस द्वन्द्व में कुछ समय तक टिक सको और तनिक इस द्वन्द्व में आनंद आये। किंतु प्रतीत होता है... कि तुम्हारा अंत समय निकट आ गया है, यमराज अपना मृत्यु पाश लिए तुम्हारे मस्तक पर चढ़े हुए हैं, कदाचित् इसीलिए तुम्हारी सोचने-समझने की शक्ति क्षीण हो गयी है।" त्रिकाल ने अहंकारपूर्वक कहा।

"यम का पाश किसके मस्तक पर है, इसका निर्णय समय को करने दो त्रिकाल भैरव; वीर युद्ध करते हैं, वार्ता में समय नष्ट नहीं करते। मुझे तो प्रतीत होता है कि तुम केवल समय नष्ट करके अपनी मृत्यु से भागने का उपाय खोज रहे हो।" विक्रमाजित ने छीटाकशी की।

"एक बात तो तुमने उचित कही मूर्ख; यम का पाश किसके मस्तक पर है, इसका निर्णय अब समय ही करेगा और शीघ्र ही तुम्हें भान हो जायेगा कि तुम्हारे जीवन में अधिक क्षण शेष नहीं बचे।" त्रिकाल भैरव, विक्रमाजित की ओर दौड़ा।

विक्रमाजित भी अपने प्रतिद्वंद्वी की ओर दौड़े। दोनों का भीषण द्वन्द्व आरंभ हो गया।

वहीं रक्षराज मार्केश चिंतित बैठे थे। उनका एक उपस्थित अनुज, अधीम उनके निकट आया, "क्या हुआ ज्येष्ठ, आप इतने चिंतित क्यों दिखाई दे रहे हैं?"

"मेरा अनुज त्रिकाल भैरव अपनी मृत्यु के मार्ग पर चल पड़ा है अधीम; यह चिंता का ही तो विषय है।" रक्षराज मार्केश के शब्दों में चिंता का स्वर महसूस किया जा सकता था।

"आप ऐसा क्यों कह रहे हैं ज्येष्ठ? क्या आपको आपके अनुज के सामर्थ्य पर विश्वास नहीं है?" अधीम ने आश्चर्य से पूछा।

"विक्रमाजित कोई साधारण योद्धा नहीं है अधीम; वो महाऋषि ओमेश्वर के आशीर्वाद से जन्मा है, कालचक्र की शक्ति का धारक है; अपने सामर्थ्य की सीमा तो कदाचित् वह स्वयं भी नहीं जानता। संसार में केवल एक ऐसा योद्धा था, जिसमें विक्रमाजित को परास्त करने का सामर्थ्य था और वो था असुरेश्वर दुर्भीक्ष; किंतु मेरी एक भूल के कारण उस बालक को अनिश्चित काल के लिये सुप्तावस्था में जाना पड़ा, इसलिए आधुनिक काल का सत्य यही है कि विक्रमाजित को कोई पराजित नहीं कर सकता।" रक्षराज मार्केश अपने परमशत्रु की ही प्रशंसा कर रहे थे।

रक्षराज का कथन सही सिद्ध हो रहा था। विक्रमाजित, त्रिकाल भैरव पर भारी पड़ रहे थे।

विक्रमाजित ने त्रिकाल को दोनों हाथों से उसी भाँति उठा लिया, जैसे त्रिकाल ने अम्बरीश को उठाया था। उसके उपरांत उसे पूरी शक्ति से भूमि पर पटका।

भीषण पीड़ा के उपरांत भी त्रिकाल ने पराजय स्वीकार नहीं की। वह उठकर एक बार फिर विक्रमाजित की ओर दौड़ा। इस बार विक्रमाजित ने बायें हाथ से उसकी गर्दन ही पकड़ ली और उसे एक बार फिर भूमि पर गिरा दिया।

उसे भूमि पर गिराकर विक्रमाजित ने उसके मुख और छाती पर बिना रुके कई मुष्टि प्रहार किये। त्रिकाल का आधा शरीर रक्तरंजित हो उठा।

विक्रमाजित भूमि से उठे, "कदाचित् अब तक तुम्हें यह भान हो गया होगा कि इस द्वन्द्व में तुम विजयी नहीं हो सकते, इसलिए उचित यही होगा कि समर्पण कर दो।"

विक्रमाजित पीछे हटे।

त्रिकाल भैरव, भूमि पर पड़े पड़े विचार कर रहा था, *"बल से इसे पराजित नहीं किया जा सकता, माया का प्रयोग अनिवार्य है।"*

त्रिकाल भैरव ने लेटे-लेटे ही अपनी आँखें बंद की और कुछ मंत्रों का उच्चारण किया। फलस्वरूप अखाड़े में गिरा हुआ एक भाला स्वयं ही उठ गया और विक्रमाजित की ओर बढ़ा।

उस भाले के आने के स्वर ने विक्रमाजित को सतर्क कर दिया। उन्होंने हटकर उस वार से बचने का प्रयास किया, किंतु उस भाले ने उनका कंधा घायल कर दिया।

रक्षराज मार्केश यह देख क्रोध में अपने आसन से उठे, ''रुक जाओ त्रिकाल! माया का प्रयोग मत करो।''

त्रिकाल भैरव घायल अवस्था में भूमि से उठा, ''तो क्या आप नहीं चाहते ज्येष्ठ कि आपका अनुज इस द्वन्द्व में विजयी हो?''

''प्रश्न विजय या पराजय का नहीं है त्रिकाल; तुमने माया का प्रयोग आरंभ किया, इसका सीधा-सा अर्थ यह है कि इस द्वन्द्व में तुम पराजय स्वीकार कर चुके हो। मैंने बलिष्ठगढ़ नरेश को वचन दिया है कि इस द्वन्द्व में केवल बल का प्रयोग होगा, माया का नहीं और हम भगवान महाबली के वंशज, वचन भंग नहीं करते; इसलिए अपनी पराजय स्वीकार करो और पीछे हट जाओ।'' मार्केश ने उसे चेतावनी दी।

त्रिकाल भैरव कुछ क्षण मौन रहा।

कुछ क्षण मौन रहने के उपरांत उसकी दृष्टि चित्रलेखा पर पड़ी। उसका सौन्दर्य देख उससे रहा न गया, ''क्षमा करें ज्येष्ठ, मैं आपका अपमान नहीं कर चाहता, किंतु मेरे और चित्रलेखा के मध्य अब कोई नहीं आ सकता।''

त्रिकाल भैरव ने एक बार फिर मन्त्रों का उच्चारण आरंभ किया। विक्रमाजित ने भूमि पर पड़ा भाला उठा लिया। उसके मंत्रों का प्रभाव शीघ्र ही सामने आया। अखाड़े में रखे तीन भाले और दो तलवारें विक्रमाजित की ओर बढ़ने लगे।

विद्युत की गति से वो सारे शस्त्र विक्रमाजित की ओर बढ़े। विक्रमाजित ने कुशलतापूर्वक उन सबका सामना किया। रक्षराज मार्केश से यह देखा नहीं गया। उन्होंने अपने पास रखा एक भाला उठाया।

''ज्येष्ठ, यह आप क्या कर रहे हैं?'' अधीम आश्चर्य में था।

''दोषी को उसके अपराध का दंड दे रहा हूँ।'' कहकर रक्षराज मार्केश ने भाला चला दिया।

वह भाला सीधा त्रिकाल भैरव के हृदय को चीरकर भूमि में धँस गया। विक्रमाजित पर होती शस्त्र वर्षा थम गयी और सारे शस्त्र नीचे गिर गए।

त्रिकाल भैरव आश्चर्य से रक्षराज की ओर देख रहा था।

''आश्चर्य मत करो त्रिकाल। तुमने दिया हुआ वचन भंग किया, हमारे वंश को

कलंकित किया और मैं अपने पूर्वज भगवान महाबली के वंश को किसी के लिए भी कलंकित नहीं होने दूँगा।''

रक्षराज मार्केश के वह शब्द सुन त्रिकाल भूमि पर गिर पड़ा। हृदय फट जाने के कारण कुछ ही क्षणों में उसके प्राण-पखेरू उड़ गए।

रक्षराज मार्केश का हृदय पीड़ा से भर उठा। विक्रमाजित की दृष्टि उन पर थी।

जब रक्षराज ने यह अनुभव किया तो अपने मुख के भाव छुपा लिये, ''तुम ये मत समझना विक्रमाजित, कि तुम्हारे प्रति मेरे हृदय में कोई भाव आ गए हैं इसलिए मैंने ये कदम उठाया है; मैंने अपने अनुज का वध अपने परिवार के सम्मान की रक्षा के लिए किया है, तुम्हारी मृत्यु पर केवल मेरा अधिकार है विक्रमाजित और एक दिन किसी महासमर में यह अवश्य संभव होगा, तब तक के लिए जी लो अपना जीवन।'' रक्षराज मार्केश अपने आसन पर वापस बैठ गए।

विक्रमाजित ने रक्षराज मार्केश से विवाद करना उचित नहीं समझा। वह मौन खड़े रहे और त्रिकाल भैरव के शव को कुछ क्षण देखते रहे।

राजा सूचिपद को कुछ सूझ नहीं रहा था कि वह क्या करें। वह विचार कर रहे थे कि वह क्या कहें, 'यदि विक्रमाजित का विवाह मेरी पुत्री से हो गया, तो रक्षराज और हमारे मध्य हुई संधि भंग हो जाएगी, क्या करूँ, समझ नहीं आ रहा।'

विक्रमाजित ने अखाड़े में खड़े-खड़े ही सूचिपद के मनोभाव भाँप लिए, ''मौन क्यों हैं महाराज? इस स्वयंवर का विजेता हूँ मैं; राजकुमारी चित्रलेखा, वरमाला लिए आपके आदेश की प्रतीक्षा कर रही हैं; आप भला किस संकोच में पड़े हैं, अपने वचन का मान रखिए महाराज। मैंने त्रिकाल भैरव को परास्त किया है, इसलिये यदि राजकुमारी की इच्छा हो, तो वो मुझे अपनी वरमाला से अलंकृत कर सकती हैं।''

राजा सूचिपद ने अपनी पुत्री की ओर देखा। वह विक्रमाजित की ओर देख मुस्कुरा रही थीं।

सूचिपद को कोई और मार्ग नहीं दिखा। उन्होंने अपना मन मारकर चित्रलेखा को नीचे जाने का संकेत दिया।

राजकुमारी चित्रलेखा वरमाला लेकर अखाड़े में आईं। विक्रमाजित और चित्रलेखा एक-दूसरे को संतुष्टि भरी दृष्टि से देख रहे थे। शीघ्र ही चित्रलेखा उनके निकट आईं और विक्रमाजित को अपनी वरमाला से अलंकृत किया।

''राजकुमारी चित्रलेखा की जय हो!''

''युवराज विक्रमाजित की जय हो!'' प्रजाजनों ने नारे लगाने आरंभ किये।

तब तक अम्बरीश की मूर्छा टूट चुकी थी। वह भूमि से उठे। चित्रलेखा द्वारा

विक्रमाजित के कंठ को अलंकृत करते देख वह स्तब्ध रह गए। उन्होंने दृष्टि घुमाकर देखा, तो उन्हें त्रिकाल भैरव का शव दिखाई दिया।

अम्बरीश का शरीर अभी भी रक्तरंजित था, किंतु चित्रलेखा को विक्रमाजित के साथ देख उनका क्रोध उनके घाव पर हावी हो रहा था। उन्होंने आगे बढ़ने का प्रयास किया, किंतु वह लड़खड़ाने लगे। इससे पूर्व कि वह भूमि पर गिरते, बलिष्ठगढ़ के सेनापति चक्रसेन ने उन्हें सँभाल लिया।

''चलिए वल्लभगढ़ नरेश, आपको उपचार की आवश्यकता है।'' चक्रसेन उन्हें वहाँ से ले जाने लगे।

जाते-जाते अम्बरीश के मन में केवल एक ही टीस थी, ''मैंने चित्रलेखा को प्राप्त करने के लिए अपना इतना रक्त बहाया और वरमाला उसने किसी और के गले में डाल दी... मैं बलिष्ठगढ़ को क्षमा नहीं करूँगा, चित्रलेखा को मैं पाकर रहूँगा।''

''तो अंततः आपकी इच्छा पूर्ण हो ही गई राजकुमारी चित्रलेखा।'' विक्रमाजित, चित्रेलखा को देख मुस्कुरा रहे थे।

चित्रलेखा का मुख लज्जा से लाल हो रहा था। दासियों के साथ होने के कारण उन्होंने विक्रमाजित की ठिठोली का उत्तर नहीं दिया। वो बस विक्रमाजित के मुख को निहार रही थीं।

'सारथी!' विक्रमाजित ने पुकार लगायी।

अखाड़े का द्वार खुला और एक रथ अखाड़े में आया।

जाने से पहले विक्रमाजित ने राजा सूचिपद की ओर देखा, ''आप निश्चिंत रहिए महाराज, आपकी पुत्री को हमारे राष्ट्र में भरपूर सम्मान और स्थान प्राप्त होगा; हमारे विवाह में आप और आपके समस्त परिवारजन आमंत्रित हैं, कृपया अपना आशीर्वाद देकर अपनी पुत्री को विदा करें।''

राजा सूचिपद ने कोई उत्तर नहीं दिया। वह अपने आसन पर विराजमान अवसादग्रस्त रक्षराज मार्केश की ओर निहार रहे थे।

महाराज सूचिपद से कोई उत्तर न मिलने के उपरांत भी विक्रमाजित ने उनकी उपेक्षा नहीं की।

वह चित्रलेखा की ओर मुड़े, ''चलो चित्रलेखा।''

''अपने पिता का आशीर्वाद लिए बिना हम यहाँ से कैसे प्रस्थान कर सकते हैं युवराज?'' चित्रलेखा का मन दुखी था।

विक्रमाजित ने चित्रलेखा को समझाने का प्रयास किया, ''समझने का प्रयत्न कीजिये राजकुमारी; आपके पिता को रक्षराज मार्केश का भय है, इसलिए वह चाहकर

भी हमारा समर्थन नहीं कर सकते; जब तक रक्षराज यहाँ उपस्थित हैं, आपके पिता आपको विदा नहीं करेंगे, इसलिए उचित यही होगा कि हम यहाँ से प्रस्थान करें।''

चित्रलेखा ने अपने पिता की ओर देखा। राजा सूचिपद ने अपनी दृष्टि झुका ली।

"चलो चित्रलेखा, हम शीघ्र ही आपके पिता को मना लेंगे, किंतु इस समय रक्षराज यहाँ उपस्थित हैं और अपने अनुज की मृत्यु के कारण अवसाद में भी हैं, इसलिए उचित यही होगा कि अभी हम यहाँ से प्रस्थान करें।'' विक्रमाजित ने चित्रलेखा को समझाने का प्रयास किया।

"जैसा आप उचित समझें युवराज; वैसे भी अपने कायर पिता का मुख देखने की मेरी भी इच्छा नहीं हो रही।'' चित्रलेखा को भी क्रोध आने लगा था।

"ऐसा न कहिये राजकुमारी; वो केवल आपके पिता नहीं हैं, अपितु वो एक राजा भी हैं और ये सब वो अपनी प्रजा की सुरक्षा का ध्यान रखते हुए कर रहे हैं। कदाचित् हमसे अधिक उन्हें रक्षराज से हुई संधि पर विश्वास है; यह केवल विचारों का मतभेद है और कुछ नहीं।'' विक्रमाजित ने समझाने का प्रयास किया।

चित्रलेखा ने सहमति में सर हिलाया।

"तो आइए राजकुमारी, हमारे रथ को अपने चरण कमलों से सुशोभित कीजिये।'' विक्रमाजित ने रथ की ओर संकेत किया।

चित्रलेखा रथ की ओर बढ़ीं। तभी महाऋषि शंकराचार्य वहाँ पधारे।

"महाराज तुम्हें आशीर्वाद दे या न दें, मेरा आशीर्वाद तो ले ही सकती हो पुत्री।'' महाऋषि शंकराचार्य मुस्कुरा रहे थे।

चित्रलेखा भी प्रसन्नता से खिल उठीं। वह युवराज विक्रमाजित की ओर मुड़ीं, "यह हमारे कुलगुरु महाऋषि शंकराचार्य हैं, जो मेरे पिता समान हैं।''

चित्रलेखा आगे बढ़ीं। विक्रमाजित भी आगे बढ़े। उन दोनों ने झुककर उनके चरण स्पर्श किये।

"सौभाग्यवती भव पुत्री, तुम दोनों की जोड़ी सदैव बनी रहे।'' शंकराचार्य ने आशीर्वाद दिया।

तत्पश्चात वो विक्रमाजित की ओर मुड़े, "युवराज विक्रमाजित, चित्रलेखा ने बालपन से मेरी सेवा की है; वो मुझे पुत्री समान प्रिय है, हमें अब तपस्या के लिये प्रस्थान करना है, इसलिए चित्रलेखा की रक्षा का पूर्ण दायित्व अब आपका है।''

"आपकी आज्ञा शिरोधार्य है मुनिवर; चित्रलेखा अब मेरी अर्धांगिनी हैं, निःसंदेह इनका रक्षण मेरा उत्तरदायित्व है, आप निश्चिंत रहें; मैं आपको वचन देता हूँ, कि जब

तक मैं जीवित हूँ, चित्रलेखा को कोई क्षति नहीं पहुँचा सकता।'' विक्रमाजित ने विश्वास दिलाया।

इसके उपरांत युवराज विक्रमाजित ने राजकुमारी से आग्रह किया, ''अब चलें राजकुमारी।''

राजकुमारी चित्रलेखा आगे बढ़ीं और रथ पर चढ़ गयीं। विक्रमाजित भी अपने रथ पर आरूढ़ हुए।

विक्रमाजित ने जाने से पूर्व, राजा सूचिपद से विनती की, ''आशा है महाराज कि आप विवाह में अवश्य पधारेंगे।''

महाराज भभूति ने कोई उत्तर नहीं दिया। विक्रमाजित ने उन्हें हाथ जोड़कर नमन किया, ''विदा महाराज।''

जाने से पूर्व उन्होंने रक्षराज मार्केश पर दृष्टि डाली। वो उन्हें क्रोध भरी दृष्टि से देख रहे थे। विक्रमाजित ने उन्हें भी प्रणाम किया। रक्षराज ने क्रोध से अपना मुख घुमा लिया।

तत्पश्चात विक्रमाजित ने अपना रथ मोड़ लिया और अखाड़े से ही विदर्भ की ओर निकल पड़े।

शीघ्र ही एक भव्य समारोह में विक्रमाजित और चित्रलेखा का विवाह संपन्न हुआ।

अध्याय 3

अम्बरीश का षड्यंत्र

एक वर्ष उपरांत

विदर्भ के महाराज भभूति, राजसभा में अपने सिंहासन पर विराजमान थे।

एक रक्षक सैनिक राजसभा में उपस्थित हुआ और सूचना दी, ''बलिष्ठगढ़ का दूत राजसभा में आने की आज्ञा चाहता है महाराज।''

राजा भभूति को थोड़ा आश्चर्य हुआ, ''बलिष्ठगढ़ का दूत?''

''जी महाराज।'' सैनिक ने उत्तर दिया।

''ठीक है, लेकर आओ उसे।'' राजा भभूति ने आज्ञा दे दी।

शीघ्र ही बलिष्ठगढ़ का दूत विदर्भ की राजसभा में उपस्थित हुआ।

''बिना किसी विलम्ब के अपनी बात कहना आरंभ करो दूत।'' राजा भभूति ने दूत को आदेश दिया।

दूत ने कहना आरंभ किया, ''जो आज्ञा महाराज। बलिष्ठगढ़ नरेश महाराज सूचिपद ने आपको प्रणाम किया है; वो कहते हैं कि उन्हें खेद है कि वो आपके युवराज विक्रमाजित और अपनी पुत्री राजकुमारी चित्रलेखा के विवाह में उपस्थित नहीं हुए, जिसके पीछे कुछ राजनीतिक कारण थे; किंतु अब रक्षराज मार्केश से हुई संधि भंग होने के उपरांत उन्हें यह भान हो गया है कि रक्षराज मार्केश का साथ देना उनकी भूल थी।

उन्हें यह सूचना मिल चुकी है, कि शीघ्र ही उनकी पुत्री संतान को जन्म देने वाली है, इसलिए वो चाहते हैं कि उनकी पुत्री युवराज विक्रमाजित के साथ उनके महल पधारें। वो कहते हैं कि उनका स्वास्थ्य काफी ख़राब हो चुका है... कदाचित् वो मृत्यु के निकट हैं, इसलिए वह महाराज भभूति से विनती करते हैं कि मृत्यु से पूर्व वो अपनी पुत्री की संतान को देखना चाहते हैं और अपनी पुत्री से क्षमा भी माँगना चाहते हैं; इसलिए उनकी इच्छा है कि उनकी पुत्री की संतान बलिष्ठगढ़ में जन्म ले। यदि महाराज भभूति इसकी अनुमति देते हैं, तो वो आपके आभारी होंगे; इससे बलिष्ठगढ़ और विदर्भ राज्य की शत्रुता सदैव के लिए समाप्त हो जाएगी।'' दूत ने संदेश समाप्त किया।

राजा भभूति ने कुछ क्षण विचार किया और अपने बगल के आसन पर बैठे युवराज विक्रमाजित से प्रश्न किया, ''हम युवराज से जानना चाहेंगे कि उनका इस विषय में क्या विचार है?''

युवराज विक्रमाजित अपने आसन से उठे, ''शांति और संधि का मार्ग सबसे उत्तम मार्ग होता है महाराज और वैसे भी यदि महाराज सूचिपद अपनी मृत्यु के मार्ग पर हैं, तो मेरा सुझाव है कि हमें उनकी इस इच्छा का मान रखना चाहिए; मृत्यु के निकट व्यक्ति यदि कोई इच्छा प्रकट करे तो उसे मान लेना ही उचित है।''

''और यदि ये शत्रु का कोई षड्यंत्र हुआ तो?'' भभूति ने प्रश्न किया।

''इस विषय में तो मैं बस यही कहना चाहूँगा कि आपका पुत्र इतना सक्षम है पिताश्री, कि अकेले ही बलिष्ठगढ़ की समस्त सेना का नाश कर दे।'' विक्रमाजित ने गर्व से कहा।

महाराज भभूति मुस्कुराये और दूत को उत्तर दिया, ''महाराज सूचिपद का निवेदन हमें स्वीकार है; युवराज विक्रमाजित और राजकुमारी चित्रलेखा शीघ्र ही बलिष्ठगढ़ की ओर प्रस्थान करेंगे।''

''धन्यवाद महाराज।'' बलिष्ठगढ़ का दूत लौट गया।

''महामंत्री संजय!'' महाराज भभूति ने कुछ गज दूर आसन पर बैठे विदर्भ के महामंत्री को पुकार लगायी।

''आज्ञा महाराज।'' संजय, महाराज के समक्ष आ खड़े हुए।

''युवराज विक्रमाजित और युवरानी चित्रलेखा के प्रस्थान का उचित प्रबंध करें महामंत्री; ध्यान रहे, हमारी कुलवधू को न दासियों की कोई कमी हो, न सुरक्षा की।'' महाराज भभूति ने आदेश दिया।

''जो आज्ञा महाराज।'' संजय, यात्रा की व्यवस्था करने प्रस्थान कर गए।

घने वन में वल्लभगढ़ नरेश अम्बरीश अपने अश्व पर आरूढ़ हुए चले जा रहे थे। शीघ्र ही एक गुफा के निकट आकर उन्होंने अपना अश्व रोका। वह अपने अश्व से उतरे और गुफा की ओर बढ़े।

गुफा में प्रवेश करते ही एक स्वर ने उनका स्वागत किया, "आइए, महाराज अम्बरीश, बहुत दिनों से प्रतीक्षा थी आपकी।"

"एक अवसर प्राप्त हुआ है अपने शत्रुओं को धूल में मिलाने का; किंतु क्या आप रक्षराज मार्केश को इसके लिए मना पायेंगे गुरु भैरवनाथ?" अम्बरीश ने रक्षों के महागुरु भैरवनाथ को संबोधित किया।

"आप उसकी चिंता न करें महाराज अम्बरीश; असुरों का महागुरु हूँ मैं; शिष्य है मेरा रक्षराज; आप योजना बताइए।" रक्षगुरु भैरवनाथ ने प्रश्न किया।

अम्बरीश ने अपनी योजना समझानी आरम्भ की।

"अति उत्तम योजना है महाराज। इससे आपको जो चाहिए वो आपको प्राप्त होगा और रक्षराज को उनके प्रतिशोध का संतोष भी मिलेगा। आप प्रस्थान कीजिये, असुरों की एक अक्षौहिणी सेना शीघ्र ही आपकी सेवा में उपस्थित होगी।" रक्षगुरु भैरवनाथ ने अम्बरीश को विश्वास दिलाया।

"धन्यवाद महागुरु; अब चित्रलेखा केवल मेरी होगी।" अम्बरीश वहाँ से प्रस्थान कर गए।

तत्पश्चात रक्षगुरु ने ताली बजाई।

एक असुर सैनिक वहाँ उपस्थित हुआ, "आज्ञा महागुरु!"

"यात्रा की तैयारी की जाए, हम अभी के अभी पाताललोक की ओर प्रस्थान करेंगे।" भैरवनाथ ने आदेश दिया।

***

पाताललोक/पातालपुरी (आर्यावर्त से दूर, उत्तरी पश्चिम दिशा में स्थित असुरों का गढ़)

रक्षराज मार्केश, अखाड़े में अपने अनुज दुदुम्भी के साथ तलवारबाजी का अभ्यास कर रहे थे।

शीघ्र ही एक दूत मार्केश के समक्ष उपस्थित हुआ।

उसे देख तलवारबाजी का अभ्यास करते हुए ही रक्षराज ने प्रश्न किया, "कोई विशेष सूचना?"

"रक्षगुरु भैरवनाथ पधारे हैं महाराज।" दूत ने सूचित किया।

मार्केश ने दूत को कोई उत्तर नहीं दिया। वह अपने अनुज दुदुम्भी के साथ युद्धाभ्यास करते रहे।

दुदुम्भी का अगला वार मार्केश की कमर पर था। मार्केश ने उसकी तलवार पकड़कर काँख में दबा ली और अपनी तलवार उसकी गर्दन पर रख दी, "बहुत बड़ी चूक हुयी है तुमसे दुदुम्भी; जब तक तुम्हारी भुजाओं में इतनी शक्ति और स्वयं पर इतना विश्वास न हो जाये कि तुम शत्रु को उसकी कमर से दो भागों में विभाजित कर सकते हो, तब तक शत्रु के शरीर के इस भाग पर प्रहार न ही करो तो उचित है। इस समय तुमने अभ्यास के लिए भले ही लकड़ी की तलवार का प्रयोग किया हो, किंतु तुम्हारे प्रहार में मुझे न ही वो शक्ति नजर आई, न ही तुम्हारे मुख पर वो आत्मविश्वास, जो इस प्रहार से तुम्हें शत्रु पर विजय दिलाये।"

"क्षमा चाहता हूँ ज्येष्ठ, ये भूल दोबारा नहीं होगी, मैं और कड़ा अभ्यास करूँगा।" दुदुम्भी ने विश्वास दिलाया।

"उचित है... और अधिक अभ्यास करो और अपनी शक्ति बढ़ाओ।" मार्केश मुस्कुराया।

तत्पश्चात रक्षराज मार्केश, दूत की ओर मुड़े और उसे आदेश दिया, "गुरु भैरवनाथ को मेरे निजी कक्ष में ले आओ।"

"जो आज्ञा महाराज।" दूत वहाँ से प्रस्थान कर गया।

शीघ्र ही रक्षराज मार्केश और गुरु भैरवनाथ का सामना हुआ।

"प्रणाम गुरुदेव!" मार्केश ने अपने गुरु को प्रणाम किया।

भैरवनाथ ने दोनों हाथ उठाकर आशीर्वाद दिया, "चिरंजीवी भव असुराधिपति।"

"वर्षों के उपरांत यहाँ आने का कोई विशेष कारण गुरुदेव?" मार्केश ने प्रश्न किया।

"कारण है; कारण है मार्केश; तुम्हारे प्रतिशोध और शत्रु पर विजय का मार्ग निकल आया है।" भैरवनाथ ने कहा।

"प्रतिशोध का मार्ग? कैसा मार्ग?" मार्केश ने जिज्ञासा प्रकट की।

"विक्रमाजित इस समय विदर्भ में उपस्थित नहीं है; यही सही समय है विदर्भ पर आक्रमण कर उसे धूल में मिलाने और अपना प्रतिशोध पूर्ण करने का।" भैरवनाथ की दृष्टि में कुटिलता झलक रही थी।

"यदि विक्रमाजित विदर्भ में नहीं है, तो इस समय वो है कहाँ?" मार्केश ने प्रश्न किया।

"वो बलिष्ठगढ़ में अपनी संतान के जन्म की प्रतीक्षा कर रहा है।" भैरवनाथ ने

उत्तर दिया।

"यह भला कैसी योजना हुई गुरुदेव; यदि पातालपुरी से मैं एक विशाल सेना लेकर चलूँगा, तो आक्रमण से तीन दिवस पूर्व ही विदर्भ को यह ज्ञात हो जायेगा कि उन पर आक्रमण होने वाला है और विक्रमाजित जैसे योद्धा के लिए बलिष्ठगढ़ से विदर्भ की यात्रा के लिए एक ही दिवस पर्याप्त है।" रक्षराज को योजना उचित नहीं लगी।

"विक्रमाजित विदर्भ नहीं पहुँचेगा; उसे बलिष्ठ्गढ़ में व्यस्त रखना मेरा उत्तरदायित्व है।" भैरवनाथ ने आश्वस्त किया।

"किंतु आप ये करेंगे कैसे?" मार्केश ने प्रश्न किया।

"वो सब तुम मुझपर छोड़ दो मार्केश; अपनी आधी सेना लेकर जाओ और विदर्भ पर आक्रमण करो।" भैरवनाथ

"और शेष आधी सेना गुरुदेव?" मार्केश ने प्रश्न किया।

"तुम्हारे आधे सैन्यबल की आवश्यकता मुझे है, ताकि विक्रमाजित को समय पर विदर्भ पहुँचने से रोका जा सके।" भैरवनाथ ने कुटिल भाव से कहा।

"यह आप क्या कह रहे हैं गुरुदेव? विक्रमाजित को रोकने के लिए आप एक अक्षौहिणी सेना भेजना चाहते हैं? आप भलीभाँति जानते हैं कि विक्रमाजित एक महारथी है और एक महारथी श्रेणी का योद्धा तीन अक्षौहिणी सेना को अकेला समाप्त कर सकता है; मैं अपने इतने योद्धाओं के प्राण संकट में नहीं डाल सकता, आप कोई दूसरी योजना सोचिये।" रक्षराज मार्केश ने अपनी असहमति जताई।

"समझने का प्रयास करो...।" भैरवनाथ ने मार्केश को समझाने का प्रयास किया।

"समझने का प्रयास आप कीजिये गुरुदेव; वैसे भी आप जो करने जा रहे हैं, वो एक छल है और विदर्भ से युद्ध में कोई छल नहीं होगा।" मार्केश ने स्पष्टता से कहा।

"छल? क्या तुम भूल गए कि वर्षों पूर्व तुम्हारी पत्नी शिवन्या की मृत्यु कैसे हुई थी? वो भी तो एक छल ही था। विदर्भ के महाराज भभूति का एक घृणित षड्यंत्र था वो और मैं जो करने जा रहा हूँ, उसमें मुझे तो कोई छल नहीं दिखाई देता। मैं जो कर रहा हूँ, वो एक रणनीति है; विक्रमाजित को विदर्भ पहुँचने से रोकना एक योजना है, शत्रु को कमजोर करने की; तो तुम्हें इसमें छल कहाँ दिखाई देता है?" भैरवनाथ ने समझाया।

मार्केश ने कुछ क्षण विचार किया, इसके उपरांत योजना पर सहमति जताई, "योजना उचित प्रतीत होती है गुरुदेव, किंतु आधी असुर सेना का नेतृत्व करेगा कौन? मैं अपने किसी अनुज के प्राण तो संकट में नहीं डालने वाला।"

"उसकी चिंता तुम न करो रक्षराज; मेरी दृष्टि में एक सशक्त योद्धा है, जो असुर सेना का नेतृत्व करने की क्षमता रखता है।" भैरवनाथ ने विश्वास दिलाया।

"और क्या मैं जान सकता कि वो कौन है?" रक्षराज ने प्रश्न किया।

"मुझपर विश्वास रखो रक्षराज; तुम सेना लेकर कूच करो; तुम्हारे भाइयों में कोई इतना अनुभवी नहीं है, जो मैं उसे विक्रमाजित के समक्ष खड़ा करूँ। जब तुम अपने उद्देश्य में सफल होगे, तब उस योद्धा से मैं तुम्हारा परिचय अवश्य कराऊँगा, क्योंकि मैं चाहता हूँ कि वह योद्धा अपनी योग्यता सिद्ध करने के उपरांत ही तुमसे मिले।" भैरवनाथ ने विश्वास दिलाया।

"तो फिर ठीक है गुरुदेव, मैं आधी सेना लेकर विदर्भ की ओर कूच करता हूँ। अब विदर्भराज भभूति के वंश के अंत का समय आ गया है। पहले उन्होंने मेरी पत्नी की हत्या की और वर्षों से मेरे पुत्र को बंदी बना रखा है; उन सबका नाश करके अपने पुत्र को मुक्त कराने का समय अब आ गया है।" कहकर रक्षराज अपने कक्ष से बाहर चला गया।

भैरवनाथ उन्हें जाता देख रहा था। उसके मुख पर कुटिलता भरी मुस्कान थी।

रक्षराज अपनी सेना के साथ कूच की तैयारी में जुट गए। रक्षगुरु भैरवनाथ एक अक्षौहिणी सेना लिए पाताललोक से कूच कर गए।

कुछ ही दिनों की यात्रा के उपरांत भैरवनाथ एक निश्चित स्थान पर पहुँचे। उस स्थान पर पहुँचकर वह अपने रथ से उतरे। रथ से उतरकर वो एक शिविर की ओर बढ़े।

उस शिविर में महाराज अम्बरीश, मदिरा के नशे में चूर अपनी एक दासी के साथ बैठे थे।

एक दासी का हाथ उनकी छाती पर आया।

"दूर रहो दासी।" अम्बरीश ने दासी को स्वयं से दूर रहने को कहा।

किंतु दासी दूर जाने के स्थान पर अम्बरीश के और निकट आने लगी, "यह आप कैसी बातें कर रहे हैं महामहिम, आपको तो हमारा सान्निध्य सदैव प्रिय था।" दासी ने अपना हाथ अम्बरीश के मुख पर फेरा।

अम्बरीश ने उस दासी का हाथ पकड़ा और उसे भूमि पर धकेल दिया।

अम्बरीश की आँखें क्रोध से लाल थीं, "जब हमने कहा दूर रहो, तो दूर रहो; वैसे भी, जबसे चित्रलेखा हमारे जीवन में आयी है, हमें किसी और स्त्री में कोई रुचि नहीं है। इससे पूर्व कि तुम्हारा सर धड़विहीन कर दिया जाए, निकल जाओ इस शिविर से।"

भयभीत दासी शिविर से भाग खड़ी हुई।

रक्षगुरु भैरवनाथ शीघ्र ही उनके शिविर में पधारे। राजा अम्बरीश जैसे चित्रलेखा की ही स्मृतियों में खोये थे उनके हाथ में मदिरा का पात्र था।

''आपकी प्रतीक्षा की घड़ी समाप्त होने को है महाराज अम्बरीश।'' रक्षगुरु भैरवनाथ ने अपने आप में ही खोये अम्बरीश का ध्यान खींचा।

उस अकस्मात् आये स्वर से अम्बरीश थोड़ा चौंके, ''महागुरु भैरवनाथ! क्षमा कीजिए, हमने आपको आते देखा नहीं।'' अम्बरीश उठकर भैरवनाथ के निकट आये।

''कोई बात नहीं महाराज, आपकी वेदना मैं समझ सकता हूँ; आखिर एक वर्ष लम्बी प्रतीक्षा की है आपने।'' भैरवनाथ मुस्कुराये।

''और न जाने इस प्रतीक्षा का अंत कब होगा।'' अम्बरीश के स्वर में निराशा थी।

''शीघ ही आपकी प्रतीक्षा का अंत होगा, वो समय अब आ गया है।'' भैरवनाथ मुस्कुराया।

''कहीं आपके कहने का ये तो अर्थ तो नहीं; कि रक्षराज मार्केश ने हमारी योजना में सम्मिलित होने की स्वीकृति दे दी है?'' अम्बरीश की आँखों में प्रसन्नता की लहरें दौड़ रही थीं।

भैरवनाथ ने सहमति में सर हिलाया।

''क्या वास्तव में ऐसा हुआ है रक्षगुरु? मैंने तो आशा ही छोड़ थी; किंतु रक्षराज मार्केश भला इस योजना के लिए तैयार कैसे हुए?'' अम्बरीश अभी भी आश्चर्य में थे।

''रक्षराज मार्केश हमारी योजना का केवल एक भाग हैं; सत्य कहूँ तो उन्हें हमारी वास्तविक योजना का भान ही नहीं है।'' भैरवनाथ के मुख पे कुटिलता भरी मुस्कराहट थी।

''अर्थात्...।'' अम्बरीश संशय में थे।

''अर्थात आपकी एक अक्षौहिणी सेना आपकी प्रतीक्षा कर रही है महाराज अम्बरीश।'' भैरवनाथ मुस्कुराया

भैरवनाथ के उस कथन ने अम्बरीश में नयी ऊर्जा-सी भर दी। मदिरा का मद उनके मस्तक से उतर गया।

''एक अक्षौहिणी सेना! कहाँ है मेरी सेना, मैं देखना चाहूँगा।'' अम्बरीश उत्साहित थे।

''अवश्य महाराज अम्बरीश; आइए मेरे साथ।'' भैरवनाथ, अम्बरीश को साथ

लेकर शिविर से बाहर आये।

वह अम्बरीश को कुछ दूर एक खुले मैदान में ले आये।

"ये रही आपकी सेना महाराज अम्बरीश।" भैरवनाथ ने सामने खड़ी एक अक्षौहिणी असुर सेना के दर्शन अम्बरीश को कराये।

अम्बरीश की आँखें फटी की फटी रह गयीं।

"क्या हुआ महाराज, क्या आपको विश्वास नहीं हो रहा?" भैरवनाथ मुस्कुरा रहा था।

"ऐसी भयंकर सेना मैंने आज तक नहीं देखी महागुरु भैरवनाथ। इस सेना की तो हुंकार से ही बड़ी से बड़ी सेना भयभीत हो जाय।" अम्बरीश स्तब्ध थे।

"वो तो है महाराज अम्बरीश; किंतु अपनी इस सेना प्रयोग के लिए आपको बुद्धि और विवेक से काम लेना होगा।" भैरवनाथ ने अम्बरीश को समझाने का प्रयत्न किया।

"आप चिंतित मत होइए रक्षगुरु, मैं आपको निराश नहीं करूँगा और वैसे भी यह मेरा पहला युद्ध नहीं है; अब चित्रलेखा मेरी होकर रहेगी।" अम्बरीश ने विश्वास दिलाया।

"तो फिर हमें प्रस्थान करना चाहिए, महाराज। रक्षराज मार्केश भी अब तक विदर्भ पर आक्रमण के लिए निकल चुके होंगे। योजना पर अमल करने का समय आ गया है।" भैरवनाथ अपने रथ पर आरूढ़ हो गए।

अम्बरीश भी अपने रथ पर आरूढ़ हुए।

अम्बरीश के नेतृत्व में असुर सेना ने अपनी यात्रा आरंभ की। भैरवनाथ भी इस यात्रा में उनके साथ था।

इधर रक्षराज मार्केश अपनी एक अक्षौहिणी सेना लिए विदर्भ की ओर बढ़ा चला जा रहा था। सीमा के रक्षकों ने दूर से ही उसकी विशाल सेना को आते देख लिया।

तत्काल ही एक सीमारक्षक अपने अश्व पर आरूढ़ हुआ और अपना अश्व दौड़ाया। आधे प्रहर की यात्रा के उपरांत वह एक निश्चित स्थान पर पहुँचा। उसने अपने अश्व की लगाम खींची और नीचे उतरकर एक घर में गया।

उस घर में बहुत सारे उकाब रखे हुए थे। एक वृद्ध उनकी देखभाल कर रहा था।

उस वृद्ध की दृष्टि उस सीमा-रक्षक पर पड़ी, "कहो रक्षक, बड़े चिंतित दिखाई पड़ते हो।"

"चिंता का ही विषय है मान्यवर; हम पर आक्रमण होने वाला है और इसकी

सूचना हमें शीघ्र से शीघ्र महल पहुँचानी है, क्या आपके उकाब यह कार्य कर सकते हैं?'' सैनिक ने प्रश्न किया।

वह वृद्ध व्यक्ति मुस्कुराया, ''इन उकाबों की योग्यता पर संदेह न करो सैनिक, वर्षों से प्रशिक्षित किया है मैंने इन्हें; विदर्भ के चप्पे-चप्पे से यह उकाब परिचित हैं; किंतु यह केवल मेरा कहना सुनते हैं; मैं जिस स्थान पर भी कहूँगा, वो तुम्हारा संदेश वहाँ तुमसे दस गुना अधिक गति से पहुँचा देंगे; विश्वास रखो, पूरे आर्यावर्त में ऐसे पक्षी केवल हमारे पास हैं।''

उस सैनिक ने अपनी कमर से एक पत्र निकाला, ''तो शीघ्रता से कार्य कीजिये महोदय; ये संदेश विदर्भ के महल के सुरक्षा प्रभारी सेनापति गजेंद्र तक शीघ्र से शीघ्र पहुँचा दीजिये।''

''अवश्य अवश्य... लाइए।'' उस वृद्ध ने सैनिक के हाथ से पत्र लिया और एक उकाब के पैर से बाँध दिया।

इसके उपरांत वह पक्षियों की भाषा में उकाब से कुछ कहते हैं। उकाब बिना विलम्ब किये वहाँ से उड़ जाता है।

शीघ्र ही वह उकाब उड़कर विदर्भ के सेनापति गजेंद्र के कक्ष की खिड़की पर आ बैठा। उकाब के स्वर ने गजेन्द्र का ध्यान खींचा। वह उठकर खिड़की के पास आये और उकाब के पँजे में बँधा पत्र देखा। बिना समय गँवाये उन्होंने उस पत्र को खोलकर पढ़ना आरंभ कर दिया।

पत्र पढ़ते ही आश्चर्य से उनकी आँखें फट पड़ीं। वह दौड़कर महाराज भभूति के कक्ष के पास आये।

''महाराज से कहो, सेनापति भेंट करना चाहते हैं, अति आवश्यक कार्य है।'' गजेंद्र ने द्वारपाल को आदेश दिया।

''जो आज्ञा सेनापति।'' द्वारपाल भीतर गया।

वह शीघ्र ही बाहर आया, ''महाराज ने आपको भीतर बुलाया है।''

सेनापति गजेन्द्र ने भीतर प्रवेश किया। वह महाराज को अपने समक्ष पाकर उनके सम्मान में झुके।

''क्या हुआ गजेंद्र, तुम चिंतित दिखाई दे रहे हो?'' महाराज भभूति ने गजेंद्र के मुख के भाव देख प्रश्न किया।

''चिंता का ही तो विषय है महाराज; रक्षराज मार्केश एक विशाल सेना लिए हमारी ओर बढ़ रहा है।'' गजेंद्र ने पत्र महाराज भभूति के हाथ में दिया।

''क्या...!'' भभूति स्तब्ध रह गए।

"हाँ महाराज; आज से तीसरे दिन वो हम तक पहुँच जायेगा।'' गजेंद्र ने भभूति को सतर्क करने का प्रयत्न किया।

"हम्म... कदाचित् उसे कहीं से सूचना मिल गयी है कि विक्रमाजित विदर्भ में उपस्थित नहीं है; किंतु उसे यह भान नहीं है कि हम पर आक्रमण की सूचना पाते ही विक्रमाजित एक दिन में यहाँ पहुँच आएगा।'' भभूति ने गर्व से कहा।

"वो तो है महाराज; मेरे लिए क्या आज्ञा है?'' गजेंद्र ने प्रश्न किया।

"तुम स्वयं जाकर विक्रमाजित को सूचित करो; इस कार्य के लिए मैं किसी और पर विश्वास नहीं कर सकता... मैं और वीरसेन, युद्ध की तैयारी करते हैं।'' भभूति ने आदेश दिया।

"और कुमार भानुसेन? क्या वो युद्ध में भाग नहीं लेंगे महाराज?'' गजेंद्र ने प्रश्न उठाया।

"16 वर्ष की उम्र में ही उसका विवाह कराकर मैंने वैसे ही उस पर काफी अधिक उत्तरदायित्वों का भार रख दिया है; वो अभी बालक है, युद्ध में भाग लेने के लिए तैयार नहीं है और वैसे भी भानुसेन को रक्षराज के सामने लाने का संकट हम नहीं मोल सकते।'' भभूति ने स्पष्टता से कहा।

"उचित कहा आपने महाराज, प्रस्थान की आज्ञा चाहूँगा।'' गजेंद्र वहाँ से प्रस्थान कर गए।

वह महल के बाहर निकलकर तत्काल ही अपने अश्व पर आरूढ़ हुए और बलिष्ठगढ़ की ओर प्रस्थान कर गए।

<hr>

सेनापति गजेंद्र बिना रुके, चार प्रहर तक यात्रा करते रहे। संध्या के समय अकस्मात् ही गजेंद्र के अश्व का पाँव कीचड़ में फँस गया। अपने अश्व का पाँव निकलने के लिए वह नीचे उतरे।

गजेंद्र ने अपनी भुजाबल का प्रयोग किया और अपने अश्व का पैर कीचड़ से बाहर निकाला। अपने अश्व को कीचड़ से निकालकर गजेंद्र चंद कदम ही आगे बढ़े थे, कि चार असुर सैनिकों ने भाला लेकर उन्हें घेर लिया।

"असुर इस क्षेत्र में!' गजेंद्र को थोड़ा आश्चर्य हुआ। उन्होंने अपनी तलवार खींच निकाली।

उन चारों में से किसी ने भी गजेंद्र पर आक्रमण करने का प्रयत्न नहीं किया।

'यह मुझपर आक्रमण क्यों नहीं कर रहे! गजेंद्र को उन असुरों पर संदेह हुआ।

कुछ क्षणों के उपरांत भी जब असुरों ने उस पर आक्रमण नहीं किया, तो गजेंद्र ने उनमें से एक पर आक्रमण किया। शेष असुरों ने भी उन पर आक्रमण किया, किंतु उनमें से कोई भी उन पर प्राणघातक आक्रमण नहीं कर रहा था, गजेंद्र को यह बात कुछ अटपटी-सी लग रही थी।

वहीं भैरवनाथ और अम्बरीश एक वृक्ष के पीछे छुपे हुए थे।

"हमारी योजना कार्य कर रही है रक्षगुरु; कदाचित् इस योजना से हम कल सूर्योदय तक गजेंद्र को रोक सके।"

"मुझे इसमें संदेह है महाराज अम्बरीश। हमारी योजना के अनुसार हमें गजेंद्र को कल सूर्योदय तक यहीं रोककर रखना था, किंतु आपने जो बारी बारी चार-चार असुरों की बलि चढ़ाने का निर्णय लिया है, वो मुझे उचित जान नहीं पड़ता। गजेंद्र मूर्ख नहीं है; यदि कोई असुर उस पर प्राणघातक आक्रमण नहीं करेगा, तो उसे शीघ्र ही संदेह हो जायेगा कि अवश्य ही यह कोई षड्यंत्र है; वह युद्ध करने के स्थान पर, समय बचाने के लिए यहाँ से भाग जायेगा।" भैरवनाथ, अम्बरीश की योजना से असहमत था।

"तो आपके विचार से हमें क्या करना चाहिए?" अम्बरीश ने प्रश्न किया।

"यदि हमने असुरों को भेजना जारी रखा, तो समय बचाने के लिए गजेंद्र इन सबसे भागने का प्रयास करेगा और हम ऐसा नहीं होने दे सकते; इसलिए अब असुरों को भेजना बंद करो, देखो कैसे कुछ ही क्षणों में गजेंद्र ने चारों असुरों को मार गिराया।" भैरवनाथ ने अम्बरीश को चेताया।

भैरवनाथ का कथन सत्य था। चारों असुरों के शव भूमि पर पड़े थे।

"हमारा अगला कदम क्या होगा रक्षगुरु?" अम्बरीश ने भैरवनाथ से प्रश्न किया।

किंतु भैरवनाथ बिना उत्तर दिए आगे बढ़ा। उसने अपने हाथ में एक भस्म ली और अपने अश्व पर आरूढ़ होने के लिए तैयार हो रहे गजेन्द्र की ओर बढ़ा।

अकस्मात् ही गजेंद्र को यह महसूस हुआ कि कोई उनके पीछे आ रहा है। वह तत्काल ही पलटे।

"भैरवनाथ...!" गजेंद्र ने भैरवनाथ को पहचान लिया।

किंतु इसे पूर्व वो म्यान से तलवार खींचकर निकालते, भैरवनाथ ने वह भस्म उन पर फेंकी।

उस भस्म ने गजेंद्र के मस्तिष्क पर गहरा प्रभाव किया, वह तत्काल ही मूर्छित होकर भूमि पर गिर पड़े।

यह देख अम्बरीश वृक्ष की ओट से बाहर आ गए।

“ये आपने क्या किया महागुरु; अब यह संदेश विक्रमाजित तक कौन पहुँचायेगा कि रक्षराज मार्केश विदर्भ पर आक्रमण करने वाले हैं?” अम्बरीश ने प्रश्न किया।

“संदेश तो यही पहुँचायेगा महाराज अम्बरीश, किंतु तनिक विलम्ब से; सूर्योदय से पूर्व इसकी मूर्छा नहीं टूटेगी।” भैरवनाथ मुस्कुराया।

“किंतु इसने आपको देख लिया है, निःसंदेह इसे भान हो जायेगा कि यह कोई बहुत बड़ा षड्यंत्र है।” अम्बरीश का मन शंकित था।

“हाँ, जब कल सूर्योदय के उपरांत गजेंद्र उठेगा, तो उसे निःसंदेह भान हो जायेगा कि यह कोई षड्यंत्र है; किंतु इसके अतिरिक्त हमारे पास कोई और मार्ग नहीं था। जिस गति से गजेंद्र ने हमारे चार असुर सैनिकों का वध किया, कल सूर्योदय तक वो कम से कम हमारे तीन सहस्त्र से अधिक असुर सैनिकों का वध कर देता और वैसे भी, यदि गजेंद्र को भान हो भी गया कि हम कोई षड्यंत्र कर रहे हैं, तो भी वह विक्रमाजित को रक्षराज के विदर्भ पर आक्रमण की सूचना तो देगा ही। हमारा काम विक्रमाजित को बलिगढ़ से दूर करना है; इसके अतिरिक्त यदि कोई विषम परिस्थिति आयी तो हमें कोई अधिक हानि नहीं होगी।” भैरवनाथ ने निष्कर्ष निकाला।

अम्बरीश ने कुछ क्षण विचार किया, “तो इसका अर्थ यह है कि हमें सूर्योदय तक गजेंद्र के शरीर की रक्षा करनी होगी, ताकि कोई वन्य-पशु इसे हानि ना पहुँचाये।”

“हाँ, हमें ऐसा ही करना होगा; किंतु गजेन्द्र को इस बात का भान न होने पाए कि हम उसके निकट ही हैं।” भैरवनाथ वहाँ से प्रस्थान कर गया।

शीघ्र ही सूर्योदय हुआ। गजेंद्र की आँखें धीरे-धीरे खुलने लगीं।

“स्वयं को छिपाओ।” अम्बरीश असुर सैनिकों को पीछे ले गए।

गजेंद्र धीरे-धीरे भूमि से उठे और उगते हुए सूर्य की ओर देखा।

“हे ईश्वर, ये तो बहुत अधिक विलम्ब हो गया।” वो तत्काल अपने अश्व की ओर बढ़े।

किंतु अश्व पर आरूढ़ होने से पूर्व उन्हें अकस्मात् ही भान हुआ, ‘मैं तो असुरों से घिरा हुआ था। भैरवनाथ ने मुझपर कोई भस्म फेंकी थी, जिससे मैं मूर्छित हो गया था, तो मैं अभी तक जीवित कैसे हूँ और वो भैरवनाथ कहाँ गया।’ गजेंद्र के मन में कई सवाल उमड़ रहे थे।

गजेंद्र ने कुछ देर इधर-उधर देखा, ‘कहाँ गए वो सब और उन्होंने मुझे जीवित क्यों छोड़ दिया?’

कुछ समय प्रतीक्षा के उपरांत गजेंद्र ने निर्णय लिया, “अवश्य ही यह कोई गहरा

षड्यंत्र है; किंतु अब विलम्ब करना उचित नहीं, आक्रमण की सूचना युवराज तक पहुँचानी होगी।''

गजेंद्र तत्काल अपने अश्व पर आरूढ़ हुए और बलिष्ठगढ़ की ओर बढ़ चले।

वृक्ष की ओट में छुपे अम्बरीश और भैरवनाथ बाहर आये।

भैरवनाथ मुस्कुरा रहा था, ''योजना का एक चरण सफल हुआ महाराज अम्बरीश, आप असुर सेना लेकर दूसरे मार्ग से बलिष्ठगढ़ की ओर कूच कीजिये। हम विक्रमाजित का वध तो नहीं कर सकते, किंतु उसके हृदय को ऐसी चोट पहुँचायेंगे कि वह टूटकर बिखर जायेगा।''

''अवश्य, महागुरु। समय आ गया है, अब चित्रलेखा केवल मेरी होगी।'' अम्बरीश की आँखों में वासना की भूख दिखाई दे रही थी।

''स्मरण रहे महाराज अम्बरीश; जब तक विक्रमाजित बलिष्ठगढ़ की सीमा से बाहर न आ जाए, आप आक्रमण नहीं करेंगे; अपितु उन्हें तो यह भान भी नहीं होना चाहिए, कि आप बलिष्ठगढ़ पर आक्रमण करने के लिए आ रहे हैं।'' भैरवनाथ ने अम्बरीश को सावधान किया।

''आप चिंतित न होइए महागुरु, मैं योजना के अनुसार ही चलूँगा।'' अम्बरीश आगे बढ़कर अपने अश्व पर आरूढ़ हुए।

अपना अश्व दौड़ाते हुए वह उस स्थान पर पहुँचे, जहाँ एक अक्षौहिणी असुर सेना तैयार खड़ी थी।

अपनी सेना के समक्ष जाकर अम्बरीश ने म्यान से तलवार खींच निकाली, ''कूच का समय आ गया है!''

असुर सेना में उत्साह की बाढ़ सी आ गयी।

''आगे बढ़ो!'' अम्बरीश ने सेना के आगे रहकर नेतृत्व आरंभ किया।

<hr>

गजेंद्र को बलिष्ठगढ़ पहुँचने में लगभग एक दिवस का समय लग गया।

बलिष्ठगढ़ में अगले दिन का सूर्योदय भी हो चुका था। युवराज विक्रमाजित जलकुंड में खड़े, सूर्य को अर्ध्य दे रहे थे। गजेंद्र ने तत्काल ही महल के द्वार पर अपना अश्व रोककर भीतर प्रवेश किया।

''युवराज विक्रमाजित कहाँ हैं?'' गजेंद्र ने एक द्वारपाल से प्रश्न किया।

''क्षमा कीजिए सेनापति, युवराज अभी प्रातः काल की पूजा में व्यस्त हैं, उनका आदेश है कि इसमें कोई विघ्न न पड़े।'' द्वारपाल ने उत्तर दिया।

"युवराज इस समय पूजन कर कहाँ रहे हैं?" गजेंद्र ने प्रश्न किया।

"यहाँ से दक्षिण दिशा में मुड़कर एक मंदिर है; उस मंदिर के निकट ही एक जलकुंड है; युवराज उसी जलकुंड में खड़े होकर पूजन कर रहे हैं।" द्वारपाल ने विस्तृत किया।

"तुम्हारा कार्य पूरा हुआ।" गजेंद्र ने उस द्वारपाल को किनारे हटाया और आगे बढ़ गये।

"रुक जाइए सेनापति, आप भीतर नहीं जा सकते।" द्वारपालों ने उनका पीछा करना आरंभ किया।

गजेंद्र, मंदिर की ओर दौड़े। द्वारपाल भी उनके पीछे दौड़े।

भाग्यवश मंदिर का मार्ग खुला था। गजेंद्र भागते हुए जलकुंड के निकट पहुँचे। विक्रमाजित पूजन समाप्त करके जलकुंड से बाहर आ चुके थे।

तब तक गजेंद्र को द्वारपालों ने घेर लिया।

'ठहरो!' विक्रमाजित ने द्वारपालों को पीछे हटने का संकेत दिया।

द्वारपाल पीछे हट गए।

"ये क्या अभद्रता है गजेंद्र!" विक्रमाजित को गजेंद्र का व्यवहार उचित नहीं लगा।

"क्षमा चाहता हूँ युवराज, किंतु परिस्थिति ही कुछ ऐसी है, मैं प्रतीक्षा नहीं कर सकता था।" गजेंद्र ने अपना पक्ष रखा।

"ऐसा क्या हो गया जो तुम कुछ क्षण प्रतीक्षा नहीं कर सके? आज हमारी संतान जन्म लेने वाली है, इसलिए हमारी ये पूजा आवश्यक थी और इसीलिए मैंने द्वारपालों को यह निर्देश दे रखा था कि इस पूजन में कोई विघ्न न पड़े।" विक्रमाजित ने विस्मयपूर्वक प्रश्न किया।

"क्षमा करें युवराज, किंतु आपका कर्तव्य आपको पुकार रहा है। रक्षराज मार्केश ने विदर्भ पर आक्रमण कर दिया है और कदाचित् अब तक तो वहाँ युद्ध आरंभ भी हो गया होगा।" गजेंद्र ने चिंता जताई।

विक्रमाजित स्तब्ध रह गए, "यह क्या कह रहे हो गजेंद्र! रक्षराज ने आक्रमण किया और अब तक युद्ध आरंभ भी हो गया होगा?"

"हाँ युवराज; विडम्बना इस बात की है कि मुझे यहाँ पहुँचने में दो दिन का समय लग गया। महाऋषि कपिश भी विदर्भ में उपस्थित नहीं हैं, इसलिए स्थिति और भी विकट है।" गजेंद्र ने चिंता जताई।

"ऐसा क्यों हुआ गजेंद्र? तुम्हारे जैसे वीर को यहाँ पहुँचने में एक दिन से अधिक का समय नहीं लगना चाहिए था।" विक्रमाजित ने प्रश्न किया।

"जब मैं बलिष्ठगढ़ की ओर निकला, तब पहले कुछ असुरों ने मेरा मार्ग रोका; जब मैंने उन्हें मार गिराया, तो रक्षगुरु भैरवनाथ ने पीछे से आकर मुझ पर किसी प्रकार का भस्म फेंका, जिसके कारण मैं पूरे एक दिन तक मूर्छित रहा और आश्चर्य की बात तो यह है कि उन्होंने मुझे कोई क्षति नहीं पहुँचाई।" गजेंद्र ने विस्तृत किया।

विक्रमाजित का माथा ठनका, "अवश्य ही कोई गहरा षड्यंत्र है गजेंद्र; भैरवनाथ ने केवल तुम्हारा समय नष्ट किया है; हमें प्रस्थान करना चाहिए।"

तभी महाराज सूचिपद भी वहाँ आ पहुँचे, "क्या हुआ युवराज, इस समय आप कहाँ जाने की बात कर रहे हैं? आपकी संतान कभी भी जन्म ले सकती है।"

"क्षमा करें महाराज; विदर्भ पर आक्रमण हुआ है, मेरा प्रस्थान करना आवश्यक है।" विक्रमाजित ने विनती की।

"क...कोई बात नहीं युवराज, आप अपना कर्तव्य निभाइए, आपकी संतान की सुरक्षा का उत्तरदायित्व हमारा है।" सूचिपद ने विश्वास दिलाया।

"धन्यवाद महाराज।" विक्रमाजित प्रस्थान के लिए आगे बढ़े।

किंतु अगले ही क्षण उनके कदम रुक गए।

"क्या हुआ युवराज, आप रुक क्यों गए?" गजेंद्र ने प्रश्न किया।

"मुझे किसी बड़े षड्यंत्र की गंध आ रही है गजेंद्र; असुरों का तुम्हारा मार्ग रोकना; तुम्हारा बिना किसी क्षति के एक दिन विलम्ब से पहुँचना, यह सारी बातें किसी बड़े षड्यंत्र की ओर संकेत करती हैं।" विक्रमाजित को संदेह हो रहा था।

"तो आपके अनुसार हमें क्या करना चाहिए युवराज?" गजेंद्र ने प्रश्न किया।

"मेरे विचार से कदाचित् कोई संकट शीघ्र ही बलिष्ठगढ़ की ओर बढ़ेगा, इसलिए तुम बलिष्ठगढ़ में ही रुको गजेंद्र। महाराज सूचिपद का स्वास्थ्य ठीक नहीं; यदि कोई संकट आये तो उन्हें तुमसे सहायता प्राप्त होगी; विदर्भ मैं अकेले ही जाऊँगा।" विक्रमाजित ने गजेंद्र को आदेश दिया।

"जो आज्ञा युवराज, मैं यहीं रुकता हूँ।" गजेंद्र ने आदेश का पालन किया।

"तुम एक उत्तम श्रेणी के योद्धा हो गजेंद्र; आशा है कि तुम मुझे निराश नहीं करोगे।" विक्रमाजित को गजेन्द्र पर विश्वास था।

"विश्वास रखिये युवराज, मैं आपके विश्वास का मान रखूँगा।" गजेंद्र ने विश्वास दिलाया।

"तो फिर ठीक है, अब मुझे तत्काल ही विदर्भ की ओर निकलना होगा।" विक्रमाजित आगे बढ़े।

तभी एक दासी ने आकर सूचित किया, "बधाई हो युवराज, राजकुमारी चित्रलेखा ने पुत्र को जन्म दिया है।"

महाराज सूचिपद ने बिना विलम्ब किये, अपने कंठ की मोती की माला निकालकर दासी को दे दी।

"अपने पुत्र के दर्शन तो करते जाइए युवराज।" महाराज सूचिपद ने आग्रह किया।

विक्रमाजित ने बड़ी कठिनाई से अपने मन को नियंत्रित किया, "क्षमा करें महाराज; सूर्योदय होने को है, मेरा कर्तव्य प्रतीक्षा नहीं कर सकता।"

अपने हृदय की सबसे प्रबल इच्छा को दबाकर, विक्रमाजित तत्काल ही मंदिर से बाहर निकले। अपना धनुष, तलवार एवं अन्य अस्त्र लेकर अपने अश्व पर आरूढ़ हुए और विदर्भ की ओर निकल पड़े।

अध्याय 4

संग्राम-एक धर्मसंकट

इधर विदर्भ की सेना महाराज भभूति के नेतृत्व में युद्ध के लिए तैयार खड़ी थी। सामने रक्षराज मार्केश की सेना आ रही थी। वह सेना अब अधिक दूर नहीं थी।

''युवराज विक्रमाजित का कोई संकेत?'' भभूति ने अपने बगल में खड़े वीरसेन से प्रश्न किया।

''अभी तक नहीं पिता महाराज, कदाचित् आते ही होंगे।'' वीरसेन ने उत्तर दिया।

''रक्षराज की सेना बहुत निकट आ चुकी है, हम और प्रतीक्षा नहीं कर सकते।'' भभूति चिंतित थे।

वहीं रक्षराज मार्केश अपने छह भाइयों में से दो 'हिडिम्ब' और 'अधीम' को अपने साथ लाया था। महाराज भभूति की सेना को अपने समक्ष देख मार्केश ने युद्ध के आरंभ का शंखनाद किया।

''अब प्रतीक्षा संभव नहीं; शत्रु ने युद्ध का शंखनाद कर दिया है, हमें भी शंख बजाकर उत्तर देना होगा, अन्यथा हमारी सेना का मनोबल गिर जाएगा।'' भभूति ने शंख निकाला।

''जैसा आप उचित समझें पिताश्री।'' वीरसेन ने सहमति जताई।

महाराज भभूति ने भी युद्ध आरंभ का शंख बजाया।

'आक्रमण...!' रक्षराज मार्केश ने हुंकार भरी।

'आक्रमण...!' महाराज भभूति ने भी सेना को आक्रमण का आदेश दिया।

दोनों सेनायें एक दूसरे की ओर दौड़ पड़ीं। एक घमासान युद्ध आरंभ हो गया।

वहीं बलिष्ठगढ़ की सीमा से कुछ दूर, अम्बरीश असुरों की सेना के साथ खड़े थे।

शीघ्र ही उनका एक गुप्तचर सूचना लेकर आया, "युवराज विक्रमाजित बलिष्ठगढ़ की सीमा पार कर चुके हैं, अब हम आक्रमण कर सकते हैं।"

अम्बरीश ने उस संदेशवाहक को हाथ उठाकर जाने का संकेत दिया।

"आगे बढ़ो! आक्रमण का समय आ गया है।" अम्बरीश ने सेना का नेतृत्व करते हुए अपना रथ आगे बढ़ाया। एक अक्षौहिणी असुर सेना उनके पीछे दौड़ी।

बलिष्ठगढ़ की सीमा के रक्षकों ने उन्हें आते देखा।

"शीघ्रता करो, कोई महाराज तक संदेश पहुँचाओ।" सीमा का रक्षक चीखा।

तत्काल ही एक सैनिक, अश्व पर आरूढ़ हुआ और बलिष्ठगढ़ के महल की ओर दौड़ा।

बलिष्ठगढ़ की सीमा पर लगभग एक सहस्त्र रक्षक उपस्थित थे। वह सभी अपने अपने शस्त्र लेने को दौड़े। शीघ्र ही वह सभी एकजुट हुए। अम्बरीश तब तक बहुत निकट आ चुके थे।

"हम इन्हें रोक नहीं पायेंगे।" एक सैनिक के मुख पर भय छाया हुआ था।

"किंतु हमें ऐसा करना ही होगा। यहाँ की सीमा से बलिष्ठगढ़ का राजमहल सबसे निकट है, इसलिए जब तक हो सके हम इन्हें रोकेंगे, अन्यथा सब कुछ नष्ट हो जायेगा।" एक सैनिक उस एक सहस्त्र के दल का नेतृत्व करने को आगे बढ़ा।

अम्बरीश की सेना बहुत निकट आ गयी थी।

"धनुर्धरों, आक्रमण!" सीमारक्षक के एक संकेत पर असुर सेना पर सैकड़ों बाण बरस पड़े।

असुर सेना घायल होने लगी।

अम्बरीश को क्रोध आया, "समाप्त कर दो इन कीड़ों को।"

असुर सेना पूरे उत्साह से आगे बढ़ रही थी। सीमारक्षक अपने हाथों में नंगी

तलवारें लिए एकजुट हुए। वह सब एक साथ असुर सेना पर टूट पड़ने के लिए तैयार खड़े थे।

इधर महल में सीमारक्षक सूचना लेकर सीधा दरबार में आया। महाराज सूचिपद के अतिरिक्त गजेंद्र, बलिष्ठगढ़ के सेनापति चक्रसेन और महाराज सूचिपद के अनुज भार्गव भी वहाँ उपस्थित थे।

सीमा-रक्षक हाँफ रहा था।

"तुम तो सीमा के रक्षक हो, अपनी ये क्या दशा बना रखी है तुमने?" महाराज सूचिपद स्तब्ध रह गए।

"सी...सीमा पर आक्रमण हुआ है महाराज, वल्लभगढ़ के राजा अम्बरीश ने असुरसेना को लेकर हम पर चढ़ाई कर दी है। उन्होंने उस सीमा पर आक्रमण किया है, जो महल के सबसे निकट है; हमारे एक सहस्त्र सीमारक्षक उनको कब तक रोक पायेंगे यह कहना कठिन है।" दूत ने अपनी बात पूरी की।

"कितनी सेना है उनके पास?" सूचिपद ने दूत से प्रश्न किया।

"लगभग एक अक्षौहिणी महाराज।" दूत ने उत्तर दिया।

यह सुनते ही भार्गव अपने आसन से उठ खड़े हुए, "हमें तत्काल ही सेना को एकजुट करना चाहिए महाराज।"

"अवश्य भार्गव, तुम सेनापति चक्रसेन के साथ जाओ और सेना एकत्र करो। हमारे पास भी आधी अक्षौहिणी सेना है, हम गजेंद्र के साथ शीघ्र ही युद्ध-भूमि में उपस्थित होंगे।"

"जो आज्ञा महाराज।" भार्गव, सेनापति चक्रसेन के साथ प्रस्थान कर गए।

"किंतु अम्बरीश की आपसे क्या शत्रुता है महाराज?" गजेंद्र ने प्रश्न उठाया।

"वह एक वासनालिप्त पुरुष है गजेंद्र; निःसंदेह यही वो षड्यंत्र है, जिसका अनुमान आपके युवराज ने लगाया था; विक्रमाजित की अनुपस्थिति का लाभ उठाकर कदाचित् वो चित्रलेखा को पाना चाहता है।" सूचिपद ने अनुमान लगाया।

सेनापति गजेंद्र ने क्रोध में अपनी तलवार म्यान से खींच निकाली, "मुझे आज्ञा दीजिये महाराज; अब प्रश्न केवल बलिष्ठगढ़ के ही नहीं विदर्भ राष्ट्र के मान की रक्षा का भी है।"

"अवश्य गजेंद्र।" महाराज सूचिपद ने भी तलवार खींच निकाली, किंतु शीघ्र ही वह अपना संतुलन खोकर लड़खड़ाये। गजेंद्र ने उन्हें सँभाल लिया।

"आपका स्वास्थ्य ठीक नहीं है महाराज, आप विश्राम कीजिए, अम्बरीश की सेना का सामना हम कर लेंगे।" गजेंद्र ने सुझाव दिया।

महाराज सूचिपद शीघ्र ही सँभल गए, ''हम राजा हैं गजेंद्र; हमारा युद्धभूमि में उपस्थित रहना सेना के मनोबल को बनाये रखेगा; अपनी पुत्री के मान की रक्षा के लिए हमें जाना ही होगा, अन्यथा हमारी आधी अक्षौहिणी सेना का मनोबल भी टूट जायेगा।''

''जैसी आपकी इच्छा महाराज; चलिए, किंतु उचित यह होगा कि इस स्थिति में आप युद्ध न करें।''

''किंतु हमारी उपस्थिति अनिवार्य है गजेंद्र, इसलिए जाना तो हमें होगा ही।'' सूचिपद ने कहा।

''जैसी आपकी इच्छा महाराज।'' गजेंद्र सूचिपद के साथ युद्धभूमि की ओर बढ़े।

वहीं अम्बरीश की सेना को एक सहस्त्र रक्षकों ने रोक रखा था। सौ से अधिक सैनिकों ने किसी प्रकार द्वार को बचाए रखा था, किंतु एक अक्षौहिणी सेना के समक्ष वो टिकते भी तो कितने समय तक। सीमा का द्वार टूट गया। अम्बरीश की असुर सेना भीतर घुस आई। सीमा-रक्षक एक एक करके गिरने लगे।

अम्बरीश ने तलवार उठाई और आदेश दिया, ''नष्ट कर दो इन सबको!''

सीमा-रक्षकों ने वीरता से युद्ध किया, किंतु वे सभी एक-एक करके गिरने लगे। शीघ्र ही भूमि पर उन सभी के शव गिरे पड़े थे।

तत्पश्चात अम्बरीश ने आदेश दिया, ''इन रक्षकों के शवों को उठाओ और एक-दूसरे के ऊपर रखकर ऊँची इमारत बनाओ, ताकि बलिष्ठगढ़ के सैनिक जब दूर से ही इस शव की इमारत को देखें, तो उनका ह्रदय भय से थर्रा उठे।''

असुरों ने आदेश का पालन आरंभ किया और सीमा-रक्षकों के शवों को एक-दूसरे के ऊपर रखना आरंभ किया। शीघ्र ही रक्तरंजित शवों की एक ऊँची इमारत-सी बन गयी, जो कोई भी दूर से ही देख सकता था।

वहीं दूर अपनी सेना को सज्ज लिए खड़े बलिगढ़ नरेश सूचिपद ने जब यह मर्मांतक दृश्य देख, तो उनके सब्र का बाँध टूट गया।

उनसे थोड़ी दूर, अपने अश्व पर सवार गजेंद्र ने उनके मुख भाव से उनकी मंशा ताड़ ली। वह चीखे, ''नहीं महाराज! यह उस अम्बरीश का षड्यंत्र है।''

'आक्रमण...!' किंतु सूचिपद ने गजेंद्र के कहे को अनसुना कर, क्रोध में आक्रमण का आदेश दे डाला।

बलिष्ठगढ़ की सेना आक्रमण को दौड़ पड़ी।

गजेंद्र शंका में थे, *"इस प्रकार बिना किसी व्यूह-निर्माण के हम शत्रु पर विजय कैसे प्राप्त करेंगे?"*

अम्बरीश दूर खड़ा मुस्कुरा रहा था। विपक्षी सेना के निकट आते ही वह अपनी असुर सेना की ओर मुड़ा, "व्यूह रचना आरंभ हो!"

अम्बरीश के आदेश पर असुरों की एक चौथाई सेना, चार सीधी पंक्तियों में आकर, दो एक दिशा में और दो उसकी उलटी दिशा में भागने लगीं। चारों पंक्तियाँ दो उलटी दिशा में भागकर अर्धचन्द्र के आकार में मुड़ने लगीं। शीघ्र ही उन दो पंक्तियों के जुड़ने से अर्धचंद्र व्यूह का निर्माण हो गया।

उस व्यूह के ठीक आगे अम्बरीश अपना रथ लिए आकर खड़े हो गए।

असुरों की एक चौथाई सेना उस व्यूह के आगे खड़ी थी। शेष आधी सेना अर्धचन्द्र व्यूह के पीछे खड़ी थी। बलिष्ठगढ़ की सेना को भीतर हुए व्यूह-निर्माण का कोई भान नहीं था।

सूचिपद के एक आदेश पर बलिष्ठगढ़ की सेना बिना सोचे-विचारे असुरों की सेना से भिड़ गयी।

बलिष्ठगढ़ नरेश सेना के मध्य में खड़े गज पर सवार थे। गजेंद्र, चक्रसेन और भार्गव अपने-अपने शस्त्रों से सुसज्जित होकर सेना के आगे थे। गजेंद्र और चक्रसेन सबसे अधिक मात्रा में शत्रुओं को हानि पहुँचा रहे थे।

वहीं अर्धचंद्र व्यूह के आगे खड़ा अम्बरीश हाथ में तलवार लिए मुस्कुरा रहा था।

सेना के एक छोर को काटकर गजेंद्र और चक्रसेन आगे पहुँचे।

"अर्धचंद्र व्यूह!" चक्रसेन स्तब्ध रह गए।

"कदाचित् अम्बरीश की आधी सेना इस व्यूह के पीछे है चक्रसेन, किंतु अर्धचंद्र व्यूह का उत्तर देने के लिए हमारे पास व्यूह निर्माण का न समय है और न ही पर्याप्त स्थान।" गजेंद्र भी चिंतित थे।

"तो आपके अनुसार हमारी रणनीति क्या होनी चाहिए?" चक्रसेन ने प्रश्न किया।

आप और कुमार भार्गव युद्धरत रहिये, मैं सौ सैनिकों के साथ जाकर अम्बरीश का सामना करता हूँ।

"केवल सौ?" चक्रसेन ने विस्मयपूर्वक प्रश्न किया।

"हाँ चक्रसेन, केवल सौ। मूर्ख अम्बरीश कुछ ही दूरी पर अपने रथ पर खड़ा है; मैं शीघ्र से शीघ्र वहाँ पहुँचकर उसका वध कर दूँगा।" गजेंद्र ने अपनी मुट्ठियाँ भींची।

"जैसा आप कहें गजेंद्र।"

चक्रसेन के संकेत पर सौ सैनिक गजेंद्र के पीछे आये। गजेंद्र अपने अश्व पर आरूढ़ हुए और अम्बरीश की ओर बढ़ चले।

किंतु अगले ही क्षण चक्रसेन के मस्तिष्क में एक बात कौंधी, *'क्या अम्बरीश वास्तव में इतना मूर्ख हो सकता है कि अपने बनाये व्यूह के सीधा आगे खड़ा हो जाय।'*

गजेंद्र आगे बढ़ते रहे। उन सौ सैनिकों ने उन्हें तीन दिशा से सुरक्षा दे रखी थी, किंतु आश्चर्य का विषय यह था कि कोई उन पर आक्रमण नहीं कर रहा था।

गजेंद्र को भी ये बात अटपटी-सी लगी, किंतु वह बढ़ते रहे। शीघ्र ही वह अम्बरीश के रथ के निकट पहुँचे और अपने अश्व से एक ऊँची छलाँग लगाकर रथ पर चढ़ गए और तलवार अम्बरीश की गर्दन पर रख दी।

किंतु रथ पर खड़े उस योद्धा ने जब अपने मुख को ढका शिरस्त्राण निकाला तो गजेंद्र के आश्चर्य का ठिकाना न था। यह अम्बरीश नहीं, अपितु राजसी युद्ध-कवच और वस्त्र धारण किये कोई और ही था।

"तुम..तुम, अम्बरीश कहाँ है?" गजेंद्र हड़बड़ा-से गए थे।

रथ पर बैठा योद्धा अट्टहास करने लगा। अर्धचंद्र व्यूह सिमटकर गजेंद्र और उन सौ योद्धाओं को घेरने लगा।

कुछ क्षण उपरांत गजेंद्र ने दूर से धूल उड़ती हुई देखी। यह धूल दक्षिण की दिशा से उड़ रही थी। जब गजेंद्र का ध्यान उस ओर गया तो सामने का दृश्य देखकर वह अचंभित रह गए।

सहस्त्रों अश्वारोही सेना के साथ अम्बरीश शर-व्यूह बनाये, अर्धचंद्र व्यूह के किनारे से निकल रहा था।

रथ पर खड़ा योद्धा एक बार फिर अट्टहास करने लगा। क्रोधित गजेंद्र ने पलटकर, रथ पर खड़े योद्धा के सर को धड़विहीन कर दिया। रक्त के फव्वारे छोड़ता उसका धड़ भूमि पर गिर पड़ा।

अम्बरीश द्वारा बनाया गया शर व्यूह तीव्र गति से बलिष्ठगढ़ की सेना को चीरता हुआ बलिष्ठगढ़ नरेश सूचिपद की ओर बढ़ रहा था।

गजेंद्र, रथ से कूदकर भूमि पर आये। उन्होंने अपने साथ खड़े सौ सैनिकों को आदेश दिया।

"शत्रु की सेना का घेराव बढ़ता जा रहा है; अम्बरीश अपना व्यूह लेकर महाराज सूचिपद की ओर बढ़ रहा है; यदि हमें महाराज के प्राणों की रक्षा करनी है, तो आप सबको अपनी-अपनी ढालों से मुझे मार्ग देना होगा। कुछ सैनिक ढाल पकड़कर नीचे

भूमि पर बैठेंगे, कुछ ढालों को पकड़कर भूमि पर खड़े होंगे और कुछ अश्व पर बैठे अपनी-अपनी ढालें ऊँची कर एक मार्ग बनायेंगे, ताकि मैं कूदकर इस घेरे के पार जा सकूँ। जानता हूँ, मैं आपको असहाय छोड़कर जा रहा हूँ, इसके उपरांत असुरों का यह घेराव आप सभी को आपकी मृत्यु तक ले जायेगा, किंतु हमारे पास और कोई मार्ग नहीं है।''

''हम सज्ज हैं नायक, आप जाकर हमारे महाराज के प्राणों की रक्षा कीजिये।'' उनमें से एक अपनी आहुति देने को सज्ज खड़ा था। वह ढाल को अपने सर पर रखकर भूमि पर बैठ गया।

बाकी सभी योद्धाओं ने उनका समर्थन किया।

तीन योद्धाओं ने ढाल पकड़कर अपने सर के ऊपर रखी। दो योद्धा मज़बूती से अपनी ढालों को पकड़े हुए खड़े हो गए और कुछ योद्धाओं ने अश्व पर बैठकर ढाल अपने सर के ऊपर रखी। शेष योद्धा उनकी सुरक्षा हेतु असुरों से युद्ध करने लगे।

गजेंद्र ने अपने दोनों हाथों में रक्तरंजित तलवारें ली और तीव्र गति से दौड़ पड़े। उन ढालों पर एक बाद एक चढ़कर गजेंद्र ने एक लम्बी छलाँग लगायी और घेरे से बाहर आ गए। किन्तु शत्रु के चलाये दो बाण उनकी छाती और कंधे में आ लगे थे।

वह सभी सौ योद्धा असुरों से घिर चुके थे।

गहरे घावों के उपरांत भी गजेंद्र भागते रहे। चक्रसेन ने जब उन्हें निकट आते देखा तो एक श्वेत अश्व उनकी ओर दौड़ा दिया। गजेंद्र छलाँग लगाकर उस अश्व पर आरूढ़ हो गए और राजा सूचिपद की ओर दौड़े।

वहीं शर-व्यूह लेकर अम्बरीश राजा सूचिपद के बहुत निकट आ चुका था। शर व्यूह ने सूचिपद की रक्षा के लिए आगे आये सैनिकों को तिनकों की भाँति उड़ा दिया।

गज पर सवार सूचिपद ने अम्बरीश के व्यूह को भंग करने के लिए बाण चलाने आरम्भ कर दिए।

अम्बरीश ने दो भाले उठाये और गज के मस्तक पर दे मारे। गज चिंघाड़ता हुआ भूमि पर गिर पड़ा।

राजा सूचिपद भूमि पर गिरकर घायल हो गए।

अम्बरीश अपने अश्व से उतरे और खड्ग लेकर सूचिपद के निकट आये।

''इस प्रकार भूमि पर असहाय क्यों पड़े हो सूचिपद? क्या तुम्हारी शक्ति का पतन हो गया?'' अम्बरीश ने कटाक्ष किया।

राजा सूचिपद ने भूमि पर गिरा एक भाला उठाया और उठकर खड़े हो गए, ''जब तक मैं जीवित हूँ, तू अपने उद्देश्य में सफल नहीं होगा, मेरी पुत्री एक पतिव्रता

स्त्री है।''

अम्बरीश की आँखें क्रोध से लाल थीं, ''तो मैंने कब कहा कि मैं तुम्हें जीवित छोड़ने वाला हूँ। मैंने चित्रलेखा को प्राप्त करने के लिए अपने शरीर का आधा से ज्यादा रक्त बहा दिया और तुमने उसे ऐसे योद्धा के हाथों में सौंप दिया जो उस स्वयंवर में आमंत्रित भी नहीं था। तुमने स्वयंवर की मर्यादा भंग की थी, इसलिए तुम्हें और तुम्हारे राज्य को इस पाप का दंड तो मिलना ही चाहिए; शीघ्र ही बलिष्ठ्गढ़ को नष्ट करके मैं चित्रलेखा को प्राप्त करूँगा।''

'अधर्मी...!' सूचिपद ने भाला चलाया, किंतु अस्वस्थ होने के कारण उनके प्रहार में पर्याप्त शक्ति नहीं थी।

अम्बरीश ने भाला पकड़कर उनसे छीन लिया, ''तुम तो बिलकुल ही शक्तिहीन हो चुके हो बलिष्ठगढ़ नरेश; हाँ, मैं समझ सकता हूँ; आयु अधिक हो गयी है तुम्हारी; तो अब इस वृद्धावस्था में जी कर क्या करोगे?''

सूचिपद क्रोध में आगे बढ़े, किन्तु अगले ही क्षण अम्बरीश ने भाला उनकी छाती में गाड़ दिया। भाला उनकी छाती के पार हो गया और उनके गिरने के साथ ही भूमि में धँस गया। सूचिपद पीड़ा से चीख पड़े।

अपने अश्व पर आरूढ़ हुए कुछ सैनिकों के साथ गजेंद्र वहाँ पहुँच आये, किंतु तब तक बहुत विलम्ब हो चुका था। सूचिपद भूमि पर गिरे अपनी अंतिम साँसें ले रहे थे।

गजेंद्र की छाती से भी रक्त बह रहा था, किंतु उसका क्रोध उसकी पीड़ा पर हावी था।

अम्बरीश, गजेंद्र की ओर पलटा और घोषणा की, ''बलिष्ठगढ़ नरेश अब गिर चुके हैं, अर्थात् हम विजयी हो चुके हैं।''

गजेंद्र के पास देने को कोई उत्तर नहीं था। चक्रसेन और भार्गव भी सैनिकों के साथ वहाँ आ पहुँचे। अपने राजा को मृत्युशय्या पर देख, सेना का मनोबल लगभग टूट ही चुका था।

मरणासन्न स्थिति में भी राजा सूचिपद ने जब अपनी सेना और योद्धाओं को साथ में देखा तो उनमें अलग ही उत्साह भर आया। उन्होंने अपना सम्पूर्ण सामर्थ्य जुटाया, भाला अपनी छाती से निकाला और भूमि से उठे। उन्होंने उस स्थिति में भी भूमि से उठकर अपनी सेना का उत्साह बढ़ाया।

''बलिष्ठगढ़ के योद्धाओं, मैं तुम्हारा महाराज सूचिपद अ....भी भी जीवित.... हूँ; मैं अपने अनुज भार्गव को इसी क्षण बलिष्ठगढ़ नरेश घोषित करता हूँ औ...और इस युद्ध में हमारी सेना के नेतृत्व के लिए विदर्भ के महारथी योद्धा गजेंद्र को प्रधान

सेनापति नियुक्त करता हूँ। मेरे गिरने के उपरांत भी तुम्हारे पास राजा भी है और सेनापति भी। अर्थात्...यह युद्ध अभी समाप्त नहीं हुआ।'' सूचिपद ने घोषणा की।

बलिष्ठ्गढ़ की सेना का मनोबल बढ़ने लगा। यह देख अम्बरीश को क्रोध आ गया। वह महाराज सूचिपद की ओर पलटा और अपनी तलवार तीव्र गति से चलायी।

पूर्व बलिष्ठगढ़ नरेश का शरीर धड़विहीन हो गया और उनकी निष्प्राण देह भूमि पर गिर पड़ी।

अपने बड़े भाई की आहुति ने भार्गव की शक्ति और मनोबल को ऊँचा कर दिया।

'आक्रमण...!' भार्गव ने अपनी सेना को आदेश दिया।

गजेंद्र सेना में सबसे आगे थे। वह सीधे थोड़ी दूर पर खड़े अम्बरीश की ओर बढ़े।

किंतु अम्बरीश ने गजेंद्र के सामने पड़ना उचित नहीं समझा। वह किनारे हट गया और असुरों को आगे कर दिया।

बलिष्ठगढ़ के योद्धाओं और असुरों की सेना में एक बार फिर भयावह युद्ध आरंभ हो गया।

भार्गव अपना अश्व दौड़ाते हुए गजेंद्र के पास ले आये। चक्रसेन भी वहाँ आ पहुँचे।

''हमारी आगे की योजना क्या होगी प्रधान सेनापति?'' भार्गव ने प्रश्न किया।

गजेंद्र ने चक्रसेन से प्रश्न किया, ''हमारी संख्या अब कितनी है चक्रसेन?''

''गणना के अनुसार हमने शत्रु की सेना का चौथा से ज्यादा भाग समाप्त कर दिया है, किन्तु हमारी भी लगभग आधी सेना की बलि चढ़ चुकी है।'' चक्रसेन ने बताया।

''हम्म... जानता हूँ इन असुरों से युद्ध करना सरल नहीं है, किंतु अब हमारी रणनीति अम्बरीश तक पहुँचने की होनी चाहिए। यदि हम यूँ ही युद्ध करते रहे तो केवल हमारे सैनिकों के प्राण जायेंगे, क्योंकि असुरों की संख्या और बल दोनों हमसे अधिक है।'' गजेंद्र ने कहा।

''तो हमारी व्यूह-रचना क्या होनी चाहिए?'' राजा भार्गव ने प्रश्न किया।

''व्यूह-रचना के लिए सेना को पहले से तैयार रखना पड़ता है महाराज और मैं आपकी सेना के विषय में नहीं जानता कि वह कौन सा व्यूह बना सकती है और कौन सा नहीं, क्या आपकी सेना वज्र व्यूह बना सकती है?'' गजेंद्र ने प्रश्न किया।

''वज्र व्यूह तो नहीं, किंतु नाग-व्यूह बनाने में हमारी सेना पारंगत है।'' चक्रसेन

ने हस्तक्षेप किया।

गजेंद्र ने कुछ क्षण विचार किया, "कदाचित् उससे हमें इच्छित फल न मिले, किंतु अभी के लिए यही व्यूह उचित है।"

"तो मैं प्रधान सेनापति से कहना चाहूँगा कि वह सेना को व्यूह-निर्माण का आदेश दें।" राजा भार्गव ने सुझाव दिया।

"अवश्य महाराज।" किंतु इससे पूर्व गजेंद्र कोई आदेश देते, एक सैनिक दौड़ता हुआ वहाँ आया।

"क्या हुआ, कोई विशेष बात?" चक्रसेन ने उस सैनिक से प्रश्न किया।

"वो...वो... राजा अम्बरीश कुछ सहस्त्र सैनिकों के साथ युद्ध छोड़कर बलिष्ठगढ़ के महल की ओर बढ़ रहे हैं।" सैनिक ने सूचित किया।

यह सुनकर तीनों योद्धा सन्न रह गए।

गजेंद्र ने तत्काल ही एक निर्णय ले लिया, "चक्रसेन, आप कुछ सैनिकों को लेकर महल की ओर जायें; यह विदर्भ के ही नहीं अपितु बलिष्ठगढ़ के भी मान और सम्मान का प्रश्न है। महाराज भार्गव को राजा नियुक्त किया गया है और मुझे प्रधान सेनापति, इसलिए हममें से कोई रणभूमि छोड़कर नहीं जा सकता, इसलिए आपके अतिरिक्त इस कार्य को कोई और नहीं कर सकता है; जाइए और अम्बरीश को रोकिये, हम इन असुरों का नाश करते हैं।"

"जो आज्ञा सेनापति।" चक्रसेन ने अश्व को ऐड़ लगायी और अपने लक्ष्य की ओर बढ़ चले।

उनके जाने के उपरांत गजेंद्र ने सेना को नाग-व्यूह बनाने का संकेत दिया।

शीघ्र ही बचे-खुचे सैनिकों ने नाग व्यूह तैयार किया। सर्प के आकार में आकर बलिष्ठगढ़ की सेना पूरी शक्ति से असुरों से भिड़ गयी।

वहीं दूसरी ओर जब बलिष्ठगढ़ और अम्बरीश की असुर सेना में युद्ध चल रहा था, तब विदर्भ के योद्धाओं और मार्केश की सेना के मध्य भी घमासान युद्ध जारी था। मार्केश की असुर सेना क्रौंच-व्यूह बनाकर आक्रमक रणनीति का अनुसरण कर रही थी, वहीं विदर्भ की सेना का प्रमुख उद्देश्य रक्षण था, इसलिए उस सेना ने पद्मव्यूह का निर्माण किया।

वीरसेन अपने अश्व पर आरूढ़ हुए द्वितीय पंक्ति में खड़े होकर पद्मव्यूह का नेतृत्व कर रहे थे। महाराज भभूति पद्मव्यूह के केंद्र में खड़े थे।

"कम से कम तीन प्रहर तक तो हमारा यह व्यूह, क्रौंच व्यूह को रोककर रखेगा ही।'' वीरसेन विचारों में थे।

शव पे शव गिरे जा रहे थे, किंतु मार्केश की सेना पद्मव्यूह को भंग करने का मार्ग नहीं खोज पा रही थी।

युद्ध जारी रहा।

विक्रमाजित वायु की गति से रणभूमि में पहुँचने का प्रयास कर रहे थे। विदर्भ के योद्धा उनकी प्रतीक्षा में थे।

वहीं रणभूमि में रक्षराज मार्केश पद्मव्यूह को भंग करने का मार्ग खोज रहा था।

''क्रौंच-व्यूह इसे भंग नहीं कर पायेगा, कोई और मार्ग खोजना होगा।'' रक्षराज विचारों में था।

कुछ क्षण विचारों के उपरांत रक्षराज ने धनुष उठाया, 'वरदान में मिले दिव्य अस्त्रों का प्रयोग करने का समय आ गया है। इस समय मेरा लक्ष्य भभूति है और उसके वध के लिए मुझे अकेले ही पद्मव्यूह में प्रवेश करना होगा।''

मार्केश ने अपने एक सैनिक को कुछ संकेत दिया। उस सैनिक ने शस्त्रों से लैस एक अश्व को मार्केश की ओर दौड़ा दिया।

मार्केश ने अपना धनुष लिए रथ से छलाँग लगायी और अश्व पर आरूढ़ हो गया।

बिना किसी विलम्ब के मार्केश पद्मव्यूह को भंग करने आगे बढ़ा।

वीरसेन पद्मव्यूह के द्वितीय पंक्ति में खड़े थे।

'यह रक्षराज अकेला क्यों चला आ रहा है! यह कोई छल है या इसकी कोई मूर्खता।'' अनुभवहीन वीरसेन के लिए अनुमान लगाना कठिन था।

वहीं रक्षराज मार्केश अपनी सेना से दूर अकेला पद्मव्यूह के निकट आ गया।

वीरसेन को सूझ ही नहीं रहा था कि वह आक्रमण का आदेश दे या न दे। रक्षराज ने अपना धनुष उठाया और आग्नेयास्त्र को आवाहन दिया।

मार्केश के धनुष से छूटते ही आग्नेयास्त्र ने विध्वंस आरंभ किया।

देखते ही देखते पद्मव्यूह की अग्रिम पंक्ति भस्म हो गयी। किंतु आग्नेयास्त्र यहाँ रुका नहीं, वह महाअस्त्र विध्वंस करता गया। मार्केश व्यूह के भीतर घुस आया। वीरसेन उसके मार्ग में आ खड़े हुए।

वीरसेन ने भाला और ढाल लेकर अश्व से छलाँग लगायी।

''द्वन्द्व की चुनौती स्वीकार करो रक्षराज।'' वीरसेन दहाड़े।

मार्केश मुस्कुराया, "अपनी उत्तेजना में अपनी मृत्यु को निमंत्रण मत दे मूर्ख; अभी बालक है तू, अनुभवहीन है और मेरे सामर्थ्य से अपरिचित हो, अभी भी अवसर है, लौट जाओ।"

"व्यर्थ का प्रलाप बंद करो रक्षराज; आवाहन दिया है तो उसे स्वीकार करो।" वीरसेन ने भाले और ढाल पर अपनी पकड़ मज़बूत की।

"जैसी तुम्हारी इच्छा बालक।" मार्केश ने भी भाला और ढाल उठाया और अश्व से कूदा।

वीरसेन पूरी गति से मार्केश की ओर दौड़े। मार्केश ने अपने पैर पीछे किये। भाला आगे, और ढाल पीछे। दोनों योद्धा टकराए।

वीरसेन ने अद्भुत चपलता का प्रदर्शन किया और मार्केश का कंधा घायल कर दिया।

"अद्भुत! तुम्हें कम आँकने की भूल की मैंने, किंतु अब यह भूल नहीं होगी।" मार्केश ने अपनी गति बढ़ाई और वीरसेन पर पलटवार किया।

वीरसेन लड़खड़ाकर भूमि पर गिर पड़े। मार्केश ने भाले से सीधा उसकी जंघा पर प्रहार किया और भूमि में धँसा दिया। इसी प्रकार उसने भूमि पर गिरा वीरसेन का भाला उठाया और उसी की बायीं जंघा में भी धँसाकर भूमि से उसे जोड़ दिया।

वीरसेन पीड़ा से चीख पड़ा। रक्षराज मार्केश उसे उसी अवस्था में छोड़कर अपने अश्व पर आरूढ़ हुआ और आगे बढ़ गया।

असुर सेना भी उसे पीछे पद्मव्युह में घुसने का प्रयास करने लगी। यह देख वीरसेन ने अपने जाँघों में घुसे दोनों भाले निकाल फेंके और शेष सेना को अपने पास बुलाकर तत्काल ही व्यूह के फिर से निर्माण का आदेश दिया। असुर सेना व्यूह के बाहर ही रह गयी।

मार्केश अकेला ही था, किंतु उसके दिव्य अस्त्रों का उत्तर किसी के पास नहीं था। अपने अश्व पर आरूढ़ उस महाअसुर ने पद्मव्यूह को ध्वस्त कर दिया और उसके केंद्र में खड़े राजा भभूति तक पहुँच गया।

भभूति के सामने आते ही मार्केश की आँखों में ज्वाला धधकने लगी।

"अंततः आज वो दिन आ ही गया भभूति; मेरी शिवन्या का हत्यारा आज मेरे नेत्रों के समक्ष खड़ा है। तुम्हें अनुमान भी नहीं है भभूति, कि तुम्हारा वध करके मेरे हृदय को कितनी शांति प्राप्त होगी।" मार्केश ने दोनों हाथों में तलवार ली और अश्व को एड लगायी।

अपने रथ पर खड़े भभूति ने भी तलवार और ढाल उठाई, "तुम्हारी आँखों पर

बँधी पट्टी का मेरे पास कोई उपचार नहीं है रक्षराज दुशल, किंतु तुम्हारी उद्दंडता का उत्तर देने के लिए मैं सदैव सज्ज हूँ।''

''दुशल नहीं, अब यह संसार मुझे मार्केश के नाम से जानता है, जिसके जीवन का केवल एक ही उद्देश्य है, विदर्भ राजपरिवार का सर्वनाश।'' मार्केश ने अपने अश्व से छलाँग लगाई और भभूति के रथ पर चढ़कर प्रहार किया।

राजा भभूति ने बड़ी कठिनाई से उसका पहला प्रहार रोका, किंतु अपनी छाती पर हुआ अगला प्रहार वह सहन नहीं कर सके।

विदर्भ के महाराज रथ से भूमि पर गिर पड़े।

रक्षराज मार्केश की आँखों में अभी भी क्रोध की ज्वाला धधक रही थी, किंतु इससे पूर्व वह रथ से कूदकर भभूति पर आक्रमण करता, तीव्र गति से अश्व को दौड़ाते हुए विक्रमाजित पद्मव्यूह के भीतर पहुँच आये और छलाँग लगाकर मार्केश पर कूदे और उसे साथ लेकर भूमि पर गिर गए।

मार्केश ने विक्रमाजित को पीछे धकेला और भूमि से उठा।

''तुम? तुम यहाँ कैसे पहुँचे?'' विक्रमाजित को देख मार्केश आश्चर्य में पड़ गया।

विक्रमाजित मुस्कुराए, ''तो क्या सोचा था आपने मार्केश, मेरी अनुपस्थिति का लाभ उठाकर आप मेरे परिवार को हानि पहुँचाने में सफल हो जायेंगे?'' विक्रमाजित ने अपनी तलवार सीधी की।

मार्केश कुछ क्षण विचारों में खो गया, ''ऐसा कैसे हो सकता है; गुरुदेव तो विक्रमाजित को रोकने के लिए सेना लेकर गए थे, तो फिर यह यहाँ कैसे आ गया?''

विक्रमाजित ने सूर्य की ओर देखा, वो अस्त होने को था, ''क्या केवल विचारों में खोने के लिए आये हैं, रक्षराज? प्रतीत होता है कि सूर्यास्त के उपरांत आपकी योजना पलायन करने की है, इसलिए कदाचित् उसी की प्रतीक्षा में लग गए।''

मार्केश ने भी सूर्य की ओर देखा। उसने तलवार पर पकड़ मजबूत की, ''मैं कायर नहीं हूँ विक्रमाजित, तुम्हारे समक्ष द्वन्द्व के लिए सज्ज खड़ा हूँ।''

''अब कोई द्वन्द्व नहीं होगा मार्केश; आप हमारे व्यूह में फँस चुके हैं इसलिए मैं आपको अभी इसी समय बंदी बनाता हूँ।''

मार्केश ने अपने चारों ओर देखा। पद्मव्यूह का निर्माण एक बार फिर से हो चुका था। व्यूह के भीतर आये हुए लगभग सभी असुर सैनिक मारे जा चुके थे। सहस्त्रों के बीच वो अकेला खड़ा था।

''शस्त्र नीचे करिये रक्षराज, आप पराजित हो चुके हैं।'' विक्रमाजित ने अपना

धनुष उठाया और मार्केश पर लक्ष्य साधकर खड़े हो गए।

''तुम्हें लगता है कि तुम्हारे इन सैनिकों में मुझे बंदी बनाने का सामर्थ्य है?'' मार्केश ने प्रश्न उठाया।

''कदाचित् नहीं, किंतु मुझमें तो है।'' विक्रमाजित मुस्कुराये।

किंतु अगले ही क्षण असुर सेना की हुंकार सुनाई दी। पद्मव्यूह भंग होने लगा।

''यह कैसे संभव है?'' विक्रमाजित आश्चर्य में थे।

रक्षराज ने अपनी दृष्टि उस ओर की। असुर सेना का नेतृत्व भैरवनाथ कर रहा था और रक्षराज के सभी भाई अधीम, दुदुम्भी, दंशक, हिडिम्ब और त्रिभुज, विदर्भ के सैनिकों के प्राण बड़ी निर्ममता से हर रहे थे। पद्मव्यूह भंग हो गया।

यह देख रक्षराज मुस्कुराया, ''अब बोलो विक्रमाजित, क्या वास्तव में तुम विजयी हो चुके हो?''

''मैं इसी क्षण तुम्हारा वध करने का सामर्थ्य रखता हूँ रक्षराज।'' विक्रमाजित ने क्रोध में मार्केश की ओर लक्ष्य साधा।

''मैं जानता हूँ तुम ऐसा नहीं कर सकते विक्रमाजित, क्योंकि मेरे हाथों में धनुष नहीं है और तुम्हारे आदर्श तुम्हें मुझ पर बाण चलने की आज्ञा नहीं देंगे।'' मार्केश के मुख पर एक कुटिल मुस्कान थी।

विक्रमाजित विवश-सा महसूस कर रहे थे। वो उन योद्धाओं की ओर मुड़े जो पद्मव्यूह भंग कर मार्केश की ओर चले आ रहे थे।

किंतु इससे पूर्व वो बाण संधान करते, मार्केश उनके समक्ष आ खड़ा हुआ, ''खड्ग उठाओ विदर्भ युवराज, द्वन्द्व का आवाहन स्वीकार करो।''

झल्लाये विक्रमाजित ने धनुष रख खड्ग उठा लिया। दोनों महारथियों का द्वन्द्व आरंभ होने ही वाला था, किंतु उससे पूर्व ही सूर्यदेव ने अस्त होने का निर्णय ले लिया।

चारों दिशाओं में प्रकाश के मद्धिा पड़ते ही युद्ध समाप्ति का शंख बज गया। दोनों महारथियों के शस्त्र थम गए।

तभी बलिष्ठगढ़ का एक सैनिक विक्रमाजित के समीप आ पहुँचा और उनका ध्यान खींचा, ''युवराज! युवराज!''

''क्या हुआ सैनिक? तुम तो बलिष्ठगढ़ से जान पड़ते हो।'' विक्रमाजित ने प्रश्न किया।

''हाँ युवराज, वल्लभगढ़ के राजा अम्बरीश ने आपकी अनुपस्थिति का लाभ उठाकर असुरों की एक अक्षौहिणी सेना के साथ बलिष्ठगढ़ पर आक्रमण कर दिया

है।'' बलिष्ठगढ़ के उस सैनिक ने सूचित किया।

''क्या! असुर सेना के साथ?'' विक्रमाजित आश्चर्य में पड़ गए।

''हाँ युवराज, यही सत्य है।'' उस सैनिक ने विश्वास दिलाने का प्रयास किया।

विक्रमाजित की दृष्टि रक्षराज की ओर मुड़ी, ''नीच असुर, स्वयं को भगवान महाबली का वंशज, एक आदर्श और उत्तम योद्धा कहता है और जब तूने यह देखा कि तू मेरा सामना नहीं कर सकता, तो मेरी पत्नी और पुत्र को हानि पहुँचाने के लिए षड्यंत्र रचा।''

रक्षराज क्रोध से चीख पड़ा, ''असत्य है ये, मैंने ऐसा कोई घृणित षड्यंत्र नहीं रचा।''

''तो मेरी अनुपस्थिति में असुरों की सेना बलिष्ठगढ़ में क्या कर रही है?'' विक्रमाजित ने प्रश्न उठाया।

''असुर सेना मैंने तुम्हें वहीं रोककर रखने के लिए भेजी थी, क्योंकि मेरा प्रथम उद्देश्य तुम्हारे पिता भभूति का वध था, जो तुम्हारे रहते कभी पूरा नहीं हो सकता था।'' मार्केश ने अपना पक्ष रखा।

विक्रमाजित की आँखों में लावा धधक रहा था, ''यदि चित्रलेखा या मेरे पुत्र को खरोंच भी आयी, तो तुम्हारे और तुम्हारे सम्पूर्ण वंश का अस्तित्व मिटा दूँगा मैं।''

''तुमने मुझ पर बहुत घृणित आरोप लगाया है विक्रमाजित; मैं कभी किसी स्त्री या नवजात को हानि नहीं पहुँचाता, इसलिए मैं तुम्हें वचन देता हूँ कि जब तक तुम अपने परिवार की रक्षा कर लौटकर विदर्भ नहीं आते, मैं विदर्भ पर आक्रमण नहीं करूँगा।'' रक्षराज मार्केश ने सौंगंध ली।

''तुम्हारे वचनों पर विश्वास करने की भूल मैं नहीं करूँगा रक्षराज, क्योंकि तुम्हारे जैसे षड्यंत्रकारी कभी भी छल कर सकते हैं। मैं अपने परिवार की रक्षा करके शीघ्र ही लौटूँगा।'' विक्रमाजित अपने अश्व पर आरूढ़ हुए और चल पड़े बलिष्ठगढ़ की ओर।

रक्षराज कुछ क्षण मौन खड़ा रहा, उसके उपरांत उसने अपनी सेना को लौटने का आदेश दिया।

विक्रमाजित बलिष्ठगढ़ की ओर बढ़ चले थे। वहीं सूर्यास्त के उपरांत भी बलिष्ठगढ़ में होता युद्ध जारी था।

''हमें नाग-व्यूह का पर्याप्त लाभ मिल रहा है गजेंद्र।'' भार्गव ने एक असुर का सर काटते हुए गजेंद्र से कहा।

"हाँ महाराज, असुर सेना नेतृत्वविहीन है, इसलिए अभी उन पर हम भारी पड़ रहे हैं; किंतु संख्या में अभी भी हम इनसे कम हैं। कदाचित् हमें इस युद्ध को समाप्त करने में कल प्रातः से भी अधिक समय लग जाएगा; तब तक न जाने वो अम्बरीश क्या कर बैठेगा।" गजेंद्र युद्ध करते हुए चिंतित थे।

"चिंतित मत होइए गजेंद्र; चक्रसेन एक उत्तम योद्धा हैं, वह अम्बरीश का मार्ग अवश्य रोक लेंगे।" भार्गव ने गजेंद्र को समझाया।

गजेंद्र का चिंतन उचित ही था। अम्बरीश कुछ सहस्र असुरों के साथ बलिष्ठगढ़ के राजमहल आ पहुँचा था। महल के रक्षकों ने असुरों को देख आक्रमण किया। किंतु मुट्ठीभर योद्धा भला कितनी देर असुरों के समक्ष टिक पाते। एक-एक करके वह सभी गिरने लगे।

महल के रक्षकों का वध करने के उपरांत अम्बरीश को भी सहस्त्रों अश्वों के पदचाप का स्वर सुनाई दिया। उसने मुड़कर देखा, चक्रसेन कुछ सैनिकों के साथ बलिष्ठगढ़ के महल की ओर आ रहे थे।

"समाप्त कर दो इन्हें!" अम्बरीश ने असुरों को आदेश दिया।

असुरों की सेना चक्रसेन की ओर दौड़ पड़ी।

अम्बरीश लगभग दस सैनिकों को लेकर महल के भीतर चला गया।

वहीं महल में एक दासी चित्रलेखा के पास आई और उसे सूचना दी, "राजकुमारी, महाराज सूचिपद वीरगति को प्राप्त हुए हैं और वो नीच अम्बरीश राजमहल में घुसा चला आ रहा है।"

अपने पिता की मृत्यु का समाचार सुनकर चित्रलेखा भूमि पर बैठ गयी। उसके नेत्रों से अश्रुधारायें बह उठीं। किंतु अगले ही पल अश्रु की धारायें नेत्रों की ज्वाला में परिवर्तित हो गयीं, "क्या हमारे सभी योद्धाओं ने कंगन पहन लिए हैं?"

"नहीं राजकुमारी, सेनापति चक्रसेन महल के बाहर असुरों से युद्ध कर रहे हैं और नये राजा भार्गव और विदर्भ के योद्धा गजेंद्र युद्धभूमि में असुरों की सेना से लोहा ले रहे हैं, किंतु अम्बरीश न जाने कैसे उन सबको पार कर महल में घुस आया है।" दासी ने विस्तृत किया।

चित्रलेखा ने म्यान से तलवार खींच निकाली, "उस अम्बरीश को शीघ्र ही ज्ञात हो जायेगा कि उसका सामना किसी अबला नारी से नहीं, राजकुमारी चित्रलेखा से है। हम जानते हैं, वो यहाँ क्यों आ रहा है; स्वयंवर के दिन ही उसकी कुदृष्टि देखी थी हमने। किन्तु हम लड़ते-लड़ते वीरगति को प्राप्त क्यूँ न हो जायें, वो हमें स्पर्श तक नहीं कर पायेगा।"

तभी भार्गव की पत्नी वसुंधरा वहाँ आ पहुँची। उन्होंने चित्रलेखा को रोका, "नहीं पुत्री, तुम्हारा और तुम्हारे पुत्र का जीवन किसी और की धरोहर है; तुम्हारे पुत्र के लिये तुम्हारा जीवन भी अति आवश्यक है। अपने वस्त्र मुझे दो और तुम पीछे के द्वार से प्रस्थान कर जाओ।"

"नहीं काकीश्री; हम अपनी वजह से अपने पिता, सहस्रों सैनिकों एवं न जाने कितने लोगों का बलिदान ले चुके हैं, हम आपका बलिदान नहीं ले सकते; आप हमारी माता समान हैं।" चित्रलेखा ने असहमति जताई।

"यदि तुम मुझे अपनी माता समान मानती हो तो तुम्हें मेरी सौगंध है पुत्री; चली जाओ यहाँ से और अपने सम्मान पुत्र की रक्षा करो। एक दुष्ट और क्रूर पापी हमारी ओर आ रहा है; कोई यहाँ सुरक्षित नहीं है, कम से कम तुम तो अपने प्राणों की रक्षा कर लो। यदि तुम्हें कुछ हुआ तो महर्षि शंकराचार्य किसी को नहीं छोड़ेंगे, न अम्बरीश को और न ही इस राज्य के लोगों को, इसलिए हमारी रक्षा के लिए यहाँ से चली जाओ पुत्री।" वसुंधरा ने कहा।

"किंतु मेट।"

"जाओ पुत्री, तुम्हारा सम्मान इस राष्ट्र का सम्मान है; अपने पिता समान महर्षि शंकराचार्य के पास जाओ, वो तुम्हारी सहायता अवश्य करेंगे।" वसुंधरा के नेत्रों में अश्रु थे।

दोनों ने एक-दूसरे को हृदय से लगाया। इसके उपरांत चित्रलेखा ने वसुंधरा से अपने वस्त्र बदले और अपने पुत्र को लेकर चल पड़ी पीछे के द्वार से। रानी वसुंधरा ने चित्रलेखा के वस्त्र धारण किये और कक्ष से बाहर निकलीं।

जैसे ही उन्हें महल में घुसे अम्बरीश की स्थिति का भान हुआ, वह उन राजसी कन्या के वस्त्रों में अम्बरीश के नेत्रों के समक्ष उससे थोड़ी दूर पर जाकर खड़ी हो गयीं और उसे अपना अक्स दिखाया। इतना पर्याप्त था अम्बरीश का ध्यान आकर्षित करने के लिए। उसने उनका पीछा करना आरंभ किया। इतना समय पर्याप्त था कुमारी चित्रलेखा को महल से निकलने के लिये। रानी वसुंधरा भागती गयीं, किंतु जब उन्होंने देखा कि आगे भागने का कोई मार्ग नहीं है, तो पलटकर स्वयं को अम्बरीश के सामने प्रकट कर दिया।

अम्बरीश, वसुंधरा को देख आगबबूला हो गया। उसने रानी वसुंधरा के बाल खींचे, "बता कहाँ है मेरी चित्रलेखा?"

"नीच, अधर्मी, वो एक पतिव्रता स्त्री है, तेरे हाथ कभी नहीं आयेगी। चाहे मेरे प्राण क्यों न चले जायें, मैं तुम्हें उसकी सूचना कभी नहीं दूँगी।" वसुंधरा ने दृढ़ता से कहा।

"सूचना देने वाले मुझे बहुत मिल जायेंगे।" इतना कहते ही अम्बरीश ने रानी वसुंधरा का उदर तलवार से चीर दिया।

वसुंधरा पीड़ा से चीखते हुए भूमि पर गिर पड़ीं।

कुछ क्षण उपरांत ही वहाँ एक बालक आ पहुँचा।

'माँ...।' चीखता हुआ वह वसुंधरा की ओर दौड़ा।

"ओह...तो...ये तुम्हारा पुत्र है, मूर्ख स्त्री; भूल हो गयी मुझसे, बेकार में ही तुम्हारे प्राण ले लिये मैंने, लेकिन यदि तुमने मुझे चित्रलेखा का पता नहीं बताया, तो तुम्हारे पुत्र के प्राण अवश्य जायेंगे।" अम्बरीश ने उस बालक को पकड़ लिया और तलवार उसकी गर्दन पर रख दी।

"नहीं....मैं तुमसे विनती....करती हूँ, मेरे पुत्र को छोड़...दो।" वसुंधरा अपने पुत्र प्रेम में विवश हो गयी।

"मेरी तुमसे कोई निजी शत्रुता नहीं है, मुझे केवल चित्रलेखा तक पहुँचना है; यदि तुमने मेरी सहायता नहीं की, तो मुझे विवश होकर इस बालक का वध करना ही पड़ेगा।" अम्बरीश के सर पर खून सवार था।

"न...नहीं, मैं बताती हूँ... चित्र...लेखा अपने कक्ष... से बने गुप्त... द्वार से वनों की ओर... महर्षि... शंकराचार्य... सहायता प्राप्त करने के लिये गयी है।" वसुंधरा अपने पुत्र मोह में सबकुछ कह गयी।

"यही बात यदि पहले कह दी होती, तो तुम्हारी यह स्थिति होती ही नहीं।" अम्बरीश की आँखों में क्रूरता भरी हुई थी, फिर भी उसने बालक को छोड़ दिया।

वह बालक अपनी माँ से लिपटकर रोने लगा।

"अश्रु बहाना बंद करो बालक, अपनी माता की मृत्यु का प्रतिशोध लो।" अम्बरीश ने उस बालक को उकसाया।

"उचित कहा।" उस बालक ने अम्बरीश की कमर से कटार निकाल ली और उस प्रहार किया।

अम्बरीश ने उस प्रहार को रोका, "अद्भुत गति। नाम क्या है तुम्हारा बालक?"

"राजवीर नाम है मेरा।" उस बालक की आँखों में प्रतिशोध की ज्वाला धधक रही थी।

"तुम्हारी माता की मृत्यु का उत्तरदायी मैं नहीं हूँ बालक, मेरी तुमसे या तुम्हारी माता से कोई शत्रुता नहीं थी।"

"तो कौन है इसका उत्तरदायी?" राजवीर ने प्रश्न किया।

"चित्रलेखा; वो चित्रलेखा है तुम्हारी माता की मृत्यु की उत्तरदायी। देखो अपनी माता की ओर... राजकुमारियों जैसे वस्त्र धारण कर रखे है इन्होंने, मुझसे भूल हो गयी और चित्रलेखा समझकर मैंने इन पर प्रहार कर दिया। मैं तो शत्रु राज्य से हूँ, मैं ऐसा क्यों करूँगा, मेरी तुमसे कोई निजी शत्रुता तो नहीं है। प्रश्न करो अपनी माता से, क्या संबध है इनका चित्रलेखा से, जो उसके लिए स्वयं के प्राणों की बलि चढ़ा दी।" अम्बरीश न जाने किस दिशा में सोचकर उस बालक को भड़का रहा था।

राजवीर विचारों में खो गया।

"मेरी बातों पर विचार अवश्य करना बालक।" अम्बरीश आगे बढ़ गया। दस असुर सैनिक उसके पीछे थे।

राजवीर वहीं खड़ा रहा।

वहीं चित्रलेखा अपने नवजात शिशु के साथ महज पाँच सैनिकों के सुरक्षा घेरे में महर्षि शंकराचार्य की कुटिया की ओर तेजी से बढ़ रही थी।

अम्बरीश दस असुरों के साथ तेजी से उसके पीछे आ रहा था।

विक्रमाजित भी मार्ग में थे।

रात्रि का समय था। बलिष्ठगढ़ के महल के बाहर असुर सैनिक नेतृत्व-विहीन होने के कारण एक-एक करके गिरने लगे, किंतु उनसे युद्ध करने में समय बहुत नष्ट हो रहा था।

चित्रलेखा के सुरक्षा सैनिकों ने अम्बरीश को दूर ही से आते देख लिया।

"अब क्या करें कुमारी, वो अम्बरीश हमारे पीछे आ रहा है?" एक सैनिक ने चित्रलेखा का सुझाव माँगा।

चित्रलेखा ने कुछ क्षण विचार किया, "हमें अपनी दिशा बदलनी होगी; कदाचित् अम्बरीश को यह ज्ञात हो गया है कि हम महाऋषि शंकराचार्य की कुटिया की ओर जा रहे हैं।"

चित्रलेखा के आदेश पर उन सभी ने अपना रुख वन की ओर कर लिया।

अम्बरीश और दस असुर अपना अश्व दौड़ाते हुए महर्षि शंकराचार्य की कुटिया के निकट पहुँचे।

मध्यरात्रि का समय था। अम्बरीश ने खिड़की से झाँककर कुटिया के भीतर देखा। शंकराचार्य कुटिया में विश्राम कर रहे थे। उनके अतिरिक्त कुटिया में और कोई नहीं था।

"आप कहें तो कुटिया का द्वार तोड़ दें महाराज।" एक असुर ने अम्बरीश से

प्रश्न किया।

"चुप रहो मूर्ख; यदि शंकराचार्य जाग गए और उन्हें सत्य का तनिक आभास भी हो गया तो हममें से कोई जीवित नहीं बचेगा, पीछे हटो।" अम्बरीश ने उस सैनिक को चेताया।

"प्रतीत होता है कि चित्रलेखा को आभास हो गया है कि हम उसके पीछे आ रहे हैं, इसलिए वो इस मार्ग से कदाचित् आयी ही न हो, या वो यहीं कहीं छुपी हो, कुछ भी हो सकता है। खोजो उसे, किंतु इस प्रकार कार्य करना कि शंकराचार्य को आभास भी न हो।" अम्बरीश ने सैनिकों को आदेश दिया।

असुर सैनिकों ने खोजबीन आरंभ की।

वह सभी आसपास के वन में चित्रलेखा को खोज रहे थे।

अम्बरीश विचारों में था, 'वो देर सवेर यहाँ पहुँचेगी अवश्य, किंतु क्या तब तक प्रतीक्षा करना उचित होगा... नहीं नहीं, हमें पीछे जाना होगा, और उसे यहाँ आने से रोकना होगा। यहाँ हम उसका कुछ नहीं बिगाड़ सकते और यदि कहीं वो विक्रमाजित लौट आया तो स्थिति और ख़राब हो सकती है।'

अम्बरीश ने धीमे स्वर में अपने सैनिकों को मौन रहने का संकेत दिया, ताकि शंकराचार्य की निद्रा भंग न हो। असुर सैनिकों के साथ वो कुटिया से दूर जाने लगा।

कुछ दूर जाने के उपरांत अम्बरीश ने अपने असुर सैनिकों को निकट बुलाकर आदेश दिया, "बलिष्ठगढ़ के महल से शंकराचार्य की कुटिया में पहुँचने के दो मार्ग हैं; दोनों मार्ग पर पाँच-पाँच जाकर खड़े हो जाओ; चित्रलेखा को दूर से आते जब भी देखो तो संकेत भेजना।"

अम्बरीश के आदेश पर असुर सैनिक दो भागों में बँटकर दो मार्ग पर खड़े हो गये।

पूरा एक प्रहर बीत गया। भोर होने को थी। अम्बरीश की अधीरता बढ़ती जा रही थी।

वहीं दूसरी ओर गजेंद्र और भार्गव अभी तक असुरों से युद्ध में व्यस्त थे। किंतु अकस्मात् ही असुरों की सेना तेजी से गिरने लगी।

विक्रमाजित सूर्योदय से कुछ क्षण पूर्व ही वहाँ पहुँच आये थे। उनके धनुष से चले अस्त्रों ने असुरों में हड़कंप मचा दिया। बचे-खुचे असुर भागने लगे, क्योंकि उनके लिए विक्रमाजित का नाम ही पर्याप्त था।

"अंततः यह युद्ध समाप्त हुआ।" गजेंद्र ने कुछ क्षण राहत की साँस ली।

चक्रसेन ने भी अंततः बलिष्ठगढ़ के महल के बाहर युद्ध कर रही नेतृत्व-विहीन

असुर सेना पर विजय पा ली।

किंतु अम्बरीश की योजना कदाचित् सफल होने को थी। चित्रलेखा को स्वयं अम्बरीश ने ही दूसरे मार्ग से आते देख लिया।

उसने अपने सैनिकों को गुप्त संकेत भेजा और अपने पास बुला लिया। शीघ्र ही दस असुरों ने चित्रलेखा और उसके पाँच सैनिकों को घेर लिया।

"अंततः तुम मेरे सामने आ ही गयी चित्रलेखा; मेरे जीवन का उद्देश्य आज सफल होने को है।" अम्बरीश ने वासनालिप्त आँखों से चित्रलेखा की ओर देखा।

बलिष्ठगढ़ के पाँच सैनिक चित्रलेखा के आगे आये। उनमें से एक ने चित्रलेखा को आश्वस्त किया, "आप अपने पुत्र को लेकर यहाँ से जाइए, राजकुमारी; जब तक हम जीवित हैं, यह नीच आप तक नहीं पहुँच पायेगा।"

चित्रलेखा अपने पुत्र को लेकर भागीं। उन पाँच सैनिकों ने बड़ी वीरता से दस असुरों और अम्बरीश का मार्ग रोक लिया।

चित्रलेखा अपने पुत्र को लेकर भागती रहीं और एक झाड़ी में छुप गयीं।

उन पाँच सैनिकों ने वीरता से युद्ध किया, किंतु संख्याबल में कम होने के कारण शीघ्र ही वह सभी वीरगति को प्राप्त हुए। उन्होंने तीन असुर सैनिक भी मार गिराए।

इसके उपरांत अम्बरीश अपने सैनिकों की लेकर आगे बढ़ गया। चित्रलेखा अपने पुत्र को लेकर झाड़ियों में छिपी हुई थीं।

अम्बरीश उन्हें इधर-उधर दृष्टि घुमाकर खोने लगा। घनी झाड़ियों में छुपी चित्रलेखा अम्बरीश को स्पष्ट देख सकतीं थीं। तभी चित्रलेखा के अबोध पुत्र की निद्रा टूट गयी और उसने रोना आरंभ कर दिया। उसके रोने का स्वर सुनकर अम्बरीश बीच झाड़ियों में चित्रलेखा तक पहुँच गया और उसे बालों से पकड़कर झाड़ियों से बाहर निकाला। उसने नवजात शिशु को चित्रलेखा के हाथ से छीना और एक असुरसैनिक को दे दिया।

"चित्रलेखा, आज मेरी बरसों की तमन्ना पूरी होने वाली है; तुम्हें पाकर मेरी सारी इच्छाएँ पूर्ण हो जायेंगी।" अम्बरीश ने हवस भरी दृष्टि से चित्रलेखा की ओर देखा।

"चाहे मेरे प्राण ही क्यों न चले जायें, तुम्हारी इच्छा कभी पूर्ण नहीं होगी।" चित्रलेखा हाँफते हुए अपने हठ पर अड़ी रही।

अम्बरीश ने आकाश की ओर देखा। दसों दिशाओं में सूर्य का प्रकाश फैल चुका था।

"तुम्हारे नखरों के लिए मेरे पास समय नहीं है; अभी बताता हूँ कि मैं क्या कर सकता हूँ चित्रलेखा।" अम्बरीश एक असुर सैनिक की ओर मुड़ा, जिसके हाथ में वो

नवजात बालक था।

"सामने कुछ गज की दूर पर एक खाई है, उस बालक को उसमें फेंक दो।" अम्बरीश ने उस असुर को आदेश दिया।

"नहीं, ऐसा मत करो।" चित्रलेखा चीखी।

अम्बरीश ने हाथ उठाकर उस असुर को रुकने का संकेत दिया।

"देखो चित्रलेखा, मेरी बात मान लो, अन्यथा सामने तुम्हें दिखाई दे रहा होगा न कि एक गहरी खाई है और तुम्हारा अबोध बालक मेरे सैनिक के हाथ में है, जो कभी भी उसे खाई में फेंक सकता है; तुम मे... मेरा संकेत समझ रही हो न।" क्रूरता और वासना अम्बरीश के मुख से झलक रही थी।

'अम्बरीशे...!' ये गरजता हुआ स्वर किसी और का नहीं, युवराज विक्रमाजित का था।

अपने अश्व पर आरूढ़ हुए वह सबसे पहले वहाँ पहुँच आये।

अम्बरीश का हृदय भय से काँप उठा। उसने तत्काल ही चित्रलेखा को पकड़कर तलवार उनकी गर्दन पर टिका दी और विक्रमाजित को धमकाया, "विक्रमाजित, यदि अपनी पत्नी और पुत्र का जीवन चाहते हो तो शस्त्रों का त्याग कर दो, अन्यथा वहाँ मेरा सैनिक तुम्हारे पुत्र को खाई में फेंक देगा और यहाँ मेरी तलवार तुम्हारी पत्नी की गर्दन पर चल जायेगी। वैसे तो तुम अद्भुत योद्धा हो, किंतु तुम अपनी चपलता का प्रयोग करके इनमें से किसी एक के ही प्राण बचा सकते हो, दूसरे को तो तुम्हें खोना ही पड़ेगा; यदि चित्रलेखा मेरी नहीं हुई तो मैं उसे किसी और की भी नहीं होने दूँगा।"

विक्रमाजित का धनुष उनके हाथ से सरकर भूमि पर गिर गया। वो धर्मसंकट में फँस चुके थे।

"आर्य, अपने शस्त्रों का त्याग मत कीजिये, मेरे पुत्र की रक्षा कीजिये युवराज, मेरे पुत्र की रक्षा कीजिये; वही आपका भविष्य है और मेरा भी।" कहते हुए चित्रलेखा की आँखें अश्रुओं से भर उठी।

राजा भार्गव, चक्रसेन और गजेंद्र भी वहाँ आ पहुँचे।

सेनापति चक्रसेन एवं भार्गव के मस्तिष्क की भी कोई सुधबुध नहीं मिल पा रही थी। गजेंद्र को भी सूझ नहीं रहा था कि वो क्या करें।

विक्रमाजित का शरीर शिथिल पड़ता जा रहा था। उनकी ये स्थिति देख चित्रलेखा ने मन ही मन एक बहुत बड़ा कदम उठाने का निर्णय लिया।

अंततः राजकुमारी चित्रलेखा ने अम्बरीश की तलवार पकड़ी और अपनी ही गर्दन पर चला दी। उनके कंठ का घाव देख विक्रमाजित तड़प उठे।

'चित्रलेखा...' विक्रमाजित स्तब्ध रह गये।

''मेरे पुत्र... की रक्षा कीजिये... आर्य।'' तड़पते हुए चित्रलेखा भूमि पर गिर पड़ी।

यह देख वो असुर, जो चित्रलेखा के नवजात बालक को पकड़े हुये था, उसे खाई में फेंकने का प्रयास किया, किंतु चक्रसेन ने अपनी तलवार लेकर अद्भुत चपलता का प्रदर्शन किया और उस असुर तक पहुँचकर उसकी गर्दन पर जोरदार वार किया। उस असुर की गर्दन धड़ से अलग होकर भूमि पर गिर पड़ी। किंतु वह नवजात बालक उस असुर के हाथ से छूटकर खाई में जा गिरा।

यह देख चक्रसेन उसकी रक्षा के लिये खाई में कूदे।

विक्रमाजित का रक्त उबल पड़ा। उन्होंने म्यान से तलवार खींची और अम्बरीश की ओर दौड़ पड़े। अम्बरीश सर से लेकर पैर तक मृत्यु के भय से काँपने लगा। धीरे-धीरे उसके कदम पीछे सरकने लगे। विक्रमाजित को अपनी ओर आता देख उसकी तलवार उसके हाथ से छूट गयी।

वह अपने अश्व पर आरूढ़ होकर भागने लगा। विक्रमाजित ने तलवार घुमाकर फेंकी। अम्बरीश ने उस प्रहार से बचने का पूरा प्रयत्न किया, किंतु अंततः वह तलवार उसकी पीठ में जा धँसी। अम्बरीश पीड़ा से चीख पड़ा, फिर भी वह अपने अश्व को बढ़ाता रहा।

किंतु अंततः उसकी पीड़ा उस पर हावी हो गयी। उसने अपने अश्व पर नियंत्रण खो दिया। उसका अश्व उसे दौड़ाता हुआ खाई की ओर ले गया। अम्बरीश फिसलकर खाई में गिर गया।

''गजेंद्र, मुझे उसका शव चाहिये!'' विक्रमाजित ने गजेंद्र को चीखकर आदेश दिया।

गजेंद्र खाई के निकट गया और उसकी गहराई देखी, ''यहाँ से गिरकर किसी का जीवित रहना संभव नहीं है, फिर भी महाराज के आदेश का पालन तो करना ही होगा।''

गजेंद्र अम्बरीश को खोजने निकल पड़े।

विक्रमाजित दहाड़ता हुआ स्वर दूर तक सुनाई दिया। चूँकि यह सारी घटनाएँ महर्षि शंकराचार्य की कुटिया से थोड़ी दूर पर ही हो रही थीं, इसलिए प्रातः सूर्य वंदना करते हुए शंकराचार्य के कर्णों को भी विक्रमाजित का वो चीखता हुआ स्वर छू गया।

विक्रमाजित चित्रलेखा के निकट आये और उनका सर अपनी गोद में ले लिया।

बलिष्ठगढ़ के सेनापति चक्रसेन शीघ्र ही खाई के नीचे उतरे। सौभाग्य से वो

नवजात उन्हें एक छोटे से वृक्ष की शाखा से लटका हुआ मिल गया। उन्होंने तत्काल ही उस बालक को उठाया और खाई के ऊपर आने लगे। शीघ्र ही वो ऊपर विक्रमाजित और मृत्युशय्या पर पड़ी चित्रलेखा के समक्ष उस बालक को ले आये।

"देखा प्रिय, हमारा पुत्र सुरक्षित है, सुरक्षित है हमारा पुत्र; अब उठो प्रिय, हमें शीघ्र ही किसी वैद्य के पास चलना चाहिये।'' विक्रमाजित, चित्रलेखा को उठाने लगे।

"अब... मेरा अंत ... निकट है। कंठ पर हुआ...यह घाव...बहुत ही गहरा.. है।''

चित्रलेखा के वचन अभी पूर्ण हो पाते, इससे पूर्व ही महर्षि शंकराचार्य वहाँ आ पहुँचे। चित्रलेखा की दशा देख उनका क्रोध सीमा पार कर गया।

'विक्रमाजित!' महर्षि शंकराचार्य का क्रोध बरस पड़ा।

"विक्रमाजित, तुमने चित्रलेखा की रक्षा का वचन दिया था मुझे; तुम्हारे जैसा सामर्थ्यवान योद्धा समग्र विश्व में नहीं है, इसके उपरांत भी चित्रलेखा आज मृत्युशय्या पर है; आखिर ऐसा क्यों हुआ, कैसे हुआ?'' शंकराचार्य ने क्रोध में प्रश्न किया।

विक्रमाजित को कोई सुधबुध नहीं थी। वो मौन थे। यह देख महर्षि शंकराचार्य का क्रोध और बढ़ गया। उनकी क्रोध की अग्नि से बादलों में भी भयंकर गर्जना उत्पन्न हो गयी। ऐसा वातावरण छा गया जैसे कोई महासंग्राम छिड़ा हो और शवों पर उनके परिजन त्राहि-त्राहि कर रहे हों। भार्गव और चक्रसेन का उनके समक्ष आने का साहस नहीं हुआ।

"तुम्हारे मौन रहने का अर्थ यही है युवराज कि तुम्हीं हो मेरी पुत्री चित्रलेखा की इस दशा के के उत्तरदायी; तुम कभी इसके योग्य थे ही नहीं।''

"इसलिए आज मैं तुम्हें श्राप देता हूँ कि तुम उसके पुत्र को स्पर्श भी नहीं कर पाओगे; यदि तुमने ऐसा किया तो तुम दोनों की मृत्यु हो जायेगी। तुम्हारे पुत्र और चित्रलेखा को स्मृतियाँ पूर्ण रूप से तुम्हारे मस्तिष्क से विलुप्त हो जायेंगी और एक दिन विदर्भ के वंश में एक ऐसा महायुद्ध छिड़ेगा, जिसमें चित्रलेखा के पुत्र को छोड़ तुम्हारे समग्र-वंश का नाश हो जायेगा; तुम्हारे कुल के सारे दीपक बुझ जायेंगे विक्रमाजित, बुझ जायेंगे; चित्रलेखा की मृत्यु का मोल तुम्हारा समग्र वंश चुकाएगा।''

महर्षि शंकराचार्य के श्राप को सुन विदर्भ के युवराज स्तब्ध रह गये। उनके मुँह से स्वर फूटता भी तो कैसे; वो तो मृत्युशय्या पर पड़ी चित्रलेखा के दुःख के कारण कुछ भी कहने में असमर्थ प्रतीत हो रहे थे।

चित्रलेखा ने तड़पते हुए, शंकराचार्य की ओर संकेत किया, "मुनिवर... ये...आपने....क्या किया।''

चित्रलेखा की पीड़ा ने शंकराचार्य के क्रोध को कुछ हद तक शांत किया। यह देख भार्गव और चक्रसेन, शंकराचार्य के निकट आये।

"यह सारा कांड अम्बरीश और रक्षराज मार्केश का रचा षड्यंत्र था ऋषिवर, आप तो बिना विचारे ही निष्कर्ष पर पहुँच गए।" भार्गव ने अम्बरीश के षड्यंत्र के विषय में सबकुछ कह सुनाया।

महर्षि शंकराचार्य का हृदय ग्लानि भाव से भर उठा। वो कुमारी चित्रलेखा के पास आये और क्षमा माँगने का प्रयास किया, "मुझे क्षमा कर दो पुत्री, अज्ञानवश मुझसे भूल हो गयी।"

"ये... आपने क्यों... किया... मुनिवर; आपने... मेरी मृत्यु को... और कष्टदायी.....बना दिया।" चित्रलेखा पीड़ा में थी।

शंकराचार्य अपने घुटनों के बल आ गए, "नहीं पुत्री, मैं अपने श्राप का निवारण अवश्य करूँगा; मृत्यु के समय मैं तुम्हारी पीड़ा कम करने के लिये तुम्हारे पुत्र को मैं वरदान देता हूँ, कि जिस रक्षराज के कारण तुम्हारी मृत्यु हो रही है, तुम्हारा पुत्र ही उसकी मृत्यु का कारण बनेगा; इस बालक के जन्म का केवल एक उद्देश्य होगा, रक्षराज मार्केश का अंत। और चिंता न करो, मैं अपने पहले श्राप की अवधि भी कम करता हूँ; आज से वर्षों के पश्चात जब तुम्हारा पुत्र दिव्यास्त्र प्राप्ति के योग्य हो जायेगा, तब युवराज विक्रमाजित उसे स्पर्श कर पायेंगे और ऐसा करते ही उनकी स्मृतियाँ लौट आयेंगी।"

विक्रमाजित के कंठ से स्वर फूट ही नहीं पा रहे थे। उनका शरीर शिथिल पड़ने लगा। ऐसा प्रतीत हो रहा था जैसे उनके सोचने-समझने की शक्ति लुप्त हो गयी हो। चित्रलेखा उनकी स्थिति देख तड़प उठीं।

"हे मुनिवर... आर्य की पीड़े... को कोई... निवारण कीजिये, ये एक अंतिम... वरदान दे दें...मुनिवर।" चित्रलेखा से विक्रमाजित की पीड़ा देखी नहीं जा रही थी।

"मेरा श्राप ही विक्रमाजित के लिए वरदान सिद्ध होगा पुत्री; तुम्हारी और तुम्हारे पुत्र की स्मृतियाँ तुम्हारे मृत्योपरांत ही विक्रमाजित के मस्तिष्क से लुप्त हो जायेंगी, जो उनकी पीड़ा कम कर देगी।" शंकराचार्य ने चित्रलेखा को ढाँढ़स बँधाया।

"आपने...मेरी...मृत्यु...को...संतोषजनक...बना दिया मुनिवर...अब आज्ञा दीजिये।"

इतना कहकर चित्रलेखा ने अपने नेत्र बंद कर लिये और देखते ही देखते राजकुमारी चित्रलेखा का शरीर निष्प्राण हो गया।

'चित्रलेखा...।" विक्रमाजित का हृदय फट पड़ा।

यह देखते ही महर्षि शंकराचार्य ने विक्रमाजित के कंधे पर हाथ रखा। फलस्वरूप विक्रमाजित के मस्तक में भयंकर पीड़ा आरंभ हुई। वो भूमि से उठे और अपना मस्तक पकड़ लिया।

अपनी मस्तक की पीड़ा से कुपित होकर विक्रमाजित पीछे हटने लगे।

तभी वहाँ एक दस वर्षीय बालक तलवार लिये आ खड़ा हुआ और विक्रमाजित की ओर बढ़ने लगा। यह कोई और नहीं, भार्गव का पुत्र राजवीर था। वो विक्रमाजित की ओर क्यों बढ़ रहा था, इसका भान किसी को नहीं था। शीघ्र ही वो विक्रमाजित के पास आया, अपनी तलवार का वार सीधा उनकी छाती पर किया और अपना पूरा बल लगाकर उन्हें गहरी खाई की ओर ढकेल दिया। विक्रमाजित अपनी रक्षा करने में असमर्थ थे, फलस्वरूप वो गहरी खाई में गिरते चले गये।

राजवीर के कृत्य से सभी अचंभित थे। भार्गव तत्काल ही उसके पास आये और उसका हाथ पकड़ लिया।

''यह क्या किया मूर्ख, तुम्हें इसका भान भी है!''

''मेरी माँ की मृत्यु ने मेरी सोचने-समझने की शक्ति छीन ली है पिताश्री; मैं उस किसी व्यक्ति को जीवित नहीं छोड़ूँगा जो मेरी माँ की मृत्यु के उत्तरदायी हैं और मेरी माँ की मृत्यु के सबसे बड़े कारण को मैं मृत्यु के मुख में भेज चुका हूँ।'' राजवीर चीखा।

राजा भार्गव घुटनों के बल बैठ गये। अपनी पत्नी की मृत्यु से उन्हें भी झटका लगा।

अध्याय 5

वनवास

वर्तमान

विक्रमाजित की समस्त स्मृतियाँ लौट आयी थीं। अपनी प्रियतमा के साथ हुई अप्रिय घटनाओं ने उनके नेत्रों में अश्रु ला दिए थे।

"जिस व्यक्ति ने तुम्हारे प्राणों की रक्षा की, उसी चक्रसेन को तुम्हारा उत्तरदायित्व सौंपा गया; यह निर्णय महर्षि शंकराचार्य का था।" वीरसेन ने भी तेजस्वी की जिज्ञासा शांत की।

तेजस्वी ने स्थिर खड़े होकर उनकी सम्पूर्ण कथा सुनी।

भानुसेन ने प्रश्न उठाया, "आपने इस विषय में हममें से किसी को कुछ नहीं बताया भ्राताश्री, क्यों?"

"ज्येष्ठ अपनी स्मृतियाँ खो चुके थे, इसलिए रहस्य केवल मेरे, पिताश्री और गजेंद्र के मध्य ही सीमित रहा; तुम्हारा सोलह वर्ष की आयु में ही विवाह कर दिया गया था भानुसेन, उस आयु में तुम्हारे लिए अपने परिवार को सँभालना ही कठिन था, इसलिए ये रहस्य मैंने तुम्हें नहीं बताया। एक वर्ष उपरांत जब ज्येष्ठ लौटकर आये तो पिताश्री मृत्युशय्या पर थे। पिता की मृत्यु के उपरांत ज्येष्ठ वैसे ही बहुत दुःखी थे, इसलिए उसके उपरांत मैंने इस विषय पर कोई चर्चा ही नहीं की; किंतु महाऋषि शंकराचार्य का श्राप कहो या वरदान, तेजस्वी को एक न एक दिन हमारे पास लौटना

ही था।'' वीरसेन ने स्पष्टीकरण दिया।

तेजस्वी के मुख पर कोई भाव नहीं थे। उसके मन में केवल प्रश्न उमड़ रहा था, ''आपने कहा बलिष्ठगढ़ हमारा संबधी हो चुका था, तो फिर इन दो राज्यों में शत्रुता क्यों हुई?''

तेजस्वी के उस प्रश्न का उत्तर देने चक्रसेन आगे आये, ''विदर्भ के सेनापति गजेंद्र, अम्बरीश का शव खोजने गए थे, किंतु जब वो असफल होकर लौटे तो उन्हें महाराज विक्रमाजित के खाई में गिर जाने की बात पता लगी। उन्होंने राजवीर को दंड देने की माँग की। अपनी पत्नी के वियोग में डूबे भार्गव को क्रोध आ गया। महाराज भार्गव ने अपने पुत्र का समर्थन किया और गजेंद्र को खरी-खोटी सुनाई। गजेंद्र लौट गए। अपने पुत्र अर्थात् विदर्भ युवराज विक्रमाजित के लापता होने की सूचना जब विदर्भ के महाराज भभूति को लगी, तो उन्होंने भार्गव से राजवीर की माँग की। भार्गव ने क्रोध में आकर विदर्भ को युद्ध की चुनौती दे डाली; शत्रुता के बीज उसी दिन से अंकुरित होने लगे, किंतु तुम उस समय नवजात थे और महाराज भभूति ने अपने पौत्र के मोह में युद्ध स्थगित कर दिया; उन्हें यह भय था कि हम तुम्हें कोई क्षति न पहुँचा दें।''

तेजस्वी मौन खड़ा रहा।

वीरसेन आगे आये, ''क्या हुआ पुत्र, तुम कुछ कहना नहीं चाहोगे?''

तेजस्वी ने वीरसेन की ओर देखा, ''पिताश्री एक वर्ष थे कहाँ?''

''उचित होगा यह प्रश्न तुम स्वयं उनसे ही पूछो, क्योंकि हममें से तो आज तक उन्होंने कुछ भी नहीं बताया।'' वीरसेन ने कहा।

''मेरा साहस नहीं हो रहा उनके समक्ष जाने का।'' तेजस्वी असमंजस में था।

''किंतु बिना उनके समक्ष गए न तुम्हारे प्रश्नों का उत्तर मिलेगा, न तुम्हें संतोष प्राप्त होगा।'' चक्रसेन ने कहा।

तेजस्वी ने कुछ क्षण विचार किया, ''उचित है, मुझे उनका सामना तो करना ही होगा।''

मध्यरात्रि का समय था। विक्रमाजित अपने कक्ष में मौन बैठे थे। तेजस्वी ने दबे पाँव उस कक्ष में प्रवेश किया।

विक्रमाजित उसकी ओर मुड़े और उठकर उसके निकट आये, ''तो क्या....?''

''मैं सत्य को स्वीकार कर चुका हूँ पिता महाराज; मुझे काकाश्री वीरसेन ने सबकुछ बता दिया है।'' तेजस्वी विक्रमाजित का प्रश्न भाँप गया।

"अपनी माता की मृत्यु के विषय में जान लेने के उपरांत भी, तुम्हारे मुखमण्डल पर न क्रोध है, न पीड़ा है और कदाचित् प्रतिशोध की भावना भी तुममें अभी तक पनपी नहीं।" विक्रमाजित तेजस्वी के मुख को निहार रहे थे।

तेजस्वी मौन था। उसे सूझ ही नहीं रहा था कि वह क्या बोले।

विक्रमाजित मुस्कुराये, "दोष तुम्हारा नहीं है पुत्र। हम भले ही तुम्हारे पिता हैं, किंतु मिले तो अभी हैं। इतनी शीघ्र तो किसी में भावनायें उत्पन्न नहीं हो सकतीं।"

"भावनायें भले ही इतनी शीघ्र जन्म नहीं लेतीं, किंतु आपके प्रति जो मेरे मन में सम्मान जन्मा है वो प्रतिपल बढ़ता ही जा रहा है; आप माताश्री के प्राण नहीं बचा पाए, किंतु आपने जो प्रयास किया वो प्रशंसनीय है और उसके लिए मैं आपका बहुत सम्मान करता हूँ।" तेजस्वी के शब्द लड़खड़ा रहे थे।

"मन की भड़ास निकाल लो पुत्र; यदि बातों को हृदय में दबाकर रखोगे तो जीवन कठिन हो जायेगा।" विक्रमाजित ने कदाचित् तेजस्वी के मनोभावों को ताड़ लिया था।

तेजस्वी कुछ क्षण मौन रहा। पिता-पुत्र के नेत्र एक-दूसरे को निहार रहे थे। कुछ क्षणों उपरांत तेजस्वी के नेत्रों से अश्रु छलक पड़े। वह विक्रमाजित के हृदय से जा लगा।

"मुझे गर्व है पिताश्री कि मैं आप जैसे पिता की संतान हूँ।" काफी समय से तेजस्वी ने अपनी भावनाओं को दबाये रखा था।

वहीं विक्रमाजित के नेत्रों में कोई अश्रु नहीं थे, "योद्धा रोया नहीं करते पुत्र।"

तेजस्वी थोड़ा पीछे हटा और अपने पिता की ओर देखा, "क्या आपको माता की स्मृतियाँ पीड़ा नहीं देतीं पिताश्री?"

"देतीं हैं, वो स्मृतियाँ मुझे अत्याधिक पीड़ा देती हैं, किंतु अश्रु बहाने का समय जा चुका है पुत्र।" विक्रमाजित के मुख पर केवल क्रोध था।

"आपने उचित कहा पिताश्री, यह समय अश्रु बहाने का नहीं है; यह समय प्रतिकार का है। मैं आपके साथ हूँ पिताश्री; हम सेना लेकर जायेंगे और असुरों का नामोनिशान तक मिटा देंगे।" तेजस्वी उग्र हो गया।

"अपने क्रोध पर नियंत्रण रखो पुत्र और मेरे एक प्रश्न का उत्तर दो।"

"कैसा प्रश्न पिताश्री?"

"यह प्रतिशोध किसका है?"

"हमारा पिताश्री।"

“तो निर्दोष सैनिकों के प्राणों की बलि क्यों चढ़ायें हम? अपने निजी प्रतिशोध के लिए सहस्त्रां लाखों योद्धाओं की बलि चढ़ा देना क्या तुम्हें न्याय-संगत प्रतीत होता है?” विक्रमाजित ने प्रश्न किया।

तेजस्वी विचारों में खो गया।

विक्रमाजित ने कहना जारी रखा, “स्मरण रखना पुत्र; धर्म के मार्ग पर चलने वाला योद्धा कभी ऐसा कुकृत्य नहीं करता; प्रतिशोध विष के समान होता है, इसलिए मैं प्रतिशोध लेने नहीं जा रहा।”

“तो क्या आप रक्षराज मार्केश को क्षमा कर देंगे?” तेजस्वी ने प्रश्न उठाया।

“अपराधी को उसके अपराध का दंड तो मिलना ही चाहिए पुत्र और मैं एक अपराधी को दंड देने जा रहा हूँ; जिसने मेरे निजी जीवन को उजाड़ा है, वो क्षमा के योग्य नहीं है और यही न्याय की माँग भी है।”

“किंतु उसके पास विशाल सेना है, आपको उसे दंड देने के लिए युद्ध छेड़ना ही होगा।” तेजस्वी ने तर्क करने का प्रयत्न किया।

“उसकी आवश्यकता नहीं पड़ेगी पुत्र, क्योंकि कल मार्केश ने मुझे द्वन्द्व की चुनौती दी है... हमारे और उसके मध्य कोई हस्तक्षेप नहीं करेगा। उसका कहना है कि या तो इस द्वन्द्व में वो जीवित बचेगा या मैं। और कदाचित् उसने मुझे सुनहरा अवसर दिया है, वर्षों से जल रही अपने हृदय की अग्नि को ठंडा करने का। कल का सूर्योदय हम दोनों की प्रतीक्षा का अंत लायेगा; बस कुछ प्रहर और।” विक्रमाजित की आँखों में ज्वाला धधक रही थी।

“इसका अर्थ यह हुआ कि वो रणांगण में आपकी प्रतीक्षा कर रहा है।”

“हाँ पुत्र, किंतु कल के युद्ध से पूर्व मैं तुम्हें एक रहस्य से अवगत करना चाहता हूँ, जिसके विषय में मेरे अतिरिक्त किसी को ज्ञात नहीं है।” विक्रमाजित ने गंभीर मुद्रा में कहा।

“रहस्य? कैसा रहस्य पिताश्री?” तेजस्वी ने जिज्ञासावश प्रश्न किया।

“यही कि तुम मेरी इकलौती संतान नहीं हो।”

“अर्थात? आपके कहने का अर्थ क्या है पिताश्री?” तेजस्वी स्तब्ध रह गया।

“यही कि मेरी एक और संतान भी है, जिसके विषय में मैंने कभी किसी को कुछ नहीं बताया; तुम्हारा एक अनुज भी है।”

“मेरा अनुज? कहाँ है वो और आपने उसके विषय में किसी को कुछ बताया क्यों नहीं?” तेजस्वी के मन में ढेरों प्रश्न उमड़ रहे थे।

"क्योंकि मेरा वो पुत्र नागवंश से है।"

"नागवंश से!" तेजस्वी हतप्रभ रह गया।

"हाँ पुत्र; कल के युद्ध में अधिक समय नहीं बचा है इसलिए मैं तुम्हें संक्षेप में बता देता हूँ। वर्षों पूर्व जब राजवीर ने मुझे खाई में धकेला था, तब नदियों के मार्ग से बहकर मैं नागलोक की ओर चला गया था। मैं घायल था। तब नागवंश की राजकुमारी कनिष्का ने मेरे प्राणों की रक्षा की थी और अपने पिता के विरुद्ध जाकर मुझसे विवाह भी किया। मैं चित्रलेखा को ही नहीं, अपितु अपनी सम्पूर्ण वास्तविकता भूल चुका था, इसलिए विवाह के लिए सहमत हो गया। मैं विवाह करके नागलोक में ही बस गया; वहीं कनिष्का ने मेरे एक पुत्र को जन्म दिया। एक वर्ष उपरांत, रक्षराज के अनुज दुदुम्भी ने खाण्डवप्रस्थ के निष्कासित नाग 'तक्षक' के साथ मिलकर नागलोक पर आक्रमण किया। दुदुम्भी ने मुझे देखते ही पहचान लिया और अपने प्राण बचाकर भाग गया। उस दिन मुझे अपनी वास्तविकता का भान हुआ और मैं अपने राज्य लौट आया।" विक्रमाजित ने विस्तृत किया।

"और आपकी पत्नी और पुत्र का क्या हुआ?" तेजस्वी ने प्रश्न किया।

"एक नागकन्या को यह राज्य अपनी महारानी के रूप में कभी स्वीकार नहीं करता। कनिष्का ने मेरी यह विवशता समझी और अब वो दोनों नागलोक में ही होंगे। मैं वर्ष में एक बार उनसे भेंट करने अवश्य जाता हूँ। जब मैं रक्षराज का वध करके लौटूँगा, तब इस विषय पर हम खुलकर चर्चा करेंगे, अभी तुम जाकर विश्राम करो; मुझे भी कल के होने वाले महाद्वंद्व की तैयारी करनी है।"

"जो आज्ञा पिताश्री।" तेजस्वी पलटकर जाने लगे।

"एक क्षण रुको पुत्र।" विक्रमाजित ने अपने पुत्र को पुकार लगायी।

"जी पिताश्री।" तेजस्वी उनकी ओर पलटा।

विक्रमाजित तेजस्वी के निकट आये, "कल मेरे और रक्षराज के मध्य अंतिम द्वंद्व होने वाला है; बल से तो वो मुझे पराजित नहीं कर सकता, किंतु अब वह विश्वास के योग्य नहीं रहा। यदि उसने कोई छल किया, तो वचन दो मुझे कि तुम्हारी माता की मृत्यु के जो भी उत्तरदायी हैं, उन्हें तुम अवश्य दंड दोगे।"

"आप ऐसा न कहिये पिताश्री; मैं भी वहाँ उपस्थित रहूँगा, कोई छल नहीं होगा; अपने पुत्र के सामर्थ्य पर विश्वास रखिये।" तेजस्वी ने साहसपूर्वक कहा।

विक्रमाजित मुस्कुराये, "ईश्वर करे इस बार रक्षराज कोई छल न करें; शुभ रात्रि पुत्र।"

"शुभ रात्रि पिताश्री।" तेजस्वी, विक्रमाजित के कक्ष से बाहर चला गया।

विक्रमाजित अपने कक्ष की खिड़की की निकट आकर खड़े हो गए और विचारों में खो गए, *'महाऋषि शंकराचार्य की भविष्यवाणी के अनुसार तो रक्षराज का अंत तेजस्वी के हाथों होना है; यदि यह भविष्यवाणी सत्य सिद्ध हुई तो कल कदाचित् युद्ध का परिणाम मेरे पक्ष में न आये।'*

इसके उपरांत विक्रमाजित भी विश्राम हेतु शय्या पर लेट गए।

उसी रात्रि को रक्षराज मार्केश, विदर्भ की सीमा पर अपना शिविर लगाये बैठा था। वह भी कल प्रातः होने वाले द्वंद्व की प्रतीक्षा कर रहा था।

उसी समय रक्षगुरु भैरवनाथ उसके शिविर में आ पहुँचे। मार्केश ने उन्हें उठकर प्रणाम किया।

''हमें यहाँ से तत्काल ही प्रस्थान करना होगा मार्केश।'' भैरवनाथ चिंतित दिखाई दे रहा था।

''आप ऐसा क्यों कह रहे हैं गुरुदेव? मैं ऐसा नहीं कर सकता; कल मेरे और विक्रमाजित के मध्य अंतिम द्वंद्व होने वाला है, इस द्वंद्व में हम दोनों में से किसी एक की मृत्यु निश्चित है।'' मार्केश ने दृढ़ता से कहा।

''हठ मत करो मार्केश, विक्रमाजित अब अकेला नहीं है, उसका वीर पुत्र भी अब उसके साथ है जो शस्त्र-संचालन में निपुण है; उसके आने से विदर्भ की शक्ति कई गुना बढ़ गयी है, इस युद्ध में हम विजयी नहीं हो सकते।'' भैरवनाथ के मुख पर चिंता की लकीरें स्पष्ट दिखाई दे रहीं थीं।

''यह द्वंद्व सेनाओं के मध्य नहीं है, यह मेरे और विक्रमाजित के मध्य का द्वन्द्व है; चिंतित मत होइए इस बार मैं उसका वध करके ही लौटूँगा।'' मार्केश ने विश्वास से कहा।

''अति आत्मविश्वास प्राणघातक सिद्ध हो सकता है रक्षराज; तुम द्वन्द्व में विक्रमाजित को परास्त करने की बात कर रहे हो, किंतु यदि कोई छल हुआ तो क्या करोगे?'' भैरवनाथ ने प्रश्न उठाया।

''मेरी भेंट आर्यवर्त के कई योद्धाओं से हुई है; जानता हूँ उनमें से अधिकतर बल से अधिक छल में विश्वास रखते हैं, किंतु विक्रमाजित ऐसा नहीं है; असुरेश्वर दुर्भीक्ष ही की भांति विक्रमाजित भी महाऋषि ओमेश्वर के आशीर्वाद से जन्मा है, मुझे विश्वास है वो द्वंद्व में कोई छल नहीं करेगा।'' मार्केश ने विश्वास से कहा।

''ठीक है, हो सकता है विक्रमाजित कोई छल न करे, किंतु विदर्भ के समस्त योद्धा युद्ध नियमों का पालन करेंगे, यह बात क्या डंके की चोट पर कह सकते हो

तुम? भूल गए कि राजा भभूति ने वर्षों पूर्व जो छल किया था। यदि कोई छल हुआ तो उनके पक्ष में कई योद्धा हैं, जो तुम पर टूट पड़ेंगे; किंतु तुम्हारा कोई भी भाई, चाहे वो अधीम हो, दंशक, त्रिभुज, दुदुम्भी, हिडिम्ब या फिर त्रिभुज हो, कोई अभी तक इतना योग्य नहीं हुआ कि विदर्भ के योद्धाओं पर भारी पड़ सके। अधीम के अतिरिक्त तुम्हारे सभी भाई तो अभी तपस्या में व्यस्त हैं; यदि कोई छल हुआ तो तुम्हारे पास कोई योग्य योद्धा है ही नहीं जो तुम्हारी सुरक्षा को आगे आये।'' भैरवनाथ ने तर्क दिया।

रक्षराज क्रोधित हो उठा, ''पिछले 35 वर्षों से मेरा पुत्र मुझसे दूर है; वो तो ये भी नहीं जानता कि उसकी वास्तविक पहचान क्या है; शत्रुओं का बंधक बना बैठा है मेरा पुत्र। मेरी पत्नी चित्रलेखा की अंतिम निशानी है वो, कब तक मैं उसे स्वयं से दूर रखूँ?''

''समझने का प्रयत्न करो मार्केश, इस समय हम युद्ध की स्थिति में नहीं हैं। जैसे तुमने इतने वर्षों तक प्रतीक्षा की, कुछ वर्ष और सही; अपने भाइयों को उनकी शक्तियाँ अर्जित करने का समय दो, तब तुम पूरी शक्ति से विदर्भ पर आक्रमण करना, विजय निःसंदेह तुम्हारी होगी, क्योंकि सत्य यही है कि विक्रमाजित के अतिरिक्त विदर्भ का कोई योद्धा विश्वास के योग्य नहीं है, इसलिए अपने क्रोध पर नियंत्रण रखो मार्केश। क्योंकि, क्रोध एक दुर्गुण है, तुम्हारे विवेक को खा जाएगा और तुम्हें सर्वनाश की ओर ले जायेगा और यदि तुम्हें कुछ हो गया तो विवश होकर मुझे वो करना पड़ेगा, जो मैं करना नहीं चाहता; यदि तुम चाहो, तो असुरेश्वर दुर्भीक्ष को अभी जगा सकता हूँ मैं।'' भैरवनाथ ने मार्केश को समझाने का भरसक प्रयत्न किया।

रक्षराज ने अपने नेत्र बंद किये और किसी प्रकार अपने क्रोध पर नियंत्रण करने का प्रयत्न किया, ''नहीं, इसकी कोई आवश्यकता नहीं है; वर्षों से वो सुप्तावस्था में है, यदि इतने वर्षों बाद वो जागा तो उसके मन में केवल एक ही लक्ष्य होगा, उसके साथ हुए अन्याय का प्रतिकार और हम भूल नहीं सकते कि वो आर्यावर्त का सबसे श्रेष्ठ योद्धा था, है, और जब तक वो जीवित है, यह सम्मान उससे कोई नहीं छीन सकता और ऐसे योद्धा के क्रोध के अंकुर यदि फूटे तो केवल विनाश होगा और कुछ नहीं, इसलिए कदाचित् आपका सुझाव उचित है, हमें विदर्भ पर आक्रमण से पूर्व अपनी शक्ति बढ़ाने की आवश्यकता है।''

''तो जैसे तुम्हारे भाई अपनी शक्ति बढ़ाने में जुटे हैं, मेरा सुझाव है कि तुम और अधीम भी अपनी शक्ति हेतु तप आरंभ करो और इस बार कोई ऐसा वरदान माँगना, जो तुम्हें अजेय बना दे।'' भैरवनाथ ने सुझाव दिया।

''उचित है, किंतु ऐसा करने से पूर्व किसी को संदेश भेजने की आवश्यकता है।'' रक्षराज के मुख पर मुस्कान थी।

अगले दिन का सूर्य उदय हुआ। विक्रमाजित रणभूमि में मार्केश की प्रतीक्षा कर रहे थे। वीरसेन, भानुसेन, अखण्ड, तेजस्वी, महाऋषि कपिश और गजेंद्र भी वहाँ उपस्थित थे।

अगले ही क्षण विक्रमाजित को अश्व पर आरूढ़ हुआ एक असुर अपनी ओर आता दिखाई दिया। उसके हाथ में एक संदेश-पत्र था।

वह असुर शीघ्र ही विक्रमाजित के निकट आया और अपने अश्व से उतरा।

"ये संदेश रक्षराज की ओर से आपके लिए है महाराज।'' उस असुर ने पत्र विक्रमाजित को दिया।

विक्रमाजित ने वो पत्र लिया और उसे खोलकर पढ़ना आरंभ किया।

यह संदेश मार्केश की ओर से था, "तुम यह मत समझना कि मैं भयभीत हूँ; मेरे गुरु को भय है कि हमारे मध्य होने वाले द्वंद्व में यदि तुम्हारी ओर से किसी ने छल किया, तो मेरी ओर से ऐसा कोई योद्धा नहीं, जो तुम्हारे वीरों को टक्कर दे सके। मैं जानता हूँ तुम महाऋषि ओमेश्वर का अंश हो, तुम युद्ध में कोई छल नहीं करोगे, किंतु तुम्हारा परिवार विश्वास के योग्य नहीं है और हो भी कैसे; हैं तो वह सभी राजा भभूति का कलंकित रक्त ही न, इसलिए हमारे बीच का द्वंद्व मैं स्थगित कर रहा हूँ। मैं लौटूँगा और अपने पाँचों भाइयों के साथ पूर्ण शक्ति के साथ लौटूँगा तुम्हारे सम्पूर्ण वंश का नाश करने।''

तेजस्वी ने आगे आकर प्रश्न किया, "क्या हुआ पिता महाराज! क्या लिखा है इस पत्र में?''

विक्रमाजित के नेत्र वो पत्र पढ़ क्रोध से लाल हो गए, "कायर, कपटी और छल प्रपंच में विश्वास रखने वाला रक्षराज हमें युद्ध के नियमों की उलाहना दे रहा है; लौट गया वो कायर अपने संसार में।''

"तो फिर विलंब किस बात का है पिताश्री; हम उनकी धरती पर ही उन्हें धूल में मिलायेंगे।'' तेजस्वी ने उत्सुकता से अपने धनुष पर कसाव बढ़ाया।

विक्रमाजित तेजस्वी की ओर मुड़े, "रणभूमि से जो पीछे हट गया, उस पर वार नहीं किया जा सकता; क्या तुम भूल गए कि कल रात मैंने क्या शिक्षा दी थी।''

"मैं मानता हूँ पिताश्री, अपने निजी प्रतिशोध के लिए सेनाओं का युद्ध उचित नहीं; किंतु मैं तो रक्षराज मार्केश के घर में उसी से द्वंद्व की बात कर रहा हूँ।'' तेजस्वी ने तर्क दिया।

विक्रमाजित मुस्कुराये, "हम ऐसा नहीं कर सकते, क्योंकि रक्षराज का कहना है

कि हमारी ओर से इस द्वंद्व में छल की संभावना है, इसलिये उसे अपने भाइयों की शक्ति बढ़ाने के लिए समय चाहिए।''

''तो क्या हम तब तक मौन बैठे रहेंगे?'' तेजस्वी ने आश्चर्य से पूछा।

''शत्रु को समय चाहिए, हम उसे समय देंगे, ताकि वो हम पर छल का आरोप न लगा सके और यही मेरा अंतिम निर्णय है।'' महाराज विक्रमाजित ने घोषणा की।

इसके उपरांत विक्रमाजित ने सभी की ओर देखकर आदेश दिया, ''हम इसी समय महल की ओर प्रस्थान करेंगे।''

उनके आदेश पर सभी महल की ओर मुड़ गए, किंतु तेजस्वी वहीं स्थिर खड़ा रहा।

''तुम यहाँ क्यों रुके हुए हो पुत्र?'' विक्रमाजित ने उससे प्रश्न किया।

तेजस्वी उनकी ओर मुड़ा, ''क्षमा करें पिताश्री, किंतु आपकी भाँति मुझमें इतना धैर्य नहीं। जो मेरी माता का हत्या के लिए उत्तरदायी है, वो रक्षराज मार्केश जीवित घूम रहा है। आपने कहा था कि महर्षि शंकराचार्य की भविष्यवाणी के अनुसार मैं ही उसका अंत करूँगा, इसलिए जब तक मैं अपने इस उद्देश्य में सफल नहीं हो जाता, मैं संसार के किसी महल में प्रवेश नहीं करूँगा, न ही किसी राजसी वैभव का सुख उठाऊँगा और यह मेरा प्रण है।''

विक्रमाजित उसका प्रण सुन स्तब्ध रह गए।

तेजस्वी ने अपने पिता की आँखों में देखा, ''जानता हूँ पिताश्री, आप एक राजा हैं, आपके कंधों पर अनेकों दायित्व हैं, इसलिए आप अपनी व्यक्तिगत मनोस्थिति को सदैव छिपा लेते हैं। आपके हृदय में इस समय भी प्रतिशोध की ज्वाला धधक रही और वह ज्वाला उस ज्वाला से कहीं अधिक तीव्र है, जो मेरे मन में है; फिर भी आपने उसे हृदय में दबा रखा है, उसके लिए मैं आपका सम्मान करता हूँ और आपको प्रणाम करता हूँ; किंतु क्षमा करें महाराज, मुझमें इतना धैर्य नहीं है। आपके राज्य में आप जैसा महान राजा भी है और ज्येष्ठ अखण्ड जैसा सामर्थ्यवान युवराज भी। इस राष्ट्र को मेरी कोई आवश्यकता नहीं है, इसलिए मुझपर कृपा करें और मुझे अपने लक्ष्य की ओर प्रस्थान करने की आज्ञा दें।'' तेजस्वी ने विक्रमाजित के समक्ष हाथ जोड़े।

सभी उपस्थित वीर स्तब्ध खड़े उस सोलह वर्षीय बालक की ओर देखते रहे।

विक्रमाजित उसके निकट आये, ''यह क्या कह रहे हो; ऐसी भीषण प्रतिज्ञा लेने से पहले विचार तो कर लेते पुत्र।''

''बहुत सोचने-विचारने के उपरांत मैंने यह प्रण लिया है पिताश्री। मेरी माता का हत्यारा जीवित घूम रहा है और यह ज्ञात होते हुए भी मैं राजमहल के सुख भोगूँ, यह मेरे लिए संभव नहीं है; यदि मैंने ऐसा किया तो मेरे कंठ से अन्न का निवाला नीचे नहीं

उतरेगा, इसलिए मुझे क्षमा करें; जब तक रक्षराज जीवित है मैं वनवास को प्रतिबद्ध हूँ। अब आज्ञा दें मुझे।'' तेजस्वी पलटकर जाने लगा।

'रुको!' विक्रमाजित ने उसे टोका।

तेजस्वी उनकी ओर घूमा। विक्रमाजित उसके निकट आये, ''अभी तुम बालक हो तेजस्वी; निःसंदेह तुम्हारी शस्त्र-संचालन की प्रतिभा उत्तम है, किंतु तुम्हें अभी भी बहुत कुछ सीखने की आवश्यकता है। यदि तुमने प्रण ले ही लिया है, तो मेरा भी कर्तव्य है कि तुम्हारे इस प्रण का भार उठाऊँ।''

''आपके कहने का अर्थ क्या है पिताश्री?'' तेजस्वी ने प्रश्न किया।

''यही कि तुम्हारा शिक्षण पूर्ण होने से पूर्व तुम किसी को खोज में नहीं जाओगे और यदि तुमने वनवास का प्रण ले ही लिया है, तो मैं स्वयं तुम्हारे साथ वन में रहकर तुम्हें दिव्यास्त्रों की शिक्षा प्रदान करूँगा और उसके उपरांत हम मिलकर उन असुरों का साम्राज्य भी धूल में मिला देंगे।'' विक्रमाजित ने गर्व से कहा।

''नहीं नहीं पिताश्री। आप राजा हैं और मैं स्वयं पर इतना बड़ा पाप नहीं चढ़ा सकता, जो एक राजा को उसकी संतान जैसी प्रजा से अलग करे, यह संभव नहीं है पिताश्री।'' तेजस्वी कुछ कदम पीछे हटा।

''मैं अपनी प्रजा को छोड़कर कहाँ जा रहा हूँ पुत्र; तुमने तो बस वनवास का ही प्रण लिया है, राजसी सुख न भोगने की प्रतिज्ञा की है; मैं तो बस अपने राजमहल से तुम्हारे साथ वन में जा रहा हूँ, इस राष्ट्र से दूर नहीं जा रहा। वन में तुम्हारे साथ रहकर मैं तो केवल तुम्हें शिक्षा प्रदान करूँगा, तब तक राज्य का कार्यभार मेरा अनुज वीरसेन सँभाल लेगा और जब भी विदर्भ को हमारी आवश्यकता होगी, हम रणभूमि में उतर आयेंगे।'' विक्रमाजित ने अपने पुत्र को समझाया।

''किंतु पिताश्री...।'' तेजस्वी हिचकिचाया।

''एक क्षत्रिय होने के नाते तुम भी अपनी प्रतिज्ञा भंग नहीं करना चाहोगे और एक पिता होने के दायित्व को निभाते हुए मेरा भी यही कर्तव्य है कि तुम्हें तुम्हारे सामर्थ्यनुसार एक श्रेष्ठ योद्धा बनाऊँ; इसलिए अब तुम मेरे साथ वन में रहोगे और यह मेरा अंतिम निर्णय है।'' विक्रमाजित ने आदेश दिया।

''जो... जो आज्ञा पिताश्री।'' तेजस्वी ने सहमति जताई।

यह सुनकर विदर्भ का युवराज अखण्ड आगे आया, ''यदि महाराज की आज्ञा हो तो मैं भी उनसे एक निवेदन करना चाहूँगा।''

विक्रमाजित, अखण्ड की ओर मुड़े, ''कहो पुत्र, कैसा निवेदन।''

अखण्ड ने कहना आरंभ किया, ''हमारी शिक्षा भी तो भी अभी अधूरी ही है

तातश्री; मेरा आपसे निवेदन है कि आप अपना निवास-स्थान निकट के ही किसी वन में बनायें, जहाँ मेरे सारे भाई साथ में शिक्षा प्राप्त कर सकें।''

"किंतु तुम सबके लिए तो गुरु कपिश हैं ही अखण्ड और तुम इस राष्ट्र के युवराज भी हो, तुम्हारा तो महल में रहना ही उचित होगा।'' विक्रमाजित ने सुझाव दिया।

"निःसंदेह गुरु कपिश एक श्रेष्ठ शिक्षक हैं, किंतु प्रश्न यहाँ शिक्षा का नहीं है। बाल्यवस्था से तो हम महल में ही जी रहे हैं तातश्री; समय आ गया है कि हमें भी साधारण जीवन जीने का अनुभव मिले। संकट समय में न जाने कौन सी स्थिति का सामना करने पड़े, इसलिए वन में रहकर हम भी वैसा ही जीवन व्यतीत करेंगे, जैसा आप और तेजस्वी।'' अखण्ड ने विनती की।

यह कहकर अखण्ड अपने गुरु कपिश की ओर बढ़ा, "मेरी आपसे भी विनती है गुरुवर, कि आप मेरी और मेरे भाइयों की आगे की शिक्षा वन में आरंभ करें; उन्हें भी जीवन की कठिनाइयों का अनुभव होना चाहिए।''

महाऋषि कपिश मुस्कुराये, "अद्भुत बालक हो तुम महाबली अखण्ड; तुम्हारी भुजाओं में जितना बल है, तुम्हारा मन उतना ही कोमल और शालीन है।''

"आपकी क्या राय है महाराज?'' कपिश ने विक्रमाजित से प्रश्न किया।

विक्रमाजित मुस्कुराये, उन्होंने अखण्ड के निकट आकर उसके सर पर हाथ फेरा, "हमें तो पता ही नहीं चला गुरुवर, कि कब अखण्ड इतना बड़ा हो गया; मैं गर्व से कह सकता हूँ, कि इसे युवराज बनाने का निर्णय मेरे जीवन के सबसे उत्तम निर्णयों में से एक था, इसलिए अब वही होगा जो युवराज चाहते हैं।''

विक्रमाजित आगे आये और घोषणा की, "वन में ही गुरुकुल का निर्माण होगा और सभी राजकुमारों की शिक्षा-दीक्षा मेरे और महाऋषि कपिश के निर्देश में अब वहीं से जारी रहेगी।''

इसके उपरांत विक्रमाजित अपने अनुज वीरसेन के निकट आये, "इस राष्ट्र का भार अब तुम पर है अनुज; मेरे लौटने तक इसका संरक्षण करना और यदि संकट आये, तो दूत के हाथों मुझे सूचना भिजवा देना।''

यह सुनकर भानुसेन आगे आया, "आप संकट की चिंता न करें ज्येष्ठ; अपने अनुज के भुजाबल पर विश्वास रखिये; मेरे और सेनापति गजेंद्र जैसे योद्धा के रहते हुए इस राज्य की ओर दृष्टि उठाने का भी कोई साहस नहीं करेगा।''

"तुमसे यही आशा थी भानुसेन; तुम्हारे जैसे योद्धाओं के होते हुए यहाँ से दूर होकर भी मैं चिंतामुक्त रहूँगा।'' विक्रमाजित मुस्कुराये और पीछे हटकर घोषणा की।

"प्रस्थान की तैयारी की जाए!"

कुछ मास का समय बीता। वन में ही गुरुकुल का निर्माण किया गया। लगभग पाँच कुटियाओं का निर्माण हुआ। सभी नौ राजकुमारों-अखण्ड, तेजस्वी, सूर्यम्, वीरभद्र, वासुसेन, जिष्णु, श्यामक, सहिष्णु और सुषेण की शिक्षा-दीक्षा उसी दिन से आरंभ हो गयी।

वन के गुरुकुल की शिक्षा का अभी प्रथम दिन ही था। सूर्योदय होते ही महात्रऋषि कपिश ने राजकुमारों को शास्त्र का ज्ञान देना आरम्भ किया। कुछ समय बीतने के उपरांत विक्रमाजित ने सभी राजकुमारों को धनुर्विद्या की शिक्षा देना आरंभ किया।

रात्रि को सभी राजकुमारों ने विश्राम हेतु अपनी-अपनी कुटिया में प्रवेश किया। हर एक कुटिया में तीन लोगों की व्यवस्था थी। अखण्ड, तेजस्वी और सूर्यम् की कुटिया एक ही थी।

कुटिया में घास की शय्या को देखते ही बारह वर्षीय सूर्यम् ने भौंहें सिकोड़ लीं, "घास की शय्या!"

अखण्ड और तेजस्वी उसकी ओर देख मुस्कुराये।

"हाँ, अब हमें अगले कुछ वर्षों तक इसी पर सोना है।"

अखण्ड की यह बात सुनकर सूर्यम् के होश उड़ गए। वह अखण्ड की ओर मुड़ा, "मुझे ऐसा क्यों लग रहा है कि जैसे आप मेरे साथ कोई परिहास कर रहे हैं ज्येष्ठ?"

अखण्ड ने सूर्यम् को घास की शय्या पर धकेल दिया, "नखरे करना बंद करो और चुपचाप सो जाओ।"

सूर्यम् झेंप गया। उसने पलटकर अखण्ड की ओर घूरा, "मैं तातश्री से शिकायत करूँगा, आप मुझे बहुत तंग करते हैं।"

अखण्ड ने कठोर होकर कहा, "बालकों की भाँति व्यवहार करना बंद करो सूर्यम्; चुपचाप सो जाओ, यहाँ तुम्हारी सुनने वाला कोई नहीं।"

"यह अन्याय है, घोर अन्याय है।" सूर्यम् घास की शय्या पर ही लेट गया।

वह थका हुआ था, उसे शीघ्र ही नींद आ गयी।

इसके उपरांत अखण्ड, तेजस्वी की ओर मुड़कर मुस्कुराया, "इसका बालपन कदाचित् कभी नहीं जाएगा, किंतु हमें अपने सारे काम समयनुसार करना चाहिए।"

"हाँ अब उचित भी यही होगा।" तेजस्वी अपनी शय्या पर जाकर लेट गया।

"आप भी विश्राम कीजिये भ्राताश्री।'' लेटे-लेटे ही तेजस्वी ने अखण्ड से आग्रह किया।

"हाँ अवश्य।'' अखण्ड भी घास की शय्या पर लेट गया।

तेजस्वी और सूर्यम् को शीघ्र ही नींद आ गयी, किंतु अखण्ड की आँखों में नींद नहीं थी। कुछ समय बीतने के उपरांत वह शय्या से उठा और कुटिया से बाहर आया।

इसके उपरांत अखण्ड ने बारी-बारी सारी कुटिया के भीतर खिड़की से झाँककर देखा, *लगता है सब के सब थके हुए हैं।*

वह मुस्कुराकर वापस अपनी कुटिया की ओर मुड़ गया।

"वत्स अखण्ड!'' उसे पीछे से एक स्वर सुनाई दिया।

अखण्ड ने पीछे मुड़कर देखा। महर्षि कपिश उसके समक्ष खड़े थे।

"प्रणाम गुरुदेव।'' अखण्ड ने उनके समक्ष अपने हाथ जोड़े।

"रात्रि के इस अंधकार में तुम यहाँ कर रहे हो वत्स?'' कपिश ने प्रश्न किया।

अखण्ड ने मुस्कुराकर उत्तर दिया, "कुछ विशेष नहीं गुरुवर, बस यूँ ही देख रहा था, कि जिन्हें मखमल के बिस्तर पर सोने की आदत है, वह घास की शय्या को किस प्रकार सहन कर रहे हैं।''

"एक योद्धा के जीवन में न जाने कितनी कठिनाइयाँ आती हैं, यह तो उन सबके समक्ष कुछ भी नहीं।''

"जानता हूँ गुरुवर, मैं तो बस यूँ ही......।''

"हाँ, तुम ज्येष्ठ हो, तुम्हें अपने भाईयों की चिंता सताती रहती है, यही न।''

"जी गुरुदेव।'' अखण्ड ने उत्तर दिया।

'ह्म्म...।' महर्षि कपिश कुछ क्षण विचारों में खो गए।

"क्या विचार करने लगे गुरुदेव?'' अखण्ड ने प्रश्न किया।

"कुछ विशेष नहीं वत्स। मैं तुमसे एक प्रश्न करना चाहता हूँ?''

"कहिये गुरुदेव।''

"मैं जो प्रश्न तुमसे करने जा रहा हूँ, उसका उत्तर यह सोचकर मत देना कि तुम विदर्भ के युवराज हो या कोई राजकुमार; तुम स्वयं को एक सामान्य योद्धा के स्थान पर रखकर इस प्रश्न का उत्तर देना।''

अखण्ड भी यह सुनकर कुछ क्षण विचारों में खोया, किंतु तत्काल ही अपने मन के सारे विचार त्याग प्रश्न किया, "ऐसा कौन सा प्रश्न है गुरुदेव, मैं सुनना चाहता

हूँ।''

''ईश्वर न करे कभी ऐसा हो, किंतु यदि कभी तुम्हारे भाईयों में फूट पड़ जाये; यदि एक छोर पर तुम्हारे सगे भाई खड़े हों और दूसरे छोर पर तेजस्वी और सूर्यम्। ऐसी स्थिति में तुम किसका समर्थन करोगे?'' कपिश ने प्रश्न किया।

''यह आप कैसा प्रश्न कर रहे हैं गुरुदेव? आप तो मुझे धर्मसंकट में डाल रहे हैं; आप जानते हैं कि अपने भाईयों से भी कहीं अधिक मैं सूर्यम् को चाहता हूँ।'' अखण्ड सकते में आ गया।

''जीवन में न जाने कब तुम्हारे सामने कौन सा धर्मसंकट आ पड़े पुत्र; यह तो केवल एक उदाहरण है और मुझे इस उदाहरण का उत्तर चाहिए।'' कपिश ने कहा।

अखण्ड, विचारों में खो गया।

कपिश ने कहना जारी रखा, ''तुम इस राष्ट्र के स्तंभ हो महाबली अखण्ड; महाबली वक्रबाहु के वरदानी हो; आने वाले समय में तुमसे अधिक बाहुबल संसार के किसी वीर में नहीं होगा, और तुम इस राष्ट्र के युवराज भी हो, इसलिए तुम्हारे विचारों का सबसे अधिक महत्त्व है और वही विचार मैं जानना चाहता हूँ।''

''मैं उसी का समर्थन करूँगा, जो न्याय के मार्ग पर होगा; मैं किसी व्यक्ति विशेष का समर्थन नहीं करूँगा।''

कपिश मुस्कुराये, ''तुमसे यही आशा थी वत्स।''

''आपके प्रश्न का उत्तर तो आपको प्राप्त हो गया, किंतु मेरे मन में भी एक प्रश्न है।''

''कैसा प्रश्न?''

''कौन हैं यह महाबली वक्रबाहु, जिनका नाम तो मैं बाल्यवस्था से सुनता आ रहा हूँ, किंतु कभी किसी ने यह नहीं बताया कि वो हैं कौन और क्यों उन्होंने मुझे और मेरे पिता को अतुल्य बल का वरदान दिया।'' अखण्ड ने जिज्ञासा प्रकट की।

''कुछ प्रश्नों के उत्तर समय पर ही छोड़ दो तो उचित है वत्स, क्योंकि सत्य न जाने कितने जीवन बदलकर रख देगा। जब तुम धर्म-अधर्म, न्याय-अन्याय, पाप-पुण्य का वास्तविक अर्थ समझ जाओगे, तब तुम इस योग्य हो पाओगे कि सत्य को स्वीकार कर पाओ; उसके उपरांत ही तुम्हें यह सत्य ज्ञात होगा, उससे पूर्व नहीं।''

''किंतु गुरुदेव...।''

''आवश्यकता से अधिक जिज्ञासा उचित नहीं है अखण्ड; तुम कर्म करते रहो, तुम्हारे सभी प्रश्नों के उत्तर समय स्वयं तुम्हें दे देगा।'' कपिश ने थोड़ा कठोर होकर बोला।

“जो आज्ञा गुरुदेव।” अखण्ड के मुख पर निराशा छा गयी।

“अब अपनी कुटिया में जाकर विश्राम करो।” कपिश ने आदेश दिया।

“जी गुरुदेव।” अखण्ड पलटकर अपनी कुटिया की ओर चला गया।

घास की शय्या पर लेटने के उपरांत भी उसकी जिह्वा एक ही प्रश्न बुदबुदा रही थी, “कौन है यह महाबली वक्रबाहु?”

महाऋषि कपिश कुटिया के बाहर ही खड़े थे।

विक्रमाजित उनके निकट आये, “क्या हुआ गुरुवर, आप इस प्रकार रात्रि में यहाँ खड़े क्या विचार कर रहे हैं?”

कपिश विक्रमाजित की ओर मुड़े, “आज फिर उसके मन में प्रश्न उठे थे, महाराज; न जाने यह रहस्य हम कब तक छुपा पायेंगे।”

“एक न एक दिन तो रहस्य बाहर आ ही जायेगा गुरुदेव, किंतु इस समय चिंता का विषय कुछ और है।” विक्रमाजित के मुख पर चिंता की लकीरें थीं।

“ऐसा कौन सा चिंता का विषय है महाराज, जिससे मैं अनभिज्ञ हूँ?” कपिश ने आश्चर्य में प्रश्न किया।

“बलिष्ठगढ़ का नरेश हमारी धरोहर दिव्य मणि लौटाने से मुकर गया।”

“क्या! यह कैसे संभव है महाराज भार्गव....।”

“नहीं गुरुवर, भार्गव ने नहीं, अपितु उसके पुत्र राजवीर ने। मिली सूचना के अनुसार उसने अपने पिता भार्गव को बंदी बनाकर बलिष्ठगढ़ के सिंहासन पर अधिकार कर लिया है; अब दिव्य मणि बलिष्ठ्गढ़ में स्थापित हो चुकी है, इसलिए अब उन्हें उनकी भूमि पर पराजित भी नहीं किया जा सकता।”

“तो अब हम क्या करें?”

“कदाचित् एक उपाय है गुरुवर और वह रक्षराज मार्केश के पाताल में रखा वह भगवान् महाबली का दिव्य विजयधनुष। कहते हैं कि उस धनुष को धारण करने वाला कभी पराजित नहीं हो सकता; मेरा अनुमान है कि वो दिव्य मणि के प्रभाव को कम कर सकता है।” विक्रमाजित ने अनुमान लगाया।

“कदाचित् आपका कथन उचित है महाराज, किंतु वो धनुष तो पाताल में है और वहाँ जाने का अर्थ है असुरों से सीधा युद्ध छेड़ना।”

विक्रमाजित ने कुछ क्षण विचार किया, “हाँ, आपका कथन तो उचित है ऋषिवर।”

“मेरा सुझाव तो यह है कि जब तक बलिष्ठगढ़ पहल न करे, हम कोई कदम न

उठायें, क्योंकि मुझे नहीं लगता कि राजवीर में इतना साहस है कि आपके रहते वो विदर्भ पर आक्रमण करे; दिव्य मणि का उपयोग सीखने में अभी उसे समय लगेगा।'' कपिश ने सुझाव दिया।

"कदाचित् आप उचित कह रहे हैं गुरुवर, क्योंकि समय की आवश्यकता तो हमें भी है; कई योद्धाओं को तैयार करना हैं हमें।''

"हाँ महाराज, हमारे पास भी उतना ही समय है जितना रक्षराज मार्केश अपनी शक्तियाँ बढ़ाने में लगायेगा।''

"इस दौरान हमारे गुप्तचरों को भी एक कार्य आपको सौंपना होगा गुरुदेव।''

"कैसा कार्य महाराज?'' कपिश ने प्रश्न किया।

"उस अम्बरीश को खोजने का कार्य। मेरे गुप्तचरों की सूचना के अनुसार वो जीवित देखा गया है; किंतु इस समय वो कहाँ है, यह कोई नहीं जानता।'' विक्रमाजित की आँखों में मानों धधकती हुई ज्वालामुखी भड़क रही थी।

कपिश यह सुनकर स्तब्ध रह गए।

अध्याय 6

नागों का सम्राट

8 वर्ष बाद

समय बीतता गया। सभी राजकुमार अपनी अपनी योग्यता के अनुरूप सशक्त योद्धा बने।

अखण्ड गदायुद्ध में प्रवीण था, सूर्यम ने तलवारबाजी में स्वयं को निपुण किया था। किंतु उन सभी सबसे श्रेष्ठ योद्धा तेजस्वी ही था, जिसने न केवल धनुष और भाला चलाने में अपना सामर्थ्य सिद्ध किया था, अपितु अपने पिता विक्रमाजित की सहायता से कई महा दिव्यास्त्रों को भी साध रखा था। यही नहीं, तेजस्वी ने अपने पिता से रूप परिवर्तन की कला भी सीख रखी थी।

शीघ्र ही वन में विक्रमाजित को संदेश देने विदर्भ का एक सैनिक आया।

विक्रमाजित अपनी कुटिया के बाहर संध्या वंदना में लीन थे। विदर्भ का सैनिक उनके निकट आया और उनकी पूजा समाप्त होने की प्रतीक्षा करने लगा।

कुछ क्षणों उपरांत अश्व पर आरूढ़ हुआ एक गुप्तचर भी वहाँ आया। वह भी अपने अश्व से उतरकर विक्रमाजित के निकट आकर उनकी पूजा समाप्त होने की प्रतीक्षा करने लगा।

शीघ्र ही विक्रमाजित का पूजन समाप्त हुआ। उन्होंने अपने नेत्र खोले और दोनों

की ओर देखा।

उन्होंने विदर्भ के सैनिक की ओर देखा, "कहो।"

"रक्षराज मार्केश की ओर से यह संदेशपत्र आया है महमहिम।" उस सैनिक ने उन्हें एक पत्र दिया।

विक्रमाजित ने पत्र लेकर विदर्भ के उस सैनिक को जाने का संकेत दिया। वह सैनिक अपने अश्व पर आरूढ़ होकर प्रस्थान कर गया।

"तुम्हारी क्या सूचना है गुप्तचर?" विक्रमाजित ने गुप्तचर से प्रश्न किया।

"वर्षों का परिश्रम सफल हुआ महाराज; आपका संदेह उचित था, वो हस्तिनापुर में छिपा हुआ है, वो हस्तिनापुर के महाराज इलियान का शरणार्थी है।" गुप्तचर ने बताया।

"तुम्हारे कहने का अर्थ है कि वो अम्बरीश, चंद्रवंशियों की सुरक्षा में है; यह तो स्थिति और विकट हो चली है।" विक्रमाजित के मुख पर चिंता की लकीरें छा गयीं।

"मेरे लिए क्या आदेश है महाराज?" उस गुप्तचर ने प्रश्न किया।

"तुम इस समय हस्तिनापुर की ओर प्रस्थान करो और अम्बरीश पर अपनी दृष्टि जमाये रखो।"

"जो आज्ञा महाराज।" विक्रमाजित का आदेश सुन वह गुप्तचर वहाँ से प्रस्थान कर गया।

इसके उपरांत विक्रमाजित ने रक्षराज मार्केश की ओर से आया पत्र खोलकर पढ़ना आरंभ किया।

"वो समय आ गया है विक्रमाजित, जब तुम्हारे और मेरे मध्य होने वाला वह अधूरा द्वंद्व पूर्ण हो। आज से सातवें दिन मैं विदर्भ की सीमा पर तुम्हारी प्रतीक्षा करूँगा। अब मेरे पास भी उतने ही योद्धाओं की शक्ति है, जितनी तुम्हारी पास, इसलिए आशा है कि तुम्हारे पक्ष से भी कोई छल करने का दुस्साहस नहीं करेगा। तुम्हारे उत्तर की प्रतीक्षा नहीं करूँगा, क्योंकि मैं जानता हूँ, तुम अवश्य आओगे।"

विक्रमाजित ने वह पत्र भूमि पर फेंक दिया, "मुझे समझ में यह नहीं आता कि ईश्वर सदैव मेरे समक्ष एक धर्मसंकट क्यों लाकर खड़ा कर देते हैं। रक्षराज को उसकी चुनौती का उत्तर तो देना ही है, किंतु यदि अम्बरीश को भनक भी लग गयी कि हमें उसका पता चल गया है, तो वो कहीं फिर से कहीं और न भाग जाए। नहीं, इस बार मैं उसे अपने हाथ से नहीं जाने दूँगा।"

विक्रमाजित अभी इसी उधेड़बुन में थे कि तेजस्वी वहाँ आ पहुँचा। उसने अपने पिता के मुख के भावों को पढ़ लिया, "क्या हुआ पिताश्री, आप चिंतित दिखायी दे रहे

हैं।''

तेजस्वी को देख विक्रमाजित की मानों आँखें चमक उठीं, ''अच्छा हुआ पुत्र तुम यहाँ आ गए, तुम्हें एक बहुत आवश्यक कार्य सौंपना है मुझे।''

''कैसा कार्य पिता महाराज, आदेश कीजिये।'' तेजस्वी ने प्रश्न किया।

''तुम्हारी माँ का वास्तविक हत्यारा अभी भी जीवित घूम रहा है।''

तेजस्वी स्तब्ध रह गया, ''इसका अर्थ यह है कि वो अम्बरीश...''

''हाँ पुत्र, तुम्हें इसी समय हस्तिनापुर जाना होगा; सूचना मिली है कि अम्बरीश वहीं छुपा है और वहाँ के महाराज इलियान का शरणार्थी बनकर बैठा है। आज से सात दिवस के उपरांत रक्षराज भी विदर्भ पर आक्रमण करने वाला है, अन्यथा मैं स्वयं तुम्हारे साथ इस अभियान पर जाता; तुम जाओ और ध्यान रहे उसे यहाँ मेरे समक्ष जीवित लेकर आना है तुम्हें।''

''जो आदेश पिताश्री, आप चिंतित न होइए, मैं उससे पूर्व ही अम्बरीश को आपके समक्ष लेकर आऊँगा, उस दिन माताश्री की हत्या के दोनों अपराधियों को एक साथ दंड मिलेगा... आज्ञा दीजिये पिताश्री, अब और प्रतीक्षा नहीं होती।'' क्रोध से तेजस्वी के मस्तक की नसें फटी जा रही थीं।

''अवश्य... आज से सातवें दिन मैं विदर्भ की दक्षिणी सीमा पर तुम्हारी प्रतीक्षा करूँगा और हाँ, हस्तिनापुर से हमारी कोई शत्रुता नहीं है, यह स्मरण रखते हुए अपना कार्य संपन्न करना।'' विक्रमाजित ने चेतावनी दी।

''अवश्य पिताश्री, मैं आपकी बात स्मरण रखूँगा और सातवें दिन विदर्भ की उत्तरी सीमा पर उपस्थित हो जाऊँगा।''

''किन्तु तनिक अपने वस्त्र तो बदल लो, क्या वनवासी के भेष में ही हस्तिनापुर की ओर जाओगे।''

''क्षमा करें पिताश्री, मैं अपना प्रण नहीं तोड़ सकता; जब तक मेरी माता के हत्यारे जीवित हैं, मैं राजसी वस्त्र धारण नहीं कर सकता।'' तेजस्वी ने असमर्थता प्रकट की।

''जैसी तुम्हारी इच्छा पुत्र।'' विक्रमाजित मुस्कुराये।

शीघ्र ही तेजस्वी ने कुछ आवश्यक सामग्रियाँ और अस्त्र-शस्त्र अपने अश्व पर लादे और बिना विलंब किये अपने लक्ष्य की ओर बढ़ चला।

वहीं गुरुकुल की एक कुटिया में सूर्यम् विश्राम कर रहा था।

अखण्ड ने शीघ्र ही उस कुटिया में प्रवेश किया।

सूर्यम को देख वो झल्ला उठा, "सूर्यास्त हुआ नहीं कि बस शुरू हो गए इसके खर्राटे।"

तत्काल ही वो बाहर से थोड़ा जल लाया और कुटिया के भीतर विश्राम कर रहे सूर्यम् के मुख पर दे मारा।

"नहीं, मैं नहीं जाऊँगा।" बड़बड़ाते हुए सूर्यम शय्या से उठ गया।

"तुम अपना ये आलस कब छोड़ोगे?" अखण्ड ने मुस्कुराकर प्रश्न किया।

"क्या हुआ ज्येष्ठ? सुनहरा स्वप्न देख रहा था, आपने तोड़ दिया।" सूर्यम जम्हाई लेते हुए बोला।

"स्वप्न? कैसा स्वप्न?" अखण्ड ने प्रश्न किया।

"यही कि मैं महल की मखमली शय्या पर एक बार फिर से सो रहा हूँ; क्या चैन की नींद थी हाय।" यह कहते हुए सूर्यम एक बार फिर घास की शय्या पर गिरकर खर्राटे भरने लगता है।

"तुम नहीं सुधरोगे; लेकिन तुम्हारी जानकारी के लिए बता दूँ कि तातश्री ने कहा है कि हमारे महल लौटने का समय आ गया है।"

अखण्ड के उन शब्दों ने सूर्यम की नींद यकायक तोड़ दी।

वह तत्काल ही उठ खड़ा हुआ, "सच में ज्येष्ठ!"

"देखो, महल का नाम सुनते ही कैसे नींद टूट गयी।" अखण्ड ने बनावटी क्रोध से सूर्यम को देखा।

"अह... वो तो है। आप बताइये न, हम महल जाने वाले हैं क्या?" सूर्यम ने कौतुहलवश प्रश्न किया।

"सब्र रखो, सात दिवस उपरांत रक्षराज और तातश्री का द्वन्द्व होने वाला है, इसके उपरांत हम सभी महल लौट जायेंगे।" अखण्ड ने कहा।

"मार्केश से द्वंद्व? फिर तो यह एक महाद्वंद्व होगा।" सूर्यम के मुख पर चिंता के भाव थे।

"इसमें चिंता की क्या बात है सूर्यम? क्या तुम्हें तातश्री के सामर्थ्य पर विश्वास नहीं; मुझे तो तनिक भी संदेह नहीं उनकी विजय में।"

"संदेह तो मुझे भी नहीं है ज्येष्ठ, किंतु यदि शत्रु ने कोई छल किया तो..." सूर्यम ने प्रश्न उठाया।

"उसकी चिंता मत करो सूर्यम; हम सब भाई वहाँ उपस्थित होंगे, यदि छल हुआ तो उन असुरों को उसका उत्तर उन्हीं की भाषा में मिलेगा।" अखण्ड ने सूर्यम का संदेह

मिटाया।

सूर्यम मौन था।

''अब चलो, मुझे तुमसे एक कार्य है।'' अखण्ड ने सूर्यम को आदेश दिया।

''हाँ हाँ पता है क्या कार्य है आपको; वृक्ष पर चढ़ना है और सभी भाइयों के लिए फल तोड़ लाने हैं।''

''क्या बात है, तुम कहने से पूर्व ही मेरा आदेश समझ लेते हो; तो फिर चलो, खड़े क्यों हो?''

''हाँ हाँ ठीक है।'' सूर्यम झुँझलाते हुए अखण्ड के साथ कुटिया से बाहर आया।

<hr/>

इधर तेजस्वी के कदम तेजी से हस्तिनापुर की ओर बढ़ रहे थे। तीन दिवस की कठिन यात्रा के उपरांत तेजस्वी अंततः हस्तिनापुर की सीमा में प्रवेश कर गया।

कुछ समय और यात्रा के उपरांत वह महल के निकट पहुँचा।

अपने अश्व से उतरकर वह एक द्वारपाल के निकट आया, ''मैं हस्तिनापुर नरेशः महाराज इलियान, से भेंट करना चाहता हूँ।''

द्वारपाल ने उसकी ओर गौर से देखा, ''वस्त्रों से तो वनवासी प्रतीत होते हो युवान्, किंतु बड़ा ही हष्ट-पुष्ट शरीर पाया है तुमने।''

एक दूसरा द्वारपाल भी तेजस्वी के निकट आया, ''यदि महाराज से भेंट करनी है वनवासी, तो अपनी बायीं ओर की उस पंक्ति में लग जाओ, तुम्हारी भेंट हो ही जायेगी।''

तेजस्वी ने बायीं ओर पंक्ति की ओर देखा। सैंकड़ों की संख्या में लोग महल के दूसरे द्वार पर खड़े थे। कदाचित् वो याचक थे।

तेजस्वी वापस द्वारपालों की ओर मुड़ा, ''मैं कोई याचक नहीं हूँ द्वारपाल और न ही मेरे पास इतना समय है कि मैं इस पंक्ति में खड़े होकर प्रतीक्षा करूँ।''

द्वारपाल हँस पड़े, ''वनवासी के भेष में हो और कहते हो याचक नहीं हो।''

''चुपचाप पंक्ति में खड़े हो जाओ और अपनी बारी की प्रतीक्षा करो।'' दूसरे द्वारपाल ने कठोरता से कहा।

''मैं कोई वनवासी नहीं, अपितु विदर्भ के महाराज विक्रमाजित का ज्येष्ठ पुत्र तेजस्वी हूँ और मेरे यहाँ आने का कारण राजनीतिक है, इसलिए मैं कह रहा हूँ जाकर अपने महाराज को संदेश पहुँचाओ कि मैं उनसे तत्काल भेंट करना चाहता हूँ।'' तेजस्वी ने दृढ़ता से कहा।

"मैंने कहा लौट जाओ राहगीर; हम मूर्ख नहीं हैं, जो एक वनवासी को राजकुमार मान लें; हमें इतना विवश मत करो कि हमें तुम्हें बंदी बनाकर महाराज के सामने पेश करना पड़े।" एक द्वारपाल ने धमकाया।

तेजस्वी मुस्कुराया, "उत्तम विचार है।" उसने दोनों द्वारपालों की छाती और मुँह पर मुष्टि प्रहार कर भूमि पर धकेल दिया।

द्वारपाल क्रोध में उठे। उनमें से एक ने मुख्य द्वार पर निकट रखा शंख उठाकर बजा दिया।

कुछ क्षण बीते ही थे कि मुख्य द्वार खुला और कई सैनिक और उनका एक नायक भी बाहर आया।

"क्या हुआ सैनिक?" नायक ने प्रश्न किया।

"इस वनवासी ने हम पर प्रहार किया।" द्वारपाल ने कहा।

नायक ने आगे आकर तेजस्वी को घूरा।

तेजस्वी स्थिर खड़ा था। उसने नायक से प्रश्न किया, "क्यों नायक, बंदी नहीं बनाओगे हमें? चलो हमें बंदी बनाकर अपने महाराज के समक्ष पेश करो।"

नायक ने तेजस्वी को फटकारा, "तुम्हारे जैसे साधारण वनवासी के लिए महाराज के पास समय नहीं है, तुम्हारा न्याय तो हम स्वयं ही कर देंगे।"

तेजस्वी ने साँस भरी और नायक की ओर देखा, "फिर तो क्षमा करना बंधु; मेरी प्रबल इच्छा है कि मेरा न्याय तुम्हारे महाराज ही करें।" यह कहकर तेजस्वी ने नायक के मुख पर भी जोर का तमाचा जड़ा।

नायक भूमि पर गिर पड़ा। उसका पूरा मस्तक झन्ना गया।

उसने क्रोध में सैनिकों को आदेश दिया, "बंदी बना लो इसे!"

कई सैनिकों ने तेजस्वी को घेर लिया। तेजस्वी मुस्कुराया। वह अपने उद्देश्य में सफल हो चुका था।

<hr>

शीघ्र ही बेड़ियों में जकड़कर हस्तिनापुर की राजसभा में तेजस्वी को उपस्थित किया गया।

हस्तिनापुर नरेश महाराज इलियान एक ऊँचे सिंहासन पर बैठे थे। उन्होंने ध्यान से तेजस्वी की ओर देखा। उन्होंने नायक से प्रश्न किया, "किस आरोप में इस युवान् को बंदी बनाया गया है?"

"यह युवान् महल के बाहर उपद्रव मचा रहा था महाराज; इसने दो द्वारपालों और

मुझ पर भी प्रहार किया।'' नायक ने उत्तर दिया।

महाराज इलियान तेजस्वी की ओर मुड़े, ''इस उपद्रव का कोई विशेष कारण वनवासी?''

तेजस्वी ने इलियान के समक्ष हाथ जोड़े, ''क्षमा करें महाराज, मुझे आपसे तत्काल भेंट करनी थी, इसलिए मेरे पास और कोई विकल्प नहीं था।''

इलियान को थोड़ा आश्चर्य हुआ, ''क्या? इतना उपद्रव केवल हमसे भेंट करने के लिए?''

''हाँ महाराज, केवल यही एक कारण था।'' तेजस्वी ने उत्तर दिया।

''अपना परिचय दो युवान्।'' महाराज इलियान ने आदेश दिया।

''मैं विदर्भ राज्य के महाराज विक्रमाजित का ज्येष्ठ पुत्र तेजस्वी हूँ महाराज।'' तेजस्वी ने अपना परिचय दिया।

महाराज इलियान को आश्चर्य हुआ, ''महाराज विक्रमाजित का पुत्र! यदि तुम सत्य कह रहे हो तो तुम वनवासी के भेष में क्यों हो?''

''एक प्रण के कारण महाराज; जब तक मेरा वो प्रण पूर्ण नहीं हो जाता, मैं राजसी वस्त्र धारण नहीं कर सकता।'' तेजस्वी ने उत्तर दिया।

''प्रण? कैसा प्रण?''

''जो मेरी माता की मृत्यु के उत्तरदायी हैं, उन्हें दण्ड देने का प्रण।'' तेजस्वी की आँखों में अग्नि धधक रही थी।

महाराज इलियान ने कुछ क्षण विचार किया और ध्यान से तेजस्वी की ओर देखा, ''तुम्हारे मुख का तेज और आँखों में धधक रही ज्वाला स्पष्ट रूप से तुम्हारा परिचय हमें दे रही है युवान्; सुना है तुम्हारे पिता के बारे में, निःसंदेह तुम्हारे पिता का शौर्य अद्भुत है। वैसे भी विक्रमाजित और रक्षराज मार्केश शत्रुता की कथा तो समग्र आर्यावर्त में प्रचलित है।'' इलियान ने विक्रमाजित की प्रशंसा की।

''उसी शत्रुता का बहुत शीघ्र अंत होने वाला है महाराज। आज से चौथे दिन, मेरे पिता और रक्षराज मार्केश के मध्य एक अंतिम द्वंद्व होने वाला है; इस द्वंद में दोनों में से कोई एक ही जीवित बचेगा और निःसंदेह वह मेरे पिता होंगे और इस अंतिम द्वंद्व से पूर्व मुझे उस धूर्त अम्बरीश को उनके समक्ष जीवित प्रस्तुत करना है, जो आपका शरणार्थी है।'' तेजस्वी ने अपने वहाँ आने के उद्देश्य से इलियान को अवगत कराया।

तेजस्वी के इस कथन को सुन महाराज इलियान ने कुछ क्षण उसे देखा। इसके उपरांत उन्होंने सैनिकों को आदेश दिया, ''इन्हें बंधन मुक्त कर दो।''

सैनिकों ने तेजस्वी की बेड़ियाँ उतार दीं।

महाराज इलियान अपने सिंहासन से उतरकर उसके निकट आये, ''अम्बरीश के विषय में जैसी कथायें हमने सुन रखी हैं, हमें अनुमान था कि एक न एक दिन विदर्भ से उसे खोजते हुए कोई न कोई अवश्य आएगा; किंतु उचित होगा कि इस विषय में हम एकांत में वार्ता करें।''

''जैसा आप उचित समझें महाराज।'' तेजस्वी ने सहमति जताई।

''आइए हमारे साथ।'' इलियान एक दिशा की ओर बढ़ चले। तेजस्वी ने उनका अनुसरण किया।

शीघ्र ही वह दोनों एक कक्ष में गए। इलियान ने द्वार बंद किया, ताकि कोई भीतर न आ सके।

तेजस्वी को थोड़ा आश्चर्य हुआ, ''ऐसी क्या बात है महाराज, जो आप सबके समक्ष नहीं कर सकते थे?''

''बात ही कुछ ऐसी है कुमार; महल के बाहर यदि यह बात आ जाये, तो न जाने कहाँ पहुँचेगी। यदि यह बात बाहर आयी कि मैंने अम्बरीश को यहाँ से ले जाने के समर्थन में हूँ, तो एक विध्वंसक युद्ध छिड़ सकता है।'' इलियान ने चिंताजनक स्वर में कहा।

''मुझे पूरी बात विस्तार से बताइए, महाराज।'' तेजस्वी, जानने को अधीर हो रहा था।

''आज से चौबीस वर्ष पूर्व अम्बरीश घायल अवस्था में हमारे राज्य में शरण लेने आया था। हमारे पिता, महाराज मनस्यु नेः उसे असहाय जानकर उसे शरण दी। यहाँ उसके घावों का उपचार हुआ और कुछ दिनों तक उसने यहीं विश्राम किया। वह जानता था कि यदि वह वल्लभगढ़ लौटा तो महाराज विक्रमाजित उसे जीवित नहीं छोड़ेंगे, इसलिए हस्तिनापुर में बसने का उसे केवल एक बहाना चाहिए था। जाने कैसे उसने हमारे पिताश्री की बहन देविका को अपने प्रेमजाल में फँसा लिया। हमारी बुआश्री देविका ने हठकर अम्बरीश से विवाह कर लिया। फिर क्या था, अम्बरीश हस्तिनापुर में ही बस गया। उसे योग्य पद भी प्राप्त हुआ। मेरे पिता महाराज मनस्यु के मन में सदैव एक प्रश्न उठता था कि अम्बरीश अपने राज्य वल्लभगढ़ क्यों नहीं लौट रहा। एक रात्रि अम्बरीश ने मदिरा के मद में चूर अपने जीवन का सारा सत्य कह दिया। उसके नीच कर्मों के विषय में जानकर मेरे पिता महाराज मनस्यु को इतना क्रोध आया कि वह उसका वध करने दौड़ पड़े। किंतु उस समय बुआश्री गर्भ से थीं, इसलिए उन्होंने अपने हाथ रोक लिए। उसी दिन बुआश्री ने एक पुत्री को जन्म दिया। अपनी पुत्री का मुख दिखाकर बुआश्री ने हमारे पिता के हाथ रोक लिए थे, तथा उनसे वचन माँग लिया कि

वो जब तक वो राजा हैं, अम्बरीश को कोई हानि नहीं पहुँचायेंगे।'' इतना कहकर महाराज इलियान ने साँस भरी।

''इसके उपरांत क्या हुआ महाराज? आप किसी युद्ध के विषय में बात कर रहे थे।'' तेजस्वी ने प्रश्न किया।

''कुछ वर्षों पूर्व हमारे पिता ने हमारा राज्याभिषेक किया और स्वयं संन्यास लेकर वन में चले गए। जाने से पूर्व उन्होंने मुझे कहा था कि अम्बरीश एक महापापी है, उसे दंड देने का एक भी अवसर मिले तो चूकना मत और हो सके तो उसे इस राज्य से निष्कासित कर देना। बुआश्री देविका की मृत्यु के उपरांत मैं एक अवसर खोज रहा था कि कैसे मैं अम्बरीश को अपने राज्य से बाहर फेंकू, किंतु अम्बरीश की पुत्री सुवर्या उसकी सबसे शक्तिशाली ढाल बन गयी।''

''वो कैसे?'' तेजस्वी ने प्रश्न किया।

''वो सुवर्या नागवंश के राजा की प्रेमिका है, इसके कारण अम्बरीश को अब नागों की भी सुरक्षा प्राप्त है और सुवर्या के कहने पर नागों के राजा ने यह घोषणा कर रखी है कि यदि अम्बरीश को किसी ने स्पर्श भी किया तो नागजाति युद्ध छेड़ देगी। एक अम्बरीश को निष्काषित करने के लिए समग्र नागजाति से युद्ध छेड़ना मुझे उचित नहीं लगा और हमें निष्कासित करने का हमारे पास कोई विशेष कारण भी नहीं मिल रहा था, इसलिए वो पापी आज तक हमारे राज्य में बैठकर भोग-विलास में डूबा रहता है।'' महाराज इलियान ने सम्पूर्ण कथा कह डाली।

तेजस्वी ने अम्बरीश की कथा ध्यान से सुनी।

कुछ क्षण विचार करने के उपरांत तेजस्वी ने इलियान से प्रश्न किया, ''निःसंदेह आप नागों को चुनौती देना उचित नहीं समझते, किंतु मैं तो नागों को चुनौती दे ही सकता हूँ।''

इलियान आश्चर्यचकित रह गए, ''यह आप क्या कह रहे हैं कुमार! आप सम्पूर्ण नागजाती को चुनौती देंगे?''

''हाँ, किंतु उससे पूर्व मैं आपके महल का मानचित्र देखना चाहूँगा।'' तेजस्वी ने कहा।

''अवश्य, यह तो हमारे कक्ष की दीवार पर ही लगा है।'' इलियान ने अपने कक्ष की एक दीवार की ओर संकेत किया।

तेजस्वी दीवार के निकट आया और उस पर बने महल के मानचित्र को ध्यान से देखने लगा।

कुछ समय उस मानचित्र को देखने के उपरांत वह महाराज इलियान की ओर

पलटा, "मेरे पास एक योजना है महाराज, जिससे सर्प भी मर जाएगा और लाठी भी नहीं टूटेगी।"

'कहिये।'

"अवश्य महाराज इलियान।" तेजस्वी इलियान को अपनी योजना समझाने लगा।

कुछ समय के उपरांत इलियान के कक्ष का द्वार खुला। वह दोनों बाहर आये।

इलियान ने चीखकर कहा, "जब हमने आपको एक बार कह दिया कि आपकी इच्छा पूरी नहीं हो सकती, तो नहीं हो सकती; आपके लिए हम अपने सबंधी के प्राण दाँव पर नहीं लगा सकते, आप जा सकते हैं।"

"इसका गंभीर परिणाम आपको भुगतना होगा महाराज इलियान।" तेजस्वी पैर पटककर वहाँ से चला गया।

कुछ दूर जाने के उपरांत तेजस्वी महल के सैनिकों से छुपते-छुपाते अम्बरीश के कक्ष के निकट पहुँच गया। उसके कक्ष के बाहर तीन द्वारपाल खड़े थे।

तेजस्वी मुस्कुराया, "केवल तीन।"

वह निर्भीक होकर द्वारपालों की ओर दौड़ा। द्वारपाल उसे देख स्तब्ध रह गए। उन्होंने अपने-अपने भाले सीधे किये, किंतु तेजस्वी के अकस्मात प्रहार को वह सहन नहीं कर पाए। उनमें से दो के मस्तक पर तेजस्वी ने एकाएक चपलता से प्रहार किया। दो द्वारपाल मूर्छित हो गए, तीसरा भाग निकला।

तेजस्वी ने अगले ही क्षण लात मारकर द्वार तोड़ दिया।

कक्ष के भीतर प्रवेश करते ही तेजस्वी की दृष्टि अम्बरीश पर पड़ी। मदिरा के नशे में धुत अम्बरीश, कन्याओं के साथ रास रंग में लीन था।

"एय, कौन हो तुम?" अम्बरीश ने नशे में ही तेजस्वी से प्रश्न किया।

"तुम कदाचित् अम्बरीश हो, है न?" तेजस्वी ने अम्बरीश से प्रश्न किया।

यह सुनकर अम्बरीश तेजस्वी के निकट आया और उसे नीचे से ऊपर तक देखा और हँस पड़ा, "अरे देखो इस वनवासी को, हमसे हमारा परिचय पूछ रहा है। हाँ, मैं ही हूँ अम्बरीश, बोल क्या कर लेगा और तू, तू है कौन तू?"

तेजस्वी की आँखें क्रोध से लाल हो गयीं। उसने अम्बरीश के मुख पर भीषण मुष्टि प्रहार किया। वह रक्त उगलते हुए भूमि पर गिर पड़ा।

भूमि पर बैठकर तेजस्वी ने उसकी गर्दन पकड़ ली, "यदि अपने पिता को तुझे

जीवित रखने का वचन न दिया होता, तो तेरे जीवन की इहलीला इसी समय समाप्त कर देता, किंतु तुझे इतनी सरल मृत्यु नहीं मिलेगी।''

"क..कौन हो तुम?'' अम्बरीश ने प्रश्न किया।

तभी द्वार के बाहर सैनिकों के क़दमों की आहट सुनाई दी।

अम्बरीश हँसा, "ठीक है मत बता, बंदी बनने के उपरांत सारा सत्य तू स्वयं उगलेगा।''

"इसका अवसर तुम्हें नहीं मिलेगा।'' तेजस्वी ने अम्बरीश को उठाया और कक्ष की खिड़की के निकट फेंका। रास रंग के लिए बुलाई गयीं समस्त कन्यायें पीछे हट गयीं।

इसके उपरांत वह अम्बरीश को लेकर खिड़की पर चढ़ गया।

अम्बरीश ने नीचे देखा, तीव्र गति से एक नदी बह रही थी। किंतु वह दोनों इस समय सैकड़ों गज की ऊँचाई पर थे।

तभी महाराज इलियान कुछ सैनिकों के साथ उस कक्ष में पहुँच गये। उन्हें देख अम्बरीश चीखा, "महाराज, मेरी सहायता कीजिये महाराज।''

किंतु अगले ही क्षण तेजस्वी सैकड़ों गज की ऊँचाई से अम्बरीश को लेकर नीचे कूद गया।

महाराज इलियान भागते हुए खिड़की पर आये।

"यदि आपका आदेश हो तो हम भी इस जलधारा में कूदें महाराज?'' एक सैनिक ने प्रश्न किया।

"नहीं, इसकी आवश्यकता नहीं है; ऐसी जलधारा में कूदकर वे जीवित नहीं बचेंगे, व्यर्थ में अपने प्राण गँवाने का कोई अर्थ नहीं है।'' इलियान ने अपने सैनिकों के प्राण संकट में नहीं डाले।

महराज इलियान मन ही मन मुस्कुरा रहे थे, "ईश्वर करे आपकी योजना सफल हो कुमार तेजस्वी।''

वहीं अम्बरीश चीखते हुए तेजस्वी के साथ तीव्र गति से बहती हुई जलधारा में गिर पड़ा।

जल की गति बहुत ही तीव्र थी। तेजस्वी को अम्बरीश को साथ लेकर तैरने में बहुत कठिनाई हो रही थी। काफी समय तैरने के उपरांत तेजस्वी को एक टूटी लकड़ी की डाली दिखाई दी। उसने अपनी गति बढ़ाई और पूरी शक्ति से वह डाली पकड़ ली। इसके उपरांत वह अम्बरीश को अपने निकट लाया।

अंततः पूरे आधे प्रहर के संघर्ष के उपरांत तेजस्वी ने वह नदी पार की। अम्बरीश के भी सर से मदिरा का नशा पूरी तरह से उतर चुका था।

नदी से बाहर आने के उपरांत अम्बरीश हाँफने लगा। उसने हाँफते हुए, तेजस्वी से प्रश्न किया, "अ...अब तुम बताओगे भी कौन हो तुम और म..मुझे कहाँ ले जा रहे हो?"

तेजस्वी, अम्बरीश के निकट आया और क्रोध से उसकी आँखों में देखा, "मैं महाराज विक्रमाजित और चित्रलेखा का पुत्र तेजस्वी हूँ और तुम्हें यहाँ अपने पिता के पास ले आने आया हूँ ताकि वर्षों पूर्व तुमने जो अपराध किया, तुम्हें उसका दंड मिल सके और वो दंड मेरे पिता स्वयं तुम्हें अपने हाथों से देंगे।"

अम्बरीश का पूरा शरीर भय से काँप उठा। वह कुछ कदम पीछे हटकर नदी की ओर भागने लगा।

तेजस्वी ने छलाँग लगाकर उसे पकड़ लिया और काँख में उसकी गर्दन दबा दी।

"छ..छोड़ दो मुझे; वहाँ जाने से तो अच्छा है कि मैं स्वयं इस जलधारा में कूदकर अपने प्राण दे दूँ।" अम्बरीश ने स्वयं को छुड़ाने का असफल प्रयत्न किया।

तेजस्वी ने अम्बरीश को भूमि पर गिरा दिया।

इसके उपरांत तेजस्वी ने अपनी कमर से कटार निकाली और झुककर अम्बरीश की गर्दन पर रखी, "मेरी माँ पर वासना की कुदृष्टि डाली थी तुमने नीच, तुम्हें इतनी सरल मृत्यु नहीं मिलेगी।" कहकर तेजस्वी ने कटार के मुठ्ठ से अम्बरीश के सर पर वार किया।

उस वार से अम्बरीश ने अपनी चेतना खो दी।

शीघ्र ही तेजस्वी ने उसे अपने अश्व पर लादा और विदर्भ की ओर बढ़ चला।

कुछ प्रहर यात्रा करने के उपरांत अम्बरीश की मूर्छा टूटने लगी।

यह देख तेजस्वी ने अपने अश्व पर टँगी थैली में से कुछ पत्ते निकाले, "यह विशेषकर मैंने तुम्हारे लिए ही रखे थे।"

उसने वह पत्ते अम्बरीश को सुँघाये, वह दोबारा मूर्छित हो गया।

"अब यह कम से कम आठ प्रहर तक नहीं उठेगा।" यह विचारकर तेजस्वी एक बार फिर आगे बढ़ गया।

तेजस्वी यात्रा करता रहा। अगले दिन का सूर्य भी उदय हुआ।

किंतु अकस्मात् ही तीव्र गति से आया हुआ एक फरसा उसके मार्ग में भूमि में गड़ गया। उस फरसे का तेज उसकी दिव्यता का अनुभव करा रहा था।

किंतु तेजस्वी उसकी दिव्यता देख नहीं बहका। उसने चीखकर चुनौती पेश की, ''कौन है जिसने मेरा मार्ग अवरुद्ध करने का दुस्साहस किया है! साहस है तो सामने आओ।''

तेजस्वी की उस पुकार का उत्तर उसे शीघ्र ही मिला। एक विशाल सर्प ठीक उसके समक्ष आ खड़ा हुआ। कुछ ही क्षणों में सैकड़ों सर्प उस विशाल सर्प के पीछे आ खड़े हुए।

''जैसा सोचा था, वैसा ही हुआ। इस अम्बरीश की रक्षा के लिए नागों को तो आना ही था।'' तेजस्वी विचारों में था।

शीघ्र ही वो विशाल सर्प जो तेजस्वी के समक्ष खड़ा था, एक मानव में परिवर्तित हो गया। उसके साथ ही उसके पीछे खड़े सभी नाग मानव में परिवर्तित हो गए।

बड़ा ही हष्ट-पुष्ट शरीर था उस मानव नाग का।

उसने भूमि में गड़ा फरसा खींच निकाला और तेजस्वी को चुनौती दी, ''मैं तुम्हें पहली और अंतिम चेतवानी दे रहा हूँ युवान्; राजा अम्बरीश को छोड़ दो और यहाँ से निकल जाओ, अन्यथा अपने प्राणों से हाथ धो बैठोगे।''

'नहीं।' तभी वृक्ष के पीछे से एक स्वर सुनाई दिया। एक मानव-कन्या वृक्ष की ओट से बाहर आयी। अप्रतिम सुंदरी थी वो कन्या।

अपने मुख पर क्रोध का भाव लिए वह कन्या तेजस्वी के सामने खड़े नाग के समीप आ खड़ी हुई, ''ये कैसा न्याय है, नागराज युगांधर, देखिये इस युवान् ने मेरे पिता की क्या दशा की है; आप इसे क्षमा करने का प्रस्ताव भी कैसे दे सकते हैं।''

यह सुनकर युगांधर उस कन्या के निकट गया और धीरे से कहा, ''तुम कुछ क्षण मौन रहो सुवर्या। मुझे पहले स्थिति को समझने दो।''

''जैसा आप कहें, किंतु मुझे न्याय की अभिलाषा है।'' सुवर्या ने युगांधर से दृढ़ होकर कहा।

युगांधर ने सहमति में सर हिलाया और तेजस्वी की ओर मुड़ा, ''मैं तुम्हें अंतिम चेतावनी दे रहा हूँ युवान्, मुक्त करो राजा अम्बरीश को।''

तेजस्वी ने साँस भरी। अगले ही क्षण उसने अपना धनुष उठाया और युगांधर को चेतावनी दी, ''तुम व्यर्थ में मेरा समय नष्ट कर रहे हो नागराज; मैं तो इस पापी को किसी भी दशा में मुक्त नहीं करने वाला, किंतु तुम और तुम्हारी सेना यदि मेरे मार्ग से नहीं हटे, तो मेरे धनुष से चले दिव्यास्त्र इतने कहर बरपाएँगे कि तुम्हारी समग्र सेना का अस्तित्व तक किसी को नहीं मिलेगा, इसलिए स्वयं पर और अपनी सेना पर तरस खाओ और मेरा मार्ग छोड़ो।''

युगांधर की आँखें क्रोध से लाल हो गयीं। उसने अपने फरसे पर अपनी पकड़ मजबूत की, ''तो तुम्हें अहंकार हो चला है अपने दिव्यास्त्रों का।''

तेजस्वी अपना धनुष लेकर अपने अश्व से नीचे उतरा, ''यह दिव्यास्त्रों का अहंकार नहीं है नागराज, यह मेरे प्रण की दृढ़ता है; इस अपराधी को दंड देने प्रण लिया है मैंने और मेरे अभियान के मध्य जो भी आया उसका अंत तय है।''

''दिव्यास्त्र तुम्हारे पास भी है और मेरे पास भी है मेरा दिव्य फरसा; किंतु सुना है जब दो दिव्यास्त्र टकराते हैं तो कहर प्रकृति पर टूटता है, इसलिए उचित यह होगा कि इस बात का निर्णय तुम्हारे और मध्य के द्वंद्व से हो।'' युगांधर ने अपना फरसा रख चुनौती दी।

तेजस्वी ने अपना धनुष रख तलवार खींच निकाली, ''स्वीकार है तुम्हारी चुनौती।''

''किंतु द्वंद्व से पूर्व तुम्हें अपना परिचय देना होगा, कौन हो तुम?'' युगांधर ने भी म्यान से तलवार खींचकर प्रश्न किया।

तेजस्वी ने अपनी छाती चौड़ी की और गर्व से कहा, ''मैं विदर्भ के महाराज विक्रमाजित का ज्येष्ठ पुत्र तेजस्वी हूँ और यहाँ केवल एक उद्देश्य से आया हूँ, इस पापी को दंड देने और इस उद्देश्य में सफल होने से मुझे कोई नहीं रोक सकता।''

युगांधर यह सुनकर स्तब्ध रह गया, ''यह कैसे संभव है? महाराज विक्रमाजित का तो किसी मानव कन्या से विवाह हुआ ही नहीं था; उनकी एकमात्र संतान मैं हूँ और तुम कहते हो कि तुम मुझसे भी ज्येष्ठ हो।''

तेजस्वी उसकी बात सुनकर आश्चर्य में पड़ गया, ''इस... इसका अर्थ है कि तुम नागों की राजकुमारी कनिष्का की संतान हो।''

''हाँ, उनकी और महाराज विक्रमाजित की एकमात्र संतान; फिर तुम कैसे कह सकते हो कि तुम उनकी संतान हो?'' युगांधर ने प्रश्न उठाया।

तेजस्वी मुस्कुराया, ''पहली बार अपने अग्रज से भेंट हुई है तुम्हारी और अभी से ही इतने प्रश्नों की बौछार आरंभ कर दी।''

''तुम मेरे अग्रज हो, यह बात पहले सिद्ध करो।'' युगांधर के नेत्रों में केवल प्रश्न थे।

तेजस्वी ने कहना आरंभ किया, ''ठीक है मैं तुम्हारा सारा संदेह दूर करता हूँ। यह सत्य है कि तुम्हारी माता कनिष्का से विवाह के उपरांत महाराज विक्रमाजित ने किसी से विवाह नहीं किया, किंतु जब वो तुम्हारी माता से मिले थे, तब वो अपनी अतीत की सारी स्मृतियाँ खो चुके थे और उसका कारण था यह नीच अम्बरीश।''

"विस्तार से बताओ, मैं सुन रहा हूँ।" युगांधर के मन में भी जिज्ञासा जाग उठी थी।

तेजस्वी ने चौबीस वर्ष पूर्व हुई घटना के विषय में युगांधर को सबकुछ बता दिया, साथ ही साथ उसे आठ वर्ष पूर्व अपने पिता से मिलन की कथा तथा वर्तमान में होने वाले विक्रमाजित और मार्केश के द्वंद्व के विषय में भी उसे अवगत कराया।

"हाँ, मेरी माता मुझे यह कथा सुनाती थी, कि किस प्रकार मेरे पिता ने उस दुदुम्भी को पराजित करने के उपरांत हमारा त्याग कर दिया था। मेरी माता कहती हैं कि उनकी स्मृतियाँ लौट आयी थीं।" युगांधर ने साँस भरते हुए कहा।

"हाँ, उस समय उनकी स्मृतियाँ लौटी तो थीं, किंतु महाऋषि शंकराचार्य के श्राप के कारण वो मेरी माता को भूल चुके थे।" तेजस्वी ने पूरी बात समझायी।

"हाँ मुझे आपकी बातें सत्य सी प्रतीत होती हैं। माता ने रक्षराज मार्केश के विषय में भी थोड़ा ज्ञान दिया था; हमारे पिता और उस असुर की शत्रुता के विषय में मुझे ज्ञात है।"

एक और साँस भरने के उपरांत युगांधर ने कहा, "तो उसका अर्थ यह है कि आज से तीसरे दिन महाराज विक्रमाजित और रक्षराज मार्केश के मध्य द्वंद्व होने वाला है?" युगांधर ने प्रश्न किया।

"केवल द्वंद नहीं, अंतिम द्वंद्व; इस बार रक्षराज का अंत निश्चित है।" तेजस्वी की मुट्ठियाँ भिंच गयीं।

दोनों भाइयों का मिलाप देख सुवर्या ने हस्तक्षेप किया, "स्मरण रखियेगा नागराज, आपने मेरे पिता की रक्षा की घोषणा की है।"

युगांधर, सुवर्या की ओर मुड़ा, "क्या अभी-अभी तुमने अपने पिता के कुकर्मों की कथा नहीं सुनी? मैं इस ग्लानि के भार से दबा जा रहा हूँ कि अब तक मैं उस पापी की रक्षा कर रहा था, जिसने मेरे पिता का जीवन पीड़ा से भर दिया और तुम...।"

"एक क्षण रुकिए नागराज! कौन है यह वनवासी, जो स्वयं को राजकुमार बता रहा है? आप कैसे कह सकते हैं कि यह जो कह रहा है, वो सत्य है? इसने जो लांछन मेरे पिता पर लगाया है, मैं उन आरोपों को नहीं मानती, मेरे पिता ऐसे नहीं हैं।" सुवर्या ने पूर्ण विश्वास से कहा।

युगांधर के पास सुवर्या के इस प्रश्न का कोई उत्तर न था। उसने तेजस्वी की ओर देखा।

तेजस्वी आगे आया, "यदि तुम्हें मेरी बातों पर संदेह है अनुज तो चलो मेरे साथ विदर्भ और रक्षराज और मेरे पिता के मध्य होने वाले अंतिम महाद्वंद्व के साक्षी बनो;

रक्षराज के वध के उपरांत तुम सारा सत्य स्वयं अपने पिता के मुख से सुनोगे।''

''नहीं ज्येष्ठ, मुझे न आप पर संदेह है, न आपके किये गए त्याग पर।'' युगांधर ने सुवर्या की ओर देखते हुए कहा।

''किंतु मुझे ऐसा लगता है कि सुवर्या का भ्रम मिटाने के लिए तुम दोनों को मेरे साथ चलना चाहिए; इसे भी तो अपने पिता द्वारा किये कुकर्मों के विषय में ज्ञात होना ही चाहिए।'' तेजस्वी ने सुझाव दिया।

सुवर्या और युगांधर एक दूसरे की ओर देखने लगे।

''शीघ्रता से निर्णय लो अनुज, हमारे पास अधिक समय नहीं है।'' तेजस्वी अधीर हो रहा था।

''हम आपके साथ आयेंगे ज्येष्ठ, किंतु उससे पूर्व मुझे अपने पितामह 'विषंधर' को इस विषय में सूचित करना होगा, ताकि वो नागों का उत्तरदायित्व सँभाल सकें; मुझे थोड़ा समय दीजिये, मैं अभी लौटकर आता हूँ।'' युगांधर ने विनती की।

''समय बीतता जा रहा है युगांधर, तुम्हें जो करना है शीघ्र करो।''

युगांधर, सुवर्या और सारे नागों को साथ लेकर घने वनों में चला गया।

आधा प्रहर बीतने के उपरांत वो सुवर्या को साथ लेकर लौट आया। इसके उपरांत वो तीनों अपने अश्व पर आरूढ़ हुए और विदर्भ की ओर निकल पड़े।

अध्याय 7

रक्षराज का पुत्र

तेजस्वी और युगांधर विदर्भ की ओर निकल चुके थे।

और अंततः वह दिन आ ही गया जिसकी सबको प्रतीक्षा थी। सूर्य की किरणें दसों दिशाओं में फैल चुकी थीं। विक्रमाजित और रक्षराज मार्केश एक-दूसरे के समक्ष द्वंद्व को सज्ज खड़े थे।

रक्षगुरु भैरवनाथ और मार्केश के भाई त्रिभुज, हिडिम्ब, अधीम और दुदुम्भी, रक्षराज मार्केश के पीछे खड़े होकर इस द्वंद्व की प्रतीक्षा में थे।

वहीं विक्रमाजित के पीछे वीरसेन, गजेंद्र, अखण्ड, सूर्यम और भानुसेन के अन्य पुत्र इस द्वंद्व के साक्षी बनने को सज्ज खड़े थे। न भानुसेन वहाँ उपस्थित था और न ही महर्षि कपिश।

''तो अंततः वह दिन ही आ ही गया विक्रमाजित, जिसकी मुझे वर्षों से प्रतीक्षा थी।'' रक्षराज मार्केश ने अपनी मुट्ठियाँ भींची।

''हाँ रक्षराज, न्याय का वो दिन आज आ ही आ गया; सदैव युद्ध नियमों की उलाहना देने वाले रक्षराज को आज उसके किये गए छल का दंड प्राप्त होगा।'' विक्रमाजित ने भाला और ढाल उठाया।

दोनों पक्षों की ओर से महर्षि कपिश और भैरवनाथ ने बारी-बारी शंखनाद किया।

मार्केश ने भी द्वंद्व के नियमानुसार उसी शस्त्र का चुनाव किया।

द्वंद्व से पूर्व विक्रमाजित ने मार्केश को चेतावनी दी, ''मेरी स्मृतियाँ लौट आई हैं मार्केश; सोलह वर्ष पूर्व जो तुमने घृणित षड्यंत्र किया था, वो सारे दृश्य मेरे नेत्रों के समक्ष एक बार फिर तैरने लगे हैं। स्मरण रखना कि मैंने तुमसे क्या कहा था कि यदि चित्रलेखा को कुछ भी हुआ तो मैं तुम्हारे पूरे परिवार का नाश कर दूँगा।''

मार्केश ने भी अपने शरीर का कसाव बढ़ाया, ''भूलो मत, वर्षों पूर्व जब शिवन्या की मृत्यु हुई थी, तब मैंने भी कुछ ऐसा ही प्रण लिया था।''

विक्रमाजित और मार्केश दोनों की आँखों में ज्वाला धधक रही थी। दोनों एक-दूसरे की ओर तीव्र गति से दौड़े।

दोनों के शस्त्रों के टकराव से भयंकर स्वर उत्पन्न हुआ। दोनों के ही मन में एक ही भावना थी, उनका एक ही उद्देश्य था और वो था प्रतिशोध।

दो प्रहर बीत गए। युद्ध जारी रहा।

रक्षराज का अगला प्रहार विक्रमाजित की जंघा पर गहरा घाव कर गया। वो लड़खड़ाते हुए थोड़ा पीछे हटे।

मार्केश ने भाले से उनकी छाती भेदने का प्रयास किया, किंतु विक्रमाजित ने उसका प्रहार ढाल पर रोका। विक्रमाजित ने भी भाले से प्रहार किया, मार्केश ने भी ढाल से उनका प्रहार रोका। विक्रमाजित ने उसकी छाती पर लात मारकर उसे भूमि पर गिरा दिया। ढाल मार्केश के हाथ से छूट गयी।

असुरपक्ष में शांति छा गयी। विक्रमाजित ने एक बार फिर भाले से विक्रमाजित की छाती भेदने का प्रयत्न किया, किंतु मार्केश ने बड़ी चपलता से अपने हाथ से भाले की नोक को पकड़ लिया। उसका हाथ रक्तरंजित हो गया। बिना समय गँवायें उसने विक्रमाजित के हाथ पर लात मारकर भाला उनके हाथ से छुड़ा दिया।

अगला क्षण विक्रमाजित के लिए आश्चर्यजनक था। मार्केश की हथेली पर हुआ घाव स्वयं ही भर गया।

रक्षराज ने अगला प्रहार विक्रमाजित की छाती की ओर करना चाहा, किंतु वो प्रहार उन्होंने पीछे हटकर ढाल पर रोक लिया। इसका लाभ उठाकर मार्केश भूमि से उठ गया।

अब विक्रमाजित के हाथ में ढाल थी और मार्केश के हाथ में रक्त सना भाला।

दोनों महारथी एक बार फिर एक-दूसरे की ओर दौड़े। इस बार विक्रमाजित ने ढाल से मार्केश का तीव्र गति से आता हुआ प्रहार रोका और पैर से मारकर मार्केश का भाला छुड़ा दिया। इस अवसर का विक्रमाजित ने पूरा लाभ उठाया और ढाल से मार्केश

के मुख पर प्रहार करना आरंभ कर दिया।

कुछ प्रहारों के उपरांत रक्षराज का मुख रक्तरंजित हो उठा। अपना रक्तरंजित मुख लेकर वह भूमि पर गिर पड़ा, किंतु उसे भूमि से उठने में क्षणभर भी नहीं लगा। उसके समस्त घाव भी अपने आप भर गए।

विक्रमाजित आश्चर्य में पड़ गए।

रक्षराज ने अट्टहास किया, ''अब तुम मेरा अहित नहीं कर सकते विक्रमाजित। ब्रह्मदेव का वरदान पाकर आया हूँ मैं, अब संसार का कोई भी अस्त्र मेरा कोई अहित नहीं कर सकता।''

विक्रमाजित ने ढाल फेंकी और मार्केश के निकट आये, ''मेरी भुजा का बल कोई अस्त्र नहीं है, इससे अपनी रक्षा कैसे करोगे?'' उन्होंने उसके मुख पर मुष्टि प्रहार किया, किंतु मार्केश को तब तक सावधान होने का समय मिल चुका था। उसने वह प्रहार रोका और विक्रमाजित के सर पर भीषण प्रहार किया।

यह वार इतना बलशाली था कि विक्रमाजित जैसा वीर भी रक्त उगलते हुए भूमि पर गिर पड़ा।

''बस अब बहुत हुआ।'' विक्रमाजित भूमि से उठे।

मार्केश उनकी ओर दौड़ा चला रहा था, किंतु अगले ही क्षण उस असुर का शरीर छटककर दूर जा गिरा। यह शक्तिशाली प्रहार विक्रमाजित के पैरों का था।

इस बार उन्होंने मार्केश को अवसर नहीं दिया, वह तीव्र गति से दौड़े और एक लंबी छलाँग लगाकर मार्केश की छाती पर चढ़ गए।

इस बार वो पूरी तरह से मार्केश पर हावी हो गए। उनके कई मुष्टि प्रहारों से मार्केश का मुख रक्तरंजित हो उठा।

यह देख वहीं निकट खड़े भैरवनाथ ने किसी को कुछ संकेत किया।

विक्रमाजित के मुष्टि प्रहारों से मानों मार्केश के प्राण ही निकलने वाले थे, किंतु तभी आकाश में तीव्र गति से तैरता हुआ एक भाला आया और विक्रमाजित की पीठ से पार होकर उनके हृदय को चीर गया। विक्रमाजित ने पीछे मुड़कर देखा। अश्व पर आरूढ़ हुआ और काले वस्त्र धारण किया हुआ एक योद्धा वहाँ खड़ा था। उसका मुख भी ढका हुआ था। यह भाला उसी ने चलाया था।

वहाँ उपस्थित सभी योद्धा क्षणभर के लिए स्तब्ध रह गये। किसी को विश्वास ही नहीं हुआ कि उस पल क्या हुआ।

''पकड़ो उसे!'' वीरसेन चीखकर उस हत्यारे के पीछे दौड़े।

विक्रमाजित मूर्छित होकर मार्केश के ऊपर ही गिर गये। कदाचित् कुछ क्षणों पूर्व मार्केश ने जो उनके मस्तक पर वार किया था उसका प्रभाव उन पर अब हो रहा था।

अपने मुख को ढके वह अश्वसवार भागने लगा। अखण्ड उसका पीछा करने के लिए बढ़ा।

गजेंद्र ने अखण्ड का मार्ग रोका, "रुक जाइए, युवराज। आप यहाँ की स्थिति सँभालिये और अपने भाइयों की रक्षा कीजिये, उस हत्यारे के पीछे मैं और आपके काकाश्री जायेंगे।"

अखण्ड, गजेंद्र की बात सुन वहीं रुक गया। वह अपने भाइयों के निकट गया।

मार्केश ने विक्रमाजित को अपने ऊपर से हटाकर भूमि पर गिरा दिया और हाँफते हुए भूमि से उठा।

अब सामने खड़े थे अखण्ड और उसके सात भाई। अपनी गदा उठाये अखण्ड तीव्र गति से मार्केश की ओर बढ़ा, किंतु मार्केश ने न जाने क्यों उस पर शस्त्र नहीं उठाया।

अखण्ड के भीषण वार ने मार्केश को भूमि पर गिरा दिया। यह देख मार्केश के भाई दुदुम्भी, अधीम, हिडिम्ब और त्रिभुज उग्र हो गए।

"नहीं, कोई आगे नहीं बढ़ेगा!" मार्केश ने भूमि पर गिरे हुए ही अपने अनुजों को आदेश दिया।

इसके उपरांत वह भूमि से उठा और अखण्ड की ओर देखा।

"जब इतने सारे छल कर ही चुके हो, तो किस कारण से अपने भाइयों को रोक रहे हो रक्षराज!" अखण्ड का क्रोध सीमा पार कर रहा था।

"संभावना तो यह भी है कि वह तुम्हारे तात का कोई और शत्रु हो। हमने अपनी ओर से कोई छल नहीं किया।" रक्षराज ने दृढ़ता से कहा।

"प्रलाप बंद करो रक्षराज। मैं जानता हूँ; यह षड्यंत्र तुम्हारा ही है, आज तुम्हारा अंत निश्चित है।" अखण्ड की गदा एक बार फिर उसकी ओर तीव्र गति से बढ़ी।

मार्केश ने वह वार रोका, "संसार को कोई भी अस्त्र अब मेरा कुछ अहित नहीं कर सकता बालक।"

तभी तेजस्वी, युगांधर और सुवर्या अम्बरीश को लेकर वहाँ पहुँच आये। सामने का दृश्य उनके लिए अचंभित करने वाला था।

'पिताश्री!' तेजस्वी तड़प उठा। वह अपने अश्व से उतरकर विक्रमाजित की ओर दौड़ा।

वर्षों के उपरांत युगांधर ने अपने पिता को देखा था। उनकी स्थिति देख उससे भी रहा न गया। वह भी उनकी ओर दौड़ा।

अखण्ड और मार्केश का संघर्ष जारी था।

वहीं भैरवनाथ की दृष्टि अश्व पर लदे अम्बरीश पर पड़ी।

उसने रक्षराज के भाइयों को सचेत किया, ''मैं वातावरण में एक विशेष धुंध छोड़ने जा रहा हूँ; इस धुंध का प्रभाव असुरों पर नहीं होगा; इसका लाभ उठाकर तुम्हें अपने ज्येष्ठ भ्राता और अम्बरीश को निकालकर भागना है।''

''जो आज्ञा गुरुदेव।'' रक्षराज के भाइयों ने सहमति जताई।

कुछ क्षण बीतते ही भैरवनाथ ने अपने थैले में से एक चूर्ण निकाला और उसे आकाश में उड़ा दिया।

असुरों को छोड़ बाकी सभी की दृष्टि कुछ क्षणों के लिए बाधित हो गयी।

कुछ समय बीतने के उपरांत जब धुंध छँटी तो न अम्बरीश वहाँ था और न ही रक्षराज या उसका कोई भाई।

अखण्ड खीझ गया। वहीं तेजस्वी और युगांधर के लिए इस समय उनके पिता का जीवन सर्वोपरि था।

तेजस्वी ने उनके हृदयगति की जाँच की। विक्रमाजित की धमनियों में अभी भी रक्त-संचार जारी था।

''हमें इन्हें वैद्य के पास ले जाना होगा।'' तेजस्वी ने अखण्ड से कहा।

'अवश्य।' अखण्ड विक्रमाजित को उठाने आगे बढ़ा।

तभी तेजस्वी का ध्यान उस अश्व की ओर गया, जिस पर अम्बरीश लदा हुआ था और अब वहाँ नहीं था।

'अम्बरीश...!' क्रोध में तेजस्वी चीख पड़ा।

यह शब्द सुनते ही विक्रमाजित की चेतना लौट आयी। उन्होंने गहरी साँस ली, भूमि से उठे और तेजस्वी से अधीर होकर प्रश्न किया, ''कहाँ है, कहाँ है वो अम्बरीश?''

''एक बार फिर वो निकल भागा पिताश्री।'' तेजस्वी के मन में ग्लानि थी।

''छल, छल, केवल करना जाना है उस रक्षराज ने।'' विक्रमाजित कुपित हो गए। इससे उनकी छाती से बहते रक्त की गति भी तीव्र हो गयी।

''आप आप चलिए पिताश्री, आपको वैद्य की आवश्यकता है।'' तेजस्वी की आँखों में अश्रु थे।

"यह भाला मेरे हृदय को चीर चुका है पुत्र, मुझे भूमि पर लिटाओ।" विक्रमाजित ने तेजस्वी की आँखों में देखा।

युगांधर और अखण्ड ने विक्रमाजित को भूमि पर लिटाया।

तेजस्वी जड़-सा हो गया।

विक्रमाजित युगांधर की ओर देख रहे थे, "तुम कदाचित्,......।"

"हाँ पिताश्री, मैं आपका ही नागवंशी पुत्र हूँ।" युगांधर की आँखें भी नम थीं।

उसकी यह बात सुनकर सभी को आश्चर्य हुआ, क्योंकि उसके विषय में विक्रमाजित ने कभी किसी को कुछ नहीं बताया था। किंतु परिस्थिति को देख सभी मौन थे।

"मुझे क्षमा कर दीजिये पिताश्री, मैं उस नीच अम्बरीश को बंदी बनाकर यहाँ ले आया था, किंतु एक बार फिर वो रक्षगुरु की सहायता से भाग निकला।" तेजस्वी का मन ग्लानि और नेत्र अश्रुओं से भरे थे।

"कोई बात नहीं पुत्र, मुझे तुम्हारे सामर्थ्य पर विश्वास है, तुम उस नीच को फिर से खोज लोगे। मेरी... केवल.... एक इच्छा.... है पुत्र।" विक्रमाजित ने कराहते हुए कहा।

"आप कहिये पिताश्री, आपके हर आदेश का पालन होगा।" तेजस्वी, युगांधर ने एक साथ कहा।

"चाहे कुछ भी हो... जाये....वो अम्बरीश....जीवित....नहीं बचना चाहिए; उसकी मृत्यु भी सरल....नहीं होनी...चाहिए, मृत्यु से पूर्व उसे...इतनी पीड़ा...हो कि संसार में ऐसा..कभी कोई पापी किसी परस्त्री की ओर दृष्टि उठाने का...साहस न करे।" विक्रमाजित ने अपने पुत्रों से वचन माँगा।

"नहीं बचेगा पिताश्री, वो अम्बरीश जीवित नहीं बचेगा, आप विश्वास रखिये मुझपर, मैं वचन देता हूँ।" तेजस्वी ने उन्हें विश्वास दिलाया।

"मैंने भी एक बार उस पापी की रक्षा करके की भूल की थी पिताश्री, किंतु अब मेरे जीवन का उद्देश्य केवल अम्बरीश का ही नहीं, अपितु समग्र असुरजाति का सर्वनाश है; हर अपराधी को उसके किये का दंड मिलेगा पिताश्री, नागों का यह सम्राट आपको वचन देता है।" युगांधर ने विश्वास से कहा।

अपने पुत्रों की आँखों में अश्रुधारायें देख विक्रमाजित ने कुछ अंतिम शब्द कहे। उनके यह शब्द पूर्ण रूप से स्पष्ट थे।

"मृत्यु तो एक दिन तेरी भी होगी, मेरी भी होगी; काहे का शोक रे बालक। मृत्यु तो अंतिम सत्य है, इसका शोक न कर। जब तक जीवित है, अपने उद्देश्य की ओर

बढ़, न्याय का समर्थन कर, अन्याय के विरुद्ध शस्त्र उठा, अपने जीवन का यही उद्देश्य बना।''

अपने अंतिम स्पष्ट शब्दों को पूरा कर विक्रमाजित ने अपने नेत्र सदा के लिए बंद कर लिए।

तेजस्वी जड़वत् हो गया। युगांधर की भी आँखें नम थीं।

कुछ क्षण बीतने के उपरांत तेजस्वी भूमि से उठा और अखण्ड से प्रश्न किया, ''यह सब कैसे हुआ ज्येष्ठ? रक्षराज में तो इतना सामर्थ्य नहीं था।''

अखण्ड ने भारी मन से कहा, ''असुरों ने एक बार फिर छल किया तेजस्वी; जब तातश्री द्वन्द्व में विजयी होने को थे, तब बायीं दिशा से अश्व पर आरूढ़ हुआ एक मनुष्य आया, उसका मुख काले वस्त्र से ढका हुआ था।'' अखण्ड ने घटना के विषय में पूरा विवरण दिया।

''काकाश्री वीरसेन और सेनापति गजेंद्र उसके पीछे गए हैं, वो अवश्य उसे खोज निकालेंगे।'' अखण्ड ने विश्वास दिलाया।

तेजस्वी उस स्थान की ओर बढ़ा, जहाँ से विक्रमाजित पर वार हुआ था। कुछ देर इधर-उधर देखने के उपरांत उसे एक कड़ा दिखाई दिया। भूमि पर बैठकर उसने वह कड़ा उठाया।

''यह कड़ा कुछ जाना-पहचाना प्रतीत होता है।'' तेजस्वी ने वह कड़ा अखण्ड को दिखाया।

अखण्ड वह कड़ा देख अचंभित रह गया, ''यह तो पिताश्री का कड़ा है।''

''काकाश्री भानुसेन इस समय कहाँ हैं?'' तेजस्वी ने प्रश्न किया।

''वो तो दो दिवस से पूर्व महाऋषि कपिश के साथ किसी यात्रा पर निकले थे। उन्हें सूचना मिल थी कि राज्य में कहीं विद्रोह पनप रहा है, वो दोनों तो उसी विद्रोह को दबाने के लिए गए हैं।'' अखण्ड ने कहा।

''तो क्या...?''

''नहीं, यह संभव नहीं है तेजस्वी; पिताश्री अपने ज्येष्ठ को ईश्वर के समान मानते थे। निःसंदेह यह कड़ा यहाँ जानबूझकर गिराया गया है, यह अवश्य ही षड्यंत्र है हमारे परिवार के मध्य फूट डालने का।'' अखण्ड ने अपने पिता का बचाव किया।

''हाँ, कदाचित् आप उचित कह रहे हैं।'' तेजस्वी को भी इस बात पर विश्वास होने लगा था।

तभी अश्व पर आरूढ़ हुए महाऋषि कपिश वहाँ पहुँच आये। उनके दोनों कंधों

पर घाव थे।

'गुरुवर।' अखण्ड और तेजस्वी उनकी ओर दौड़े।

''यह सब कैसे हुआ गुरुदेव?'' तेजस्वी ने प्रश्न किया।

''भानुसेन को उसके सत्य के विषय में ज्ञात हो गया है।'' कपिश ने कहा।

''सत्य? कैसा सत्य गुरुदेव?'' अखण्ड ने आश्चर्य से प्रश्न किया।

''हम दो दिवस पूर्व अपने ही राज्य में एक स्थान पर हुए विद्रोह को दबाने गए थे, किंतु यह सूचना मिथ्या थी, कोई विद्रोह नहीं हुआ था उस स्थान पर; तब भानुसेन ने मुझपर आक्रमण कर मुझे घायल कर दिया और यह बताया कि उसे यह ज्ञात हो चुका है कि वह महाराज भभूति का नहीं अपितु रक्षराज मार्केश का ज्येष्ठ पुत्र है; वह मुझे छल से मूर्छित करके भाग निकला।'' कपिश ने कहा।

तेजस्वी स्तब्ध रह गया।

''यह आप क्या कह रहे हैं गुरुदेव, यह कैसे संभव है।'' अखण्ड को अभी भी विश्वास नहीं हो रहा था।

''यही सत्य है युवराज अखण्ड; तुम्हारे पिता रक्षराज मार्केश और महाराज भभूति की बहन शिवन्या की एकमात्र संतान हैं और रक्षराज के सभी पुत्रों में ज्येष्ठ हैं।'' कपिश ने विश्वास दिलाया।

अखण्ड पर मानों बिजली टूट पड़ी हो। वह मौन हो गया।

'भानुसेन...!' तेजस्वी क्रोध से चीख पड़ा।

उसने अपना धनुष उठाया और घोषणा की, ''मैं इसी समय भानुसेन को खोजकर उसका सर काटकर भूमि पर गिराऊँगा।''

''रुक जाओ तेजस्वी।'' अखण्ड उसके मार्ग में आ खड़ा हुआ।

''मेरा मार्ग छोड़िये ज्येष्ठ, अन्यथा आपका शव गिराने में भी मैं संकोच नहीं करूँगा।'' तेजस्वी ने चेतावनी दी।

''मेरे पिता का अपराध अभी सिद्ध नहीं हुआ; जब तक मैं उनसे मिलकर सत्य उनके मुख से नहीं सुन लेता, मैं किसी को उन्हें हानि नहीं पहुँचाने दूँगा।'' अखण्ड ने दृढ़ होकर कहा।

''तो फिर मुझे आपका शव गिराना होगा, उस पर चलकर ही मैं भानुसेन का वध करूँगा, क्योंकि आज मेरे प्रतिशोध के मध्य कोई नहीं आ सकता।'' तेजस्वी ने अखण्ड पर प्रहार करने हेतु अपने धनुष पर बाण चढ़ाया।

किंतु तभी एक और बाधा तेजस्वी के समक्ष आ खड़ी हुई। अपने ज्येष्ठ की रक्षा

के लिए सूर्यम, तेजस्वी के बाण के समक्ष आ गया।

"इनका वध करने से पूर्व आपको मेरा वध करना होगा भ्राताश्री।" सूर्यम के लिए अखण्ड अत्यंत प्रिय था और यह बात सभी जानते थे।

तेजस्वी ने झल्लाकर धनुष नीचे किया, "भानुसेन अपराधी है, उसे तो दंड मिलकर रहेगा।"

"धैर्य रखो तेजस्वी; हम समस्या की जड़ तक पहुँचेंगे और यदि मेरे पिता अपराधी सिद्ध हुए तो मैं भी तुम्हें उन्हें दण्ड देने से नहीं रोकूँगा।" अखण्ड ने विश्वास दिलाया।

तेजस्वी पलटा, "मैं और युगांधर पिताश्री का अंतिम-संस्कार करने हेतु उन्हें वन में ले जा रहे हैं, आप सबसे विनती है कि वहाँ पधारकर स्वयं को अपमानित मत कीजियेगा।"

तेजस्वी वहाँ से जाने लगा। अखण्ड ने उसे रोकने का प्रयत्न किया, किंतु कपिश ने उसे रोका, "पीड़ा में है वो, जाने दो उसे, उसे एकांत की आवश्यकता है।"

अखण्ड मौन रह गया।

तेजस्वी, युगांधर और सुवर्या, महाराज विक्रमाजित के शव के साथ वन की ओर प्रस्थान कर गये। अखण्ड और सूर्यम एक-दूसरे की ओर देखते रहे।

भैरवनाथ और रक्षराज के अन्य भाई मार्केश को घायल अवस्था में एक गुफा में ले आये। विक्रमाजित के दिए गहरे घावों के कारण मार्केश मूर्छित हो गया था। अम्बरीश को भी गुफा के पत्थर पर बिठा दिया गया।

वैद्य ने मार्केश का उपचार आरंभ किया।

भैरवनाथ, अम्बरीश के निकट आकर एक पत्थर पर बैठ गया।

अम्बरीश ने उसकी ओर देखा और कृतज्ञता प्रकट की, "मेरे प्राण बचाने के लिए धन्यवाद रक्षगुरु।"

भैरवनाथ मुस्कुराया, "आपके प्राण तो वैसे भी बहुत मूल्यवान हैं राजा अम्बरीश। आखिर आप हमारी योजना का अभिन्न अंग जो हैं, इसीलिए तो आज से चौबीस वर्ष पूर्व भी आपके प्राण बचाए थे हमने और उसके उपरांत आपके शरीर पर कुछ गहरे घाव देकर आपको हस्तिनापुर भेजा था।"

"वो तो है रक्षगुरु; सबकुछ आपकी योजना के अनुसार ही तो चल रहा है; मेरी पुत्री सुवर्या ने पिछले दो वर्षों से नागों के राजा युगांधर को अपने प्रेमजाल में फँसा रखा

है।'' अम्बरीश मुस्कुराया।

"किंतु उस युगांधर को तो आपके सत्य का पता चल चुका है।''

"मेरी पुत्री सुवर्या मुझसे भी कहीं अधिक चतुर है रक्षगुरु, वह परिस्थिति के अनुसार ही व्यवहार करेगी; इस समय वह मेरे विरुद्ध बोलेगी, किंतु पुत्री है वो मेरी, प्रेम तो वो मुझसे ही करती है न।'' अम्बरीश के मुख पर शैतानियत छाई हुई थी।

"हाँ, आपकी पुत्री आपसे बहुत प्रेम करती है, क्योंकि उसे सत्य का ज्ञान नहीं है।''

"हाँ, जानता हूँ मेरी संतान तो मृत पैदा हुई थी; वो तो आपकी योजना थी सुवर्या को मेरे मृत पुत्र से बदलने की।''

"हाँ, वो तो है; भविष्य की आने वाली कठिनाईयों के लिए मुझे एक अस्त्र जो तैयार करना था।'' भैरवनाथ ने कहा।

"आपने जो किया, उसके लिए आपका जितना धन्यवाद करूँ उतना कम है रक्षगुरु, क्योंकि वह नवजात सुवर्या ही थी, जिसका मुख दिखाकर मेरी स्वर्गवासी पत्नी देविका ने मेरे प्राण बचाये, अन्यथा हस्तिनापुर का वो नरेश मनस्यु तो मेरा वध ही करने वाला था।'' अम्बरीश को अपने अतीत के कुछ पन्ने स्मरण हो आये।

तभी एक असुर ने आकर भैरवनाथ को सूचना दी, "रक्षराज की चेतना लौट रही है महागुरु।''

भैरवनाथ ने उसे जाने का संकेत दिया। इसके उपरांत वह अम्बरीश की ओर मुड़ा, "आप यहीं बैठिये महाराज, मैं अभी आता हूँ।''

'अवश्य।' अम्बरीश ने सहमति जताई।

शीघ्र ही मार्केश की मूर्छा टूटी। उसने धीरे-धीरे अपनी आँखें खोली।

आँखें खोलते ही उसे अपने समक्ष अपना ज्येष्ठ पुत्र भानुसेन दिखाई दिया।

"भानुसेन, तुम यहाँ?'' मार्केश को थोड़ा आश्चर्य हुआ।

"हाँ पिताश्री, यह मैं ही हूँ।'' भानुसेन ने अपने पिता के चरण स्पर्श किये।

"पिताश्री? अर्थात् तुम्हें तुम्हारे जीवन का सत्य ज्ञात है?'' मार्केश ने आश्चर्य से प्रश्न किया।

"हाँ पिताश्री और मैंने ही विक्रमाजित पर वार कर आपके प्राणों की रक्षा की है।'' भानुसेन ने बताया।

"यह तुमने उचित नहीं किया भानुसेन।'' मार्केश को क्रोध आ गया।

भानुसेन अपने पिता को कुछ उत्तर देता, इससे पूर्व ही भैरवनाथ ने वहाँ आकर हस्तक्षेप किया, "तो क्या करता ये, अपने पिता को अपने नेत्रों के समक्ष मृत्यु का वरण करते हुए देखता रहता?"

मार्केश ने भैरवनाथ की ओर घूरकर देखा, "कम से कम वो एक गौरवशाली मृत्यु होती, हम भगवान महाबली के वंशज..."

भैरवनाथ खीझ गया, "बस करो, बस करो मार्केश; सदैव ही अपने पूर्वज भगवन महाबली की आड़ लेकर अपनी असफलताओं पर पर्दा डालना बंद करो। यह गौरवशाली मृत्यु, तुम्हारे यह आदर्श; तुम्हें मिला क्या है आजतक इन सबसे?"

रक्षराज मौन हो गया।

भानुसेन आगे आया, "आपको कदाचित् अपनी प्रिय पत्नी शिवन्या की मृत्यु का विस्मरण हो गया है पिताश्री, किंतु मैं अपनी माता की मृत्यु के लिए विदर्भ के योद्धाओं को क्षमा नहीं कर सकता।"

मार्केश ने भानुसेन की ओर घूरकर देखा, "पहले ये बताओ कि मैं तुम्हारा पिता हूँ, यह तुम्हें ज्ञात कब हुआ?"

"मेरे विवाह से कुछ समय पूर्व ही मुझे यह रहस्य ज्ञात हो गया था।" भानुसेन ने उत्तर दिया।

रक्षराज स्तब्ध रह गया, "इसका अर्थ यह है, कि तुम्हें वर्षों से ज्ञात था कि तुम मेरे पुत्र हो, फिर भी तुम मुझसे दूर थे।"

भानुसेन मौन हो गया।

उसे मौन देख भैरवनाथ ने हस्तक्षेप किया, "हाँ, क्योंकि यही उचित था। वर्षों से भानुसेन को उसका सत्य ज्ञात है, किंतु मैं चाहता था कि वो विदर्भ में ही एक गुप्तचर की भाँति रहे और हमें वहाँ की सूचनायें मिलती रहें।"

रक्षराज भड़क उठा, "मैं आजतक यह समझता रहा कि भानुसेन को उसका सत्य ज्ञात ही नहीं है, इसलिए मैंने उससे दूरी बनाये रखी और आज मुझे ज्ञात होता है कि सबकुछ ज्ञात होने के उपरांत भी यह मुझसे दूर रहा।"

"क्षमा कीजिये पिताश्री; गुरु भैरवनाथ की योजना थी कि मेरा पुत्र ही विदर्भ का उत्तराधिकारी बने, इसलिए योजनानुसार मुझे यह सत्य आपसे भी छुपाना पड़ा।" भानुसेन ने ग्लानी भाव प्रकट किया।

"ओह! तो ये थी वास्तविक योजना गुरु भैरवनाथ की; किंतु मुझे तो ऐसा प्रतीत नहीं होता कि इस योजना का परिणाम हमारे पक्ष में रहा।" रक्षराज ने भैरवनाथ पर कटाक्ष किया।

भैरवनाथ मुस्कुराया, ''अखण्ड भी तुम्हारी ही भाँति तनिक हठी है मार्केश। किंतु जब उसे सत्य का भान होगा, तब वो निश्चित ही हमारे पक्ष में आ जायेगा।''

''सत्य? क्या है वो सत्य?'' मार्केश ने भैरवनाथ की ओर घूरा।

भानुसेन बीच में बोल पड़ा, ''यही कि वर्षों पूर्व विदर्भ के उस कपटी नरेश भभूति ने मेरी माता की निर्ममता से हत्या की थी और उस पाप के लिए मैं सम्पूर्ण विदर्भ राज्य को नष्ट करने को प्रतिज्ञाबद्ध हूँ।''

मार्केश मौन हो गया। क्षणभर के लिए अतीत की स्मृतियाँ उसकी आँखों के समक्ष तैरने लगीं, किंतु अश्रु बहाने की इच्छा होते ही हुए भी उसने अपनी पीड़ा को छुपाये रखा।

भानुसेन ने मार्केश के कंधे पर हाथ रखा, ''मैं आपका दुःख समझ सकता हूँ पिताश्री, जानता हूँ आप बहुत प्रेम करते थे उनसे।''

मार्केश ने मुस्कुराकर भानुसेन की ओर देखा, ''जानते हो, तुम्हारी माता शिवन्या ने एक असुर होते हुए भी मुझसे प्रेम क्यों किया था, क्योंकि उसे लगता था कि असुर होने के उपरांत भी मैं कई क्षत्रिय राजाओं से उत्तम शासक हूँ। मेरे विचार बाकी राजाओं से कहीं अधिक पवित्र हैं और मैंने अपने जीवन में सदा एक आदर्श योद्धा की भाँति सभी युद्ध नियमों का पालन किया है।''

भानुसेन मौन हो गया।

रक्षराज मार्केश ने अपने पुत्र की ओर देखा, ''तुम बताओ पुत्र, आज जो तुमने किया, क्या वो न्यायसंगत था? क्या एक आदर्श योद्धा ऐसा कर सकता है?''

अपने पिता के इस प्रश्न का भानुसेन के पास कोई उत्तर न था।

भानुसेन को मौन देख भैरवनाथ ने हस्तक्षेप किया, ''तुम अपने पुत्र से यह प्रश्न करो, उससे पूर्व मैं तुमसे कुछ प्रश्न करना चाहूँगा मार्केश।''

''कहिये, क्या प्रश्न करना चाहते हैं आप?'' मार्केश, भैरवनाथ के प्रश्न की प्रतीक्षा कर रहा था।

''तुम पहले रक्षराज दुशल के नाम से जाने जाते थे, फिर तुमने अपना नाम परिवर्तित कर मार्केश क्यों किया?'' भैरवनाथ ने प्रश्न किया।

''क्योंकि...''

''क्योंकि तुम अपनी पुरानी पहचान भूलना चाहते थे; तुम उस पहचान का विस्मरण करना चाहते थे, जिसने सदैव ही मानवों और असुरों दोनों के कल्याण के लिए कार्य किया था।'' भैरवनाथ ने मार्केश के अधूरे वाक्य को पूरा किया।

"हाँ, क्योंकि अब मैं मानवजाति से घृणा करता हूँ, क्योंकि सामने से तो ये आदर्शों की बातें करेंगे और पीठ पीछे कटार घोंप देंगे।" मार्केश क्रोधित था।

"ठीक वैसे ही जैसे राजा भभूति ने छल करके तुम्हें भटकाया और तुम्हारी पत्नी की हत्या कर दी।" भैरवनाथ ने उसे भड़काने का पूरा प्रयास किया।

"हाँ हाँ, किंतु इसका अर्थ यह नहीं कि मैं भी छल-प्रपंच पर उतर आऊँ।" मार्केश ने स्पष्ट रूप से कह दिया।

भैरवनाथ खीझ गया, "तुम भलीभाँति जानते हो कि दुर्भीक्ष और विक्रमाजित दो ऐसे योद्धा हैं, जिन्हें त्रिदेवों के अतिरिक्त और कोई पराजित नहीं कर सकता। तुम उन दोनों योद्धाओं से द्वंद्व कर चुके हो, क्या कभी विजयी हो पाए तुम?"

"मैं तपस्या करता, शक्तियाँ अर्जित करता।" अपने पुत्र भानुसेन की ओर मुड़ा, "और मेरा पुत्र भानुसेन किसलिए है; मेरे परममित्र महाबली वक्रबाहु के वरदान ने इसे उसी के समान महाबली बनाया है, ये वध करता विक्रमाजित का।" मार्केश ने तर्क दिया।

"तुम भूल रहे हो मार्केश, वक्रबाहु के पास असीमित बल था, किंतु बल सदैव काम नहीं आता और तुमने स्वयं उसे पराजित कर यह सिद्ध कर दिया था।" भैरवनाथ ने भी अपना तर्क दिया।

रक्षराज मार्केश के पास भैरवनाथ के इस तर्क का कोई उत्तर नहीं था।

भैरवनाथ ने कहना जारी रखा, "क्यों, अब तुम्हें कुछ नहीं कहना? कहोगे भी कैसे, क्योंकि तुम भलीभाँति जानते हो कि तुम कभी विक्रमाजित को पराजित नहीं कर सकते थे; तो कैसे लेते तुम अपनी पत्नी की मृत्यु का प्रतिशोध?"

रक्षराज कुछ क्षण मौन रहा।

"ठीक है, अब तर्क-वितर्क करना बंद कीजिये; हमारा प्रतिशोध अब पूर्ण हो चुका है, इसलिए उचित होगा कि अब हम शांत हो जाएँ, बहुत विनाश कर लिया हमने।" रक्षराज ने अपनी राय दी।

"प्रतिशोध पूर्ण हो गया? क्या तुम्हारे निजी प्रतिशोध के लिए मैं वर्षों से इतना श्रम कर रहा हूँ?" भैरवनाथ क्रुद्ध हो गया।

भानुसेन को इस बात पर थोड़ा अचरच हुआ, "तो आपका वास्तविक उद्देश्य है क्या गुरुदेव?"

"इनका उद्देश्य है सम्पूर्ण आर्यावर्त पर असुरों का अधिकार।" रक्षराज ने भानुसेन के प्रश्न का उत्तर दिया।

"हाँ यही है मेरा उद्देश्य, सम्पूर्ण आर्यावर्त पर अधिकार; क्योंकि असुर, मानवों

से कहीं अधिक योग्य हैं और निःसंदेह हम मानवों से उत्तम शासक सिद्ध होंगे और यह बात मैं डंके की चोट पर कह सकता हूँ।'' भैरवनाथ ने दृढ़ता से कहा।

''मानता हूँ हम असुर, मानवों से कहीं अधिक योग्य हैं और इसमें मुझे कोई संदेह नहीं है। विक्रमाजित को मैं एक न्यायपूर्ण द्वंद्व पराजित करना चाहता था, क्योंकि वो एकमात्र ऐसा योद्धा है जो कभी युद्धभूमि में अधर्म नहीं करता। मेरी यह इच्छा अवश्य अधूरी रह गयी, किंतु जो राजा भभूति के समान कपटी हों, वैसे मानव शासन योग्य कभी नहीं हो सकते।'' रक्षराज ने प्रथम बार भैरवनाथ का समर्थन किया।

''तो फिर तुम्हें मेरा उद्देश्य अनुचित क्यों लगता है?'' भैरवनाथ ने प्रश्न किया।

''हम विदर्भ की भूमि पर जो छल करके आये हैं, उसके लिए मैं अभी तक स्वयं से दृष्टि नहीं मिला पा रहा। मैं बहुत गर्व से कहता था कि हम भगवान महाबली के वंशज कभी छल नहीं करते, अपना वचन नहीं तोड़ते; यदि मानव कपटी हैं, तो आज किये गये छल ने हमारी गरिमा को भी तो कलंकित किया है; अब हम किस मुँह से स्वयं को अधिक योग्य सिद्ध करें?'' रक्षराज ने प्रश्न उठाया।

भैरवनाथ ने कुछ क्षण विचार करने के उपरांत कहना आरंभ किया, ''जानते हो संसार में असुरों की छवि क्या है? सृष्टि के आरंभ से समग्र संसार हमें दुष्ट-प्रवृत्ति का जीव ही मानता आया है। मेरे विचार से तो गिने-चुने लोगों को ही इस बात का ज्ञान होगा कि रक्षराज मार्केश अपने वचनों का पक्का है, न्याय और धर्म के मार्ग पर चलता है; किंतु क्या इससे असुरजाति की छवि सुधर जायेगी? मैं तो ऐसा नहीं समझता; संसार की दृष्टि में तो असुर सदैव दुष्ट-प्रवृत्ति के जीव ही कहलायेंगे। यदि तुम संसार से चीख-चीखकर कहोगे, कि तुम्हारे नेतृत्व में असुरजाति धर्म के मार्ग पर चलती है, तो क्या कोई विश्वास करेगा? यह संसार केवल उसकी बातें सुनता और महत्त्व देता है, जो उन्हें झुकाने का सामर्थ्य रखता हो। यदि तुम्हें असुरों की छवि और ख्याति को ऊँचा करना है तो पहले अपनी शक्ति को सिद्ध करना होगा। यह सिद्ध करना होगा कि हम मानवों से कहीं अधिक योग्य शासक हैं। अब राजा भभूति को ही ले लो, ऐसे राजाओं का तो कोई धर्म ही नहीं होता, जो अपने दिए वचन से पीछे हट जायें, जो अपनी ही बहन की हत्या का घृणित षड्यंत्र रचे, इसलिये तुम्हें मानवों को निर्बल सिद्ध करना होगा।''

''क्षमा करें गुरुदेव, किंतु मानवों को मैं छलिया मान सकता हूँ, निर्बल नहीं। सुना है मैंने विक्रमाजित के पुत्र के विषय में; अद्भुत कौशल है उसका।'' मार्केश ने अपने शत्रु के ही पुत्र की प्रशंसा की।

''तुम्हारी समस्या यह है कि तुमने अपने सामर्थ्य को सीमित मान लिया है, यही कारण है कि तुम कभी विक्रमाजित को पराजित नहीं कर पाये और जहाँ तक सामर्थ्य

की बात है तो विक्रमाजित ने तो अठारह वर्ष की आयु में ही असुरेश्वर कहे जाने वाले महावीर दुर्भीक्ष को कड़ी टक्कर दी थी। उसी का रक्त लेकर जन्मा है उसका वो वीर पुत्र, तो सामर्थ्यवान तो वो होगा ही।'' भैरवनाथ ने भी तेजस्वी की प्रशंसा में कुछ शब्द कहे।

''तो फिर हमें क्या करना चाहिए गुरुदेव?'' भानुसेन ने बीच में आकर प्रश्न किया।

भैरवनाथ मुस्कुराया, ''स्वयं को भगवान महाबली का वंशज कहते हो, तो सदियों पूर्व तुम्हारे पूर्वज ने जो किया था, उसी कथा को दोहराने का समय आ गया है।''

''और वो क्या है?'' यह प्रश्न मार्केश का था।

''भगवान महाबली एक न्यायप्रिय शासक के रूप में जाने जाते हैं; वो अपने पितामह भक्त प्रह्लाद की ही भाँति भगवान् विष्णु के उपासक भी थे। किंतु अपनी यह छवि बनाने से पूर्व उन्होंने समग्र संसार को जीता, अपनी शक्ति सिद्ध की, उसके बाद उन्होंने संसार में अपनी ही नहीं समग्र असुरजाति की छवि को ऊँचा किया। तुम तो उनके ऐसे भाग्यशाली वंशज हो मार्केश, जो अमरत्व प्राप्त किये हुए भगवान् महाबली से भेंट भी कर चुके हो, तुम्हें तो भगवान् महाबली ने अपने दिव्य विजयधनुष का धारक बनाया था, फिर तुम्हें अपने सामर्थ्य पर संदेह किस बात का है? निःसंदेह तुम्हें वह धनुष इसीलिए सौंपा गया था ताकि तुम संसार में असुरों की छवि सुधार सको।'' भैरवनाथ ने मार्केश का उत्साह बढ़ाने का प्रयत्न किया।

''आप भूल रहे हैं गुरुदेव, विजयधनुष को मैंने वर्षों पूर्व दुर्भीक्ष को पराजित करने के लिए धारण किया था, किंतु उसके उपरांत तो मैं उस धनुष का भार भी सहन नहीं कर पाया; उस महाअस्त्र ने तो मुझे ही अस्वीकार कर दिया; पाताल में रखे उस धनुष को उठाना अब मेरे लिए संभव नहीं है।'' मार्केश ने निराशाजनक उत्तर दिया।

''यह सब मैं जानता हूँ मार्केश, किंतु तुम्हें उस महाअस्त्र को उठाने के योग्य समझा गया था, तभी तो भगवान महाबली ने वह दिव्य धनुष तुम्हें सौंपा था। अपने सामर्थ्य को पहचानो रक्षराज; तुम असुर प्रजाति के हो, किंतु तुमने राक्षसों और दानवों पर भी विजय प्राप्त की है, इसलिए तुम्हें रक्षराज भी कहा जाता है। अब तुम्हारा उद्देश्य प्रतिशोध नहीं, असुरों के भविष्य के नए सूर्य का उदय करना है। तुमने ब्रह्मदेव की तपस्या कर इतनी शक्ति अर्जित की है कि संसार का कोई भी महाअस्त्र तुम्हें क्षति नहीं पहुँचा सकता और जहाँ तक द्वंद्व की बात है, तुमने तो वक्रबाहु जैसे महाबली को पराजित किया है, तो तुम्हें द्वंद्व में भला कौन चुनौती दे सकता है। यदि जीवन है, तो उसका एक उद्देश्य तो होना ही चाहिए और अब समझ लो कि यही तुम्हारा उद्देश्य है,

असुरों के जीवन का नया सूर्योदय।'' भैरवनाथ ने जो भी कहा दृढ़ता से कहा।

कुछ क्षण विचार करने के उपरांत रक्षराज ने एक गंभीर विषय उठाया, ''आप जो कह रहे हैं वो उचित है, गुरु भैरवनाथ, किंतु आपको क्या लगता है, विदर्भ के योद्धा आज हुई घटना को भूल जायेंगे? वो अवश्य प्रतिशोध लेंगे।''

कुछ क्षण विचार करने के उपरांत भैरवनाथ ने कहा, ''हाँ, उन सबकी शक्ति का एक साथ सामना करना तनिक कठिन होगा।''

''तो फिर क्या करना चाहिए हमें?'' मार्केश ने प्रश्न उठाया।

''अपनी शक्ति और बढ़ाओ मार्केश। आज से तीन मास के उपरांत आने वाली पूर्णमासी को काली पूजन का बहुत ही शुभ मुहूर्त है; उस पूजा में एक लाख वीर मानवों की बलि चढ़ाओ, अपार शक्ति प्राप्त होगी तुम्हें; इसलिए सेना लेकर जाओ; और एक लाख क्षत्रिय योद्धाओं को बंधक बनाकर उनकी बलि दो और महाकाली के वरदानी बन जाओ।'' भैरवनाथ ने सुझाव दिया।

''यह सब तो आप मुझे पहले भी बता चुके हैं और उसके लिए पिछले तीन वर्षों में मैंने लगभग नब्बे सहस्त्र उच्च श्रेणी के योद्धाओं को बंदी भी बनाया है।'' रक्षराज ने निश्चय कर लिया।

''तो प्रस्थान करो शेष दस सहस्त्र योद्धाओं को बंदी बनाने। असुरजाति का सूर्य शीघ्र ही उदय होगा। किंतु स्मरण रहे, अपनी सेना को हस्तिनापुर की ओर मत मोड़ना।'' भैरवनाथ ने चेतवानी दी।

''ऐसा क्यों गुरुदेव?'' मार्केश ने प्रश्न किया।

''यदि हस्तिनापुर के चंद्रवंशी महाराज इलियान तुम्हारे विरुद्ध युद्ध में उतरे, तो स्मरण रखना, जितने योद्धाओं को तुमने अभी तक बंदी बनाया, उनसे अधिक योद्धाओं की हानि होगी तुम्हें।'' भैरवनाथ ने चेतावनी दी।

''हाँ सुना है उनके विषय में भी; तो फिर मैं, छोटे छोटे राज्यों से अपनी यात्रा आरंभ करता हूँ।''

'अवश्य।' भैरवनाथ ने सहमति जताई।

रक्षराज मार्केश ने अपनी तलवार पर अपनी पकड़ मजबूत की, ''तो फिर निर्णय हो गया, मैं सेना लेकर प्रस्थान करता हूँ।''

इसके उपरांत मार्केश भानुसेन की ओर मुड़ा, ''जब तक मैं लौटकर न आऊँ, तब तक मेरा यह पुत्र भानुसेन असुरों का नायक होगा। गुरु भैरवनाथ तुम्हारा मार्गदर्शन करेंगे पुत्र, अपना ध्यान रखना।''

भानुसेन ने अपने हाथ जोड़ मार्केश को विदा किया, ''आप चिंतित न होइए

पिताश्री, मैं यह दायित्व पूरी निष्ठा से निभाऊँगा और शीघ्र ही अपने पुत्र अखण्ड को भी अपने पक्ष में ले आऊँगा।''

"अवश्य पुत्र, तुमसे यही आशा थी मुझे।'' यह कहकर मार्केश गुफा के बाहर की ओर चल दिया।

अध्याय 8

सुवर्णा का हरण

अगले दिन का सूर्य उदय हुआ। कदाचित् वह सूर्योदय विदर्भ राष्ट्र की समस्त प्रजा के लिए शोकाकुल होने का था। वन में तेजस्वी और युगांधर ने अपने पिता महाराज विक्रमाजित के पार्थिव शव को चिता पर लिटाया। ज्येष्ठ पुत्र होने के नाते तेजस्वी ने चिता को मुखाग्नि दी।

विदर्भ के नए महाराज वीरसेन, महाऋषि कपिश, सूर्यम और अपने सभी भाइयों के साथ अखण्ड भी वहाँ उपस्थित हुआ।

उन्हें देखते ही तेजस्वी ने अपना मुख दूसरी ओर घुमा लिया।

चिता की अग्नि बुझने में संध्या होगी।

अखण्ड ने तेजस्वी के कंधे पर हाथ रखा, "अब महल लौट आओ अनुज।"

तेजस्वी अखण्ड की ओर मुड़ा, "मैं आपका अपमान नहीं करना चाहता ज्येष्ठ, किंतु अब तक कदाचित् आपको को ज्ञात हो गया होगा कि मेरा आपसे कोई सबंध नहीं है, आप रक्षराज मार्केश के वंशज हैं।"

अखण्ड के पास तेजस्वी की उलाहना का कोई उत्तर नहीं था। युगांधर भी क्रोध से अखण्ड की ओर देख रहा था।

अखण्ड को निरुत्तर देख महाऋषि कपिश को हस्तक्षेप करने आगे आना पड़ा।

"तुमसे मुझे यह आशा नहीं थी तेजस्वी।" कपिश ने तेजस्वी की ओर देखा।

"क्षमा करें गुरुदेव, किंतु जो सत्य है, वह है।" तेजस्वी ने रुष्ट होकर कहा।

"क्या जन्म के आधार पर मनुष्य के व्यक्तित्व का निर्धारण हो जाता है? पिछले आठ वर्षों से जिस ज्येष्ठ भ्राता के साथ तुम शिक्षा प्राप्त कर रहे हो, उसके व्यक्तित्व के विषय में तुमने एक क्षण में निर्णय ले लिया, केवल इसलिए, क्योंकि यह उस भानुसेन की संतान है?" कपिश ने प्रश्न उठाया।

"मैं कैसे भूल जाऊँ गुरुवर, कि वह भानुसेन मेरे पिता का हत्यारा है, वह रक्षराज मार्केश मेरी माता की मृत्यु का उत्तरदायी है, यह सब मैं कैसे भूल जाऊँ?" तेजस्वी ने झल्लाकर महर्षि कपिश से प्रश्न किया।

"यह सत्य अभी सिद्ध नहीं हुआ है तेजस्वी और यदि यह सत्य सिद्ध हुआ, तो मैं तुम्हारे मार्ग में नहीं आऊँगा, फिर तुम जो चाहे दण्ड देना उन्हें।" अखण्ड ने विश्वास दिलाया।

कपिश ने उसे समझाने का प्रयत्न किया, "जो भी घटनायें हुईं, उसके लिए अखण्ड उत्तरदायी नहीं है; तुम मानो या ना मानो, अखण्ड से तुम्हारा संबध तो है ही।"

"कि यह मेरी बुआश्री राजकुमारी शिवन्या के पौत्र हैं?" तेजस्वी ने प्रश्न किया।

"हाँ और इस सत्य से तुम भलीभाँति अवगत हो और यह सत्य जानते हुए भी कि अखण्ड मार्केश का अंश है, महाराज विक्रमाजित ने युवराज पद का भार इसे सौंपा, आखिर क्यों? कभी विचार किया है तुमने?" कपिश के उत्तर में ही प्रश्न था।

"क्योंकि यह राजकुल में ज्येष्ठ थे।" तेजस्वी ने सीधा-सा उत्तर दिया।

"नहीं, ऐसा नहीं है; सत्य तो यह है कि मैं और महाराज विक्रमाजित आरंभ से ही मानते आये हैं कि अखण्ड से योग्य उत्तराधिकारी और कोई नहीं। स्वयं को देखो तेजस्वी, तुमने तो रक्त सबंध को ही आधार बनाकर अपने और अखण्ड के मध्य दूरियाँ बनाना आरंभ कर दिया, किंतु अखण्ड ने न कभी ऐसा किया है और न करेगा।" कपिश कहते रहे।

"बस कीजिये गुरुदेव।" अखण्ड ने हस्तक्षेप किया।

वो तेजस्वी के निकट आया, "तुम मुझे आठ वर्षों से जानते हो तेजस्वा। मैंने आज तक सारे भाइयों को जोड़कर रखा; अपने सगे भाइयों से अधिक मुझे सूर्यम से प्रेम था, इसलिए मैं कुटिया मैं तुम दोनों के साथ रहता था.....।"

तेजस्वी ने भी अपना मौन भंग किया, "क्षमा कीजियेगा ज्येष्ठ, किंतु आपके पिता भानुसेन भी तो इतने वर्षों से मेरे पिता के अनुज होने का हर दायित्व निभा रहे थे,

किंतु परिणाम क्या हुआ? मेरे पिता ने आपके पिता पर अंधा विश्वास किया और उन्होंने उनकी ही पीठ पर वार किया। कैसे विश्वास कर लूँ आप पर कि आप हमारे विरुद्ध कभी नहीं जायेंगे? आज भले ही आपने अपने पिता का साथ नहीं दिया, किंतु क्या आप विश्वास से कह सकते हैं कि आप कभी अपने पिता के साथ खड़े नहीं होंगे।''

अखण्ड कुछ क्षण मौन रहा।

''ठीक है तेजस्वी, यदि तुम्हें मुझपर संदेह है, तो मैं अभी इसी समय युवराज पद का त्याग करता हूँ। जब तक तुम्हारा प्रण पूर्ण नहीं हो जाता, जब तक तुम्हारा वनवास समाप्त नहीं हो जाता, तुम चाहे मुझसे घृणा करो, किंतु फिर भी मैं तुम्हारे साथ वन में ही निवास करूँगा और तुम्हारे आने वाले हर अभियान में तुम चाहो चाहे न चाहो, मैं तुम्हारे साथ ही रहूँगा।'' अखण्ड ने दृढ़ता से कहा।

तेजस्वी और युगांधर निरुत्तर से हो गए।

कपिश आगे आये और तेजस्वी को समझाने का प्रयत्न किया, ''अब भी यदि तुम्हें अपने ज्येष्ठ पर संदेह है तो मैं कुछ नहीं कह सकता।''

तेजस्वी के नेत्रों में भी नमी-सी आ गयी, ''बस कीजिये गुरुवर, मुझे और लज्जित न कीजिये।''

युगांधर ने भी तेजस्वी के मनोभावों को ताड़ लिया, ''मैं आपमें से किसी को नहीं जानता... कहने को तो जन्म से मैं विदर्भ की इस पावन भूमि की ही संतान हूँ, किंतु नागवंश से होने के कारण मैं इस भूमि का होकर भी नहीं हो सका। किंतु एक नाग होने के कारण मैं अपनी इन्द्रियों से मनुष्य की भावनाओं को कुछ हद तक तो समझ ही सकता हूँ और महाबली अखण्ड के नेत्रों मैं सत्य की झलक देख सकता हूँ भ्राताश्री; जीवन के किसी भी अभियान में इनसे उत्तम साथी आपके लिए नहीं हो सकता।''

तेजस्वी के मन में ग्लानि का भाव उत्पन्न होने लगा, ''कदाचित् तुम उचित कह रहे हो युगांधर। ज्येष्ठ पर संदेह करके मैंने बहुत बड़ा अपराध किया है मुझे क्षमा कीजिये ज्येष्ठ।'' उसने अखण्ड के समक्ष हाथ जोड़ लिए।

अखण्ड ने उसका हाथ पकड़ा, ''नहीं महाराज कुमार, अब मैं तुम्हारा ज्येष्ठ नहीं, केवल तुम्हारा सहयोगी हूँ।''

''ऐसा न कहिए भ्राताश्री, भूल मुझसे हुई है मैं मानता हूँ।'' तेजस्वी ने क्षमा माँगी।

''भूल का दंड भी तो होना ही चाहिए न और तुम्हारा दंड यह है कि जब तक तुम्हारा प्रण पूर्ण नहीं हो जाता, मैं तुम्हारा ज्येष्ठ नहीं केवल सहयोगी हूँ और यह मेरा अंतिम निर्णय है।'' अखण्ड ने स्पष्ट रूप से कह दिया।

तेजस्वी क्षणभर के लिए मौन रह गया। किंतु इससे पूर्व कि वो कुछ कहता, एक अश्व के पदचाप ने सबका ध्यान अपनी ओर खींचा।

सभी का ध्यान उस अश्व की ओर गया। उस पर सवार एक स्त्री वनों के मार्ग से तेजस्वी के निकट आ पहुँची। तेजस्वी ने उसे तुरंत पहचान लिया। ये कोई और नहीं, बलिष्ठगढ़ की राजकुमारी सुवर्णा की प्रमुख दासी और सहेली श्यामा थी।

उसने तत्काल ही एक पत्र निकाला और तेजस्वी के हाथ में दिया, ''ये संदेश राजकुमारी सुवर्णा ने आपके लिये भेजा है कुमार तेजस्वी।''

तेजस्वी ने उसके हाथ से पत्र लिया और पत्र पढ़ना शुरू करते ही तेजस्वी की आँखें आश्चर्य से फट गयीं।

''कुमार तेजस्वी, क्या विदर्भ के राजकुमार बन जाने के उपरांत आपको हमारे प्रेम का विस्मरण हो गया है? हम आज भी आप ही से प्रेम करते हैं, किंतु ज्येष्ठ भ्राता राजवीर मेरा विवाह रक्षराज के पौत्र सुबाहु से कराने वाले हैं। जब पिताश्री ने आपके राज्य की धरोहर दिव्य मणि लौटाने का विचार रखा तो ज्येष्ठ भ्राता राजवीर ने उन्हें बंदी बनाकर कारागार में डाल दिया और स्वयं सिंहासन पर विराजमान हो गये हैं। आपके पिता सेनापति चक्रसेन को भी उन्होंने राज्य से निष्कासित कर दिया है। इस मास के अंत में उस असुर सुबाहु से मेरा विवाह निश्चित हुआ है। मैं आपके अतिरिक्त किसी और से विवाह नहीं कर सकती। यदि आप मुझे यहाँ से लेकर नहीं गये तो मैं विषपान करके अपने प्राण त्याग दूँगी।''

वो पत्र पढ़ तेजस्वी ने साँस भरते हुए कहा, ''राजकुमारी से कहना कि वो चिंता न करें, हम उन्हें लेने बलिष्ठगढ़ अवश्य आयेंगे।'' इतना कहकर तेजस्वी ने दासी श्यामा को विदा किया।

''कैसा पत्र था वो भ्राताश्री?'' युगांधर ने प्रश्न किया।

तेजस्वी युगांधर की ओर पलटा, ''मुझे बलिष्ठगढ़ की राजकुमारी सुवर्णा का हरण करना होगा। वहाँ के युवराज राजवीर ने हमारे साथ छल किया। यह जानकर कि राजा भार्गव हमारी दिव्य मणि हमें लौटाने वाले हैं, उस राजवीर ने अपने ही पिता को बंदी बनाकर कारागार में डाल दिया; अब वो स्वयं बलिष्ठ्गढ़ नरेश बन चुका है और तो और, जिस सुवर्णा से मैं प्रेम करता हूँ, वो उसका विवाह जबरन उस रक्षराज के पौत्र सुबाहु से करवा रहा है।''

यह सुनकर अखण्ड आगे आया, ''तुम जो कह रहे हो वो ठीक है तेजस्वी, किंतु स्मरण रहे कि दिव्य मणि के रहते हम बलिष्ठगढ़ को उसकी सीमा में परास्त नहीं कर सकते, हमारे शस्त्र और हमारा सामर्थ्य, दिव्य मणि के प्रभाव के कारण निष्क्रिय हो जायेगा।''

"तो क्या आप इस अभियान में भी...।" तेजस्वी ने अखण्ड की ओर देखा।

'निःसंदेह।' अखण्ड मुस्कुराया।

तेजस्वी ने कुछ क्षण विचार कर निर्णय लिया, "यदि बल नहीं तो छल सही, मैं सुवर्णा को मरने नहीं दे सकता, मुझे बलिष्ठ्गढ़ जाना ही होगा।"

"तो हम सब आपके साथ जायेंगे भ्राताश्री।" युगांधर भी आगे आया।

"नहीं युगांधर। तुम पर नागों का उत्तरदायित्व है इसलिए तुम नागलोक लौट जाओ।" तेजस्वी ने कहा।

"किंतु भ्राताश्री...।"

"नहीं युगांधर। हमें बलिष्ठ्गढ़ से युद्ध नहीं करना है, हमारा उद्देश्य चित्रलेखा का हरण कर किसी भी प्रकार से बलिष्ठगढ़ की सीमा से बाहर आना है बस।" तेजस्वी ने उसे समझाने का प्रयत्न किया।

"क्षमा करें भ्राता, नागलोक का मार्ग तो बलिष्ठगढ़ से होकर ही जाता है, इसलिये जब आप राजकुमारी सुवर्णा को लेकर बलिष्ठगढ़ की सीमा से बाहर आ जायेंगे, तो मैं स्वयं नागलोक की ओर प्रस्थान कर जाऊँगा, अब इसके लिए तो आप मना नहीं कर सकते।" युगांधर ने विनती की।

"ठीक है युगांधर, तो निर्णय हो गया, हम तीनों साथ में बलिष्ठगढ़ जायेंगे और तुम वहाँ से नागलोक की ओर प्रस्थान कर जाना।" अखण्ड ने आगे आकर कहा।

तेजस्वी ने सर हिलाकर अपनी सहमति जताई।

अखण्ड आगे आया, "हमें किसी भी विषम परिस्थिति के लिए एक योजना तैयार रखनी होगी, ध्यान से सुनो।"

अखण्ड ने अपनी योजना समझायी। इसके उपरांत वह तीनों बलिष्ठगढ़ की ओर निकल गए।

बलिष्ठगढ़ की राजकुमारी 'सुवर्णा' अपने कक्ष में उदास बैठी थी।

दो दासियाँ उसके कक्ष में आयीं। सुवर्णा उनकी ओर मुड़ी, "कहो क्या बात है?"

"महाराज ने हमें आपके श्रृंगार हेतु भेजा है राजकुमारी।" एक दासी ने उत्तर दिया।

"श्रृंगार! किसलिए?" सुवर्णा को थोड़ा आश्चर्य हुआ।

"रक्षराज के वंशज सुबाहु, जिनसे आपका विवाह निश्चित हुआ है, आपको देखने के लिए आने वाले हैं।" दासी ने उत्तर दिया।

"चली जाओ यहाँ से अभी इसी समय।" सुवर्णा, दासी पर चीख पड़ी।

दोनों दासियाँ घबराकर कक्ष से चली गयीं।

सुवर्णा अपने शय्या पर वापस बैठ गयी। उसकी आँखें नम थीं। मन में केवल एक ही प्रश्न था, "कब आयेंगे आप कुमार तेजस्वी?"

कुछ समय बीतने के उपरांत बलिष्ठगढ़ का राजा राजवीर, सुवर्णा के कक्ष में आया।

वह अपनी बहन पर चीख पड़ा, "सुवर्णा, अपने राजा के दिए हुए आदेश की अवहेलना करने का दुस्साहस कैसे हुआ तुम्हारा!"

सुवर्णा अपनी शय्या से उठ खड़ी हुई, "मैंने कह दिया तो कह दिया मैं उस सुबाहु से विवाह नहीं करूँगी।"

राजवीर ने सुवर्णा के बाल पकड़ लिए, "मैं भी देखता हूँ तू कैसे यह विवाह नहीं करती; तेरे विवाह पर मेरे और रक्षराज की संधि टिकी है। अगर सुबाहु को तेरे और तेजस्वी के विषय में तनिक भी भान हुआ न, तो यहीं इसी समय तेरे प्राण हर लूँगा।"

यह कहकर उसने सुवर्णा को भूमि पर धकेल दिया, "चुपचाप श्रृंगार आरंभ कर।"

सुवर्णा अपनी शय्या पर बैठी अश्रु बहाने लगी।

राजवीर वहाँ से प्रस्थान कर गया।

सुवर्णा रोती रही। कुछ क्षण उपरांत उसकी सहेली और दासी श्यामा उसके कक्ष के भीतर आयी।

श्यामा को देखते ही सुवर्णा उसकी ओर दौड़ी और उसे पकड़कर प्रश्न किया, "क्या हुआ श्यामा, तुमने मेरा संदेश पहुँचाया?"

"हाँ राजकुमारी, कुमार तेजस्वी को आपका संदेश मिल चुका है।" श्यामा ने मुस्कुरा उत्तर दिया।

"तुम मुस्कुरा रही हो, इसका अर्थ है कि...।"

"उन्होंने कहा है वो आपको लेने अवश्य आयेंगे।" श्यामा ने कहा।

सुवर्णा के मुख पर प्रसन्नता छा गयी, "अब हमें किसी का भय नहीं; दासियों को भेजो हमारा श्रृंगार करने को। भ्राताश्री को लगेगा कि यह श्रृंगार सुबाहु के लिए है, किंतु सत्य तो यह है कि कुमार तेजस्वी हमें लेने आ रहे हैं, हम चाहते हैं कि वर्षों के उपरांत

जब वो हमें देखें तो उनकी आँखें फटी की फटी रह जायें।''

''अवश्य राजकुमारी, हम भेजते हैं।'' श्यामा मुस्कुराकर कक्ष के बाहर चली गयी।

सुवर्णा साज-शृंगार में लीन हो गयी। वहीं अखण्ड, तेजस्वी और युगांधर बलिष्ठगढ़ के महल के निकट आ चुके थे। अखण्ड का शरीर बहुत ही अधिक हृष्ट-पुष्ट था- उसने अपने सर एक पगड़ी बाँधी। वह अपने दोनों कंधों पर लकड़ी का एक-एक बड़ा गट्ठर उठाये चल रहा था, कमर के नीचे उसने केवल एक साधारण धोती पहन रखी थी। तेजस्वी ने एक आम नागरिक की भाँति वस्त्र धारण किया और अखण्ड के साथ चल रहा था।

वहीं युगांधर ने एक इच्छाधारी नाग होने का भरपूर लाभ उठाया और स्वयं को एक स्त्री का रूप दे दिया।

उसे स्त्री रूप में देख तेजस्वी ने उसपर व्यंग्य किया, ''इस रूप में तुम तो कुछ अधिक ही निखर आये हो अनुज, तनिक महल के रक्षकों से सावधान रहना, वो सभी तुम पर बहुत डोरे डालने वाले है।''

युगांधर भी स्त्री रूप में धीरे से हँस पड़ा, ''हाँ, कदाचित् उचित ही कह रहे हैं आप; मुझे सावधान रहना होगा इन लोगों से, अपने सम्मान की रक्षा भी तो आवश्यक है।''

तीनों योद्धा धीरे से हँस पड़े।

कुछ समय के उपरांत वह तीनों महल के द्वार के निकट पहुँचे।

उन्हें देखते ही द्वारपाल आगे आये और उनसे प्रश्न किया, ''कौन हो तुम लोग और महल के भीतर क्यों जा रहे हो?''

''मैं तो लकड़ी का व्यापारी हूँ महोदय, ये मेरे साथ मेरी पत्नी है (युगांधर की ओर संकेत करते हुए) और ये लकड़ी उठाये हमारे बड़े भाई हैं।'' तेजस्वी ने उत्तर दिया।

''अगर अपने परिवार का बखान कर लिया हो, तो यहाँ आने का उद्देश्य भी बता दो।'' द्वारपाल ने प्रश्न किया।

तेजस्वी ने युगांधर की ओर संकेत किया।

स्त्री रूप में उन्हीं की भाँति इठलाता हुआ युगांधर, द्वारपाल की ओर बढ़ा, ''अरे महोदय, राजसी रसोइये ने लकड़ियों का गट्ठर मँगाया है, हमारी रोजी-रोटी का प्रश्न है महोदय और इन्हीं लकड़ियों से तो पूरे राज्य में चूल्हा जलता है, सबको भोजन मिलता

है...।''

द्वारपाल ने उसे रोका, ''बस करो, कितनी वाचाल हो तुम; मुख बंद करो अपना, यदि भीतर जाने का अनुमति पत्र है तो दिखाओ अन्यथा लौट जाओ बस।''

तेजस्वी और युगांधर एक-दूसरे की ओर देखने लगे। अखण्ड ने उनके नजदीक आकर धीरे से कहा, ''मुझे तो लगता है अब एक ही उपाय बचा है, इन सबको कुचलते हुए भीतर जाते हैं और सुवर्णा का हरण कर लाते हैं, तुम दोनों क्या कहते हो?''

द्वारपाल उन पर चीख पड़ा, ''एय, तुम तीनों क्या खुसर-फुसर कर रहे हो?''

''इन्हें भीतर आने दो द्वारपाल, इन्हें रसोइये ने बुलाया है।'' तभी सुवर्णा की सहेली और दासी श्यामा वहाँ आ पहुँची। यह स्वर उसी का था।

द्वारपाल उनकी ओर मुड़ा, ''ठीक है, जैसी आपकी आज्ञा।''

श्यामा ने तेजस्वी को अपने नेत्रों से कुछ संकेत किया। तेजस्वी ने उसका संकेत समझा और अपने भाइयों को लेकर भीतर आ गया।

श्यामा तीनों को लेकर रसोईखाने में पहुँची।

''अब सुनिए, मेरे पास एक योजना है, जिससे आप राजकुमारी सुवर्णा को यहाँ से सुरक्षित लेकर जा सकते हैं।'' श्यामा अपनी योजना समझाने लगी।

वहीं महल के प्रांगण में सुवर्णा का शृंगार कर दासियाँ उसे रक्षराज के पौत्र सुबाहु के समक्ष ले आयीं।

बलिष्ठगढ़ का राजा राजवीर, उसका भाई वृषभान भी वहाँ उपस्थित थे।

सुवर्णा का रूप देख सुबाहु की आँखें चकाचौंध रह गयीं। वह अपने आसन से उठ खड़ा हुआ, ''अद्भुत! शृंगार के उपरांत तो तुम किसी अप्सरा से कम नहीं लगती सुवर्णा।''

सुवर्णा ने उसकी ओर देखा और बिना कोई भाव प्रकट किये अपनी नजरें नीचे कर ली।

''अब मुझसे सब्र नहीं होता सुवर्णा, मुझे शीघ्र से शीघ्र तुम्हें अपना बनाना है।'' सुबाहु के नेत्रों में तीव्र वासना की कुदृष्टि टपक रही थी।

राजवीर भी अपने आसन से उठा, ''थोड़ा धैर्य और कुमार सुबाहु, सुवर्णा आपकी ही होगी।''

''मैं आज ही सुवर्णा से संबंध पक्का करना चाहता हूँ, रोका आज ही होगा।'' सुबाहु अड़ गया।

राजवीर थोड़ा सकपका-सा गया, ''ये आप क्या कह रहे हैं कुमार, इतनी शीघ्र

इतनी सारी तैयारी कैसे होगी?''

"आप उसकी चिंता न करें बलिष्ठगढ़ नरेश। संध्या तक का समय है आपके पास, जितनी तैयारी करनी है कर लीजिये; मेरी ओर से कुछ लोग उपहार लेकर संध्या तक उपस्थित हो जायेंगे मैं और कुछ नहीं सुनना चाहता। मैं संध्या के उत्सव की तैयारी करने जा रहा हूँ, आप लोग भी तैयारी कीजिये।'' सुबाहु राजप्रांगण से बाहर चला गया।

सुवर्णा भी क्रोध में प्रांगण से बाहर चली गयी। राजवीर ने दासियों को संकेत किया। वो सब सुवर्णा के पीछे गयीं।

राजकुमारी सुवर्णा अपने कक्ष की ओर जा रही थीं। किंतु इससे पूर्व वो अपने कक्ष में प्रवेश करतीं, मार्ग में ही उसकी सहेली श्यामा ने उसका हाथ पकड़कर उसे एक ओर खींच लिया।

सुवर्णा अचंभित रह गयी, "श्यामा तुम...!''

"हाँ, अब चलो यहाँ से।'' उसने सुवर्णा को अपने साथ चलने को कहा।

सुवर्णा और श्यामा किसी निश्चित दिशा की ओर चल दीं।

रसोईघर के निकट खड़े अखण्ड और स्त्री रूपी युगांधर, सुवर्णा की प्रतीक्षा में थे।

सुवर्णा और श्यामा शीघ्र ही उनके निकट आये।

"तुम इनके साथ जाओ।'' श्यामा ने सुवर्णा से कहा।

"अरे! पर ये लोग हैं कौन?'' सुवर्णा ने प्रश्न किया।

अखण्ड ने उसे समझाने का प्रयत्न किया, "आप चिंतित न होइए राजकुमारी, हम आपको सुरक्षित तेजस्वी तक ले जायेंगे।''

"अरे किंतु....।'' सुवर्णा संशय में थी।

"मुझपर विश्वास रखो सुवर्णा इनके साथ जाओ।'' श्यामा की आँखों में बसा विश्वास देख सुवर्णा ने उसकी बात मान ली।

इसके उपरांत सुवर्णा ने श्यामा के कहने पर साधारण स्त्री के समान वस्त्र धारण किये और अखण्ड और युगांधर के साथ चल पड़ी।

रसोईघर के निकट ही महल के बाहर जाने का गुप्त द्वार था। अखण्ड, युगांधर और सुवर्णा उस गुप्त द्वार से बाहर निकले।

उस द्वार से निकल वह तीनों कुछ दूर चले ही थे कि तेजस्वी उन्हें मिल गया। उसने सुबाहु को जकड़ रखा था। सुबाहु का मुख उसने हाथ से बंद किया हुआ था और

उसक दायाँ हाथ भी मरोड़कर पीछे कर दिया था। आसपास उस वन में कई असुर सैनिक घायल अवस्था में पड़े थे।

यह देख अखण्ड आगे आया, "यह कौन है तेजस्वी? इसे इस प्रकार क्यों जकड़ रखा है तुमने?"

"यह सुबाहु है ज्येष्ठ; वही सुबाहु जो सुवर्णा को मुझसे दूर करना चाहता था।" तेजस्वी ने उत्तर दिया।

तेजस्वी के नेत्रों में वह क्रोध देख सुवर्णा की आँखें भर आयीं, "इसे मुक्त कर दीजिये कुमार; हमने आपकी आँखों अपने लिए प्रेम देख लिया, बस इतना ही बहुत है, मुक्त कर दीजिये इसे।"

"हाँ तेजस्वी, सुवर्णा उचित कह रही है; हमारा उद्देश्य जितनी शीघ्र हो सके बलिष्ठगढ़ से बाहर निकलना है; हमारी इससे कोई निजी शत्रुता नहीं है, इसे छोड़ दो।" अखण्ड ने भी सुवर्णा का समर्थन किया।

सुबाहु के नेत्र क्रोध से लाल हो रहे थे, किंतु वह कुछ भी बोल पाने में असमर्थ था। तेजस्वी की इच्छा तो नहीं थी, किंतु फिर भी उसने सुबाहु को मुक्त कर भूमि पर धकेल दिया।

उसने घूरकर सुबाहु को चेतावनी दी, "स्मरण रखना सुवर्णा मेरी है। यदि उस पर कुदृष्टि डालने का तनिक भी प्रयत्न किया तो तुम्हारे शरीर के इतने टुकड़े करूँगा कि तुम्हारे उस पितामह मार्केश के लिए तुम्हारा शव खोजना कठिन हो जाएगा।"

उसे चेतावनी देकर तेजस्वी सुवर्णा की ओर मुड़ गया। वर्षों के उपरांत वो दो प्रेमी मिले थे, एक-दूसरे पर दृष्टि डालते ही वो दोनों खो से गए।

सुबाहु से यह दृश्य सहन नहीं हुआ। उसने अपनी कमर से कटार निकाली और तेजस्वी के कंठ की ओर लक्ष्य कर फेंकी। तेजस्वी असावधान था, वह इस आक्रमण को भाँप नहीं पाया, किंतु अखण्ड ने बीच में आकर अपने अनुज की रक्षा की। वो कटार अखण्ड की बाँह में जा धँसा और रक्तस्राव आरंभ हो गया। तेजस्वी यह देख वापस अपनी चेतना में लौट आया।

अखण्ड ने अपनी बाँह से कटार निकाली, सुबाहु को घूरकर देखा और उसके निकट गया, "यदि तुम्हारे अतिरिक्त कोई और होता तो इसी क्षण मैं उसके प्राण हर लेता सुबाहु; किंतु मुझे ज्ञात हो चुका है कि दुर्भाग्य से ही सही मैं भी रक्षराज मार्केश का ही अंश हूँ और इस रक्त-सबंध के कारण मैं तुम्हें एक अवसर दे रहा हूँ। चले जाओ और अपनी कुदृष्टि सुवर्णा की ओर मत उठाना, अन्यथा दूसरी बार तुम्हें कदाचित् यह अवसर न मिले।"

सुबाहु ने साँस भरी और पीछे हटने लगा। वह अपने अश्व के निकट गया और

उस पर आरूढ़ हो गया। किंतु जाते-जाते उसने अखण्ड पर छींटाकशी की, "धिक्कार ऐसे योद्धा पर, जो अपनों का साथ छोड़कर गैरों के साथ जा मिला है।"

इतना कहकर उसने अपने अश्व की लगाम खींची और वहाँ से निकल गया। अखण्ड को उसकी छींटाकशी का उत्तर देने का अवसर ही नहीं मिला।

वह तेजस्वी की ओर मुड़ा, "तेजस्वी मैं...।"

"आपको कुछ कहने की आवश्यकता नहीं है ज्येष्ठ; आपने उसे प्राणदान देकर कोई अनुचित कार्य नहीं किया।" तेजस्वी मुस्कुराया। अखण्ड के मुख पर भी संतोष का भाव था।

'हम्म... हम्म।' सुवर्णा ने तेजस्वी का ध्यान अपनी ओर खींचने का प्रयत्न किया।

तेजस्वी ने उसकी ओर देखा।

"आठ वर्ष हो गए, एक बार हमसे भेंट करने का प्रयत्न भी नहीं किया आपने, क्यों? और आप...।" सुवर्णा कदाचित् प्रश्नों की झड़ी लगाने वाली थी।

"अरे अरे, तनिक ठहरो सुवर्णा। इतने वर्षों बाद मिली हो, कम से कम तनिक प्रेम से तो बात कर लो।" तेजस्वी ने बालक समान मुँह बनाया।

वो दोनों एक बार फिर एक-दूसरे की आँखों में खो से गए।

यह देख युगांधर ने हस्तक्षेप किया, "मुझे लगता है, कि हमारा उद्देश्य बलिष्ठगढ़ की सीमा से बाहर जाना है।"

यह सुन तेजस्वी ने स्त्री रूपी युगांधर को घूरकर देखा, "वो तो हम जायेंगे ही, किंतु तुम क्या ऐसे ही...?"

"ऐसे ही? अर्थात् क्या हुआ है मुझे?" युगांधर ने प्रश्न किया।

"स्मरण है उस द्वारपाल ने कहा था कि तुम कुछ अधिक ही वाचाल हो, जो कि स्त्रियों के प्रमुख गुणों में से एक है। प्रतीत होता है तुमने उसे गंभीरता से ले लिया है। तुम्हें इसी रूप में रहना है तो हमें कोई आपत्ति नहीं है, तुम कहोगे तुम्हारे लिए एक योग्य वर भी हम खोज ही लेंगे, क्यों ज्येष्ठ?" तेजस्वी ने अखण्ड की ओर देख ठिठोली की।

अखण्ड मुस्कुराया।

युगांधर उनका संकेत समझ गया, "हाँ हाँ, मैं वो भूल सा गया था।" वो अपने वास्तविक रूप में आ गया।

"ये कैसा चमत्कार था?" सुवर्णा आश्चर्य में पड़ गयी।

“यह विद्या तो मैं भी जानता हूँ, किंतु मैं इसकी भाँति किसी स्त्री का रूप तो नहीं ले सकता। खैर, इस विषय में हम बाद में चर्चा करेंगे, पहले हमें यहाँ से निकलना होगा।” तेजस्वी ने बात को टालना उचित समझा।

“हाँ, अब यही उचित होगा।” कहकर अखण्ड आगे बढ़ गया।

बाकी तीनों ने उसका अनुसरण किया। वह सभी अपने-अपने अश्व पर आरूढ़ हो गये और बलिष्ठगढ़ की सीमा की ओर बढ़ चले। तेजस्वी ने सुवर्णा को अपने ही अश्व पर बिठा लिया।

वो सभी शीघ्र ही बलिष्ठगढ़ की सीमा पार करने वाले थे।

तभी उन सभी को सहस्त्रों अश्वों के पदचाप का स्वर सुनाई दिए।

“वो आ रहे हैं, हमें सीमा से बाहर निकलना होगा।” अखण्ड के साथ बाकी सबने भी अपने-अपने अश्व की गति तेज की।

सीमा पार करने से पूर्व सीमारक्षकों से उनका सामना हुआ। अखण्ड ने अपनी गदा उठाई और पूरी शक्ति लगाकर सीमा के मुख्य द्वार की ओर फेंकी।

तेजस्वी ने भी अपना धनुष उठाया और बाणों की वर्षा आरंभ की।

सीमारक्षक बिखरने लगे। तीनों वीर, रक्षकों को किनारे धकेलते और घायल करते हुए सीमा का द्वार तोड़कर पार हो गये।

“रुक जाओ तेजस्वी।” अपनी सेना का नेतृत्त्व करता हुआ राजवीर उनके पीछे आ रहा था। चीखता हुआ यह स्वर उसी का था। उसका अनुज वृषभान और सुबाहु उसके साथ थे।

वह अपनी सेना लेकर तेजस्वी के पीछे आया, किंतु सीमा पर करते ही तीनों योद्धा निडर हो गए। वह भागने के स्थान पर पलटकर शत्रु की प्रतीक्षा करने लगे।

उत्साह में राजवीर भी अपनी सेना लिए बलिष्ठगढ़ की सीमा से बाहर आ गया। उसने तेजस्वी को खुली चुनौती दी, “सुवर्णा को लौटा दो तेजस्वी, अन्यथा परिणाम भुगतने के लिए सज्ज हो जाओ।”

तेजस्वी धीरे से हँस पड़ा, “कुछ भी बोलने से पहले अपनी दृष्टि उठाकर मेरे पीछे देख लो राजवीर।”

राजवीर ने अपनी दृष्टि उठाई। सामने का दृश्य देख वह दंग रह गया। ऊँचे-ऊँचे टीलों से उतरकर एक विशाल सेना उनकी ओर बढ़ रही थी। वह सेना किसी सागर की लहरों के सामान प्रतीत हो रही थी जो बलिष्ठगढ़ की सेना को धूल में मिलाने को दौड़ी चली आ रही थी।

सामने आ रही सेना कोई साधारण सेना नहीं थी। विषैले इच्छाधारी नागों की उस

सेना का नेतृत्व नागराज युगांधर के पितामह विषंधर कर रहे थे।

अखण्ड ने राजवीर को अंतिम चेतावनी दी, ''ये तो नागों की केवल आधी सेना है राजवीर; किंतु तुम्हारे लिए पर्याप्त है और अब तो तुम अपने राज्य की सीमा से भी बाहर आ चुके हो, तो फिर किस प्रकार सामना करोगे हमारा?''

राजवीर असमंजस की स्थिति में पड़ गया। उसे सूझ नहीं रहा था कि वो क्या करे।

तभी सुबाहु बीच में बोल पड़ा, ''यदि तुमने सुवर्णा को इसी समय न लौटाया, तो मेरे पितामह असुरों के राजा मार्केश तुम सबकी मृत्यु अवश्य सुनिश्चित करेंगे; सुवर्णा मेरी है और उसे मैं अपना बना के रहूँगा।''

अखण्ड को इस बात पर क्रोध आ गया, ''स्त्री कोई वस्तु नहीं है जिस पर तुम्हारा अधिकार सिद्ध हो जाए सुबाहु और यदि रक्षराज मार्केश भी तुम्हारे जैसे पापी का समर्थन करते हैं तो मुझे अपने निर्णय पर गर्व है कि मैं कभी असुरों के समर्थन में खड़ा नहीं हुआ, भले ही वो मेरा परिवार ही क्यों न हो।''

सुबाहु ने अपना अश्व आगे बढ़ाया।

''रुक जाइए कुमार, आपका यह कदम आत्मघाती हो सकता है।'' राजवीर ने सुबाहु को रोकने का प्रयत्न किया।

''यह कदम आत्मघाती नहीं होगा महाराज राजवीर, जरा दक्षिण की ओर दृष्टि घुमाकर देखिये।''

सुबाहु के कहने पर राजवीर ने दक्षिण दिशा की ओर दृष्टि डाली। सामने का दृश्य देख वह अचंभित रह गया।

रक्षराज मार्केश के नेतृत्व में असुरों की सेना चली आ रही थी।

उस पर दृष्टि पड़ते ही तेजस्वी क्रोध से काँप गया, ''कदाचित् नियति ने हमें अपने पिता की मृत्यु का प्रतिशोध लेने का अवसर दे ही दिया युगांधर।''

''हाँ भ्राता, आज इसे लौटने नहीं देंगे।'' युगांधर का रक्त भी उबल रहा था।

रक्षराज मार्केश तेजस्वी के निकट आया, ''तुम्हारे पिता की मृत्यु के साथ ही मेरे मन का मैल भी मिट चुका है युवान्; मेरी ओर से शत्रुता समाप्त हो चुकी है, मेरे पौत्र की होने वाली वधू का हरण कर इस शत्रुता को मत बढ़ाओ।''

तेजस्वी के नेत्र क्रोध से धधक रहे थे, ''शत्रुता तो अभी आरंभ हुई है रक्षराज; हम तो केवल अवसर की प्रतीक्षा कर रहे थे कि कब हमारा तुमसे सामना हो और तुम्हारा अंत कर इस धरा से एक महापापी का बोझ उतार सकें।''

''बालक हो तुम सब, इस शत्रुता का ताप सह नहीं पाओगे। अपनी सेना और

मेरी सेना की ओर देखो। बलिष्ठगढ़ की सेना भी मेरे पक्ष में है। यदि तुम्हारी मूर्खता के कारण यहाँ युद्ध छिड़ा तो लाखों के प्राण जायेंगे और मुझे नहीं लगता कि एक स्त्री के लिए इतना विनाश उचित है।'' मार्केश ने सुझाव दिया।

''उचित कहा रक्षराज, एक स्त्री के लिये इतना विनाश उचित नहीं; तो फिर सुवर्णा किसके साथ जायेगी, इस बात का निर्णय क्यों न तुम्हारे और मेरे द्वंद्व से हो?'' तेजस्वी ने चुनौती दी।

तेजस्वी के वह शब्द सुन मार्केश कुछ क्षणों के लिए मौन रह गया।

यह देख युगांधर ने उस पर कटाक्ष किया, ''क्या हुआ रक्षराज; वर्षों पूर्व महाऋषि शंकराचार्य ने भविष्यवाणी की थी कि मेरे भ्राता तेजस्वी तुम्हें तुम्हारी मृत्यु के दर्शन करायेंगे, कहीं उस भविष्यवाणी के विषय में सोचकर तुम्हें भय तो नहीं लग रहा।''

''भगवान् महाबली के वंशज मृत्यु से भयभीत नहीं होते मूर्ख; यदि तुम्हारी द्वंद्व की इच्छा है तो द्वंद्व होगा और अभी इसी समय होगा और जब तक तुम पराजय स्वीकार नहीं कर लोगे, तब तक यह द्वंद नहीं रुकेगा।'' मार्केश अपना धनुष लेकर अपने अश्व से नीचे उतरा।

तेजस्वी भी अपना धनुष लेकर उसके समक्ष खड़ा हो गया।

अखण्ड ने शंख बजाया और घोषणा की, ''द्वंद्व आरंभ हो।''

तेजस्वी ने अपने धनुष की प्रत्यंचा खींची और पहला बाण चलाया। मार्केश ने उसका उत्तर उससे कहीं अधिक तीव्रता से दिया।

प्रहर पर प्रहर बीतते रहे, किंतु द्वंद्व समाप्त नहीं हुआ। धनुर्धर होना तेजस्वी की प्रमुख विशेषता थी और रक्षराज मार्केश ऐसा योद्धा था, जो सभी शस्त्रों में निपुण था। इस भयावह द्वंद्व का साक्षी जो भी था, उसके लिए यह एक भयानक स्वप्न से कम नहीं था।

पूरा एक दिवस बीत गया। द्वंद्व चलता रहा। तेजस्वी के शरीर पर अब बहुत गहरे घाव बन चुके थे, वहीं ब्रह्मदेव के दिए वरदान के कारण रक्षराज पर किसी अस्त्र का कोई प्रभाव नहीं पड़ रहा था।

तेजस्वी का धनुष क्षणभर के लिए नीचे हो गया। रक्षराज ने भी अति-आत्मविश्वास में तेजस्वी को घायल समझकर धनुष कुछ क्षणों के लिए नीचे किया।

इस अवसर का तेजस्वी ने पूरा लाभ उठाया। उसने बाण चलाकर मार्केश का धनुष काट दिया। मार्केश अचंभित रह गया।

''तुम पराजित हुए रक्षराज।'' तेजस्वी ने धनुष उठाकर घोषणा की।

"तुम भूल रहे हो बालक; आर्यावर्त की इस भूमि पर द्वंद्व का केवल एक ही अर्थ है विजय अथवा मरण।" मार्केश ने अपना टूटा हुआ धनुष फेंका।

अगले ही क्षण उसने अपना शरीर कसा, "अब इस द्वंद्व का निर्णय मल्लयुद्ध से होगा और तुम्हारी मृत्यु से पूर्व अब यह द्वंद्व नहीं रुकेगा।"

मार्केश तेजस्वी की ओर बढ़ा, किंतु अगले ही क्षण अखण्ड उसके मार्ग में आ खड़ा हुआ।

"जो जिस शस्त्र में निपुण हो, उससे उसी शस्त्र से द्वंद्व किया जाता है; तेजस्वी से धनुर्धारी युद्ध तो आपने कर लिया, भुजा रूपी अस्त्र लेकर मल्लयुद्ध के लिए मैं आपके समक्ष प्रस्तुत हूँ रक्षराज।" इस बार अखण्ड ने मार्केश को चुनौती दी।

"मेरे मार्ग से हट जाओ पुत्र, व्यर्थ में दो योद्धाओं के मध्य न आओ।" मार्केश अपने पौत्र पर वार करने में असमर्थ था।

यह देख युगांधर आगे आया, "अब कोई द्वंद्व नहीं होगा, केवल तुम्हारा नाश होगा रक्षराज मार्केश।" यह कहकर युगांधर ने मार्केश पर विष फुंकार छोड़ दी।

असावधान मार्केश अपनी चेतना खोने लगा। नागों की सेना ने भी असुरों पर फुंकार के आक्रमण आरंभ कर दिया। असुर एक-एक करके मूर्छित होकर गिरने लगे।

सुबाहु यह देख कुपित हो गया, "यह सब क्या हो रहा है, आप कुछ करते क्यों नहीं महाराज राजवीर?"

"इन महाशक्तियों का सामना करने का सामर्थ्य हममें नहीं है कुमार।" राजवीर के मुख पर भी भय छाया हुआ था।

मार्केश मूर्छित होकर गिर चुका था। युगांधर ने उसका वध करने हेतु फरसा उठाया।

तेजस्वी ने युगांधर को रोका, "रुक जाओ युगांधर, यह अधर्म मत करो!"

"यही अवसर है ज्येष्ठ, इसका वध करके अपने पिता की मृत्यु का प्रतिशोध लेने का।" युगांधर अधीर हो रहा था।

"योद्धा डंके की चोट पर अपनी सामर्थ्य सिद्ध करते हैं युगांधर; हम इन असुरों की भाँति अवसरवादी नहीं हैं।" तेजस्वी ने युगांधर को रोकने का प्रयत्न किया।

"हमारे पिता की हत्या भी तो छल से ही हुयी थी, क्या आपको विस्मरण हो गया, भ्राता?" युगांधर की नसें क्रोध से फट रही थीं।

तेजस्वी युगांधर के निकट गया, "असुरों ने अपने कृत्य से अपनी सम्पूर्ण जाति को कलंकित किया है, क्या हम भी इसी प्रकार अपने वंश को कलंकित कर दें?"

युगांधर के पास तेजस्वी के इस तर्क का कोई उत्तर नहीं था।

“रक्षराज का अंत होगा अनुज, किंतु छल करके मैं पिताश्री की दी हुई शिक्षा का अपमान नहीं कर सकता; अपनी सेना को आक्रमण रोकने का आदेश दो।”

“जो आज्ञा।” युगांधर ने अपने पितामह विषंधर को संकेत किया।

नागों की सेना ने फुँकार रोक दी।

सुबाहु से यह सहन नहीं हुआ। उसने तेजस्वी से कुछ दूर खड़ी सुवर्या की ओर देखा। उसका सौंदर्य देख सुबाहु का क्रोध आपे से बाहर हो गया। वो उग्र हो गया। उसने अपने अश्व की लगाम खींची और आगे बढ़ने का प्रयत्न किया, किंतु राजवीर ने उसका मार्ग रोक लिया, “व्यर्थ में आत्मघात की ओर न बढ़िये कुमार, हम इस युद्ध में विजयी नहीं हो सकते, इसलिए उचित यही होगा कि इस समय हम पीछे हट जायें।”

सुबाहु ने क्रोध में राजवीर की ओर देखा, “ठीक है, तो फिर रक्षराज और आपके मध्य हुई संधि भंग समझिए।” वह पलटकर जाने लगा।

राजवीर मौन रहा। उसके अनुज वृषभान ने उससे प्रश्न किया, “अब क्या होगा, भ्राताश्री? आपने कहा था कि रक्षराज और हमारे मध्य हुई संधि हमारी शक्ति का आधार है; यदि यह संधि भंग हुयी तो?”

राजवीर मुस्कुराया, “चिंतित मत हो वृषभान; रक्षराज मार्केश इतने मूर्ख नहीं हैं कि इस हठी सुबाहु के कारण हमारी संधि भंग करेंगे।”

“तो फिर...” वृषभान के मन में अब भी प्रश्न था।

“देखते जाओ बस।” राजवीर ने अपना अश्व बलिष्ठगढ़ के महल की ओर मोड़ लिया।

अध्याय 9

पाताल यात्रा का प्रारंभ

बलिष्ठगढ़ की सेना अपने राष्ट्र की ओर लौट गयी।

"चलो, हमारा एक उद्देश्य तो सफल हुआ।" तेजस्वी के साथ-साथ सभी ने राहत की साँस ली।

तभी अश्व पर आरूढ़ हुए विदर्भ के सेनापति गजेंद्र वहाँ पहुँच आये। उनके ऐसे अकस्मात् आने से सभी को आश्चर्य हुआ।

अखण्ड अपना अश्व लेकर उनकी ओर बढ़ा। गजेंद्र के मुख का भाव देख उसे कुछ अनुचित-सा महसूस हुआ, "क्या हुआ सेनापति, आप कुछ चिंतित जान पड़ रहे हैं।"

तेजस्वी और युगांधर भी गजेंद्र के निकट जा पहुँचे।

"कोई विशेष सूचना सेनापति?" अखण्ड ने फिर से प्रश्न किया।

"हमारे राष्ट्र की परिस्थिति अकस्मात् ही बहुत विषम हो गयी है; महाराज वीरसेन पर प्राणघातक आक्रमण हुआ है।" गजेंद्र ने सूचित किया।

सभी राजकुमार सकते में आ गए।

"क्या? यह कब हुआ? और आपके और महर्षि कपिश के होते हुए यह संभव कैसे हुआ कि कोई हमारी सुरक्षा व्यवस्था भेद जाये?" अखण्ड ने प्रश्न उठाया।

"वन में आखेट करते समय न जाने कैसे झाड़ियों से छुपकर महाराज वीरसेन पर किसी ने एक सूक्ष्म तीर चला दिया। वह तीर इतना सूक्ष्म था, कि जब वह महाराज के कंठ में चुभा तो उन्हें सुई की नोक जितना प्रतीत हुआ। उन्होंने उस पर ध्यान नहीं दिया। किंतु महल लौटने के कुछ क्षण उपरांत ही महाराज वीरसेन बार-बार मूर्छित होने लगे। उन्हें तीव्र ज्वर हो चुका है और राजवैद्य ने बताया है कि महाराज पर धीमा, किंतु अत्यंत घातक विष का प्रयोग हुआ है। यह विष पूरे तीन मास तक तड़पाकर महाराज के प्राण लेगा और राजवैद्य के अनुसार इसका कोई उपचार नहीं है।'' गजेंद्र ने विस्तृत किया।

"हमें बिना विलम्ब किये विदर्भ की ओर निकलना चाहिए ज्येष्ठ, मुझे किसी बड़े षड्यंत्र की आशंका हो रही है।'' तेजस्वी ने चिंतित स्वर में कहा।

"फिर तो मैं भी आपके साथ आना चाहूँगा भ्राता।'' युगांधर भी आगे आया।

तेजस्वी को यह अनुचित लगा, "नहीं युगांधर, तुम नागलोक लौट जाओ। षड्यंत्र पर षड्यंत्र रचे जा रहे हैं; उन्हें अब तक यह तो पता चल ही गया होगा कि तुम हमसे मिल चुके हो। ईश्वर न करे, किंतु तुम्हारी अनुपस्थिति में तुम्हारा नागलोक भी सुरक्षित नहीं है, इसलिए तुम जाओ और अपने नागराज होने का कर्तव्य निभाओ। विदर्भ के संकट को हम सँभाल लेंगे।''

"किंतु भ्राताश्री, नागलोक के नाग मेरे पितामह के नेतृत्व में सुरक्षित रहेंगे, आप उनकी चिंता न करें, मैं आपके साथ ही आऊँगा।'' युगांधर को लौट जाना उचित नहीं लग रहा था।

तेजस्वी ने कुछ क्षण विचार कर निर्णय लिया, "ठीक है, फिर तुम भी हमारे साथ चलो।''

विदर्भ के सभी योद्धा अपने राष्ट्र की ओर लौट गए।

* * *

वहीं पातालपुरी के महल में भानुसेन चिंतित बैठा था। भैरवनाथ उसके निकट आया।

"क्या हुआ गुरुदेव? योजना...'' भानुसेन के मन में प्रश्न था।

"सफल हुई।'' भैरवनाथ मुस्कुराया।

"तो इसका अर्थ यह है कि वीरसेन अब नहीं उठेगा।''

"हाँ, तीन मास में तड़प-तड़पकर मरेगा।''

"किंतु क्यों? यदि हत्या ही करनी थी तो एक ही बार में ही क्यों नहीं?'' भानुसेन आश्चर्य में था।

''विदर्भ राष्ट्र का एक नियम है कि जब तक वहाँ का राजा जीवित है, सिंहासन पर कोई और नहीं बैठ सकता। विदर्भ के सिंहासन पर जो भी बैठता, उसका वध तो हमें करना ही था, किंतु इस बात का भी ध्यान रखना है कि जब तक तुम अपनी शक्ति न बढ़ा लो, कोई और सिंहासन पर न बैठ पाए। इसलिए वीरसेन को तीन मास का समय दिया है और इन तीन मास में वह केवल अपनी शय्या पर पड़ा एक जीवित शव होगा और उसके जीवित होने के कारण कोई और सिंहासन पर नहीं बैठ पायेगा। क्योंकि वो अखण्ड हो या तेजस्वी, किसी का भी सिंहासन पर बैठना विदर्भ की शक्ति को चार गुना बढ़ा देगा।'' भैरवनाथ ने विस्तार से बताया।

भानुसेन मौन हो गया और अपने आसन पर बैठा विचारों में खो-सा गया।

''अखण्ड के विषय में विचार कर रहे हो?'' भैरवनाथ ने प्रश्न किया।

भानुसेन ने साँस भरी और कहा, ''पुत्र है वो मेरा गुरुदेव और उसे अपने विरुद्ध खड़ा देख पीड़ा तो होती ही है।''

''अखण्ड शीघ्र ही तुम्हारे पक्ष में होगा यह मेरा वचन रहा; तुम इस समय असुर सेना और सेनापतियों को संगठित करो, वीरसेन की मृत्यु से पूर्व हमें विदर्भ पर अधिकार करना है, उसके लिए हम रक्षराज की प्रतीक्षा नहीं कर सकते।'' भैरवनाथ ने सुझाव दिया।

''मैं तो जानता भी नहीं कि असुरों में कौन-कौन से उत्तम श्रेणी के योद्धा हैं और किसमें कितना सामर्थ्य है; इतने कम समय में मैं कैसे उनका नेतृत्व कर पाऊँगा। इस कार्य के लिए मुझे अपने सभी प्रमुख योद्धाओं की शक्ति और सामर्थ्य को समझना होगा।'' भानुसेन ने अपना मत रखा।

भैरवनाथ मुस्कुराया, ''तुम्हारा मत उचित है, आओ मेरे साथ।''

'कहाँ?'

''प्रश्न कम करो, बस मेरे साथ चलते रहो।'' भैरवनाथ एक निश्चित दिशा की ओर बढ़ चला।

''जैसी आपकी इच्छा।'' भानुसेन उठ खड़ा हुआ और भैरवनाथ के पीछे-पीछे चल दिया।

शीघ्र ही भैरवनाथ उसे लेकर एक वन में आया। वो दोनों चार वृक्षों के निकट पहुँचे।

उन्हें देख भानुसेन को थोड़ा आश्चर्य हुआ, ''यह सारे तो....।''

''तुम्हारे पिता रक्षराज मार्केश के भाई और असुर सेना के चार श्रेष्ठतम योद्धा।'' भैरवनाथ ने वृक्ष के नीचे बैठे रक्षराज के चार भाइयों की ओर संकेत किया। वह सभी

ध्यान में लीन थे।

भैरवनाथ ने बारी-बारी सबकी विशेषतायें बतानी आरंभ की, ''पहला है दुदुम्भी; इसकी विशेषता इसकी चपलता है, यह सामान्य मानव से पाँच गुना तीव्र गति से भाग सकता है।''

''दूसरा अधीम; अग्नि शक्ति धारक, यह अपने हाथों को बहुत ही तीव्र गति से घुमा सकता है, जो भयंकर अग्नि उत्पन्न कर सकती है।''

''तीसरा हिडिम्ब; इसका प्रमुख अस्त्र छलावा है, इससे युद्ध करने वाले प्रतिद्वंदी के लिए यह निर्णय करना कठिन हो जाता है कि सामने खड़ा योद्धा है कहाँ। वह क्षणभर में ही कहीं से अदृश्य होकर कहीं प्रकट हो सकता है।

''और चौथा है यह त्रिभुज। यह जब चाहे एक दैत्याकार नरपशु में परिवर्तित हो सकता है और भयंकर विनाश मचा सकता है। इन चारों भाइयों में यह सबसे अधिक विध्वंसक है।''

भैरवनाथ ने रक्षराज के चारों भाइयों की विशेषतायें बता दीं।

''किंतु जहाँ तक मुझे ज्ञात है इनकी तपस्या तो पूर्ण हो चुकी है, फिर ये...'' भानुसेन के मन में संदेह उठा।

''तपस्या तो पूर्ण हो ही चुकी है, यह तो इनका नित्य नियम है। अपनी शक्तियों को बनाये रखने हेतु इन्हें ध्यान करना ही होता है। ये तो कोई भी मायावी या आध्यात्मिक शक्ति धारण करने वाले का नित्य नियम होता ही है।'' भैरवनाथ ने समझाया।

भानुसेन ने चारों की ओर ध्यान से देखा। उसने प्रश्न किया, ''और काका दंशक?''

''वो इन सबसे श्रेष्ठ और शक्तिशाली है। रक्षराज मार्केश के उपरांत यदि पाताल में कोई श्रेष्ठ वीर है तो वो दंशक है, इसलिए उसे किसी तपस्या की आवश्यकता नहीं है। वह एक नाग और असुर की संतान है। नागों में सबसे शक्तिशाली योद्धा है वो, यही कारण है जो रक्षराज मार्केश ने भगवान महाबली का दिया हुआ दिव्य विजयधनुष उसके संरक्षण में रखा है।'' भैरवनाथ ने विस्तृत किया।

भानुसेन विचारों में था, ''किंतु आपने तो कहा था कि विजयधनुष अब मेरे पिता भी नहीं उठा सकते; फिर यह धनुष काका दंशक के महल में कैसे आया।''

''बल के साथ बुद्धि चातुर्य भी है तुममें भानुसेन; यह एक रहस्य है, जिसे मैं तुम्हें समय आने पर बताऊँगा।'' भैरवनाथ ने प्रशंसा की।

''जैसी आपकी आज्ञा गुरुदेव।'' भानुसेन विचारों में खो गया।

अगला प्रश्न भैरवनाथ का था, ''विजयधनुष का विचार तुम बाद में करना भानुसेन। तुम्हें इन चारों की विशेषता का ज्ञान हो चुका है; अब यह निर्णय तुम्हें लेना है कि तुम इन योद्धाओं का प्रयोग किस प्रकार करते हो।''

''तो क्या काका दंशक मेरा समर्थन नहीं करेंगे?''

''नहीं, उस पर विजयधनुष की रक्षा का उत्तरदायित्व है और यहीं नहीं, तुम्हें इन चारों में से दो का ही समर्थन मिल सकता है, बाकी दो को दंशक का सहायक बनकर यहीं पाताल में रहना होगा।'' भैरवनाथ ने कहा।

''कोई बात नहीं; मैं काका त्रिभुज और अधीम को चुनता हूँ, किंतु विदर्भ पर आक्रमण से पूर्व मुझे एक बार अपने पुत्रों से मिलना होगा। अखण्ड को तो मैं समझा नहीं सकता, किंतु अपने शेष पुत्रों को अपने पक्ष में करने की योजना है मेरे पास।'' भानुसेन ने कहा।

''चिंतित मत हो भानुसेन, तुम्हारे शेष पुत्रों से तुम्हारी भेंट शीघ्र ही होगी।'' भैरवनाथ ने उसे आश्वस्त किया।

''हाँ, ऐसी आशा तो है।'' भानुसेन मुस्कुराया।

<hr />

कुछ दिनों की यात्रा के उपरांत अखण्ड, तेजस्वी और युगांधर विदर्भ देश के महल के निकट पहुँचे। सुवर्णा को महल में छोड़ने के उपरांत वह सभी महाऋषि कपिश के पास पहुँचे, जहाँ वो उनकी प्रतीक्षा में थे।

वह तीनों अपने अश्व से नीचे उतरे और कपिश को प्रणाम किया।

कपिश ने कहना आरंभ किया, ''तुम सबने महाराज पर हुए आक्रमण के विषय में तो सुना ही होगा?''

सभी ने सर हिलाकर सहमति में सर हिलाया, ''जी गुरुदेव।''

कपिश ने कहना जारी रखा, ''महाराज पर एक घातक विष का प्रयोग हुआ है; कई वैद्यों ने इसका निरीक्षण किया है, किंतु कोई भी इस धीमे विष को काटने में सफल न हो सका। यदि हमने महाराज का उपचार नहीं किया तो तीन मास में महाराज वीरसेन की मृत्यु तय है।''

''कोई तो उपाय होगा ऋषिवर जिससे हम महाराज के प्राण बचा सकें।'' अखण्ड ने प्रश्न किया।

''उपाय है ज्येष्ठ।'' तेजस्वी ने कहा।

''उपाय? कैसा उपाय?'' अखण्ड ने विस्मयपूर्वक प्रश्न किया।

''संसार के हर रोग और घातक से घातक विष की काट है दिव्य मणि, जो पहले

विदर्भ में स्थापित थी और अब बलिष्ठगढ़ में है।'' तेजस्वी ने कहा।

महर्षि कपिश ने तेजस्वी का समर्थन किया, ''तेजस्वी का कथन उचित है; वही एकमात्र उपाय है महाराज वीरसेन के प्राण बचाने का।''

यह सुन अखण्ड ने अपना मत रखा, ''किंतु हम दिव्य मणि यहाँ लायेंगे कैसे गुरुदेव? राजवीर अपनी इच्छा से तो मणि हमें देगा नहीं और जब तक दिव्यमणि बलिष्ठगढ़ में स्थापित है, हम उसे युद्ध में पराजित भी तो नहीं कर सकते।''

महर्षि कपिश ने कुछ क्षण विचार किया, ''एक उपाय और है, किंतु अत्यंत दुष्कर है; केवल दुष्कर ही नहीं अनिश्चित भी है।''

''आप उपाय बताइए ऋषिवर, हम अपने प्राणों पर खेल जायेंगे।'' अखण्ड ने उग्र होकर कहा।

''उपाय है रक्षराज का वो दिव्य विजयधनुष, जो उसे भगवान महाबली ने दिया था। संसार का जो भी योद्धा स्वयं को योग्य सिद्ध करके उस धनुष को उठायेगा, वह अपराजेय होगा। दिव्य मणि की शक्ति भी उस दिव्य धनुष के आगे घुटने टेक देगी।'' महाऋषि कपिश ने भगवान् महाबली के दिव्य धनुष का वर्णन किया।

''तो फिर विलंब किस बात का, हमें शीघ्र ही उस धनुष को प्राप्त करने के लिए प्रस्थान करना होगा। बताइए गुरुवर, किस दिशा में जाना है हमें?'' तेजस्वी ने प्रश्न किया।

''वह धनुष रक्षराज के लिए बहुत मूल्यवान है तेजस्वी। उसने वो दिव्य महाअस्त्र कहाँ छुपा रखा है, यह तो मैं भी नहीं जानता।'' कपिश ने असमर्थता जताई।

''तो फिर हम कैसे पहुँचेगे उस महाअस्त्र तक?'' तेजस्वी ने प्रश्न किया।

''मैं जानती हूँ वो धनुष कहाँ है।'' तभी पीछे से एक स्वर सुनाई दिया।

सभी की दृष्टि उस स्वर की ओर मुड़ी। अपने अश्व पर आरूढ़ हुई सुवर्या चली आ रही थी।

अपने अश्व से उतरकर सुवर्या उन सबके निकट आयी।

युगांधर उसके निकट आया। उसने आश्चर्य में उससे प्रश्न किया, ''यह क्या कह रही हो सुवर्या, तुम्हें कैसे ज्ञात हुआ कि विजयधनुष कहाँ है?''

''मुझे ज्ञात है नागराज। मेरा विश्वास कीजिये।'' सुवर्या ने विश्वास दिलाने का प्रयत्न किया।

यह सुनकर महर्षि कपिश आगे आये और प्रश्न किया, ''किंतु यह रहस्य तुम्हें ज्ञात हुआ कैसे?''

"क्षमा करें मुनिवर, किंतु मैं आपमें से किसी को नहीं जानती, इसलिए यह रहस्य नागराज युगांधर के अतिरिक्त किसी को नहीं बता सकती, इसलिए मैं कुछ समय इनसे एकांत में वार्ता करना चाहूँगी।'' सुवर्या ने प्रार्थना की।

कपिश ने तेजस्वी और युगांधर की ओर देखा। उन दोनों ने संकेत कर अपनी सहमति जतायी।

"ठीक है कन्या, तुम्हें अनुमति है।'' कपिश कुछ कदम पीछे हट गए।

सुवर्या युगांधर को लेकर कुछ दूर आयी। वह दोनों एक वृक्ष के निकट आकर खड़े हो गए।

"अब बताओ सुवर्या, ऐसा क्या है जो तुम किसी और से कुछ नहीं कह पा रही।'' युगांधर ने प्रश्न किया।

"यह सब कुछ मेरे निजी जीवन से जुड़ा है, इसलिए मैं वहाँ उन सबके समक्ष कुछ न कह पायी।''

"तुम्हारे जीवन से? शीघ्र बताओ सुवर्या, मैं अधीर हो रहा हूँ।''

"मुझे आपको एक रहस्य के विषय में बताना है।''

"कैसा रहस्य?'' युगांधर ने प्रश्न किया।

पूरे आधे प्रहर तक सुवर्या और युगांधर की वार्ता चलती रही। युगांधर की आँखें आश्चर्य से फैलती जा रही थीं।

"तो आपको समझ आई मेरी योजना?'' सुवर्या ने वार्ता का अंत किया।

युगांधर ने कुछ क्षण विचार किया, "हाँ, योजना तो अति उत्तम है।''

"ये लोग कर क्या रहे हैं इतने समय से?'' अखण्ड अधीर हो रहा था।

"क्या पता; प्रतीत होता है गंभीर वार्ता के स्थान पर प्रेमालाप की बातें होने लगीं।'' तेजस्वी ने धीरे से हँस दिया।

कुछ ही क्षणों के उपरांत युगांधर और सुवर्या सबके निकट आये।

"पातालपुरी का दक्षिणी छोर, रक्षराज मार्केश के भाई दंशक का महल।'' युगांधर ने कहा।

"तो फिर हमें शीघ्र ही वहाँ के लिए निकलना चाहिए।'' अखण्ड ने अपनी मुट्ठियाँ कसीं।

"एक क्षण ज्येष्ठ!'' पीछे से एक स्वर सुनाई दिया।

सभी की दृष्टि पीछे घूमी। हाथ में तलवार उठाये और पीठ पर ढाल चढ़ाये एक बीस वर्षीय युवान् उन सभी के बीच आ खड़ा हुआ।

"संकट मेरे पिता पर आया है और यह देख मैं हाथ पर हाथ धरे नहीं बैठ सकता, इसलिए मैं भी अभियान का भागीदार बनूँगा।" यह कोई और नहीं सूर्यम था।

उसकी यह बात सुन अखण्ड आगे आया, "नहीं सूर्यम तुम अभी....।"

"बालक नहीं हूँ मैं ज्येष्ठ; मेरे पिता मृत्युशय्या पर पीड़ा सह रहे हैं और मैं हाथ पर हाथ धरे बैठा रहूँ यह कैसा न्याय है; मेरी आत्मा पर इतना बड़ा बोझ न रखिये ज्येष्ठ, मैं नहीं सहन कर पाऊँगा।" सूर्यम उग्र सा हो गया।

"बात समझने का प्रयत्न करो सूर्यम।" अखण्ड ने उसे समझाने का प्रयत्न किया।

"आपको संदेह किस बात का है? मैं भी आप ही की भाँति महाऋषि कपिश का शिष्य हूँ; फिर भी यदि आपको मेरे सामर्थ्य पर संदेह है तो द्वंद्व द्वारा परीक्षण देने को सज्ज हूँ मैं।" सूर्यम ने तलवार खींच निकाली।

"यही कारण है कि मैं तुम्हें साथ नहीं ले जाना चाहता, तुम बालकों की भाँति बात-बात पर बिदक जाते हो।" अखण्ड ने कटाक्ष किया।

दोनों भाइयों में बढ़ता तनाव देख महाऋषि कपिश ने हस्तक्षेप किया, "तुम्हें इसे अपने साथ लेकर जाना ही होगा अखण्ड, एक पुत्र को अपने पिता के प्रति उसका कर्तव्य निभाने से तुम रोक नहीं सकते।"

अखण्ड ने सूर्यम की ओर देखा। उसने साँस भरते हुए कपिश की ओर देखा, "क्षमा कीजिये गुरुदेव, कदाचित् मैं ही आवश्यकता से अधिक कठोर हो गया था; ठीक है, सूर्यम, तुम हमारे साथ आ सकते हो।"

अखण्ड उसके निकट गया, "किंतु हर दिन के आठों प्रहर तुम मेरे साथ रहोगे।"

"जो आज्ञा।" सूर्यम मुस्कुरा दिया।

महाऋषि कपिश आगे आये, "तो फिर विलम्ब मत करो वीरों, पातालपुरी की यात्रा अत्यंत कठिन और लंबी है, शीघ्र से शीघ्र प्रस्थान करो।"

"जो आज्ञा गुरुदेव।" एक साथ चारों योद्धाओं के स्वर सुनाई दिए।

कुछ समय के उपरांत यात्रा की सारी तैयारी हो गयी। चारों वीर और सुवर्या अपने-अपने अश्व पर आरूढ़ हुए। सुवर्या ने दंशक के महल तक पहुँचने के लिए दो मानचित्र तैयार किये, एक अखण्ड के हाथ में दिया और दूसरा स्वयं के पास रखा।

जाने से पूर्व महर्षि कपिश ने उन्हें एक और चेतावनी दी, "एक और महत्त्वपूर्ण बात जान लो कुमारों।"

"कहिये गुरुदेव।" तेजस्वी ने कपिश को स्वयं की ओर देखते हुए पाया तो उसी

ने प्रश्न कर लिया।

"एक कुशल धनुर्धर, एक निःस्वार्थ मनुष्य, जिसका हृदय दया से परिपूर्ण हो, जिसकी बुद्धि स्थिर हो और जो अपने लक्ष्य के प्रति समर्पित हो, इन सारे गुणों को स्वयं में समाहित रखने वाला ही विजयधनुष को धारण कर सकता है। हो सकता है, तुम विजयधनुष तक पहुँच भी जाओ, किंतु वो धनुष तुम्हें स्वीकार करेगा या नहीं यह केवल तुम पर निर्भर है।"

तेजस्वी कपिश की यह बात सुन विचारों में खो गया।

"स्वयं पर संदेह न करो अनुज, हम सबको तुम पर पूर्ण विश्वास है; तुम हम सबमें सबसे श्रेष्ठ योद्धा हो, निःसंदेह विजयधनुष तुम्हें स्वीकारेगा ही।" अखण्ड ने तेजस्वी का साहस बढ़ाया।

तेजस्वी, अखण्ड की ओर देख मुस्कुराया। इसके उपरांत वह कपिश की ओर मुड़ा, "मैं आपको वचन देता हूँ गुरुदेव; यदि मैं जीवित लौटूँगा तो विजयधनुष के साथ ही लौटूँगा, अन्यथा आपको अपना मुख नहीं दिखाऊँगा।"

"विजय भव वत्स, विजयी भव!" कपिश ने हाथ उठाकर गर्व से आशीर्वाद दिया।

चारों योद्धा अपने गुरु से आशीर्वाद लेकर सुवर्या के साथ चल पड़े पातालपुरी की ओर।

चारों योद्धा सुवर्या के साथ पातालपुरी की ओर बढ़े चले जा रहे थे। वहीं रक्षराज बलिष्ठगढ़ से लौटने के उपरांत शेष दस सहस्त्र योद्धाओं को बंदी बनाने के अभियान पर निकला हुआ था।

विदर्भ देश के योद्धाओं को यात्रा करते-करते पंद्रह दिन हो चुके थे, किंतु उनका लक्ष्य अभी भी उनसे दूर था।

एक निश्चित स्थान पर पहुँचकर सुवर्या ने कहना आरंभ किया, "यहाँ से असुरों का गढ़ आरंभ होता है। असुर अपने गढ़ में किसी भी और की गतिविधि सहन नहीं करते; यदि उन्हें इस बात का आभास भी हुआ कि उनके गढ़ में मानवों का प्रवेश हुआ है, तो या तो वो हम पर आक्रमण का प्रयत्न करेंगे, अन्यथा हमें भटकाने का प्रयास करेंगे, उचित होगा कि हम सावधान रहें।"

तेजस्वी ने मन ही मन विचार किया, *'यह सुवर्या असुरों के विषय में इतना सब कुछ कैसे जानती है?'*

"बचाओ! बचाओ!" कई सारे स्वर एक साथ गूँजने लगे।

उन स्वरों ने पाँचों का ध्यान खींचा।

"प्रतीत होता है कोई संकट में है और सहायता की गुहार लगा रहा है।" तेजस्वी ने अपना अश्व आगे बढ़ाया।

"सावधान कुमार, यह कोई छल भी हो सकता है!" सुवर्या ने तेजस्वी को चेतावनी दी।

"फिर तो हम सबको एक साथ रहना चाहिए। साथ रहेंगे तो कोई हमें भटका नहीं पायेगा।" अखण्ड आगे आया।

"हाँ आपका यह निर्णय उचित है ज्येष्ठ।" सूर्यम ने समर्थन किया।

"अब तुम बताओगे मुझे कि क्या उचित है और क्या नहीं?" अखण्ड ने उसे घूरकर देखा।

सूर्यम झेंप गया। उसने अपना मुख दूसरी ओर घुमा लिया, "मैं आगे जाता हूँ।"

सूर्यम ने अपना अश्व आगे बढ़ाया। अखण्ड के साथ शेष सभी भाई मुस्कुराकर उसके पीछे चल दिए।

उन पाँचों ने उन चीखते स्वरों का पीछा किया।

कुछ दूर जाकर सामने का दृश्य देख पाँचों की आँखें फटी की फटी रह गयीं।

कई कुटिया धू-धू कर जल रही थीं। स्त्रियाँ, पुरुष और बालक अपने प्राण बचाकर भाग रहे थे। कुछ असुर, ग्रामीण प्रतीत होने वाले लोगों की हत्या किये जा रहे थे।

"असुरों के गढ़ में मानवों की बस्ती? यह कैसे संभव है सुवर्या?" युगांधर को आश्चर्य हुआ। उसने सुवर्या से प्रश्न किया।

"यह सब छोड़ो, अभी इन सबकी रक्षा आवश्यक है।" तेजस्वी ने अपने अश्व की लगाम खींची और ग्रामीणों की रक्षा करने दौड़ पड़ा।

बाकी सारे भाई भी उसके पीछे आये।

तेजस्वी ने असुरों पर अपने बाणों की वर्षा आरंभ की। अखण्ड अपनी गदा के वार से, युगांधर अपने दिव्य फरसे, तथा सूर्यम और सुवर्या अपनी तलवारों से असुरों को गाजर मूली की भाँति काट रहे थे।

असुर भयभीत होकर भागने लगे। अधिकतम ग्रामीण अब सुरक्षित थे, किंतु उनकी झोपड़ियाँ अभी भी जल रही थीं।

एक स्त्री चीखती हुई तेजस्वी के निकट आयी और विनती करने लगी, "कुमार, कुमार, मेरे पुत्र का जीवन संकट में है कुमार, उसकी रक्षा कीजिये, दया कीजिये

कुमार, वह मेरी कुटिया में फँसा हुआ है, वह जलकर भस्म हो जाएगा।''

''ठीक है ठीक है, आप यहीं रुकिए, मैं उसे लेकर आता हूँ।'' तेजस्वी जलती हुई कुटिया की ओर बढ़ा।

लात मारकर उसने कुटिया का द्वार तोड़ दिया और भीतर प्रवेश कर गया।

''बचाओ बचाओ!'' तभी दूसरी दिशा से कई चीखते स्वर सुनाई देने लगे।

''कदाचित् कोई और गाँव भी संकट में है।'' अखण्ड का ध्यान दूसरी चीखों की ओर गया।

वह युगांधर की ओर बढ़ा, ''युगांधर, जब तक तेजस्वी लौटकर नहीं आ जाता, तुम और सुवर्या यहीं रुको, कदाचित् कोई और भी संकट में है; मैं और सूर्यम इन चीख पुकारों की दिशा में जा रहे हैं।''

''हाँ उचित है, आप जाइये मैं यही रुकता हूँ।'' युगांधर ने सहमति जताई।

अखण्ड और सूर्यम अपने-अपने अश्व पर आरूढ़ हुए और चीखते स्वरों की दिशा की ओर बढ़ चले।

युगांधर और सुवर्या प्रतीक्षा करते रहे, तेजस्वी लौट कर नहीं आया।

''बहुत विलंब हो गया, भ्राता अभी तक नहीं आये।'' युगांधर जलती हुई कुटिया के निकट जाने लगा।

सुवर्या भी उसके साथ गयी। द्वार पहले से ही टूटा हुआ था। कुटिया के भीतर घुसकर युगांधर सामने का दृश्य देख स्तब्ध रह गया। तेजस्वी मूर्छित भूमि पर पड़ा था और उसके अतरिक्त एक बालक वहाँ मूर्छित पड़ा था।

जलती हुई कुटिया अब टूटकर गिरने ही वाली थी।

''सुवर्या, बालक को उठाकर भागो!'' युगांधर के कहने पर सुवर्या ने बालक को उठाया और कुटिया से बाहर भागी। युगांधर ने भी बिना विलंब किये तेजस्वी को उठाया और कुटिया के बाहर छलाँग लगायी।

कुटिया जलकर भस्म हो गयी। युगांधर साँस भरते हुए भूमि से उठा।

सुवर्या ने उस नन्हें बालक की नब्ज की जाँच की। वह मासूम अपने जीवन का युद्ध हार चुका था। उसकी श्वास बंद हो चुकी थी।

''अब इसकी माँ को क्या उत्तर देंगे हम?'' सुवर्या भूमि से उठी।

युगांधर ने कोई उत्तर नहीं दिया। उसकी दृष्टि सामने की ओर गयी।

अगले ही क्षण का दृश्य देख युगांधर और सुवर्या का हृदय टूट गया। बचे खुचे ग्रामीण भूमि पर पड़े थे। किसी का सर धड़विहीन कर दिया गया था, किसी का उदर

चीर आँतें बाहर निकाल दी गयीं थीं, तो किसी के शरीर के ही चार-चार टुकड़े कर दिए गए थे, सब के सब मृत पड़े थे।

"यह सब कैसे! इतनी शीघ्र?" युगांधर को यह सब भ्रम जैसा लग रहा था।

युगांधर और सुवर्या स्तब्ध थे, उनके मुख से एक भी शब्द नहीं फूट पा रहे थे। तभी अकस्मात् वर्षा होने लगी। बारिश की तीव्र बूँदों ने तेजस्वी की चेतना लौटा दी। वह भूमि से उठ खड़ा हुआ।

"यह, यह सब क्या है युगांधर? यह सब कैसे हुआ?" तेजस्वी चीख पड़ा।

"मैं.. मैं नहीं जानता भ्राता; मुझे नहीं पता यह सब कैसे हुआ; मैं तो बस आपके प्राण बचाने के लिए कुटिया के भीतर गया था, उतने में यह सब...।" युगांधर ने सफाई दी।

तेजस्वी ने अपना माथा पकड़ लिया और युगांधर पर चीख पड़ा, "ओह! ओह! युगांधर, तुम्हें भान भी नहीं है कि आज हम पर, हमारे वंश पर कितना बड़ा कलंक लगा है; हमारे जीवित रहते हमारे सामने ही उन असुरों ने इतने निरपराध लोगों की हत्या कर दी।"

"और... और यह बालक।" तेजस्वी उस मृत बालक की ओर बढ़ा, जो कुटिया से बाहर आया था।

"मैं इसे भी नहीं बचा पाया।" तेजस्वी के नेत्रों से ग्लानि के अश्रु टपक पड़े।

युगांधर ने तेजस्वी के कंधे पर हाथ रखा, "आप मूर्छित कैसे हुए थे भ्राता?"

तेजस्वी भूमि से उठा, "पता नहीं; जैसे ही मैं कुटिया में घुसा, एक विषाक्त धुँआ मेरे श्वास में मिल गया और मैं मैं... मूर्छित हो गया।"

कुछ क्षण तक दोनों योद्धा और सुवर्या मौन रहे।

तेजस्वी ने आकाश की ओर देखा, "यह घटना जीवन भर मेरे हृदय पर कटार घोंपती रहेगी; इस ग्लानि भाव को हृदय में लेकर किस प्रकार मैं स्वयं को उस दिव्य धनुष उठाने के योग्य सिद्ध करूँगा?"

युगांधर मौन रहा। वहीं सुवर्या ने उस मृत बालक की ओर क्षणभर ध्यान से देखा। तभी उसके मस्तिष्क में एक बात कौंधी, "एक क्षण... हम उसी ओर जा रहे हैं, जहाँ वो असुर हमें ले जाना चाहते हैं।"

युगांधर ने आश्चर्य से प्रश्न किया, "तुम्हारे कहने का अर्थ क्या है सुवर्या?"

"आपने मुझसे प्रश्न किया था कि असुरों के गढ़ में मानवों की बस्ती कहाँ से आ गयी, मैंने उस प्रश्न का उत्तर खोज लिया है; हम जो देख रहे हैं, वो सत्य नहीं है, यह सब एक षड्यंत्र है।" सुवर्या ने कहा।

यह सुनकर तेजस्वी का माथा भी ठनका, "तुम कहना क्या चाहती हो सुवर्या?"

"मैं आपको दिखाती हूँ।" सुवर्या उस मृत बालक के निकट गयी, जो अभी-अभी कुटिया के बाहर आया था।

उसने उस बालक को उठाया और तेजस्वी के निकट ले गयी, "इसे ध्यान से देखिये कुमार, इसका पूरा शरीर अकड़ चुका है, इसका अर्थ यह है, कि इस बालक की मृत्यु को काफी समय बीत चुका है।"

तेजस्वी ने उस बालक के हाथ को स्पर्श किया, वास्तव में उसका सम्पूर्ण शरीर अकड़ा हुआ है।

"तुम उचित कह रही हो सुवर्या।" तेजस्वी की आँखें फटी रह गयीं।

उसने घूमकर उन शवों की ओर देखा। उसकी दृष्टि किसी की खोज कर रही थी, "मुझे वो स्त्री भी दिखायी नहीं दे रही, जिसने अपने बालक के प्राण बचाने हेतु मुझसे सहायता की गुहार की थी।"

"केवल इतना ही नहीं, जो भी जीवित ग्रामीण उस समय यहाँ उपस्थित था, कदाचित् उनमें से किसी का शव आपको यहाँ नहीं मिलेगा, क्योंकि जब हम जलती हुई कुटिया के भीतर आपको और इस बालक को निकालने गए, हमें भीतर जाने और आपको लेकर बाहर आने में अधिकतम पंद्रह क्षण लगे होंगे। किसी का वध करने हेतु इतना समय पर्याप्त अवश्य है, किंतु इतनी शीघ्र किसी भी जीवित मनुष्य की श्वास बंद नहीं होती; इसका अर्थ यह है कि हमारे सामने मनुष्यों के क्षत-विक्षत शव फेंके गए हैं।" सुवर्या ने परिस्थिति को पूरी तरह भाँप लिया।

"ताकि अपनी असफलता देख हम पहले ही पड़ाव में टूट जायें।" युगांधर ने अनुमान लगाया।

तेजस्वी ने प्रश्न उठाया, "तुम्हारा बुद्धिकौशल अद्भुत है सुवर्या। किंतु तुम कह रही थी कि असुरों के गढ़ में मानव कैसे हो सकते हैं? तो वो मानव कौन थे, जो कुछ देर पूर्व सहायता के लिए गुहार लगा रहे थे।"

"मैंने सुना है कि मानव बस्तियों से असुर कई बार मानवों को बंधक बनाकर अपना दास बना लेते हैं और यदि यह सत्य है तो यह शव भी उनके दासों के हैं और जो हमें भ्रमित करने आये ग्रामीण थे, वो भी कदाचित् उनके दास ही थे।" सुवर्या ने कहा।

तेजस्वी ने आसपास की दिशा में देखा, "ज्येष्ठ और सूर्यम कहाँ हैं?"

"उन्हें पश्चिम दिशा से कई मानवों का स्वर सुनाई दिया था। वो उन्हीं की रक्षा को गए हैं।" युगांधर ने बताया।

तेजस्वी स्तब्ध रह गया, "इसका अर्थ यह है, कि असुरों को बहुत पहले से ही

भनक लग गयी थी कि हम उनके गढ़ में आ रहे हैं, इसलिए उन्होंने यह योजना तैयार कर रखी थी और निःसंदेह इस समय भी हमारे शत्रु हम पर दृष्टि जमाये हुए हैं। इससे पहले पहले अधिक विलंब हो, हमें ज्येष्ठ और सूर्यम की सहायता को जाना होगा।''

तेजस्वी अपने अश्व पर आरूढ़ हो गया। युगांधर और सुवर्या ने भी उसका अनुसरण किया और अपने-अपने अश्व पर आरूढ़ हो उसी दिशा में चल दिए, जिस ओर अखण्ड और सूर्यम गए थे।

वृक्ष के पीछे छिपा एक असुर उन पर दृष्टि जमाये हुआ था। यह कोई और नहीं रक्षराज मार्केश का भाई हिडिम्ब था।

''मेरी इतनी परिपक्व योजना विफल हो गयी। कोई बात नहीं, भ्राता दुदुम्भी की योजना अवश्य कारगार सिद्ध होगी; शीघ्र ही हमारे शत्रुओं का विनाश करने लौटेगा महाबली वक्रबाहु।'' हिडिम्ब मुस्कुरा रहा था।

अध्याय 10

महाबली वक्रबाहु

तेजस्वी, युगांधर और सुवर्या, अखण्ड और सूर्यम की खोज में निकल पड़े थे।

वहीं अखण्ड और सूर्यम तेजी से उन चीख पुकारों का पीछा करते-करते काफी दूर निकल आये।

बचाओ बचाओ की चीख अभी भी उन्हें दूर से ही सुनाई दे रही थी। कुछ दूर चलने के उपरांत उन्हें एक गुफा दिखाई दी। कई मानवों की चीख-पुकार का स्वर उस गुफा के भीतर से आ रहा था।

''गुफा में प्रवेश करें ज्येष्ठ?'' सूर्यम ने प्रश्न किया।

अखण्ड अपने अश्व से उतरा, ''हमें सावधानी बरतनी होगी।'' उसने अपनी गदा उठाई और आगे बढ़ा।

सूर्यम ने भी तलवार और ढाल पीठ पर टाँगी और अपने अश्व से उतर अखण्ड के पीछे जाने लगा।

मानवों के क्रंदन का स्वर अभी भी उन दोनों को सुनाई दे रहा था।

पूर्ण सावधानी बरतते हुए अपने शस्त्रों के साथ दोनों ने गुफा में प्रवेश किया। बिना समय गँवायें उन्होंने चीख-पुकारों का पीछा किया।

सामने का दृश्य हृदयविदारक था। गुफा में कई मानवों को बंदी बनाया गया था।

उन्हें लकड़ी के खम्बे से बाँधकर उन पर निरंतर कोड़ों की वर्षा हो रही थी। वो सभी पीड़ा से चीखते हुए सहायता की गुहार लगा रहे थे।

'ठहरो!' अखण्ड ने भारी स्वर में गर्जना की।

सभी का ध्यान अखण्ड और सूर्यम की ओर गया।

''लो, दो और मानव स्वयं ही हमारे दासत्व में बँधने चले आये।'' एक असुर हँस पड़ा।

''तो फिर विलंब किस बात का, बंदी बनाओ इन्हें।'' एक भारी स्वर दूर से सुनाई दिया।

उस स्वर ने अखण्ड और सूर्यम का भी ध्यान खींचा। एक परछाई उन्हें अपनी ओर आती दिखाई दे रही थी। हष्ट-पुष्ट शरीर का धनी वह असुर कोई और नहीं, रक्षराज मार्केश का भाई दुदुम्भी था।

''बंदी बना लो इन दोनों को!'' उसने एक बार फिर आदेश दिया।

उसके आदेश पर कई असुर अपने-अपने शस्त्र लेकर अखण्ड और सूर्यम की ओर दौड़े।

यह देख अखण्ड ने अपनी गदा पर अपना कसाव बढ़ाया और पूरी शक्ति से भूमि पर प्रहार किया। असुरों का संतुलन बिगड़ गया, वह एक-दूसरे पर गिरने लगे।

अगले क्षण कई तीर अखण्ड और सूर्यम की ओर तीव्र गति से बढ़े, किंतु अखण्ड की गदा और सूर्यम की बिजली समान घूमती तलवार के समक्ष टिकने की गति और सामर्थ्य उन तीरों में नहीं था।

''बस रुक जाओ!'' दुदुम्भी ने असुरों को रुकने का आदेश दिया।

इसके उपरांत वो अखण्ड की ओर देख मुस्कुराया, ''वास्तव में तुम्हारा सामर्थ्य प्रशंसनीय है और हो भी क्यों न, आखिर मेरे ज्येष्ठ भ्राता असुरों के अधिपति रक्षराज मार्केश के वंशज जो हो तुम; मैं तुम्हारे पितामह का भाई दुदुम्भी तुम्हारा स्वागत करता हूँ महाबली अखण्ड।''

अखण्ड खीझ गया, ''मैं यहाँ इन ग्रामीणों को मुक्त करने आया हूँ। आश्चर्य है, कुछ क्षणों पूर्व मुझे बंदी बनाने चले थे और अब आपको संबध स्मरण हो आया। आपसे मेरा कोई भी संबध हो, मेरे लिए वह किसी का महत्त्व का नहीं है, क्योंकि रक्त संबध से कहीं अधिक महत्त्वपूर्ण मेरे लिए मेरा धर्म है और असुरों की प्रवृत्ति को देखते हुए मुझे लगता है कि मैं आपके परिवार का भाग कभी नहीं बन सकता, इसलिए या तो इन मानवों को मुक्त कीजिये, अन्यथा युद्ध को सज्ज हो जाइए।''

दुदुम्भी ने साँस भरते हुए कहा, ''तुम पर आक्रमण तो केवल तुम्हारे बल का

परीक्षण था पुत्र और यदि असुरों का सबसे श्रेष्ठ और योग्य उत्तराधिकारी यह चाहता है कि इन मानवों को मुक्त किया जाए, तो इस आदेश का निरादर करने वाले हम होते कौन हैं; वही होगा जो तुम चाहते हो।''

दुदुम्भी ने असुरों को आदेश दिया, ''यह हमारे युवराज हैं, इनके आदेश का पालन करो और मुक्त कर दो सारे मानवों को।''

दुदुम्भी के आदेश पर असुर सैनिकों ने मानवों को मुक्त करना आरंभ कर दिया।

''सावधान ज्येष्ठ, यह असुर आपको अपने पक्ष में करने का प्रयत्न कर रहा है।'' सूर्यम ने धीमे स्वर में अखण्ड को चेतवानी दी।

अखण्ड मुस्कुरा दिया, ''चिंतित मत हो सूर्यम, मैं तुम्हारी भाँति मूर्ख नहीं हूँ।''

सूर्यम खीझ गया, ''बस कीजिये ज्येष्ठ, आपको न जाने मेरी ही टाँग खींचने में आनंद क्यों आता है।''

''अब चलो भी, बालकों की भाँति व्यवहार करना बंद करो।'' अखण्ड आगे बढ़ा।

''मैं बालकों की भाँति व्यवहार कर रहा हूँ; एक क्षण रुकिए मैं भी आ रहा हूँ।'' सूर्यम अखण्ड के पीछे गया।

अखण्ड, दुदुम्भी के निकट आया, ''सीधी तरह से बताइए आपका उद्देश्य है क्या, क्योंकि आप विश्वास के योग्य तो नहीं लगते।''

दुदुम्भी अखण्ड के और निकट आया, ''तुम अद्भुत हो अखण्ड, तुमने तो मेरे नेत्रों में छिपा छल भाँप लिया, तुम वास्तव में असुरों के सबसे योग्य उत्तराधिकारी हो।''

''प्रशंसा नहीं, सत्य की प्रतीक्षा है मुझे।'' अखण्ड ने कठोर स्वर में कहा।

दुदुम्भी मुस्कुराया, ''कुछ अधिक नहीं, बस तुम्हें कुछ समय के लिए मूर्छित होना होगा।'' कहकर उसने अखण्ड के कंधे में सुई चुभो दी।

अखण्ड इस अकस्मात् हुए आक्रमण से स्तब्ध रह गया। उसकी आँखें बंद होने लगीं।

''बस आधे प्रहर के लिए आपको मूर्छित होना होगा युवराज।'' दुदुम्भी ने अखण्ड को भूमि पर गिरा दिया, उसने अपनी चेतना खो दी।

'ज्येष्ठ...!' सूर्यम चीखकर अखण्ड की ओर दौड़ा। दस असुर सूर्यम के मार्ग में आकर खड़े हो गए। सूर्यम ने अपनी तलवार और ढाल खींच निकाली।

क्रोध और सम्पूर्ण सामर्थ्य से सूर्यम बिजली बनकर असुरों पर टूट पड़ा। असुर सैनिकों के शरीर कटकर गिरने लगे। दुदुम्भी उसका क्रोध और पराक्रम देख भयभीत सा हो गया।

उसने अखण्ड को उठाया, तलवार उसकी गर्दन पर रखी और सूर्यम को चेतावनी दी, ''बस रुक जाओ और यह विनाश बंद करो; अब यदि तुम्हारे शस्त्र चले, तो तुम्हारे ज्येष्ठ की गर्दन पर मेरी तलवार चल जायेगी।''

सूर्यम जड़ हो गया ''नहीं, नहीं रुक जाओ, मैं शस्त्र नीचे रख रहा हूँ।'' उसने तलवार और ढाल नीचे रख दी।

''बंदी बना लो इसे!'' दुदुम्भी के आदेश पर असुर सैनिकों ने सूर्यम को पकड़ लिया।

दुदुम्भी उसके निकट गया, ''देखो, हमारी कोई निजी शत्रुता तो है नहीं, बस मेरा एक कार्य कर दो, उसके उपरांत तुम अपने ज्येष्ठ को ले जाना।''

''कैसा कार्य?'' सूर्यम ने प्रश्न किया।

''इसे मेरे पीछे ले आओ।'' दुदुम्भी पलटकर एक दिशा की ओर बढ़ गया।

असुर सैनिक सूर्यम को उसके पीछे ले जाने लगे। शीघ्र वह सभी एक खुले मैदान में आये।

वह सभी एक मूर्ति के निकट आकर रुक गये। सामान्य मनुष्य से डेढ़ गुना अधिक ऊँचाई की मूर्ति किसी असुर की जान पड़ रही थी। उस मूर्ति के उदर में एक तलवार भी धँसी हुई थी। अपने तेज से ही वह तलवार दिव्यता का अनुभव करा रही थी।

''इस तलवार को तुम्हें इस मूर्ति के उदर से निकालकर मेरे समक्ष लाकर रख देना है; बस इतना सा कार्य कर दो, हम तुम्हारे ज्येष्ठ को मुक्त कर देंगे।'' दुदुम्भी ने मुस्कुरा कर कहा।

''इतना सरल कार्य तुम स्वयं क्यों नहीं कर लेते?'' सूर्यम ने खीझकर प्रश्न किया।

''तुमसे जितना कहा जाये उतना करो, अन्यथा अपने ज्येष्ठ के प्राणों से हाथ धो बैठोगे।'' दुदुम्भी ने कठोर स्वर में कहा।

''ज्येष्ठ कहाँ हैं, मैं उन्हें देखना चाहता हूँ। उन्हें यहाँ लेकर आओ, तभी मैं तुम्हारा कार्य करूँगा, अन्यथा नहीं।'' सूर्यम अड़ गया।

दुदुम्भी ने कुछ असुरों को आदेश दिया, ''युवराज को सम्मान सहित ले आओ।''

कुछ ही समय में असुर सैनिक अखण्ड को कंधे पर उठाये उस स्थान पर ले आये। कुछ असुर एक आसन लाये और अखण्ड को उस पर बिठा दिया।

''कभी सम्मान देते हो, कभी वध करने की बात करते हो, चाहते क्या हो तुम?''

सूर्यम ने क्रोध में प्रश्न किया।

दुदुम्भी, सूर्यम को घूरते हुए उसके निकट गया, "तुम्हारे ज्येष्ठ असुरवंश के उत्तराधिकारी हैं, इसलिए यह सम्मान तो उन्हें मिलेगा ही; किंतु हमें भलीभाँति ज्ञात है कि तुम चारों भाई पातालपुरी में क्यों आये हो; तुम्हें विजयधनुष की आकांक्षा है। उस धनुष की रक्षा हेतु हम असुर अपने प्राण भी न्योछावर कर सकते हैं और किसी के भी प्राण हर सकते हैं, चाहें वह हमारा युवराज ही क्यों न हो; हमारी प्राथमिकता उस दिव्य महाअस्त्र की रक्षा है, उससे ऊपर हमारे लिए कुछ भी नहीं।"

सूर्यम के पास दुदुम्भी के इस तर्क का कोई उत्तर नहीं था। वह उसे घूरता रहा।

"मुक्त करो इसे।" दुदुम्भी के आदेश पर असुरों ने सूर्यम को मुक्त कर दिया।

"अब अपने ज्येष्ठ के प्राण बचाना चाहते हो तो तलवार मूर्ति के उदर से बाहर निकालो।" दुदुम्भी यह कहकर पीछे हट गया।

दुदुम्भी, अखण्ड के निकट आया, तलवार उसकी गर्दन पर रखी और सूर्यम की ओर देखा, "कोई भी अनुचित कार्य किया तो अपने ज्येष्ठ के शव को देखने के लिए सज्ज रहना।"

सूर्यम आगे बढ़ने को विवश-सा हो गया। वह उस असुर की मूर्ति के निकट पहुँचा और उसके उदर में गड़ी तलवार को ध्यान से देखा। उसने उस तलवार की मूठ को पूरी शक्ति से पकड़ा और उसे मूर्ति के उदर से खींचना आरंभ किया।

'या...।' सूर्यम को उस तलवार को खींचने में अपनी पूरी शक्ति लगानी पड़ी। इतनी कि उसके मुख से चीख निकल गयी। कदाचित् वर्षों से उस मूर्ति में धँसी रहने के कारण वह तलवार उसी का भाग बन गयी थी।

अंततः अथक प्रयास और शक्ति लगाने के उपरांत सूर्यम ने तलवार मूर्ति से खींच निकाली। उस तलवार को अपने हाथ में लेते ही सूर्यम को स्वयं के भीतर एक अद्भुत ऊर्जा का आभास हुआ।

दुदुम्भी की आँखें चमक उठीं, "यह तलवार यहाँ मेरे निकट लाओ और इसका एक सिरा भूमि में गाड़ दो।"

सूर्यम ने वैसा ही किया। वह उसके निकट गया और तलवार उसके सामने गाड़ दी। दुदुम्भी ने अखण्ड की गर्दन से तलवार हटाई और उस तलवार के निकट आकर खड़ा हो गया जो उस पत्थर की मूर्ति से सूर्यम ने निकाली थी।

"बस अब कुछ क्षणों की प्रतीक्षा और....।" दुदुम्भी के मुख पर शैतानियत भरी मुस्कान थी।

तभी अकस्मात् ही वातावरण में एक अद्भुत परिवर्तन-सा आ गया। वायु इतनी

तीव्र गति से बहने लगी कि वहाँ उपस्थित लोगों के लिए स्वयं को सँभालना कठिन हो गया।

किंतु कदाचित् दुदुम्भी को ज्ञात था कि यह क्या हो रहा है। वह अपनी पूरी शक्ति लगाये अपने स्थान पर खड़ा रहा।

शीघ्र ही हवाओं की तीव्रता ने उस पत्थर की मूरत पर प्रभाव डालना आरंभ किया, जिसके उदर से सूर्यम ने तलवार निकाली थी।

पत्थर की परत उस मूर्ति से हटने लगी। सूर्यम ने आश्चर्य से उस मूर्ति की ओर देखा। उस मूर्ति का हाथ हाड़-मांस का दिखने लगा। धीरे-धीरे करते हुए पत्थर की परत उस मूर्ति के सम्पूर्ण शरीर से हट चुकी थी। अब वह स्थिर खड़ा एक असुर प्रतीत हो रहा था। उसका कद सामान्य मनुष्य से डेढ़ गुना था और शरीर इतना बलिष्ठ की बड़े से बड़ा योद्धा थर्रा जाये।

उस असुर ने धीरे-धीरे अपने नेत्र खोले, अपने शरीर को हिलाने का प्रयत्न किया और कुछ कदम पीछे हट स्वयं की ओर देखने लगा।

''महाबली वक्रबाहु की जय हो!'' दुदुम्भी ने मानों उस विशालकाय असुर का स्वागत किया।

वह असुर आश्चर्यजनक भाव से दुदुम्भी की ओर देखने लगा।

''आश्चर्य न कीजिये महाबली वक्रबाहु; मैं ही हूँ वो, जिसने आपको वर्षों के इस बंधन से मुक्त किया है।'' दुदुम्भी ने चीखकर कहा।

''*ओह! तो यह योजना थी इसकी, किंतु यह स्वयं इस तलवार को स्पर्श क्यों नहीं कर रहा, कुछ तो रहस्य है।*'' सूर्यम विचार कर रहा था।

वह असुर जिसे दुदुम्भी वक्रबाहु बुला रहा था उसके निकट आने लगा। उसका ध्यान उस तलवार की ओर गया जो दुदुम्भी के निकट गड़ी थी।

कदाचित् वर्षों के उपरांत वक्रबाहु के कंठ से कुछ शब्द फूटे थे, ''मैं...मैं... वक्रबाहु... तुम्हारा ऋणी हुआ।''

दुदुम्भी के मुख पर कुटिलता भरी मुस्कराहट थी, ''तो क्या आप मेरा सहयोग करेंगे?''

''तुमने मुझे मुक्त किया है, निःसंदेह मैं तुम्हारा सहयोगी बनकर रहूँगा।'' वक्रबाहु के शब्द इस बार स्पष्ट उच्चरित हुए।

दुदुम्भी अपनी सफलता से प्रसन्न था।

'महाबली वक्रबाहु, यह नाम तो कुछ सुना हुआ सा प्रतीत हो रहा है।' सूर्यम विचारों में था।

दुदुम्भी वक्रबाहु के निकट आया, ''तो आप यदि मेरे सहयोगी बनना ही चाहते हैं तो क्या मैं आपसे पहले सहयोग की माँग कर सकता हूँ?''

'अवश्य।' वक्रबाहु ने भारी स्वर में कहा।

दुदुम्भी सूर्यम की ओर मुड़ा, ''यह है मेरा प्रधान शत्रु, क्या आप मेरे लिए इसका वध करेंगे?''

वक्रबाहु ने सूर्यम की ओर ध्यान से देखा, ''यह तो बालक है।''

''किंतु एक विकट योद्धा भी है और हमारे मार्ग में एक बहुत बड़ी बाधा भी। यदि आपको इस बात का प्रमाण देना है कि आप वास्तव में मेरे सहयोगी हैं, तो वध कीजिये इसका।'' दुदुम्भी ने वक्रबाहु को विवश करने का प्रयत्न किया।

''क्यों नहीं।'' वक्रबाहु सूर्यम की ओर दौड़ा।

सूर्यम निःशस्त्र था। वक्रबाहु दौड़ता हुआ उसके निकट गया। उस विशाल दैत्य से कोई भी भयभीत हो जाता, किंतु सूर्यम स्थिर खड़ा रहा।

वक्रबाहु ने दौड़कर तेजी से सूर्यम पर मुष्टि से प्रहार किया, किंतु अपने शक्तिशाली हाथों से सूर्यम ने उसका प्रहार रोक लिया।

''हम्म... तुम केवल बालक तो नहीं हो सकते।'' कहकर वक्रबाहु ने अपने बायें हाथ से अगला प्रहार उसकी छाती पर किया।

उस प्रहार से सूर्यम कई गज दूर जा गिरा। वक्रबाहु एक बार फिर उसी ओर दौड़ा। उसकी कसी हुई मुष्टि भूमि पर गिरे सूर्यम की छाती की ओर बढ़ी। किंतु सूर्यम ने एक ओर हटकर स्वयं को उस प्राणघातक वार से बचा लिया। वक्रबाहु के उस भीषण वार ने भूमि में एक बड़ा छेद बना दिया।

सूर्यम भूमि से उठा। वक्रबाहु अपना व्यर्थ गया वार देख खीझ गया। एक क्षण भी बिना विलंब किये वह सूर्यम के निकट गया और उसके उदर पर मुष्टि से प्रहार किया।

सूर्यम के मुख से रक्त की धारा फूट पड़ी। वह कुछ कदम पीछे हटा। वक्रबाहु ने अगला प्रहार उसके मुख पर आरंभ किया। चार मुष्टि के प्रहारों ने उसके मुख को रक्तरंजित कर दिया था।

इसके उपरांत वक्रबाहु ने सूर्यम को दोनों हाथों से उठाया और एक वृक्ष की ओर उछाल दिया। सूर्यम उस वृक्ष से टकराकर भूमि पर गिर पड़ा। उसके मुख से शब्द फूट पड़े, 'ज्येष्ठ...!'

सूर्यम का यह तीव्र स्वर अखण्ड के कर्णों को छू गया। दुदुम्भी की सुई का प्रभाव कदाचित् समाप्त होने लगा था। उसकी मूर्छा टूटने लगी। सभी का ध्यान सूर्यम और

वक्रबाहु के द्वंद पर था। अखण्ड की मूर्छा टूट चुकी थी यह किसी ने नहीं देखा।

वक्रबाहु कूदकर सूर्यम के निकट आया और एक बार फिर उसे उठाकर दूसरे वृक्ष की ओर फेंका। सूर्यम उस वृक्ष से भी टकराकर भूमि पर गिर पड़ा।

इसके उपरांत वक्रबाहु ने अपने नेत्र बंद किये और कुछ मंत्रों का उच्चारण किया। क्षणभर में ही वो महाअसुर वक्रबाहु एक विशालकाय गज में परिवर्तित हो गया। उसके दाँत इतने लंबे और नुकीले थे कि लगभग भूमि को छू जायें और उसे खोद डालें।

वह विशाल गजरूपी वक्रबाहु, सूर्यम का अंत करने दौड़ा। उसने सूर्यम को कुचलने के लिए अपना पाँव उठाया, किंतु इससे पूर्व कि वह सूर्यम पर प्रहार करता, दो सशक्त भुजाओं ने उसके दोनों पाँवों को पकड़ लिया।

यह सशक्त भुजायें किसी और की नहीं, महाबलधारी अखण्ड की थी। गज रूपी वक्रबाहु के दोनों पाँव को उसने अपने दोनों हाथों से रोक रखा था। उसने अपने पाँव से भूमि पर जोर लगाया और वक्रबाहु को पीछे धकेलना आरंभ किया।

उसका यह बल देख दुदुम्भी सहित सभी असुर सकते में आ गए। वक्रबाहु अपने वास्तविक रूप में आया और अखण्ड को पीछे धकेला।

दोनों योद्धाओं ने क्षणभर के लिए एक-दूसरे की ओर देखा और अपने-अपने कंधे सीधे किये।

"वो बालक मेरा आखेट है, बीच में पड़कर अपने प्राणों से मत खेलो युवान्।" वक्रबाहु ने अखण्ड को चेतावनी दी।

"वह बालक मेरा अनुज है और जब तक मैं जीवित हूँ, उसका कोई अहित नहीं कर सकता।" अखण्ड ने दृढ़ होकर कहा।

दुदुम्भी वहीं खड़ा मुस्कुरा रहा था, "चलो, इसी बहाने असुरों के उत्तराधिकारी के बल का परीक्षण भी हो जायेगा।"

अखण्ड और वक्रबाहु के मध्य द्वंद्व आरंभ होने ही वाला था। सूर्यम पूरी शक्ति लगाकर भूमि से उठा और उस तलवार की ओर देखा जो वक्रबाहु के उदर से निकलकर भूमि में गड़ी थी।

"वो तलवार ज्येष्ठ, उस तलवार से ही इस असुर का अंत होगा।" सूर्यम चीखा।

अखण्ड का ध्यान उस तलवार की ओर गया जो दुदुम्भी के समक्ष भूमि में गड़ी थी। वह उस ओर दौड़ा।

वक्रबाहु भी उसके पीछे दौड़ा, किंतु आश्चर्यजनक रूप से दुदुम्भी ने उसे रोकने का तनिक भी प्रयत्न नहीं किया। अखण्ड उस तलवार के निकट गया और उस तलवार को भूमि से उखाड़ लिया।

वह तलवार लेकर वक्रबाहु की ओर दौड़ा, किंतु अकस्मात् ही तलवार का तापमान बढ़ने लगा। अखण्ड की हथेली में जलन होने लगी, वह जलन इतनी बढ़ गयी कि उसे तलवार भूमि पर गिरानी पड़ी। वक्रबाहु के मुष्टि प्रहार ने उसे भूमि पर गिरा दिया। उसके मुख से रक्त की छोटी-सी धारा फूटी।

वक्रबाहु का क्रोध बढ़ता जा रहा था। वह एक वृक्ष के निकट गया और पूरा वृक्ष ही उखाड़ लिया।

'यह क्या हुआ, मैं तलवार क्यों नहीं उठा पाया?' अखण्ड ने अपनी हथेली की ओर देखा। उस पर जलने के निशान बन गए थे।

"यह महाऋषि ओमेश्वर द्वारा निर्मित पाँच महादिव्यास्त्रों में से एक है युवराज; सृष्टि का कोई भी असुर या असुरवंशी इसका भार और ताप नहीं सह सकता। संसार का केवल एक ही असुर इस तलवार को उठा सकता है और वो है महाऋषि ओमेश्वर का यह शिष्य वक्रबाहु।" दुदुम्भी अट्टहास करते हुए बोल गया।

किंतु उसके इस वाक्य ने वक्रबाहु का ध्यान खींचा। उखाड़ा हुआ वृक्ष हाथ में उठाये उसने दुदुम्भी से चीखकर प्रश्न किया, "तो तुमने इस तलवार से मुझे किस प्रकार मुक्त किया?"

दुदुम्भी यह सुन स्तब्ध रह गया। उसे अगले ही क्षण आभास हुआ कि उसने कितनी बड़ी भूल कर दी है।

"मौन क्यों हो तुम, उत्तर दो।" वक्रबाहु टूटा हुआ वृक्ष भूमि पर पटककर दुदुम्भी की ओर बढ़ा।

दुदुम्भी ने वक्रबाहु के समक्ष हाथ जोड़ लिए, "क्षमा क्षमा महाबली वक्रबाहु, किंतु आप मुक्त फिर भी मेरे कारण ही हुए हैं... मैं..मैंने ही उस बालक को आपके उदर से तलवार निकालने को विवश किया था।" उसने सूर्यम की ओर संकेत कर कहा।

अखण्ड भी भूमि से उठा और वक्रबाहु की ओर आश्चर्य से देखने लगा, "*तो ये हैं महाबली वक्रबाहु*।"

वक्रबाहु सूर्यम की ओर बढ़ा, उसे भूमि से उठाया और ग्लानि भरे स्वर में कहा, "मुझे क्षमा करो बालक, मुझसे बहुत बड़ी भूल हो गयी; सहयोग मुझे तुम्हारा करना था, किंतु तुम्हारे शत्रुओं ने मुझे पथभ्रष्ट कर दिया था।"

घायल अवस्था में सूर्यम को सूझ ही नहीं रहा था कि वह क्या कहे।

"कहो मैं कैसे अपने किये इस अपराध का प्रायश्चित करूँ?" वक्रबाहु ने प्रश्न किया।

सूर्यम ने साँस भरते हुए कहा, "इस असुर को समाप्त करने में हमारी सहायता

कीजिए।''

'अवश्य।' वक्रबाहु दुदुम्भी की ओर मुड़ा।

''वध करो इस असुर का।'' दुदुम्भी ने अपने सैनिकों को आदेश दिया।

असुर सैनिक वक्रबाहु की ओर दौड़ पड़े। वक्रबाहु ने भूमि पर पड़ा वृक्ष एक बार फिर उठाया और घुमा-घुमाकर असुर सैनिकों को गिराता गया।

दुदुम्भी पीछे हटने लगा। अखण्ड ने भी पास पड़ा एक भाला उठाया और युद्ध में असुरों पर टूट पड़ा।

दुदुम्भी को पीछे हटता देख सूर्यम ने अपनी पूरी शक्ति जुटाई और महाऋषि ओमेश्वर की तलवार की ओर बढ़ा, जो भूमि पर पड़ी थी।

उस तलवार के निकट जाकर सूर्यम ने उसे उठा लिया। उसे उठाते ही मानों उसकी सूर्यम को स्वयं के भीतर एक अद्भुत उर्जा का एहसास हुआ। उसके घाव अब उसे पीड़ा नहीं दे रहे थे।

'दुदुम्भी!' सूर्यम चीखता हुआ दुदुम्भी की ओर दौड़ा।

दुदुम्भी ने अपनी शक्तियों का प्रयोग करने का निर्णय लिया। सामान्य मानवों से पाँच गुना अधिक गति से भाग सकता था वो। अपने इस बल का उसने पूर्ण उपयोग किया।

वह भागते-भागते सूर्यम के चारों ओर घुमने लगा। उसकी गति इतनी तीव्र थी कि सूर्यम समझ ही नहीं पा रहा था कि वह अपने शत्रु पर आक्रमण करे कैसे।

दुदुम्भी ने इसका लाभ उठाया और सूर्यम को धकेलकर भूमि पर गिरा दिया। तलवार भी उसके हाथ से छूट गयी और छटककर दूर गिर गयी।

दुदुम्भी को यह अवसर उचित प्रतीत हुआ उसने अपनी तलवार उठाई और सूर्यम की ओर बढ़ा।

यह देख अखण्ड उसकी सहायता के लिए उसके निकट गया और दुदुम्भी के तलवार का वार रोक उसे भूमि पर गिरा दिया।

''जब तक मैं जीवित हूँ, मेरे अनुज को कोई स्पर्श भी नहीं कर सकता।'' अखण्ड दुदुम्भी की छाती पर चढ़ गया और उस पर वार करने आरंभ कर दिया।

दुदुम्भी ने उसे पीछे धकेला और भूमि से उठ गया, ''यदि आपके स्थान पर कोई और होता युवराज, तो मुझ पर प्रहार करने का दंड मृत्यु से भी भयंकर होता। किंतु आप युवराज हैं इसलिए मैं आप पर वार नहीं कर सकता।''

अखण्ड भूमि से उठा और दुदुम्भी को चुनौती दी, ''मुझे भूमि पर क्या धकेल

दिया, स्वयं को शक्तिशाली योद्धा समझने लगे आप; मैं आपको खुली चुनौती देता हूँ, यदि सामर्थ्य है तो द्वंद्व कीजिये मुझसे।''

''आज नहीं युवराज, आज नहीं।'' दुदुम्भी ने अपनी शक्ति का प्रयोग किया और तेज गति से अखण्ड के बगल से निकल गया।

किंतु कदाचित् सूर्यम इसके लिए पहले से ही तैयार था। उसने भूमि पर गिरी महाऋषि ओमेश्वर की तलवार उठाई और दुदुम्भी के पाँव पर लक्ष्य कर चला दिया।

लक्ष्य सटीक था। उस तलवार की गति दुदुम्भी की चाल से तीव्र सिद्ध हुई। वो दिव्य तलवार उसके पैर को चीरकर भूमि में धँस गयी।

'ओ...!' दुदुम्भी के मुख से चीख निकल पड़ी। केवल घाव ही नहीं, उस दिव्य तलवार का ताप भी उसके घाव को भीषण रूप से जला रहा था। यह पीड़ा दुदुम्भी के लिए असहनीय थी। वह चीखते हुए भूमि पर गिर पड़ा।

अखण्ड और सूर्यम उसके निकट गए।

''कृपा... कृपा... करो, युवराज, यह तलवार मेरे पाँव से निकाल दो।'' पीड़ा में दुदुम्भी ने विनती की।

सूर्यम अखण्ड की ओर देखने लगा।

''मैं विनती करता हूँ युवराज, इससे उचित तो यह होगा कि तुम मुझे मृत्यु दे दो।'' पीड़ा से चीखते हुए दुदुम्भी ने विनती की।

''तलवार इनके पैर से निकाल दो सूर्यम।'' अखण्ड ने सूर्य को आदेश दिया।

''किंतु, ज्येष्ठ...।''

''हम इन असुरों की भाँति दुर्दांत नहीं हैं सूर्यम, जो कहा है वो करो।'' अखण्ड ने कठोर स्वर में कहा।

''जैसा आप कहें ज्येष्ठ।'' सूर्यम ने तलवार उसके पाँव से खींच निकाली।

''आ..।'' दुदुम्भी चीखकर भूमि पर लेट गया। उसके पाँव से रक्त बहुत तीव्रता से बह रहा था।

कुछ क्षण उपरांत वह लँगड़ाते हुए भूमि से उठा और अपने सामने का दृश्य देखा। सूर्यम की तलवार उसकी गर्दन पर थी। अखण्ड और वक्रबाहु उसे घूर रहे थे।

''आपके असुर सैनिक भाग चुके हैं, इसलिए मुझे नहीं लगता कि हमारा बंदी बनने में अब आपको कोई आपत्ति होगी।'' अखण्ड ने मुस्कुराकर कहा।

दुदुम्भी ने अपने घाव की ओर देखा, ''यह घाव जो तुमने मुझे दिया है, कभी भरेगा नहीं; आज यदि तुमने मेरा वध नहीं किया, तो स्मरण रखना मेरी इस पीड़ा को,

क्योंकि इससे कहीं अधिक पीड़ा मैं तुम सबके हृदय को दूँगा।''

''इसे मूर्छित कर दो वक्रबाहु।'' अखण्ड ने वक्रबाहु से कहा।

वक्रबाहु दुदुम्भी के निकट गया और उसके कंधे की नस दबा दी। वह मूर्छित होकर भूमि पर गिर पड़ा।

अखण्ड ने साँस भरते हुए आकाश की ओर देखा, ''चलो एक बाधा तो पार हुयी।''

इसके उपरांत उसने सूर्यम की ओर देखा, ''शरीर पर इतने घाव होने के उपरांत भी तुमने इस प्रकार युद्ध कैसे किया?''

''पता नहीं ज्येष्ठ, जबसे यह तलवार मेरे हाथ में आयी है, शरीर में एक अद्भुत ऊर्जा-सी दौड़ती हुई महसूस हो रही है।'' सूर्यम ने तलवार की ओर देखा।

''मेरे लिए अब क्या आज्ञा है?'' वक्रबाहु ने प्रश्न किया।

अखण्ड उसकी ओर मुड़ा, ''आपके लिए कोई आदेश नहीं है महाबली, किंतु बहुत सारे प्रश्न है मेरे मन में, जिनके उत्तर केवल आप दे सकते हैं।''

''प्रश्न! कैसे प्रश्न?'' वक्रबाहु आश्चर्य में था।

''आप वास्तव में हैं कौन?'' अखण्ड ने प्रश्न किया।

वक्रबाहु ने कुछ क्षण विचार किया, ''इस समय मैं केवल आप दोनों का सहयोगी हूँ और कुछ नहीं।''

''उचित है, किंतु क्या आप यह जानते हैं कि मैं आपके परममित्र रक्षराज मार्केश, जिन्हें पहले दुशल के नाम से जाना जाता था, उनका पौत्र हूँ। लोग कहते हैं कि मेरी भुजाओं में जो यह असीमित बल दौड़ रहा है, वो आपके दिए वरदान के कारण है। मैं जानना चाहता हूँ कि आपने यह वरदान हमारे वंश को कब और क्यों दिया?'' अखण्ड ने प्रश्नों की बौछार कर दी।

वक्रबाहु ने अपने मस्तिष्क पर जोर डालने का प्रयत्न किया।

कुछ समय विचार करने के उपरांत वक्रबाहु ने झल्लाकर कहा, ''मैं कुछ नहीं समझ पा रहा आप क्या कह रहे हैं कुमार; न मैं किसी मार्केश को जानता हूँ और ना ही किसी दुशल को। न जाने आप किस वरदान के विषय में बात कर रहे हैं। मुझे केवल अपना नाम, अपनी शक्तियाँ और इतना ज्ञात है कि जो भी इस तलवार को मेरे शरीर से निकालकर मुझे मुक्त करेगा, मैं सदैव उसकी सहायता करूँगा।''

अखण्ड कुछ क्षण के लिए शांत हो गया।

''मुझ पर कृपा करें कुमार, मैं कुछ क्षणों के लिए एकांत में रहना चाहता हूँ।''

वक्रबाहु ने विनती की।

"उचित है, किंतु हमें शीघ्र ही प्रस्थान करना है, यदि आप हमारे साथ आना चाहते हैं तो...।" अखण्ड ने कहा।

"मैं बस पास की बहती नदी से स्नान करके आता हूँ।" वक्रबाहु ने कहा।

"अवश्य, हम प्रतीक्षा करेंगे।" अखण्ड ने सहमति जताई।

वक्रबाहु निकट ही एक नदी के की ओर स्नान करने बढ़ा।

सूर्यम अखण्ड के निकट आया, "भ्राता तेजस्वी और युगांधर हमारी प्रतीक्षा में होंगे ज्येष्ठ, विलंब करना उचित नहीं।"

"नहीं सूर्यम, अभी बहुत सारे प्रश्न हैं, जिनके उत्तर मुझे चाहिए और वैसे भी यह असुरों का गढ़ हैं; महाबली वक्रबाहु निःसंदेह हमारे लिए सहायक सिद्ध होंगे।"

"मुझे तो प्रतीत होता है कि यह अपनी स्मृतियाँ खो चुके हैं; यह किस प्रकार हमारे लिए सहायक सिद्ध होंगे?" सूर्यम ने प्रश्न किया।

अखण्ड ने सूर्यम की ओर देखा, "वो सब छोड़ो, पहले तुम मेरे एक प्रश्न का उत्तर दो।"

"कैसा प्रश्न?"

"तुम्हारा लक्ष्य भेदन इतना सटीक कबसे हो गया? तुमने तो दुदुम्भी की गति को भी मात दे दी।" अखण्ड ने प्रश्न किया।

सूर्यम मौन होकर अखण्ड को घूरने लगा।

अखण्ड धीरे से हँस दिया, "अरे मैंने तो ध्यान ही नहीं दिया; तुम्हारे हाथ में तो यह दिव्य तलवार थी, कदाचित् इसी का प्रभाव था।"

"आपको तो मेरे सामर्थ्य पर विश्वास है ही नहीं।" सूर्यम ने खीझकर कहा।

"हाँ, वो तो नहीं है।" अखण्ड मुस्कुरा दिया।

सूर्यम झल्ला गया, "मैं भी जा रहा हूँ नदी में स्नान करने, कम से शरीर और मुख पर लगा यह रक्त तो धुलेगा।"

"हाँ, तुम्हें इसकी आवश्यकता भी है।"

सूर्यम भी नदी की ओर बढ़ गया।

वहीं अखण्ड की दृष्टि दुदुम्भी की ओर गयी, '*क्या रहस्य हो सकता है पाँच महाअस्त्रों का और कौन है यह महाऋषि ओमेश्वर*।'

अध्याय 11

छल

शीघ्र ही अखण्ड, सूर्यम और वक्रबाहु उसी स्थान की ओर निकल गए, जहाँ तेजस्वी और युगांधर को उन्होंने छोड़ा था। मूर्छित दुदुम्भी भी उनके साथ था। उसे वक्रबाहु ने कंधे पर उठाया हुआ था।

कुछ समय यात्रा करने के उपरांत वह सभी उस निश्चित स्थान पर पहुँचे। वहाँ का दृश्य देख वह दंग रह गए। लगभग बीस मानवों के अकड़े हुए शव पड़े थे।

''यह सब क्या है ज्येष्ठ?'' सूर्यम विचलित-सा अनुभव कर रहा था।

''पता नहीं, न जाने किस दुर्दांत ने यह विनाश फैलाया है।'' अखण्ड भी स्तब्ध था।

कुछ समय तेजस्वी और युगांधर का नाम पुकारते हुए वह तीनों उनकी खोज करते रहे, किंतु सफलता नहीं मिली।

''अब हमें क्या करना चाहिए?'' सूर्यम ने बालक की भाँति प्रश्न किया।

अखण्ड ने कुछ क्षण विचार करने के उपरांत कहा, ''हम बहुत विलंब से यहाँ लौटकर आये हैं, संभव है कि हमारी खोज में वह दोनों भी अवश्य ही उसी दिशा में गए होंगे, जिस दिशा में हम निकले थे, हमें वहीं लौटना होगा।''

अखण्ड ने अपना अश्व वापस मोड़ लिया और उसी गुफा की ओर बढ़ चला। वक्रबाहु और सूर्यम ने मूर्छित दुदुम्भी को साथ लेकर उसका अनुसरण किया।

वहीं तेजस्वी, युगांधर और सुवर्या, अखण्ड और सूर्यम की खोज में चले जा रहे थे, किंतु मार्ग भटक गए थे। उन्हें अब सूझ ही नहीं रहा था कि वह कहाँ जायें।

''समझ नहीं आ रहा, ज्येष्ठ सूर्यम को लेकर किस दिशा में चले गए।'' तेजस्वी चिंतित था।

''हम कब तक यूँ ही उन्हें खोजने में समय व्यर्थ करते रहेंगे?'' सुवर्या ने हस्तक्षेप किया।

यह सुन युगांधर को क्रोध आ गया, ''ये कैसी बातें कर रही हो सुवर्या?''

''मुझे गलत मत समझिए नागराज। मैं बस इतना कहना चाहती हूँ कि हमारे पास दंशक के महल तक पहुँचने के दो मानचित्र थे। ज्येष्ठ होने के नाते एक मानचित्र तो युवराज अखण्ड के पास था ही, दूसरा हमारे पास है। जिस प्रकार हम उन्हें खोजते हुए भटक रहे हैं, कदाचित् वो भी इसी प्रकार भटक रहे होंगे, किंतु सत्य यह है कि हमारा अंतिम लक्ष्य दंशक का महल है। तो इस बात की पूरी संभावना है कि उन दोनों से हमारी भेंट दंशक के महल में ही हो, इसलिए मेरा सुझाव है कि हमें अपने लक्ष्य की ओर बढ़ना चाहिए, क्योंकि मुझे विश्वास है कि युवराज अखण्ड भी अंत में इसी मार्ग का चुनाव करेंगे।'' सुवर्या ने सुझाव दिया।

''सुवर्या तुम.....।'' युगांधर का क्रोध बढ़ने लगा।

''रुक जाओ युगांधर, कदाचित् सुवर्या उचित कह रही है। इस प्रकार वन में भटकने से कोई लाभ नहीं मिलेगा, निःसंदेह हमें अलग करने का षड्यंत्र असुरों ने रचा है। वो हमें भटकाते रहेंगे और हम भटकते रहेंगे। इसलिए उचित यही होगा कि हम अपने लक्ष्य की ओर आगे बढ़ें, कदाचित् ज्येष्ठ और सूर्यम से वहीं भेंट हो।'' तेजस्वी ने अपने अश्व की लगाम खींची और आगे बढ़ गया।

''और यदि उन पर कोई संकट आन पड़ा हो तो?'' युगांधर भी अपने अश्व को आगे बढ़ा तेजस्वी के समीप ले आया।

''रक्षराज मार्केश के पौत्र हैं ज्येष्ठ अखण्ड; मुझे विश्वास है इसका लाभ तो उन्हें मिलेगा ही।'' तेजस्वी आगे बढ़ता रहा।

युगांधर और सुवर्या भी उसका अनुसरण करते हुए दंशक के महल की ओर निकल गए।

वहीं अखण्ड सूर्यम और वक्रबाहु के साथ यात्रा कर रहे दुदुम्भी की चेतना लौट आयी। उसे वक्रबाहु ने अपने कंधे पर लादा हुआ था।

''यह कहाँ ले जा रहे हो मुझे?'' दुदुम्भी ने प्रश्न किया।

''मौन रहो, हम आपके ही स्थान पर लौट रहे हैं, उसके उपरांत हम दंशक के

महल की ओर बढ़ेंगे।'' अखण्ड ने कहा।

दुदुम्भी ने हाँफते हुए विनती की, ''देखो, तुमने मेरे पाँव पर जो घाव दिया है, उसके उपरांत मैं अपनी शक्तियों का प्रयोग करके भाग तो नहीं सकता, कृपा करके मुझे भी एक अश्व दे दो; इस प्रकार चलना बहुत कठिन और पीड़ादायक है।''

''ठीक है, आपकी गुफा में तो हम जा ही रहे हैं, वहाँ आपको कोई न कोई अश्व मिल ही जायेगा; संबधी हैं आप हमारे, इतना तो करना पड़ेगा आपके लिए, किंतु स्मरण रहे, फिर कोई छल करने का प्रयत्न मत करना।'' अखण्ड ने चेतावनी दी।

''हाँ हाँ, मैं कोई छल नहीं करूँगा; तुम्हारे साथ तुम्हारा बंदी बनकर दंशक के महल तक चलूँगा।'' दुदुम्भी ने विश्वास दिलाया।

''उचित है फिर।'' तीनों योद्धा अपने लक्ष्य की ओर बढ़ते रहे।

अखण्ड अपने भाइयों की खोज में भटक रहा था। वहीं दो दिवस की यात्रा के उपरांत तेजस्वी, युगांधर और सुवर्या दंशक के महल के निकट पहुँचे।

वह तीनों वृक्ष की ओट में छिपे हुए थे। दंशक का महल कुछ दूरी से उन्हें स्पष्ट दिखाई दे रहा था।

उस महल के आसपास सैकड़ों रक्षक घूम रहे थे।

''हमारी आगे की योजना क्या है सुवर्या?'' तेजस्वी ने प्रश्न किया।

''हमें रात्रि होने तक प्रतीक्षा करनी होगी। उससे पूर्व कोई भी कदम उठाना प्राणघातक सिद्ध हो सकता है।'' सुवर्या ने कहा।

''हम्म... प्रतीत होता है कि तुम्हें हमारे सामर्थ्य पर विश्वास नहीं है सुवर्या। यदि हम दो भाई चाहें तो इन सैकड़ों रक्षकों को आधे प्रहर से भी कम समय में समाप्त कर सकते हैं।'' युगांधर के शब्दों में थोड़ा अहंकार था।

सुवर्या ने उसकी ओर घूरकर देखा।

''क्या, मैं तो बस अपने सामर्थ्य का परिचय दे रहा था।'' युगांधर ने झेंपते हुए कहा।

तेजस्वी ने हस्तक्षेप किया, ''हमारा उद्देश्य विजयधनुष प्राप्त करना है युगांधर; उचित होगा कि हम अपने लक्ष्य पर ध्यान दें, बिना किसी कारण शवों पर चलने का कोई अर्थ नहीं है।''

सुवर्या ने इतराकर युगांधर की ओर देखा, ''आप कुछ कह रहे थे नागराज।''

युगांधर झेंप गया, ''नहीं, मैंने तो कुछ नहीं कहा; रात्रि की प्रतीक्षा करते हैं।''

तीनों वृक्ष की ओट में सूर्यास्त होने तक छुपे रहे। सूर्यास्त होते ही वह तीनों वृक्ष की ओट से निकलकर वन मार्ग से एक दिशा की ओर बढ़े।

''हम जा कहाँ रहे हैं?'' युगांधर ने प्रश्न किया।

''मुझ पर विश्वास रखिए और चलते रहिये।'' सुवर्या चलती रही।

कुछ समय यात्रा करने के उपरांत एक गुफा आयी। यह गुफा वन के बीचों बीच थी।

''इस गुफा से एक मार्ग है जो दंशक के महल की ओर जाता है।'' सुवर्या ने कहा।

''किंतु तुम्हें इतना सबकुछ ज्ञात कैसे है सुवर्या?'' तेजस्वी ने प्रश्न किया।

सुवर्या युगांधर की ओर देखने लगी। युगांधर ने तेजस्वी को विश्वास दिलाया, ''विश्वास रखिये भ्राताश्री, हम उचित मार्ग पर हैं।''

''ठीक है, फिर चलो।'' तेजस्वी, युगांधर और सुवर्या के साथ गुफा में प्रवेश कर गया।

पूरे आधे प्रहर चलने के उपरांत वो तीनों एक कक्ष में में पहुँचे। उस कक्ष में गहन अंधकार था।

सुवर्या ने एक मशाल जलाकर उस कक्ष में कुछ प्रकाश किया। सामने का दृश्य देख तेजस्वी देख दंग रह गया।

दिव्य-सा प्रतीत होने वाला एक धनुष सामने रखा था।

''तो क्या यही है वो दिव्य धनुष जिसकी खोज में हम यहाँ आये हैं?'' तेजस्वी ने आश्चर्य से उस धनुष को देखा।

''कदाचित् हाँ।'' युगांधर ने कहा।

''कदाचित् नहीं, निःसंदेह यही है वो विजयधनुष।'' सुवर्या ने विश्वास से कहा।

''हम तो बिना किसी कठिनाई के ही अपने लक्ष्य तक पहुँच गए।'' तेजस्वी उत्साह में आगे बढ़ा।

तभी अकस्मात् ही उस कक्ष में कई मशालें जल उठीं। पूरा कक्ष प्रकाशित हो गया। लगभग पचास असुर सैनिक दो पंक्तियों में आकर सीधे खड़े हो गए।

तेजस्वी ने अपने धनुष पर कसाव बढ़ाया। युगांधर ने अपना फरसा और सुवर्या ने अपनी तलवार खींच निकाली। वह तीनों अपने शत्रुओं के आक्रमण की प्रतीक्षा करने लगे, किंतु असुर सैनिक स्थिर खड़े रहे। कदाचित् वह किसी की प्रतीक्षा में थे।

तभी किसी योद्धा के कदमों की आहट सुनाई दी। उसके कक्ष में प्रवेश करते ही

सभी असुर सैनिक अपने घुटनों के बल झुक गए।

वह योद्धा शीघ्र ही उन तीनों के निकट आया।

उसका मुख देख तेजस्वी ने अनुमान लगाया, "तुम्हीं दंशक प्रतीत होते हो।"

वह योद्धा हँस पड़ा, "तुममें से कोई अभी इतना भी योग्य नहीं है मूर्खों, कि स्वयं महाराज दंशक तुम्हारे समक्ष आयें, इसलिए तुम सबको बंदी बनाने के लिए उनका पुत्र नागीश आया है।"

तेजस्वी ने अपने धनुष पर कसाव बढ़ाया, "तुम्हें यदि लगता है कि इन मुट्ठी भर योद्धाओं को लेकर तुम हमें बंदी बना लोगे तो प्रयत्न करके देख लो।"

दंशक पुत्र नागीश ने अपने सैनिकों को संकेत किया। उस कक्ष में ही युद्ध आरंभ होने को था।

"चलो हाथ खोलने का अवसर मिला।" युगांधर ने अपना फरसा लिया और तेजस्वी के समीप आया।

"हाँ, वो तो है।" तेजस्वी भी मुस्कुराया।

नागीश के सैनिकों ने अपने अपने अस्त्र लिए और उन तीनों की ओर दौड़ पड़े। तेजस्वी के बाण और युगांधर का फरसा बड़ी तीव्रता से असुर सैनिकों को काट रहे थे।

किंतु नागीश के मुख पर तनिक भी शिकन नहीं थीं। वह उस दिव्य प्रतीत होने वाले धनुष के निकट गया और उसे उठाकर कक्ष से बाहर जाने लगा। तेजस्वी यह देख आश्चर्य में पड़ गया, किंतु असुरों से युद्ध में व्यस्त होने के कारण उसका पीछा न कर सका। सुवर्या दौड़कर नागीश के पीछे गयी।

नागीश कक्ष के बाहर चला गया। सुवर्या उसके पीछे गयी। तेजस्वी और युगांधर असुरों से लड़ते रहे।

"सुवर्या ने बहुत बड़ी भूल की है युगांधर, उसे नागीश के पीछे नहीं जाना चाहिए था।" तेजस्वी ने चिंतित स्वर में लड़ते हुए कहा।

"वो विजयधनुष लेकर भागा है, किसी न किसी को तो उसके पीछे जाना ही था।" युगांधर ने कहा।

"वो धनुष नकली था युगांधर; गुरुदेव ने कहा था कि विजयधनुष को वही धारण कर सकता है, जो उसे स्वीकार करे जो उसके योग्य हो और मुझे नहीं लगता कि वो नागीश इस योग्य है, निःसंदेह यह कोई षड्यंत्र है।" एक असुर का सर काटते हुए तेजस्वी ने कहा।

"फिर तो हमें सुवर्या के पीछे जाना होगा, वो स्वयं को संकट में डालने जा रही है।" युगांधर चिंतित हो गया।

“अवश्य; शीघ्र चलो।” तेजस्वी ने अंतिम असुर सैनिक को गिराकर कहा।

तेजस्वी और युगांधर कक्ष के बाहर दौड़े।

“सुवर्या! सुवर्या!” युगांधर चीखने लगा।

“मौन रहो युगांधर, तुम्हारा यूँ चीखना महल के रक्षकों को सजग कर देगा।” तेजस्वी ने उसे चेताया।

“क्षमा कीजिये भ्राता, किंतु सुवर्या मुझे प्राणों से अधिक प्रिय है और यहाँ प्रश्न उसके जीवन का है; सामने यदि ईश्वर भी आ गए तो मैं उनसे भी भिड़ जाऊँगा।” युगांधर तड़पते हुए इधर-उधर देखने लगा।

तभी पीछे से एक स्वर सुनाई दिया, “तुम्हें इस पीड़ा में देखकर बहुत ही संतोष मिल रहा है नागराज, यदि इससे मुक्त होने चाहते हो तो रक्षा कर लो अपनी प्रेमिका की।”

तेजस्वी और युगांधर पीछे मुड़े। सामने नागीश खड़ा था। उसने सुवर्या को जकड़कर तलवार उसकी गर्दन पर टिका रखी थी।

‘नागीश...!’ युगांधर क्रोध से चीख पड़ा।

“बस बस नागराज युगांधर, यदि एक कदम भी आगे बढ़े तो मेरी तलवार तुम्हारी प्रेमिका की गर्दन पर चल जायेगी।” नागीश ने चेतावनी दी।

“सुवर्या को मुक्त कर दो, नागीश। अन्यथा तुम्हारे परमपिता भी तुम्हारे शव को पहचान नहीं पायेंगे।” युगांधर ने चेतावनी दी।

“मुझे ऐसा लगता है कि तुम्हें अपने शब्दों का चयन सोच-समझकर करना चाहिये।” यह कहकर नागीश ने सुवर्या के कंठ पर हल्का सा घाव किया।

‘आ...।’ सुवर्या चीख पड़ी।

‘नहीं...।’ युगांधर उसकी पीड़ा देख तड़प उठा।

“चिंतित मत हो, यह वार प्राणघातक नहीं था; किंतु यदि तुमने मेरा कहा नहीं माना तो फिर... तुम समझ ही सकते हो।” नागीश मुस्कुराया।

“ठीक है ठीक है, क्या चाहते हो तुम?” युगांधर ने क्रोध में प्रश्न किया।

“कुछ अधिक नहीं, बस तुम दोनों अपने-अपने शस्त्र रख दो और मेरे साथ बंदी बनकर चलो।” नागीश ने बड़ी सादगी से कहा।

युगांधर ने अपना फरसा भूमि पर रखा। यह देख तेजस्वी ने भी अपना धनुष नीचे रखा। दोनों ने अपने हाथ ऊपर किये। इसके उपरांत असुरों ने भाले लेकर उसे घेर लिया।

नागीश ने उन पर कटाक्ष किया, "स्वयं को विवश महसूस कर रहे होगे न! किंतु चिंतित मत हो, बहुत शीघ्र ही तुम्हें एक बहुत बड़ा सौभाग्य प्राप्त होगा; मेरे महान पिता महाराज दंशक के दर्शन होंगे तुम्हें।"

युगांधर घूरकर नागीश की ओर देख रहा था।

असुर सैनिक उन्हें बंदी बनाकर ले जाने लगे। नागीश ने सुवर्या को अब भी बंदी बना रखा था।

शीघ्र ही तेजस्वी और युगांधर को बंदी बनाकर एक स्थान पर लाया गया और खम्भे से बाँध दिया गया।

नागीश सुवर्या को लेकर वहीं खड़ा था।

"अब कृपा करके मुझे मुक्त करो भ्राता, बहुत पीड़ा सह ली मैंने।"

सुवर्या का यह वाक्य सुन तेजस्वी और युगांधर पर मानों बिजली टूट पड़ी हो।

नागीश ने सुवर्या के कंठ से तलवार हटाई और अपने शत्रुओं पर कटाक्ष किया, "यह सब तुम्हें इनके सामने नहीं कहना था सुवर्या, देखो इन बेचारों के मुख कैसे उतर से गए हैं।"

"हमारा उद्देश्य तो पूर्ण ही चुका है, फिर किस बात का भय?" सुवर्या ने मुस्कुराकर उत्तर दिया।

युगांधर पर तो मानों आसमान टूट पड़ा हो। उसके नेत्रों से अश्रु की कुछ बूँदें टपक पड़ीं, "सुवर्या तुम...।"

"अब इस प्रकार अपने इन नैनों से वार न करो नागराज, कहीं फिर से तुम्हारे प्रेम में फिसल न जाऊँ मैं।" सुवर्या के इस कटाक्ष पर उसका भाई नागीश भी हँस पड़ा।

"क्यों? आखिर क्यों...?" युगांधर ने चीखकर पूछा।

"क्यों क्या, अपनी पुत्री होने का धर्म निभाया है मैंने, यह तो मुझे करना ही था।"

"पुत्री, तुम तो अम्बरीश की पुत्री हो, फिर यह सब...!" युगांधर को आश्चर्य हुआ।

सुवर्या युगांधर के निकट आयी, "तुम्हें क्या लगता है नागराज, एक साधारण मानव-कन्या तुम्हारे प्रेम में पड़ने का साहस कर सकती है; अम्बरीश ने तो केवल बचपन से पाला है मुझे, किंतु पुत्री तो मैं नागवंश के महान असुर दंशक की हूँ।"

तेजस्वी और युगांधर स्तब्ध रह गए।

"ओफ्फ! अब मैं तुम्हारे मुख पर इतनी पीड़ा देख नहीं सकती नागराज,

इसलिए उचित होगा कि मैं यहाँ से प्रस्थान कर जाऊँ।'' सुवर्या मुस्कुराकर पीछे हट गयी।

''इस छल का बहुत भयंकर दण्ड भोगोगी तुम सुवर्या।'' युगांधर के नेत्र ज्वाला बरसा रहे थे।

''यह तो चीखता रहेगा; आखिर हृदय टूटा है, सँभलने में समय लगेगा इसे, तुम जाओ सुवर्या।'' नागीश ने सुवर्या से जाने को कहा।

''ठीक है भ्राताश्री, आप आगे सँभाल लेना।'' सुवर्या वहाँ से प्रस्थान कर गयी।

नागीश वहीं एक आसन पर बैठ गया, ''अब प्रतीक्षा करो मेरे पिताश्री की; महान नागवंशी असुर महाराज दंशक शीघ्र ही यहाँ उपस्थित होंगे।''

कुछ समय बीता। एक विशाल द्वार खुला। कई असुर सैनिक अपने-अपने अस्त्र लिए दो पंक्तियों में बँटकर सीधे खड़े हो गए।

द्वार के बाहर कुछ कदमों की आहट सुनाई दी। यह आहट कुछ अलग ही थी। उसने द्वार से भीतर प्रवेश किया। उसका मुख अति भयंकर था। क्रूरता उसके मुख से टपक रही थी।

असुर सैनिक घुटनों के बल बैठ गए और जयकारे लगाये, ''महाराज दंशक की जय हो! महाराज दंशक की जय हो!''

वो नागवंशी असुर तेजस्वी और युगांधर को घूरता हुआ उनके निकट आया, ''क्यों आये हो यहाँ?''

''हम यहाँ विजयधनुष के लिए आये हैं और उसे तो हम लेकर ही जायेंगे।'' तेजस्वी क्रोधित था।

''मेरे ज्येष्ठ रक्षराज मार्केश ने मुझे विजयधनुष की रक्षा का दायित्व सौंपा था और इस दायित्व का निर्वहन करते हुए यदि मार्ग में कोई भी आया तो उसका अंत निश्चित है। तुम्हारे पिता की मृत्यु के साथ ही मेरे ज्येष्ठ का प्रतिशोध पूर्ण हो गया था; उनका मन तो शत्रुता समाप्त करने का था, किंतु ऐसा प्रतीत होता है कि तुम सबकी मंशा कुछ और ही है।'' दंशक ने कटाक्ष किया।

''शत्रुता तो अभी आरंभ हुई है दंशक। मेरे पिता ने मुझे शिक्षा दी थी कि निजी स्वार्थ के लिए, निजी प्रतिशोध के लिए युद्ध छेड़कर लाखों योद्धाओं के प्राण संकट में डालना अधर्म है, अन्यथा न सैन्य बल और न ही सामर्थ्य की कमी है हम विदर्भ देश के वीरों में; यदि चाहते तो आठ वर्ष पूर्व ही पातालपुरी को शमशान बना देते और वैसे भी उस रक्षराज मार्केश में तो कभी मेरे पिता के समक्ष खड़े होने का सामर्थ्य था ही नहीं।'' तेजस्वी की आँखों में प्रतिशोध की ज्वाला धधक रही थी।

दंशक तेजस्वी के निकट गया, "हे मूर्ख, तू स्वयं की तुलना अपने पिता से कर रहा है। आज से लगभग साठ वर्ष पूर्व महाऋषि ओमेश्वर के आशीर्वाद से इस धरा पर दो महावीरों ने जन्म लिया था, जिन्हें त्रिदेवों के अतिरिक्त और कोई पराजित नहीं कर सकता था; एक थे विक्रमाजित और दूसरे थे असुरों में सबसे श्रेष्ठ दुर्भीक्ष। और हमारे ज्येष्ठ रक्षराज मार्केश एकमात्र ऐसे योद्धा थे, जिन्होंने इन दोनों को द्वंद्व में छकाया है। रक्षराज मार्केश; विजयधनुषधारी दुशल के नाम से भी जाना जाता था उन्हें; और तू इस खम्भे पर बँधा तुच्छ जीव उनकी बराबरी करने की बात करता है; अरे, बालक हो तुम तुम दोनों अभी।"

तेजस्वी हँस पड़ा, "तुम तो अपने कायर ज्येष्ठ का बखान ही करने लगे दंशक। विजयधनुषधारी दुशल; उस धनुष ने तो तुम्हारे उस कायर दुशल को कब का अस्वीकार कर दिया; वो एक पवित्र अस्त्र है, पापियों को स्वीकार नहीं करता।"

"मौन रह मूर्ख!" दंशक चीख पड़ा।

"सत्य चुभ सा गया तुम्हें, नहीं? स्मरण रखना कि हम दोनों की धमनियों में उसी महावीर विक्रमाजित का रक्त है, जिन्हें तुम्हारा वो ज्येष्ठ भ्राता कभी पराजित नहीं कर पाया। तुम असुरों ने कभी छल के अतिरिक्त कुछ किया ही नहीं। मार्केश ने भी छल से मेरे पिता की हत्या की और तुम तो इतने नीच हो कि वर्षों से अपनी पुत्री का उपयोग एक नीच कार्य के लिए कर रहे थे; तुम जैसा निर्लज्ज तो मैंने आज तक नहीं देखा और स्वयं को योद्धा कहते हो।" तेजस्वी ने अपना कटाक्ष जारी रखा।

दंशक की आँखों में ज्वाला धधक रही थी, किंतु फिर भी किसी प्रकार उसने अपने क्रोध पर नियंत्रण किया, "यदि मेरा वश होता तो तुम दोनों को इसी क्षण समाप्त कर देता, किंतु तुम दोनों को मैंने बंदी बलि के लिए बनाया है, तुम दोनों जैसे उच्च श्रेणी के योद्धाओं से उत्तम बलि नहीं हो सकती हमारे लिए। आने वाली दूसरी पूर्णमासी को एक लाख योद्धाओं की बलि चढ़ाई जायेगी, उसमें तुम दोनों भी सम्मिलित होगे।"

वह अपने पुत्र नागीश की ओर मुड़ा, "इन दोनों को कारागार में डलवा दो नागीश।"

इतना कहकर दंशक वहाँ से प्रस्थान कर गया।

शीघ्र ही तेजस्वी और युगांधर को बेड़ियों में जकड़कर कारागार में डाल दिया गया।

दो दिवस बीत गया। दोनों को नहीं सूझ रहा था कि वह क्या करें।

तभी काला कम्बल ओढ़े एक व्यक्ति उनके कारागार के निकट आया। उसे देख

तेजस्वी और युगांधर को थोड़ा आश्चर्य हुआ। वह व्यक्ति कारागार खोलने लगा। इसके उपरांत वह तेजस्वी और युगांधर के निकट आया और उनकी बेड़ियाँ उतार दी।

''कौन हो तुम?'' तेजस्वी ने प्रश्न किया।

उस व्यक्ति ने कोई उत्तर नहीं दिया। वह कारागार के बाहर गया और तेजस्वी और युगांधर को बाहर आने का संकेत करने लगा।

''कदाचित् ईश्वर ने स्वयं हमारे लिए सहायता भेजी भ्राताश्री, चलिए।'' युगांधर उत्साहित था।

''यह शत्रुओं का गढ़ है अनुज, किसी अंजान पर विश्वास करने की मूर्खता मत करो।'' तेजस्वी ने चेतावनी दी।

''किंतु हमारे पास और कोई मार्ग भी तो नहीं है।'' युगांधर बाहर की ओर बढ़ा।

तेजस्वी उसके हठ के आगे विवश-सा हो गया। वो भी उसके साथ कारागार के बाहर आया। बाहर का दृश्य आश्चर्यजनक था। लगभग पचास सैनिक जिन्हें कारागार की रक्षा के लिए नियुक्त किया गया था, मूर्छित पड़े थे।

वह काला कम्बल ओढ़ा हुआ व्यक्ति एक दिशा की ओर बढ़ा और तेजस्वी और युगांधर को अपने पीछे आने का संकेत करने लगा।

''मैं अब भी कह रहा हूँ युगांधर, यह अवश्य कोई छल है।'' तेजस्वी ने एक बार फिर अपने अनुज को चेतावनी दी।

''हमारे हाथ अब बँधे नहीं हैं। भ्राताश्री और न ही उस कपटी सुवर्या के प्रति मेरे हृदय में कोई भाव हैं जो हमें विवश कर पायेंगे; इन असुरों की सेना में इतना सामर्थ्य नहीं कि हमारा मार्ग रोक पायें।'' युगांधर ने विश्वास से कहा।

तेजस्वी मौन खड़ा उस कम्बल ओढ़े व्यक्ति की ओर देख रहा था।

''विचार करने का समय नहीं है भ्राताश्री; इससे पहले कि यहाँ और रक्षक आयें और हम उलझकर रह जायें, हमें उस अंजान व्यक्ति के पीछे ही जाना चाहिए।'' युगांधर को कदाचित् उस कम्बल ओढ़े व्यक्ति पर कुछ अधिक ही विश्वास हो चला था।

''ठीक है, चलो।'' तेजस्वी और युगांधर उस कम्बल ओढ़े व्यक्ति के पीछे चले।

पूरे चार प्रहर तक वह दोनों उस अंजान व्यक्ति के पीछे चलते रहे। लगभग दो गुफाओं, दो गुप्त मार्ग और एक पूरे वन को पार करके वह सभी एक स्थान पर आये। वह सभी कुछ वृक्षों की ओट में छिपे गये। सामने एक विशाल कारागृह का द्वार था। चारों दिशाओं में रात्रि का अंधकार छाया हुआ था।

''इस रात्रि के अंधकार में तुम हमें कहाँ लाये हो?'' तेजस्वी ने उस अंजान व्यक्ति से प्रश्न किया।

"हमें प्रतीक्षा करनी होगी। सूर्योदय होने को है, उसके उपरांत ही हम कोई कदम उठायेंगे।"

उस कम्बल ओढ़े व्यक्ति के शब्द सुन तेजस्वी स्तब्ध रह गया, क्योंकि यह स्वर एक स्त्री का था।

"कौन हो तुम?" तेजस्वी ने कठोर होकर प्रश्न किया।

यह सुन उस कम्बल ओढ़े व्यक्ति ने अपना कम्बल उतारा। सामने का दृश्य तेजस्वी के लिए अचंभित करने वाला था, क्योंकि सामने कोई और नहीं सुवर्या खड़ी थी। किंतु युगांधर न जाने क्यों मुस्कुरा रहा था।

युगांधर ने तेजस्वी के कंधे पर हाथ रखा, "अधीर मत होइए भ्राता, यह योजना पूर्वनिर्धारित थी।"

तेजस्वी युगांधर की ओर पलटा, "तुम्हारे कहने का अर्थ क्या है?"

"मेरे कहने का अर्थ है कि सुवर्या सदैव ही हमारे पक्ष में थी।" युगांधर ने उत्तर दिया।

तेजस्वी ने कुछ क्षण विचार किया और सुवर्या की ओर देखा, "सावधान युगांधर, यह दंशक की पुत्री है, यह उसी का षड्यंत्र प्रतीत होता है।"

यह देख सुवर्या को थोड़ा क्रोध आ गया, "मैं अम्बरीश की पुत्री रहूँ या दंशक की; एक नागकन्या के लिए सबसे बढ़कर उसका प्रेमी होता है कुमार तेजस्वी। आज से दो वर्ष पूर्व मैं नागराज युगांधर से मिली थी; अम्बरीश की योजनानुसार मुझे नागराज युगांधर को अपने प्रेम जाल में फाँसना था। किंतु उस समय जब हम दोनों के हृदय में प्रेम के अंकुर फूटे, न उस समय मेरे मन में कोई छल था, न आज है, मैं अपने प्रेमी के प्रति पूर्ण रूप से समर्पित हूँ।"

युगांधर ने सुवर्या का बचाव करते हुए कहना आरंभ किया, "यही सत्य है भ्राताश्री। स्मरण है आपको, जब हम पाताल की यात्रा पर निकलने वाले थे, सुवर्या मुझे एक ओर ले गयी और मुझे एक रहस्य बताया कि वो अम्बरीश की नहीं, रक्षराज मार्केश के अनुज दंशक की पुत्री है। यह पूरे आधे प्रहर तक मुझसे वार्ता करती रही और इसी ने मुझे यह योजना समझायी।"

"कैसी योजना?" तेजस्वी ने प्रश्न किया।

सुवर्या ने आगे की कथा कहनी आरंभ की, "असुरों की योजना पर कार्य तबसे चल रहा था जब नागराज युगांधर का जन्म हुआ था। युगांधर एक दिव्य मानव विक्रमाजित और नागकुमारी कनिष्का की संतान थे, अनुमान था कि वो नागलोक के सबसे शक्तिशाली योद्धा बनेंगे। दंशक के घर में जिस दिन मेरा जन्म हुआ, उसी दिन

मुझे अम्बरीश के मृत पुत्र से बदल दिया गया। उस अम्बरीश ने मुझे एक क्रीड़ावस्तु की भाँति उपयोग किया। पुत्री नहीं दासी बनाकर रखा मुझे और उसे अपना पिता मानकर मैं सब कुछ सहती रही। जब मैं युवा हुई तो उसी ने मुझे विवश करके नागराज युगांधर के पास प्रेम-प्रसंग रचाने भेजा। यह आरंभ था अम्बरीश और मेरे पिता दंशक की योजना का। उनकी योजना थी कि किसी प्रकार मैं नागराज युगांधर का विश्वास जीत लूँ। मेरी माता की मृत्यु के उपरांत अम्बरीश पर संकट मँडराने लगा, क्योंकि हस्तिनापुर के नए नरेश महाराज इलियान केवल एक मार्ग खोज रहे थे, अम्बरीश को देश निकाला देने का। यह देख अम्बरीश ने मुझे विवश किया कि मैं नागराज युगांधर को उनका रक्षाकवच बनाऊँ, उसे अपना पिता समझकर मैंने उसकी यह बात भी मान ली।''

सुवर्या ने साँस भरी और कहना जारी रखा, ''किंतु दो माह पूर्व मेरे पिता अम्बरीश मुझे हस्तिनापुर के एक गुप्त स्थान पर स्थित एक छावनी में ले गए। यह असुरों की छावनी थी; यहाँ अम्बरीश ने मुझे अपने वास्तविक पिता दंशक के दर्शन कराये और मेरे जीवन का सत्य बताया; वहाँ उन्होंने मुझे अपनी वास्तविक योजनाओं से अवगत कराया।''

''वास्तविक योजना? कैसी योजना?'' तेजस्वी ने प्रश्न किया।

''इनके दो उद्देश्य हैं; हस्तिनापुर में अम्बरीश की देख-रेख में पिछले कुछ वर्षों से असुरों की गुप्त सैन्य छावनियाँ का निर्माण हो रहा है। इनका प्रमुख उद्देश्य अपने कार्यक्षेत्र का फैलाव बढ़ाना है, ताकि यह जब महाराज इलियान की हत्या करवायें, तब हस्तिनापुर की सेना का मनोबल टूट जाए और वो इनके आगे कमजोर पड़ जाये।''

तेजस्वी की आँखें आश्चर्य से फट पड़ीं, ''महाराज इलियान की हत्या... ओह। अब मैं समझा। हस्तिनापुर और विदर्भ आर्यावर्त की महान शक्तियों में से एक हैं और इस षड्यंत्र से वो महाराज इलियान को सिंहासन से हटाकर अपने किसी दास राजा को सिंहासन पर बैठाना चाहते हैं, ताकि आर्यावर्त की एक महान शक्ति असुरों के अधीन हो जाए।''

''कोई और दास राजा नहीं, हस्तिनापुर के सिंहासन पर उस अम्बरीश को बैठाने की ही योजना है उनकी।'' सुवर्या ने तेजस्वी के अधूरे वाक्य को पूरा किया।

''और इनका दूसरा उद्देश्य क्या है सुवर्या?'' तेजस्वी ने दोबारा प्रश्न किया।

इसका उत्तर युगांधर ने दिया, ''दंशक की योजना थी कि किसी प्रकार सुवर्या हमारा विश्वास जीत हमें पातालपुरी ले आये। दंशक ने कहा था कि वो हमें बलि के लिए जीवित छोड़ रहा है, किंतु उसकी वास्तविक योजना मुझे बंदी बनाकर मेरे पितामह विषंधर को विवश करने की थी, कि वो मेरे प्राणों के एवज में नागलोक का सिंहासन उसे सौंप दें। योजना के अनुसार सुवर्या हमें यहाँ ले आयी, इससे दंशक को इस पर

पूर्ण विश्वास हो गया। दो दिवस तक हम बंदी बने रहे, ताकि सुवर्या यहाँ की पूरी परिस्थिति और दंशक को पराजित करने का मार्ग हमें दिखा सके।''

तेजस्वी ने कुछ क्षण विचार किया, ''ओह! तो क्या एक लाख योद्धाओं की बलि देने की बात मिथ्या थी?''

''मुझे भी ऐसा ही लगा था कुमार, किंतु इन योद्धाओं की बलि देने वाली बात सत्य है और इसीलिए मैं आप दोनों को यहाँ ले आयी हूँ, ताकि हम इन योद्धाओं को मुक्त करा सकें।'' सुवर्या ने कहा।

तेजस्वी ने कुछ विचार कर कहा, ''दंशक के मुख से मैंने सुना था कि हम उच्च श्रेणी के योद्धा हैं, इसलिए हम बलि के लिए उपयुक्त हैं; निःसंदेह वो सभी बंदी योद्धा भी उच्च कोटी के वीर होंगे।''

''आप क्या युद्ध छेड़ने का विचार कर रहे हैं भ्राताश्री?'' युगांधर ने प्रश्न किया।

''कदाचित् इसकी आवश्यकता पड़ सकती है युगांधर; हमें हर परिस्थिति के लिए सज्ज रहना होगा।'' तेजस्वी की आँखों से ही लग रहा था कि उसके मन में कुछ चल रहा था।

''हमारा प्रथम उद्देश्य विजयधनुष तक पहुँचना है भ्राताश्री।'' युगांधर ने उसे स्मरण कराया।

''तो फिर मुझे बताओ कहाँ है विजयधनुष?'' तेजस्वी ने प्रश्न किया।

इसका उत्तर न तो सुवर्या के पास था और न ही युगांधर के पास। दोनों मौन थे।

तेजस्वी ने उनके मौन से अनुमान लगाया, ''तुम दोनों को कभी यह ज्ञात था ही नहीं कि विजयधनुष वास्तव में है कहाँ। तुमने इतनी परिपक्व योजना बनाई, किंतु मुझपर विश्वास नहीं था, इसलिए इस योजना में मुझे सम्मिलित भी नहीं किया।''

युगांधर ने क्षमा प्रार्थना की, ''क्षमा कीजिये भ्राताश्री, प्रश्न विश्वास का नहीं, वचन पालन का है। पातालपुरी की यात्रा आरंभ करने से पूर्व सुवर्या मुझे आधे प्रहर के लिए अकेले में वार्ता करने ले गयी थी, तभी उसने मुझे यह योजना समझाई थी और उसने मुझसे वचन माँगा था कि इसके विषय में मैं और किसी को न बताऊँ। हाँ, यहाँ आने से पूर्व हमें यह नहीं पता था कि षड्यंत्र करके हम भाइयों को अलग दिया जाएगा...।''

''एक बात मैं विश्वास से कह सकती हूँ, विजयधनुष दंशक के महल में नहीं है, किंतु पूरी पातालपुरी में यह अफवाह फैलायी गयी है कि विजयधनुष यहीं हैं।'' सुवर्या ने बताया।

''हम्म, कदाचित् विजयधनुष की रक्षा के लिए ही यह अफवाह फैलायी गयी

होगी, किंतु चिंता का विषय इस समय ज्येष्ठ अखण्ड और सूर्यम है। न जाने वो लोग कहाँ हैं और किस स्थिति में हैं?'' तेजस्वी चिंतित था।

सुवर्या मुस्कुराई, ''उसकी आप चिंता मत कीजिये कुमार; मैंने कहा था न, मैंने उन्हें दंशक के महल का मानचित्र दे रखा है। वह सुरक्षित हैं और यहाँ पहुँचने वाले हैं।''

''इसका अर्थ वह यहाँ आ रहे हैं? अद्भुत सुवर्या। तुम्हारा कार्य निःसंदेह प्रशंसा के योग्य है।'' तेजस्वी के मुख पर मुस्कान थी।

युगांधर सुवर्या के निकट गया, ''आज से दो वर्ष पूर्व तुम्हें मुझे प्रेम के जाल में फाँसने के लिए भेजा गया था, किंतु कदाचित् तुम्हें भी ज्ञात नहीं हुआ कि कब तुम्हें मुझसे सच में प्रेम हो गया, है न!''

सुवर्या के नेत्रों से भी अश्रु की कुछ बूँदें टपक पड़ीं, ''वो अम्बरीश हो या मेरे पिता दंशक; उन लोगों ने केवल मुझे पीड़ा दी, मेरा एक क्रीड़ा करने वाली वस्तु के समान उपयोग किया; किंतु आपने जो दो वर्षों में जो मुझे प्रेम और मान-सम्मान दिया है उसके लिए तो मैं स्वयं ईश्वर से लड़ जाऊँ, फिर मेरे इस कपटी परिवार की क्या बिसात।''

युगांधर ने साँस भरी और प्रेम से सुवर्या की ओर देखा, ''अपना बीता हुआ कल भूल जाओ सुवर्या... स्मरण है, मैं तुमसे सदैव प्रश्न करता था कि तुम मुझसे प्रेम करती हो तो हमारे विवाह में विलंब क्यों हो रहा है, किंतु तुम सदैव इस बात को टाल देती थी, क्योंकि उस समय तुम अम्बरीश और दंशक की योजना का भाग थी। वास्तव में तो हमारी प्रेम कहानी का आरंभ अब हुआ है सुवर्या।''

युगांधर थोड़ा पीछे हटा और अपने दोनों हाथ फैलाये, ''अपना अतीत भूल जाओ सुवर्या, क्योंकि आज से हुआ है हमारी प्रेम कहानी का आरंभ। आज से लोग यही कहेंगे कि हमारी भेंट पातालपुरी में हुई थी और वहीं से हम दोनों के हृदय में प्रेम के अंकुर फूटे, क्योंकि तुम्हारा वास्तविक स्वरूप तो मैंने यहीं आकर जाना है कि तुम साधारण मानव कन्या नहीं, अपितु मेरे ही समान एक इच्छाधारी नागिन हो। तुम्हारे अतीत के विषय में कभी किसी को कुछ ज्ञात नहीं होगा, क्योंकि न तुम अम्बरीश की पुत्री हो और न उस दंशक की। तुम केवल नागराज युगांधर की नागरानी सुवर्या हो और तुम्हें वह हर मान सम्मान मिलेगा, जो एक रानी को मिलता है।''

सुवर्या भावुक होकर युगांधर के हृदय से लिपट गयी। यह देख तेजस्वी मुस्कुराने लगा। काफी समय तक दोनों एक-दूसरे के आलिंगन में बँधे रहे।

''कदाचित् तुम दोनों को विस्मरण हो गया है कि इस समय हम शत्रु के गढ़ में हैं।'' तेजस्वी ने उन दोनों को चेताया।

युगांधर और सुवर्या एक दूसरे हड़बड़ाकर अलग हुए।

"क्षमा कीजिये कुमार।" सुवर्या लजाई हुई थी। युगांधर भी मौन था।

तेजस्वी कुछ कदम आगे आया, "छल असुरों ने भी किया और हमने भी, किंतु अब सामने से वार करने का समय है; बलि के बंधकों को मुक्त कराने का समय आ गया है।"

अध्याय 12

पाताल का युद्ध

''अब यह बताओ सुवर्या, तुम हमें यहाँ क्यों लायी हो?'' तेजस्वी ने प्रश्न किया।

सुवर्या ने वृक्ष की ओट के पार दिखने वाले विशाल द्वार की ओर संकेत किया, ''वो जो विशाल द्वार दिख रहा है, वो एक बंदीगृह है, जिसमें रक्षराज मार्केश ने वर्षों तक युद्ध करके आर्यावर्त की भूमि के लगभग एक लाख उच्चकोटि योद्धाओं को बंदी बना रखा है। आज से दूसरी पूर्णमासी को वह इन सबकी बलि देने वाला है, जिससे उसे असीमित शक्ति प्राप्त होगी।''

''ओह! तो तुम चाहती हो कि हम उन सभी योद्धाओं को मुक्त करायें?'' तेजस्वी ने प्रश्न किया।

''निःसंदेह सूर्योदय होने को है, हमें शीघ्र ही बंदियों को मुक्त कराने का उपाय खोजना होगा। जैसा कि आपने कहा था कि हमें एक सेना की आवश्यकता है, यह बंदी ही हमारी सेना बनेंगे।'' सुवर्या ने सुझाव दिया।

तेजस्वी ने सुवर्या से आश्चर्य में एक प्रश्न किया, ''तो तुम हमसे सूर्योदय होने की प्रतीक्षा करने को क्यों कह रही हो सुवर्या? रात्रि का यह अंधकार तो सबसे उत्तम अवसर और समय है अपने कार्य को संपन्न करने का।''

''ऐसा नहीं है कुमार; सूर्योदय होते ही बंदियों को भोजन देने के लिए आधे प्रहर

के लिए बंदीगृह का यह मुख्य द्वार खुलता है, हमें उसी अवसर का लाभ उठाना है। हमें उन बंदियों के बीच जाकर पहले उनका विश्वास जीतना होगा, उसके उपरांत ही वो युद्ध में हमारा समर्थन करेंगे और इसके लिए हमारे पास सूर्यास्त तक का समय है, क्योंकि सूर्यास्त के समय रात्रिभोज के लिए एक बार फिर द्वार खोला जाता है। तब तक हमारी कार्यप्रणाली गुप्त रहनी चाहिए।'' सुवर्या ने समझाया।

तेजस्वी और युगांधर ने कुछ क्षण विचार किया।

''तुमने कहा था कि ज्येष्ठ भ्राता अखण्ड और सूर्यम भी यहाँ पहुँचने वाले हैं; वो लोग कहाँ हैं?'' तेजस्वी ने प्रश्न किया।

''तनिक पीछे मुड़के देखिये कुमार।'' सुवर्या मुस्कुरायी।

रात्रि का अंधकार छंट चुका था। सूर्योदय से पूर्व होने वाला हल्का प्रकाश फैलने लगा था। उसी मद्धिम प्रकाश में जब तेजस्वी पीछे मुड़ा तो उसे अपने भ्राताओं को पहचाने में देर नहीं लगी।

''कहाँ थे आप ज्येष्ठ?'' तेजस्वी ने साँस भरते हुए प्रश्न किया।

''बस असुरों ने हमें भटका दिया था, किंतु चिंतित मत हो, अब इस अभियान में हम सब साथ हैं।'' अखण्ड मुस्कुराया।

तभी उसका ध्यान वक्रबाहु और लँगड़ाते हुए दुदुम्भी की ओर गया, ''ये आपके साथ कौन है ज्येष्ठ?''

सूर्यम ने इसका उत्तर दिया, ''ये हैं महाबली वक्रबाहु; वर्षों के श्राप से इन्हें मैंने मुक्त करवाया, इसलिए इन्होंने वचन दिया है कि यह हमारे हर उद्देश्य में हमारा समर्थन करेंगे।''

अखण्ड ने भी सूर्यम की प्रशंसा की, ''और यह है रक्षराज मार्केश का भाई दुदुम्भी। सूर्यम ने इसके पाँव को घायल कर दिया, इसलिए अब यह अपनी शक्तियों का प्रयोग नहीं कर सकता, इसे विवश करने में भी सूर्यम की ही वीरता है।''

''वाह सूर्यम, हमें तो ज्ञात ही नहीं था कि तुम्हारी भुजाओं में इतना बल है।'' तेजस्वी ने अपने अनुज की प्रशंसा करते हुए कहा।

''यह बात आप ज्येष्ठ को समझाइए, इन्हें लगता है कि मेरा सम्पूर्ण सामर्थ्य इस तलवार के कारण है।'' सूर्यम ने महाऋषि ओमेश्वर की दिव्य तलवार दिखाकर कहा।

सुवर्या उस तलवार को देख आश्चर्य में पड़ गयी, ''हाँ यही है वो तलवार।''

''कैसी तलवार सुवर्या?'' युगांधर ने प्रश्न किया।

''ऐसी ही एक तलवार दंशक के शस्त्रागार में भी सुरक्षित रखी हुई है। मैंने सुना है कि इस तलवार के प्रयोग से संसार के सबसे शक्तिशाली असुर का भी वध किया जा

सकता है।'' सुवर्या ने उस दिव्य तलवार को पहचान लिया था।

''तो इसका अर्थ यह है कि रक्षराज मार्केश का वध भी इससे संभव है?'' युगांधर उत्साहित हो गया।

''नहीं युगांधर, ब्रह्मदेव के वरदान के कारण रक्षराज की मृत्यु संसार के किसी अस्त्र से संभव नहीं है। किंतु इस समय हमारा उद्देश्य रक्षराज वध नहीं, विजयधनुष की प्राप्ति है।'' तेजस्वी ने समझाया।

''किंतु विजयधनुष तो दंशक के महल में है ही नहीं फिर हम उसे खोजें कहाँ?'' युगांधर ने प्रश्न किया।

तेजस्वी ने कुछ क्षण विचार किया, ''जैसा कि मैंने सुन रखा है, भगवान् महाबली का वह विजयधनुष आधुनिक युग में केवल दो योद्धा उठा पाए थे... एक था वो रक्षराज मार्केश और दूसरे महाराज विक्रमाजित। यदि विजयधनुष दंशक के महल में नहीं है तो निःसंदेह उसके लिए सबसे सुरक्षित स्थान एक ही हो सकता है, रक्षराज मार्केश का महल।''

''कहीं तुम्हारा संकेत इन बंदी योद्धाओं को सेना के रूप में प्रयोग करने का तो नहीं है?'' अखण्ड ने अनुमान लगाया।

''आप उचित समझे ज्येष्ठ, यही योजना है हमारी।'' तेजस्वी मुस्कुराया।

कुछ क्षण विचार करने के उपरांत अखण्ड ने कहा, ''मेरे पास भी एक योजना है।''

''कैसी योजना ज्येष्ठ?'' तेजस्वी ने प्रश्न किया।

अखण्ड ने सूर्यम की ओर देखा, ''बताता हूँ सूर्यम; यह दिव्य तलवार युगांधर के हाथ में दे दो।''

''जो आज्ञा ज्येष्ठ।'' सूर्यम ने अपने ज्येष्ठ की आज्ञा पर एक बार भी प्रश्न नहीं उठाया और झट से तलवार नागराज युगांधर की ओर बढ़ाई।

युगांधर संकोच में पड़ गया।

''संकोच मत करो नागराज; दंशक नागवंशी असुर है, उचित होगा कि तुम स्वयं उसका सामना करो। चूंकि तुम भी एक नाग हो, उसका विष तुम पर कोई प्रभाव नहीं डाल पायेगा और यह महाअस्त्र जो सूर्यम तुम्हारे हाथों में दे रहा है, संसार के सबसे शक्तिशाली असुर का भी वध करने की क्षमता रखता है, इसलिए इसका तुम्हारे पास होना आवश्यक है।'' अखण्ड ने कहा।

युगांधर के मन में अभी भी हिचकिचाहट थी, ''यह तलवार तुम्हें बहुत कठिनाई से मिली है सूर्यम, मैं ऐसे कैसे...।''

सूर्यम ने उसे समझाया, ''इसे स्वीकार कीजिये भ्राता युगांधर। बाल्यकाल से भले ही हम साथ नहीं रहे, किंतु हमारा जो रक्त संबध है उसे तो आप नकार नहीं सकते; अपने अनुज की ओर से प्रथम भेंट समझकर इसे स्वीकार कीजिये।''

''सूर्यम को अभी एक और ऐसी ही तलवार उठानी है, जो दंशक के शस्त्रागार में है, इसलिये यह तलवार तुम अपने पास रखो।'' अखण्ड ने उसे समझाया।

युगांधर ने तलवार उठाई, ''जो आज्ञा ज्येष्ठ। अब दो दिव्यास्त्र हैं मेरे पास, एक मेरा दिव्य फरसा और अब यह तलवार।''

''हमें दंशक को पराजित कर उसके महल पर अधिकार करना होगा।'' अखण्ड ने सुझाव दिया।

''किंतु हम यह करेंगे कैसे?'' सूर्यम ने प्रश्न किया।

''हम इन बंदियों को मुक्त करके अपनी सेना बनायेंगे और दंशक के महल पर अधिकार करने के उपरांत विजयधनुष की खोज करेंगे।'' अखण्ड ने सुझाव दिया।

सूर्यदेव अब पूरी तरह उदय हो चुके थे। प्रकाश चारों दिशाओं में फ़ैल चुका था। कारागार का विशाल द्वार खुला और लगभग पाँच सौ असुर सैनिकों ने भोजन-सामग्री लेकर उसमें प्रवेश किया। यह समस्त कार्य एक असुर के दिशा-निर्देश में हो रहा था।

''यह तो रक्षराज का भाई हिडिम्ब प्रतीत होता है।'' तेजस्वी ने अनुमान लगाया।

''तुम्हारा अनुमान उचित है तेजस्वी, यह वही है; महाराज विक्रमाजित और रक्षराज के हुए द्वंद्व के दौरान मैंने देखा था इसे।'' अखण्ड ने बताया।

''तो हमारी आगे योजना क्या है?'' युगांधर ने प्रश्न किया।

कुछ क्षण विचार करने के उपरांत अखण्ड ने कहना आरंभ किया, ''तेजस्वी, युगांधर और सुवर्या अपना रूप परिवर्तित करने की विद्या जानते हैं, इसलिए तुम तीनों इसी समय कारागार में प्रवेश करोगे; बाक़ी मैं और सूर्यम दंशक का शस्त्रागार खोजेंगे, ताकि हमें बंदी योद्धाओं के लिए अस्त्र मिल सकें और वो सशस्त्र होकर इस युद्ध में हमारा साथ दे सकें।''

सुवर्या ने हस्तक्षेप किया, ''शस्त्रागार खोजने की आवश्यकता नहीं है, वह यहाँ से कुछ कोस की दूरी पर दक्षिण दिशा में स्थित है; किंतु वहाँ एक सहस्त्र से भी अधिक रक्षक हैं।''

''ठीक है, फिर हम शस्त्रागार के निकट तुम सबकी प्रतीक्षा करेंगे; एक सहस्त्र की संख्या कुछ अधिक नहीं है। बस तेजस्वी, तुम्हें इस बात का ध्यान रखना होगा कि तुम्हें उन बंदी योद्धाओं के भीतर इतना क्रोध जगाना है कि जब वो कारागार से बाहर आयें तो बिना शस्त्रों के ही अपने शत्रुओं पर भारी पड़ें।'' अखण्ड ने सुझाव दिया।

“अवश्य ज्येष्ठ, हम शीघ्र ही अपने उद्देश्य में सफल होकर शस्त्रागार के निकट मिलेंगे।” तेजस्वी ने अपने आँखें बंद की और और अपने पिता महाराज विक्रमाजित की सिखाई हुई विद्या का प्रयोग कर स्वयं को एक असुर का रूप दे दिया।

युगांधर और सुवर्या ने भी अपनी नागशक्ति का प्रयोग किया और असुर का वेश धर लिया।

तत्पश्चात वह असुरों की भीड़ का भाग बनकर हिडिम्ब की दृष्टि से बचते हुए कारागार में प्रवेश कर गये।

“चलो सूर्यम, हमें भी संध्या होने से पूर्व अपना कार्य संपन्न करना है।” अखण्ड ने सूर्यम से कहा।

“और वक्रबाहु, तुम दुदुम्भी को ले आओ।” अखण्ड ने वक्रबाहु को आज्ञा दी।

‘अवश्य।’ किंतु जब वक्रबाहु ने पलटकर देखा तो दुदुम्भी वहाँ नहीं था।

अखण्ड क्रोध में आगबबूला हो गया, “कैसे... कैसे हुआ ये?”

“पता ही नहीं चला भ्राताश्री, हम बातों में उलझे रहे और...।” सूर्यम भी चकित था।

“उसे कदाचित् हमारी योजना का भान हो गया है, हमें शीघ्र ही शस्त्रागार की ओर बढ़ना चाहिए। इतनी शीघ्र सेना तैयार नहीं हो सकती, इसलिए जहाँ तक मेरा अनुमान है, दंशक किसी संदेशवाहक को भेजकर शस्त्रागार सुरक्षित करने का निर्देश देगा। हमें शस्त्रागार तक किसी भी संदेशवाहक को पहुँचने से रोकना होगा चलो।” अखण्ड के साथ वक्रबाहु और सूर्यम शस्त्रागार की ओर बढ़े।

तेजस्वी, युगांधर और सुवर्या कुछ समय तक असुरों की उस भीड़ का भाग ही बने रहे, जो बंदियों को भोजन पहुँचाने आये थे। दो सहस्त्र से भी अधिक विशाल बंदी-गृह थे उस कारागार में और लगभग सौ रक्षक उस बंदीगृह की रक्षा के लिए भीतर नियुक्त किये गए थे।

युगांधर और सुवर्या ने भीड़ का लाभ उठाया और धीमी फुंकार से तीन असुर रक्षकों को मूर्छित कर दिया और उन्हें हटाकर तेजस्वी के साथ उनका स्थान ले लिया।

भोजन देने वाले असुर दल की आखिरी पंक्ति कारागार से बाहर निकल गयी। कारागार का मुख्य द्वार बंद हो गया। अब लगभग सौ रक्षक बंदीगृह के आसपास मंडरा रहे थे और वह तीनों उस दल में सम्मिलित हो चुके थे।

तेजस्वी, युगांधर और सुवर्या ने धीमी विष बुझी सुइयाँ ली और बड़ी सफाई से एक-एक रक्षक को चुभोने लगे। वार इतना सूक्ष्म था कि असुरों को ऐसा आभास हुआ

कि उन्हें कोई मच्छर काट गया हो। कुछ ही समय में सुइयों पर लगा विष सभी रक्षकों के शरीर में समा चुका था।

परिणाम शीघ्र ही सामने आया। एक-एक करके सभी असुर भूमि पर गिरने लगे। उन्हें समझ ही नहीं आया कि उनके साथ हुआ क्या।

"चलो, अब इनमें से कोई तीन प्रहर तक नहीं उठेगा।" युगांधर ने साँस भरी और अपने वास्तविक रूप में आ गया।

सुवर्या और तेजस्वी भी अपने वास्तविक रूप में आये।

तत्पश्चात तीनों योद्धाओं ने अपने अपने शस्त्र उठाये और बंदीगृह के ताले तोड़ने आरंभ किये। पूरे एक प्रहर के कठिन परिश्रम के उपरांत दो सहस्त्र बंदीगृह टूटे और एक लाख योद्धाओं के नेत्रों में आशा की किरण-सी जाग उठी।

धीरे-धीरे करके वह सभी बाहर आने लगे। अपने जीवन की आशा छोड़ चुके उन बंदियों को बिलकुल अनुमान नहीं था कि असुरों के गढ़ में भी उनकी सहायता करने कोई आ सकता है।

उनमें से एक बंदी तेजस्वी के निकट आया। वह युवा प्रतीत हो रहा था, "कौन हैं आप? बलि के लिए तो अभी काफी समय शेष है, तो फिर हमारे बंदीगृह क्यों खोले गये हैं?"

"मैं विदर्भ का राजकुमार तेजस्वी हूँ और यह नागलोक के राजा और रानी युगांधर और सुवर्या हैं, हम आप सबकी सहायता करने आये हैं।" तेजस्वी ने परिचय दिया।

"हमारी सहायता करने का कोई विशेष कारण?" उस व्यक्ति ने प्रश्न किया।

"ऐसा प्रतीत होता है कि आप सब जीवन की आशा ही छोड़ चुके हैं भद्र, किंतु मैं आपको बता दूँ कि हम आप सबकी सहायता के लिए यहाँ आये हैं और हम चाहते हैं कि आप सब स्वयं अपनी स्वतंत्रता के इस संग्राम में विजयी होकर अपने इस बंदी जीवन से मुक्ति पायें।" तेजस्वी ने कहा।

"संग्राम? कैसा संग्राम?" उस बंदी ने प्रश्न किया।

"इस संग्राम का अंत तभी होगा, जब रक्षराज मार्केश का अंत हो जायेगा और उसके लिए हमें आप सभी का सहयोग चाहिए, क्योंकि आप सभी को ज्ञात ही होगा कि बलि के लिए केवल उच्च-श्रेणी के योद्धाओं को बंदी बनाया जाता है और यह सिद्ध करता है कि आपमें से हर एक योद्धा दस दस असुरों को धूल चटा सकता है।" तेजस्वी कहता गया।

"एक क्षण रुकिए कुमार! कुछ भी कहने से पूर्व आप इन बंदियों की ओर

देखिये; वर्षों से बंधक बने योद्धाओं ने न जाने कितने समय से अस्त्रों को हाथ नहीं लगाया है... चलिए मैं मगध का युवराज 'शाल्व' आपके समर्थन में खड़ा होने को सज्ज हूँ और मेरे साथ मेरे दल के बीस सहस्त्र योद्धा जो इन बंदियों में सम्मिलित हैं, आपका समर्थन करने को सज्ज हैं; किंतु क्या आप शेष योद्धाओं को इसके लिए मना पायेंगे? यदि नहीं, तो इन्हें यहाँ छोड़कर मैं आपका समर्थन करने नहीं आऊँगा, भले ही वो मेरे राष्ट्र से हो या नहीं।'' मगध के युवराज शाल्व ने तर्क दिया।

कुछ क्षण विचार करने के उपरांत तेजस्वी ने कहना आरंभ किया, ''आप कहते हैं कि इन योद्धाओं ने वर्षों से शस्त्रों को हाथ नहीं लगाया और ऐसा कहकर आप स्वयं ही इनका मनोबल तोड़ रहे हैं; युद्ध इच्छाशक्ति से किया जाता है युवराज, बस अपने सामर्थ्य पर विश्वास रखने की आवश्यकता है; क्या आपको स्वयं पर विश्वास नहीं है?''

शाल्व के मुख पर दबी हुई हँसी थी, ''आप सामर्थ्य और विश्वास का प्रश्न मत कीजिये कुमार; मैं वो योद्धा हूँ जिसने रक्षराज मार्केश जैसे योद्धा को पूरे दो प्रहर तक छकाया था। और आप कौन हैं? आप पर विश्वास इतने सारे योद्धाओं के प्राण हम संकट में क्यों डालें? रक्षराज को पराजित करना असंभव है।''

युगांधर से यह सहन न हुआ, ''आपने केवल दो प्रहर तक रक्षराज को टक्कर दी है; मेरे भ्राता तेजस्वी ने पूरे एक दिन तक युद्ध करके रक्षराज का धनुष काटकर उसे निःशस्त्र किया है, यह सामर्थ्य है मेरे भ्राता और विदर्भ के राजकुमार तेजस्वी का।''

शाल्व आश्चर्य से तेजस्वी की ओर देखने लगा।

तेजस्वी ने उसे समझाने का प्रयत्न किया, ''मेरे पिता ने मृत्यु से पूर्व कुछ शब्द कहे थे कि मृत्यु तो एक दिन तेरी भी होगी, मेरी भी होगी; मृत्यु तो अंतिम सत्य है, इसका शोक न कर; जब तक जीवित है, अपने उद्देश्य की ओर बढ़, न्याय का समर्थन कर, अन्याय के विरुद्ध शस्त्र उठा, अपने जीवन का यही उद्देश्य बना।''

शाल्व के हृदय के साथ-साथ बाकी योद्धाओं के हृदय पर भी उन शब्दों ने गहरा प्रभाव डाला।

तेजस्वी बंदियों के मध्य गया और कहना जारी रखा, ''हो सकता है आने वाले युद्ध में आपमें से कई योद्धाओं को अपने प्राणों की आहुति देनी पड़े, किंतु यदि युद्ध में भाग नहीं लिया तो आज कुछ दिनो के उपरांत वैसे भी आपकी बलि चढ़ा दी जायेगी और उस सूरत में भी आपको मृत्यु ही मिलेगी; प्रश्न यहाँ चुनाव का है कि आप रक्षराज मार्केश की बलि बनकर उसे शक्तिशाली बनाना चाहते हैं, या अपनी स्वतंत्रता के लिए युद्ध करते हुए वीरगति का सम्मान पाना चाहते हैं। वर्षों से आपने शस्त्र नहीं उठाये, इस बात को आप अपनी दुर्बलता बनाना चाहते हैं या असुरों ने जो इतने समय से अपने स्वार्थ के लिए आप सब पर जो अत्याचार किये, आपको आपके परिवार से दूर किया,

इस पीड़ा को स्मरण कर असुरों के लिए मन में क्रोध जगाकर उसे अपना प्रबल अस्त्र बनाना चाहते हैं? अपनी स्वतंत्रता के लिए युद्ध करना चाहते हैं? निर्णय आपका है, आप यदि हमारा सहयोग नहीं करेंगे तो भी बिना एक शब्द कहे हम प्रस्थान कर जायेंगे; किंतु युद्ध तो हम करेंगे और रक्षराज का अंत भी हमारे ही हाथों होगा, भले ही आप हमारी सहायता करें या नहीं।''

शाल्व का मन ग्लानि से भर उठा, ''आपने उचित कहा कुमार; आपके शब्दों ने मेरे भीतर का क्षत्रिय जगा दिया है; रक्षराज की बलि बनने से तो कोई उचित होगा कि हम युद्ध में भाग लें। विजयी हुए तो सर उठाकर अपने परिवार के पास जायेंगे और अपनी शौर्यगाथा का वर्णन करेंगे और यदि वीरगति को भी प्राप्त हुए तो मन में इस बात का संतोष रहेगा कि इस जीवन में अपनी स्वतंत्रता के लिए युद्ध करते हुए रणभूमि पर अपने प्राणों की आहुति दी। कोई और आपका साथ दे या न दे, मैं और मेरे राज्य के बीस सहस्त्र योद्धा आपकी ओर से अवश्य इस युद्ध में भाग लेंगे।''

एक और बंदी योद्धा आगे आया, ''इस युद्ध में भाग लेना हम सबका अधिकार भी है और कदाचित् प्रारब्ध भी, तभी तो ईश्वर ने इन दूतों का हमारे पास भेजा है, हम सब इस युद्ध में भाग लेंगे।''

बाकी सब बंदी योद्धाओं ने हुंकार भरी, ''हाँ हम सब इस युद्ध में भाग लेंगे, हम सब इस युद्ध में भाग लेंगे।''

''रुक जाइए आप लोग। मौन हो जाइए, अन्यथा आपके स्वर बहुत दूर तक जायेंगे।'' तेजस्वी ने योद्धाओं को शांत रहने को कहा।

''उसकी चिंता मत कीजिये; उन मूर्ख असुरों ने स्वयं के पाँवों पर कुल्हाड़ी मारी है। इस कारागार का निर्माण ही कुछ इस प्रकार हुआ है कि न भीतर का स्वर बाहर जा सकता है, न बाहर का स्वर भीतर सुना जा सकता है।'' शाल्व ने विश्वास दिलाया।

''तो फिर ठीक है, हमें संध्या होने की प्रतीक्षा करनी होगी; संध्या होते जैसे ही पाँच सौ असुर आप सबके लिए रात्रि का भोजन लेकर आयेंगे, हम उन पर आक्रमण कर इस कारागार से बाहर निकल जायेंगे, इसके उपरांत हम पहले दंशक के शस्त्रागार पर अधिकार करेंगे, फिर हम आगे की योजना बनायेंगे।'' तेजस्वी ने विस्तृत किया।

संध्या होते ही कारागार का मुख्य-द्वार खुला। पाँच सौ असुरों ने भोजन लेकर भीतर प्रवेश किया, किंतु अगला क्षण उन निःशस्त्र असुरों के लिए अचंभित करने वाला था।

बंदी योद्धाओं ने उन पर आक्रमण कर दिया। इस अकस्मात् हुए आक्रमण से

वह सभी अचंभित होकर भागने लगे। उन योद्धाओं की भीड़ के नीचे दबकर कई असुर मारे गए।

कारागार के मुख्य द्वार के बाहर खड़ा रक्षराज का अनुज हिडिम्ब यह दृश्य देख सकपका गया। असुरों को गिराकर पूरे एक लाख योद्धा छाती चौड़ी करके कारागार से बाहर आये। किंतु जब उसने तेजस्वी और युगांधर के साथ सुवर्या को बाहर निकलते देखा तो सबकुछ समझ गया।

"अपने पिता के साथ छल करते हुए लज्जा नहीं आयी तुझे?" हिडिम्ब सुवर्या पर चीख पड़ा।

सुवर्या ने इस उलाहना का कोई उत्तर नहीं दिया।

युगांधर उसके बचाव के लिए आगे आया, "अपनी सीमा में रहो असुर, सुवर्या नागलोक की होने वाली महारानी है और इसका अपमान नागलोक का अपमान है।"

हिडिम्ब सुवर्या को घूरने लगा। तेजस्वी, युगांधर के निकट गया, "मैं इन योद्धाओं को शस्त्रागार की ओर ले जा रहा हूँ युगांधर, तुम इस हिडिम्ब को समाप्त कर मुझे वहीं मिलो, वैसे भी एक के साथ एक का ही द्वंद्व उचित है।"

"जो आज्ञा भ्राताश्री।" युगांधर हिडिम्ब की ओर बढ़ा।

तेजस्वी ने योद्धाओं को अपने साथ आने का संकेत किया। वह सभी उसके पीछे चल दिए। हिडिम्ब में साहस नहीं था कि वो उनका मार्ग रोक सके।

उन सबके जाने के उपरांत हिडिम्ब ने सुवर्या पर कटाक्ष किया, "अरे कुलटा, कैसी निर्लज्ज पुत्री है तू, अपने प्रेमी के लिए, अपने पिता, अपने भ्राता, किसी का ख़याल नहीं आया तुझे।"

युगांधर क्रोध में आगे बढ़ा। सुवर्या ने उसका हाथ पकड़कर रोका, "रुकिए नागराज, इनके प्रश्नों का उत्तर मैं दूँगी।"

सुवर्या आगे आयी, "पिछले बाईस वर्षों से अपने षड्यंत्र और स्वार्थ के लिए आप सबने मेरा प्रयोग एक वस्तु की भाँति किया; क्या मेरा कोई जीवन नहीं था, जो जन्म लेते ही उस नीच अम्बरीश के हाथों में सौंप दिया गया मुझे?"

"स्त्रियों का स्थान केवल पुरुषों की सेवा है और अपने पिता का उद्देश्य पूर्ण करना तुम्हारा धर्म था।" हिडिम्ब ने तर्क दिया।

सुवर्या कुपित हो गयी, "शक्तियाँ अर्जित करने के लिए देवी की उपासना करते हो और वहीं दूसरी ओर अपने ही कुटुंब की स्त्री को एक वस्तु की भाँति प्रयोग कर उसका अपमान करते हो। और जहाँ तक संबध का विषय है, तो पिछले बाईस वर्षों से तो मैं अम्बरीश की पुत्री थी, जो पिता शब्द के नाम पर कलंक था। दो मास पूर्व जब मेरे

पिता को मेरे प्रयोग की आवश्यकता पड़ी तो मुझे मेरी वास्तविकता के विषय में ज्ञात हुआ कि मैं एक नागअसुर दंशक और एक मानव कन्या की संतान हूँ। तो जब असुरों में संबध का आधार स्वार्थ है, तो मैं भी तो उसी कुटुंब की हूँ, मेरे तो रक्त में ही में स्वार्थ है और मेरा स्वार्थ मेरा कर्तव्य मेरा प्रेम नागराज युगांधर हैं। '''

हिडिम्ब निरुत्तर हो गया। युगांधर ने अपना फरसा उठाया और हस्तक्षेप किया, ''हमारे पास वार्ता का समय नहीं है सुवर्या; इस असुर का अंत करके हमें आगे बढ़ना है।''

सुवर्या उनके बीच से हट गयी। युगांधर ने अपना फरसा लिया और हिडिम्ब की ओर बढ़ा।

हिडिम्ब ने भी अपनी तलवार निकाली और अपने शत्रु की ओर बढ़ा। युगांधर ने एक ही झटके में उस असुर का वध करना चाहा। दोनों के अस्त्र टकराने ही वाले थे कि युगांधर का तेजी से घूमता हुआ फरसा भूमि में जा धँसा। हिडिम्ब वहाँ से अदृश्य हो चुका था। अगले ही क्षण हिडिम्ब उसके पीछे प्रकट हुआ और तलवार से युगांधर की पीठ घायल कर दी।

सुवर्या स्तब्ध रह गयी। युगांधर भूमि पर गिर पड़ा। हिडिम्ब का अगला प्रहार प्राणघातक था, किंतु युगांधर ने पलटकर उसका वार रोका और उसे भूमि पर गिरा दिया।

युगांधर भूमि से उठा और अपनी पीठ पर टँगी महाऋषि ओमेश्वर की तलवार निकाली। महाऋषि ओमेश्वर की वह दिव्य तलवार देख हिडिम्ब के मन में थोड़ा भय सा छा गया, किंतु फिर भी वो रुका नहीं। वह एक बार फिर अदृश्य होकर युगांधर के पीछे प्रकट हुआ और उस पर प्रहार करने का प्रयत्न किया, किंतु इस बार युगांधर इसके लिए सज्ज था। उसने तलवार घुमाकर पीछे की ओर चलायी।

''एक ही पैंतरा हर बार कार्य नहीं करेगा हिडिम्ब।'' तलवार हिडिम्ब की जंघा में जा धँसी।

हिडिम्ब पीड़ा से चीख पड़ा, ''यह तलवार मेरी जंघा से निकालो।'' उसका घाव भीतर से जलने लगा था।

युगांधर ने तलवार को उसकी जंघा से निकाल दिया। पीड़ा से चीखते हुए वह भूमि पर गिर पड़ा। माया का प्रयोग करने के लिए अब वह अपना ध्यान केंद्रित नहीं कर पा रहा था।

युगांधर ने उसका वध करने के लिए तलवार उठाई, किंतु सुवर्या ने उसका हाथ रोक लिया।

''यह क्या कर रही हो सुवर्या?'' युगांधर ने प्रश्न किया।

"एक घायल और शक्तिहीन योद्धा पर वार करके अपने वंश को लज्जित मत कीजिये नागराज, यदि आपने ऐसा किया तो आपके अग्रज कभी आप पर गर्व नहीं कर सकेंगे।" सुवर्या ने तर्क दिया।

सुवर्या के शब्दों का युगांधर पर गहरा प्रभाव हुआ। उसने तलवार वापस म्यान में रख दी, "कदाचित् आज तुम्हारी मृत्यु का दिन नहीं आया हिडिम्ब; जाओ और अपने घावों का उपचार करो। यदि अपनी शक्ति वापस अर्जित कर लो, तो लौट कर आनाद्व अगली बार मेरा वार सीधा तुम्हारे मस्तक पर होगा।"

हिडिम्ब वहीं भूमि पर पड़ा रहा। युगांधर और सुवर्या शस्त्रागार की ओर प्रस्थान कर गए।

अखण्ड का अनुमान उचित था। दंशक अब तक तीन संदेशवाहक शस्त्रागार की ओर भेज चुका था, किंतु अखण्ड ने उनमें से किसी को भी उन तक पहुँचने नहीं दिया। शस्त्रागार के एक सहस्त्र रक्षक आने वाली विपत्ति से पूर्ण रूप से अनभिज्ञ थे।

जैसे ही तेजस्वी के साथ उन बंदी योद्धाओं ने धावा बोला, सशस्त्र होते हुए भी शस्त्रागार के रक्षक कुछ नहीं कर पाए। अकस्मात् हुए इस आक्रमण ने उन्हें बिखेर कर रख दिया। जो अपने प्राण बचाकर भाग नहीं सके, वो वर्षों से बंदी रहे उन योद्धाओं के कोप के भागी बनकर भूमि पर निष्प्राण होकर गिर गए।

"हम सफल हुए।" अखण्ड की आँखों में संतोष था।

युगांधर और सुवर्या भी तब तक वहाँ पहुँच आये थे।

"दंशक को अब तक भान तो हो ही गया होगा।" तेजस्वी ने प्रश्न किया।

अखण्ड मुस्कुराया, "दुदुम्भी हमारे बंधन से छूटकर भाग निकला था। यह सूचना तो उसे पहले ही मिल चुकी होगी, किंतु उसमें इतना साहस नहीं होगा कि वो अकेले कुछ सैनिकों को लेकर हम पर आक्रमण करने आये और यदि उसे पूरे शक्ति से आक्रमण करना होगा तो विशाल सेना को संगठित करने में समय तो लगता है। वैसे भी उसने कई संदेशवाहक भेजकर शस्त्रागार को सुरक्षित करने का प्रयत्न किया। यदि वो संदेशवाहक इन तक पहुँच जाते तो शस्त्रागार का प्रमुख द्वार बंद कर दिया जाता, जिसे खोलने में काफी समय नष्ट होता, इसलिए हमने उसके किसी संदेशवाहक को यहाँ तक पहुँचने ही नहीं दिया और इसका लाभ यह हुआ कि नेतृत्वविहीन शत्रु हमारे पक्ष के एक भी योद्धा को क्षति नहीं पहुँचा पाये।"

"अद्भुत ज्येष्ठ! कदाचित् कल सूर्योदय होते ही दंशक हम पर आक्रमण करेगा, तब तक हमें भी पर्याप्त समय मिल जाएगा। आपको कल होने वाले युद्ध का नेतृत्व करना है ज्येष्ठ; इसलिए मैं आपसे विनती करूँगा कि आप अपनी सेना को संगठित

कीजिये।'' तेजस्वी ने कहा।

''इन्हें बंधन से तुमने मुक्त कराया है तेजस्वी, इसलिए मैं चाहता हूँ, कल के युद्ध में तुम ही नेतृत्व करो।''

''किंतु ज्येष्ठ...'' तेजस्वी के मन में हिचकिचाहट थी।

''यह मेरा आदेश है।'' अखण्ड ने कठोर होकर कहा।

तेजस्वी विवश सा हो गया, ''जो आज्ञा ज्येष्ठ।''

तेजस्वी आगे आया और भारी स्वर में कहा, ''आप सौ अलग-अलग पंक्तियाँ बनाकर खड़े हो जायें।''

उन योद्धाओं को अपने युद्ध अनुशासन का विस्मरण नहीं हुआ था। उन्हें अनुशासनपूर्वक सीधी पंक्तियों में खड़े होने में अधिक समय नहीं लगा।

शीघ्र ही एक लाख योद्धाओं का दल सौ पंक्तियों में बँटकर पूर्ण अनुशासन से खड़ा हो गया।

''पहली पंक्ति शस्त्रागार में जाए और अपनी-अपनी सुविधानुसार शस्त्रों का चुनाव करे। पहली पंक्ति के लौटते ही दूसरी पंक्ति शस्त्रागार के भीतर जायेगी और यही क्रम जारी रहेगा।''

तेजस्वी के आदेश पर पहली पंक्ति शस्त्रागार के भीतर गयी।

उस विशाल शस्त्रागार में कई सहस्त्र योद्धा एक साथ समा सकते थे। लाखों तलवारें, धनुष, तीर, भाले, ढालों और कवच से पूरा शस्त्रागार भरा पड़ा था। सभी योद्धा बड़ी तीव्रता से अपने-अपने शस्त्रों का चुनाव कर बाहर आ रहे थे।

यह देख तेजस्वी अपने बाकी भाइयों की ओर मुड़ा, ''सूर्यम! युगांधर! सुवर्या! तुम तीनों जाओ और यह ज्ञात करो कि कितने योद्धा किन-किन शस्त्रों का चुनाव कर रहे हैं; हमें तलवारबाजों, धनुर्धरों, गदाधारियों और भाला चलाने वाले सभी योद्धाओं की संख्या का अलग ध्यान रखना है ताकि हम युद्ध में उनका उपयोग अपनी सुविधानुसार कर सकें।''

''जो आज्ञा।'' वो तीनों इस कार्य में लग गए।

यह देख अखण्ड आगे आया, ''मैं और वक्रबाहु बाहर से आने वाले संकट पर दृष्टि जमाकर रखते हैं।''

''अवश्य ज्येष्ठ।'' तेजस्वी ने सहमति जताई।

रक्षराज का महल (पातालपुरी)

रक्षराज मार्केश को यह लग रहा था कि एक लाख योद्धाओं को बंदी बनाकर वह अपने उद्देश्य में सफल हो चुका है। अपने अंतिम दस सहस्त्र बंदियों को दंशक के कारागार में भेज वह पूर्ण उत्साह से अपने महल लौट आया था।

''रक्षराज मार्केश की जय हो...!'' अपने राजा के जयघोष से पूरा राजमहल गूँज उठा।

किंतु उस जयघोष में वो उत्साह नहीं था, जो कभी हुआ करता था।

रक्षराज ने सिंहासन के निकट बैठे भैरवनाथ को देखा और उन्हें प्रणाम किया। फिर उसने चारों ओर दृष्टि घुमाई।

''भानुसेन कहाँ है गुरुदेव?'' मार्केश ने प्रश्न किया।

''वो तुम्हारे अनुज त्रिभुज और अधीम के साथ विदर्भ की सीमा से कुछ दूर अपना शिविर लगाकर बैठा है।'' भैरवनाथ ने बताया।

''किंतु क्यों?'' रक्षराज ने प्रश्न किया।

''अवसर मिलते ही वो विदर्भ पर आक्रमण कर उस पर अधिकार करेगा।''

''विदर्भ के पक्ष में न जाने कितने शक्तिशाली योद्धा हैं गुरुदेव, कैसे सामना करेगा वह उनका?'' रक्षराज चिंतित था।

''मैंने कहा अवसर मिलते ही।'' भैरवनाथ मुस्कुराया।

''आपके कहने का अर्थ क्या है?'' मार्केश को थोड़ा आश्चर्य हुआ।

भैरवनाथ ने साँस भरते हुए कहा, ''मेरे साथ आओ मार्केश।''

'कहाँ?'

''प्रश्न मत करो, बस मेरे पीछे आओ।'' भैरवनाथ एक दिशा की ओर बढ़ा।

भैरवनाथ के साथ चलते हुए मार्केश एक कक्ष में पहुँचा। उस कक्ष में उसका अनुज दुदुम्भी भी मूर्छित अवस्था में लेटा हुआ था।

दुदुम्भी के पैर पर हुआ घाव देख मार्केश उग्र हो गया। वो दुदुम्भी के निकट गया और उसके सर पर हाथ फेरकर प्रश्न किया, ''यह सब कैसे हुआ?''

''विदर्भ के चार प्रमुख योद्धा अखण्ड, तेजस्वी, युगांधर और सूर्यम विजयधनुष की खोज में यहाँ पातालपुरी पहुँच आये हैं।'' भैरवनाथ ने बताया।

रक्षराज स्तब्ध रह गया, ''विजयधनुष की खोज में? किंतु उन्हें मेरी वो धरोहर क्यों चाहिए?''

"वो जानते हैं कि वो साधारण अस्त्र से तुम्हें पराजित नहीं कर पायेंगे; कदाचित् अपने प्रतिशोध के लिए वो तुम्हारा ही महाअस्त्र चुराकर तुम्हें ही पराजित करना चाहते हैं।" भैरवनाथ ने मार्केश को भड़काया।

मार्केश ने कुछ क्षण विचार किया, "आपके कहने पर यह भ्रांति फैलायी गयी थी कि विजयधनुष दंशक के महल में है, किंतु अब यह भ्रांति दंशक के प्राण संकट में डाल सकती है। वो अकेला उन चारों का सामना नहीं कर पायेगा और दुदुम्भी के घाव देखकर यह प्रतीत होता है कि उनके हाथ महात्रऋषि ओमेश्वर की कम से कम एक तलवार तो लग गयी है।"

"हाँ, कदाचित् यही सत्य है।" भैरवनाथ ने अनुमान लगाया।

"किंतु यह हुआ कैसे?" मार्केश ने प्रश्न उठाया।

"मैं बताता हूँ भ्राताश्री।" तभी पीछे से एक स्वर सुनाई दिया।

मार्केश ने पलटकर देखा, हिडिम्ब लँगड़ाते हुए चला आ रहा था। उसकी जंघा पर भी वैसा ही घाव था, जैसा दुदुम्भी के पैर पर था।

मार्केश उसके निकट गया, "यह सब कैसे हुआ हिडिम्ब?"

हिडिम्ब अभी भी पीड़ा में था, किंतु उसने कहना जारी रखा, "स्थिति हमारे हाथ से निकलती जा रही है भ्राताश्री।"

"कहने का अर्थ क्या है तुम्हारा?"

"आपके वर्षों का श्रम व्यर्थ हो गया ज्येष्ठ; उन लोगों ने आपके बंदी बनाये हुए सभी योद्धाओं, यहाँ तक कि दो दिवस पूर्व आपने जो दस सहस्त्र योद्धा भ्राता दंशक के महल में भेजे थे, उन सभी को मुक्त करा लिया।"

मार्केश स्तब्ध रह गया।

हिडिम्ब ने उसे पूरा घटनाक्रम कह सुनाया।

"अखण्ड... अखण्ड; मेरा पौत्र होकर वह शत्रुओं का पक्ष ले रहा है, इस बात की पीड़ा को सहन करना अत्यंत कठिन है।" मार्केश के मुख पर शिकन आ गयी थी।

यह सुनकर भैरवनाथ आगे आया, "गुप्तचरों से मिली सूचना के अनुसार, अखण्ड को अपने जीवन और जन्म का सत्य भलीभाँति ज्ञात है मार्केश; फिर भी उसने शत्रुओं का पक्ष लेना चुना, इसलिए उचित यही होगा कि तुम भी मोह में न पड़कर रक्षराज होने के कर्तव्य का पालन करो।"

"आपने उचित कहा गुरुदेव, मैं ऐसा ही करूँगा; केवल अखण्ड नहीं, सुबाहु और भानुसेन के अन्य पुत्र भी तो मेरे ही पौत्र हैं और निःसंदेह बहुत शीघ्र ही वह सभी हमारे पक्ष में होंगे; एक पौत्र के मोह के लिए मैं अपने उद्देश्य से पीछे नहीं हटूँगा।"

मार्केश ने दृढ़ होकर कहा।

"केवल इतना ही नहीं, मिली सूचना के अनुसार तुम्हारा परममित्र वक्रबाहु लौट आया है और यह बात तुम्हारे ही अनुज दुदुम्भी ने मूर्छित होने से पूर्व बताई है।" भैरवनाथ ने कहा।

भैरवनाथ के वह शब्द सुन मार्केश को सूझ ही नहीं रहा था कि वह कैसे अपनी प्रसन्नता व्यक्त करे। उसने अधीर होकर भैरवनाथ से प्रश्न किया, "कहाँ है, कहाँ है वक्रबाहु, मुझे उसे देखना है।"

"अधीर मत हो मार्केश, क्या महाऋषि ओमेश्वर के अंतिम शब्द भूल गए तुम; क्या इतने सिद्ध और शक्तिशाली ब्रह्म की कही हुई बात मिथ्या हो सकती है? वक्रबाहु अभी भी पूरी तरह उनके श्राप से मुक्त नहीं हुआ है; वो अपनी स्मृतियाँ खो चुका है... वह केवल तुम्हारे शत्रुओं का पक्ष लेगा, क्योंकि उन्होंने ही उसे मुक्त किया है, इसलिए तुम अपने कर्तव्य की ओर ध्यान दो, क्योंकि तुम भी जानते हो कि अपने इस जीवन में तुम वक्रबाहु के निकट नहीं जा सकते; उसे विस्मरण हो चुका है कि तुम कभी उसके परममित्र थे।" भैरवनाथ ने मार्केश को समझाने का प्रयत्न किया।

रक्षराज के नेत्रों में कुछ बूँदें अश्रु की छलक पड़ीं, "हाँ मैं जानता हूँ कि इस जीवन में मैं वक्रबाहु को हृदय से लगाकर उससे क्षमा नहीं माँग पाऊँगा, किंतु मैं उस पर कभी शस्त्र नहीं उठाऊँगा।"

"मूर्खतापूर्ण बातें मत करो मार्केश, वो तुम्हारे शत्रु के पक्ष में है।" भैरवनाथ ने उसे चेतावनी दी।

"किंतु मैं इस बात का विस्मरण नहीं कर सकता गुरुदेव कि पिछले पचास वर्षों से वक्रबाहु ने जो पीड़ा झेली है; उसका उत्तरदायी मैं हूँ, इसलिए शस्त्र तो मैं उस पर नहीं उठाऊँगा और यही मेरा अंतिम निर्णय है।" मार्केश अपनी बात पर अड़ा रहा।

भैरवनाथ ने कुछ क्षण विचार कर कहा, "ठीक है, अतीत की घटनाओं का स्मरण बाद में करना, अभी जो सामने संकट खड़ा है उसका विचार करो।"

रक्षराज अपनी अतीत की स्मृतियों से बाहर आया, "हाँ, संकट बहुत गहरा है; भ्रांति यह फैलायी गयी थी कि विजयधनुष दंशक के महल में है। कल सूर्योदय होते ही दो चीजें हो सकती हैं, या तो दंशक अपनी योग्यता और मेरे प्रति निष्ठा सिद्ध करने के लिए स्वयं ही शस्त्रागार पर आक्रमण करेगा, या फिर विजयधनुष की खोज में हमारे शत्रु दंशक के महल पर आक्रमण करेंगे।"

"तो करने दो उन्हें आक्रमण, हो जाने दो यह युद्ध; इस युद्ध का परिणाम कदाचित् हमारे पक्ष में न हो, किंतु हमें शत्रु की शक्ति और रणनीतियों का आभास तो हो ही जायेगा, उसी के अनुसार हम अपनी आगे की रणनीति तय करेंगे।" भैरवनाथ ने

सुझाव दिया।

क्रोधित रक्षराज ने भैरवनाथ की ओर घूरकर देखा, ''आप होश में तो हैं, ऐसा कभी नहीं होगा और कदाचित् नहीं, शत प्रतिशत इस युद्ध में हमारा शत्रु ही विजयी होगा। उन पाँच महारथियों के हाथ अब तक दोनों दिव्य तलवारें लग गयी होंगी; इस समय उनकी शक्ति अपने चरम पर है, ऐसे में उनकी युद्ध-शैली जानने के लिए मैं अपने अनुज का बलिदान नहीं कर सकता।''

मार्केश के इस तर्क का भैरवनाथ के पास कोई उत्तर नहीं था, ''ठीक है, जैसी तुम्हारी इच्छा।''

मार्केश ने ताली बजाकर दूत को बुलाया।

''आज्ञा महाराज।'' दूत ने मार्केश के समक्ष अपना सर झुकाया।

''मैं तुम्हें एक लिखित संदेश देता हूँ; इसे लेकर जाओ और मेरे अनुज दंशक को यह सूचित करो कि यह रक्षराज मार्केश का आदेश है कि वो अपनी सम्पूर्ण सेना सहित अपना महल छोड़कर तत्काल ही हमारे महल आये और अपनी सेना का शिविर यहीं लगाये।''

''जैसी आज्ञा महाराज।'' दूत ने सहमति जताई।

शीघ्र ही रक्षराज ने एक पत्र और उस दूत के हाथ में दिया। दूत प्रस्थान कर गया।

रक्षगुरु भैरवनाथ विचारों में था, 'दंशक की मृत्यु आवश्यक है, क्योंकि इसके बिना मेरी योजना कार्य नहीं करेगी... किंतु उससे भी बड़ा संकट वो नागों का सम्राट युगांधर है, पहले उसके विरुद्ध अपनी योजना पर कार्य करना होगा।''

शीघ्र ही सूर्योदय हुआ। अखण्ड, तेजस्वी, युगांधर, सुवर्या, सूर्यम, वक्रबाहु और शाल्व सेना के साथ दंशक की प्रतीक्षा में थे। पूरा दो प्रहर बीत गया, दंशक का दूर दूर तक कोई चिह्न नहीं था।

''हमें दंशक के महल पर धावा बोलना होगा।'' अखण्ड ने सुझाव दिया।

''क्या यह उचित होगा ज्येष्ठ? यदि वहाँ हमारे लिए उसने कोई जाल बिछाकर रखा हो तो?'' तेजस्वी ने प्रश्न किया।

''हम कब तक यूँ ही प्रतीक्षा करते रहेंगे; हमारे पास इतना समय नहीं है। दो मास से भी कम समय है हमारे पास, उतने में ही हमें विजयधनुष भी प्राप्त करना है, बलिष्ठगढ़ को भी जीतना है और विदर्भ पहुँचकर महाराज वीरसेन का उपचार भी करना है।'' अखण्ड ने तर्क दिया।

तेजस्वी ने सहमति जताई, ''आपका कथन उचित ही है ज्येष्ठ, हमें प्रस्थान

करना चाहिए।''

पूरी सेना दंशक के महल की ओर बढ़ चली। कुछ समय यात्रा के उपरांत संध्या होते होते वह सभी दंशक के महल पहुँचे। पूरे महल में शांति छाई हुई थी, संध्या होने के उपरांत एक परिंदा भी वहाँ पर उपस्थित नहीं था। इस शांति को देख सभी के मन में आश्चर्य का भाव था।

''यह कैसे संभव है! क्या वो दंशक कायरों की भाँति पलायन कर गया?'' युगांधर ने प्रश्न उठाया।

''किसी भी निष्कर्ष पर पहुँचने से पूर्व हमें पूरी जाँच कर लेनी चाहिए।'' तेजस्वी ने सुझाव दिया।

अखण्ड ने भी तेजस्वी का समर्थन करते हुए वक्रबाहु को आदेश दिया, ''उचित कहा तेजस्वी; वक्रबाहु! महल का मुख्य द्वार तोड़ दो।''

वक्रबाहु अपने अश्व से नीचे उतरा और एक विशाल गज का रूप लेकर महल के मुख्य द्वार की ओर दौड़ा। उसके एक ही वार से महल का वह विशाल द्वार टूटकर भूमि पर गिर पड़ा।

''अद्भुत वक्रबाहु! ऐसा भीषण बल प्रदर्शन आज तक नहीं देखा।'' सूर्यम के मुख से वक्रबाहु की प्रशंसा के शब्द फूट पड़े।

अखण्ड ने यह सुनकर ठिठोली की, ''अभी तुमने मेरा बल-प्रदर्शन देखा ही कहाँ है।''

''हाँ हाँ, अवसर तो आयेगा ही, तभी देखेंगे किसमें कितना बल है।'' सूर्यम ने भी ठिठोली का यथोचित उत्तर दिया।

अखण्ड मुस्कुराकर अपने अश्व से नीचे उतरा। शेष प्रमुख योद्धा भी अपने अश्व से उतरकर उसके पीछे आये।

अखण्ड, तेजस्वी, युगांधर, सूर्यम, सुवर्या और शाल्व ने महल के भीतर प्रवेश किया।

पूरे महल में सन्नाटा था। एक भी जीव का कोई भी चिह्न नहीं था। तभी तेजस्वी की दृष्टि दंशक के सिंहासन पर पड़ी। उस सिंहासन पर एक पत्र चिपका हुआ था। तेजस्वी उस सिंहासन के निकट गया, उस पत्र को उखाड़ा और पढ़ना आरंभ किया।

तुमने हमारे बंदियों को छल करके तो छुड़ा लिया, जिससे हमारी शक्ति क्षीण हो गयी है; हम शीघ्र ही लौटेंगे और पूरी शक्ति के साथ लौटकर तुम सबका अस्तित्व धूल में मिलायेंगे।

-दंशक

दंशक का वह संदेश पढ़ तेजस्वी मुस्कुराकर पलटा, "तुम्हारा अनुमान उचित ही था युगांधर; दंशक और उसकी सम्पूर्ण सेना यहाँ से जा चुकी है।"

अखण्ड तेजस्वी के निकट आया और उससे वह पत्र लेकर पढ़ने लगा। कुछ क्षण विचार करने के उपरांत अखण्ड ने सुझाव दिया, "फिर तो उचित ही है न, हमें भी अपनी रणनीति बनाने के लिए समय मिल जायेगा।"

"हम्म, आपने उचित कहा ज्येष्ठ; वर्षों के उपरांत इन बंदी रहे योद्धाओं को भी शस्त्राभ्यास की आवश्यकता है... किंतु यह अब भी एक रहस्य है कि विजयधनुष है कहाँ, क्योंकि दंशक का इस महल को इतनी सरलता से छोड़कर चले जाना इस बात को सिद्ध करता है कि विजयधनुष कभी यहाँ था ही नहीं। मुझे अब तक यह समझ नहीं आ रहा कि उस धनुष को हम प्राप्त करेंगे कैसे।" तेजस्वी चिंतित था।

"उस पर विचार करने के लिए समय है हमारे पास, किंतु अभी हमारे योद्धाओं को कम से कम दो से तीन सप्ताह के अभ्यास की आवश्यकता है, हमें हमारा ध्यान उस पर केंद्रित करना होगा, क्योंकि मुझे आभास हो रहा है यदि विजयधनुष प्राप्त करना है तो निःसंदेह उसके लिए हमें पातालपुरी के सबसे कठिन मार्ग से होकर जाना होगा। कदाचित् यह मार्ग एक भयंकर युद्ध का हो।" अखण्ड ने अनुमान लगाया।

"हो सकता है भ्राताश्री; मार्केश अपने बंदी योद्धाओं को ऐसे जाने तो नहीं देगा, युद्ध तो निश्चित है, किंतु कब, यह कहना कठिन है; आपका सुझाव ही उचित है, हमें विषम से विषम परिस्थिति के लिए सज्ज रहना चाहिए।" तेजस्वी ने सहमति जताई।

***

अगले दिन उन एक लाख योद्धाओं ने वहीं रहकर शस्त्राभ्यास आरंभ किया। अखण्ड का लगाया अनुमान उचित था। उन योद्धाओं की शक्ति वाकई क्षीण हो चुकी थी, वह बहुत शीघ्र ही थक जा रहे थे। तेजस्वी, युगांधर, अखण्ड और सूर्यम उन पर कड़ी दृष्टि जमाये हुए थे।

संध्या से ठीक पूर्व एक वृद्ध व्यक्ति उनका शस्त्राभ्यास देखने उपस्थित हुआ। लाठी के सहारे चलता हुआ लम्बी जटाओं और दाढ़ी वाला वह वृद्ध उनकी ओर बढ़े चला जा रहा था।

तभी सूर्यम उस वृद्ध के मार्ग में आ खड़ा हुआ, "यहाँ क्या कर रहे हो बाबा? भटक गए हो क्या?"

उस वृद्ध ने खाँसते हुए कहा, "नहीं बेटा, मैं तो यह देने आया था।" कहकर उसने एक पोटली दिखायी।

"पोटली! यह कैसी पोटली है?" सूर्यम ने प्रश्न किया।

तभी मगध के युवराज शाल्व की दृष्टि उस वृद्ध पर पड़ गयी। वो मुड़कर उस वृद्ध की ओर बढ़ा, "सोमनाथ बाबा आप।"

शेष तीन प्रमुख योद्धाओं का ध्यान भी उस ओर गया।

"यह व्यक्ति कौन हैं युवराज शाल्व?" तेजस्वी ने शाल्व से प्रश्न किया।

शाल्व ने उस वृद्ध का परिचय देते हुए कहा, "यह बाबा सोमनाथ हैं; यदि यह न होते तो हममें से किसी की भुजाओं में इतना बल शेष नहीं होता कि हम आपकी सहायता कर सकें।"

"आपके कथन का अर्थ कुछ समझ नहीं आया युवराज शाल्व; तनिक विस्तार से तो बताइए।" तेजस्वी ने प्रश्न किया।

"जब हम कारागार में बंदी थे, तब वहाँ हमें ऐसे भोजन परोसे जाते थे, जिससे हम सबकी शक्ति क्षीण हो रही थी। कुछ दिनों के उपरांत बाबा सोमनाथ को भी हमारे कारागर में बंदी बनाकर भेजा गया था। हमारी दशा इनसे देखी नहीं गयी। इनके पास पोटली में कुछ विशेष चूर्ण थे। इन्होने उस चूर्ण में मिट्टी और चूना मिलाकर एक ऐसी औषधि बनाई, जिससे हम सभी की खोयी शक्ति लौटने लगी। बाबा सोमनाथ की औषधियों का ज्ञान अद्भुत है और कदाचित् हमारी खोई शक्ति लौटने में यही हमारी सहायता कर सकते हैं।" शाल्व ने सोमनाथ से सभी का परिचय करवाया।

"यदि यह आप सभी के साथ बंदी थे, तो जब हमने आप सभी को मुक्त कराया तब यह कहाँ थे?" तेजस्वी ने प्रश्न किया।

"रक्षराज मार्केश के भाई दुदुम्भी को मेरी औषधि की आवश्यकता आन पड़ी थी, इसलिए मुझे मुक्त करके उसके उपचार के लिए भेजा गया था; उसके उपचार के उपरांत, पुरस्कार स्वरूप रक्षराज मार्केश ने मुझे स्वतंत्रता का पुरस्कार दे दिया।" सोमनाथ ने अपनी सफाई में कहा।

तेजस्वी और अखण्ड ने एक-दूसरे की ओर देख क्षणभर विचार किया और सांकेतिक भाषा में सहमत हुए।

कुछ क्षणों के उपरांत तेजस्वी ने सोमनाथ से प्रश्न किया, "आपके यहाँ आने का उद्देश्य क्या है?"

"मैं एक वैद्य हूँ, जो अपनी जड़ी-बूटियों और औषधियों का प्रयोग कर संसार के नश्वर से नश्वर घाव को भी दूर कर सकता हूँ। रक्षराज ने मुझे इसलिए बंदी बनाया था कि समय आने पर वो मेरी विद्या का उपयोग कर सके। मैंने उसके दोनों भाइयों दुदुम्भी और हिडिम्ब के घाव का उपचार किया। महर्षि ओमेश्वर की तलवार से हुए घाव का उपचार अत्यंत दुष्कर था, किंतु मैंने उसे संभव कर दिखाया और पुरस्कार-स्वरूप मुझे मेरी स्वतंत्रता मिल गयी।" सोमनाथ ने विस्तृत किया।

"हम्म, आपका उत्तर कुछ सीमा तक संतोषजनक प्रतीत हो रहा है; तो क्या आप इन योद्धाओं की शक्ति बढ़ाने में हमारी सहायता कर सकते हैं?" अखण्ड ने प्रश्न किया।

"निःसंदेह।" सोमनाथ ने दृढ़ता से कहा।

"तो फिर कृपा करके अपना कार्य आरंभ कीजिये।" अखण्ड ने सोमनाथ से स्वागत भाव में कहा।

सोमनाथ ने तत्काल ही अपनी पोटली खोली और कुछ विशेष चूर्ण निकालने शुरू किये और उसे योद्धाओं में बाँटने लगे। अखण्ड, तेजस्वी, सूर्यम और युगांधर को छोड़ सभी ने उसका सेवन किया। सोमनाथ वहीं अपनी छावनी लगाकर बैठ गया और औषधियाँ तैयार करने लगा।

दो दिवस का समय बीता योद्धाओं की क्षमता बढ़ने लगी। चारों प्रमुख योद्धा आश्चर्य में थे कि ऐसी कौन सी औषधि है जो मनुष्य की क्षमता को इतना बढ़ा दे।

योद्धाओं का अभ्यास चलता रहा। अभ्यास का पाँचवा दिन ही था। संध्या होते ही अभ्यास समाप्त हुआ। सूर्यास्त होते ही युगांधर जल पीने नदी के किनारे पहुँचा, जो वास्तव में उसका सुवर्या से भेंट करने का बहाना था। सुवर्या वहाँ किनारे पर बैठी उसकी प्रतीक्षा कर रही थी। युगांधर उसके बगल में आकर बैठ गया।

"तुम मेरी ही प्रतीक्षा कर रही थी न?" युगांधर ने सुवर्या से प्रश्न किया।

"नहीं तो, आपको ऐसा क्यों लगा?" सुवर्या ने आश्चर्य का झूठा भाव बनाते हुए प्रश्न किया।

युगांधर झेंप-सा गया और मुँह बनाकर बैठ गया। सुवर्या ने उसका हाथ अपने हाथ में लिया और मुस्कुराकर उसके नेत्रों में देखा, "आपके पास समय तो होता नहीं आजकल, इसलिए आपको रुष्ट होने का भी कोई अधिकार नहीं है।"

"तुम्हारे नखरे बहुत अधिक बढ़ गए हैं।" युगांधर ने झेंपते हुए सुवर्या से कहा।

सुवर्या ने उसका हाथ झटका और मुँह फेरकर बैठ गयी, "हाँ हाँ क्यों नहीं, अब तो आपको यह सब नखरे ही लगेंगे।"

युगांधर ने सुवर्या का हाथ अपने हाथ में लिया और उसे समझाने का प्रयत्न किया, "चिंतित मत हो सुवर्या, एक बार हमारा उद्देश्य पूर्ण हो जाये, फिर हम सुकून से अपना जीवन व्यतीत कर सकेंगे।"

"हाँ कदाचित् ऐसा ही हो...।" इससे पहले सुवर्या आगे कुछ कहती, पीछे की झाड़ियों से एक बाघ की दहाड़ सुनाई दी।

युगांधर पलटा। उसने सुवर्या पर आक्रमण पर झपट्टा मारने वाले उस बाघ की

गर्दन पकड़ ली। बाघ ने अपने पैने नखों से युगांधर के कंधे पर गहरा घाव किया। युगांधर ने उसे उठाकर भूमि पर पटक दिया। उस बाघ ने इतने में युगांधर के दायें हाथ में भी अपने नख धँसा दिये। सुवर्या तब तक सँभल चुकी थी। युगांधर के घाव देख उसका क्रोध सीमा पार कर गया। उसने अपनी कमर से कटार निकाली और बाघ की एक आँख की ओर लक्ष्य पर फेंकी। लक्ष्य सटीक था। बाघ तड़पने लगा। उन क्षणों का युगांधर ने भरपूर लाभ उठाया और बाघ की आँख से वो कटार निकाल उसकी गर्दन पर चला दी। तड़पते हुआ बाघ शीघ्र ही काल के गाल में समा गया।

युगांधर हाँफता हुआ भूमि से उठा। उसके कंधे और हाथ से रक्त का तीव्र बहाव हो रहा था। सुवर्या ने अपने अंगवस्त्र फ़ाड़कर युगांधर के शरीर पर बाँधकर रक्त का बहाव रोकने का प्रयत्न किया, किंतु रक्त बहता रहा।

"चिंतित मत हो सुवर्या, हमारे पास सोमनाथ जैसे वैद्य हैं, उनकी औषधि से इस घाव का उपचार शीघ्र ही हो जायेगा।" युगांधर शिविर की ओर बढ़ गया। सुवर्या उसके पीछे चल पड़ी।

शिविर में पहुँचकर तेजस्वी, युगांधर के शरीर से बहता रक्त देख सकते में आ गया। तत्काल ही वैद्य सोमनाथ को बुलाया गया। सोमनाथ ने एक लेप बनाया और उसे युगांधर के घाव पर लगाकर पट्टी कर दी। अधिक रक्त बह जाने के कारण युगांधर को कमजोरी-सी महसूस होने लगी। सोमनाथ ने उसे वही औषधि खिलायी, जो वो शेष योद्धाओं की शक्ति बढ़ाने के लिए उन्हें दिया करते थे।

"इसका सेवन निरंतर दस दिवस तक करते रहिये आपको लाभ होगा।" कहकर सोमनाथ अपने कार्य में लग गये।

सोमनाथ की औषधि ग्रहण करने के आधे प्रहर के भीतर ही युगांधर को अपने शरीर में एक अद्भुत स्फूर्ति सी महसूस होने लगी।

"यह कैसी औषधि है, अद्भुत ऊर्जा है इसमें।" युगांधर ने कहा।

तेजस्वी और अखण्ड उसके निकट आये। उसके स्वास्थ्य में यह परिवर्तन देख उन्हें आश्चर्य हुआ।

"क्या लगता है आपको भ्राता अखण्ड, जो हो रहा है क्या वो उचित है?" तेजस्वी ने अखण्ड से परामर्श माँगा।

"मुझे तो इसमें कुछ भी अनुचित प्रतीत नहीं हो रहा।" अखण्ड ने अपना मत रखा।

"तुम्हें अभी कैसा महसूस हो रहा है युगांधर?" तेजस्वी ने युगांधर से प्रश्न किया।

"ऐसा प्रतीत हो रहा है मानो मुझे कभी कुछ हुआ ही न था।'' युगांधर ने अपनी भुजाओं की ओर गर्व से देखकर बोला।

तेजस्वी कुछ क्षण मौन रहा। अखण्ड ने उसका मुख देख प्रश्न किया, "तुम चिंतित दिखाई दे रहे हो।''

"हाँ ज्येष्ठ; प्रश्न यह है कि यदि युगांधर के स्वास्थ्य में इतना सुधार आ चुका है तो वैद्य सोमनाथ ने उसे इस औषधि का सेवन दस दिवस तक करने को क्यों बोला?'' तेजस्वी ने प्रश्न उठाया।

यह बात उनके पीछे खड़े सोमनाथ के कानों में पहुँची। वो आगे बढ़े और अपना पक्ष रखा, "क्योंकि यह औषधि कुछ समय के लिए ही शारीरिक क्षमताओं को बढ़ाती है। कुमार युगांधर का रक्त बहुत अधिक बहा है, जिससे उनकी शारीरिक क्षमता भीतर से क्षीण हुई है। और जब तक उन्हें अपनी वास्तविक शारीरिक क्षमता वापस प्राप्त नहीं हो जाती, तब उनका यह औषधि लेना लाभकारी होगा। ठीक वैसे ही जैसे इन एक लाख योद्धाओं को दस और दिवस और मेरी औषधि का सेवन करना होगा, वैसे ही कुमार युगांधर को अभी अपनी शक्ति बनाये रखने के लिए यह करना होगा।''

तेजस्वी ने वैद्य से विवाद करना उचित नहीं समझा। वह कुछ क्षण उसे देखता रहा और फिर अखण्ड की ओर देखा। अखण्ड ने नेत्रों के संकेत से अपनी सहमति जताई।

* * *

दस दिवस और बीत गये। खुले मैदान में तेजस्वी एक पत्थर पर मौन बैठा, योद्धाओं के शस्त्राभ्यास पर दृष्टि जमाये हुआ था। सभी योद्धाओं ने अपनी थकावट पर विजय पा ली थी और अपने सम्पूर्ण सामर्थ्य से युद्ध कर रहे थे। युगांधर उसके निकट आया और पास रखे पत्थर पर बैठ गया।

"आप चिंतित प्रतीत हो रहे हैं भ्राता।'' युगांधर ने तेजस्वी के मनोभावों को ताड़ लिया।

"चिंता का ही तो विषय है युगांधर; अभी तक हमें यह ज्ञात नहीं हुआ कि विजयधनुष है कहाँ और यह भी नहीं समझ आ रहा कि पातालपुरी में रहते हुए भी किसी ने हम पर आक्रमण क्यों नहीं किया; किसी षड्यंत्र की बू-सी आ रही है मुझे।'' तेजस्वी ने अपनी व्यथा कही।

"मेरा अनुमान यह है कि कदाचित् वो आक्रमण इसलिए नहीं कर रहे, क्योंकि उन्हें भय है कि वो विजयधनुष को खो न दें, इसलिए कदाचित् उनकी सेना उस स्थान की रक्षा कर रही हो, जहाँ विजयधनुष रखा हो।'' युगांधर अनुमान लगाने का प्रयत्न कर रहा था।

"और वो स्थान कौन सा हो सकता है?''

"कदाचित् रक्षराज मार्केश का महल... मैं तो कहता हूँ कि हमें रक्षराज के महल पर सीधा आक्रमण करना चाहिए, विजयधनुष निसंदेह वहीं होगा।'' युगांधर ने सुझाव दिया।

"अनुमान के आधार पर एक लाख योद्धाओं के प्राणों का जुआ नहीं खेला जा सकता युगांधर।'' तेजस्वी ने असहमति जताई।

तभी अश्व पर आरूढ़ हुआ एक व्यक्ति वहाँ आ पहुँचा। तेजस्वी ने उसे देखते ही पहचान लिया, "यह तो विदर्भ देश का एक गुप्तचर है।''

वह गुप्तचर अपने अश्व से नीचे उतरकर तेजस्वी के निकट आया, "प्रणाम, कुमार तेजस्वी!''

"तुम यहाँ कैसे पहुँचे गुप्तचर?'' तेजस्वी ने प्रश्न किया।

"महाऋषि कपिश को आप तक एक विशेष सूचना पहुँचानी थी, इसीलिए उन्होंने मुझे भेजा।'' यह कहकर दूत ने तेजस्वी को एक संदेश पत्र दिया।

तेजस्वी ने वह संदेश पत्र खोला। युगांधर का ध्यान भी उस पत्र की ओर गया।

विजयधनुष दंशक के महल में नहीं, रक्षराज मार्केश के महल के उत्तरी भाग में सुरक्षित रखा है।

कपिश

"किंतु दूत, महर्षि कपिश को यह ज्ञात कैसे..?'' तेजस्वी ने उससे प्रश्न किया और उसकी ओर दृष्टि डाली ही थी कि वह दूत वहाँ से अदृश्य हो गया।

"यह क्या हुआ भ्राताश्री, वह दूत कहाँ गया?'' युगांधर भी अचंभित था।

तेजस्वी मुस्कुराया, "विदर्भ के उत्तम गुप्तचरों में से एक था वो युगांधर; वो इतना चपल है कि तुम्हारे सामने से अदृश्य हो जायेगा और तुम्हें भान भी नहीं होगा।''

"किंतु उसने ऐसा किया क्यों?''

"कदाचित् उसके पास हमारे प्रश्न का उत्तर न हो या कोई और कारण हो, किंतु इस पत्र पर गुरुदेव का हस्ताक्षर है इसलिए इस सूचना पर संदेह नहीं किया जा सकता।'' तेजस्वी को विश्वास हो चला था।

तेजस्वी ने वह पत्र अखण्ड के हाथ में दिया। अखण्ड वह पत्र पढ़कर मुस्कुराया और सूर्यम की ओर देखा, "शस्त्रागार से एक विशेष बक्सा तुम्हारे लिए आया हुआ है; जाओ और उसे खोलो, उसमें तुम्हारा उपहार है।''

"जो आज्ञा भ्राताश्री।'' सूर्यम महल के भीतर गया।

"तो फिर आक्रमण का समय आ गया है?'' अखण्ड ने प्रश्न किया।

"हाँ ज्येष्ठ, किंतु इस आक्रमण से पूर्व आपसे एक विनती है मेरी।" तेजस्वी ने कहा।

"विनती? कैसी विनती?" अखण्ड ने आश्चर्य से प्रश्न किया।

"इस युद्ध में मैं चाहता हूँ कि सेना का नेतृत्व आप स्वयं करें ज्येष्ठ।"

"देखो तेजस्वी...।"

"आपको मेरी यह विनती स्वीकार करनी ही होगी ज्येष्ठ; मुझमें आपको आदेश देने का सामर्थ्य नहीं है।" तेजस्वी ने विनती की।

कुछ क्षण विचार करने के उपरांत अखण्ड इसके लिए सहमत हो गया, "ठीक है अब ऐसा ही होगा। तो फिर निश्चित रहा, आज से तीसरे दिन हम रक्षराज के महल पर आक्रमण करेंगे।"

तेजस्वी और युगांधर ने सहमति जताई।

वहीं सूर्यम शस्त्रागार में गया और उसने अखण्ड के बताये बक्से को खोजकर खोला। उसमें रखी वस्तु देख उसका मन प्रफुल्लित हो उठा। महाऋषि ओमेश्वर की दूसरी दिव्य तलवार से एक अद्भुत प्रकाश फूट रहा था। उसे उठाते ही सूर्यम को अपने शरीर में एक अद्भुत ऊर्जा का बहाव महसूस हुआ।

अखण्ड के नेतृत्व में सेना मार्केश के महल की ओर बढ़ रही थी।

एक रक्षदूत ने मार्केश के पास आकर सूचित किया, "महाराज, कल प्रातः शत्रु हमारे द्वार तक पहुँच जायेगा।"

अपने अनुज दंशक के साथ बैठे मार्केश ने उस दूत को लौटने का संकेत किया। उसके लौटने के उपरांत मार्केश ने दंशक से कहा, "चलो अनुज, युद्ध से पूर्व तनिक अपनी विद्रोही संतानों से मिल आयें।"

"अवश्य ज्येष्ठ।" दंशक को भी सुवर्या का मुख देखने की प्रतीक्षा थी।

सेना मार्केश के महल की ओर बढ़ रही थी। वहीं मार्केश और दंशक बिना किसी सेना के उनकी ओर बढ़े चले जा रहे थे।

सूर्यास्त होने को था। मार्केश और दंशक को अपने समक्ष आते देख अखण्ड ने सेना को रुकने का आदेश दिया।

अपने शत्रु को देखते ही तेजस्वी और युगांधर के हृदय में ज्वाला धधक उठी, किंतु अखण्ड ने उन्हें शांत रहने का संकेत दिया।

"कैसे हो पुत्र अखण्ड! मुझे विश्वास है कि अब तक तुमने अपने जीवन का सत्य

तो जान ही लिया होगा।'' मार्केश मुस्कुराया।

''मैं भलीभाँति जानता हूँ कि मैं कौन हूँ; मैं विदर्भ देश का युवराज अखण्ड हूँ, उसके अतिरिक्त मेरी और कोई पहचान नहीं है।'' अखण्ड ने दृढ़ता से उत्तर दिया।

''तो तुम अपने भाइयों को लेकर मुझसे युद्ध करने आये हो, कारण जान सकता हूँ? कहीं इसका कारण निजी शत्रुता तो नहीं?'' मार्केश ने प्रश्न किया।

यह सुन तेजस्वी ने हस्तक्षेप किया, ''शत्रुता तो तब तक समाप्त नहीं होगी, जब तक तुम जीवित हो मार्केश; किंतु हमारा यहाँ आने का एक प्रमुख उद्देश्य विजयधनुष है और उसे हम लेकर ही जायेंगे।''

''विजयधनुष हमारी धरोहर है, उसकी रक्षा के लिए हमारे कुटुंब एक-एक असुर अपने प्राण दाँव पर लगा सकता है; जब तक एक भी असुर सेनापति जीवित है, तुम हमारी धरोहर को स्पर्श भी नहीं कर सकते।'' मार्केश ने दृढ़ता से कहा।

''तो फिर आप सबके शवों पर चलकर हम अपने लक्ष्य तक पहुँचेंगे।'' युगांधर ने भी मार्केश को घूरा।

मार्केश की भवें तन गयीं। वह अखण्ड की ओर मुड़ा, ''यह सब तो शत्रु हैं अखण्ड, किंतु तुम जैसा कपूत मैंने आज तक नहीं देखा; यह जान लेने के उपरांत भी कि मैं तुम्हारा पितामह हूँ, तुम मेरे ही विरुद्ध सेना का नेतृत्व कर रहे हो, लज्जा नहीं आती तुम्हें?''

''मनुष्य की भावनायें उनसे जुड़ी होती हैं, जिनके साथ वो अपना बचपन और जीवन व्यतीत करते हैं। मेरे पिता भानुसेन को अपना शस्त्र बनाकर आपने विदर्भ के महल पहुँचाया था। कदाचित् मेरे पिता सदैव आपके साथ खड़े रहेंगे, किन्तु ये अखण्ड सदैव अपने भाइयों का साथ देगा अर्थात् न्याय का और धर्म का समर्थन करेगा। आपके जैसे अधर्मी के विरुद्ध युद्ध करके गर्व का अनुभव होगा मुझे।'' अखण्ड ने दृढ़ होकर कहा।

''किसी से उसकी धरोहर छीनना कहाँ का धर्म है?'' मार्केश ने प्रश्न उठाया।

''हाँ, किसी की धरोहर उससे छीनना अधर्म है, किंतु किसी के प्राणों की रक्षा के लिए ऐसा करना बहुत बड़ा धर्म है।''

''तुम्हारे कहने का अर्थ क्या है?'' मार्केश ने आश्चर्य से प्रश्न किया।

''आप तो ऐसे कह रहे हैं जैसे कुछ ज्ञात ही न हो; कुछ दिनों पहले महाराज वीरसेन पर छल से आक्रमण कर उनके शरीर में ऐसा धीमा विष डाल दिया गया, जिसका उपचार संसार किसी वैद्य के पास नहीं है; उसका उपचार केवल दिव्यमणि से संभव है और जब तक दिव्यमणि बलिष्ठगढ़ में है, हम उस पर विजय पा नहीं सकते,

इसलिए हमें विजयधनुष की आवश्यकता है, जिससे हम बलिष्ठगढ़ पर विजय प्राप्त कर दिव्यमणि प्राप्त कर अपने महाराज के रोग का उपचार कर पायें। निःसंदेह महाराज वीरसेन पर यह आक्रमण भी आप ही ने करवाया है, छल करने की आदत जो लग चुकी है आपको। इसलिए अब परिणाम भी आपको ही भुगतना होगा।'' अखण्ड ने विस्तृत किया।

मार्केश विचारों में खो गया, ''यह योजना भी गुरु भैरवनाथ की ही होगी; उनके साम दाम दंड भेद की नीति ने समग्र असुर वंश को कलंकित कर दिया है।''

''क्या हुआ रक्षराज? कोई उत्तर नहीं है न मेरे प्रश्न का; होगा भी कैसे, क्योंकि आप भी जानते हैं धर्म और न्याय हमारे पक्ष में है।'' अखण्ड मुस्कुराया।

''धर्म और न्याय की परिभाषा मुझे मत समझाओ; तुम केवल एक कपूत हो, तुम जैसी संतान जिस वंश में जन्म ले उस वंश का लज्जित होना स्वाभाविक है; आज तुम्हारे कारण मुझे लज्जा का अनुभव हो रहा है। मैं तुम पर शस्त्र तो नहीं उठा सकता, किंतु तुम्हारे नेत्रों के समक्ष जब उन लोगों के शव गिरेंगे, जिनके कारण तुम मुझसे युद्ध करने आये हो, तब तुम्हें अपनी इस भूल पर ग्लानि होगी। विजयधनुष धरोहर है हमारी, उसकी रक्षा के लिए हम किसी के भी प्राण ले सकते हैं।'' मार्केश कुपित था।

''यदि ऐसा है तो मैं भी आपको वचन देता हूँ कि मैं आप पर शस्त्र नहीं उठाऊँगा; मेरे ये तीन भाई आपका वध करने हेतु आपसे युद्ध करेंगे और आपकी सेना से युद्ध करूँगा मैं वक्रबाहु और मेरे पीछे खड़ी ये समस्त सेना। ये सम्मान केवल इसलिये, क्योंकि मेरी रगों में आपका रक्त दौड़ रहा है।'' अखण्ड ने विश्वास दिलाया।

मार्केश की दृष्टि वक्रबाहु की ओर गयी, जो स्वयं किसी मूरत की भाँति अश्व पर बैठा था। किसी प्रकार उस पर से दृष्टि हटाकर रक्षराज ने अपनी भावनाओं को नियंत्रित किया।

वहीं दंशक की दृष्टि सुवर्या पर थी, ''सावधान रहना पुत्री, कल मेरा प्रथम लक्ष्य तुम रहोगी।''

युगांधर को क्रोध आ गया। उसने अपना फरसा उठाया, किंतु अखण्ड ने उसे रुकने का संकेत दिया। वहीं रक्षराज मार्केश ने भी दंशक को मौन रहने का संकेत दिया।

''सूर्योदय होते ही रणभूमि में भेंट होगी।'' मार्केश ने अपना अश्व मोड़ लिया।

अखण्ड ने भी सेना को शिविर लगाने का आदेश दिया।

वहीं युगांधर सुवर्या की ओर बढ़ा, ''तुम इस युद्ध में भाग नहीं लोगी सुवर्या।''

''क्षमा करें नागराज; मैं एक योद्धा हूँ और इस युद्ध में भाग लेना मेरा अधिकार

है।"

"मैंने कह दिया तो कह दिया; तुम कुछ सैनिकों की सुरक्षा में शिविर में ही रहोगी, इस युद्ध में भाग नहीं लोगी तो नहीं लोगी, आगे मैं कुछ नहीं सुनना चाहता। मैं सेनापति अखण्ड से इस विषय में बात करता हूँ।" युगांधर ने स्पष्ट आदेश दिया और वहाँ से प्रस्थान कर गया।

"किंतु नागराज...।" सुवर्या कुछ कहती, इससे पूर्व ही युगांधर वहाँ से प्रस्थान कर गया।

अगले दिन का सूर्य भी उदय हुआ जिसकी प्रतीक्षा दोनों पक्षों को थी। सुवर्या, सेना के कुछ सैनिकों के साथ शिविर में ही रुकी थी।

दोनों सेनायें एक-दूसरे के समक्ष युद्ध को सज्ज खड़ी थीं।

अखण्ड, तेजस्वी, युगांधर, सूर्यम, वक्रबाहु सेना के आगे खड़े थे। वहीं मगध के युवराज शाल्व सेना के मध्य में थे। लगभग एक लाख योद्धाओं के मन में दबा हुआ वर्षों का क्रोध अपने शत्रु पर बरसने के लिए आतुर था। उस सेना में अपने-अपने शस्त्र और कवच धारण किये हुए बीस सहस्त्र धनुर्धर, बीस सहस्त्र भालाधारी, बीस सहस्त्र गदाधारी और लगभग चालीस सहस्त्र तलवारबाज थे। उनमें सभी पैदल थे।

वहीं रक्षराज की दो अक्षौहिणी सेना में 43, 740 रथ और उतने ही गज, 131, 220 अश्वारोही और 2,18, 700 पैदल सैनिक थे। असुरों की वो विशाल सेना किसी सागर के समान प्रतीत हो रही थी, जिसने कई कोस का युद्धक्षेत्र घेर रखा था और उसका अंत कहीं दिखाई नहीं दे रहा था।

गज-सेना का नेतृत्व दंशक कर रहा था, पैदल सैनिकों की कमान हिडिम्ब के हाथ में थी और अश्वारोही सेना की कमान मार्केश ने दुदुम्भी को दे रखी थी। वहीं सेना के मध्य में खड़े थे रक्षराज मार्केश और रक्षगुरु भैरवनाथ। भैरवनाथ के संकेत पर असुरों के अधिपति मार्केश ने युद्ध के आरंभ का शंख बजाया।

अखण्ड ने भी शंख बजाकर अपनी सेना को युद्ध के आरंभ का संकेत दिया।

"हर हर महादेव...!" लाखों की गूँज के साथ दोनों सेनायें एक-दूसरे की ओर दौड़ीं।

एक महाभयंकर युद्ध आरंभ हो गया। संख्या में भले ही असुर कई गुना अधिक थे, किंतु उन योद्धाओं का वर्षों से दबा क्रोध असुरों पर कहकर बनकर टूट रहा था। न गज, न रथ, न ही असुरों के अश्वों की गति उन योद्धाओं पर कोई प्रभाव डाल पा रही थी।

युगांधर पाँच सहस्र धनुर्धरों, दस सहस्र तलवारबाजों, पाँच सहस्र भालाधारियों और दो सहस्र गदाधारियों के साथ दंशक के नेतृत्व वाले गज समूह की ओर बढ़ रहा था। उसका प्रतिद्वंद्वी सबसे कठिन था, इसलिए वक्रबाहु भी उसके साथ सम्मिलित था।

वहीं अखण्ड, तेजस्वी और सूर्यम शेष सेना के साथ रक्षराज की ओर बढ़ रहे थे। हिडिम्ब और दुदुम्भी पैदल सैनिक और अश्वारोही सेना का दल लेकर उन्हें रोकने के लिए आगे आये।

शत्रु की संख्या बहुत अधिक थी इसलिए अखण्ड, तेजस्वी और सूर्यम वहाँ उलझकर रह गये।

वहीं भैरवनाथ और मार्केश सेना के मध्य में खड़े थे।

''आपकी रणनीति मेरी समझ में नहीं आ रही है गुरुदेव। आप मुझे इस युद्ध में भाग क्यों नहीं लेने दे रहे?'' मार्केश ने आश्चर्य से प्रश्न किया।

''तुम्हारे शत्रु अभी तुमसे बहुत दूर हैं, मार्केश। मेरी जो योजना है उसके लिए तुम्हारा इस स्थान पर रहना आवश्यक है; जब तक तुम्हारे शत्रु स्वयं तुम्हारे निकट नहीं आते, तुम यहीं रहोगे, तब तक युद्ध का मोर्चा अपने भाइयों और अपनी सेना को सँभालने दो।'' भैरवनाथ ने कहा।

''क्या आपको पूरा विश्वास है आपकी योजना पर?'' मार्केश ने संदेहपूर्वक प्रश्न किया।

''निश्चिंत रहो मार्केश, विजय हमारी ही होगी, किंतु उसके लिए हमें शत्रुओं की प्रतीक्षा करनी होगी और प्रतीक्षा करनी होगी तुम्हारे अनुज दंशक की मृत्यु की भी।'' यह अंतिम वाक्य इतना धीमा था कि रक्षराज के कर्णों को इसका आभास भी नहीं हुआ।

वहाँ से कुछ कोस दूर दंशक के नेतृत्व में चालीस सहस्र से भी अधिक गजों की सेना चली आ रही थी और उसके सामने युगांधर के पैदल सैनिकों की संख्या उससे आधी थी।

किंतु कदाचित् युगांधर के मन में कोई परिपक्व योजना थी, इसलिए वो अपने शत्रु की प्रतीक्षा कर रहा था। जब उसे दंशक निकट आता दिखाई दिया तो उसने अपनी योजनानुसार अपने सैनिकों को संकेत किया।

उसके संकेत पर पाँच सहस्र योद्धा भाला और ढाल लिए इकट्ठा होने लगे और शीघ्र ही लोहे की मजबूत दीवार-सी बना ली। भाला और ढाल पकड़कर दृढ़ खड़े योद्धाओं की संख्या पाँच सहस्र थी। उन सबके पीछे एक-एक धनुर्धारी छिपकर बैठ गया।

दंशक दूर से ही ढालों से बनी उस दीवार को देखकर हँस पड़ा, "तो इन मूर्खों को यह लगता है कि इन ढालों के बल पर वह इतने विशालकाय गजों का मार्ग रोक लेंगे।"

दंशक की गज सेना की पहली पंक्ति में पूरे दो सहस्त्र हाथी थे। पहली पंक्ति को अपने निकट आता देख युगांधर ने आदेश दिया, 'आरंभ!'

उसके एक संकेत पर पाँच सहस्त्र भाले एक साथ पूर्ण गति से गज सेना की पहली पंक्ति की ओर बढ़े। सबके लक्ष्य सटीक नहीं थे, किंतु उन पाँच सहस्त्र भालों ने पहली पंक्ति के अधिकतम हाथियों की दायीं आँख फोड़ दी।

'धनुर्धारी!' युगांधर के अगले आदेश पर भालाधारी योद्धाओं ने अपनी ढाल टेढ़ी कर ढालों से बनी लोहे की दीवार थोड़ी नीचे की और धनुर्धारियों को पर्याप्त खुला स्थान दिया।

अगले ही क्षण पाँच सहस्त्र बाण एक साथ आकाश में चले और गज सेना की पहली पंक्ति के कई हाथियों की बायीं आँख भी फोड़ दी। उसके उपरांत तत्काल ही भालाधारियों ने ढाल एक साथ वापस खींचकर लोहे की दीवार दोबारा बना ली।

पहली पंक्ति के अधिकांश गज नेत्रहीन हो गए, इससे पूरी गज सेना भ्रमित-सी हो गयी।

"रुक जाओ!" दंशक ने चीखकर अपनी सेना को रुकने का आदेश दिया। उसे भय था की कहीं नेत्रहीन हो चुके हाथी सेना में भगदड़ न मचा दें।

और उसका अनुमान उचित था। नेत्रहीन हुए हाथी काबू से बाहर होने लगे। वो अपने ऊपर सवार हुए योद्धाओं को गिराकर कुचलने लगे।

"इनके मस्तक को भाले से भेदकर मार डालो इन सबको।" दंशक ने अपनी ही गज सेना की प्रथम पंक्ति को मारने का आदेश दिया।

उस पंक्ति में गज पर आरूढ़ हुआ प्रत्येक जीवित बचा योद्धा अपने ही गज का मस्तक भेद उसे गिराने लगा। पहली पंक्ति के गज गिरने लगे।

युगांधर मुस्कुराया, "जैसा सोचा था वैसा ही हुआ।"

अगले ही क्षण युगांधर के संकेत पर भालाधारियों ने ढालों से बनी लोहे की दीवार एक ओर से खोल दी।

'वक्रबाहु!' युगांधर ने वक्रबाहु की ओर संकेत किया।

वक्रबाहु चिंघाड़ते हुए एक विशाल गज में परिवर्तित हो गया।

'आक्रमण!' युगांधर और उसके पीछे कई पाँच सहस्त्र तलवारबाज अपनी पीठ पर भूसे का ढेर टाँगे हुए बाहर आये और शत्रुओं की ओर दौड़ पड़े।

'यह करना क्या चाहता है।' दंशक को बिलकुल भी अनुमान नहीं था कि यह क्या हो रहा है।

अपनी-अपनी पीठ पर भूसे का ढेर टाँगे पाँच सहस्त्र योद्धा अपने हाथों में दो-दो नंगी तलवारें लिए युगांधर के साथ शत्रु सेना की ओर बढ़े चले आ रहे थे।

वक्रबाहु उन सबमें सबसे आगे था। उसका आकार सामान्य गज से दोगुना था। वह शत्रु सेना के हाथियों के बीच घुस गया और उन्हें टक्कर देकर भूमि पर गिराने लगा।

वहीं युगांधर के साथ आ रहे पाँच सहस्त्र सैनिकों में से कुछ ने अपनी पीठ पर रखे भूसे के ढेर को भूमि पर गिराया और अपनी दोनों तलवारों से चिंगारियाँ उत्पन्न कर अग्नि लगाई और वह जलता हुआ ढेर शत्रु सेना के हाथियों पर फेंका।

गज सेना की आगे की पंक्ति में भगदड़-सी मच गयी। वक्रबाहु इसका लाभ उठाकर एक-एक गज को भूमि पर गिरा रहा था।

"मार डालो इस विशाल गज को!" दंशक ने आदेश दिया।

उसके आदेश पर, बिखरे हुए कुछ गज सवार एक होकर वक्रबाहु की ओर बढ़े।

युगांधर पाँच सहस्त्र सैनिकों के साथ गज सेना के बीच घुस चुका था। सभी सैनिकों ने विपक्ष के बिखरे हुए सैनिकों के बीच जाकर भूसे के ढेर भूमि पर गिराया। युगांधर के संकेत पर सभी ने एक साथ अपनी-अपनी तलवारें टकराकर चिंगारी उत्पन्न की और पीछे हटने लगे।

"वक्रबाहु पीछे हटो!" युगांधर अपने पाँच सहस्त्र योद्धाओं को लेकर पीछे भागने लगा।

वक्रबाहु भी युद्ध करने के स्थान पर शत्रुओं को गिराता हुआ पीछे भागने लगा।

अग्नि लगे सहस्त्रों भूसे के ढेरों ने मिलकर शीघ्र ही एक प्रचंड अग्नि का रूप ले लिया।

पशु स्वभाव से विवश हाथियों में भगदड़ मच गयी। वो सभी अग्नि से भयभीत होकर इधर-उधर भागने लगे। कोई भी योद्धा अपने गज पर नियंत्रण करने का प्रयत्न करता तो दूसरा हाथी उसे टक्कर मार देता। भीषण अग्नि से भागते हुए कई हाथियों ने असुर सैनिकों को ही कुचल डाला। सहस्त्रों असुर सैनिक इस भगदड़ में मारे गए और केवल असुर ही नहीं, अग्नि लगाकर भागते हुए युगांधर के पक्ष से भी दो सौ से अधिक तलवारबाजों ने अपने प्राण गँवाये थे।

रक्षराज मार्केश को दूर से ही इस अग्निकांड का दृश्य दिखाई दिया, *"उस क्षेत्र में तो दंशक युद्ध कर रहा था, वहाँ ये भीषण अग्नि कैसी, जिसकी लपटों के दृश्य यहाँ*

तक दिखाई दे रहे हैं?'' वो अपने अनुज के लिए चिंतित-सा हो गया।

''वहाँ दंशक और युगांधर का युद्ध चल रहा है, किंतु चिंता मत करो, यदि युगांधर दंशक पर हावी भी हुआ तो भी उसे विवश करने का मार्ग है मेरे पास।'' भैरवनाथ ने विश्वास दिलाया।

''आप कैसे कह सकते हैं कि वहाँ दंशक और युगांधर ही युद्ध कर रहे हैं?'' रक्षराज ने प्रश्न किया।

''तुम्हारे शत्रु मूर्ख नहीं हैं, मार्केश। दंशक नागवंशी है तो उसके समक्ष भी कोई ऐसा ही योद्धा भेजा गया होगा जो नागशक्ति का धारक हो, इसलिए नागों का राजा युगांधर निःसंदेह सबसे उत्तम चुनाव है।''

मार्केश क्षणभर विचार करके बोला, ''आप उसे विवश करने के मार्ग के बारे में कुछ कह रहे थे।''

''हाँ, युगांधर की कमजोर नस है मेरे पास। उस मूर्ख ने अपनी प्रियसी सुवर्या को सुरक्षित करने ले लिए युद्धभूमि से दूर मात्र सौ रक्षकों के विश्वास पर एक शिविर में छोड़ दिया है।'' भैरवनाथ के मुख पर कुटिल मुस्कान थी।

''तो फिर से साम दाम दंड भेद की नीति पर उतर आये आप!'' रक्षराज ने अपने गुरु को हेय-दृष्टि से देखा।

''विजय के लिए जो भी करना पड़े मैं सब उचित मानता हूँ।'' भैरवनाथ ने मार्केश की उस हेय-दृष्टि को अनदेखा किया।

वहीं दंशक का गज भी अग्नि से भयभीत होकर अनियंत्रित हो गया। यह देख दंशक ने भाला उठाया और अपने उस गज के मस्तक में घुसा दिया। इसके उपरांत वह भूमि पर कूदा और बचते-बचाते हुए उस भगदड़ से बाहर आया। उसने दूर खड़ा अपनी ही सेना का एक अश्वारोही सैनिक देखा। वह उसकी ओर दौड़ा और उसे भूमि पर गिराकर स्वयं ही उस अश्व पर आरूढ़ होकर भागने लगा।

युगांधर ने साथ आये लगभग पाँच सहस्त्र योद्धाओं के साथ असुर सैनिकों को भागने पर विवश कर दिया। तत्पश्चात वो दंशक के पीछे लग गया।

दंशक अब युगांधर, वक्रबाहु समेत कई योद्धाओं के घेरे में था।

''एक से युद्ध करने इतने सारे, यह कहाँ की वीरता है नागराज युगांधर!'' दंशक ने प्रश्न उठाया।

''छल पर छल करने वाले आज हमें युद्ध-नियमों की उलाहना दे रहे हैं; फिर भी मैं तुम्हें बता दूँ कि हममें से कोई तुम असुरों की भाँति कायर नहीं है दंशक। मैं तुम्हें द्वंद्व की चुनौती देता हूँ और यह वचन देता हूँ कि मेरे अतिरिक्त तुम पर कोई वार नहीं

करेगा।'' युगांधर ने खुली चुनौती दी।

दंशक अपने अश्व से नीचे उतरा और अपनी म्यान से तलवार खींच निकाली, ''तो फिर यही सही।''

युगांधर ने भी अपना फरसा उठाया और दंशक की ओर दौड़ा। दोनों के शस्त्र टकराये और भीषण ध्वनि उत्पन्न की। दंशक और युगांधर दोनों विकट योद्धा थे, किंतु युगांधर के दिव्य फरसे के आगे दंशक की तलवार टूट गयी। इसके उपरांत युगांधर ने भी अपना फरसा नीचे रखा और दंशक के मुख पर मुष्टि प्रहार किया।

दंशक रक्त उगलते हुए भूमि पर गिर पड़ा। इसके उपरांत युगांधर ने महाऋषि ओमेश्वर की तलवार निकाली और दंशक की ओर बढ़ा।

''रुक जाओ युगांधर!'' तभी पीछे से एक स्वर सुनाई दिया।

युगांधर ने जब पलटकर देखा तो सामने का दृश्य देख स्तब्ध रह गया। दंशक का पुत्र नागीश, सुवर्या की गर्दन पर तलवार टिकाये खड़ा था।

''अपने शस्त्र भूमि पर फेंको अन्यथा मेरी तलवार सुवर्या के कंठ पर चल जायेगी।'' नागीश ने युगांधर को चेतावनी दी।

युगांधर क्षणभर के लिए तड़प-सा गया, किंतु अगले ही क्षण उसने वक्रबाहु के नेत्रों में देख उसे कुछ संकेत किया। वक्रबाहु, नागीश की दृष्टि बचाता हुआ एक ओर गया।

''तलवार गिराते हो या मैं अपनी तलवार इसकी गर्दन पर चलाऊँ!'' नागीश ने एक बार फिर चेतावनी दी।

''नहीं नहीं रुक जाओ, मैं तलवार नीचे करता हूँ।'' युगांधर ने तलवार नीचे की।

दंशक ने इस अवसर का पूरा लाभ उठाया और उठकर युगांधर की छाती पर प्रहार किया। युगांधर भूमि पर गिर पड़ा। तलवार छूटते ही युगांधर का बल मानो आधा हो गया था।

तभी वक्रबाहु ने नागीश के पीछे जाकर उसकी गर्दन पकड़ी और उसे हवा में उठा दिया। सुवर्या मुक्त हो गयी।

यह देख नागराज युगांधर, दंशक पर झपटा। दोनों में मल्लयुद्ध आरंभ हो गया। इस बार दंशक उस पर हावी होने लगा। उसने युगांधर को पूरा हवा में उठाया और भूमि पर पटक दिया। अगले ही क्षण दंशक ने भी अपनी तलवार उठा ली।

किंतु यह उसकी सबसे बड़ी भूल थी, क्योंकि उसने युगांधर को उसी ओर फेंका, जहाँ महर्षि ओमेश्वर की तलवार पड़ी थी। युगांधर ने जैसे ही उस तलवार को छुआ, उसे अपने शरीर में एक अद्भुत ऊर्जा दौड़ती हुई महसूस हुई। उसके बल में एक बार

फिर वृद्धि हो गयी। वह तलवार उठाकर भूमि से उठा।

"यदि मेरे पास समय होता तो इस द्वंद्व को मैं कुछ और समय तक खींचता दंशक, किंतु मुझे मेरे भ्राता की सहायता के लिए जाना है।" यह कहकर युगांधर ने तलवार दंशक की छाती पर लक्ष्य कर फेंकी।

वह तलवार दंशक की छाती भेद गयी। उसके घाव में तीव्र जलन होने लगी। वह घुटनों के बल आ बैठा। उसकी तलवार भी उसके हाथ से छूट गयी।

तत्पश्चात युगांधर ने अपना फरसा उठाया और दंशक के निकट गया, "तुम्हें तो पीड़ा देने का भी समय नहीं है मेरे पास।"

अगले ही क्षण युगांधर के फरसे ने दंशक का शरीर धड़विहीन कर दिया। उसका तड़पता हुआ शरीर भूमि पर गिर पड़ा।

वक्रबाहु ने नागीश को मुक्त कर दिया। वह दौड़ता हुआ दंशक के तड़पते शरीर के निकट गया।

उसे देखते ही युगांधर का क्रोध भड़क उठा, "मेरी सुवर्या को हानि पहुँचाने का साहस कैसे किया तुमने..."

युगांधर ने उसका वध करने के लिए फरसा उठाया ही था, किंतु सुवर्या ने उसका हाथ रोक लिया।

"मेरा हाथ छोड़ो सुवर्या।" युगांधर क्रोध में था।

"नहीं नागराज, इसे क्षमा कर दीजिये, ये तो अभी बालक है।" सुवर्या ने विनती की।

"इसने तुम्हें हानि पहुँचाने का प्रयत्न किया है सुवर्या। मैं इसे क्षमा नहीं कर सकता।"

"नहीं नागराज, यह निरपराध है, वास्तविक अपराधी तो यह दंशक था, जो एक पुत्री का पिता होने का लाभ उठाकर उसे वस्तु की भाँति प्रयोग करने की मंशा रखता था। यह तो एक शक्तिहीन बालक है, जिसका अपराध केवल इतना है कि इसने अपने पिता के बताये मार्ग का अनुसरण किया है और यह मेरा अनुज भी है, इसलिए कृपा करके इसे क्षमा कीजिये।" सुवर्या ने विनती की।

युगांधर का क्रोध कुछ हद तक शांत हुआ, "ठीक है सुवर्या, तुम कहती हो इसलिए इसे प्राणदान दे रहा हूँ, किंतु फिर कभी यदि यह मेरे मार्ग में आया तो मैं इसपर दया नहीं दिखाऊँगा।" यह कहकर युगांधर ने दंशक की छाती से महाऋषि ओमेश्वर की तलवार निकाली और आगे बढ़ गया।

सुवर्या ने क्षणभर नागीश की ओर देखा, उसके उपरांत वह युगांधर के साथ आगे

बढ़ गयी।

"अब तो मैं आपके साथ इस युद्ध में भाग ले सकती हूँ न?" सुवर्या ने युगांधर से प्रश्न किया।

"नहीं, तुम कुछ और सैनिकों के साथ शिविर लौट जाओ।" युगांधर ने स्पष्ट रूप से कहा।

"किंतु यदि फिर किसी ने मुझपर आक्रमण कर दिया तो?" सुवर्या ने भोला मुँह बनाकर प्रश्न किया।

युगांधर चलते-चलते रुक गया। उसने क्षणभर साँस भरी और निर्णय लिया, "ठीक है, कवच धारण करो।"

"अवश्य नागराज।" सुवर्या ने सहमति जताई।

वहीं दूसरी ओर एक दूत ने आकर मार्केश को संदेश दिया, "अ..आपके अनुज दंशक वीरगति को प्राप्त हुए महाराज।"

रक्षराज मार्केश की आँखें क्रोध से धधक उठीं। भैरवनाथ ने उस दूत को जाने का संकेत दिया।

"यह सब कैसे हुआ गुरुदेव? आपने कहा था कि युगांधर को विवश करने की योजना है आपके पास, तो फिर कैसे उसने मेरे अनुज का वध किया?" मार्केश की आँखें क्रोध से लाल हो रही थीं।

"मैंने दंशक पुत्र नागीश को सुवर्या का अपहरण करने भेजा था; मिली सूचना के अनुसार उसने यह कार्य सफलतापूर्वक कर भी लिया था, फिर न जाने कैसे यह युगांधर सफल हुआ। एक क्षण रुको, तुम्हारा मित्र वक्रबाहु नहीं दिख रहा।" भैरवनाथ की दृष्टि वक्रबाहु को खोज रही थी।

"तो इस बात से इस घटना का क्या संबध है?" मार्केश अधीर हो रहा था।

"संबध है मार्केश; वक्रबाहु यदि यहाँ नहीं है तो निःसंदेह वो युगांधर के साथ ही होगा और उसी की सहायता से उसने दंशक पर विजय पाई होगी।" भैरवनाथ ने अनुमान लगाया।

"उसने चाहे जैसे भी विजय पाई हो, युगांधर का मस्तक अब मैं स्वयं अपने हाथों से उखाड़ूँगा।" मार्केश ने अपने अश्व की लगाम पकड़ी।

"रुक जाओ मार्केश!"

"आप मुझे बार-बार इस युद्ध में सम्मिलित होने से क्यों रोक रहे हैं गुरुदेव?" मार्केश ने अधीरता से प्रश्न किया।

"क्योंकि सत्य यह है कि युगांधर सबसे बड़ा संकट है तुम्हारे लिए; उसकी धमनियों में दौड़ते हुए विष का सामना तुम नहीं कर सकते और यही सत्य है।'' भैरवनाथ ने मार्केश को चेतवानी दी।

"तो क्या मृत्यु के भय से पराजय स्वीकार कर लें हम? यह संभव नहीं है, गुरुदेव।'' मार्केश उग्र हो गया।

"इस युद्ध में हमारी विजय निश्चित है मार्केश और उसके लिए मेरे पास एक उत्तम योजना है।''

"तो कब अमल करेंगे आप अपनी योजना पर, जब मेरे सारे अनुज वीरगति को प्राप्त हो जायेंगे तब।''

"धीरज रखो मार्केश, नागराज युगांधर को विवश करने की योजना तैयार है, बस कुछ क्षण प्रतीक्षा करो, अन्यथा तुम्हारे साथ तुम्हारा पूरा साम्राज्य नष्ट हो जायेगा, क्योंकि नागराज युगांधर केवल एक नागवंशी राजा ही नहीं अपितु विक्रमाजित जैसे योद्धा का अंश भी है, उस महाविषधारी नाग का सामना करना हममें से किसी के लिए संभव नहीं।'' भैरवनाथ के नेत्रों में चिंता स्पष्ट झलक रही थी।

रक्षराज खीझ गया।

भैरवनाथ मन ही मन मुस्कुरा भी रहा था, 'दंशक की मृत्यु के साथ ही मेरी योजना का एक चरण तो पूर्ण हो ही चुका है। दंशक और रक्षराज एक ही नक्षत्र में जन्में हैं, इसलिए दंशक की मृत्योपरांत उसकी आत्मा समेत उसकी समस्त शक्तियाँ रक्षराज मार्केश के शरीर में समा जायेंगी और इसके उपरांत युगांधर का विष भी तुम पर कोई प्रभाव नहीं डाल पायेगा मार्केश।'

वहीं अखण्ड, तेजस्वी, सूर्यम और शाल्व बड़ी तीव्रता से शत्रु सेना का नाश किये जा रहे थे। युगांधर भी सुवर्या और वक्रबाहु के साथ उनकी सहायता के लिए आ पहुँचा था।

दुदुम्भी पैदल सैनिकों का दल लिए उनकी ओर बढ़ रहा था। सूर्यम ने उसे देख अपनी तलवार सीधी की, "ये मेरा शिकार है, बीच में कोई नहीं आयेगा।''

सूर्यम, महर्षि ओमेश्वर की तलवार लिए दुदुम्भी की ओर बढ़ा। दुदुम्भी के पाँव का घाव अभी भी नहीं भरा था इसलिए वो अपनी शक्तियों का प्रयोग नहीं कर पा रहा था।

सूर्यम पैदल सैनिकों का दल लिए दुदुम्भी की ओर बढ़ा। दुदुम्भी ने पूरी शक्ति से सूर्यम के साथ युद्ध किया, किंतु वो सूर्यम के समक्ष एक कमजोर प्रतिद्वंद्वी सिद्ध हुआ। उसने सूर्यम के पाँव पर हल्का घाव किया और उसे भूमि पर गिरा दिया।

उसे भूमि पर गिराकर वो उसकी छाती पर चढ़ गया, किंतु सूर्यम ने बड़ी ही सरलता से उसे धकेलकर भूमि पर गिरा दिया। बिना विलम्ब किये सूर्यम भूमि से उठा और महर्षि ओमेश्वर की दिव्य तलवार उसकी छाती में गड़ा दी।

दुदुम्भी पीड़ा से चीख पड़ा।

"चिंतित मत हो दुदुम्भी, इस बार तुम्हें अधिक पीड़ा नहीं दूँगा।" कहकर सूर्यम ने अगले ही क्षण उसका मुंड, रुंड से अलग कर दिया।

"चलो अंत हुआ इस मूर्ख का भी।" दुदुम्भी की निष्प्राण काया छोड़ सूर्यम आगे बढ़ गया।

शीघ्र ही सूर्यम अपने भाइयों के साथ सम्मिलित हो गया।

वक्रबाहु ने भी अपना गजरूप धारण किया और सुवर्या ने भी अपनी तलवार सँभाली। वर्षों से बंदी बने योद्धाओं का क्रोध अंगार बनकर असुरों पर टूट रहा था। वक्रबाहु अलग ही समूह में असुरों को कुचलता चला जा रहा था।

भैरवनाथ के आदेश पर हिडिम्ब रक्षराज के निकट आकर खड़ा हो गया।

असुरसेना के विनाश की गति कई गुना बढ़ गयी। मार्केश चिंतित था, "गुरुवर, ये तो हमारी सेना को खेत में कटने वाले अनाज की भाँति काट रहे हैं; आपने कहा था कि युगांधर को रोकने का उपाय है आपके पास। वो देखिये, वो नाग हमारी सेना को सबसे अधिक क्षति पहुँचा रहा है, यदि इसी प्रकार युद्ध चलता रहा तो असुरों का मनोबल टूट जायेगा।" मार्केश चिंतित था।

"बस बस मार्केश, कुछ क्षणों की देरी और।" भैरवनाथ के मुख पर अधीरता स्पष्ट दिखाई दे रही थी।

चारों योद्धा अद्भुत शौर्य से युद्ध कर रहे थे। सूर्य सर पर चढ़ आया था।

अकस्मात् ही युगांधर को थकावट-सी अनुभव होने लगी। उसके शरीर में सिहरन सी उत्पन्न होने लगी। उसने उस दशा में भी दो असुरों को धड़विहीन कर दिया, किंतु तीसरे असुर ने उसे धकेल के पीछे गिरा दिया।

एक साधारण से असुर सैनिक ने युगांधर को भूमि पर धकेल दिया यह दृश्य सभी के लिए आश्चर्यजनक था।

अगले कुछ क्षणों में असुरों के विरुद्ध युद्ध करते अन्य योद्धाओं में भी थोड़ी शिथिलता-सी आने लगी। असुर सैनिक उन पर भारी पड़ने लगे।

युगांधर का शरीर कुछ अधिक ही प्रभावित हुआ था। वो ठीक से खड़ा भी नहीं हो पा रहा था। शेष योद्धा इतने अधिक प्रभावित नहीं हुए थे। वक्रबाहु उसकी ढाल बनकर असुरों के विरुद्ध खड़ा हो गया।

तेजस्वी ने स्थिति को शीघ्र ही भाँप लिया। वो तत्काल ही शाल्व और अखण्ड के पास गया, ''सेना को रक्षण नीति का संकेत भेजिए ज्येष्ठ; उस सोमनाथ की योजना ने कार्य करना आरंभ कर दिया है।''

तभी सूर्यम ने हस्तक्षेप कर प्रश्न किया, ''सोमनाथ की योजना? अब यह क्या है?''

तभी एक सैनिक ने आकर अखण्ड को सूचित किया, ''महामहिम, सोमनाथ हमारे बंधन से छूटकर भाग निकला है।''

''बंधन से छूटकर? सोमनाथ हमारा बंदी था? उसने तो हमारी सहायता की थी; यह सब क्या हो रहा है?'' सूर्यम ने प्रश्न किया।

''वो हमारा सहायक नहीं था सूर्यम; वो उस रक्षगुरु भैरवनाथ का अनुज था, जो हमारी सेना की शक्ति घटाने आया था; किंतु तीन दिवस पूर्व हमें उसकी योजना के विषय में ज्ञात हो गया और हमने उसे बंदी बना लिया और तुमने तो दुदुम्भी से युद्ध किया ही था, उसके पाँव का घाव सोमनाथ के कहे अनुसार भरा नहीं था, क्या यह तथ्य तुम्हारे मस्तिष्क में खटका नहीं?'' अखण्ड ने सूर्यम से प्रश्न किया।

''मैं इतने गहरे विचार नहीं करता, मेरा काम युद्ध करना है।'' सूर्यम ने बड़े आत्मविश्वास से कहा।

''तो फिर तो हमने उचित ही किया जो तुम्हें इस योजना में सम्मिलित नहीं किया; वैसे भी तुम्हें यह योजना बताई भी जाती तो कोई लाभ तो होता नहीं।'' अखण्ड ने गदा से तीन असुरों का एकसाथ मस्तक फोड़ते हुए कहा।

''आपको तो मैं इस युद्ध के बाद देखता हूँ।'' सूर्यम ने भी एक असुर को धड़विहीन करते हुए कहा।

''यह अकस्मात् क्या होने लगा गुरुदेव! शत्रु सेना की आक्रामक रणनीति रक्षण की नीति में परिवर्तित कैसे हो गयी?'' रक्षराज ने रक्षगुरु से प्रश्न किया।

''जो योद्धा तुम्हारे लिए सबसे बड़ा संकट बनने वाला था, वो अब विवश होकर भूमि पर पड़ा है और तुम्हारा परममित्र वक्रबाहु उसकी रक्षा में व्यस्त है।'' भैरवनाथ ने कहा।

''यह सब आपने संभव कैसे किया, तनिक विस्तार से बताइए।''

''आने वाली पूर्णमासी को जिन योद्धाओं की बलि चढ़नी थी, उनका सशक्त रहना आवश्यक था, ताकि वो बलि के योग्य हों; किंतु बंदीगृह में रहने के कारण उनका बल और साहस क्षीण होता जा रहा था; तब मैंने अपने अनुज सोमनाथ को बंद के रूप

में बंदीगृह भेजा था, जहाँ उसने उन योद्धाओं को एक विशेष मादक औषधि देकर उनकी शक्ति बढ़ायी और उनका विश्वास भी जीता। उनका विश्वास जीतना आवश्यक था, ताकि समय आने पर यदि उन योद्धाओं में विद्रोह की भावना जगे तो सोमनाथ उनके ही पक्ष में रहकर उस विद्रोह को दबा सके; किंतु परिस्थितियाँ इसके प्रतिकूल बनीं, बंदी योद्धाओं को मुक्त करा लिया गया; तब मैंने सोमनाथ को फिर से उन एक लाख योद्धाओं के पास भेजा। इस बार पहले की भाँति सोमनाथ ने उन योद्धाओं को मादक पदार्थ दिया, जिनका उन योद्धाओं ने दो सप्ताह तक सेवन किया। इसी बीच मैंने अपने पालतू बाघ से उस नागसम्राट युगांधर पर आक्रमण करवाया, जिससे वह घायल हो गया। औषधि के नाम पर दस दिवस तक सोमनाथ से उसे भारी मात्रा में मादक पदार्थ खिलवाया, जिससे वो उसका आदी हो गया। अब युगांधर को वो मादक तत्व मिले आठ प्रहर से अधिक समय बीत चुका है, इसलिए वो मादक पदार्थ न मिलने के कारण बेचैन होकर तड़प रहा है। शेष योद्धाओं को कम मात्रा में वो मादक तत्व दिया गया, ऊपर से वो पहले से ही इसके आदी हैं, इसलिए इस तत्व का न लेना उन्हें अधिक समय तक प्रभावित नहीं करेगा, किंतु करेगा अवश्य; वो सभी कुछ समय के लिए शिथिल अवश्य पड़ेंगे।'' भैरवनाथ ने विस्तार से बताया।

''जब सभी योद्धा हमारे विरुद्ध खड़े हो रहे थे तो सभी को ऐसा मादक तत्व क्यों नहीं दिया?'' मार्केश ने प्रश्न किया।

''युगांधर के शरीर में जो मादक तत्व है, वो अन्य योद्धाओं के शरीर में बहते मादक तत्व से एक सहस्त्र गुना अधिक है। इस तत्व की भी हमारे पास सीमा थी, इसलिए हम वो तत्व उन योद्धाओं पर अधिक व्यर्थ नहीं कर सकते थे; युगांधर सबसे बड़ा संकट है इसलिए उसका विवश होना आवश्यक था।''

रक्षगुरु की बात सुनकर रक्षराज मुस्कुराया, ''युगांधर को तो विवश कर लिया आपने, किंतु शेष योद्धा कितने समय तक विचलित रहेंगे।''

''आधे प्रहर से भी कम समय है हमारे पास।'' भैरवनाथ ने कहा।

''आपका संकेत मैं समझ गया गुरुदेव, अब अपनी सेना का नेतृत्व मैं स्वयं करूँगा।'' कहकर रक्षराज ने अपने सारथी को रथ आगे ले जाने का आदेश दिया।

तेजस्वी और अखण्ड ने मार्केश को दूर से ही आते देख लिया। तेजस्वी की पकड़ अपने धनुष पर मजबूत होने लगी।

उधर हिडिम्ब और कुछ सैनिकों के साथ खड़े भैरवनाथ के पास उसका अनुज सोमनाथ दौड़ता हुआ आया। उसने आकर तत्काल ही भैरवनाथ को सूचित किया, ''भ्राताश्री, शत्रुओं को हमारी योजना का आभास पहले से ही है।''

''सोमनाथ तुम यहाँ? कहना क्या चाहते हो?'' भैरवनाथ ने अपने अनुज से

प्रश्न किया।

"वो तेजस्वी बड़ा ही चतुर निकला, भ्राताश्री; शत्रु की सेना कमजोर नहीं हुई, अपितु वो ऐसा अभिनय कर रहे हैं कि उनकी शक्ति क्षीण हो गयी है, ताकि मार्केश घेरे से बाहर निकलकर उन पर आक्रमण कर दे।" सोमनाथ ने कहा।

भैरवनाथ स्तब्ध रह गया।

वहीं तेजस्वी अपने बाणों से शत्रु सेना का संहार किये जा रहा था। तभी सूर्यम ने उसके निकट आकर प्रश्न किया, "आपने यह योजना बनायी कब और मुझे क्यों नहीं बताया?"

तेजस्वी ने कहना आरंभ किया, "मुझे आरंभ से ही सोमनाथ पर संदेह था, इसीलिए मैंने ज्येष्ठ के साथ मिलकर एक योजना बनायी। मगध के युवराज शाल्व को भी नियमित रूप से सोमनाथ की औषधि लेनी होती थी, इसलिए हमने उनसे कहा कि दो दिवस तक वो औषधि का सेवन न करें। आठ प्रहर तक उस औषधि का सेवन न करने से शाल्व बेचैन होने लगे। हमारा संदेह सत्य सिद्ध हुआ, सोमनाथ ने सभी योद्धाओं को मादक तत्व दिया था। शाल्व ने जैसे ही औषधी दोबारा लेनी शुरू की, वो सामान्य हो गये। कल प्रातः सोमनाथ ने हमारे योद्धाओं को मादक तत्व वाली औषधि दी और जाने लगा। उसकी योजना थी कि मादक तत्वों का सेवन किये बिना यदि हमारे योद्धा युद्ध को जायेंगे तो उनकी शक्ति युद्ध में क्षीण हो जायेगी। तब हमने उसे मार्ग में ही बंदी बना लिया और उसकी गर्दन पर तलवार रख उससे भैरवनाथ की सम्पूर्ण योजना उगलवा ली। तब हमने उसे और मादक तत्व बनाने पर विवश किया, जिसका सेवन हमारे सभी योद्धाओं ने आज प्रातः ही किया है। इस समय युगांधर के साथ वो सभी केवल ऐसा अभिनय कर रहे हैं, कि उनकी शक्ति क्षीण हुई है और केवल अपना बचाव कर रहे हैं; यह योजना रक्षराज मार्केश को हमारे सामने लाने के लिए है।"

सूर्यम ने पलटकर युगांधर की ओर देखा, "यहाँ अभिनय की कोई प्रतियोगिता चल रही है क्या?"

"ऐसा क्यों कह रहे हो?" तेजस्वी ने प्रश्न किया।

"आपको ऐसा नहीं लगता कि भ्राता युगांधर स्वयं को एक उच्चकोटि का कलाकार सिद्ध करने हेतु कुछ अधिक ही अभिनय कर रहे हैं।" सूर्यम ने भूमि पर लेटे युगांधर की ओर संकेत कर प्रश्न किया।

तेजस्वी ने भी युगांधर को ध्यान से देखा, "यह युगांधर ऐसे क्यों कर रहा है?" वो युगांधर की ओर बढ़ा।

वहीं भैरवनाथ अपने अनुज सोमनाथ पर क्रोधित हो उठा, "तुम्हारा कहने का अर्थ यह है कि उन्हें हमारी सम्पूर्ण योजना के विषय में ज्ञात है?"

"सम्पूर्ण तो नहीं; क्योंकि उन्हें यह ज्ञात नहीं कि युगांधर को वो मादक तत्व इतनी भारी मात्रा में दिया गया, जितने में एक सहस्त्र सामान्य मनुष्य उस मद में डूब जायेंगे। आज प्रातः भी जब अन्य योद्धाओं ने मादक तत्व का सेवन किया, तब मैंने इस बात का विशेष ध्यान रखा कि युगांधर सामान्य औषधि का सेवन करे और उसे वो मादक तत्त्व न मिले, इसलिए मेरा अनुमान है कि हमारे शत्रुओं को इसका गंभीर परिणाम भोगना होगा।" सोमनाथ ने कहा।

भैरवनाथ ने राहत की साँस ली, "चलो कम से कम हमारी मुख्य योजना कार्य तो करेगी ही।"

"किंतु एक समस्या और भी है।" सोमनाथ ने कहा।

"कैसी समस्या?" भैरवनाथ ने प्रश्न किया।

"एक ऐसा उपाय है जिससे इस मादक तत्व का सेवन किया हुआ व्यक्ति भी इसके प्रभाव से बाहर आ सकता है और यह बात तेजस्वी ने मुझसे उगलवा ली।" सोमनाथ ने कहा।

भैरवनाथ ने कुछ क्षण विचार किया, इसके उपरांत उसने हिडिम्ब को अपने निकट बुलाया और आदेश दिया, "अपनी सेना में यह बात फैला दो, चाहे कितनी भी विकट परिस्थिति हो सुवर्या पर कोई आक्रमण नहीं करेगा।"

"ऐसा क्यों गुरुदेव?" हिडिम्ब ने आश्चर्य से प्रश्न किया।

"वाद-विवाद का समय नहीं है अभी; जितना कहा है, उतना करो।" भैरवनाथ ने कठोर स्वर में कहा।

"जो आज्ञा गुरुदेव।" हिडिम्ब तत्काल ही अपने अश्व पर आरूढ़ हुआ और प्रस्थान कर गया।

वहीं तेजस्वी युगांधर के निकट आया, "युगांधर क्या हुआ तुम्हें? तुम इस प्रकार भूमि पर पड़े हो।"

"मुझे स्वयं समझ नहीं आ रहा भ्राता; मैंने तो आज प्रातः ही सोमनाथ के उस मादक तत्व का सेवन किया था, फिर मेरे शरीर में भीतर से जलन क्यों हो रही है समझ नहीं आ रहा।" युगांधर ने लेटे-लेटे ही कहा।

तेजस्वी दुविधा में पड़ गया, "यह कैसे संभव है... आज प्रातः ही तो सभी ने मादक तत्व का सेवन किया था, तो फिर यह तुम्हें ही क्यों प्रभावित कर रहा है।"

तब तक अपने रथ पर आरूढ़ हुआ रक्षराज मार्केश निकट आ गया। सूर्यम और अखण्ड उसके समक्ष खड़े थे। अखण्ड को अपने दिए वचन अनुसार गदा नीचे करनी पड़ी।

वनवासी वस्त्र में पदचाप करते हुए तेजस्वी ने अपने धनुष पर पकड़ मजबूत की और अखण्ड के निकट आया, "सेना को आक्रामक होने का संकेत कीजिये ज्येष्ठ, निर्णायक द्वंद्व का समय आ गया है।"

"युगांधर के बिना इस युद्ध में विजय कठिन है तेजस्वी; तुम्हारा निर्णय मुझे उचित प्रतीत नहीं होता।" अखण्ड ने अपना मत रखा।

"आप युगांधर का ध्यान रखिये और सेना संचालन कीजिये ज्येष्ठ; मानता हूँ रक्षराज एक महारथी है, किंतु मैं भी महाराज विक्रमाजित जैसे परमवीर का पुत्र हूँ, मेरे कौशल पर विश्वास रखिये।" तेजस्वी ने अखण्ड को विश्वास दिलाया।

तेजस्वी, मार्केश की ओर बढ़ने लगा। सूर्यम उसके पीछे चल रहा था।

अखण्ड ने सेना को रक्षण रणनीति से आक्रामक रणनीति अपनाने के लिए शंख फूँका। उस शंख की तीव्र ध्वनि सुनते ही वर्षों से बंदी बने योद्धा एक बार फिर असुरों पर अपना क्रोध बरसाने लगे।

अखण्ड युगांधर के निकट गया। उसकी दशा दयनीय थी। वो भूमि से उठ भी नहीं पा रहा था। वक्रबाहु और सुवर्या उसका रक्षण कर रहे थे।

सुवर्या ने अधीर होकर अखण्ड से प्रश्न किया, "यह सब क्या हो रहा है ज्येष्ठ, नागराज उठ क्यों नहीं रहे?"

अखण्ड ने घुटनों के बल बैठकर युगांधर का हाथ पकड़ा। उसका शरीर अभी भी काँप रहा था, "कदाचित्, इसे बहुत भारी मात्रा में मादक तत्व दिया गया है, क्योंकि हमारे शत्रुओं का प्रमुख लक्ष्य तो युगांधर ही था। किंतु प्रातः काल इसने भी तो थोड़ी मात्रा में वो मादक तत्व लिया ही था, तो फिर यह कैसे संभव है।"

"इस मद से बाहर आने का कोई तो उपाय होगा।" सुवर्या ने अधीरतापूर्वक प्रश्न किया।

"हमने सोमनाथ से उगलवाया था कि इसका एक उपाय है; यदि इस तत्व के मद से किसी को बाहर निकलना है तो उसे क्रोध आना चाहिए; जब इस मद में डूबे व्यक्ति का क्रोध सीमा से पार हो जाएगा तभी वो कुछ प्रहर के लिए इस मद से बाहर आ सकता है।" अखण्ड ने कहा।

"अत्यधिक क्रोध? यह कैसे होगा? हम नागराज को क्रोध कैसे दिलायें?" सुवर्या अधीर हुई जा रही थी।

"असंभव-सा प्रतीत होता है।" अखण्ड ने वहाँ खड़े वक्रबाहु की ओर देख उसे आदेश दिया, "वक्रबाहु तुम युगांधर का रक्षण करो; हम तेजस्वी की सहायता के लिए जा रहे हैं।"

"जो आज्ञा सेनापति।'' वक्रबाहु युगांधर के समीप आकर खड़ा हो गया।

सुवर्या भी युगांधर के शरीर के समीप आकर बैठ गयी। उसने युगांधर के शरीर को छुआ। पूरा बदन मानो तीव्र ज्वर से तप रहा था। सुवर्या के नेत्रों से अश्रु की बूँदें टपक पड़ीं, "समझ नहीं आ रहा क्या करें।''

तेजस्वी और रक्षराज एक-दूसरे के समक्ष धनुष लिए खड़े थे। रक्षराज रथ से उतरकर नीचे आया। दोनों योद्धाओं ने एक-दूसरे को ललकारा और बाणों की वर्षा से एक महाद्वंद्व आरंभ हो गया।

'क्रोध... क्रोध, कैसे आयेगा नागराज को क्रोध?' सुवर्या विचार कर रही थी।

रक्षराज की शक्ति पहले से कहीं अधिक बढ़ी हुई थी। उसके बाणों की गति भी पहले से अधिक तीव्र थी; तेजस्वी के लिए उससे युद्ध करना कठिन प्रतीत हो रहा था। रक्षराज मार्केश की इस बढ़ी हुई शक्ति की वृद्धि का रहस्य केवल भैरवनाथ को ज्ञात था।

मार्केश के तीक्ष्ण बाणों ने तेजस्वी का कंधा घायल कर दिया। वहीं तेजस्वी के बाण मार्केश को अधिक विचलित नहीं कर पा रहे थे।

युगांधर पीड़ा में था। उसका ज्वर बढ़ता जा रहा था। तब सुवर्या ने अपने पक्ष के सभी योद्धाओं की ओर देखा। तेजस्वी, रक्षराज से युद्ध कर रहा था, सूर्यम उसके निकट खड़ा था और असुरों के संकट को उससे दूर कर रहा था। अखण्ड एक मोर्चा सँभाले हुए था और मगध के युवराज शाल्व दूसरे छोर पर सेना का नेतृत्व कर रहे थे। तभी उसकी दृष्टि सोमनाथ पर पड़ी, जो हिडिम्ब के निकट खड़ा था।

उसे दूर से देखते ही सुवर्या को क्रोध आ गया, 'इस सोमनाथ को बंदी बनाकर इससे वो मादक तत्व बनवाना होगा, ताकि नागराज युगांधर को सामान्य अवस्था में लाया जा सके।' यह विचारकर सुवर्या ने तलवार और एक ढाल उठाई और वक्रबाहु की ओर देखा, "तुम इनकी रक्षा करना वक्रबाहु, मैं अभी आती हूँ।''

सुवर्या युद्ध करते हुए शाल्व के निकट आयी, "आपको हमारे साथ चलना होगा युवराज शाल्व।''

शाल्व एक असुर को धड़विहीन कर सुवर्या की ओर पलटे, "क्या हुआ नागकुमारी, आप हमें कहाँ ले जाना चाहती हैं?''

"नागराज युगांधर संकट में हैं, उनकी सहायता करने का हमारे पास एक ही उपाय है कि सोमनाथ को बंदी बनायें और उसके लिए हमें हिडिम्ब के साथ खड़े उस सोमनाथ तक पहुँचना होगा और उसे बंदी बनाकर उससे नागराज का उपचार करवाना होगा।'' सुवर्या ने अपनी योजना समझायी।

"ठीक है नागकुमारी, किंतु उससे पूर्व हमें सेनापति अखण्ड को इस विषय में

सूचित करना होगा।''

''वो यहाँ से बहुत दूर हैं और सोमनाथ हमसे मात्र आधे कोस की दूरी पर खड़ा है। युगांधर का ज्वर बढ़ता जा रहा है, हमारे पास समय नहीं है शाल्व।'' सुवर्या ने अधीरतापूर्वक कहा।

शाल्व ने मुड़कर देखा। सोमनाथ के साथ हिडिम्ब महज आधे कोस की दूरी पर खड़ा था, ''ठीक है नागकुमारी, हम कुछ सैनिकों के साथ आगे बढ़ते हैं।''

तत्पश्चात सुवर्या और शाल्व ने लगभग बीस सहस्त्र योद्धाओं का दल एकत्र किया और आगे बढ़े।

रक्षगुरु ने उन्हें सोमनाथ की ओर बढ़ते देखा, 'मुझे सोमनाथ की रक्षा करनी होगी; यदि वो शत्रु के हाथ लग तो समस्त योजना मिट्टी में मिल जायेगी।''

भैरवनाथ ने कदाचित् पहले से ही ऐसी विषम परिस्थिति की तैयारी कर रखी थी।

रक्षगुरु के आदेश पर असुरसेना हिडिम्ब को सोमनाथ को घेरने लगी। सुवर्या और शाल्व के कदम कुछ क्षणों के लिए रुक गये। शीघ्र ही एक लाख असुर सैनिकों ने मिलकर एक मजबूत घेरा बनाया। बरछी और लंबी-लंबी ढालों से दूसरा और तीसरा द्वार सुसज्जित था। वहीं पहले द्वार पर असुर सैनिक केवल तलवार और ढाल लिए खड़े थे। पहले द्वार को कमजोर और इस प्रकार बनाया गया था कि व्यूह के भीतर घुसने से पहले शत्रु को दूसरे और तीसरे द्वार की शक्ति का भान ही न हो।

''हम नहीं रुकेंगे।'' सुवर्या आगे बढ़ी। शाल्व और बीस सहस्त्र योद्धा उस व्यूह की ओर बढ़ चले।

वहीं वक्रबाहु के निकट लेटे युगांधर ने कराहते हुए उससे प्रश्न किया, ''सुवर्या कहाँ है वक्रबाहु?''

''वो युवराज शाल्व के साथ आगे बढ़ रही हैं।'' वक्रबाहु ने कहा।

''क्या?'' युगांधर हड़बड़ी में उठ खड़ा हुआ, वक्रबाहु ने उसे सँभाला, ''आप विश्राम कीजिए नागराज, आपको इसकी आवश्यकता है।''

युगांधर का मस्तक अभी भी घूम रहा था, ''तुम... तुम जाकर सुवर्या की रक्षा करो वक्रबाहु, मैं स्वयं को सँभाल लूँगा।''

''यह संभव नहीं है नागराज; यह युद्ध है और यहाँ सेनानायक का आदेश मेरे लिए सर्वोपरि है और उनका स्पष्ट आदेश है कि मुझे आपका रक्षण करना है।'' वक्रबाहु ने स्पष्ट रूप से मना कर दिया।

युगांधर ने झल्लाकर कहा, ''तो फिर मुझे उसके समीप ले चलो।''

''जो आज्ञा।'' वक्रबाहु ने युगांधर को अपने कंधे पर बिठाया और आगे बढ़ा।

अखण्ड को भी रक्षगुरु के बनाये व्यूह की सूचना प्राप्त हुई। उसने रक्षराज से युद्ध कर रहे तेजस्वी की ओर देखा। सूर्यम भी उसके निकट खड़े होकर युद्ध कर रहा था। उसने संकेत देकर सूर्यम को अपने निकट बुलाया।

"क्या हुआ ज्येष्ठ?" सूर्यम ने प्रश्न किया।

"युगांधर और सुवर्या संकट में हैं, मुझे उनकी रक्षा के लिए जाना होगा; तुम यहाँ मेरे स्थान पर खड़े होकर सेना का नेतृत्व करो और तेजस्वी का भी ध्यान रखना।"

"आपका मुझपर इतना विश्वास देखकर अच्छा लगा।" सूर्यम ने गर्व से कहा।

अखण्ड ने मुस्कुराकर उसकी पीठ थपथपाई और अपनी गदा लिए निर्धारित स्थान की ओर बढ़ चला।

सुवर्या और शाल्व भैरवनाथ के बनाये उस व्यूह के निकट पहुँचे। उस व्यूह को बाहर से तोड़ना बहुत ही सरल प्रतीत हो रहा था। युगांधर को लेकर वक्रबाहु भी वहाँ आ पहुँचा।

"हम व्यूह तोड़ने जा रहे हैं; तुम नागराज का रक्षण करो वक्रबाहु।" सुवर्या ने वक्रबाहु को आदेश दिया।

"जो आज्ञा।" वक्रबाहु ने सहमति जताई। युगांधर का मस्तक अभी भी घूम रहा था। उसने सुवर्या को पुकार लगाकर रोकना चाहा, किंतु असफल रहा।

हिडिम्ब और सोमनाथ व्यूह के केंद्र में खड़े थे। व्यूह के पहले द्वार पर कुछ असुर सैनिक हाथों में तलवार और ढाल लिए खड़े थे। सुवर्या और शाल्व ने व्यूह के पहले द्वार पर अपने सभी सैनिकों के साथ सीधा आक्रमण कर दिया। बीस सहस्त्र योद्धाओं के क्रोध का कोप पहले द्वार के रक्षकों पर बरसने लगा। व्यूह का पहला द्वार कुछ ही क्षणों में ध्वस्त हो गया और सुवर्या के साथ शेष योद्धा व्यूह के भीतर आने लगे। किंतु अभी आधे योद्धा ही भीतर आ पाए थे कि बरछी और लम्बी-लम्बी ढालें लिए सहस्त्रों असुरों ने प्रथम द्वार बंद करने हेतु दौड़ लगा दी। सेना का नेतृत्व करते हुए भैरवनाथ ने प्रथम द्वार बंद करवा दिया। सुवर्या, शाल्व और दस सहस्त्र योद्धा उस व्यूह के भीतर फँस गये।

बड़ा ही विकट व्यूह था वो। दूसरे और तीसरे द्वार पर बरछी और लम्बी-लम्बी ढालें लिए सहस्त्रों की संख्या में असुर खड़े थे। सुवर्या और शाल्व ने द्वार तोड़ने के लिए उन पर आक्रमण किया, किंतु उनके लंबी बरछियों से बचने के लिए उन्हें बार-बार पीछे हटना पड़ रहा था।

सुवर्या को व्यूह में फँसा देख युगांधर तड़प उठा, "यह... यह सब क्या हो रहा है वक्रबाहु, तोड़ डालो इस व्यूह को।"

वक्रबाहु आगे बढ़ा।

"रुक जाओ वक्रबाहु।" अखण्ड भी अपनी गदा उठाये वहाँ पहुँच आया और उसके निकट आया, "तुम युगांधर का रक्षण करो, इस व्यूह को तो मैं अपनी गदा से तोड़ ही डालूँगा।"

"जो आज्ञा।" वक्रबाहु के कदम रुक गये। युगांधर को भी अखण्ड के आगमन से थोड़ी राहत मिली।

अखण्ड कुछ सैनिकों के साथ व्यूह तोड़ने आगे बढ़ा।

वहीं तेजस्वी और मार्केश का द्वंद्व जारी था। अकस्मात् ही मार्केश के एक बाण ने तेजस्वी के धनुष की प्रत्यंचा काट दी। बिना कोई क्षण गँवाये मार्केश ने दूसरा बाण चलाकर तेजस्वी का धनुष उसके हाथ से छुड़वा दिया।

तेजस्वी निःशस्त्र था। सूर्यम ने यह दृश्य देख महाऋषि ओमेश्वर की तलवार तेजस्वी की ओर उछाल दी। तेजस्वी ने वह तलवार पकड़ ली। रक्षराज ने भी अपना धनुष रखा और तलवार उठा ली। दोनों योद्धा एक बार फिर एक-दूसरे से टकरा गये।

अखण्ड ने कुछ सहस्र सैनिकों को अपने साथ लिया और भैरवनाथ का व्यूह तोड़ने आगे बढ़ा। उन सभी ने मिलकर व्यूह का पहला द्वार बड़ी शीघ्रता से तोड़ दिया। सुवर्या के लिए सहायता आ चुकी थी। सभी योद्धा एकत्र होकर दूसरे द्वार की ओर बढ़े। दूसरे द्वार पर आक्रमण कर उन योद्धाओं ने कई असुर सैनिकों को मार गिराया।

किंतु उसका कोई लाभ नहीं हुआ। क्षणभर के लिए दूसरा द्वार खुला। सुवर्या ने अधीरता में उस द्वार में पहले प्रवेश कर लिया। अभी कुछ ही सैनिक उसके पीछे जा पाए थे कि असुरों ने एक द्वार बंद कर दिया।

"अब यह द्वार नहीं खुलेगा। तुम सोमनाथ तक नहीं पहुँच पाओगे अखण्ड।" यह विचारकर भैरवनाथ ने असुरों को संकेत दिया।

बरछी और लम्बी-लम्बी ढालें लिए असुर सैनिक और तीव्र गति से भागने लगे। असुरों की संख्या तिलचट्टों के समान बढ़ती जा रही थी। जैसे ही अखण्ड, शाल्व और अन्य योद्धा दूसरे द्वार की रक्षा कर रहे असुरों का वध करते, उन असुरों का स्थान दूसरे असुर सैनिक ले लेते। उनकी संख्या घटने का नाम ही नहीं ले रही थी।

अखण्ड के माथे पर चिंता की लकीरें स्पष्ट दिखने लगीं, *"हे ईश्वर! मेरे पास कोई दिव्यास्त्र भी नहीं है, जो इस सेना को एक साथ नष्ट कर सकूँ। उधर तेजस्वी और सूर्यम रक्षराज से युद्ध कर रहे हैं। जब तक युगांधर उनकी सहायता को नहीं आ जाता, उनकी विजय असंभव है।"* मन ही मन विचार कर अखण्ड अपने योद्धाओं के साथ द्वार तोड़ने आगे बढ़ा।

किंतु असुरों की संख्या अभी भी तिलचट्टों के समान बढ़ी चली जा रही थी। एक पल में द्वार टूटता, अगले ही पल अनेक असुर उस छेद को भर देते।

वक्रबाहु के कंधे पर बैठे युगांधर ने अपने नेत्र खोले और ध्यान से व्यूह की ओर देखा। वक्रबाहु की ऊँचाई वैसे ही सामान्य मनुष्य से डेढ़ गुना अधिक थी और उसके कंधे के बैठकर युगांधर उस व्यूह के भीतर तक देख पा रहा था। शीघ्र ही उसकी दृष्टि सुवर्या पर पड़ी, जो कुछ सैनिकों के साथ अंतिम द्वार के समक्ष खड़ी थी।

युगांधर अधीर हो उठा। उसकी नसें तनने लगीं, ''वक्रबाहु, मुझे इस व्यूह के भीतर ले चलो, सुवर्या संकट में है।''

''आप चिंतित न हों नागराज, महाबली अखण्ड हैं उनकी रक्षा के लिए।'' वक्रबाहु ने विश्वास दिलाया।

युगांधर ने अखण्ड की ओर देखा। वो शाल्व और कुछ सहस्त्र सैनिकों के साथ दित्तीय द्वार तोड़ने के लिए संघर्ष कर रहा था।

''सुवर्या को क्या आवश्यकता थी इतना अधीर होकर व्यूह में आगे जाने की!'' युगांधर चिंतित था।

वहीं सुवर्या ने अपने आसपास देखा। उसके साथ केवल पचास सैनिक थे। उसने पीछे पलटकर देखा, अखण्ड अभी भी दूसरा द्वार तोड़ने के लिए संघर्ष कर रहा था। अगले ही क्षण सुवर्या के साथ आये सैनिकों पर आक्रमण हो गया। भला पचास योद्धा कब तक उन सहस्त्रों के आगे टिक पाते। एक-एक करके सभी गिरते गये।

युगांधर यह दृश्य देख तड़प उठा, ''भ्राता अखण्ड क्या कर रहे हैं; सुवर्या का रक्षण क्यों नहीं कर रहे? वक्रबाहु मुझे व्यूह के भीतर ले चलो।''

''यह संभव नहीं है नागराज; जब तक आप स्वस्थ नहीं हो जाते, मैं आपको व्यूह के भीतर नहीं ले जा सकता।'' वक्रबाहु ने स्पष्ट कह दिया।

''मुझे जाना ही है।'' युगांधर वक्रबाहु के कंधे से उतरने लगा।

''अधीर मत होइए नागराज, सुवर्या सुरक्षित है, उस पर कोई आक्रमण नहीं कर रहा।'' वक्रबाहु ने उसे विश्वास दिलाया।

युगांधर ने भी ध्यान से देखा। सुवर्या सुरक्षित थी।

दूसरे और पहले द्वार के मध्य अब सुवर्या अब अकेले खड़ी थी, किंतु भैरवनाथ की नीति अनुसार असुरों को सुवर्या पर आक्रमण नहीं करना था।

घेरे से निकलकर हिडिम्ब सुवर्या के समक्ष आया, ''तुम हमारे भ्राता दंशक की पुत्री हो सुवर्या, इसलिए तुम्हें अवसर दे रहे हैं, यह युद्ध क्षेत्र छोड़कर चली जाओ।''

'यह हिडिम्ब अकस्मात् ही मुझपर इतनी कृपा क्यों दिखा रहा है, कोई तो भेद

है।' सुवर्या ने विचार किया और कुछ कदम आगे बढ़ी।

"मैं अभी भी कह रहा हूँ लौट जाओ सुवर्या, अन्यथा अपने प्राणों से हाथ धो बैठोगी।" हिडिम्ब ने एक बार फिर उसे चेतावनी दी।

'मुझे यह संकट मोल लेना होगा... बस ईश्वर करे जो मैं सोच रही हूँ, वही सही हो।" विचारकर सुवर्या ने हिडिम्ब के बायें हाथ पर तलवार से वार किया।

उस घाव ने हिडिम्ब को झटका दिया। वह कुछ पग पीछे हट गया और क्षणभर के उपरांत सुवर्या को घूरा, "मुझे क्रोध न दिलाओ सुवर्या; पुत्री समान हो इसलिए प्राणदान दे रहा हूँ, चली जाओ यहाँ से।"

"प्राणदान उसे दिया जाता है जो तुम्हारे समक्ष समर्पण कर दे; और मैंने तो ऐसा नहीं किया।" कहकर सुवर्या आगे बढ़ी और उसने हिडिम्ब के दायें हाथ पर भी प्रहार किया।

हिडिम्ब भूमि पर गिर पड़ा। अभी भी किसी असुर ने सुवर्या पर आक्रमण करने का दुस्साहस नहीं किया।

'कदाचित् हिडिम्ब ने उसे द्वंद के लिए ललकारा है। वाह सुवर्या, अद्भुत शौर्य का प्रदर्शन कर रही हो तुम।' युगांधर ने उसकी ओर गर्व से देखा।

अभी भी कोई असुर सुवर्या पर आक्रमण नहीं कर रहा था। हिडिम्ब भूमि पर गिरा था। सुवर्या ने उसकी जाँघ पर बने घाव की ओर देखा जो युगांधर द्वारा महर्षि ओमेश्वर की तलवार से बनाया गया था।

"अब यही एक मार्ग है नागराज के क्रोध को जगाने का।" विचारकर सुवर्या आगे बढ़ी और उसने अपनी तलवार हिडिम्ब की जंघा के उसी भाग में घुसा दी, जिस पर युगांधर ने घाव दिया था।

पीड़ा और जलन से चीख पड़ा हिडिम्ब। भैरवनाथ ने भी यह दृश्य देखा, फिर भी उसने असुरों को सुवर्या पर वार करने का संकेत नहीं दिया।

युगांधर भी हृदय थामकर यह दृश्य देख रहा था, उसे ऐसा आभास हो रहा था कि अब किसी भी क्षण सुवर्या पर वार हो सकता है। उस भय ने उसके शरीर में मादक तत्व के प्रभाव को कम करना आरंभ कर दिया था, क्योंकि अभी उसका पूरा ध्यान सुवर्या पर था।

हिडिम्ब ने पहले थोड़ी दूर पर अपने अश्व पर आरूढ़ हुए भैरवनाथ को घूरा। उसकी ओर से असुरों को कोई संकेत न मिलने पर हिडिम्ब को क्रोध आ गया, "बहुत हुआ आदेश का पालन।" बड़बड़ाते हुए उसने भूमि पर गिरा एक भाला उठाया और सुवर्या की ओर चला दिया। सुवर्या ने अपने रक्षण का तनिक भी प्रयत्न नहीं किया,

उसने घूमकर युगांधर की ओर देखा।

अगला दृश्य युगांधर के ह्रदय को भेद देने वाला था। हिडिम्ब का फेंका हुआ भाला सुवर्या के उदर को चीर चुका था। युगांधर स्तब्ध-सा रह गया। सुवर्या हिडिम्ब की ओर मुड़कर मुस्कुराई, "बहुत बड़ी भूल की है तूने हिडिम्ब, बहुत बड़ी भूल।"

क्रोधित हिडिम्ब कटार लिए सुवर्या की ओर बढ़ा। उसने कटार का एक के बाद एक वार सुवर्या की कमर पर किया। सुवर्या ने एक बार भी अपने रक्षण का प्रयत्न नहीं किया।

"बहुत बड़ी भूल की तुझे एक अवसर देकर।" हिडिम्ब ने सुवर्या का जबड़ा पकड़कर एक और वार उसके उदर पर किया।

सुवर्या मुस्कुराकर बोली, "तूने मुझपर वार करके अपने पाँवों पर स्वयं कुल्हाड़ी मारी है मूर्ख हिडिम्ब, अपनी दायीं ओर देख।"

हिडिम्ब ने दायीं ओर दृष्टि घुमाई। व्यूह का दूसरा द्वार भी टूट चुका था। सहस्त्रों असुरों के तड़पते शरीर भूमि पर गिरे पड़े थे। अखण्ड अपने अन्य योद्धाओं के साथ पीछे हट चुका था।

अपना फरसा लिए, विष की तीव्रतम फुंकार छोड़ता हुआ युगांधर हिडिम्ब की ओर बढ़ रहा था। हिडिम्ब का सम्पूर्ण शरीर और ह्रदय भय से थर्रा उठा।

"यह क्या किया मूर्ख हिडिम्ब!" झल्लाकर भैरवनाथ ने अपने अश्व की लगाम खींची और रक्षराज की ओर बढ़ चला।

हिडिम्ब की रक्षा के लिए कई असुर लम्बी-लम्बी ढालें लिए उसकी रक्षा को आगे आये। युगांधर ने अधिक समय नहीं गँवाया। वह उन ढालों पर ही चढ़ गया और अपना फरसा लेकर हिडिम्ब पर कूदा। अपना अंत अपने समक्ष देख हिडिम्ब की बुद्धि ने काम करना बंद कर दिया, भय के मारे उसने अपने नेत्र बंद कर लिये। कटार उसके हाथ से गिर पड़ी, शरीर बीच से दो भागों में विभाजित होकर भूमि पर पड़ा था। युगांधर का फरसा और शरीर दोनों उसके रक्त से लाल हो गये। असुरसेना दहल उठी। उनमें युद्ध करने का बचा-खुचा साहस भी समाप्त होने लगा। भैरवनाथ की अनुपस्थिति में अंतिम द्वार कमजोर हो गया।

"हर-हर महादेव!" अखण्ड ने जयघोष का नारा लगाया और सहस्त्रों योद्धाओं के साथ अंतिम द्वार की ओर बढ़ा।

अंतिम द्वार के टूटते ही सोमनाथ उसके समक्ष था।

युगांधर ने सुवर्या को थाम लिया था। उसकी गोद में लेटी सुवर्या उसकी ओर बड़े प्रेम से निहार रही थी।

"तुमने अपने रक्षण का प्रयत्न क्यों नहीं किया, सुवर्या?" युगांधर का हृदय तड़प रहा था।

"यदि मैं ऐसा न करती तो आपके भीतर छिपे क्रोध को कैसे जगा पाती; आपका वो तीव्र ज्वर आपको आपके पतन की ओर ले जा रहा था; आपके प्राण बचाने का और कोई मार्ग नहीं था और प्रश्न यहाँ केवल मेरे प्रेम का नहीं था; आपके बिना हम इस युद्ध में विजयी नहीं हो सकते थे।" सुवर्या ने कराहते हुए उत्तर दिया।

"ये तुमने उचित नहीं किया सुवर्या, उचित नहीं किया।" युगांधर ने सुवर्या को हृदय से लगा लिया।

इतने में अखण्ड, सोमनाथ को घसीटते हुए वहाँ ले आया। उसने युगांधर के कंधे पर हाथ रख उसे एक पोटली दी, "यह लो अनुज युगांधर, इस सोमनाथ का बनाया यह मादक तत्व तुम्हें कुछ समय के लिए राहत देगा; इसके पास पोटली में यह थोड़ा सा ही बचा था, यह कम से कम आठ प्रहर तक तुम्हें राहत देगा।"

"यह सब मुझसे दूर रखिये ज्येष्ठ, मुझे कुछ नहीं चाहिए।" युगांधर बस सुवर्या को पकड़े हुए था।

"मेरा बलिदान व्यर्थ मत कीजिये नागराज, ज्येष्ठ का कहा मान लीजिये।" सुवर्या ने कराहते हुए युगांधर से विनती की।

अखण्ड ने उन दोनों के मध्य हस्तक्षेप किया, "स्थिति को समझने का प्रयत्न करो युगांधर; सुवर्या का रक्त बहुत बह चुका है, किंतु कदाचित् सुवर्या के प्राण अभी बचाये जा सकते हैं। इसलिए इस मादक तत्व का सेवन करो और अब यह सोमनाथ जो कि एक कुशल वैद्य है, अब यही सुवर्या का उपचार करेगा।"

युगांधर के मन में मानो आशा की किरण जाग उठी। उसने सुवर्या को भूमि पर लिटाया और उठकर सोमनाथ के निकट आया, "यदि सुवर्या को कुछ भी हुआ तो मुझे बताने की आवश्यकता नहीं है कि उसका परिणाम क्या होगा।" उसने अखण्ड के हाथ से पोटली ली और पोटली में भरा पूरा मादक तत्व अपने मुँह में उड़ेल लिया।

अगले ही क्षण उसे अपने शरीर में एक नयी ऊर्जा दौड़ती महसूस हुई। वो अब सामान्य हो चुका था।

अखण्ड ने उसके कंधे पर हाथ रखा, "जाओ और तेजस्वी की सहायता करो, मैं सुवर्या के उपचार की व्यवस्था करता हूँ।"

"जो आज्ञा ज्येष्ठ।" युगांधर, वक्रबाहु की ओर बढ़ा।

"चलो वक्रबाहु, इस युद्ध के समापन का समय आ गया है।"

"जो आज्ञा।" वक्रबाहु ने तत्काल ही गज रूप धरा। युगांधर उस पर सवार हो

गया।

दोनों तीव्र गति से रक्षराज की ओर बढ़ चले।

इधर तेजस्वी और रक्षराज के द्वंद्व को एक प्रहर से भी अधिक समय बीत चुका था।

"तुम निःसंदेह एक उत्तम श्रेणी के योद्धा हो युवान्; शरीर पर इतने घाव बन चुके हैं फिर भी कदम नहीं लड़खड़ा रहे तुम्हारे। तुम्हारा मुख देखकर ऐसा प्रतीत होता है मानो मेरा परमशत्रु विक्रमाजित लौट आया हो।" रक्षराज ने अपने प्रतिद्वंद्वी की प्रशंसा में कुछ शब्द कहे।

"तुम्हारी यह प्रशंसा तुम्हें मेरे वार से बचा नहीं पायेगी रक्षराज।" कहकर तेजस्वी ने सीधा रक्षराज की छाती पर वार किया। रक्षराज बायीं ओर हट गया और तेजस्वी का हाथ अपने दायें पैर से दबाकर तलवार उसके हाथ से छुड़वा दी।

तत्पश्चात उसने तेजस्वी को धकेलकर भूमि पर गिरा दिया और तलवार उसकी छाती की ओर की, "मैं अब किसी से व्यक्तिगत शत्रुता नहीं रखना चाहता बालक... तुमने मेरे बंदियों को मुक्त कराया, मेरे वर्षों का परिश्रम व्यर्थ किया, किंतु मेरी ही भांति तुमने भी अपनों को खोया है और विक्रमाजित की छल से हुई मृत्यु का ग्लानि भाव आज भी मेरे मन में है। इसलिए मैं तुम्हें अंतिम अवसर देना चाहता हूँ, अपने राज्य लौट जाओ; विजयधनुष मेरे पूर्वज भगवान महाबली की धरोहर है, उस पर केवल हमारा अधिकार है, वो तुम्हें नहीं मिल सकता।"

तेजस्वी ने रक्षराज की तलवार पकड़ी और दाँव उलटकर उसे ही भूमि पर धकेल दिया और उसकी छाती पर सवार हो गया, "महाराज विक्रमाजित जैसे परमवीर का पुत्र हूँ, अपने उद्देश्य और कर्तव्यों से पीछे हटने का तो प्रश्न ही नहीं उठता।"

रक्षराज ने अपनी सम्पूर्ण शक्ति लगायी और तेजस्वी को अपने ऊपर से उठाकर दूर फेंक दिया।

'रक्षराज...!' चीखते हुए रक्षगुरु भैरवनाथ वहाँ आ पहुँचा। मार्केश ने पलटकर अपने गुरु की ओर देखा।

भैरवनाथ मार्केश पर चीख पड़ा, "शत्रु पर दया दिखाना बंद कर मूर्ख रक्षराज; वहाँ इन लोगों ने युद्ध में तुम्हारे भाइयों की बर्बरता से हत्या की और तू इन पर दया दिखा रहा है। (युगांधर की ओर संकेत करते हुए) वो देख, हिडिम्ब के शरीर को दो टुकड़ों में बाँटकर उसके रक्त से नहाया हुआ आ रहा है वो नागराज युगांधर; अभी भी तेरे भीतर का पौरुष यदि नहीं जागा, तो चूड़ियाँ पहनकर अपने महल में बैठ जा कायर।"

रक्षराज का ध्यान अपनी ओर आते युगांधर की ओर गया। उसका रक्त से नहाया

शरीर देख उसके नेत्र क्रोध से लाल हो उठे, भवें तन गयीं और मुट्ठियाँ क्रोध से भिंच गयीं।

तेजस्वी उसकी ओर दौड़ा चला आ रहा था। निकट आकर उसने एक बार फिर मार्केश पर वार किया। क्रोधित रक्षराज ने दाँव उल्टा और तेजस्वी को पीछे धकेला और अगले ही क्षण मार्केश की तलवार तेजस्वी का उदर चीर उसकी पीठ से पार हो गयी।

'भ्राताश्री...' वहाँ निकट खड़ा सूर्यम चीख पड़ा।

तेजस्वी और रक्षराज दोनों की आँखें प्रतिशोध की ज्वाला से लाल हो रही थीं।

''मेरा अंत करने के लिये जन्मा था न तू! देख तेरा कार्य तो अधूरा ही रह गया।'' मार्केश ने क्रोध में कटाक्ष किया।

रक्षराज ने भयंकर अट्टहास किया। तेजस्वी ने इस अवसर का लाभ उठाया और महर्षि ओमेश्वर की तलवार से मार्केश के उदर पर प्रहार किया। तलवार रक्षराज की नाभि को चीरती हुई उसकी पीठ के पार हो गयी। रक्षराज की नाभि से रक्त का प्रवाह होने लगा। वो कुछ कदम पीछे हट गया। तेजस्वी घायल होकर भूमि पर गिर पड़ा। रक्षराज ने उस तलवार को अपने उदर से निकाल फेंका, किंतु उस दौरान उसके हाथ में जो जलन हुई वह असहनीय थी।

रक्षराज का घाव तो भर गया, किंतु उसके शरीर के भीतर भीषण जलन हो रही थी।

सूर्यम ने भाला उठाया और मार्केश की ओर दौड़ा। मार्केश ने एक ही प्रहार से वह भाला तोड़ दिया और सूर्यम को हवा में उठाकर दूर फेंक दिया।

रक्षराज का घाव तो भर गया, किंतु उसके पाँव लड़खड़ा रहे थे।

यह देख रक्षगुरु भैरवनाथ ने प्रश्न किया, ''क्या हुआ मार्केश, तुम्हारे पाँव क्यों लड़खड़ा रहे हैं?''

''पता नहीं गुरुदेव, ऐसा प्रतीत होता है कि इस तलवार ने मेरी शक्ति का कुछ अंश मुझसे छीन लिया है, फिर भी मैं इतना अशक्त नहीं हुआ कि इनसे युद्ध न कर सकूँ।'' रक्षराज ने तलवार हाथ में ली और आगे बढ़ा।

'मार्केशे!' सूर्यम ने क्रोध में तलवार उठायी और मार्केश की ओर दौड़ा।

रक्षराज ने भाला उठाया और उसे सूर्यम की ओर चला दिया। किन्तु तभी युगांधर वहाँ आ पहुँचा और अपना फरसा चलाकर उसके भाले के दो टुकड़े कर दिये और उसका वो रक्त से सना फरसा भूमि में आ धँसा।

''सूर्यम तुम भ्राता तेजस्वी का रक्षण करो, इस रक्षराज का सामना अब युगांधर करेगा।'' तत्काल ही युगांधर, मार्केश की ओर मुड़ा और उसे उकसाने का प्रयत्न

किया।

"भूमि पर धँसे इस फरसे को देख मार्केश। तेरे भाई हिडिम्ब के रक्त से सना है ये और मुझे देख, मैं स्वयं उसके रक्त से स्नान कर आया हूँ... मेरी देह पर लगी रक्त की हर एक बूँद तेरे भाई हिडिम्ब के शरीर से बही है और आज मेरा रक्त से सना ये फरसा तेरे रक्त से भी स्नान करेगा। सूर्यास्त होने को है मार्केश और इस सूर्यास्त के साथ ही तेरे जीवन का सूर्य भी अस्त होगा; मेरे भ्राता और सुवर्या पर वार करने का परिणाम अब समस्त असुरजाति भोगेगी।" युगांधर ने अपना फरसा उठाकर हुंकार भरी।

"तेरी जिह्वा कुछ अधिक ही चलती है युगांधर; तूने जिस प्रकार मेरे अनुज की हत्या की है, तुझे उससे भी भयानक मृत्यु दूँगा मैं।" मार्केश भी युगांधर की ओर दौड़ा।

मार्केश और युगांधर का द्वंद्व आरंभ हो गया। असुरों की सेना का मनोबल युगांधर के फरसे ने भंग कर दिया था। अखण्ड और शाल्व अलग ही सेना के साथ असुरों का नाश कर रहे थे। रक्षराज, युगांधर से युद्ध करते समय न जाने क्यों शक्तिहीन सा अनुभव कर रहा था।

तेजस्वी के उदर से रक्त बहा जा रहा था। सूर्यम ने ने उस पर कुछ वस्त्र बाँधकर रक्त का बहाव रोकने का प्रयत्न किया।

सूर्यास्त होने में कुछ ही क्षण शेष बचे थे, यह देख सूर्यम ने घायल हुए तेजस्वी के पास वैठे ही युगांधर को युक्ति सुझाई, "भ्राता युगांधर, महर्षि ओमेश्वर की तलवार का प्रभाव इस असुर पर अवश्य होगा, प्रहार करिए इस पर।"

युगांधर का क्रोध रक्षराज पर भारी पड़ रहा था। उसने मार्केश को भूमि पर पटक दिया और महर्षि ओमेश्वर की तलवार उसकी नाभि में घोंप दी। रक्त का फव्वारा उसकी नाभि से छूट पड़ा। यह देख रक्षराज ने अपनी पूरी शक्ति लगाई और पैर के प्रहार से युगांधर को पीछे ढकेल दिया।

रक्षराज एक बार फिर भूमि से उठा और तलवार अपनी नाभि से निकाल फेंकी। इस बार रक्षराज की कमजोरी कुछ अधिक ही बढ़ गयी। वह लड़खड़ाकर भूमि पर गिर पड़ा।

अगले ही क्षण भूमि पर लेटे हुए युगांधर ने रक्षराज पर तीव्र विष फुंकार छोड़ी। उस फुंकार ने उसे अधिक प्रभावित नहीं किया, किंतु फिर भी रक्षराज को थोड़ा पीछे हटना पड़ा।

यह देख रक्षगुरु भैरवनाथ चिंतित हो गया, *'मैं समझ गया इसकी इस पीड़ा का रहस्य।'*

युगांधर भूमि से उठा और मार्केश की ओर दौड़ा, किंतु तभी रक्षगुरु भैरवनाथ उसके मार्ग में आ खड़ा हुआ और युगांधर की आँखों में कुछ ज्वलनशील पदार्थ फेंके।

युगांधर तड़पता हुआ अपनी आँखें मलने लगा। वह कुछ कदम पीछे हटा।

भैरवनाथ ने असुरों को आदेश देकर मार्केश को रथ पर लदवाया।

यह देख तेजस्वी घायल अवस्था में ही भूमि से उठा। उसने अपना धनुष लिया, बाण चढ़ाया और भैरवनाथ को चेतावनी दी, ''रुक जाओ भैरवनाथ!''

चेतावनी न सुनने पर तेजस्वी ने बाण छोड़ दिया। भैरवनाथ ने अपनी रक्षा के लिए एक असुर को आगे कर दिया। वह बाण उसे जा लगा।

सूर्यम ने तेजस्वी को रोका, ''उन कायरों को भागने दीजिये भ्राताश्री, आपको इस समय उपचार की आवश्यकता है।''

वहीं रक्षराज मार्केश पर मूर्छा छा रही थी। भैरवनाथ शीघ्र ही उसे एक गुप्त स्थान पर ले गया।

मार्केश को एक पत्थर के पास बिठा दिया गया।

''अब कैसा महसूस हो रहा है मार्केश?'' भैरवनाथ ने प्रश्न किया।

''पता नहीं गुरुदेव, युद्ध के दौरान मुझे ऐसा लगा कि एक बार मेरी शक्ति दोगुनी हो गयी है; फिर उन तलवारों ने तो जैसे मेरे शरीर में समाया पूरा बल ही छीन लिया।'' मार्केश के मन में कई प्रश्न थे।

''तुम्हारे इन सभी प्रश्नों के उत्तर हैं मेरे पास।''

''यदि आप यह रहस्य जानते हैं तो बताइये मुझे, क्या और कैसे हुआ यह सब?'' मार्केश ने प्रश्न किया।

''तुम्हारे अनुज दंशक और तुम्हारा जन्म एक ही नक्षत्र में हुआ था, इसीलिए दंशक की मृत्यु होते ही मैंने तंत्र विद्या से उसकी आत्मा तुम्हारे शरीर में समाहित कर दी थी, इसी कारण उसकी शक्तियाँ भी तुम्हारे शरीर में समा गयी।''

मार्केश स्तब्ध रह गया, ''इसका अर्थ यह है कि आ..आपने जानबूझकर दंशक के लिए मृत्यु का जाल रचा; आप जानते थे न कि युगांधर के साथ वक्रबाहु भी है।''

''हाँ, मैं जानता था और यदि मैं ऐसा नहीं करता तो युगांधर का विष तुम्हारे प्राण ले लेता। दंशक की आत्मा ने केवल तुम्हारी शक्ति ही नहीं बढ़ाई, अपितु तुम्हारे शरीर में विषप्रतिरोधक क्षमता भी उत्पन्न की है, इसलिए आज से संसार का कोई भी विष तुम्हें कोई क्षति नहीं पहुँचा सकता, इसीलिए दंशक की मृत्यु आवश्यक थी।'' भैरवनाथ ने तर्क दिया।

रक्षराज मौन था। उसके मन में क्रोध की अग्नि भड़क रही थी।

भैरवनाथ ने कहना जारी रखा, ''और जहाँ तक तुम्हारे शरीर में आई कमजोरियों

का विषय है, तो यह भी दंशक की आत्मा का ही प्रभाव है। उसका वध महाऋषि ओमेश्वर की तलवार से हुआ है, इसलिए जब उस तलवार का वार तुम पर हुआ तो उसकी ऊर्जा ने न केवल तुम्हारे शरीर में बसी दंशक की शक्तियों को सुप्तावस्था में भेज दिया, अपितु दंशक की ही आत्मा के भय ने तुम्हारी शक्ति को भी प्रभावित किया, इसलिए तुम कमजोर पड़ते गए।''

रक्षराज अब भी मौन था।

भैरवनाथ ने उसे समझाया, ''जानता हूँ तुम्हें मेरा कृत्य अनुचित लग रहा है, किंतु विचार करके देखो, इससे उत्तम मार्ग नहीं था हमारे पास। यदि तुम्हारे अनुजों के प्राण गए हैं, तो मैं भी अपने अनुज सोमनाथ को शत्रु के शिविर में छोड़कर आया हूँ; निःसंदेह वो वहाँ से जीवित नहीं लौटने वाला।''

रक्षराज ने अपनी चुप्पी तोड़ी, ''इन नीतियों के उपरांत भी हम इस युद्ध में पराजित हो चुके हैं; मैं अपने पूर्वज भगवान् महाबली की धरोहर विजयधनुष खो चुका हूँ।''

''जो जा चुका उसका शोक मनाने का समय नहीं है हमारे पास, अभी आने वाले भविष्य के विषय में विचार करो।'' भैरवनाथ ने कहा।

रक्षराज ने क्षणभर विचार किया और उठने का प्रयत्न किया, ''पहले अपने शरीर में आई अक्षमताओं पर तो विजय पा लूँ।''

''इसका एक ही उपाय है मार्केश, तुम्हें अपनी इच्छाशक्ति से दंशक की आत्मा को नियंत्रित करना होगा, उस पर पूर्ण रूप से अधिकार करना होगा, ताकि फिर वो कभी तुम्हारी शक्ति क्षीण करने का कारण न बने।''

''मैं समझ रहा हूँ गुरुदेव।'' रक्षराज भूमि से उठा और एक घने वन की ओर प्रस्थान कर गया।

रक्षगुरु भैरवनाथ ने एक दूत को बुलावा भेजा। उस दूत के आते ही भैरवनाथ ने उसे एक पत्र दिया।

''उच्च श्रेणी के उकाब का उपयोग करो और यह संदेश शीघ्र से शीघ्र भानुसेन तक पहुँचाओ।''

''जो आज्ञा गुरुवर।'' वो दूत पत्र लेकर प्रस्थान कर गया।

इसके पश्चात भैरवनाथ ने एक दूसरे दूत को बुलाया। उस दूत के आते ही उसके हाथ में दूसरा संदेशपत्र दिया, ''यह पत्र लेकर अम्बरीश के पास जाओ और कहो कि वो हस्तिनापुर की ओर प्रस्थान करे, योजना पर अमल करने का समय आ गया है।''

अध्याय 13

वीर गजेंद्र

वहीं रणभूमि में तेजस्वी घायलवस्था में मूर्छित होकर भूमि पर गिर पड़ा।

'तेजस्वी!' अखण्ड और युगांधर तेजस्वी की ओर दौड़े और उसे थाम लिया। तेजस्वी मूर्छित अवस्था में था। अखण्ड ने उसे थामा हुआ था।

उसने तेजस्वी का निरीक्षण किया, ''तेजस्वी मूर्छित अवश्य है, किंतु इसकी साँसें अभी भी चल रही हैं, इसे बचाने का कोई ना कोई उपाय तो होगा ही; रक्षराज अभी जीवित है, उसका वध किये बिना ये नहीं मर सकता।''

तभी युंगाधर को एक युक्ति सूझी, ''भ्राता अखण्ड, मुझे स्मरण हो रहा है, विजयधनुष को स्पर्श करने वाले के घाव स्वंय भर जाते हैं; हो सकता है उस धनुष को स्पर्श करते ही कदाचित् भ्राता तेजस्वी के प्राण बच जायें।''

अखण्ड ने मूर्छित तेजस्वी को उठाया, ''तुमने उचित कहा युगांधर; जैसा कि महाऋषि कपिश ने कहा था, हमें मार्केश के महल के उत्तरी छोर की ओर जाना होगा।''

अखण्ड, तेजस्वी को लेकर निर्धारित स्थान की ओर दौड़ा।

शीघ्र ही अखण्ड तेजस्वी को लेकर महल के उत्तरी भाग में पहुँचा। युगांधर और सूर्यम भी वहाँ आ पहुँचे।

सामने का दृश्य अद्भुत था। भगवान् महाबली के उस धनुष से एक दिव्य आभा फूट रही थी।

अखण्ड ने तेजस्वी के मुख पर जल के कुछ छींटे मारे। तेजस्वी की आँखें धीरे-धीरे खुलने लगी।

अखण्ड ने तेजस्वी को प्रेरित करने का पूरा प्रयत्न किया, ''तेजस्वी, हमारा लक्ष्य हमारे सामने है। लगभग दो मास से हम यहाँ पाताल में संघर्ष कर रहे हैं और अब इस संघर्ष का परिणाम तुम्हारे हाथ में है; उठाओ इसे और पूर्ण करो हमारा पाताल आने का उद्देश्य। तुम्हें उठना होगा तेजस्वी, उठाओ विजयधनुष, अन्यथा हम सब पराजित हो जायेंगे। मार्केश का वध करने के लिये तुम्हें जीवित रहना होगा; अपनी माता की मृत्यु का स्मरण करो तेजस्वी, अपने पिता की छलपूर्वक हत्या का स्मरण करो, तुम्हें अधर्म का नाश करना है उठो और अपनी सौगंध को स्मरण करो।''

तेजस्वी के क्रोध ने उसके आत्मबल को बढ़ाया। वो पूरी शक्ति लगाकर भूमि से उठा। पलक झपकते ही विजयधनुष के पास पहुँच गया और उसे पकड़ लिया।

''उठाओ तेजस्वी, उठाओ धनुष।'' अखण्ड ने तेजस्वी का साहस बढ़ाया।

''उठाइए भ्राता, उठाइए विजयधनुष।'' सूर्यम् और युंगाधर ने भी उसे प्रेरित किया।

''हर-हर महादेव!'' तेजस्वी ने महादेव का स्मरण करते हुए अपनी पूरी शक्ति लगायी और उठा लिया भगवान् महाबली का वो दिव्य धनुष।

फलस्वरूप अद्‌भुत चमत्कार हुआ। तेजस्वी के घाव भरने लगे और देखते ही देखते वो पूर्णतः स्वस्थ हो गया।

''हम सफल हुए।'' अखण्ड और सूर्यम उत्साहित थे।

तभी युगांधर को अपनी प्रेयसी सुवर्या का स्मरण हो आया। वो अखण्ड के निकट आया, ''मैं सुवर्या के पास जा रहा हूँ ज्येष्ठ, आप यहाँ का कार्य सँभालिये।''

''हाँ अवश्य; हमारे योद्धा उस शिविर में उपस्थित हैं, तुम्हें जाना ही चाहिए।'' अखण्ड ने सहमति जताई।

''चलो अनुज, अपनी विजय के उपरांत हमें अपने साथ लड़े योद्धाओं का धन्यवाद कर उन्हें विदा करना है।'' अखण्ड ने महल से बाहर कदम बढ़ाया।

''अवश्य ज्येष्ठ।'' तेजस्वी, युगांधर और सूर्यम उसके पीछे आये।

शीघ्र ही सारे योद्धा एक खुले मैदान में आये। इस युद्ध में लगभग बीस सहस्त्र योद्धा काम गए थे।

अखण्ड, तेजस्वी, युगांधर, सूर्यम और वक्रबाहु उनके समक्ष पहुँचे।

अखण्ड ने आगे आकर उन सबको संबोधित किया, ''आप सबने जो हमारा साथ दिया उसका धन्यवाद करने के लिए शब्दकोष के भण्डार कम पड़ जायेंगे, किंतु आप सबके प्रति हमारी कृतज्ञता कम नहीं होगी। आपमें से कई योद्धाओं ने अपने प्राणों की बलि देकर हमें इस युद्ध में विजयी बनाया है, उनकी क्षति तो हम पूरी नहीं कर सकते, बस इतना कहना चाहते हैं कि जीवन में कभी भी आपको हमारी आवश्यकता पड़े, विदर्भ देश के योद्धा आपका समर्थन करने के लिए उपस्थित हो जायेंगे और अब वो समय आ गया है कि आप सब अपने-अपने राष्ट्र की ओर प्रस्थान कर सकते हैं।''

मगध के युवराज शाल्व आगे आये, ''धन्यवाद तो हमें आपका करना चाहिए वीरों; यदि आप नहीं होते तो हम सबकी बलि चढ़ चुकी होती। जिन योद्धाओं ने अपने प्राण गँवाये हैं, उन्हें आपके कारण वीरगति का सम्मान प्राप्त हुआ है और जो जीवित बचे हैं, उन्हें भी आपके कारण अपने परिवार के पास लौटने का अवसर प्राप्त हो रहा है; इसलिए वचन तो मैं आपको देता हूँ कि जब भी विदर्भ देश को हमारी आवश्यकता पड़ेगी, सम्पूर्ण मगध की सेना आपके समर्थन में उपस्थित रहेगी।''

''आपके वचन पर हमें पूर्ण विश्वास है युवराज, किंतु इस समय आप सभी अपने-अपने राज्य लौटकर अपने सगे संबधियों से भेंट करिए; आपके जीवन की आशा छोड़ चुके आपके सगे-संबधी आपका मुख देखकर प्रसन्नता से झूम उठेंगे।'' अखण्ड ने शाल्व को समझाया।

''अवश्य युवराज, हमारे प्रस्थान करने का समय हो चला है, आज्ञा दीजिये।'' यह कहकर शाल्व अपने दल के साथ मगध की ओर प्रस्थान कर गए।

धीरे-धीरे सभी योद्धा अपने-अपने राज्य की ओर प्रस्थान करने की तैयारी में लग गये। शीघ्र ही तेजस्वी ने ध्यान दिया कि युगांधर वहाँ उपस्थित नहीं था।

''युगांधर! युगांधर कहाँ हैं?'' तेजस्वी ने युगांधर को खोजने क प्रयास किया।

''सुवर्या घायल है, वो उसे देखने गया है।'' अखण्ड ने उत्तर दिया।

''युगांधर के रहते सुवर्या कैसे घायल हो गयी?'' तेजस्वी ने आश्चर्यपूर्वक प्रश्न किया।

उत्तर में अखण्ड उसे पूरा घटनाक्रम विस्तार से बताने लगा।

युगांधर शिविर की ओर बढ़ रहा था।

सुवर्या शिविर में एक शय्या पर लेटी थी, जहाँ सोमनाथ उसके उपचार में व्यस्त था। तभी उस शिविर में एक शत्रु का प्रवेश हुआ। यह कोई और नहीं सुवर्या का अनुज नागीश था।

सोमनाथ ने उसकी ओर दृष्टि घुमाई। उसके नेत्रों में भरा क्रोध देख वह उसके मंतव्य को समझ गया। उसने आगे बढ़कर नागीश को रोकने का प्रयत्न किया, किंतु नागीश का क्रोध शत्रु और मित्र का अंतर भूल चुका था। उसने बिना विचार, कटार सीधा सोमनाथ की गर्दन में घुसा दी।

''य...यह क्या किया तुमने!'' सोमनाथ ने मुख से रक्त उगलते हुए प्रश्न किया।

''तुम्हारे ही भ्राता भैरवनाथ का मत था यह कि कायरों की भाँति शत्रुओं की सहायता करने वाला जीवित रहने के योग्य नहीं।'' कहते हुए एक बार नागीश ने सोमनाथ के हृदय पर वार किया और उसे भूमि पर धकेल दिया। सोमनाथ गिरकर तड़पने लगा।

युगांधर सुवर्या के शिविर के निकट आया। सामने का दृश्य देख वो अचंभित रह गया। शिविर के सुरक्षा सैनिक मूर्छित पड़े थे। युगांधर दौड़कर शिविर की ओर भागा।

नागीश कटार लिए सुवर्या के निकट आया। सुवर्या ने उसे घूरकर देखा। अपने घावों के कारण उठने वो में असमर्थ थी।

''तुमने हमारा सम्पूर्ण परिवार नष्ट कर दिया सुवर्या, इसका दण्ड तो तुम्हें मिलकर रहेगा।'' क्रोध में नागीश ने पूरी शक्ति से सुवर्या के हृदय पर कटार चला दी।

'सुवर्या...!' युगांधर तब तक शिविर में प्रवेश कर चुका था। वह स्वयं इस भयावह दृश्य का साक्षी बना।

सुवर्या के हृदय से रक्त की धारा फूट पड़ी। युगांधर दौड़कर नागीश पर टूट पड़ा। उसने नागीश को उठाकर भूमि पर फेंक दिया। उसके हाथ से उसकी कटार छीनी और उसके मस्तक में घुसा दिया। तड़पते हुए वह कुछ ही क्षणों में मर गया।

युगांधर ने तत्काल ही सुवर्या की ओर देखा। उसके मुख और हृदय से रक्त की धारा फूट पड़ी थी। युगांधर ने नीचे देखा, वैद्य सोमनाथ मृत पड़ा था। उसने सुवर्या का हाथ पकड़ा और उसे ढाँढ़स बँधाया, ''तुम चिंतित मत हो सुवर्या, मैं अभी किसी अच्छे वैद्य को खोजकर लाता हूँ, बस तुम जीवन की आशा छोड़ना मत।''

सुवर्या ने युगांधर का हाथ पकड़ उसे रोका, ''मत जाइए नागराज, अब समय कम है।''

कराहते हुए उस स्वर ने युगांधर को रुकने पर विवश कर दिया। वो सुवर्या के निकट आकर बैठ गया।

''हृदय फट चुका है, अब प्राण निकलने को हैं युगांधर।'' सुवर्या ने कराहते हुए कहा।

युगांधर एक विक्षिप्त मनुष्य की भाँति सुवर्या को निहारने लगा। सुवर्या ने उसके

मुख पर हाथ फेरा, "यह वचन रहा, हम आपके जीवन में लौटकर अवश्य आयेंगे।" इतना कहकर उसके हाथ नीचे हो गये।

सुवर्या की श्वास बंद हो चुकी थी। युगांधर को तो कुछ क्षण विश्वास ही नहीं हुआ कि यह क्या हो गया। वो एकटक सुवर्या को देखता रहा। उसकी आँखें, उसकी नाक और उसकी नाड़ी को पकड़कर उसमें जीवन के लक्षण खोजने का असफल प्रयत्न करने लगा।

अखण्ड, तेजस्वी और सूर्यम अपना उद्देश्य पूर्ण कर उसी शिविर की ओर बढ़ रहे थे। सामने मूर्छित पड़े योद्धाओं को देख वो हतप्रभ रह गये।

"युगांधर! युगांधर!" तेजस्वी ने पुकार लगायी।

"मैं यहाँ हूँ भ्राताश्री।" युगांधर शिविर से बाहर आया। उसे देख तीनों हतप्रभ रह गये। उसके हाथों में सुवर्या की निष्प्राण काया थी।

"यह सब..." तेजस्वी अवाक् रह गया।

"इस युद्ध में हमें विजय मिली है इस बलिदान से, यही है इस युद्ध की वास्तविक नायिका।" युगांधर ने विस्तृत किया।

युगांधर की पीड़ा का एहसास कदाचित् ही कोई महसूस कर पाता। अपने प्रेम को खोने की पीड़ा थी ये, जो उसके मुख पर स्पष्ट दिखाई दे रही थी।

तेजस्वी ने उसके कंधे पर हाथ रखा, "मैं तुम्हारी पीड़ा समझ सकता हूँ, अनुज।"

"ये शोक का समय नहीं है भ्राता; आप बलिष्ठगढ़ की ओर शीघ्र प्रस्थान कीजिये और वहाँ अपनी विजय पताका फहराइए; मुझे नागलोक जाना होगा, कुछ उत्तरदायित्व हैं मेरे, जो मुझे पूरे करने हैं, उसके उपरांत मैं स्वयं आऊँगा आपके पास; अभी मुझे आज्ञा दीजिये।" युगांधर ने स्थिर होकर कहा।

"जैसी तुम्हारी इच्छा युंगाधर, तुम प्रस्थान करो।" तेजस्वी ने पीड़ित युगांधर को जाने की आज्ञा दी।

वहीं युद्धभूमि में असुरों के कई ऐसे रथ पड़े थे, जिनके रथी मारे जा चुके थे। युगांधर ने सुवर्या के शव को उन्हीं में से एक रथ पर लिटाया और नागलोक की ओर प्रस्थान किया। सभी उसे जाता देख रहे थे। उसके नेत्रों मे एक भी अश्रु की बूँद नहीं थी। कदाचित् वो अपनी प्रेयसी के बलिदान का अपमान नहीं करना चाहता था।

उसके जाते ही अखण्ड ने निर्णय लिया, "हमारे पास भी केवल एक मास का समय बचा है; इतने समय में हमें बलिष्ठगढ़ को पराजित भी करना है और विदर्भ पहुँचकर महाराज का उपचार भी करना है।"

"हम्म... यही उचित होगा।'' तेजस्वी ने सहमति जताई।

इसके उपरांत तीनों योद्धा अपने-अपने अश्व पर आरूढ़ हुए और बलिष्ठगढ़ की ओर बढ़ चले।

<hr/>

दूसरी ओर विदर्भ देश की सीमा से थोड़ी ही दूर पर भानुसेन असुरों की सेना के साथ शिविर लगाये बैठा था। रक्षराज के अनुज त्रिभुज और अधीम भी उसके साथ थे।

तभी एक उड़ता हुआ बाज उस शिविर की ओर आया। भानुसेन उसे देखते ही पहचान गया, ''यह तो गुरु भैरवनाथ का बाज है।''

वह बाज उड़कर भानुसेन के कंधे पर जा बैठा। भानुसेन ने उसके पंजे में बँधा पत्र निकाला और संदेश पढ़ना आरंभ किया।

त्रिभुज और अधीम उसके निकट आये।

''क्या हुआ पुत्र, कैसा पत्र है ये?'' त्रिभुज ने प्रश्न किया।

''गुरु भैरवनाथ का पत्र है काकाश्री;विदर्भ पर आक्रमण करने का समय आ गया है।'' भानुसेन ने चिंतित स्वर में कहा।

''तो फिर विलम्ब किस बात का है, हमें अपने शत्रुओं के विनाश के लिये प्रस्थान करना चाहिए।'' अधीम ने सुझाव दिया।

भानुसेन मौन था।

''तुम चिंतित प्रतीत हो रहे हो पुत्र।'' त्रिभुज ने भानुसेन को देख अनुमान लगाया।

''हाँ काकाश्री, क्योंकि उन चार भाइयों ने मिलकर पिताश्री को पराजित कर विजयधनुष पर अधिकार कर लिया है।'' हताशा भरे स्वर में भानुसेन ने कहा।

''यह असंभव है, पुत्र। रक्षराज को कोई पराजित नहीं कर सकता।'' त्रिभुज ने दृढ़ता से कहा।

''असंभव संभव हो चुका है काकाश्री और इससे पूर्व कि वो लौटकर वीरसेन को स्वस्थ करें, हमें वीरसेन को मारकर विदर्भ पर अधिकार करना होगा।'' भानुसेन ने त्रिभुज की शंका मिटाई।

''तो फिर चलो पुत्र, अब विलम्ब करने का कोई अर्थ नहीं।'' अधीम ने अपनी तलवार पर कसाव बढ़ाया।

''मैं कुछ योद्धाओं की प्रतीक्षा कर रहा हूँ काकाश्री, उनके आने के उपरांत ही हम आक्रमण करेंगे।'' भानुसेन ने कहा।

"तुम किन योद्धाओं की बात कर रहे हो भानुसेन?" त्रिभुज ने आश्चर्य से पूछा।

भानुसेन ने हाथ उठाकर सामने की ओर संकेत किया। अश्वों पर आरूढ़ हुए छह योद्धा चले आ रहे थे।

वह सभी अपने-अपने अश्व से उतरे और भानुसेन के निकट आये। यह छह योद्धा कोई और नहीं, भानुसेन के पुत्र वीरभद्र, जिष्णु, श्यामक, वासुसेन, सहिष्णु और सुषेण थे। उन सभी ने बारी बारी से भानुसेन के चरण स्पर्श किये।

"यशस्वी भव पुत्रों।" भानुसेन ने अपने पुत्रों को आशीर्वाद देकर हृदय से लगा लिया।

कुछ क्षण उपरांत वीरभद्र ने कहा, "सारा कार्य हमारी योजनानुसार चल रहा है पिताश्री। गुरु कपिश विदर्भ में उपस्थित नहीं हैं, अब हम शीघ्र ही अपने लक्ष्य को पा लेंगे।"

"बहुत उत्तम कार्य किया है पुत्रों; तो फिर आक्रमण का समय आ गया है, शिविर में जाकर तैयारी करो।" भानुसेन ने अपने पुत्रों को शिविर की ओर भेज दिया।

इसके उपरांत भानुसेन, त्रिभुज और अधीम की ओर मुड़ा, "आप दोनों से भी एक विनती है मेरी।"

"विनती? कैसी विनती पुत्र?" त्रिभुज ने आश्चर्य से प्रश्न किया।

"आज रात्रि हम विदर्भ की सीमा में प्रवेश करेंगे। काका अधीम अपनी अग्नि शक्ति का प्रयोग कर शत्रु सेना में भयंकर प्रलय मचा सकते हैं और आप एक विशाल नरपशु में परिवर्तित होकर अकेले ही सहस्त्रों योद्धाओं को आधे प्रहर से भी कम समय में मार सकते हैं; किंतु मेरी आपसे विनती है कि इस युद्ध में आप दोनों साधारण योद्धाओं की भाँति युद्ध करें और अपनी किसी पराशक्ति का प्रयोग न करें।" भानुसेन के विनती की।

"ये क्या कह रहे हो पुत्र; विदर्भ के पास दो अक्षौहिणी सेना है और तुम भलीभाँति जानते हो कि हमारी अधिकतम सेना पातालपुरी में है और यहाँ जो हमारे असुर सैनिक हैं उनकी संख्या विदर्भ के योद्धाओं के पाँचवे हिस्से के बराबर भी नहीं है; ऐसे में हम साधारण योद्धाओं की भाँति युद्ध करके कैसे विजयी हो पायेंगे?" त्रिभुज ने प्रश्न उठाया।

"मुझ पर विश्वास रखिये काकाश्री, इस युद्ध में हमारी विजय निश्चित है और उसकी परिपक्व योजना है मेरे पास।" भानुसेन, त्रिभुज और अधीम को अपनी योजना समझाने लगा।

भानुसेन की बातें सुनने के बाद त्रिभुज ने उससे प्रश्न किया, "योजना तो अति

उत्तम है; भानुसेन, किंतु तुम हमें हमारी शक्ति का प्रयोग क्यों नहीं करने देना चाहते?''

''क्योंकि आप दोनों की शक्तियाँ अभी तक गुप्त हैं और यह युद्ध तो मात्र एक पड़ाव है जिसे हम बड़ी ही सरलता से पार कर लेंगे; किंतु कदाचित् जब वो चारों भाई लौटकर आयेंगे, तो स्थिति इतनी सरल नहीं होगी। मुझे एक महाविकराल युद्ध होने की आशंका है, इसलिए मैं चाहता हूँ कि आप दोनों की शक्तियों से शत्रु अनभिज्ञ रहे, जो हमारे लिए भविष्य में बहुत लाभकारी सिद्ध होगा।'' भानुसेन ने तर्क दिया।

''तुमने उचित कहा भानुसेन; इस युद्ध में हम शक्ति प्रदर्शन न ही करें तो उचित है।'' त्रिभुज मुस्कुराया।

''तो फिर तय रहा, हम आज रात्रि ही विदर्भ की सीमा में प्रवेश करेंगे।'' भानुसेन ने निश्चय कर लिया।

रात्रि का अंधकार छाते ही भानुसेन त्रिभुज, अधीम और अपने छह पुत्रों को साथ लेकर विदर्भ की सीमा की ओर चल पड़ा।

रात्रि के समय भी सीमारक्षक सजग थे, किंतु भानुसेन भी उनके विषय में सबकुछ जानता था, वह उसी के अनुसार अपनी सेना लिए बढ़ रहा था।

अंधकार का लाभ उठाकर भानुसेन ने त्रिभुज, अधीम और अपने पुत्रों के साथ कुछ प्रमुख असुर योद्धाओं को लेकर छिपते-छिपाते सीमा की छावनी में प्रवेश किया। धीरे-धीरे वह सभी गुप्त रूप से सीमा-रक्षकों का वध करते गए। यह कार्य इस प्रकार हो रहा था कि किसी को भनक तक नहीं लग रही थी। शव पर शव गिरे जा रहे थे।

अधिकतम सीमा-रक्षक मारे जा चुके थे। तभी एक रक्षक ने भानुसेन को यह दुष्कृत्य करते हुए देख लिया। भानुसेन की भी दृष्टि उस पर पड़ गयी।

सीमा का वह रक्षक तत्काल ही अपने अश्व पर आरूढ़ होकर भागने लगा।

''मैं उसके पीछे जाता हूँ पिताश्री।'' वीरभद्र ने भानुसेन से आज्ञा माँगी।

''नहीं पुत्र तुम यहीं रहो, मुझे भलीभाँति ज्ञात है कि वो कहाँ जा रहा है।'' भानुसेन भी अपने अश्व पर आरूढ़ हुआ और उस दूत के पीछे लग गया।

पूरे आधे प्रहर तक भानुसेन उसका पीछा करता रहा। तभी उसे आकाश में एक उकाब उड़ता दिखाई दिया।

''तो जैसा कि अनुमान था, सेनापति गजेंद्र को संदेश पहुँचाने वाला उकाब उड़ाया जा चुका है।'' यह विचार कर भानुसेन ने भाला उठाया और उस उकाब की ओर लक्ष्य कर छोड़ दिया।

उस भाले के वार से वह संदेशवाहक उकाब भूमि पर गिरकर मृत हो गया। तब

तक भानुसेन के दल के सभी प्रमुख योद्धा सीमारक्षकों का अंत कर वहाँ पहुँच आये थे।

भानुसेन ने अपने अश्व की लगाम खींची और उस घर की ओर बढ़ा, जहाँ से संदेशवाहक उकाब भेजे जाते थे। उस घर का मुख्य द्वार तोड़ वह घर के भीतर घुस आया। भागा हुआ सीमारक्षक और जो वृद्ध उकाबों को प्रशिक्षित करता था, उसी घर में भानुसेन के समक्ष खड़े थे।

यह देख भानुसेन ने अपनी कमर से दो कटारें निकालीं और उन दोनों की छाती की ओर लक्ष्य कर फेंकी।

वह दोनों तड़पते हुए भूमि पर गिर पड़े। इसके उपरांत भानुसेन उस घर से बाहर आया और अपने योद्धाओं को आदेश दिया, "जला दो इस पूरे घर को!"

इस आदेश पर शीघ्र ही असुरों ने उस घर में आग लगा दी। उन दो मनुष्यों के साथ-साथ उस घर में उपस्थित सभी उकाब भी जीवित ही भस्म हो गए।

"अब कोई गजेंद्र को सावधान नहीं कर पायेगा; हमारी योजना को अब सफल होने से कोई नहीं रोक सकता।" भानुसेन के मुख पर क्रूरता भरी मुस्कान थी।

इसके उपरांत भानुसेन अपनी सेना के साथ विदर्भ के महल की ओर बढ़ चला।

वहीं विदर्भ के राजमहल में सेनापति गजेंद्र, महामंत्री संजय के साथ महल की सुरक्षा-व्यवस्था का मुआयना कर रहे थे।

तभी गजेंद्र को अपनी ओर एक योद्धा आता हुआ दिखाई दिया।

"ये तो आपके कबीले के तीस सहस्त्र योद्धाओं में से एक है न सेनापति?" संजय ने अनुमान लगाया।

"हाँ महामंत्री, आपका अनुमान उचित है।" यह कहकर गजेंद्र भी उस योद्धा की ओर बढ़े।

"क्या समस्या है?" गजेंद्र ने उसके निकट आकर प्रश्न किया।

वह योद्धा कुछ क्षण हाँफा और कहा, "स... संकट सेनापति।"

"संकट? कैसा संकट?" गजेंद्र ने प्रश्न किया।

"कुमार भानुसेन अपने पुत्रों और असुरों की सेना लिए विदर्भ के महल की ओर बढ़ रहे हैं।" उस योद्धा ने सूचित किया।

गजेंद्र स्तब्ध रह गए, "इसका अर्थ है कि कुमार तेजस्वी का अनुमान उचित था; भानुसेन ने ही छल से महाराज की हत्या की थी और अब उसके पुत्र भी उसके साथ सम्मिलित हो चुके हैं, मैं महाऋषि कपिश को संदेश देने जा रहा हूँ।"

"इतना समय नहीं है हमारे पास सेनापति जी; रात्रि का अंधकार छा चुका है और कदाचित् कल सूर्योदय से पूर्व वो विदर्भ के महल के निकट आ पहुँचेंगे।" योद्धा ने कहा।

गजेंद्र पर मानो बिजली टूट पड़ी हो, "यह क्या कह रहे हो तुम; विदर्भ की सीमा से यहाँ तक पहुंचने का मार्ग तीन दिवस का है, सीमारक्षकों ने संदेश क्यों नहीं भिजवाया?"

"वो मैं नहीं जानता महामहिम; मैं आपके ही पुश्तैनी कबीले का निवासी हूँ, इसलिए मैंने जैसे ही शत्रु को हमारे गाँव के मार्ग से आते हुए देखा, इसकी सूचना देने, मैं दुगनी गति से भागता हुआ यहाँ आ गया।" उस योद्धा ने कहा।

कुछ क्षण विचार करने के उपरांत गजेंद्र निर्णय पर पहुँचे, "मैं तो भूल ही गया था कि भानुसेन ने अपना पूरा बचपन विदर्भ में व्यतीत किया है; निःसंदेह उसने पूरी सीमाचौकी ही नष्ट कर दी होगी; तुम यह बताओ कितनी सेना है उनके पास?"

"उनका सैन्यबल अधिक नहीं है सेनापति, कदाचित् हमारी सेना के आधी भी नहीं।" उस योद्धा ने सूचित किया।

"तो अब हम क्या करें सेनापति?" महामंत्री संजय ने प्रश्न किया।

गजेंद्र ने क्षणभर में निर्णय ले लिया, "आप पर मैं बहुत बड़ा उत्तरदायित्व सौंपने जा रहा हूँ संजय, आइए मेरे साथ।"

गजेंद्र संजय को लेकर वीरसेन के कक्ष में आये। साथ में बलिष्ठगढ़ की राजकुमारी सुवर्णा भी थी। उस कक्ष में पहुँचते ही गजेंद्र ने भूमि पर बिछा एक कालीन हटाया। भूमि पर ही एक द्वार बना हुआ था।

गजेंद्र ने वह द्वार खोला। उस भूमि के भीतर की एक गुप्त सुरंग थी।

"आरंभ से ही विदर्भ नरेश के कक्ष में यह सुरंग बनायी गयी थी, जिसका हर वर्ष निरीक्षण होता है, जिसके विषय में केवल कुछ प्रमुख लोगों को ही ज्ञात है। मेरे गाँव के कुछ विशिष्ट योद्धा आपके साथ आयेंगे संजय; आप महाराज वीरसेन और राजकुमारी सुवर्णा को लेकर यहाँ से निकल जाइए।" गजेंद्र ने कहा।

"आप ऐसा क्यों कह रहे हैं सेनापति? शत्रु सेना का बल तो आधे से भी कम है, फिर हमें किस बात का भय?" संजय ने आश्चर्य से प्रश्न किया।

"सैन्यबल हमारा कितना भी अधिक हो संजय, भानुसेन फिर भी एक महारथी है और वो अब अकेला नहीं है, उसके छह पुत्र उसके साथ हैं और युवराज अखण्ड की ही भाँति उसके वह सभी पुत्र महाबली वक्रबाहु के वरदानी हैं। उन योद्धाओं के समक्ष बड़ी से बड़ी सेना घुटने टेक देती है और मैं अकेला उन्हें कुछ समय के लिए रोक अवश्य

सकता हूँ, किन्तु उन्हें पराजित कर पाऊँगा या नही, इसमें मुझे संदेह है, इसलिए आप सबका यहाँ से प्रस्थान करना ही उचित है।'' गजेंद्र ने समझाया।

''किंतु हम जायें कहाँ सेनापति?'' संजय ने प्रश्न किया।

कुछ क्षण विचार करने के उपरांत गजेंद्र ने कहा, ''सुना है बलिष्ठगढ़ के सेनापति चक्रसेन को उनके राज्य से निष्कासित किया जा चुका है; मैं उनका निवास स्थान जानता हूँ, मैं आपको वहाँ का मार्ग समझा देता हूँ। उन्होंने बाल्यवस्था से राजकुमार तेजस्वी का पालन पोषण किया है, उनके अतिरिक्त कोई भी हमारी सहायता नहीं करेगा, इसलिए आप शीघ्र से शीघ्र प्रस्थान कीजिये संजय।'' यह कहकर गजेंद्र ने संजय को चक्रसेन के निवास स्थान का मार्ग समझाना आरंभ कर दिया।

''कल के युद्ध के लिए शुभकामनायें सेनापति, मैं प्रार्थना करूँगा कि विजय आपकी हो।'' संजय ने गजेंद्र का साहस बढ़ाने का प्रयत्न किया।

इसके उपरांत महामंत्री संजय, सुवर्णा और वीरसेन को लेकर गजेंद्र के कुछ विश्वासपात्र सैनिकों के साथ उस गुप्त सुरंग से बाहर निकल गए।

गजेंद्र ने युद्ध की तैयारी आरंभ कर दी। उन्होंने अपने कबीले के तीस सहस्त्र विशिष्ट योद्धाओं को अलग तैयार किया और विदर्भ की दो अक्षौहिणी सेना को अलग।

गजेंद्र का सैन्य संचालन इतना कुशल था कि सूर्योदय के पूर्व ही समग्र सेना को रणभूमि में एकत्र और संगठित कर भानुसेन की प्रतीक्षा करने लगा।

भानुसेन त्रिभुज, अधीम और अपने छह पुत्रों के साथ रणभूमि में आ चुका था।

अपने शत्रु के साथ दो बलिष्ठ असुरों को देख गजेंद्र ने भानुसेन पर कटाक्ष किया, ''तो अपना वास्तविक रंग तुमने दिखा ही दिया भानुसेन! बचपन से जिस ज्येष्ठ भ्राता ने तुम्हें सगे भ्राता से बढ़कर प्रेम और सम्मान दिया, तुमने उसी की पीठ पर वार किया; अपने पुत्रों का प्रयोग करके तुमने षड्यंत्र रचा और महात्रृषि कपिश को महल से दूर भेज दिया और अब अपने दूसरे भाई की भी हत्या करना चाहते हो; तुम असुरों का वास्तव में कोई धर्म नहीं होता, है न?''

भानुसेन मुस्कुराया, ''जानते हो वो वीरसेन जो पीड़ा झेल रहा है, उसका कारण भी मैं ही हूँ; छल से वो विष भी मैंने ही उसके शरीर में प्रविष्ट करवाया है। साम दाम दण्ड भेद जो प्रयोग करना पड़े करेंगे, किंतु अपना प्रतिशोध अवश्य लेंगे, क्योंकि रक्त संबध हर संबध से श्रेष्ठ होता है।''

''तो फिर देखते हैं कि विजय रक्त संबध की होती है या निष्ठा की। आक्रमण...।'' गजेंद्र ने म्यान से तलवार निकाली और शत्रु सेना की ओर दौड़ पड़ा।

भानुसेन अपने पुत्रों की ओर मुड़ा, ''वीरभद्र तुम यहीं रुको।''

''जो आज्ञा पिताश्री।'' वीरभद्र वहीं रुक गया।

शेष योद्धाओं को साथ लेकर भानुसेन, गजेंद्र और उसकी सेना की ओर दौड़ पड़ा।

भीषण संग्राम छिड़ गया।

आक्रमण करने के स्थान पर गजेंद्र की सेना भानुसेन और उसके प्रमुख योद्धाओं को घेरने लगी।

विदर्भ और गजेंद्र के कबीले की सेना ने मिलकर पद्मव्यूह का निर्माण किया। त्रिभुज, दंशक, भानुसेन और उसके पाँच पुत्र उस व्यूह के कई द्वारों में बड़ी सरलता से फँस गए। अधिकतम असुर सैनिकों को उस व्यूह से बाहर खदेड़ दिया गया। गजेंद्र ने अपने अश्व की लगाम खींची और अपने शत्रु की ओर बढ़ा। व्यूह में उसके भीतर घुसने के लिए सैनिक उन्हें मार्ग देते गए।

शीघ्र ही गजेंद्र भानुसेन तक पहुँचा, ''तुम्हारे सभी प्रमुख योद्धा इस व्यूह में फँस चुके हैं भानुसेन। अब कहो निष्ठा बड़ी या रक्त संबध?''

भानुसेन ने गजेंद्र के प्रश्न का उत्तर दिए बिना एक जलता हुआ भाला उठाया और आकाश में फेंका। कदाचित् कुछ दूरी पर खड़े वीरभद्र के लिए यह कोई संकेत था। उस भाले को देखते ही वीरभद्र ने एक विशाल लाल ध्वज उठाया और उसे हवा में लहराने लगा।

गजेंद्र को समझ ही नहीं आ रहा था कि यह क्या हो रहा है, किंतु अगला ही क्षण हृदय को थर्रा देने वाला था। विदर्भ के सैनिकों ने ही गजेंद्र के विश्वसनीय तीस सहस्त्र योद्धाओं पर आक्रमण कर दिया।

उन योद्धाओं को इस अकस्मात् आक्रमण की बिलकुल भी अपेक्षा नहीं थी। धीरे-धीरे करके वह सभी गिरने लगे।

गजेंद्र को भी कुछ क्षणों के लिए विश्वास ही नहीं हुआ कि जिस सेना का संचालन वो वर्षों से कर रहे थे, वही संकट के समय इस प्रकार उनके साथ छल करेगी।

वह पलटकर उन पर चीख पड़े, ''रुक जाओ, यह क्या कर रहे हो तुम लोग।''

''अब बोलो गजेंद्र, विजय निष्ठा की हुई या रक्त संबध की?'' भानुसेन ने हँसकर कटाक्ष किया।

गजेंद्र ने क्रोध में भरकर भानुसेन की ओर देखा।

''क्या हुआ गजेंद्र, मृत्यु का भय सता रहा है तुम्हें? अब भी समय है, अपनी सेना की भाँति तुम भी हमारे पक्ष में आ जाओ, मृत्यु तुम्हें छू भी नहीं पायेगी।'' भानुसेन

के मुख पर क्रूरता भरी मुस्कान थी।

यह सुनकर गजेंद्र ने अपने दोनों हाथ में तलवारें ली और साँस भरकर भानुसेन की ओर देखा, ''मुझे ज्ञात हो गया है कि आज मेरा अंतिम दिन है भानुसेन, किंतु अपनी इस निश्चित मृत्यु का वरण मैं इस प्रकार करूँगा कि स्वर्ग में बैठे मेरे महाराज विक्रमाजित को भी मुझ पर गर्व होगा और जहाँ तक विजय का प्रश्न है, तो यहाँ विजय रक्त संबध की नहीं, मेरी निष्ठा की ही हुई है, क्योंकि अपने प्राण बचाने और निष्ठा में से मैंने निष्ठा का चुनाव किया है। मैं अपने इस शरीर को ईश्वर को समर्पित कर चुका हूँ, इसलिए चाहें जितने घाव देने हैं, दे लो भानुसेन, मैं तब तक युद्ध करूँगा, जब तक मेरे शरीर में रक्त की अंतिम बूँद है।''

अपने दोनों हाथों में नंगी तलवार लिए गजेंद्र भानुसेन की ओर दौड़ पड़ा। तभी त्रिभुज और दुदुम्भी वहाँ आ पहुँचे और गजेंद्र से जा भिड़े।

गजेंद्र को अपने प्राणों का तनिक भी भय नहीं था। उन्होंने शत्रु के वारों से स्वयं को बचाने का तनिक भी प्रयत्न नहीं किया और जिसे स्वयं पर हुए वारों का तनिक भी भय न हो, उस योद्धा की शक्ति वैसे ही कई गुना बढ़ जाती है। क्रोध में उनकी तलवारें बिजली की गति से चल रहीं थीं। त्रिभुज और अधीम जैसे असुरों को भी उसका यह क्रोध देख पीछे हटना पड़ा। उन दोनों की भुजायें घायल हो गयी थीं, किंतु उन्होंने गजेंद्र के शरीर पर भी कई घाव बना दिए थे।

भानुसेन के पाँचों पुत्र अपनी-अपनी तलवारें लेकर गजेंद्र की ओर दौड़े। महाबली वक्रबाहु के वरदानी भानुसेन और पाँचों पुत्र का बल भी गजेंद्र के क्रोध को दबा नहीं पाया। गजेंद्र में न जाने कौन सी शक्ति आ गयी थी। उनके धधकते नेत्रों ने भानुसेन के पाँचों पुत्रों का मानो साहस ही छीन लिया था। वह पीछे हटने लगे।

यह देख भानुसेन से रहा न गया। उसने एक भाला उठाया और गजेंद्र की छाती की ओर चला दिया। भाला उनकी छाती को चीरता हुआ पीठ को पार कर गया। गजेंद्र के पाँव लड़खड़ाये, किंतु वह गिरे नहीं। भानुसेन ने अपने पुत्रों को संकेत किया। उसका संकेत पाकर जिष्णु ने गजेंद्र के दायें हाथ पर घाव किया, जिससे उसकी तलवार छूट गयी। क्रोध में गजेंद्र पीछे की ओर घूमे और दूसरी तलवार से जिष्णु पर वार किया। जिष्णु का मुंड कटकर भूमि पर गिर पड़ा। वक्रबाहु का दिया हुआ वरदान भी गजेंद्र के क्रोध के आगे दुर्बल सिद्ध हुआ, क्योंकि बल प्रयोग के लिए मन में साहस का होना आवश्यक था, जो जिष्णु में नहीं था।

'जिष्णु...!' अपने पुत्र का शव देख भानुसेन चीख पड़ा। उसने अपनी गदा उठाई और अपने अश्व से उतरकर गजेंद्र की ओर दौड़ा।

दोनों योद्धा अपने-अपने मन में क्रोध लिए एक-दूसरे की ओर दौड़े, किंतु इस

बार भानुसेन का क्रोध घायल गजेंद्र पर हावी हो गया। गदा के भीषण वार से गजेंद्र की तलवार टूट गयी। इसके उपरांत भानुसेन ने गदा का वार सीधा गजेंद्र के मस्तक पर किया।

गजेंद्र के मस्तक से रक्त की धारा फूट पड़ी। वो अपनी चेतना खोने लगे, किंतु उन्होंने भूमि पर गिरना स्वीकार नहीं किया।

भानुसेन अपने पुत्रों पर चीख पड़ा, "देख क्या रहे हो कायरों, प्रतिशोध लो अपने भाई की मृत्यु का!"

भानुसेन का एक-एक पुत्र बारी-बारी से आगे आया और गजेंद्र की पीठ और उदर में तलवार घोंपता गया। निःशस्त्र गजेंद्र के पास इसका कोई उत्तर नहीं था।

और अंततः महारथी गजेंद्र घुटनों के बल आ गये। माथे से लेकर उनका पूरा शरीर रक्त और घावों से भर चुका था। भानुसेन उनके निकट गया और उनके बाल पकड़कर उनसे प्रश्न किया, "अब बोलो गजेंद्र, कौन विजयी हुआ?"

अपने अंतिम समय में भी गजेंद्र मुस्कुराये। उनमें बोलने की शक्ति नहीं बची थी।

यह देख भानुसेन का क्रोध बढ़ता गया, "तुम यह सत्य जानना नहीं चाहोगे कि क्यों तुम्हारी सेना तुम्हारे विरुद्ध हो गयी?"

गजेंद्र के मुख पर क्रोध छा गया। यह देख भानुसेन मुस्कुराया, "यही, मृत्यु से पूर्व यही असंतोष मैं तुम्हारे मुख पर देखना चाहता था गजेंद्र... तो अब सत्य सुनो; मेरे पुत्रों ने विदर्भ की सेना में यह अफवाह फैला दी थी कि पाताललोक गए हुए चारों योद्धा रक्षराज मार्केश के साथ हुए युद्ध में मारे जा चुके हैं और यह अफवाह पर्याप्त थी इस सेना को हमारे पक्ष में करने के लिए; अब तुम्हारे साथ उस वीरसेन और सम्पूर्ण विदर्भ के राजवंश का अंत होगा।"

गजेंद्र यह सुनकर फिर से मुस्कुराये। इस बार उनकी मुस्कुराहट हँसी में परिवर्तित हो गयी। भानुसेन से यह सहन नहीं हुआ। उसने म्यान से तलवार निकाली और गजेंद्र का मुंड उनके शरीर से अलग कर दिया।

रक्त के फव्वारे छोड़ते हुए उस निष्ठावान योद्धा का पवित्र शरीर भूमि पर गिर पड़ा और उनकी पीड़ा का अंत हुआ।

तभी भानुसेन के मन में विचार आया, 'गजेंद्र मृत्यु से पूर्व इस भाँति हँस क्यों रहा था?'

यह विचार कर भानुसेन अपने कुछ प्रमुख योद्धाओं के साथ विदर्भ के महल की ओर दौड़ा।

महल पहुँचते ही उसने वीरसेन को खोजने का आदेश दिया। काफी समय तक

कई योद्धाओं ने वीरसेन को खोजा। अंत में वह सभी भानुसेन के पास आये और सूचित किया, "वो महल में नहीं हैं महाराज।"

भानुसेन पैर पटककर रह गया, "तो इसीलिए मृत्यु के समय भी वो गजेंद्र हँस रहा था।"

अध्याय 14

विदर्भ में षड्यंत्र

सुवर्या के शव के साथ युगांधर ने नागलोक में प्रवेश किया। इसकी सूचना शीघ्र ही उसके पितामह विषंधर तक पहुँची।

विषंधर ने सुवर्या का शव देख प्रश्न किया, "यह... यह सब कैसे हुआ नागराज?"

"मैं आपके सभी प्रश्नों का उत्तर दूँगा पितामह, किंतु उससे पूर्व मुझे सुवर्या की अंत्येष्टि पूरे राजकीय सम्मान के साथ करनी है, उससे पूर्व मैं आपके किसी प्रश्न का उत्तर नहीं दूँगा।"

विषंधर का ध्यान सुवर्या के शव की ओर गया, "जो आज्ञा नागराज, शीघ्र ही चिता का प्रबंध हो जायेगा।"

सुवर्या का अंतिम-संस्कार पूरे सम्मान के साथ किया गया। विषंधर ने कौतुहलवश एक बार फिर प्रश्न किया, "मैं तुम्हें एक राजा समझकर नहीं, एक पुत्र समझकर तुमसे प्रश्न कर रहा हूँ युगांधर, यह सब कैसे हुआ?"

"सुवर्या के लिए मैं संसार से लड़ सकता था, किंतु मैं उसका ही रक्षण न कर सका।" युगांधर की आँखें नम हो गयीं। युगांधर ने सम्पूर्ण युद्ध का वृत्तांत कह सुनाया।

कहते-कहते अकस्मात् ही युगांधर के मस्तक में भयंकर पीड़ा हुई। वह मूर्छित

होकर भूमि पर गिर गया। किसी को समझ नहीं आया कि उस पल क्या हुआ।

युगांधर को उठाकर उसके कक्ष में लाया गया। नागकुमारी कनिष्का भी वहाँ आ पहुँचीं। वो अपने पुत्र के लिए बहुत चिंतित थीं।

पूरे एक प्रहर तक नागगुरु ने युगांधर की जाँच की।

"यह कैसे संभव है!" नागगुरु आश्चर्यचकित रह गये।

"क्या हुआ गुरुदेव?" कनिष्का ने अधीर होकर प्रश्न किया।

"इनके रक्त में तो भारी मात्रा में मादक तत्व मिला हुआ है; ऐसे में तो इनके प्राण बचाना बहुत कठिन होगा।" नागगुरु ने कहा।

कनिष्का तड़प उठीं, "ऐसा न कहिये गुरुवर, कोई तो उपाय होगा।"

"उपाय तो है नागकुमारी, किंतु अत्यंत दुष्कर और संकटकारी है।" नागगुरु ने चेताया।

"हम अपने राजा के प्राण बचाने हेतु कोई भी संकट मोल ले सकते हैं, आप बस उपाय कीजिये नागगुरु।" विषंधर ने विनती की।

"एक बार और विचार कर लीजिये विषंधर, क्योंकि उपचार के उपरांत यह आपके राजा नहीं रह जायेंगे।"

"ऐसा क्यों कह रहे हैं गुरुदेव?" विषंधर ने आश्चर्यपूर्वक प्रश्न किया।

"क्योंकि इनके उपचार का एक ही मार्ग है कि इनके शरीर का सम्पूर्ण विष निकालकर इन्हें एक सामान्य मानव बना दिया जाये और नागलोक के नियमों के अनुसार कोई भी मानव नागलोक में अधिक समय निवास तक नहीं कर सकता; उसका शासक बनना तो बहुत दूर की बात है।" नागगुरु ने विस्तार से बताया।

विषंधर सोच में पड़ गये, किंतु कनिष्का से रहा नहीं गया, "आप मेरे पुत्र के प्राण बचाइए गुरुदेव, वो सबसे अधिक महत्त्वपूर्ण है।"

विषंधर ने भी सहमति जताई। नागगुरु ने युगांधर का उपचार आरंभ कर दिया।

तीन दिवस की कठिन क्रिया और उपचार के उपरांत युगांधर ने अपने नेत्र खोले। अब वो कोई नाग नहीं, अपितु एक सामान्य मानव था।

उसे अपनी वास्तविकता स्वीकारने में काफी समय लग गया कि वो एक सामान्य मानव है।

दो और दिवस के उपरांत वह अपने पितामह विषंधर के पास आया। उसने अपना दिव्य फरसा उठाया और अपने पितामह के समक्ष घुटनों के बल बैठ गया, "देव शेषनाग का दिया हुआ ये फरसा नागों के राजा के हाथ में ही शोभा देगा पितमाह और

नागरूप का त्याग करके मैं एक सामान्य मानव बन चुका हूँ इसलिए अब मैं इस पद के योग्य नहीं रहा।''

विषंधर ने युगांधर को भूमि से उठाया, ''वर्षों पहले तुम्हारी माता कनिष्का ने भी विष का त्याग किया था; तब उसका विष मैंने उसके गर्भ में स्थानांतरित कर दिया था, वही विष तुम्हारे शरीर में भी था। देव शेषनाग ने ये फरसा तुम्हारी योग्यता परखकर तुम्हें सौंपा था, इसे धारण करने की योग्यता और क्षमता मुझमें नहीं है; किंतु नागरूप का त्याग करने के उपरांत तुम नागराज के पद के योग्य तो नहीं रहे पुत्र, इसलिए तुम्हें नागलोक का त्याग तो करना ही होगा; किंतु जब भी तुम्हें आवश्यकता होगी, नागसेना तुम्हारा समर्थन करने उपस्थित हो जायेगी।''

''मैं जानता हूँ पितामह, एक मानव अधिक समय तक इस लोक में नहीं रह सकता; किंतु जाने से पूर्व मैं अपनी माता से भेंट करना चाहूँगा।'' युगांधर ने विनती की।

''कोई आवश्यकता नहीं है मुझसे भेंट करने की।'' तभी नागकुमारी कनिष्का वहाँ आ पहुँचीं।

''ये तुम क्या कह रही हो पुत्री? युगांधर कदाचित् अब इस लोक में कभी वापस लौटकर नहीं आयेगा, क्या तुम अंतिम बार उसका मुख नहीं देखना चाहोगी?'' विषंधर ने कनिष्का से आग्रह किया।

''इसके जन्म के उपरांत इसके पिता ने मेरा त्याग किया और अब ये मुझे छोड़कर जाना चाहता है; ये भी नहीं सोचा कि इसके चले जाने के बाद मुझपर क्या बीतेगी।'' कनिष्का की आँखें भर आयीं।

''युगांधर को यहाँ से जाना ही होगा कनिष्का, एक मानव नागलोक पर अधिक समय के लिये निवास नहीं कर सकता।''

''किंतु कुछ समय के लिये तो कर ही सकता है।'' कनिष्का व्यग्र हो गयीं।

''नहीं माता, मेरे भाइयों को मेरी आवश्यकता है, मुझे जाना ही होगा।'' युगांधर ने विनती की।

यह सुनकर कनिष्का ने एक कठोर निर्णय लिया, ''यदि मेरा पुत्र यहाँ से जायेगा तो मैं भी यहाँ नहीं रहूँगी, जहाँ मेरा पुत्र जायेगा मैं भी वहीं जाऊँगी।''

''किंतु कनिष्का, भूलोक नागों के लिए सुरक्षित स्थान नहीं है।'' विषंधर ने अपनी पुत्री को रोकने का प्रयास किया।

''मेरा पुत्र इतना सामर्थ्यवान है कि मेरी रक्षा हर संकट से कर सकता है। विवाह के उपरांत मैं कब तक अपने पिता के घर रहूँगी। नागवंशी होने के कारण महाराज

विक्रमाजित मुझे अपनी रानी होने का सम्मान देने में असमर्थ थे, क्योंकि वो एक राजा थे, किंतु मेरे पुत्र पर ऐसा कोई धर्मसंकट नहीं है; मैं पति के साथ न सही, किन्तु मेरे पुत्र का कर्तव्य उसके भाइयों के प्रति है, इसलिये मैं अपने पुत्र युगांधर के साथ जाऊँगी। इसने अपना प्रेम खोया है, मैं अकेला नहीं छोड़ सकती इसे।'' कनिष्का अड़ गयीं।

''ठीक है कनिष्का, तुम्हारी जैसी इच्छा, मैं तुम्हें रोकूँगा नहीं, तुम अपने पुत्र के साथ जाओ; जब भी तुम्हें आवश्यकता पड़े, हमें सूचित करना, हम अवश्य आयेंगे।'' नागराज विषंधर सहमत हो गए।

इसके उपरांत युगांधर अपनी माँ कनिष्का के साथ नागलोक से प्रस्थान कर गया।

बलिष्ठगढ़ पहुँचते ही तेजस्वी ने वहाँ के महाराज राजवीर को चुनौती भरा संदेश भेजा। एक दूत उसका संदेश लेकर वहाँ आया। राजवीर अपने सिंहासन से उठा और दूत से संदेशपत्र लेकर पढ़ने लगा।

दिव्यमणि हमारे सुपुर्द कर दीजिये बलिष्ठगढ़ नरेश, अन्यथा युद्ध को सज्ज हो जाइये

तेजस्वी

संदेश पढ़कर राजवीर की आँखें क्रोध से लाल हो गयीं। उसने घोषणा की, ''सेना तैयार करो, शत्रुओं को दिव्यमणि की शक्ति का आभास कराने का समय आ गया है।''

शीघ्र ही बलिष्ठगढ़ की सेना अपने महल के बाहर आ गई। राजवीर, तेजस्वी और अखण्ड को देख ठहाके मारकर हँस पड़ा।

''तेजस्वी, प्रसन्नता हुई तुम्हें देखकर, अंततः तुम अपनी धरोहर लेने आ पहुँचे। किंतु केवल दो महारथी! तुम दो योद्धा दिव्य मणि के लिए बलिष्ठगढ़ की इतनी विशाल सेना से युद्ध करोगे?'' राजवीर हँस पड़ा।

''यह तुम्हारी भूल है राजवीर, क्योंकि हम यहाँ युद्ध करने नहीं, दिव्यमणि लेने आये हैं।'' यह कहकर तेजस्वी ने दिव्य विजयधनुष उठाया और राजवीर की ओर पाशास्त्र चलाया।

राजवीर ने मुस्कुराकर दिव्यमणि आगे कर दी, किंतु फिर भी पाशास्त्र ने उसे बंदी बना लिया।

''यह... यह कैसे संभव है?'' दिव्य मणि का कोई प्रभाव न होते देख राजवीर आश्चर्य में था।

तेजस्वी ने अपने अश्व की लगाम खींची और राजवीर की ओर बढ़ा। अपने राजा

को बंदी देख बलिष्ठगढ़ के किसी भी सैनिक ने उसका मार्ग नहीं रोका।

तेजस्वी, राजवीर के रथ पर कूदा और उसकी गर्दन पर तलवार टिकाई, 'क्या अब भी दिव्यमणि हमारे सुपुर्द नहीं करेंगे आप?'

"ये कैसे संभव हुआ, क्या दिव्य मणि की शक्ति समाप्त हो गयी है?" राजवीर को कुछ भी समझ ही नहीं आ रहा था।

"नहीं राजवीर, ऐसा कुछ नहीं हुआ, किंतु मेरे विजयधनुष के समक्ष दिव्यमणि निस्तेज हो गयी है। ये भगवान महाबली का दिव्य धनुष है, जिसे धारण करने वाला कभी पराजित नहीं हो सकता।" तेजस्वी ने दृढ़ता से कहा।

राजवीर खीझ गया, 'अभी युद्ध आरंभ की घोषणा भी नहीं हुई थी। तुमने मुझपर आक्रमण करके अधर्म किया है तेजस्वी।'

"मैंने कहा न मैं यहाँ युद्ध करने नहीं आया; तुम्हें बंदी बनाकर बड़ी ही सरलता से मैं दिव्य मणि प्राप्त कर सकता था, तो भला व्यर्थ में निर्दोष सैनिकों के प्राण क्यों लूँ मैं? अब तुम या तो विदर्भ राज्य की धरोहर लौटाओ, अन्यथा इसी समय तुम्हारा मस्तक काटकर भूमि पर गिरा दूँगा मैं।" तेजस्वी ने राजवीर को चेतावनी दी।

राजवीर के पास कोई और मार्ग नहीं था। उसने मणि तेजस्वी के सुपुर्द कर दी।

"तो फिर अब अपने पिता को बंदीगृह से मुक्त करो। बलिष्ठगढ़ के वास्तविक राजा महाराज भार्गव ही होंगे। आपकी हत्या तो मैं वैसे भी नहीं करता राजवीर; आखिर सुवर्णा से विवाह के उपरांत आप हमारे संबधी जो होने वाले हैं।' तेजस्वी ने तलवार म्यान में वापस रख ली।

शीघ्र ही बलिष्ठगढ़ के राजा भार्गव बंदीगृह से मुक्त होकर सिंहासन पर बैठे। राजवीर बंदी बनकर राजसभा में खड़ा था।

"ये आपका बंदी है बलिष्ठगढ़ नरेश, आप इसे दंड दें या क्षमा करें ये आप पर निर्भर है, किंतु अब हमें दिव्य मणि के साथ प्रस्थान करने की आज्ञा दे, हमें शीघ्र से शीघ्र महाराज वीरसेन का उपचार करने विदर्भ की ओर प्रस्थान करना होगा।" अखण्ड ने आज्ञा माँगी।

"आपको कहीं जाने की आवश्यकता नहीं है युवराज अखण्ड, महाराज वीरसेन बलिष्ठगढ़ में ही हैं।" तभी बलिष्ठगढ़ के भूतपूर्व सेनापति चक्रसेन का सभा में आगमन हुआ। ये कथन उन्हीं का था।

'सेनापति चक्रसेन आप?' राजा भार्गव सिंहासन से उठ खड़े हुए।

'पिताश्री।' वर्षों के उपरांत अपने पालक पिता से मिलकर तेजस्वी भी प्रसन्न

हुआ। वो दौड़कर चक्रसेन के पास गया और उनके चरण स्पर्श किये। दोनों ने एक-दूसरे को हृदय से लगा लिया।

''आपका स्वागत है सेनापति।'' राजा भार्गव ने चक्रसेन को सम्मान दिया।

'मुझे क्षमा करें महाराज; जिस दिन आप बंदी बने थे, उसी दिन मैंने इस पद का त्याग कर दिया था। आपका सेनापति अब आपका ही पुत्र वृषभान है, मैं इस पद का भार अब और नहीं उठा सकता।'' सेनापति चक्रसेन ने निवेदन किया।

''किंतु चक्रसेन, तुम अब भी इस योग्य हो।'' राजा भार्गव ने तर्क दिया।

''क्षमा करें महाराज, अब मैं राजनीतिक जीवन से संन्यास ले चुका हूँ, अब यह कार्य मुझसे नहीं होगा।'' चक्रसेन ने विनती की।

भार्गव ने भारी मन से कहा, ''आपकी इच्छा का विरोध हम नहीं करेंगे चक्रसेन, आप स्वतंत्र हैं।''

''बहुत बहुत धन्यवाद महाराज।'' चक्रसेन अभिभूत हो गये।

''किंतु पिताश्री आप कह रहे थे कि काकाश्री वीरसेन बलिष्ठगढ़ में हैं; वो यहाँ कैसे पहुँचे?' तेजस्वी ने प्रश्न किया।

''मेरे साथ चलो पुत्र सबकुछ ज्ञात हो जायेगा।'' चक्रसेन ने कहा।

तेजस्वी और अखण्ड चक्रसेन के साथ चल दिए।

बलिष्ठगढ़ नरेश अपने पुत्र राजवीर के निकट आये और उसके नेत्रों में देखा। राजवीर के नेत्रों में अभी भी क्रोध की ज्वाला धधक रही थी।

''इसे कारागार में डाल दो।'' बलिष्ठगढ़ नरेश अपने सैनिकों को आदेश देकर राजसभा से प्रस्थान कर गए।

—◆—

शीघ्र ही तेजस्वी और अखण्ड चक्रसेन के साथ उनके निवास्थान पहुँचे। वो तीनों एक कक्ष में गये, जहाँ विदर्भराज वीरसेन को शय्या पर लेटे थे। उनकी चेतना अभी भी लुप्त थी। एक वैद्य उनके उपचार में लगे थे। तेजस्वी ने दिव्यमणि उस वैद्य के हाथ में दी। वैद्य ने वह मणि एक घड़े में रखी, जिसमें वीरसेन की औषधि थी। कुछ क्षण उपरांत वैद्य ने वह औषधि वीरसेन को पिलायी।

अद्भुत चमत्कार हुआ। महाराज वीरसेन के नेत्र महीनों बाद धीरे-धीरे खुलने लगे।

''स्वागत है महाराज!'' अखण्ड उन्हें देख मुस्कुराया।

महाराज अभी ठीक से कुछ बोल नहीं पा रहे थे।

"यह सब कैसे हुआ पिताश्री?" तेजस्वी ने चक्रसेन से प्रश्न किया।

"मैं आपको सारी बातें विस्तार से बताता हूँ महाराज।" तभी महामंत्री संजय ने भी उस कक्ष में प्रवेश किया।

संजय ने भानुसेन के विषय में सबकुछ कह सुनाया।

"और इस प्रकार मिली सूचना के अनुसार अपनी ही सेना द्वारा किये गए छल के कारण महावीर गजेंद्र वीरगति को प्राप्त हो चुके हैं और भानुसेन विदर्भ राज्य का नया नरेश बन चुका है।" संजय ने विस्तृत किया।

तेजस्वी और अखण्ड की आँखें वीर गजेंद्र की आहुति के विषय में सुनकर नम हो गयीं।

"क्या अब भी आप अपने पिता का पक्ष लेंगे ज्येष्ठ?" तेजस्वी ने अखण्ड से प्रश्न किया।

अखण्ड के पास उसके इस प्रश्न का कोई उत्तर नहीं था। वह मौन रहा।

यह देख तेजस्वी उग्र हो गया, 'भानुसेन के षड्यंत्र का उत्तर तो देना ही होगा हमें; अब विदर्भ के सिंहासन पर धर्म की स्थापना मेरा ये धनुष करेगा, अब युद्ध होगा।"

"रुको तेजस्वी, धीरज रखो; एक उनके षड्यंत्र के कारण हम युद्ध नहीं छेड़ सकते। यदि युद्ध हुआ तो रक्षराज भी मेरे पिता की सहायता करने अवश्य आयेंगे, तब ये युद्ध कदाचित् अब तक का सबसे विनाशकारी युद्ध सिद्ध होगा, न जाने कितने निर्दोषों के प्राण जायेंगे।" अखण्ड ने तेजस्वी को समझाने का प्रयत्न किया।

"तो आपकी इच्छा क्या है भ्राता अखण्ड? यदि उस कपटी भानुसेन को सिंहासन पर बैठे रहने दिया तो हमारे पूर्वज हमें कभी क्षमा नहीं करेंगे; वो यह सोचकर लज्जित हो जायेंगे कि हम कितने बड़े कायर हैं।" तेजस्वी ने उग्र होकर प्रश्न किया।

"मेरे मन में कई सारे प्रश्न हैं, तेजस्वी। पहले मुझे उन प्रश्नों के उत्तर चाहिए। और उसके लिए मुझे विदर्भ जाना होगा और यदि मुझे संतोषजनक उत्तर प्राप्त नहीं हुआ तो हम सब विदर्भ राज्य पर चढ़ाई करेंगे। कदाचित् पुत्र मोह में मेरे पिता की मति परिवर्तित हो जाये, इसी आशा में मैं शांति का एक प्रयास करना चाहता हूँ।" अखण्ड ने तर्क दिया।

तेजस्वी ने साँस भरते हुए कहा, "ठीक है ज्येष्ठ, आपकी इच्छा का सम्मान करता हूँ मैं; आप जाइये और ये प्रयत्न करके भी देख लीजिये।"

अखण्ड चक्रसेन के उस निवास स्थान से निकल पड़ा। उसके जाने के उपरांत वीरसेन अपनी शय्या से उठे और तेजस्वी के निकट आये।

वीरसेन ने प्रश्न किया, "सूर्यम कहाँ है तेजस्वी?"

"आप चिंतित न होइए काकाश्री, हस्तिनापुर में एक बहुत गहरा षड्यंत्र रचा जा रहा है, उसी का संदेश लेकर मैंने सूर्यम को महाराज इलियान से मिलने भेजा है।" तेजस्वी ने कहा।

"किंतु वो अकेले ये सब..." वीरसेन को संशय हुआ।

"चिंता मत कीजिये काकाश्री, सूर्यम अब वो बालक सूर्यम नहीं रहा; महात्रृषि ओमेश्वर की तलवार ने उसकी शक्ति कई गुना बढ़ा दी है।" तेजस्वी ने सूर्यम की प्रशंसा की।

वीरसेन के मुख पर मुस्कान छा गई और सीना गर्व से चौड़ा हो गया।

चक्रसेन ने उनकी वार्ता में हस्तक्षेप किया, "अपने एक उत्तरदायित्व को तुम भूल रहे हो पुत्र।"

"ऐसा कौन सा दायित्व है पिताश्री, जिसे मैं भूल रहा हूँ?" तेजस्वी विस्मित रह गया।

"उस कक्ष में जाओ, तुम्हें उस भूल का एहसास हो जायेगा।" चक्रसेन ने एक कक्ष की ओर संकेत किया।

तेजस्वी ने शीघ्र ही उस कक्ष में प्रवेश किया, जहाँ उसने सुवर्णा को अपने समक्ष खड़ा पाया।

"क्या मेरे प्रेम का आपको विस्मरण हो गया आर्य?" सुवर्णा के नेत्र अश्रुओं से भरे थे।

"मुझे क्षमा कर दो सुवर्णा; तुम्हारे प्रति अपने उत्तरदायित्व को मैं निभा नहीं पाया।" तेजस्वी के मन में ग्लानि उत्पन्न होने लगी।

"आपको क्षमा माँगने की आवश्यकता नहीं है आर्य, आपके और भी उत्तरदायित्व हैं, जो कदाचित् अधिक महत्त्वपूर्ण हैं।"

"तुम्हारा महत्त्व मेरे जीवन में कभी कम नहीं हो सकता सुवर्णा, किंतु अभी हमारा विवाह नहीं हो सकता।"

"क्यों आर्य? मुझसे विवाह करने से क्या आपका लक्ष्य कठिन हो जायेगा? क्या मै आपके लिये बाधा बन जाऊँगी?' सुवर्णा ने आश्चर्य से प्रश्न किया।

"नहीं सुवर्णा ऐसा कुछ भी नहीं है; किंतु तुम भूल रही हो कि रक्षराज मार्केश अभी जीवित है और जब तक वो जीवित है मैं वनवास के लिये वचनबद्ध हूँ।"

"तो मैं भी आपके पास वन में ही निवास कर लूँगी आर्य।"

"ये संकट मैं नहीं मोल सकता सुवर्णा। हमारे किसी शत्रु को ज्ञात नहीं कि तुम

यहाँ हो; मैं नहीं चाहता कि शत्रु मुझे विवश करने के लिये तुम पर प्रहार करे, मैं ये सहन नहीं कर पाऊँगा।''

''आपसे वियोग सहकर भी तो मुझे मृत्यु की अनुभूति ही हो रही है आर्य।'' सुवर्णा की आँखें भर आयीं।

तेजस्वी ने भावुक होकर सुवर्णा को अपने आगोश में ले लिया, ''मैं वचन देता हूँ सुवर्णा, जिस दिन मैं रक्षराज का अंत करूँगा, उसके ठीक बाद मेरा प्रथम दायित्व तुमसे विवाह होगा।''

''ठीक है आर्य, आप पर विश्वास है मुझे; मुझे प्रतीक्षा रहेगी आपकी।'' सुवर्णा मुस्कुरायी।

''अब मुझे वन की ओर प्रस्थान करना होगा सुवर्णा; यदि मैं यहाँ रुका तो मेरा वचन भंग हो जायेगा और ये मैं नहीं कर सकता।''

उस कक्ष से निकलकर तेजस्वी ने शीघ्र ही अपने पिता चक्रसेन और माता सुनैना से आशीर्वाद लिया और वन की ओर प्रस्थान किया। इस बार कदाचित् उसकी मंशा बलिष्ठगढ़ के किसी वन में ही अपना निवास स्थान बनाने की थी।

वीरसेन भी चक्रसेन के पास आये, ''आज्ञा चाहेंगे चक्रसेन।''

''आपकी इच्छा का मैं सम्मान करता हूँ महाराज; किंतु सुरक्षा की दृष्टि से देखा जाये तो आपका यहाँ से जाना उचित नहीं है।'' चक्रसेन ने वीरसेन से रुकने की विनती की।

संजय ने भी उनका समर्थन किया, ''चक्रसेन उचित कह रहे हैं महाराज; इनका ये घर गुप्त रूप से इस वन में बना हुआ है, विदर्भ तो क्या बलिष्ठगढ़ का एक सैनिक भी यहाँ तक नहीं पहुँच सकता, इसलिये मैं आपसे विनती करता हूँ महाराज कि जब तक युवराज अखण्ड लौटकर नहीं आ जाते, आप सेनापति गजेंद्र के बलिदान का मान रखते हुए, यहाँ इस छोटे से घर में अतिथि बने रहने की कृपा करें।''

वीरसेन उनकी बातों का मान रखने के लिए विवश हो गये।

❦

इधर विदर्भ के राजमहल में शीघ्र ही महर्षि कपिश पधारे। भानुसेन को सिंहासन पर देख वे दंग रह गये।

''भानुसेन! महाराज वीरसेन के जीवित रहते हुए तुम कैसे सिंहासन पर बैठ सकते हो।'' कपिश अभी तक भानुसेन की नीयत से अनभिज्ञ थे।

महर्षि कपिश को उत्तर देने भानुसेन सिंहासन से नीचे उतरा, ''आप इस सिंहासन से बँधे हैं, महर्षि कपिश; वीरसेन सिंहासन का ही नहीं विदर्भ का त्याग करके

जा चुके हैं। अब विदर्भ का महाराज मैं हूँ गुरुदेव।''

''ये क्या प्रलाप कर रहे हो तुम; अपने भ्राता के जीवित रहते तुम सिंहासन पर बैठने का विचार भी कैसे मन में ला सकते हो?'' कपिश क्रोध में थे।

तभी अखण्ड राजसभा में आ पहुँचा, और बीच में ही बोल पड़ा, ''क्योंकि महाराज वीरसेन इनके अग्रज हैं ही नहीं और ये रहस्य इन्हें भी ज्ञात हो चुका है गुरुदेव।''

कपिश को स्थिति समझते देर नहीं लगी। उन्होंने उसी अनुसार भानुसेन को समझाने का प्रयत्न किया, ''तो ये रहस्य तुम्हें भी ज्ञात हो गया भानुसेन किन्तु कदाचित् सत्य का ज्ञान नहीं है तुम्हें।''

''भलीभाँति ज्ञात है मुझे अपने जन्म का रहस्य; विदर्भ के भूतपूर्व राजा भभूति की बहन शिवन्या का पुत्र हूँ मैं।''

अखण्ड ने तर्क दिया, ''और इस प्रकार से आप विदर्भ के संबधी भी हैं पिताश्री; महाराज विक्रमाजित और महाराज वीरसेन फिर भी आपके अग्रज ही हैं।''

''उन्हें मैं अग्रज अवश्य मानता पुत्र, किन्तु पूछो महर्षि कपिश से; मेरे जन्म के उपरांत मेरी माता की मृत्यु का उत्तरदायी कौन था।'' भानुसेन की आँखें क्रोध से लाल थीं।

अखण्ड स्तब्धता से महर्शि कपिश की ओर देखने लगा। उसकी शंका का निवारण करने के लिए महर्षि कपिश ने भानुसेन को समझाने का प्रयास किया, ''क्या जानते हो अपनी माता की मृत्यु के विषय में तुम? उस समय क्या परिस्थिति थी, उसके विषय में तुम्हें तनिक भी भान है?''

''मेरे गुरु भैरवनाथ ने मुझे तभी सबकुछ बता दिया था, जब मेरी आयु महज सोलह वर्ष की थी; पूरी कथा जानता हूँ मैं राजा भभूति के किये छल की और मेरी माता की हत्या की।'' भानुसेन क्रोध में था।

''यदि जानते हो तो उस परिस्थिति को समझने का प्रयत्न क्यों नहीं करते?'' कपिश ने एक बार फिर उसे समझाने का प्रयत्न किया।

''मैं आपसे केवल इतना प्रश्न करना चाहता हूँ कि मेरी माता की मृत्यु राजा भभूति के चलाये भाले के द्वारा हुई थी या नहीं?'' भानुसेन ने एक सीधा-सा प्रश्न कपिश से किया।

महर्षि कपिश निरुत्तर हो गये।

भानुसेन ने कटाक्ष किया, ''नहीं है न कोई उत्तर आपके पास; कैसे होगा। जब राजा भभूति अपनी सगी बहन की हत्या कर सकते हैं तो मैं विक्रमाजित और वीरसेन की

हत्या क्यों नहीं कर सकता?''

"तो इसका अर्थ है कि महाराज विक्रमाजित पर पीछे से प्रहार करने वाले तुम ही थे, अर्थात् तेजस्वी का संदेह उचित था, भानुसेन...!'' कपिश के मुख पर क्रोध छाने लगा।

"भानुसेन नहीं कुलगुरु कपिश, महाराज भानुसेन। अब ये सिंहासन मेरा है और आप इस सिंहासन से बँधे हैं कुलगुरु; अब मेरा ये आदेश है कि इस विषय पर कोई चर्चा नहीं होगी।'' भानुसेन ने स्पष्ट रूप से कहा।

अखण्ड को भानुसेन की बात पसंद नहीं आयी, "आपकी पीड़ा मैं समझ सकता हूँ पिताश्री; किंतु आप तो गुरु कपिश की बात ही सुनना नहीं चाहते और आपके इस अहम के लिए विदर्भ पर असुरों का आधिपत्य नहीं स्थापित होने दूँगा मैं। यदि आपने सिंहासन का त्याग नहीं किया और रक्षराज का समर्थन किया तो वो दिन दूर नहीं जब आप अपने पुत्र को रणांगण में अपने विरुद्ध खड़ा पायेंगे।''

"मैं अपने पिता का ही समर्थन करूँगा अखण्ड। भृगुवंशी भगवान परशुराम के श्रेष्ठ शिष्यों में से एक हैं महर्षि कपिश, जो हमारे पक्ष में हैं। यदि तुम्हे अपनों का त्याग करके शत्रुओं का पक्ष लेना हैं तो लो, मुझे केवल मेरा प्रतिशोध चाहिये और वो तब तक समाप्त नहीं होगा, जब तक उस भभूति का एक भी वंशज जीवित है।'' भानुसेन के नेत्रों में क्रूरता और क्रोध दोनों स्पष्ट दिखाई दे रहा था।

कपिश बीच में बोल पड़े, "यह तुम्हारी भूल है भानुसेन कि मैं तुम्हारे समर्थन में हूँ; मैंने सिंहासन की रक्षा का वचन महाराज भभूति को दिया था; उस पवित्र सिंहासन पर यदि कोई भी छल से आकर बैठ जायेगा तो मैं उसका सेवक बनने के लिए बाध्य नहीं हूँ।''

"कोई भी से आपका क्या अर्थ है गुरुवर? मेरी धमनियों में भी तो वही रक्त बह रहा है जो राजा भभूति की धमनियों में था आखिर उनकी सगी बहन का पुत्र हूँ मैं और वैसे भी महाराज विक्रमाजित ने मेरे पुत्र अखण्ड को इस राज्य का उत्तराधिकारी घोषित किया था। उनकी अकाल मृत्यु के उपरांत सिंघासन भले मेरा हुआ हो, किंतु उत्तराधिकारी तो अब भी मेरा पुत्र अखण्ड ही है।'' भानुसेन ने तर्क दिया।

कपिश इस तर्क के समक्ष निरुत्तर हो गए।

"क्षमा चाहता हूँ पिताश्री, किंतु मुझे आपका उत्तराधिकारी बनने में कोई रुचि नहीं है। अब हमारी अगली भेंट रणभूमि में होगी, आज्ञा चाहूँगा।'' अखण्ड ने हाथ जोड़कर प्रस्थान की आज्ञा माँगी।

"रुक जा निर्लज्ज!'' तभी भानुसेन की पत्नी वैशाली, राजसभा में आ पहुँची।

'माताश्री!' अखण्ड विस्मित रह गया।

"अपने पिता का पक्ष त्यागकर तू शत्रुओं के पक्ष में जाना चाहता है, कैसा निर्लज्ज कपूत है तू; आज तुझे जन्म देने पर ग्लानि हो रही है मुझे। अपने पिता की पीड़ा तुझे दिखाई नहीं देती। अरे होगा तेरे पिता में रक्षराज का आसुरी अंश, किंतु मेरे लिए उनका प्रतिशोध सम्माननीय है। धिक्कार है मेरे इस जीवन पर, जो तुझ जैसा कपूत जन्मा है मैंने। मैं जीवित रहकर पिता-पुत्र का युद्ध नहीं देख सकती, इसलिए मैं आज इसी सभा में आत्मदाह करूँगी; दासियों मिट्टी का तेल मुझपे डालो।" वैशाली ने आदेश दिया।

"माताश्री... नहीं।" अखण्ड स्तब्ध रह गया।

दासियों द्वारा तेल से नहाने के उपरांत भानुसेन की पत्नी वैशाली ने जलता हुआ दीपक हाथ में उठा लिया। अखण्ड ने दौड़कर अपनी माता के चरण पकड़ लिये।

"मुझे क्षमा कर दो माता, अपने पुत्र को इतने बड़े पाप का भागी मत बनाइये; एक पुत्र के जीवित रहते उसकी माता की यह दशा हो, तो उसके जीवन का कोई अर्थ ही नहीं है।" अखण्ड ने विनती की।

"तेरे कारण मैंने अपने पुत्र जिष्णु को खो दिया; जब तू अपने अनुज की रक्षा न कर सका तो अपनी माता की रक्षा का ढोंग बंद कर।" वैशाली ने अपने ज्येष्ठ पुत्र पर कटाक्ष किया।

अखण्ड स्तब्ध रह गया, "जिष्णु... क्या हुआ उसे?"

"मार दिया उसे गजेंद्र ने।" भानुसेन ने क्रोध में कहा।

अखण्ड मौन हो गया। अपने अनुज की मृत्यु से उसे गहरा सदमा लगा था।

वैशाली उस पर चीखी, "यदि तू हमारे पक्ष में होता तो ऐसा कभी नहीं होता, मेरा पुत्र जिष्णु आज जीवित होता। जब तू उस समय अपने अनुज की रक्षा न कर सका, तो अब मेरी रक्षा करने का ढोंग न कर।"

वैशाली ने स्वयं को जलाने के लिए जलता हुआ दीपक उठाया।

अखण्ड ने वह दीपक पकड़ लिया, "मुझ पर इतना बड़ा कलंक न लगाओ माता, मैं इस दीपक की लौ की सौगंध खाता हूँ, अब आपका पुत्र वही करेगा जो आपका आदेश होगा।"

"तो फिर वचन दो कि तुम हर परिस्थिति में रणभूमि में अपने पिता की रक्षा करोगे; जब तक तुम्हारी श्वास चलेगी, तब तक तुम अपने पिता की सुरक्षा करोगे।" वैशाली ने वचन माँगा।

महाऋषि कपिश ने हस्तक्षेप किया, "रुक जाओ अखण्ड! स्मरण करो आज से वर्षों पूर्व जब तुम प्रथम बार वन में अपने प्रशिक्षण के लिए आये थे, उस रात्रि तुमने

मुझसे क्या कहा था।''

अखण्ड, महर्षि कपिश की ओर मुड़ा, ''क्षमा कीजिये गुरुदेव, किंतु यदि मैं अपनी माता को अपने समक्ष मरते हुए देखूँ, अपनी माता की मृत्यु का कारण बनूँ, तो इससे बड़ा कोई अधर्म न होगा; मैं अपनी माता की आज्ञा का पालन कर धर्म का ही अनुसरण कर रहा हूँ।''

''तुम केवल स्वयं को नहीं, मुझे भी इस अधर्म का भागीदार बनने को कह रहे हो अखण्ड। यदि तुम इनके पक्ष में रहे, तो महाराज विक्रमाजित के उत्तराधिकारी की रक्षा के वचन का पालन करने हेतु मुझे भी इसी पक्ष से युद्ध करना होगा।'' कपिश ने स्वयं को विवश महसूस किया।

''और अब कदाचित् यही आपकी नियति है गुरुदेव।'' भानुसेन मुस्कुराया।

अखण्ड के नेत्र अश्रुओं से और हृदय पीड़ा से परिपूर्ण था। वह अपनी माता की ओर मुड़ा, ''आपके कारण मैं अधर्म का पक्ष चुन रहा हूँ माता, ईश्वर न करे इसके लिए भविष्य में आपको पछताना पड़े। मैं विदर्भ देश का युवराज अखण्ड, आज ये प्रतिज्ञा करता हूँ कि आज और अभी से मेरे पिता ही मेरा सर्वस्व हैं, मेरा ये जीवन उनको समर्पित है; उनकी रक्षा करने के लिये यदि मुझे अपने प्राणों की भी आहुति देनी पड़ी तो मैं पीछे नहीं हटूँगा। जब तक मैं जीवित हूँ, पिता महाराज का कोई अहित न कर पायेगा।''

''अब तुम बने हो मेरे ज्येष्ठ पुत्र अखण्ड।'' भानुसेन ने अखण्ड के कंधे पर हाथ रखा।

''मैं आपका पुत्र नहीं अंगरक्षक हूँ महाराज! मेरे शस्त्र आपके पक्ष में हैं, किंतु मेरा मन आपके पक्ष में नहीं है और ये बात सदैव स्मरण रखियेगा।'' इतना कहकर अखण्ड राजसभा से प्रस्थान कर गया।

भानुसेन मुस्कुराता रहा, ''ये तो होना ही था।''

कपिश ने भानुसेन को घूरा, ''मैं जानता हूँ यह सब तुम्हारा रचा षड्यंत्र है भानुसेन; किंतु तुम सफल नहीं होगे और यह मैं स्वयं सुनिश्चित करूँगा।''

''वो मैं देख लूँगा गुरुदेव।'' भानुसेन ने कपिश को प्रणाम किया।

कपिश भी क्रोध में वहाँ से प्रस्थान कर गये।

अध्याय 15

प्रधानशत्रु का अंत

हस्तिनापुर

रात्रि का समय था। हस्तिनापुर के महल के निकट जो जल मार्ग था, उसमें तैरते हुए कई योद्धा महल के निकट आये और कई गज ऊपर रस्सी अटकाई। शीघ्र ही वह सभी महल की दीवार पर चढ़ने लगे। वह सभी अम्बरीश के पुराने कक्ष में पहुँचकर इकट्ठा हुए।

अम्बरीश स्वयं भी उनमें से एक था। लगभग बीस असुर सैनिक उसके साथ आये थे।

कक्ष में पहुँचकर अम्बरीश ने असुरों को निर्देश देना आरंभ किया, ''हमें आज रात्रि किसी भी मूल्य पर हस्तिनापुर नरेश इलियान की हत्या करनी ही है। हमें धीरे-धीरे गुप्त रूप से महल के रक्षकों को मारकर महल के पश्चिम भाग का द्वार खोलना होगा, वहाँ असुरों की विशिष्ट सेना हमारी प्रतीक्षा कर रही है, चलो!''

अम्बरीश के नेतृत्व में बीस असुर सैनिक हस्तिनापुर के महल में फैलने लगे, किंतु आश्चर्यजनक रूप से उस रात्रि महल में रक्षकों की संख्या काफी कम थी और जो भी रक्षक महल में उपस्थित थे, वो अपने-अपने स्थान पर विश्राम कर रहे थे।

अम्बरीश उन्हें देख आश्चर्य में पड़ गया, ''*हस्तिनापुर के महल के रक्षक इतने आलसी कबसे हो गए... चलो अच्छा ही हुआ, हम बिना कोई शोर किये अपना कार्य*

संपन्न कर पायेंगे।''

अम्बरीश निश्चिंत होकर अपने बीस साथियों के साथ पश्चिम के द्वार की ओर बढ़ चला। वहाँ पहुँचते ही अम्बरीश ने असुरों को आदेश दिया, ''हमारे सैनिक इस द्वार के पार खड़े हैं; महाराज इलियान के कक्ष के पास सुरक्षा-व्यवस्था बहुत कड़ी है, उस सुरक्षा घेरे को भेदने के लिए हमें उनकी आवश्यकता होगी।''

असुरों ने वह द्वार खोला, किंतु अपेक्षा अनुसार वहाँ कोई नहीं था। अम्बरीश स्तब्ध रह गया।

तभी पीछे से एक स्वर सुनाई दिया, ''सोचा नहीं था कि तुम इतने मूर्ख निकलोगे अम्बरीश!''

अम्बरीश और उसका दल पीछे मुड़ा। महाराज इलियान और सूर्यम उनके समक्ष खड़े मुस्कुरा रहे थे। अम्बरीश के असुर दल को हस्तिनापुर के सैनिकों ने घेर लिया और उन्हें एक-एक करके मारते गए।

अम्बरीश अब हर दिशा से घिर चुका था। महाराज इलियान उसके निकट आये और उस पर कटाक्ष किया, ''क्या हस्तिनापुर के द्वारपाल इस प्रकार कभी निश्चिंत होकर सोये हैं? यह देखते ही तुम्हें यह अनुमान लगा लेना चाहिये था कि कदाचित् स्थिति वैसी नहीं, जैसी तुमने सोची थी।''

''मेरी सेना कहाँ है इलियान?'' अम्बरीश ने क्रोध में प्रश्न किया।

महाराज इलियान मुस्कुराये, ''हम्म, अच्छा प्रश्न है। तुमने हस्तिनापुर के कई गुप्त स्थानों पर असुर सेना की छावनी बनाई थी और जो निःसंदेह हमारे राष्ट्र के लिए एक बहुत बड़ा संकट था; किंतु विदर्भ के राजकुमार तेजस्वी का मैं धन्यवाद करना चाहूँगा जो उन्होंने अपने अनुज सूर्यम को भेजा और इन्होंने मुझे तुम्हारी इन सैन्य छावनियों के विषय में सबकुछ बता दिया। हमने दो दिवस पूर्व ही तुम्हारी सभी छावनियाँ नष्ट कर दी थीं और अपनी सेना को यहाँ उपस्थित रहने का जो संदेश तुमने अपनी हर छावनी में भेजा था, वो हमारे योद्धाओं को ही प्राप्त हुआ था।''

अम्बरीश स्तब्ध रह गया, ''किंतु इसे यह सब ज्ञात कैसे हुआ?''

यह सुनकर सूर्यम आगे आया, ''तुम्हारी पुत्री सुवर्या, जो वास्तव में नागअसुर दंशक की पुत्री थी; जिसका एक वस्तु की भाँति समय आने पर उपयोग करने के लिए तुमने गोद लिया था, उसी ने हमारे समक्ष तुम्हारा सारा भेद खोलकर रख दिया।''

अम्बरीश के पसीने छूटने लगे। उसका पूरा शरीर भय से थर-थर काँप रहा था।

इलियान ने क्रोध में भरकर उसे घूरा, ''तुम्हें तो पूरे नगर के समक्ष मृत्युदण्ड दिया जाना चाहिए अम्बरीश और कदाचित्...।''

इससे पूर्व कि इलियान अपने शब्द पूरे करते, सूर्यम ने हस्तक्षेप किया, "हस्तक्षेप के लिए क्षमा चाहता हूँ महाराज, किंतु इस विषय में मैं कुछ कहना चाहता हूँ।"

"कहिये कुमार सूर्यम।" इलियान ने आज्ञा दी।

"क्षमा चाहता हूँ महाराज; आपके विरुद्ध तो इस अम्बरीश ने केवल षड्यंत्र रचा था, आप पर यह आक्रमण करने वाला था; किंतु जो अपराध इसने वर्षों पूर्व किया था, उसका दंड तो इसे अब तक नहीं मिला। मृत्यु से पूर्व महाराज विक्रमाजित ने एक ही इच्छा प्रकट थी कि यह अम्बरीश उनके पुत्र तेजस्वी के हाथों तड़प-तड़पकर मृत्यु को प्राप्त हो; आप इस विषय में सबकुछ जानते हैं महाराज, तो फिर आप ही बताइये कि इसे दंड देने का अधिकार किसे है?" सूर्यम ने प्रश्न किया।

इलियान ने कुछ क्षण विचार करके सूर्यम की बातों का समर्थन किया, "आप उचित कह रहे हैं कुमार सूर्यम, इसे दंड देने का अधिकार हमें नहीं है। ले जाइए इसे अपने साथ।"

यह सुनकर अम्बरीश चीख पड़ा, "नहीं नहीं इलियान, मैं तुम्हारी बुआश्री का पति हूँ, तुम मुझे ऐसे कैसे शत्रु के हाथ में दे सकते हो।"

इलियान ने साँस भरते हुए सूर्यम से कहा, "विलंब मत कीजिये कुमार, ले जाइए अपने इस प्रधान शत्रु को।"

अम्बरीश फिर से चीखा, "नहीं नहीं, इलियान, तुम चाहो तो इसी क्षण मेरा वध कर दो, किंतु मुझे इन दुर्दांत योद्धाओं के हाथों में मत सौंपो।"

यह देख सूर्यम ने तलवार की मुट्ठी से अम्बरीश के मस्तक पर प्रहार किया। वह मूर्छित होकर गिर गया।

<hr>

वहीं बलिष्ठगढ़ के किसी वन में तेजस्वी अपनी कुटिया बनाने हेतु लकड़ियाँ काटने निकला था। शीघ्र ही युगांधर अपनी माँ के साथ उसकी आधी बनी कुटिया के निकट आया।

"युगांधर, तुम्हारे साथ ये स्त्री कौन है?" तभी पीछे से तेजस्वी वहाँ आ पहुँचा।

"प्रणाम भ्राताश्री, ये मेरी माता नागकुमारी कनिष्का हैं।" युगांधर ने अपनी माता से परिचय कराया।

"म... मुझे क्षमा कीजिए, मैं आपको न पहचानता था।" तेजस्वी, कनिष्का के चरणों में गिर पड़ा।

"अरे अरे उठो वत्स, तुम तो मेरे ज्येष्ठ पुत्र हो; नागलोक में तो रहकर ऐसा प्रतीत

होता था जैसे मैं अपने ज्येष्ठ पुत्र से कभी मिल ही नहीं पाऊँगी।'' कनिष्का ने तेजस्वी को उठाकर हृदय से लगा लिया।

''आप लोग यहाँ कैसे?'' तेजस्वी ने प्रश्न किया।

''मैं अब एक सामान्य मानव बन चुका हूँ भ्राताश्री, इसलिये नागलोक में मेरा प्रवेश निषिद्ध है; मेरे कारण मेरी माता भी मेरे साथ ही यहाँ आ गयीं।'' युगांधर ने सारी कथा कह सुनाई।

''बहुत अच्छा किया आप लोगों ने जो यहाँ मेरे पास आ गये। मैं एक वनवासी हूँ माता, मेरी कुटिया आपकी सेवा में प्रस्तुत है; बस आज ही इसका कार्य संपन्न हो जायेगा और यह निवास के लिए उपयुक्त हो जाएगी।'' तेजस्वी ने कुटिया की ओर संकेत किया।

''कोई बात नहीं; जहाँ मेरे दोनों पुत्र मेरे साथ निवास कर रहे हों, मेरे लिए वो स्थान किसी स्वर्ग से कम नहीं।'' कनिष्का ने मुस्कुराकर उत्तर दिया।

तभी अखण्ड वहाँ आ पहुँचा।

''भ्राता अखण्ड आप! आइए और दर्शन कीजिये मेरी छोटी माँ के।'' तेजस्वी मुस्कुराया।

तेजस्वी के आग्रह पर अखण्ड ने कनिष्का के चरण स्पर्श किये।

''आयुष्मान भव पुत्र।'' कनिष्का ने आशीर्वाद दिया।

''दीर्घायु होने का आशीर्वाद मुझे न दे माता, कदाचित् निकट भविष्य में मैं ही आपके पुत्रों के लिए संकट का कारण बनने वाला हूँ।'' अखण्ड ने भारी मन से कहा।

तेजस्वी आश्चर्यचकित रह गया, ''यह आप क्या कह रहे हैं भ्राता अखण्ड, आप भला हमारे लिए संकट कैसे बन सकते हैं?''

तेजस्वी की जिज्ञासा शांत करते हुए अखण्ड ने राजसभा में हुए काण्ड की सारी कथा कह सुनाई।

''ये आपने क्या किया भ्राता; आपने तो हमारे हाथ ही बाँध दिये।'' युगांधर स्तब्ध रह गया।

''इन्हें जाने दो युगांधर, इनका धर्म अब इन्हें शत्रु के पक्ष में कर चुका है।'' तेजस्वी ने कटाक्ष किया।

अखण्ड ने तेजस्वी के इस कटाक्ष का कोई उत्तर न दिया।

यह देख वो अखण्ड के निकट गया, ''आप चाहे किसी भी पक्ष में रहें, युद्ध होना तो निश्चित है और जहाँ तक सूर्यम का विषय है मैं उसे समझा दूँगा; आपके लिये

उचित यही होगा कि इस समय आप मेरी दृष्टि से दूर हो जायें।''

अखण्ड ने तेजस्वी से विनती की, ''मैं फिर भी कहूँगा तेजस्वी, युद्ध का मार्ग उचित नहीं, इससे केवल विनाश होगा।''

तेजस्वी को क्रोध आ गया, ''ओह! तो आपके कहने से मैं अपने पिता के हत्यारे को क्षमा कर दूँ; यह संभव नहीं है ज्येष्ठ। भानुसेन का अंत तो निश्चित है और यदि आप उसकी ढाल बनकर सामने आये; तो महाबली वक्रबाहु का वरदान भी आपको बचा नहीं पायेगा। अब चाहे महाऋषि कपिश सामने आयें या आप, भानुसेन का अंत तो होकर रहेगा।''

अखण्ड बिना इस चेतावनी का उत्तर दिए अपने अश्व पर आरूढ़ हुआ और विदर्भ की ओर प्रस्थान कर गया।

''*युद्ध तो अब होके रहेगा*।'' तेजस्वी के मन में क्रोध की ज्वाला धधकने लगी।

तभी कनिष्का बीच में बोल पड़ीं, ''अपनी भावनाओं को नियंत्रित करो पुत्र तेजस्वी, क्या केवल प्रतिशोध के लिए इतना विकराल युद्ध छेड़ना उचित है? तुम्हारे पिता तो इसका कभी समर्थन नहीं करते।''

तेजस्वी निरुत्तर हो गया। युगांधर भी मौन खड़ा था। कनिष्का ने आगे कहना आरंभ किया, ''मैं जानती हूँ तुम्हारे भीतर जो अग्नि सुलग रही है वो तुम्हारे पिता के प्रति तुम्हारा प्रेम था; किंतु यदि युद्ध हुआ तो लाखों निर्दोष सैनिकों की मृत्यु होगी, क्या ये उचित है?''

''तो क्या करें माता, हाथ पर हाथ धरे बैठे रहें?'' युगांधर के मन में विद्रोह की भावना उत्पन्न होने लगी।

''जब तक भानुसेन मौन है, तब तक हमें भी शांत रहना चाहिये; कदाचित् तुम्हें महर्षि शंकराचार्य के श्राप के विषय में नहीं पता।'' कनिष्का ने बताया।

''श्राप? कैसा श्राप माताश्री?'' युगांधर विस्मित रह गया।

''कुलनाश होने का श्राप। एक महायुद्ध का श्राप दिया था महर्षि शंकराचार्य ने; जो कदाचित् अब हमारे द्वार पर खड़ा है; मैं इसे कुछ समय के लिए टालना चाहती हूँ बस।'' कनिष्का ने तर्क दिया।

तभी अपने अश्व पर आरूढ़ हुआ सूर्यम वहाँ आ पहुँचा। उसने मूर्छित अम्बरीश को उठाकर तेजस्वी के समक्ष फेंका, ''ये लीजिये भ्राताश्री, मैं आपके प्रधान शत्रु को ले आया।'' वो अपने अश्व से उतरा।

तेजस्वी और युगांधर उसकी ओर बढ़े। तेजस्वी ने ध्यान से अम्बरीश का मुख देखा, ''इसकी चेतना वापस लाओ सूर्यम।''

सूर्यम ने जल का एक पात्र उठाया और पूरा पात्र अम्बरीश के मुख पर उड़ेल दिया। अम्बरीश हड़बड़ाकर भूमि से उठा। उसकी दृष्टि जैसे ही तेजस्वी के मुख पर पड़ी, उसका हृदय भय से काँपने लगा। वह किसी प्रकार भूमि से उठा।

तेजस्वी ने उसके जबड़े पर मुष्टि प्रहार किया। वह रक्त उगलता हुआ भूमि पर गिर पड़ा।

अम्बरीश ने पलटकर युगांधर की ओर देखा, ''नागराज युगांधर, आपने मेरी पुत्री को मेरी रक्षा का वचन दिया था, मेरी रक्षा कीजिये नागराज।''

युगांधर हँस पड़ा, ''सुवर्या तुम्हारी पुत्री थी ही नहीं अम्बरीश, इसलिए उसने इस वचन से भी मुझे मुक्त कर दिया; बहुत भाग लिए अम्बरीश, अब दंड का समय है।''

युगांधर तेजस्वी की ओर मुड़ा, ''पिताश्री को दिया वचन पूर्ण कीजिए भ्राताश्री, इसे दंड देने का अधिकार केवल आपका है।''

तेजस्वी, अम्बरीश की ओर बढ़ा। अम्बरीश भय से काँप रहा था, फिर भी उसने अपनी कटार निकाली और तेजस्वी पर प्रहार करने का प्रयत्न किया। तेजस्वी ने उसका प्रहार रोक उसका हाथ ही मोड़ दिया, ''तुम्हें इतनी सरल मृत्यु नहीं मिलेगी अम्बरीश; तुम्हें तो इतनी पीड़ा देनी है कि इस संसार में फिर कभी कोई किसी परस्त्री पर कुदृष्टि डालने का दुस्साहस न कर सके।''

यह सुनकर अम्बरीश के मन में व्याप्त भय और भी बढ़ गया। तेजस्वी ने कहना जारी रखा, ''तुम वल्लभगढ़ के राजा थे न; अब तुम्हें तुम्हारी प्रजा के समक्ष ही दंड मिलेगा और वो तो यहाँ से अधिक दूर भी नहीं है, केवल एक दिवस की यात्रा, है न!''

तेजस्वी ने बाकी सबसे विनती की, ''माताश्री, युगांधर और सूर्यम, आप सब मेरे साथ चलिए, कल पूरी वल्लभगढ़ की प्रजा के समक्ष इसे दण्ड मिलेगा; सबको यह ज्ञात होना चाहिए कि जो परस्त्री का सम्मान नहीं करता और उस पर कुदृष्टि रखता है, उसका परिणाम क्या होता है।''

''अवश्य भ्राताश्री, हम सब आपके साथ जायेंगे।'' युगांधर ने सहमति जताई।

<hr />

शीघ्र ही तीनों योद्धा, नागकुमारी कनिष्का और अम्बरीश को लेकर वल्लभगढ़ के सबसे प्रमुख चौराहे पर पहुँचे। वहाँ उपस्थित समस्त प्रजा का ध्यान उस ओर खिंचने लगा। सभी ध्यान से, घायल अम्बरीश की ओर देख रहे थे। वर्षों के उपरांत वह अपने राज्य में लौटकर आया था। उसके वस्त्र बुरी तरीके से फट चुके थे।

''अरे यह तो हमारे महाराज अम्बरीश हैं।'' एक वृद्ध व्यक्ति ने वर्षों के उपरांत भी अम्बरीश को पहचान लिया।

"किंतु महाराज अम्बरीश की तो मृत्यु हो चुकी थी, फिर यह कैसे संभव है?" दूसरे वृद्ध ने तर्क दिया।

उस वृद्ध की बातों से अधिकतम लोगों ने सहमति जताई।

तेजस्वी ने प्रजा से कहा, "आप सबका अनुमान उचित है प्रजाजनों, यह कोई और नहीं आपका ही भूतपूर्व महाराज अम्बरीश है, जो अपनी मृत्यु का स्वाँग रचकर, वर्षों से अपने राज्य और अपनी प्रजा से छुपता फिर रहा है, केवल एक अपराध के दंड से बचने के लिए।"

"अपराध? कैसा अपराध?" एक वृद्ध ने प्रश्न किया।

तेजस्वी ने कहना आरंभ किया, "परस्त्री पर कुदृष्टि डालने का अपराध। इसने मेरी माता पर वासना की कुदृष्टि डाली, जिसके कारण उनकी मृत्यु हुई। मैं जानता हूँ, पिछले कई वर्षों से वल्लभगढ़ का सिंहासन रिक्त है, क्योंकि आपका नरेश भय के मारे आप सबको छोड़कर भाग गया था और उस दिन से यहाँ असुर दिन-रात लूटपाट करते रहते हैं, जिन्हें इस अम्बरीश का समर्थन प्राप्त है। क्योंकि आपके राजा को कभी आपकी परवाह थी ही नहीं, इसलिए मैंने इस स्वार्थी मनुष्य को आप सबके समक्ष एक उदाहरण बनाकर प्रस्तुत किया है, कि जब जब किसी ने भी परस्त्री पर कुदृष्टि डाली है, आत्मा से दरिद्र होकर मरा है वो; चाहे वो महाराक्षस रावण हो या अपनी प्रजा को बेसहारा छोड़ने वाला यह नीच अम्बरीश; इस पर मैं आप सबकी राय जानना चाहता हूँ, इसे क्या दंड मिलना चाहिए?"

"मृत्युदंड! मृत्युदंड...!" वल्लभगढ़ की समस्त प्रजा ने तेजस्वी का समर्थन किया। वो अम्बरीश को पत्थर उठाकर मारने लगे।

"आप सब रुक जाइए, इसे दंड देने का अधिकार हमें भी है।" तेजस्वी के गरजते स्वर के समक्ष वल्लभगढ़ के निवासियों के हाथ रुक गए।

तेजस्वी ने अम्बरीश को भूमि पर पटका और अपने अश्व से नीचे उतरा।

अम्बरीश ने भूमि से उठकर विनती की, "म...मुझे क्षमा कर दो तेजस्वी, दया करो, मुझे क्षमा कर दो।"

तेजस्वी ने तलवार निकाली, "मेरे शरीर पर इन वनवासी के वस्त्रों को देख रहे हो अम्बरीश; मैंने प्रण लिया था कि जब तक मेरी माता की मृत्यु के अपराधी जीवित हैं, मैं वनवासी बनकर ही रहूँगा और आज मेरे प्रण का एक चरण पूरा होने को है। अपनी ओर देखो अम्बरीश; ऊपर के पूरे वस्त्र फट चुके हैं, शरीर पर न जाने कितने घाव हैं; अपनी प्रजा के समक्ष तुम्हारा सारा सम्मान मिट्टी में मिल चुका है, वास्तव में आत्मा से दरिद्र होकर मरने जा रहे हो तुम।

अम्बरीश लड़खड़ाकर भूमि पर गिर पड़ा। तेजस्वी ने पूरी शक्ति से तलवार

उसकी जंघा में धँसा दी।

अम्बरीश पीड़ा से चीख पड़ा। तेजस्वी ने उसकी दूसरी जंघा में भी तलवार घुसा दी। पीड़ा से तड़पने लगा वो नीच अम्बरीश।

''अब अंतिम वार।'' यह कहकर तेजस्वी ने एक भाला उठाया और अम्बरीश के कंठ में घुसा दिया। उसके कंठ से रक्त का फव्वारा फूट पड़ा।

भय के मारे मृत्योपरांत भी उसके नेत्र खुले ही रह गए। तेजस्वी ने अम्बरीश की गर्दन में घुसा भाला पकड़ा और उसकी गर्दन धड़ से अलग कर दी। उसके भयभीत नेत्रों को देख तेजस्वी को अपार संतोष की प्राप्ति हुई।

तेजस्वी चीखते हुए भूमि पर बैठ गया। कनिष्का ने उसके कंधे पर हाथ रखा, ''बस हुआ तेजस्वी, अपने मन को शांत करो।''

''हाँ माताश्री, अब समय आ गया है भानुसेन और रक्षराज के अंत का।'' तेजस्वी उग्र हो गया।

''नहीं पुत्र, अभी हमारे पास न सैन्यबल अधिक है, न इतनी शक्ति, जो हम विदर्भ की सेना का सामना कर सकें। यदि रक्षराज अपनों की सहायता को आगे आया, तो निःसंदेह हमारी शक्ति कमजोर पड़ जायेगी।'' कनिष्का ने सुझाव दिया।

''तो हमें क्या करना चाहिए माता?'' युगांधर ने प्रश्न किया।

''अपनी शक्ति बढ़ाना आरम्भ करो पुत्रों; युद्ध केवल टला है, किंतु युद्ध होना तो निश्चित है। बलिष्ठग़ढ नरेश तुम दोनों की सहायता अवश्य करेंगे; जाओ और दिग्विजय यात्रा प्रारम्भ कर अपनी शक्ति बढ़ाओ।'' कनिष्का ने आदेश दिया।

तेजस्वी ने सहमति जताई, ''जो आदेश माता, हम दिग्विजय यात्रा अवश्य करेंगे, किंतु उससे पूर्व अपने शत्रुओं को को एक संदेश भेजना है।''

''कैसा संदेश भ्राताश्री?'' युगांधर ने प्रश्न किया।

''पहले मेरे साथ बलिष्ठगढ़ के महल की ओर चलो।'' तेजस्वी मुस्कुराया।

''जैसी आपकी इच्छा।'' युगांधर ने और कोई प्रश्न नहीं किया।

तेजस्वी, युगांधर और सूर्यम माता कनिष्का का आशीर्वाद लेकर वहाँ से प्रस्थान कर गये।

शीघ्र ही वे तीनों भाई बलिष्ठगढ़ राज्य की सभा में प्रस्तुत हुए।

राजा भार्गव ने उत्साह से तेजस्वी, युगांधर और सूर्यम का स्वागत किया, ''बलिष्ठग़ढ नरेश अपने जमाई का स्वागत करता है योद्धाओं, आपके सत्कार में कोई

कमी नहीं रहेगी।''

''मुझे क्षमा करें महाराज, मैं एक वनवासी हूँ, आपका आतिथ्य स्वीकार नहीं कर सकता, मैं केवल आपसे सहायता की अपेक्षा से यहाँ आया हूँ।'' तेजस्वी ने कहा।

''अवश्य कुँवर, कहिये क्या सहायता कर सकते हैं हम आपकी?'' राजा भार्गव ने प्रश्न किया।

''एक युद्ध हमारे द्वार पर खड़ा है, न जाने कब आक्रमण हो जाये महाराज; हमारे शत्रु की शक्ति हमसे कहीं अधिक है, इसलिए हम तीनों भाई दिग्विजय यात्रा पर जाना चाहते हैं।'' तेजस्वी ने कहा।

''आप उचित कह रहे हैं कुँवर; मैं आपको अपनी आधी अक्षौहिणी सेना प्रदान करता हूँ। आप तीनों का सामर्थ्य अतुलनीय है और हमें पूर्ण विश्वास है आपके सामर्थ्य पर; आप तीनों विजयी होकर ही लौटेंगे।।'' महाराज भार्गव ने उनका साहस बढ़ाया।

''धन्यवाद महाराज, अब हम अपनी यात्रा प्रारंभ करना चाहेंगे, आज्ञा दीजिये।'' तेजस्वी, युगांधर और सूर्यम ने भार्गव को प्रणाम किया।

''विजयी भव मेरे वत्सों।'' भार्गव ने आशीर्वाद दिया।

तेजस्वी, युगांधर और सूर्यम बलिष्ठगढ़ की सेना लिए चल पड़े दिग्विजय यात्रा पर।

———

वहीं तेजस्वी के कहने पर बलिष्ठगढ़ के दो दूत विदर्भ की राजसभा में आये। एक हाथ में लाल वस्त्र ढका एक उपहार था और दूसरे के हाथ में एक संदेशपत्र।

''यहाँ आने का कारण?'' भानुसेन ने दूतों से प्रश्न की।

''कुमार तेजस्वी ने आपके लिए एक उपहार और एक संदेश भेजा है।'' उनमें से एक दूत ने कहा।

भानुसेन अपने सिंहासन से उतरकर उन दूतों के निकट आया।

''क्या है इस उपहार में?'' भानुसेन ने प्रश्न किया।

''आप स्वयं खोलकर देख लीजिये, हमें इसे खोलने की आज्ञा नहीं है।'' दूत ने कहा।

भानुसेन ने उस पर उपहार को ढका हुआ लाल वस्त्र हटाया। वह वस्त्र हटाते ही सामने का दृश्य देख वह स्तब्ध रह गया।

उस उपहार के रूप में तेजस्वी ने अम्बरीश का रक्त से सना कटा हुआ शीश भेजा था।

भानुसेन ने दूसरे दूत की ओर देखा, ''संदेशपत्र लाओ।''

उसने संदेशपत्र लेकर पढ़ना आरंभ किया।

यह तो केवल एक आरंभ है भानुसेन; तुम्हारा हस्तिनापुर को अपने अधिकार में लेने का स्वप्न अम्बरीश के साथ ही धूमिल हो चुका है और बहुत शीघ्र वो समय आयेगा, जब तुम्हारे अधर्म का साम्राज्य नष्ट होगा; हम लौटेंगे और पूरी शक्ति के साथ लौटेंगे।

तेजस्वी

भानुसेन ने दूत से कहा, ''मैं कोई पत्र नहीं भेजूँगा दूत, बस इतना कहना कि हम प्रतीक्षा करेंगे।''

''जो आज्ञा महाराज।'' बलिष्ठगढ़ के दूत लौट गए।

अध्याय 16

सज्ज हुआ रणक्षेत्र

तेजस्वी, युगांधर और सूर्यम ने अपनी दिग्विजय यात्रा प्रारंभ की।

वहीं रक्षराज मार्केश ने अपने शरीर में समाई दंशक की आत्मा को नियंत्रित करने के लिए कठोर साधना आरंभ की। पूरे एक वर्ष की कठोर साधना के उपरांत वह अपने गुरु भैरवनाथ से मिलने पहुँचा।

भैरवनाथ पातालपुरी की ही एक गुफा में बैठा था।

''मैं अपने उद्देश्य में सफल हुआ गुरुदेव; दंशक की आत्मा और शक्ति अब पूर्ण रूप से मेरे नियंत्रण में हैं।'' मार्केश ने सूचित किया।

भैरवनाथ मार्केश के निकट गया, ''तुम्हारी शक्ति दोगुनी हो चुकी है मार्केश और अब संसार का कोई भी विष तुम्हारा कोई अहित नहीं कर सकता; किंतु पिछले एक वर्ष में जो हुआ है, उससे हम शत्रु के समक्ष बहुत कमजोर पड़ गए हैं।''

''यह आप क्या कह रहे हैं गुरुदेव?'' मार्केश ने आश्चर्य से प्रश्न किया।

''हाँ मार्केश, तेजस्वी ने अम्बरीश का वध कर दिया, और हमारा हस्तिनापुर को पाने का स्वप्न भी धूमिल हो गया। अब हस्तिनापुर और मगध जैसे शक्तिशाली राज्य तेजस्वी के समर्थन में हैं; केवल इतना ही नहीं, वह अपने भाइयों के साथ दिग्विजय यात्रा पर भी निकल चुका है; उसने आर्यावर्त के लगभग पाँच राज्यों पर विजय पा ली है। दिन-रात हमारे शत्रु का सैन्यबल बढ़ता ही जा रहा है और उनकी सबसे बड़ी शक्ति

नागवंशी योद्धा हैं, जो अपने विष से हम असुरों को सबसे अधिक हानि पहुँचायेंगे। स्मरण रहे मार्केश, जिस दिन तुम्हारे शत्रुओं की दिग्विजय यात्रा पूर्ण हुई, तुम्हारा पुत्र भानुसेन संकट में आ जायेगा; किंतु इन सबके उपरांत एक अच्छी सूचना भी है।''

''और वो क्या है?'' मार्केश ने प्रश्न किया।

''तुम्हारा ज्येष्ठ पौत्र अखण्ड, जिसे तुम अपना सबसे योग्य उत्तराधिकारी मानते थे, वो अब हमारे पक्ष में लौट आया है।'' भैरवनाथ ने सूचित किया।

रक्षराज मुस्कुराया, ''फिर तो कोई चिंता का विषय नहीं है गुरुदेव; अब मैं पूरी शक्ति के साथ शत्रु पर वार कर सकता हूँ और जहाँ तक नागवंशियों के संकट का विषय है, तो उसका उपाय भी है मेरे पास।''

''और वो क्या है?'' भैरवनाथ ने कौतुहलवश प्रश्न किया।

''आप भूल रहे हैं गुरुदेव, मेरे पिता ने एक नागकन्या से भी विवाह किया था, जिससे दंशक का जन्म हुआ था; किंतु वो कन्या नागलोक की नहीं, अपितु जिन आसुरी प्रवृत्ति के नागों को नागलोक से निष्कासित किया गया था, वो उनमें से एक थी और वो कोई साधारण कन्या नहीं थी, अपितु उन निष्कासित नागों के सरदार तक्षक की पुत्री थी और इस नाते तक्षक को हमारी सहायता करनी ही होगी।'' मार्केश ने विस्तृत किया।

भैरवनाथ ने कुछ क्षण विचार किया, ''हस्तिनापुर राज्य से दूर एक बहुत विशाल बंजर भूमि है और यदि वो उपजाऊ हो जाए तो पूरा एक राज्य उसमें समा जाये; कहीं तुम...?''

''आपने ठीक अनुमान लगाया गुरुदेव, मैं खाण्डवप्रस्थ की ही बात कर रहा हूँ, जिसकी भूमि को नागों के विष ने बंजर बना दिया है। तक्षक केवल अवसर खोजता है नागलोक वासियों से प्रतिशोध लेने के लिए और हम उसे यह अवसर प्रदान करेंगे। उनकी संख्या भले ही कम हो, किंतु नागों के विरुद्ध वो हमारा सबसे प्रबल अस्त्र होंगे।'' रक्षराज मार्केश ने अपनी योजना समझाई।

''तुम जो कह रहे हो वो ठीक है मार्केश, किंतु फिर भी तुम्हारे शत्रुओं की शक्ति कहीं अधिक है; उसके लिए तुम्हारे पास कोई योजना है?'' भैरवनाथ ने प्रश्न किया।

''कोई योजना नहीं गुरुदेव, सीधा आक्रमण ही इसका एकमात्र उपाय है।''

''तुम्हारे कहने का अर्थ क्या है?'' भैरवनाथ ने प्रश्न किया।

''कहने का सीधा सा अर्थ है गुरुदेव; तेजस्वी जिन छोटे-छोटे राज्यों को जीतकर आगे बढ़ रहा है, मैं भी उन पर ही आक्रमण करूँगा। उन्होंने मेरी सत्ता स्वीकार की तो ठीक, अन्यथा उनका पूरा राज्य नष्ट कर दूँगा, क्योंकि अब शक्ति के प्रदर्शन का समय

है। अब मैं अपने पूर्वज भगवान् महाबली के पदचिह्नों का पूरी तरह अनुसरण करूँगा। अपनी शिवन्या को खोया मैंने, अपने अनुजों को खोया मैंने; अब बस बहुत हुआ, अब मैं पहले समग्र आर्यावर्त को अपनी शक्ति से झुकाऊँगा, उसके उपरांत अपने पूर्वज भगवान् महाबली की ही भाँति एक न्यायप्रिय शासक बनूँगा। प्रतिशोध का अध्याय समाप्त हुआ, अब प्रभुत्व का युद्ध आरंभ होगा।'' रक्षराज मार्केश ने हुंकार भरी।

भैरवनाथ उत्साहित हो गया, ''तो फिर विलम्ब मत करो मार्केश, जाओ और अपने लक्ष्य की ओर प्रस्थान करो।''

''आज्ञा दीजिये गुरुदेव।'' रक्षराज ने भैरवनाथ के चरण स्पर्श किये।

अब रक्षराज भी अपने अभियान पर निकल पड़ा था।

<hr>

दो वर्ष और बीत गए। इन दो वर्षों में तेजस्वी, युगांधर और सूर्यम ने त्रिगर्ता, द्वारका, मथुरा, सिन्धु देश समेत बीस राज्यों पर विजय प्राप्त की। मगध के युवराज शाल्व ने भी उनकी इस अभियान में सहायता की।

इसी दौरान भानुसेन ने अपने ज्येष्ठ पुत्र अखण्ड का विवाह भी करवा दिया।

अपनी विशाल सेना लिए तेजस्वी अपने भाइयों के साथ बढ़ा चला जा रहा था, तभी उनका एक प्रमुख गुप्तचर वहाँ आ पहुँचा और उसने सूचना दी, ''कुँवर तेजस्वी, रक्षराज मार्केश अपनी तपस्या पूर्ण कर लौट आया है; आपने जिस पांचाल को जीता था, मार्केश उसे न केवल जीत चुका है, अपितु वहाँ के राजा और उनके परिवार की निर्ममता से हत्या कर चुका है, क्योंकि उन्होंने उसका आधिपत्य स्वीकार नहीं किया। इतना ही नहीं, आपके जीते बीस राज्यों में से सात पर वह अधिकार कर चुका है; सूचना मिली है, कि पिछले बीस मास से वो यही कर रहा है।''

यह सुनकर तेजस्वी खीझ गया, ''बीस मास से रक्षराज हमारी जड़ें खोद रहा है और तुम मुझे अब बता रहे हो?''

''क्षमा करें कुमार, किंतु रक्षराज ने बहुत ही चतुराई से कार्य किया है; जिस भी राज्य पर उसकी आक्रमण करने की योजना होती थी, वहाँ वो पहले हमारे गुप्तचरों को खोज खोजकर मरवा देता था, उसके बाद ही वो उस राज्य पर आक्रमण करता था, ताकि आपको इस बात की सूचना देने वाला और कोई न हो। मैं भी बड़ी कठिनाई से यह सारी जानकारी इकट्ठा कर और अपने प्राण बचाकर यहाँ आया हूँ।'' उस गुप्तचर ने विस्तार से बताया।

''ठीक है तुम जा सकते हो।'' तेजस्वी ने गुप्तचर को जाने का संकेत दिया। गुप्तचर लौट गया।

इसके उपरांत उसने तत्काल ही निर्णय लिया, "हमें लौटना होगा युगांधर; मुझे भय है कि हमारे पीछे बलिष्ठगढ़ पर कोई संकट न आन पड़े।" तेजस्वी ने युगांधर से कहा।

"आप उचित कह रहे हैं भ्राता, किन्तु बलिष्ठग़ढ जाने के दो मार्ग हैं, एक विदर्भ से होकर जाता हैं और दूसरा मगध से होकर; क्या विदर्भ से होते हुए हम अपनी चार अक्षौहिणी सेना का प्रदर्शन कर शत्रुओं को भयभीत करें भ्राताश्री?" युगांधर ने प्रश्न किया।

"नहीं युगांधर, तुम और सूर्यम सेना लेकर मगध के मार्ग से बलिष्ठगढ़ की ओर जाओ। रक्षराज लौट आया है, और यह बात मुझे अब पता चल रही है; उसके लौटने से भानुसेन का साहस कई गुना बढ़ गया होगा, इसलिये मैं विदर्भ जाकर रक्षराज की उपस्थिति में प्रजा का हाल जानना चाहता हूँ।" तेजस्वी ने निर्णय लिया।

युगांधर और सूर्यम तेजस्वी की आज्ञा का पालन करते हुए युवराज शाल्व के साथ बलिष्ठगढ़ की ओर प्रस्थान कर गये।

तेजस्वी अपने अश्व पर आरूढ़ हुआ और विदर्भ के मार्ग पर चल पड़ा।

पाँच दिवस की लम्बी यात्रा के उपरांत तेजस्वी विदर्भ से होकर गुजरा। वहाँ की परिस्थिति देख वो दंग रह गया। प्रजा में अफरातफरी मची हुई थी।

तेजस्वी को देखते ही एक वृद्ध पुरुष उसके चरणों में आ गिरा और गिड़गिड़ाने लगा, "कहाँ थे आप कुँवर?"

"क्या हुआ बाबा?" तेजस्वी अपने अश्व से उतरा। उसने वृद्ध को उठाकर प्रश्न किया।

उस वृद्ध ने एक असुर की ओर संकेत किया, "वो देखिये उस असुर को, जो हमारे गाँव में घुस आया है; उसने मेरी पुत्रवधु से बलात्कार किया और मेरे एकमात्र पुत्र की हत्या कर दी; यही नहीं, उसने कई स्त्रियों का शोषण किया; इसके जैसे न जाने कितने असुर प्रजा का उत्पीड़न कर रहे हैं, हमारी सहायता करें, कुँवर।" वृद्ध व्यक्ति ने विनती की।

तेजस्वी का क्रोध सातवें आसमान पर चढ़ गया, "आपका खोया पुत्र और सम्मान तो मैं नहीं लौटा सकता बाबा, किन्तु वचन देता हूँ, इस असुर का वध करके मैं आपके घाव पर स्नेहलेप अवश्य लगाऊँगा।"

"सावधान नीच असुर...!" तेजस्वी ने तत्काल ही प्रजा का उत्पीड़न करते उस असुर को ललकार दिया। वो असुर तेजस्वी को देख हड़बड़ा गया और प्राण बचाकर

भागने लगा। तेजस्वी ने क्रोध में आकर अंजली अस्त्र का प्रयोग कर उस असुर पर प्रहार किया, फलस्वरूप उसकी गर्दन कटकर दूर जा गिरी और भूमि उसके रक्त से लाल हो गयी।

''आभार कुँवर, आभार।'' वो वृद्ध पुरुष तेजस्वी के चरणों में गिर पड़ा।

शीघ्र ही सैकड़ों ग्रामीण वहाँ इकट्ठे हो गये। वे सभी तेजस्वी से सहायता की गुहार करने लगे।

तेजस्वी ने उन सबको विश्वास दिलाया, ''आप सब शांत हो जाइये; आप लोगों को जितने अत्याचार सहन करने थे, वो आपने कर लिये। मैं आपको वचन देता हूँ हम शीघ्र ही सेना लेकर आयेंगे और चढ़ाई कर नाश करेंगे रक्षराज मार्केश और उस भानुसेन का।''

''तो क्या आप अपने परिवार के विरुद्ध ही युद्ध करेंगे कुँवर?'' एक वृद्ध पुरुष ने विस्मयपूर्वक प्रश्न किया।

''एक राजा का प्रथम कर्तव्य उसकी प्रजा का सुख होता है महोदय; ये बहुत ही लज्जाजनक बात है हमारे लिए कि जिस विदर्भ की प्रजा के सुख से बाकी राज्य ईर्ष्या रखते थे, वो आज यहाँ की प्रजा के लिये यमलोक-सा बन गया; युद्ध होना तो अब निश्चित है।'' तेजस्वी ने विश्वास दिलाया।

इसके उपरांत वह अपने अश्व पर आरूढ़ हुआ और विदर्भ के महल की ओर चल पड़ा। संयोग से महल के बाहर ही महाऋषि कपिश उसे टहलते दिखाई दे दिये।

तेजस्वी अपने अश्व से उतरकर उनके निकट गया, ''प्रणाम गुरुदेव।''

''आयुष्मान भव वत्स।'' कपिश ने आशीर्वाद दिया।

''अपने विपक्ष के योद्धा को यह आशीर्वाद नहीं दिया जाता गुरुदेव।'' तेजस्वी ने शालीनता से कहा।

''विपक्ष का योद्धा? यह क्या कह रहे हो तेजस्वी?'' कपिश ने आश्चर्य से प्रश्न किया।

''हाँ गुरुदेव, विपक्ष का योद्धा, क्योंकि अब समय आ गया है कि हर अपराधी को उसके किये का दंड मिले।'' तेजस्वी ने उग्र होकर कहा।

''तुम अपने पिता की शिक्षा भूल रहे हो तेजस्वी।'' कपिश ने उसे स्मरण कराया।

''क्षमा करें गुरुदेव, किंतु मुझे अपने पिता की दी हुई शिक्षा भलीभाँति स्मरण है। इस युद्ध को छेड़ने का कारण मेरा निजी प्रतिशोध नहीं है। आप स्वयं अपने चारों ओर दृष्टि डालेंगे तो आपको महसूस हो जाएगा कि क्या विदर्भ का यह राष्ट्र सामान्य प्रजा

के लिए पहले की भाँति सुरक्षित रहा? उन पर लगातार अत्याचार हो रहे हैं, निर्दोषों को अकारण ही मारा जा रहा है, हम कब तक ऐसा होने देंगे और प्रश्न यहाँ केवल विदर्भ का ही नहीं है; पिछले तीन वर्षों की दिग्विजय यात्रा में मैंने आर्यावर्त के बीस राज्यों को जीतकर अपने अधीन किया और उस कायर रक्षराज मार्केश ने मेरी पीठ पीछे उनमें से सात राज्यों का या तो विनाश कर दिया, या उन पर अधिकार कर लिया। आप ही विचार कीजिये मुनिवर, यदि अभी हमने रक्षराज की यह यात्रा नहीं रोकी तो आज जो विदर्भ की प्रजा का हश्र हो रहा है, वो कल पूरे आर्यवर्त की प्रजा का होगा। दसों दिशाओं में अंधकार छा जायेगा और इस अंधकार को रोकने का केवल एक ही मार्ग है, रक्षराज और भानुसेन का अंत।'' तेजस्वी ने अपना पक्ष रखा।

''तुम्हारे इस तर्क की वास्तव में मेरे पास कोई काट नहीं है तेजस्वी; यदि अखण्ड ने अपने पिता का पक्ष न चुना होता तो कदाचित् मैं भी तुम्हारे पक्ष से ही युद्ध कर रहा होता।'' कपिश ने अपनी विवशता कही।

तेजस्वी ने कपिश को ढाँढ़स बँधाया, ''मैं आपकी और ज्येष्ठ की विवशता समझ सकता हूँ गुरुवर; ज्येष्ठ के कारण ही मैंने इतने वर्षों से अपने क्रोध पर नियंत्रण करके रखा है, अन्यथा मैंने कबका विदर्भ पर आक्रमण कर दिया होता। किंतु अब यह निजी कारणों से परे है, अब हमें यह युद्ध लड़ना ही होगा और विश्वास रखिए गुरुवर, हम ही इस युद्ध में विजयी होंगे और यदि शत्रु पक्ष से युद्ध करते हुए आपको ग्लानि का अनुभव हो रहा है गुरुदेव तो स्मरण रखियेगा कि तीन वर्ष पूर्व आपने जो हमारी सहायता की थी, उसी के कारण हमें इस युद्ध में विजय प्राप्त होगी।''

''मैं तुम्हारे इस कथन का अर्थ नहीं समझा तेजस्वी।'' कपिश ने आश्चर्य से प्रश्न किया।

तेजस्वी ने अपना धनुष उठाया, ''यह महान दिव्य विजयधनुष जब तक मेरे हाथ में है, संसार का कोई भी वीर मुझ पर विजय नहीं पा सकता। जब हम पातालपुरी में असमंजस की स्थिति में बैठे थे, तब आपने अपना गुप्तचर भेजकर यदि यह नहीं बताया होता कि विजयधनुष वास्तव में रक्षराज के महल में है, तो हमारे लिए इस पवित्र धनुष को पाने का कार्य और कठिन हो जाता; इसलिए मैं यही कहना चाहूँगा कि इस अभियान में हमारी सहायता कर आप हमारे प्रति अपना दायित्व निभा चुके हैं।''

कपिश को उसकी बात सुनकर आश्चर्य हुआ, ''यह क्या कह रहे हो तेजस्वी; भला मुझे कैसे ज्ञात होगा कि पातालपुरी में विजयधनुष कहाँ रखा था, मैंने तो कोई गुप्तचर भेजा ही नहीं था।''

यह सुनकर तेजस्वी स्तब्ध रह गया, ''तो फिर हमारी सहायता की किसने? उस गुप्तचर ने तो आपका ही नाम लिया था।''

"इस विषय में मुझे कुछ भी ज्ञात नहीं है तेजस्वी; मैंने कभी कोई गुप्तचर पातालपुरी नहीं भेजा।" कपिश ने तेजस्वी को विश्वास दिलाने का प्रयत्न किया।

"इसका अर्थ यह है कि और रहस्य अभी सुलझाना शेष है। कोई बात नहीं, आप यह संदेशपत्र अपने उस क्रूर और कपटी राजा भानुसेन के हाथों में दे दीजिये, हम शीघ्र ही सेना लेकर आयेंगे।" तेजस्वी ने एक पत्र निकालकर कपिश के हाथों में दिया।

'अवश्य।' कपिश ने वह पत्र लिया।

"प्रणाम गुरुदेव, अब हमारी अगली भेंट रणांगण में ही होगी।" तेजस्वी अपने अश्व की ओर बढ़ा।

"विजयी भव वत्स, विजयी भव।" कपिश ने आशीर्वाद दिया।

कपिश का आशीर्वाद लेकर तेजस्वी बलिष्ठगढ़ की ओर निकल पड़ा। उसके मन में एक ही प्रश्न था, 'यदि महर्षि कपिश नहीं, तो कौन था वो जिसने हमारी सहायता की थी।'

वहीं कपिश ने राजसभा में आकर भानुसेन के प्रमुख दूत को तेजस्वी का संदेश पत्र दिया।

"क्या लिखा है संदेश में?" भानुसेन ने दूत से प्रश्न किया।

दूत ने संदेश की ओर देखा, "महाराज, ये चुनौती भरा संदेश है; कुँवर तेजस्वी ने आपको युद्ध के लिये ललकारा है।"

'पढ़ो।' भानुसेन ने आदेश दिया।

सेवक ने संदेश पढ़ना आरम्भ किया।

तुमने अपने अत्याचारों की सीमा लाँघ दी है भानुसेन, किंतु अब तुम और तुम्हारे पिता रक्षराज अपने जीवन के अंतिम चरण में प्रवेश कर चुके हो। सज्ज हो जाओ भानुसेन, हम शीघ्र ही विदर्भ पर आक्रमण करेंगे।

- तेजस्वी

भानुसेन ठहाका मारकर हँस पड़ा, "मूर्ख तेजस्वी, कदाचित् उसे इस बात का भान नहीं कि मेरे पिता रक्षराज मार्केश अजेय हैं; उसे लगता है जिस प्रकार पाताल में उसने पिताश्री को पराजित किया था, इस बार भी वो सफल होगा। महर्षि कपिश....।"

"आज्ञामहाराज।" महर्षि कपिश अपने आसन से उठ खड़े हुए।

"महासंग्राम छिड़ने वाला है गुरुवर। आपने पूर्व विदर्भराज भभूति को वचन दिया था कि आप जीवनभर विदर्भ के इस सिंहासन की सुरक्षा करेंगे। तो सज हो जाइये विदर्भ

के प्रधान सेनापति का पद स्वीकार करने के लिये।'' भानुसेन ने कपिश की ओर देखा।

''सावधान महाराज! कदाचित् आपको ज्ञात नहीं कि तेजस्वी और युगांधर ने विगत तीन वर्ष में अनेक युद्ध किये हैं; उनकी सेना की संख्या चार अक्षौहिणी हो चुकी है, जो हमारे सैन्यबल से कहीं अधिक है और केवल इतना ही नहीं, कुमार तेजस्वी के पास भगवान् महाबली का विजयधनुष है, उन्हें कोई पराजित नहीं कर सकता।'' कपिश ने चेतावनी दी।

''उसकी चिंता न करें गुरुवर, मेरे पिता का सैन्यबल तो आपने देखा ही नहीं। दूत, जाओ और पांचाल जाकर मेरे पिता को संदेश दो, महासंग्राम छिड़ने वाला है, उनका पुत्र उन्हें सहायता के लिए पुकार रहा है और आप युद्ध की तैयारी कीजिये गुरुदेव।'' भानुसेन ने दूत के हाथों रक्षराज को संदेश भेजा।

''मैं फिर भी कहूँगा महाराज, विजयधनुष के आगे बड़ी से बड़ी सेना नहीं टिक सकती।'' कपिश ने हस्तक्षेप किया।

''आपका सुझाव नहीं माँगा मैंने, जो आदेश दिया है उसका पालन कीजिये प्रधान सेनापति।'' भानुसेन के शब्दों में क्रोध स्पष्ट झलक रहा था।

''विनाश काले विपरीत बुद्धि।'' महर्षि कपिश मन मसोसकर रह गये। अपने हृदय की पीड़ा छिपाने के अतिरिक्त उनके पास कोई मार्ग नहीं था।

***

इधर विदर्भ की परिस्थिति जानकर तेजस्वी सीधा बलिष्ठगढ़ की राजसभा में आ पहुँचा। बलिष्ठगढ़ नरेश भार्गव ने सभा में उसका स्वागत किया।

''महाराज, भानुसेन और रक्षराज अपनी सीमा पार कर चुके हैं। अब हमें संग्राम छेड़ना ही होगा।'' तेजस्वी अत्यंत क्रोधित था।

''तनिक रुको तेजस्वी!'' तभी महर्षि शंकराचार्य सभा में पधारे। ये कथन उन्हीं का था।

राजा भार्गव सहित तेजस्वी, युगांधर, सूर्यम, भार्गव के पुत्र वृषभान एवं अन्य सभाजनों ने भी उन्हें प्रणाम किया।

''पुत्र तेजस्वी, तुम्हारा क्रोध उचित है; किंतु क्या रक्षराज की मृत्यु का उपाय जानते हो तुम?'' शंकराचार्य ने प्रश्न किया।

''हाँ ऋषिवर, कदाचित् महर्षि ओमेश्वर की तलवारें ही उसके अंत का कारण बनेगी।'' तेजस्वी ने कहा।

''तुम भूल कर रहे हो तेजस्वी; तुम जानते हो मार्केश की मृत्यु संसार के किसी भी अस्त्र से नहीं हो सकती; उसकी मृत्यु का उपाय जब तुम जानते ही नहीं, तो इतना बड़ा

महासंग्राम छेड़ने का क्या औचित्य है?'' शंकराचार्य ने प्रश्न किया।

''किन्तु ऋषिवर, पाताल में हम रक्षराज का वध करने ही वाले थे, वो तो उसका सौभाग्य था जो भैरवनाथ उसे बचा ले गया।'' तेजस्वी ने तर्क दिया।

''मैं फिर भी कहूँगा तेजस्वी। अभी युद्ध उचित नहीं है, इससे केवल विनाश के अतिरिक्त कुछ नहीं होगा; हो सकता है तुम्हारी प्रतिज्ञा इस बार भी अधूरी रह जाये।'' शंकराचार्य ने उसे समझाने का प्रयत्न किया।

''क्षमा करें ऋषिवर, किंतु यहाँ प्रश्न न मेरे निजी प्रतिशोध का है और न प्रतिज्ञा का; यह युद्ध अब आर्यावर्त की भूमि पर मँडरा रहे एक विकराल संकट को टालने के लिए होने जा रहा है। आजतक रक्षराज ने मेरे जीते हुए मात्र सात राज्यों को जीतकर वहाँ विध्वंस किया है, असुरों ने विदर्भ सहित पूरे आठ राज्यों में हाहाकार मचाया हुआ है; यदि अब भी हमने उसका मार्ग नहीं रोका, तो कल पूरे आर्यावर्त में यही अंधकार छा जायेगा। आज हमारे पास हस्तिनापुर, मगध और ऐसे कई शक्तिशाली राज्यों का सैन्यबल और शक्ति है, कल यदि मार्केश ने इन पर भी अधिकार कर लिया तो हमारी शक्ति फिर से क्षीण होने लगेगी। युद्ध छेड़ने का इससे उचित समय नहीं हो सकता ऋषिवर। महासंग्राम का बिगुल तो बज चुका है, अब चाहे मुझे जीवन भर का वनवास क्यों न भोगना पड़े, प्रजा का उत्पीड़न अब मैं नहीं देख सकता, युद्ध तो अब होके रहेगा, इसलिए अब आशीर्वाद दें ऋषिवर।'' तेजस्वी महर्षि शंकराचार्य के चरणों में झुक गया।

शंकराचार्य ने उसे भूमि से उठाया। उनके नेत्र अश्रुओं से भरे थे, ''काश वर्षों पूर्व मैंने तुम्हारे पिता को वो श्राप न दिया होता, तो आज ये महासंग्राम नहीं छिड़ता; अपने उस श्राप के कारण मैं इस युद्ध को टालना चाहता था, किंतु कदाचित् नियति को टालना संभव नहीं है।''

''उस श्राप के भय से सम्पूर्ण आर्यावर्त पर आये संकट को अनदेखा नहीं किया जा सकता ऋषिवर। आशा है आप मेरा तर्क समझ रहे होंगे।'' तेजस्वी ने शंकराचार्य को समझाने का प्रयत्न किया।

''तुमने उचित कहा तेजस्वी, अब मैं भी अपने अस्त्रों शस्त्रों सहित इस युद्ध में भाग लूँगा।'' शंकराचार्य ने दृढ़ता से कहा।

तेजस्वी मुस्कुराया। यह देख युगांधर ने हस्तक्षेप किया, ''तो फिर मैं प्रस्थान करता हूँ भ्राताश्री, शीघ्र ही नागों की सेना के साथ यहाँ लौटूँगा।''

''अवश्य युगांधर।'' तेजस्वी ने सहमति जताई।

इसके उपरांत तेजस्वी सूर्यम की ओर मुड़ा, ''सूर्यम, तुम शीघ्र से शीघ्र हस्तिनापुर जाकर महाराज इलियान को संदेश दो कि हमें उनकी सहायता की

आवश्यकता है; मुझे विश्वास है वो अपनी सेना लेकर शीघ्र ही उपस्थित हो जायेंगे।''

''जो आज्ञा भ्राताश्री।'' सूर्यम और युगांधर प्रस्थान कर गए।

''मुझे भी प्रस्थान की आज्ञा दें गुरुवर; मैं मगध और अन्य राज्यों की सेना लेकर शीघ्र ही उपस्थित होऊँगा।'' तेजस्वी भी वहाँ से प्रस्थान कर गया।

इसके उपरांत शंकराचार्य ने राजा भार्गव की ओर देखा, ''अब बलिष्ठगढ़ नरेश से भी मेरा एक निवेदन है।''

''निवेदन कैसा कुलगुरु, आज्ञा दीजिये।'' राजा भार्गव ने शंकराचार्य का सम्मान करते हुए कहा।

''अपने पुत्र राजवीर को मुक्त कर दीजिये महाराज; वो आपका पुत्र है, जो मार्ग से भटक गया था, किंतु अब उसे मुक्त कर देना ही उचित है।''

भार्गव ने क्षणभर विचार करने के उपरांत कहा, ''जैसी आपकी इच्छा ऋषिवर; मैं राजवीर से मिलने स्वयं कारागार जाऊँगा।''

राजसभा समाप्त कर राजा भार्गव शीघ्र ही अपने पुत्र से मिलने उसके पास पहुँचे। राजवीर की आँखें उन्हें देख लज्जा से झुक गयीं।

''क्या अब भी तुम उस रक्षराज मार्केश का समर्थन करोगे पुत्र? शक्ति और सत्ता के लोभ में तुमने अपने पिता को ही क्षति पहुँचाई; यदि आज तुम्हारी माता वसुंधरा जीवित होती तो क्या तुम ये घृणित कृत्य कर पाते? क्या उनसे दृष्टि मिला पाते तुम?'' भार्गव ने प्रश्न किया।

राजवीर ने अपने मन की बात कह डाली, ''माताश्री को बीच में मत लाइए पिताश्री; यदि वो जीवित होतीं तो विदर्भ से हमारी कभी शत्रुता होती ही नहीं; समस्या यह थी कि आप दिव्यमणि विदर्भ को सौंपना चाहते थे, क्यों न करता मैं इसका विरोध? वर्षों तक जिस मणि के लिए हमने संघर्ष किया, आप उसे विदर्भ को सौंप देना चाहते थे, क्या मेरी महत्त्वाकांक्षा अनुचित थी?''

भार्गव भड़क उठे, ''बस करो! यदि तुम सत्ता की आकांक्षा रखते, तो स्वयं को सामर्थ्यवान बनाना सीखते, लेकिन नहीं, तुमने तो रक्षराज से संधि के लिए अपनी बहन के जीवन का व्यापार किया। छोड़ो, मैं तर्क-वितर्क भी किससे कर रहा हूँ, तुम तो अपने सभी संबधों को सत्ता की लालसा में बलि चढ़ा चुके हो; फिर भी मैं तुम्हें मुक्त करने आया हूँ पुत्र। एक महायुद्ध हमारे द्वार पर खड़ा है; इस विकराल युद्ध के उपरांत कौन जीवित बचेगा और कौन नहीं, ये कहना तो असंभव है। यदि हम जीवित न रहे तो कर लेना अपनी इच्छा पूरी और सँभाल लेना बलिष्ठगढ़ का सिंहासन और यदि आपने पापों का प्रायश्चित करना चाहते हो, तो मैं और वृषभान रणभूमि में तुम्हारी प्रतीक्षा करेंगे।''

राजवीर को बेड़ियों से मुक्त कर राजा भार्गव कारागार से प्रस्थान कर गये। राजवीर उन्हें देखता रह गया।

विदर्भ में युद्ध के आरंभ से पूर्व अखण्ड अपने भाइयों वीरभद्र, सुषेण, सहिष्णु, श्यामक और वासुसेन के साथ अपनी माता वैशाली के पास आशीर्वाद प्राप्त करने पहुँचा। अखण्ड और अन्य भाइयों ने अपनी माता के चरण स्पर्श किये।

''यशस्वी भव पुत्रों।'' माता का आशीर्वाद सभी भाइयों को बारी-बारी मिला। जाने से पूर्व अखण्ड ने अपनी माता को स्मरण कराया।

''मैं आपको दिए वचन के कारण अधर्म के पक्ष में युद्ध करने जा रहा हूँ माँ; यदि हमारी विजय हुई तो ठीक और यदि महाऋषि शंकराचार्य का श्राप सत्य सिद्ध हुआ, तो फिर ये हमारी अंतिम भेंट है। आज्ञा दीजिये।'' अखण्ड, कक्ष से प्रस्थान कर गया।

वैशाली के मुँह से स्वर फूटना मुश्किल हो रहा था। इससे पूर्व वो कुछ कहतीं, उनके सारे पुत्र कक्ष से जा चुके थे। रानी वैशाली भूमि पर बैठकर अश्रुधारायें बहाने लगीं। इसके अतिरिक्त उनके पास कोई मार्ग न था। कदाचित् भविष्य में होने वाले विध्वंस से वो चिंतित थीं।

कुछ ही दिनों में बलिष्ठगढ़ ने अपने सभी जीते राज्यों से पाँच अक्षौहिणी सेना एकत्र की। पूरे एक लाख नाग सैनिकों सहित नागराज विषंधर भी इस सेना में सम्मिलित थे।

यह युद्ध बलिष्ठगढ़ और विदर्भ के मध्य था। बलिष्ठगढ़ की सेना का नेतृत्व हस्तिनापुर के चंद्रवंशी महाराज इलियान कर रहे थे। सेना चार मोर्चों में बाँटी गयी थी।

राजा भार्गव, उनके पुत्र वृषभान और प्रधान सेनापति महाराज इलियान सेना में सबसे आगे खड़े थे। सेना के मध्य भाग का नेतृत्व तेजस्वी के हाथ में था। उसके साथ बलिष्ठ्गढ़ के भूतपूर्व सेनापति चक्रसेन और मगध के युवराज शाल्व सम्मिलित थे। नागों की सेना का नेतृत्व कर रहा था अपने पितामह नागराज विषंधर के साथ युगांधर और चौथे मोर्चे पर सेना नेतृत्व कर रहे थे महाऋषि शंकराचार्य, वीरसेन, उनका पुत्र सूर्यम् और विदर्भ के भूतपूर्व महामंत्री संजय।

सारे महारथी रथ पर आरूढ़ थे और कवच धारण किये हुए थे, किंतु तेजस्वी अकेला ऐसा महारथी था, जो केवल अपने अश्व पर आरूढ़ था; उसके हाथ में विजयधनुष था और देह पर वनवासियों-सा वस्त्र। वो एकमात्र ऐसा वीर था जिसने अपनी प्रतिज्ञा के कारण न कवच धारण किया न ही वो रथ पर आरूढ़ हुआ।

"सेना, कूच करो विदर्भ की ओर।'' महाराज इलियान ने सेना को कूच का आदेश दिया।

<hr>

बलिष्ठगढ़ की सेना विदर्भ पहुँचने को थी।

इसकी सूचना लिये एक दूत शीघ्र ही विदर्भ के राजमहल आ पहुँचा, ''महाराज, बलिष्ठगढ़ की सेना ने विदर्भ की सीमा पर पड़ाव डाल दिया है, कदाचित् आज से तीसरे दिवस सूर्योदय होते ही आक्रमण हो सकता है।''

भानुसेन अपने सिंहासन से उठ खड़ा हुआ। उसने तत्काल आदेश दिया, ''प्रधान सेनापति गुरुवर कपिश!''

''आज्ञा महाराज।'' कपिश अपने आसन से उठे।

''अब हम पिताश्री की प्रतीक्षा नहीं कर सकते; सेना सज्ज करिए, आज से तीसरे दिन महारण सजने वाला है।'' भानुसेन ने आदेश दिया।

तभी रक्षराज मार्केश विदर्भ के राजमहल आ पहुँचा, ''अधीर मत हो पुत्र, मैं प्रस्तुत हूँ और मेरी सेना भी सज्ज है तुम्हारी सहायता के लिये।''

भानुसेन, रक्षराज को देख प्रफुल्लित हो उठा, ''आइए पिताश्री, विदर्भ का ये सिंहासन आपकी प्रतीक्षा कर रहा है।''

''सावधान महाराज भानुसेन!'' महर्षि कपिश की आँखें क्रोध से लाल हो रही थीं। उन्होंने स्पष्ट शब्दों में भानुसेन को चेतावनी दी।

कपिश आगे आये, ''महाराज भानुसेन, आप पूर्व विदर्भ नरेश के पुत्र न सही, किंतु आपमें उनके पूर्वजों के वंश का रक्त अवश्य है; आप राजा भभूति की बहन शिवन्या के पुत्र हैं और आपके पुत्र को महाराज विक्रमाजित ने अपना उत्तराधिकारी घोषित किया था, केवल इसलिए आपको मैंने इस सिंहासन पर स्वीकार किया है। यदि रक्षराज को आपने सिंहासन दिया तो मेरा धनुष इसका विरोध अवश्य करेगा।''

रक्षराज ने विनम्रतापूर्वक महर्षि कपिश के क्रोध को शांत किया, ''विदर्भ का सिंहासन मेरे पुत्र भानुसेन का ही है प्रधान सेनापति, आप अपना क्रोध शांत करें और कल के युद्ध की तैयारी करें। मैं केवल इस युद्ध में भाग लेने आया हूँ, सिंहासन पर बैठने नहीं।''

महर्षि कपिश अपने क्रोध को किसी प्रकार पी गये। रक्षराज ने भानुसेन से कहना आरंभ किया, ''विदर्भ के सिंहासन पर तुम ही विराजो पुत्र, मुझे तो केवल इस बात की प्रसन्नता है कि केवल मेरा पुत्र ही नहीं, मेरे सभी पौत्र भी हमारे पक्ष में हैं।''

<hr>

सूर्यास्त होते-होते विदर्भ की सेना ने भी रणांगण में पड़ाव डाल दिया। रात्रि के अंधकार में अखण्ड गहन चिंतन में नदी के पास खड़ा था।

महर्षि कपिश उसके पास आकर खड़े हो गये, ''किस चिंतन में डूबे हो पुत्र अखण्ड?''

''इस नदी के पार बलिष्ठगढ़ की सेना का पड़ाव है गुरुवर; युद्ध तो थल पर होने वाला है; मैं विचार कर रहा था कि जलमार्ग से एक बार अपने भाइयों से भेंट कर आऊँ; एक प्रहर में लौट आऊँगा।''

''तीन प्रहर के उपरांत युद्ध आरंभ होने वाला है अखण्ड। अपने भाइयों के समक्ष जाकर उनकी शक्ति कम मत करो, उन्हें पूरे सामर्थ्य से युद्ध करने दो।'' कपिश ने सुझाव दिया।

अखण्ड के नेत्रों में नमी आ गयी, ''हम्म... आपने उचित ही कहा गुरुवर; मेरा वहाँ जाना उचित नहीं है; क्योंकि और किसी का सामना मैं कर भी लूँ, किंतु सूर्यम के समक्ष जाने की शक्ति मुझमें नहीं है। तेजस्वी, युगांधर, तातश्री वीरसेन और मेरा सबसे प्रिय अनुज सूर्यम् भी हमारे विरोधी पक्ष में है, समझ नहीं आता किस प्रकार मैं उन पर शस्त्र उठा पाऊँगा।''

''तुम्हारे लिये ही नहीं, मेरे लिये भी ये बहुत बड़ा धर्मसंकट है पुत्र; मुझे भी तो महाराज वीरसेन और अपने शिष्य सूर्यम और तेजस्वी के विरुद्ध शस्त्र उठाना पड़ेगा; किंतु अब यही हमारी नियति है, हमें अधर्म का ही पक्ष लेना है।'' कपिश भी स्वयं को विवश महसूस कर रहे थे।

''मुझे ज्ञात है गुरुवर, हम सब विवश हैं और मेरा सबसे बड़ा दायित्व है पिताश्री की सुरक्षा, जो मैं पूरी निष्ठा से निभाऊँगा।'' अखण्ड ने दृढ़ता से कहा।

''तुम्हारा सबसे बड़ा उत्तरदायित्व उस महाअसुर वक्रबाहु का सामना करना है। अन्यथा वो विशाल गज हमारी समस्त सेना का नाश करने का सामर्थ्य रखता है। अपने पिता की चिंता मत करो, जब तक मैं जीवित हूँ तुम्हारे पिता का कोई बाल भी बाँका नहीं कर सकता और कल यही हमारी रणनीति होनी चाहिए।'' कपिश ने सुझाव दिया।

''जैसी आपकी आज्ञा प्रधान सेनापति; कल होने वाले भीषण विध्वंस और रक्तपात के लिये मैं सज्ज हूँ।'' महर्षि कपिश से आज्ञा लेकर अखण्ड अपने शिविर में प्रस्थान कर गया।

<hr>

अखण्ड की भाँति तेजस्वी भी नदी के तट पर खड़ा विचारमग्न था। सूर्यम् और युगांधर उसके पास आकर खड़े हो गए।

"इतने विचारमग्न क्यों हैं भ्राता तेजस्वी?" सूर्यम ने तेजस्वी को चिंतित देख प्रश्न किया।

"चिंता तो होगी ही न अनुज; कल जो भीषण नरसंहार आरंभ होने वाला है, न जाने उसके लिये इतिहास किसको दोषी बनायेगा और तो और, भ्राता अखण्ड भी हमारे विपक्ष में खड़े हैं, किस प्रकार शस्त्र उठा पायेंगे हम उन पर?" तेजस्वी व्यथित था।

सूर्यम ने दृढ़ता से इसका उत्तर दिया, "ये बात तो आपको युद्ध छेड़ने से पूर्व सोचनी चाहिए थी; किंतु आप चिंता न करें भ्राता, हमारे पास वक्रबाहु जैसा सामर्थ्यवान योद्धा है, वो भ्राता अखण्ड का मार्ग भी रोकेगा और शत्रु सेना का विध्वंस भी करेगा। न भ्राता अखण्ड उसे पराजित कर सकते हैं, न वो भ्राता अखण्ड को परास्त कर सकता है, इसलिये ज्येष्ठ भ्राता से हमारा सामना नहीं होगा, उन्हें तो वक्रबाहु उलझाये रखेगा।"

तेजस्वी ने सूर्यम की ओर देखा, "अपनी दृढ़ता दिखाकर अपनी पीड़ा को छिपाने का प्रयत्न कर रहे हो अनुज?"

सूर्यम से तेजस्वी के यह शब्द सहन नहीं हुए। उसके मन की भावनायें उसके नेत्रों में दिखने लगीं।

तेजस्वी उसके निकट गया और उसे समझाने का प्रयत्न किया, "देखो, सूर्यम...।"

"कुछ कहने की आवश्यकता नहीं है भ्राताश्री; बचपन से भ्राता अखण्ड यह कहते आये हैं, कि मैं उन्हें सबसे अधिक प्रिय हूँ, किंतु फिर भी उन्होंने शत्रुओं का पक्ष चुना। यदि उन्हें हमारी बचपन की स्मृतियों का विस्मरण हो गया है, तो मुझे भी अपने हृदय पर भार रखने में कोई रुचि नहीं है। कल वक्रबाहु भ्राता अखण्ड का सामना भी करेगा और उन्हें पीछे भी हटायेगा।" सूर्यम ने अपनी भावनाओं को नियंत्रित कर लिया था।

"तुम्हारी दृढ़ता अद्भुत है सूर्यम, किंतु यदि वक्रबाहु रणभूमि में आ पहुँचा तो केवल विध्वंस करेगा। कल हमारा पहला लक्ष्य होगा कि हम किसी प्रकार भानुसेन तक पहुँचकर उसका वध करें, ताकि ये युद्ध समाप्त हो और भ्राता अखण्ड हमारे पक्ष में खड़े हो जायें।" तेजस्वी ने सूर्यम की बातों से असहमति जताई।

युगांधर ने हस्तक्षेप किया, "ये इतना सरल नहीं होगा भ्राताश्री; भ्राता अखण्ड ने सौगंध ली है कि उनके जीवित रहते भानुसेन का बाल भी बाँका न होगा और तो और महर्षि कपिश और रक्षराज मार्केश हमें उन तक पहुँचने नहीं देंगे।"

"हम्म, वक्रबाहु है कहाँ और तुम उसे बुलाओगे कैसे?" तेजस्वी ने सूर्यम से

प्रश्न किया।

सूर्यम ने अपनी उँगली में पहनी एक अँगूठी दिखाई, ''मैंने वक्रबाहु को वर्षों के बंधन से मुक्त किया था, इसके एवज में उसने पातालपुरी में मुझे यह अँगूठी देकर कहा था कि जब भी तुम्हें मेरी आवश्यकता होगी, इसे अपने मस्तक से लगाकर मेरा स्मरण करना, तुम जहाँ भी होगे मैं वहाँ प्रस्तुत हो जाऊँगा।''

''तो फिर हमने जैसा सोचा था, हम वैसा ही करेंगे; हम वक्रबाहु का आवाहन तभी करेंगे, जब हमारे पास कोई और मार्ग न हो।'' तेजस्वी ने निर्णय लिया।

''जैसी आपकी आज्ञा भ्राताश्री। मैं प्रस्थान करता हूँ, मुझे कल पिताश्री के साथ खड़ा रहना है और मेरा निर्धारित मोर्चा यहाँ से कई कोस की दूरी पर है।'' सूर्यम ने प्रस्थान की आज्ञा माँगी।

''हाँ सूर्यम तुम्हें शीघ्र से शीघ्र प्रस्थान करना चाहिए।'' तेजस्वी ने भी सूर्यम को प्रस्थान करने को कहा।

सूर्यम के जाने के उपरांत तेजस्वी एक बार फिर नदी के तट की ओर देखने लगा। उसके मुख पर अब भी एक शिकन सी थी।

''क्या हुआ भ्राताश्री, आप अभी भी किसी बात को लेकर चिंतित प्रतीत हो रहे हैं।'' युगांधर ने प्रश्न किया।

''हाँ युगांधर, एक प्रश्न है है मेरे मन में, जिसका उत्तर मुझे अभी तक प्राप्त नहीं हुआ।'' तेजस्वी ने कहा।

''कैसा प्रश्न भ्राताश्री?''

''तुम्हें स्मरण होगा कि तीन वर्ष पूर्व जब हम इस विडंबना में फँसे हुए थे कि विजयधनुष हमें कहाँ प्राप्त होगा, तब एक संदेशपत्र आया था, जिसने हमारी सहायता की थी।''

''हाँ भ्राताश्री, मुझे भलीभाँति स्मरण है, वो पत्र महाऋषि कपिश ने भेजा था।'' युगांधर ने कहा।

''किंतु जब मैंने महाऋषि कपिश से इसके विषय में प्रश्न किया तो उन्होंने स्पष्ट रूप से मना कर दिया कि उन्होंने कोई संदेशपत्र नहीं भेजा था।''

युगांधर यह सुनकर स्तब्ध रह गया, ''यह आप क्या रहे हैं भ्राताश्री! यह कैसे संभव है? तो फिर हमारी सहायता किसने की?''

''यही प्रश्न तो मेरे मन में है युगांधर, ऐसा कौन सा सहायक है हमारा, जिससे हम अब तक अंजान हैं?''

कुछ क्षण विचार करने के उपरांत तेजस्वी ने कहा, ''ठीक है यह सब छोड़ो,

अपने उस अंजान सहायक के विषय में हम बाद में ज्ञात कर लेंगे, अभी हमें विश्राम के लिए जाना चाहिए, ताकि कल पूरी शक्ति से युद्ध कर सकें।''

''हाँ, मुझे भी ऐसा ही लगता है।''

इसके उपरांत तेजस्वी और युगांधर अपने शिविर की ओर बढ़े।

तभी रात्रि में कहीं से अश्वों के पदचाप सुनाई दिये। रथ पर आरूढ़ हुआ एक योद्धा, बलिष्ठगढ़ के पड़ाव की ओर आने लगा। ये कोई और नहीं बलिष्ठगढ़ का युवराज राजवीर था। रथ से उतरकर वो तेजस्वी के निकट आया। तेजस्वी ने उसे देखते ही क्रोध से मुँह फेर लिया।

राजवीर ने उसका क्रोध शांत करने का प्रयास किया, ''कुँवर तेजस्वी, आपका क्रोध उचित है, किन्तु मेरी आपसे विनती है कि अतीत में हुई घटनायें भूलकर मुझे इस महारण में भाग लेने का अवसर दें, ताकि मैं अपने पापों का प्रायश्चित कर सकूँ।''

राजवीर के आने की सूचना जब राजा भार्गव तक पहुँची तो वो भी शिविर से बाहर आये। उन्हें देख राजवीर ने घुटनों के बल बैठकर उनसे विनती की, ''मुझे क्षमा करें पिताश्री, एक अवसर प्रदान करें ताकि मैं अपने पापों का प्रायश्चित कर सकूँ।''

''आपको इस युद्ध में सम्मिलित होने की आज्ञा है युवराज राजवीर। आप कल हमारी सेना में अपने पिता और भाई वृषभान के साथ सेना का एक छोर सँभालेंगे; प्रधान सेनापति महाराज इलियान भी आपके साथ होंगे।'' अपना आदेश सुनाकर तेजस्वी वहाँ से प्रस्थान कर गया।

''तेजस्वी का हृदय विशाल है पुत्र, उसने तुम्हें क्षमा तो कर दिया; किंतु अब उसके विश्वास पर खरा उतरना तुम्हारा कर्तव्य है।'' राजा भार्गव ने राजवीर को समझाया।

''आप चिंतित न हों पिताश्री, अपने पापों का प्रायश्चित करते हुए अपने प्राण भी गँवाने को सज्ज हूँ मैं।'' राजवीर ने विश्वास दिलाया।

अध्याय 17

युद्धारंभ

युद्ध का प्रथम दिन

प्रतीक्षा की घड़ी समाप्त हुई। सूर्य की किरणें चारों दिशाओं में फैल चुकी थीं। बलिष्ठगढ़ की पाँच अक्षौहिणी सेना के ज्वालामुखी का सामना करने हेतु विदर्भ की चार अक्षौहिणी असुर सेना और तीन अक्षौहिणी मानव सेना का सागर तत्पर खड़ा था।

बलिष्ठगढ़ सेना के चारों मोर्चों पर सैन्य-रचना ठीक वैसी ही थी, जैसी विदर्भ की ओर कूच करते समय थी। विदर्भ की सेना भी आक्रमण को सज्ज थी।

विदर्भ की सेना में सबसे आगे थे प्रधान सेनापति महर्षि कपिश। उनके साथ थे विदर्भराज भानुसेन। दूसरे छोर का नेतृत्व कर रहा था रक्षराज मार्केश। तीसरी ओर मोर्चा सँभाला था अखण्ड और सुबाहु ने, जो अपने भाइयों वीरभद्र, सुषेण, सहिष्णु, श्यामक और वासुसेन के साथ शत्रु सेना पर टूटने को तैयार था और चौथे मोर्चे पर थे रक्षराज मार्केश के अनुज त्रिभुज और अधीम। असुरों की ओर से तक्षक और उसकी नागों की सेना ने अभी तक युद्ध में पदार्पण नहीं किया था।

सारे महारथियों ने युद्ध के आरंभ से पूर्व शंखनाद किया। इन शंखनादों ने वहाँ का सम्पूर्ण वातावरण ही कँपा दिया। महर्षि कपिश और महाराज इलियान अपनी-अपनी सेना को आक्रमण का आदेश देने को सज्ज थे।

''हर हर महादेव...!'' प्रधान सेनापति इलियान के साथ बलिष्ठगढ़ की सेना की

हुंकार से दूर-दूर तक के पर्वत हिल गये।

महर्षि कपिश ने भी धनुष उठाया। उनके धनुष की टंकार सुनकर ही विदर्भ की सेना का उत्साह कई गुना बढ़ गया।

''आक्रमण...!'' कपिश और इलियान के आदेश पर दोनों सेनायें एक दूसरे की लहू की प्यासी होकर दौड़ पड़ीं।

एक महाविध्वंस प्रारंभ हो गया। झरनों से जिस प्रकार जल की धारा बहती है, रणक्षेत्र में रक्त बहना आरम्भ हो गया। रणांगण की भूमि रक्त से लाल हो रही थी। कदाचित् इस महासंग्राम ने धरा के एक विशाल भाग को रक्तरंजित करने का निर्णय ले लिया था।

शीघ्र ही तेजस्वी अपने अश्व को दौड़ाता हुआ इलियान के निकट आया।

''आपको हमारी रणनीति का स्मरण तो है न तेजस्वी?'' इलियान ने प्रश्न किया।

''हाँ सेनापति जी। मेरा दायित्व है महर्षि कपिश का मार्ग रोकना। नागों की सेना लेकर नागराज विषंधर और युगांधर रक्षराज मार्केश को उलझायेंगे; राजा भार्गव, युवराज राजवीर और वृषभान सामना करेंगे। भानुसेन के पुत्रों का और सूर्यम् को ज्येष्ठ भ्राता अखण्ड का मार्ग रोकना है, तब तक आप और महर्षि शंकराचार्य व्यूह का निर्माण कर लेंगे।'' तेजस्वी ने अपनी योजना कही।

''उचित कहा कुमार तेजस्वी; अधिकतम योद्धा भानुसेन की रक्षा के लिए सक्रिय होंगे। भानुसेन के पुत्रों को रोकने के लिए आपके पिता चक्रसेन, मगधराज शाल्व और महामंत्री संजय की भी आवश्कता होगी। आप महर्षि कपिश की ओर जाइए, क्योंकि वो हमारी सेना को भारी मात्रा में क्षति पहुँचा रहे हैं।'' इलियान ने निर्देश दिया।

तेजस्वी, विदर्भ के प्रधान सेनापति को खोजते हुए आगे निकल गया।

युगांधर भी विषंधर के साथ नागों की सेना लिए रक्षराज मार्केश के मार्ग में आ खड़ा हुआ, ''ठहरो मार्केश, कहाँ सामान्य सैनिकों से लड़े चले जा रहे हो, तुम्हारे और तुम्हारी आसुरी सेना के विनाश के लिए नागसेना अपना विष लिए प्रस्तुत है।''

''अपने विष का बहुत अहंकार है न तुम नागों को; इस विष को ही निष्क्रिय कर दूँगा मैं।'' रक्षराज ने इतना कहकर दिव्यास्त्र का आवाहन आरम्भ किया।

यह देख युगांधर ने फरसा चलाकर रथ पर बैठे रक्षराज को नीचे गिरा दिया।

''मैं तुम्हें यह नहीं करने दूँगा रक्षराज; मैं तुम्हें दिव्यास्त्रों का प्रयोग कर नागों के विषप्रभाव को निष्क्रिय नहीं करने दूँगा और अब इस नागसेना का विष तुम्हारी आसुरी सेना का नाश करेगा।'' युगांधर रक्षराज की ओर दौड़ पड़ा।

मार्केश ने भी अपनी तलवार खींच निकाली और युगांधर की ओर दौड़ पड़ा। नागराज विषंधर अपनी नागसेना का विष लिए असुरों की ओर दौड़ पड़े। उनकी विष फुंकारों से असुर सैनिक मूर्छित होते चले जा रहे थे और नाग सैनिक बड़ी ही सरलता से उनका वध किये जा रही थे।

युगांधर ने अपनी पीठ पर महाऋषि ओमेश्वर की दिव्य तलवार टाँगी हुई थी और हाथ में देव शेषनाग का दिया हुआ फरसा लिए मार्केश से युद्ध कर रहा था। मार्केश भी पहले से दोगुना अधिक शक्तिशाली हो चुका था, उसके वार बार-बार युगांधर को पीछे हटा दे रहे थे।

"देव शेषनाग ने ये दिव्या फरसा प्रदान कर ये वर मुझे दिया था रक्षराज; कि जब तक ये फरसा मेरे हाथ में है, मुझे द्वंद्वयुद्ध में कोई पराजित नहीं कर सकता; अपराजेय हूँ मैं रक्षराज!" युगांधर ने एक बार फिर पूरी शक्ति से मार्केश पर आक्रमण किया।

रक्षराज और युगांधर के बीच का द्वंद्व जारी था। वहीं दूसरी ओर तेजस्वी के पराक्रम ने महर्षि कपिश का मार्ग रोक रखा था। संजय, चक्रसेन, राजवीर, वृषभान और मगध के युवराज शाल्व क्रमशः भानुसेन के पुत्रों वीरभद्र, सुषेण, श्यामक, सहिष्णु और वासुसेन से द्वंद्व में व्यस्त थे। वीरसेन और भार्गव इलियान के साथ मिलकर दो ओर से सेना का नेतृत्व करते हुए अपने बाणों से विपक्षी सेना पर कहर बरपा रहे थे। सूर्यम् भी अपनी तलवार लिए अखण्ड की ओर बढ़ रहा था।

तभी उसका मार्ग सुबाहु ने रोक लिया। दोनों रथ से कूद पड़े और शीघ्र ही उनके बीच का द्वंद्व आरंभ हो गया।

सूर्यम ने उसका पहला प्रहार अपनी तलवार पर रोका और उसका कंठ पकड़कर उसे हवा में उठा दिया। उसे भूमि पर पटककर सूर्यम ने तलवार से उसकी छाती पर वार किया। किंतु इससे पूर्व कि वो उसका वध करता, अखण्ड वहाँ आ पहुँचा और उसने बीच में अपनी तलवार अड़ाकर सूर्यम को पीछे धकेल दिया।

"ये आप उचित नहीं कर रहे भ्राताश्री, आखेटक से उसका आखेट नहीं छीनना चाहिये।" सूर्यम् की आँखें क्रोध से लाल थीं।

"तुम्हारी ही भाँति ये भी मेरा अनुज है सूर्यम्, इसकी रक्षा भी मेरा उत्तरदायित्व है।" कहकर अखण्ड ने सूर्यम् को पीछे धकेल दिया।

"सुबाहु, जाओ और हमारे भाइयों की सहायता करो!" अखण्ड के आदेश का पालन करते हुए सुबाहु भूमि से उठा और भानुसेन के अन्य पुत्रों की सहायता को दौड़ पड़ा।

"तुम भी कहीं और जाकर मोर्चा सँभालो सूर्यम; मैं तुम पर प्रहार नहीं करना चाहता।" अखण्ड पलटकर जाने लगा।

"मुझे आपका ही मार्ग रोकने भेजा गया है ज्येष्ठ, आपको तो यहाँ से जाने न दूँगा मैं।" सूर्यम अड़ गया।

"हम बाल्यकाल से कितनी बार एक-दूसरे से प्रतियोगिता कर चुके हैं सूर्यम्, किंतु स्मरण रहे, द्वंद्वयुद्ध में आज तक तुम मुझे पराजित नहीं कर पाये।" अखण्ड मुस्कुराया।

"जो तब नहीं हुआ, वो आज होगा; आज अवश्य मैं आपको पराजय का स्वाद चखाऊँगा, सावधान ज्येष्ठ!" सूर्यम ने तलवार पर पकड़ मजबूत की।

"जैसी तुम्हारी इच्छा सूर्यम्, सावधान!"

दोनों भाइयों ने बिजली की गति से तलवारें चलायीं। महाऋषि ओमेश्वर की तलवार ने सूर्यम की शक्ति कई गुना बढ़ा दी थी। अखण्ड को वो कड़ी प्रतिस्पर्धा दे रहा था।

इतना समय पर्याप्त था महाराज इलियान के लिए। उन्होंने महाऋषि शंकराचार्य के साथ मिलकर मकरव्यूह का निर्माण किया। वो भयंकर व्यूह तीव्रगति से असुरों के सैन्य किले को भेदता हुआ भानुसेन की ओर बढ़ा।

महाऋषि कपिश को तेजस्वी ने उलझा रखा था। इलियान और महर्षि शंकराचार्य, भानुसेन की ओर बढ़ने लगे।

इधर राजवीर, भानुसेन के सबसे छोटे पुत्र वासुसेन से द्वंद्व कर रहा था। वासुसेन उस पर भारी पड़ रहा था। शीघ्र ही उसने राजवीर को भूमि पर गिरा दिया।

किंतु इससे पूर्व कि वो उसका वध करता, सुबाहु बीच में आ गया, "रुक जाओ अनुज! ये मेरा आखेट है, इसका वध मुझे करने दो।"

वासुसेन पीछे हट गया। राजवीर अपनी तलवार लिए भूमि से उठा।

"हमारा पुरानी मित्रता अब शत्रुता में परिवर्तित हो चुकी है युवराज राजवीर; मित्रता में तो तुमने छल किया, जिसके कारण अब सुवर्णा तेजस्वी की भार्या है और इसका दंड आज तुम्हारा वध करके दूँगा तुम्हें।" सुबाहु अपनी तलवार लिए राजवीर की ओर बढ़ा।

"मेरी बहन का नाम अपनी दूषित जिह्वा से लेकर तूने स्वयं अपनी मृत्यु को निमंत्रण दिया है सुबाहु, सावधान!" राजवीर भी अपने शत्रु की ओर दौड़ा।

यह द्वंद्व अधिक समय तक नहीं चला। राजवीर ने दोनों हाथों का बल लगाकर अपनी तलवार से सुबाहु को झुका रखा था, जबकि सुबाहु एक हाथ में तलवार लिये उसका प्रहार झेलते हुए नीचे झुका जा रहा था। सुबाहु का एक हाथ खाली था। उसने इस अवसर का लाभ उठाया और अपनी कमर में रखी कटार निकलकर पूरी गति से

राजवीर की कमर पर प्रहार किया। राजवीर पीछे हटा और अगले ही क्षण सुबाहु ने तलवार राजवीर के उदर में घोंप दी। पीड़ा से तड़पते हुए उसने सुबाहु को पीछे धकेल दिया और स्वयं भी भूमि पर गिर पड़ा।

अखण्ड ने भी अंततः सूर्यम को पराजित कर भूमि पर गिरा दिया।

''तुम्हें और अधिक अभ्यास की आवश्यकता है अनुज, मुझे पराजित करने के लिए इतना पर्याप्त नहीं है।'' मुस्कुराकर अखण्ड दूसरी दिशा में बढ़ गया। सूर्यम भी हाँफते हुए कुछ क्षणों के लिए भूमि पर ही लेटा रहा।

सेनापति इलियान और शंकराचार्य, मकरव्यूह से भानुसेन के निकट पहुँचने ही वाले थे; किंतु भानुसेन के मुख पर चिंता नहीं अपितु मुस्कान थी और इस मुस्कान का रहस्य शीघ्र ही सबके समक्ष आया।

जैसे ही मकरव्यूह भानुसेन के निकट पहुँचा, भानुसेन के रथ के पीछे से जो दो योद्धा निकलकर आये, उन्हें देखकर बड़े से बड़ा महावीर भी थर्रा जाय।

सामान्य मानव से दोगुने आकार का एक नरभेड़िया तीव्रगति से मकरव्यूह की ओर दौड़ा। यह कोई और नहीं रक्षराज का भाई त्रिभुज था, जिसकी पीठ पर भी एक भुजा थी और दूसरा था रक्षराज का भाई अधीम, जिसने कदाचित् अग्निशक्ति को पूरी तरह अपने नियंत्रण में किया हुआ था।

नरभेड़िये के रूप में त्रिभुज का आकर देखते ही मकरव्यूह के सैनिकों में भय सा व्याप्त हो गया। अधीम ने भी अपनी अग्निशक्ति से कई सैनिकों को जीवित ही भस्म कर दिया।

मकरव्यूह भंग होने लगा। त्रिभुज और अधीम ने मिलकर कई सैनिकों को मार गिराया था। यह देख महाराज इलियान ने अपना धनुष उठाया और वरुणास्त्र को आवाहन दिया। उस दिव्यास्त्र ने अधीम की अग्निशक्ति पर कुछ हद तक नियंत्रण किया, किंतु त्रिभुज अब भी सैनिकों का विनाश किये जा रहा था और उसके शरीर पर किसी भी अस्त्र का कोई भी प्रभाव नहीं पड़ रहा था।

किंतु कदाचित् आज के दिन बलिष्ठगढ़ के योद्धाओं पर सूर्यदेव की कृपा थी। सूर्यास्त होते ही महाऋषि कपिश ने युद्ध समाप्ति का शंख बजा दिया। त्रिभुज मन मसोसकर रह गया, क्योंकि वो सबसे अधिक विनाश कर रहा था। किंतु तय नियमों के अनुसार उसे और अधीम को पीछे हटना पड़ा।

यह देख महाराज इलियान ने भी युद्ध समाप्ति का शंख बजा दिया।

उस ध्वनि को सुन युगांधर और रक्षराज का द्वंद्व भी समाप्त हुआ। युगांधर ने रक्षराज के मुख पर क्रोध देख उस पर कटाक्ष किया।

"आज तुम्हारी एक अक्षौहिणी सेना का नाश हुआ रक्षराज; और तुम कुछ नहीं कर पाये। अब हर दिन यही होगा; मैं तुम्हारा मार्ग रोकूँगा और नागसेना असुरों का संहार करेगी।"

क्रोध में आकर रक्षराज ने युंगाधर को पीछे ढकेल दिया और पैर पटककर वापस चला गया। युंगाधर उसकी विवशता पर हँसता रहा।

इधर महर्षि कपिश, तेजस्वी की धनुर्विद्या से अत्यंत प्रसन्न हुए, "तुमने पूरे तीन प्रहर तक मेरे बाणों का सफलतापूर्वक सामना किया है पुत्र तेजस्वी; अपने पिता महाराज विक्रमाजित को गर्वित किया है आज तुमने, निःसंदेह तुम इस संसार के सर्वश्रेष्ठ धनुर्धारी हो।"

तेजस्वी ने दोनों हाथ जोड़ महर्षि कपिश को नमन किया।

"विजयी भव वत्स, विजयी भव!" अकस्मात् ही महर्षि कपिश के मुख से आशीर्वाद निकल गया।

सूर्यास्त होने के साथ ही समस्त रणभूमि में युद्ध समाप्ति की घोषणा का शंखनाद हुआ। सभी महारथी अपने-अपने द्वंद्व को अधूरा छोड़ अपने-अपने शिविर में लौट गये।

━━━◆━━━

रात्रि में रणक्षेत्र में लाखों चितायें धू-धू कर जल रही थीं। बलिष्ठगढ़ का युवराज राजवीर, सुबाहु के प्रहार के कारण मृत्युशय्या पर था। तेजस्वी उसके पास खड़ा था।

"कुँवर तेजस्वी, मृत्यु से पूर्व मैं... अपनी... बहन सुवर्णा से भेंट कर... उससे ... अपने किये पापों की क्षमा... माँगना चाहता हूँ; मृत्यु से पूर्व मुझ पर ... कृपा करें।" राजवीर ने विनती की।

तेजस्वी के बुलावे पर शीघ्र ही सुवर्णा, राजवीर के शिविर में आ पहुँची।

राजवीर के प्राण निकलने ही वाले थे। उसने सुवर्णा की ओर हाथ बढाकर इशारा किया। सुवर्णा उसके समीप आकर बैठ गयी।

"मुझे ...क्षमा ....कर दो.. बहन..मैं..अपने..अपराधों..के..लिए क्षमाप्रार्थी हूँ।"

सुवर्णा ने राजवीर का हाथ थामा और उसकी पीड़ा कम करने का प्रयास किया।

"आपके पापों का प्रायश्चित तो तभी हो गया था ज्येष्ठ, जब आप हमारे पक्ष से युद्ध करने आये; ये तो एक बलिदान है जो आज आपने देकर हमें ऋणी छोड़ दिया है।" सुवर्णा के नेत्रों में नमी आ गयी।

राजा भार्गव और वृषभान भी उस शिविर में आ पहुँचे। उन्हें देख राजवीर की आँखों में संतोष की भावना उत्पन्न हो गया।

"पिताश्री....मैंने...अपने पापों...का... प्रायश्चित...कर....लिया....।"

अपने अंतिम शब्द कहकर राजवीर की काया निष्प्राण हो गयी। राजा भार्गव अपने पुत्र की निष्प्राण काया देख भूमि पर घुटनों के बल बैठ गये। वृषभान ने उन्हें सँभालने का प्रयास किया, "धैर्य रखिये पिताश्री, ज्येष्ठ का बलिदान सदैव स्मरण रखेंगे हम और इतना ही नहीं, आगे हमें और भी बलिदान देने पड़ सकते हैं, इसके लिए हमें सज्ज रहना होगा।"

सुवर्णा भी अपने भाई के शव पर आँसू बहाये जा रही थी।

इधर रक्षराज मार्केश रणभूमि में मिली असफलता से कुपित था। तभी रात्रि में रक्षगुरु भैरवनाथ उसके शिविर में आ पहुँचे।

"चिंतित जान पड़ रहे हो रक्षराज।" भैरवनाथ ने मार्केश की चिंता का कारण पूछा।

"आखिर इस युद्ध में मेरा उद्देश्य है क्या गुरुदेव? क्या करूँ मैं उस युगांधर का? मुझे कोई पराजित नहीं कर सकता, किन्तु जब तक वो दिव्य फरसा युगांधर के पास है और विजयधनुष तेजस्वी के पास, उन दोनों की पराजय भी असंभव है। आज हमारी एक अक्षौहिणी सेना का नाश हो गया; इस प्रकार तो हमारा समस्त सैन्यबल ध्वस्त हो जायेगा।" रक्षराज ने खीझकर कहा।

भैरवनाथ ने कुछ क्षण विचारकर कहा, "तुम्हारा मित्र तक्षक कहाँ है रक्षराज? वो अभी तक युद्धभूमि में तुम्हारा सहयोग करने पहुँचा क्यों नहीं?"

"मैंने खाण्डवप्रस्थ संदेश भिजवाया था गुरुदेव; मैं भी नहीं समझ पा रहा कि उसे यहाँ पहुँचने में इतना समय क्यों लग रहा है।" रक्षराज ने कहा।

"हमें उसकी प्रतीक्षा करनी ही होगी और कोई उपाय नहीं है हमारे पास और चिंतित मत हो, आज तुम्हारे अनुज त्रिभुज और अधीम ने शत्रुओं को पर्याप्त हानि पहुँचायी है। शत्रुओं को उनके विषय में पता चल ही चुका है; कल हम उन्हें प्रातः काल से ही शत्रु सेना पर छोड़ देंगे।"

"किंतु आप भूल रहे हैं गुरुदेव, उनके पास महाऋषि ओमेश्वर की दो दिव्य तलवारें हैं; मानता हूँ उनसे वो त्रिभुज का वध नहीं कर सकते, किंतु अधीम ने यदि अधिक विनाश किया तो सबका ध्यान उसकी ओर जाएगा, उसके प्राण संकट में पड़ सकते हैं।" रक्षराज ने तर्क दिया।

"तुमने उचित कहा रक्षराज, हमें इसका भी कोई उपाय खोजना होगा।" भैरवनाथ भी चिंतित हो गया।

तभी एक संदेशवाहक उस शिविर में उपस्थित हुआ।

"कहो क्या बात है?" रक्षराज ने प्रश्न किया।

"खाण्डवप्रस्थ निवासी तक्षक का संदेश है महाराज।" दूत ने कहा।

'कहो।'

"उन्होंने विलम्ब से आने के लिए क्षमा माँगी है और कहलवाया है कि कल वो युद्ध में आपका समर्थन करने उपस्थित हो जायेंगे।" दूत ने सूचित किया।

रक्षराज मुस्कुराया, "बड़ी ही उत्तम सूचना दी दूत, तुम जा सकते हो।"

दूत प्रस्थान कर गया।

"देखा रक्षराज, तुम तो यूँ ही चिंतित थे; अब कल तुम्हारे शत्रुओं को एक और अज्ञात शक्ति का सामना करना होगा, जिससे वह पूर्ण रूप से अनभिज्ञ होंगे।" भैरवनाथ ने अपने शिष्य का उत्साह बढ़ाया।

"हाँ वो तो है गुरुदेव।" रक्षराज के मुख पर भी संतोष था।

वहीं बलिष्ठगढ़ के शिविर में महाराज इलियान चिंतित बैठे थे। तेजस्वी, युगांधर और महर्षि शंकराचार्य उनके बुलावे पर उनके शिविर में आये।

"आज जो हुआ वो हमने अपने नेत्रों से देखा है और वह दोनों असुर कल एक विकराल संकट का रूप ले सकते हैं; इस विषय में आपका क्या कहना है महर्षि शंकराचार्य? कौन हैं वो दोनों?" इलियान ने प्रश्न किया।

"मैंने गुप्तचरों से पता लगाया, वो दोनों रक्षराज के भाई त्रिभुज और अधीम हैं।" शंकराचार्य ने कहा।

"जिन पर किसी भी अस्त्र का कोई प्रभाव नहीं पड़ रहा? ऐसा क्यों है?" इलियान ने प्रश्न किया।

"वो रक्षराज के अनुज हैं महाराज, उनकी मृत्यु भी किसी साधारण शस्त्र से संभव नहीं है, इसलिए कदाचित् उनकी भी मृत्यु महाऋषि ओमेश्वर की तलवार से ही संभव है।" तेजस्वी ने संभावना व्यक्त की।

"तो फिर कल कुमार तेजस्वी को ही रक्षराज का मार्ग रोकना होगा। आपके पास विजयधनुष है, निःसंदेह वो आप पर विजय नहीं पा सकता।" इलियान युद्ध की अग्रिम योजना पर विचार-विमर्श करने लगे।

युद्ध का दूसरा दिन

सूर्योदय होते ही एक बार फिर महारण सज चुका था। इस बार नागसेना का नेतृत्व करते हुए विषंधर के साथ तेजस्वी रक्षराज का सामना करने आगे बढ़ा।

इस बार प्रधान सेनापति इलियान ने वज्रा व्यूह बनाकर आगे बढ़ने का निर्णय लिया। युगांधर और सूर्यम उनके साथ उस व्यूह में थे।

वहीं महाऋषि कपिश को महर्षि शंकराचार्य उलझाकर वहाँ से दूर ले गए।

शत्रुओं का नाश करते हुए वज्रा व्यूह भानुसेन की ओर बढ़ा चला जा रहा था।

तेजस्वी का सामना भी शीघ्र ही रक्षराज से हुआ। नागों की समस्त सेना उसके साथ थी।

''क्या हुआ तेजस्वी, आज तुम्हारा अनुज युगांधर मेरा मार्ग रोकने नहीं आया?'' रक्षराज ने प्रश्न किया।

''वो भी एक अपराजेय योद्धा है मार्केश और मैं भी; न तुम उसे पराजित करके आगे बढ़ पाए थे, न मैं तुम्हें आगे बढ़ने दूँगा।'' तेजस्वी ने अपना विजयधनुष उठाया।

''किसी और की धरोहर चुराकर स्वयं को अपराजेय योद्धा घोषित करना कहाँ की वीरता है युवान?'' रक्षराज ने प्रश्न उठाया।

''जो एक कुशल धनुर्धर हो, निःस्वार्थ हो, जिसके मन में दया हो, जिसकी बुद्धि स्थिर हो और जो अपने लक्ष्य के प्रति समर्पित हो; इन सभी गुणों को अपने पराक्रम से सिद्ध कर मैंने स्वयं को इस पवित्र महाअस्त्र के योग्य बनाया है और जहाँ तक तुम्हारी धरोहर की बात है, तो शक्ति उसी की होती है जो उसके योग्य हो और यह पवित्र विजयधनुष तुम्हें अयोग्य सिद्ध कर चुका है। इसलिए प्रलाप बंद करो और यदि सामर्थ्य है तो द्वंद्व करो।'' तेजस्वी ने मार्केश की ओर एक बाण छोड़ा।

वह बाण मार्केश की छाती से टकराकर टूट गया। मार्केश मुस्कुराया, ''तुम भलीभाँति जानते हो तेजस्वी, तुम्हारा कोई भी अस्त्र मेरा बाल भी बाँका नहीं कर सकता।''

''तुम्हारे शरीर की भाँति आज मेरी छाती भी अभेद है मार्केश और वैसे भी मैं यहाँ तुम्हारा वध करने नहीं आया, मुझे तो केवल तुम्हारा मार्ग रोकना है।'' तेजस्वी ने एक और बाण मार्केश की ओर छोड़ा।

मार्केश को उसके आक्रमण का उत्तर देना ही पड़ा। दोनों महारथियों में द्वंद्व आरंभ हो गया।

वहीं राजवीर का अनुज वृषभान अपने भाई की मृत्यु के प्रतिशोध हेतु सुबाहु को खोज रहा था और शीघ्र ही उसका सामना सुबाहु से हो भी गया। अपने भाई राजवीर की मृत्यु का स्मरण कर वृषभान सुबाहु की ओर दौड़ पड़ा। दोनों की तलवारें टकरायीं। अपने क्रोध के कारण वृषभान, सुबाहु पर हावी होने लगा।

सुबाहु निःशस्त्र होकर भूमि पर गिर पड़ा, किंतु इससे पूर्व वृषभान उसका वध

करता, एक मुष्टि प्रहार ने उसे भूमि पर गिरा दिया। उसने भूमि से उठकर अपने प्रतिद्वंद्वी की ओर देखा। भानुसेन का दूसरा पुत्र वीरभद्र उसके समक्ष खड़ा था। आवेश में आकर वृषभान उसकी ओर दौड़ पड़ा। वीरभद्र ने उसकी तलवार हाथ से ही रोक ली और उसका कंठ पकड़कर उसे हवा में उठा दिया। उसने वृषभान को भूमि पर पटका और उसकी छाती पर कई मुष्टि प्रहार किये, फलस्वरूप वृषभान ने मुख से रक्त उगलते हुए अपने प्राण छोड़ दिए।

भानुसेन पुत्र वीरभद्र का यह प्रथम बल प्रदर्शन था। उसने अपनी छाती ठोककर गर्वित अनुभव किया।

तेजस्वी और रक्षराज का द्वंद्व जारी था। पहले दिन की भाँति आज भी नागों की सेना असुरों में भयंकर कोलाहल मचा रही थी।

तभी अकस्मात् ही उस मोर्चे पर असुर पीछे हटने लगे। नागों को आश्चर्य हुआ। नागराज विषंधर ने भी अपनी सेना को रुकने का आदेश दिया।

असुरों ने पीछे हटकर भूमि का एक बड़ा भाग रिक्त कर दिया। विषंधर ने ध्यान से देखा, दूर से ही शर व्यूह बनाये एक सेना चली आ रही थी। थोड़ा निकट से देखते ही विषंधर ने उसे पहचान लिया, "ये...ये तो तक्षक है।"

वो तत्काल ही अपनी सेना के निकट गये, "सावधान हो जाओ नागजाति के वीरों, इस बार शत्रु पर हमारा विष कोई प्रभाव नहीं डाल पायेगा।"

यूँ तो तक्षक का सैन्यबल विषंधर की सेना से आधा था, किंतु शरव्यूह बनाये तक्षक की सेना ने विषंधर की सेना के किले को भेदकर रख दिया था।

तेजस्वी को भी सूझ नहीं रहा था कि ऐसी विकट परिस्थिति में वह क्या करे।

रक्षराज हँस पड़ा, "अब होगा बराबरी का युद्ध; अब तुम मेरा मार्ग नहीं, अपितु मैं तुम्हें विषंधर की सहायता करने से रोकूँगा तेजस्वी।" रक्षराज ने तेजस्वी पर बाण पर बाण छोड़ने आरंभ किये।

तेजस्वी को उसके प्रहार का उत्तर देना ही पड़ा। वो अब उलझकर रह गया था।

इलियान, युगांधर और सूर्यम के साथ वज्रव्यूह बनाये भानुसेन के निकट पहुँचने लगे। यह देख त्रिभुज और अधीम एक बार फिर सेनापति इलियान के बनाये व्यूह को भंग करने टूट पड़े।

किंतु इस बार वो दोनों व्यूह भंग करते, इससे पूर्व ही युगांधर त्रिभुज के समक्ष और सूर्यम अधीम के समक्ष आ खड़ा हुआ।

त्रिभुज अपने नरभेड़िये के स्वरूप में था। उसका आकार युगांधर से दोगुना था, किंतु फिर भी युगांधर ने बिना किसी भय के महाऋषि ओमेश्वर की दिव्य तलवार

निकाली और त्रिभुज की ओर दौड़ पड़ा।

अगले ही क्षण त्रिभुज ने अपने पैने नखों से युगांधर की छाती भेदने का प्रयत्न किया, किंतु युगांधर ने बड़ी सफाई से उसका वार बचाकर उसके दो नाखुन काट दिए। यह देख त्रिभुज कुछ कदम पीछे हटा। उसके मन में भी थोड़ा सा भय समा गया था। वो युगांधर पर सावधानी से वार करने लगा।

वहीं सेनापति इलियान ने एक बार फिर वरुणास्त्र का प्रयोग कर अधीम के फेंके हुए अग्नि गोलों का प्रभाव कुछ हद तक कम कर दिया था। यह सूर्यम के लिए एक अवसर था। वह महर्षि ओमेश्वर की तलवार लेकर अधीम की ओर दौड़ पड़ा। अधीम ने भी तलवार उठाई और उससे द्वंद करने दौड़ा। उन दोनों में भी द्वंद्व आरंभ हो गया।

अब सेनापति इलियान के पास भानुसेन तक पहुँचने का दुर्लभ अवसर था। उन्होंने धनुष पर बाण चढ़ाया और भानुसेन की ओर छोड़ा। भानुसेन ने भी बाण चलाकर उनके प्रहार का उत्तर दिया, किंतु कुछ ही क्षणों में भानुसेन का धनुष टूटकर भूमि पर गिर पड़ा। इलियान ने अगला बाण चलाकर भानुसेन का रथ तोड़ उसे भूमि पर गिरा दिया।

वो उसे बंदी बनाने आगे बढ़े, तभी तीव्रगति से एक गदा आयी और इलियान के रथ को क्षतिग्रस्त कर दिया। स्वयं को बचाने के लिए इलियान को भूमि पर कूदना पड़ा। भूमि से उठकर उन्होंने स्वयं पर प्रहार करने वाले को देखा। अपने पिता की रक्षा हेतु अखण्ड वहाँ आ पहुँचा था।

इलियान के मुख से रक्त बह रहा था। उन्होंने अपने आसपास देखा। भूमि पर एक भाला गिरा हुआ था। उसे उठाकर उन्होंने अखण्ड को चुनौती दी। भानुसेन ने भी एक भाला उठाकर अखण्ड की ओर उछाला।

अखण्ड वह भाला उठाकर इलियान की ओर दौड़ पड़ा। उन दोनों में भी भीषण द्वंद्व आरंभ हो गया। चंद्रवंशी राजा इलियान, अखण्ड के लिए बहुत ही कड़े प्रतिद्वंद्वी सिद्ध हो रहे थे।

सूर्यम और अधीम भी एक दूसरे को कठिन प्रतिस्पर्धा दे रहे थे। अधीम के अगले वार से सूर्यम का पैर थोड़ा लड़खड़ाया। अधीम ने इसका लाभ उठाकर सूर्यम की कमर और पैर पर गहरे घाव किये। सूर्यम भूमि पर गिर पड़ा। अतिआत्मविश्वास में अधीम उसका अंत करने उसके निकट चला गया। यह भूल ही उसके लिए प्राणघातक सिद्ध हुई। अधीम ने अपनी तलवार सूर्यम की छाती पर चलायी, किंतु इससे पूर्व वो तलवार सूर्यम की छाती को भेदती, सूर्यम ने हाथ से ही उसका वार रोका। अगले ही क्षण उसने अधीम के पैर पर प्रहार कर उसका संतुलन बिगाड़कर उसे भूमि पर गिरा दिया। तलवार अब अधीम के हाथ से छूट चुकी थी। बिना विलंब किये सूर्यम भूमि से

उठा और दिव्य तलवार से अधीम की छाती भेद दी। अधीम पीड़ा से तड़पने लगा। अगले ही क्षण सूर्यम ने अधीम का सर धड़ से अलग कर दिया। उसके शरीर से रक्त का फव्वारा फूट पड़ा। उसकी काया तड़पते हुए निष्प्राण हो गयी।

सूर्यम की कमर और पैर के घाव से भी रक्त बहने लगा था। वह कुछ पल विश्राम के लिए भूमि पर बैठ गया। भानुसेन को यह उचित अवसर जान पड़ा, उसने गदा उठाई और सूर्यम की ओर बढ़ा।

भानुसेन को अपनी ओर आते देख सूर्यम उठकर खड़ा हो गया। घायल अवस्था में भी वह भानुसेन से द्वंद्व करने लगा।

दूसरी ओर युगांधर ने अवसर पाकर एक लंबी छलाँग लगायी और त्रिभुज की दायीं भुजा काटकर भूमि पर गिरा दी। किंतु अगले ही क्षण उस कटी भुजा के स्थान पर एक नयी भुजा उग आयी।

''महाऋषि ओमेश्वर की दिव्य तलवार भी इस पर कोई प्रभाव नहीं डाल पायी।'' युगांधर स्तब्ध था।

त्रिभुज ने युगांधर की इस असावधानी का पूरा लाभ उठाया। उसने पैने नखों से युगांधर की छाती और मुख पर प्रहार किया। युगांधर घायल होकर भूमि पर गिर पड़ा। उसने भूमि से उठकर शीघ्र ही स्वयं को सँभाल लिया। अब त्रिभुज उस पर प्रहार करता जा रहा था, किंतु वो हर प्रहार दिव्य तलवार की सहायता से रोक पा रहा था।

दूसरी ओर भानुसेन घायल सूर्यम पर हावी होने लगा। अखण्ड से यह दृश्य सहा न गया। उसने इलियान को पीछे धकेला और सूर्यम की ओर दौड़ा।

सूर्यम निःशस्त्र होकर भूमि पर गिर पड़ा। किंतु इससे पूर्व भानुसेन गदा से सूर्यम के मस्तक पर प्रहार करता, अखण्ड ने अपना भाला बीच में अड़ा दिया।

भानुसेन उस पर चीख पड़ा, ''अखण्ड, क्या तुम्हें विस्मरण हो गया है कि तुम किस पक्ष से युद्ध कर रहे हो?''

''मुझे कुछ भी विस्मरण नहीं हुआ पिताश्री, किंतु मैं अपने नेत्रों के समक्ष अपने अनुज को मृत्यु की ओर जाते हुए नहीं देख सकता।'' अखण्ड ने भानुसेन को पीछे धकेल दिया।

भानुसेन कुछ कहता इससे पूर्व ही सूर्यदेव अस्त हो गये। दोनों पक्षों से युद्ध समाप्ति का शंख बजा दिया गया।

भानुसेन गदा को भूमि पर पटककर अपने शिविर की ओर चला गया।

अखण्ड ने सूर्यम को भूमि से उठाया।

''आप सिद्ध क्या करना चाहते हैं?'' सूर्यम ने प्रश्न किया।

"तुम्हारे कहने का अर्थ क्या है?"

"या तो आप शत्रुओं के पक्ष से युद्ध कीजिये या हमारे पक्ष से; इस बीचबचाव की क्या आवश्यकता है। जब आपने हमारे विरुद्ध शस्त्र उठा ही लिया है तो यह दिखावा बंद कीजिये।" सूर्यम क्रोध में बोल गया।

"यह दिखावा नहीं है अनुज, मुझे तुम्हारी परवाह है।" अखण्ड ने अपना पक्ष रखा।

सूर्यम मुस्कुराया, "आपको स्मरण है, बचपन से लेकर आजतक मैंने आपकी एक भी बात नहीं टाली; जब भी जैसा भी आदेश आपने दिया, मैंने बिना प्रश्न किये उसे माना, उसके एवज आज मैं आपसे एक विनती करना चाहता हूँ, क्या आप उसे मानेंगे?"

"कहो सूर्यम, बेझिझक होकर कहो।"

"मैं जानता हूँ आप मुझसे प्रेम करते हैं, आप कोई दिखावा नहीं कर रहे हैं; किंतु आज आपने जो किया है वो मेरे हृदय पर बोझ बन गया है..।"

'सूर्यम...।'

"मुझ पर कृपा करें ज्येष्ठ; आप शत्रु के पुत्र भी हैं और उसकी सबसे बड़ी ढाल भी और शत्रु से मैं कोई ऋण नहीं ले सकता, इसलिए आपसे मेरी विनती है, कि आज जो आपने किया है उसे पुनः दोहराइयेगा नहीं।" इतना कहकर सूर्यम वहाँ से प्रस्थान कर गया।

अखण्ड मौन खड़ा उसकी ओर देखता रहा।

दोनों पक्ष की सेनायें भी वापस अपने शिविर में जा चुकी थीं।

<hr>

आज की रात्रि बलिष्ठगढ़ नरेश पर बहुत भारी थी। उनका दूसरा पुत्र वृषभान भी वीरगति को प्राप्त हो चुका था। युगांधर और सूर्यम घायल थे। वैद्यों ने उन दोनों का उपचार आरंभ किया।

इलियान और तेजस्वी एक कक्ष में बैठे युद्धनीति पर विचार-विमर्श कर रहे थे।

"त्रिभुज तो महर्षि ओमेश्वर की तलवार से भी नहीं मरा। नागों की सेना को भी भारी क्षति पहुँची है। आधे से अधिक नागयोद्धा वीरगति को प्राप्त हो चुके हैं; अब आप ही बताइये हमारी आगे की रणनीति क्या होनी चाहिए?" इलियान ने प्रश्न किया।

"अब एक ही मार्ग शेष है महाराज, उन मायावी असुरों का सामना करने हेतु हमें उसे बुलाना ही होगा।" तेजस्वी ने सुझाव दिया।

"आप किसकी बात कर रहे हैं कुमार?" इलियान ने प्रश्न किया।

"मैं महाबली वक्रबाहु की बात कर रहा हूँ महाराज; वर्षों तक वो एक पत्थर की मूरत बने रहे, जिससे उनका शरीर वज्र के समान हो चुका है। साधारण अस्त्र उनके शरीर पर कोई प्रभाव नहीं डाल पाते और मुझे विश्वास है कि त्रिभुज के पैने नाख़ुन भी उनका कोई अहित नहीं कर पायेंगे। त्रिभुज को रोकने के लिए अब हमें उनकी आवश्यकता है।" तेजस्वी ने कहा।

युगांधर और सूर्यम ने भी शिविर में प्रवेश कर उसका समर्थन किया, "आपका निर्णय उचित है भ्राताश्री, अब हमें यही करना होगा।"

उन्हें देख तेजस्वी चिंतित हो गया, "युगांधर, सूर्यम, तुम लोग यहाँ क्यों आये हो, तुम्हें विश्राम की आवश्यकता है।"

"मैं ठीक हूँ भ्राताश्री, मेरे घाव भर चुके हैं।" युगांधर शिविर में आकर एक आसन पर बैठ गया।

"और मेरे भी।" सूर्यम भी दूसरे आसन पर बैठ गया।

"तो फिर विलंब किस बात का, वक्रबाहु का आवाहन करो सूर्यम।" तेजस्वी ने कहा।

"आपकी जैसी आज्ञा भ्राताश्री, किंतु उससे पूर्व मैं कुछ कहना चाहता हूँ।" सूर्यम ने कहा।

'कहो।'

"पिछले दो दिनों से रणभूमि में दो बार हमारा ऐसी शक्तियों से सामना हुआ है जिनके लिए हम बिलकुल भी तैयार नहीं थे; पहले दिन त्रिभुज और अधीम, दूसरे दिन तक्षक और उसकी सेना...।"

"तो तुम बीच रणभूमि में वक्रबाहु का आवाहन करना चाहते हो?" तेजस्वी ने सूर्यम का कथन पूरा किया।

"हाँ भ्राताश्री, मेरे अनुसार यही उचित रहेगा।" सूर्यम ने सहमति जतायी।

इलियान ने भी समर्थन किया, "यही उचित रहेगा कुमार; हमारी इतनी विशाल सेना में कहीं न कहीं शत्रुओं का गुप्तचर अवश्य होगा, यदि महाबली वक्रबाहु अभी आये तो शत्रु सतर्क हो सकता है। हमें भी शत्रुओं पर उसी प्रकार वार करना चाहिए, जैसे पिछले दो दिनों में शत्रुओं ने हम पर किया है और वक्रबाहु एक ऐसी शक्ति है जिससे शत्रु अभी तक असावधान है।"

इलियान उन सबके साथ आगे की योजना बनाने लगे।

उस शिविर की सारी बातें बाहर खड़े एक सैनिक ने सुन ली, जो वास्तव में

भैरवनाथ का गुप्तचर था।

वहीं विदर्भ के शिविर में भानुसेन, अखण्ड पर बरस पड़ा, "तुम चाहते क्या हो? तुम्हारी निष्ठा किस पक्ष की ओर है?"

"मैं केवल आपका अंगरक्षक हूँ पिताश्री।" अखण्ड ने तर्क दिया।

"तो क्या इसका अर्थ यह है कि तुम शत्रुओं के प्राण बचाओ! आज तुमने सूर्यम के प्राणों की रक्षा की है, कल यही तुम तेजस्वी या युगांधर के लिए करोगे और यदि तुम ऐसे ही करते रहे तो इस युद्ध में हमारी पराजय निश्चित है।"

भानुसेन के इस कटाक्ष का अखण्ड ने कोई उत्तर नहीं दिया। वह मौन खड़ा रहा।

भानुसेन का क्रोध बढ़ता जा रहा था, "अरे कैसे क्षत्रिय हो तुम जो तुम्हारी निष्ठा समय समय पर परिवर्तित हो जाती है।"

"बस करो भानुसेन।" तभी रक्षराज वहाँ आ पहुँचा।

"किंतु पिताश्री...।" भानुसेन ने आश्चर्य से मार्केश की ओर देखा।

"मैंने कहा न मौन रहो और पुत्र अखण्ड, तुम अपने शिविर में जाकर विश्राम करो।" मार्केश ने शालीनता से कहा।

अखण्ड, रक्षराज को घूरते हुए भानुसेन के शिविर से बाहर चला गया।

"देखा, देखा आपने पिताश्री, किस प्रकार घूर रहा था ये आपको।" भानुसेन उग्र होने लगा।

"शांत भानुसेन, अपने क्रोध को पीना सीखो।" मार्केश ने उसे समझाने का प्रयत्न किया।

"जैसी आपकी आज्ञा पिताश्री।" भानुसेन मौन हो गया।

"स्थिति को समझने का प्रयत्न करो भानुसेन; सूर्यम अखण्ड का सबसे प्रिय अनुज है; बचपन से दोनों साथ में बड़े हुए हैं, ऐसे कैसे अखण्ड उसे अपने नेत्रों के समक्ष मर जाने देता।" मार्केश ने तर्क दिया।

भानुसेन यह तर्क सुनकर मौन रह गया।

मार्केश ने कहना जारी रखा, "मैं उसकी पीड़ा समझ सकता हूँ, क्योंकि मैंने भी अपने भाइयों को खोया है। आज भी रणभूमि में मुझे जिस बात का भय था, वही हुआ। अधीम वीरगति को प्राप्त हुआ। किंतु जैसे मैं उस पीड़ा से बाहर आ चुका हूँ, अखण्ड को भी इस मोह से मुक्त होना होगा।"

"किंतु यह होगा कैसे पिताश्री?" भानुसेन ने अधीरता से प्रश्न किया।

"कल तुम्हें अखण्ड को किसी दूर के मोर्चे पर भेजना होगा, क्योंकि मिली

सूचना के अनुसार कल सूर्यम बीच रणभूमि में वक्रबाहु को आवाहन देने वाला है। वो ऐसा करे, इससे पूर्व ही हमें उसकी मृत्यु सुनिश्चित करनी होगी।'' मार्केश को अपने शत्रु की सम्पूर्ण योजना का भान था।

''जो आज्ञा पिताश्री।'' भानुसेन मुस्कुराया।

◆━◆

युद्ध का तीसरा दिन

तीसरे दिन के सूर्योदय के साथ ही दोनों सेनायें एक बार फिर आपस में भिड़ गयीं। मृत शरीरों और शवों का एक बार फिर अंबार सा लग गया।

सेनापति इलियान की मुख्य योजना का ज्ञान आज रक्षराज मार्केश को था, इसलिए उसका लक्ष्य केवल सूर्यम था। नागों की संख्या कम हो गयी थी इसलिए आज के दिन तेजस्वी और युगांधर दोनों रक्षराज और तक्षक की सेना की ओर बढ़े। नागों की संख्या अधिक दिखाने के लिए कुछ मानव सैनिक भी नागों में सम्मिलित हो गए थे।

युगांधर ने अपना फरसा निकाला और रक्षराज पर टूट पड़ा। वहीं तेजस्वी, तक्षक को रणभूमि में खोज रहा था।

मार्केश ने तक्षक को तेजस्वी के बाणों से सावधान कर रखा था, इसलिए वो अपनी सेना के मध्य ही छुपकर बैठा था। उसे खोजते हुए तेजस्वी नाग सैनिकों के संहार में उलझ गया।

इलियान और सूर्यम बिना कोई व्यूह बनाये कुछ सैनिकों के साथ भानुसेन की ओर बढ़ रहे थे।

अखण्ड को महाऋषि शंकराचार्य और वीरसेन का मार्ग रोकने दूर भेज दिया गया था। इसके उपरांत मार्केश ने आकाश में एक ऊँचा लाल ध्वज लहराकर भानुसेन को संकेत भेजा।

इस संकेत को देखते ही भानुसेन अपने सुरक्षा घेरे से बाहर निकलकर दूसरी दिशा में दौड़ पड़ा। यह देख इलियान और सूर्यम को आश्चर्य हुआ।

''मैं उनका पीछा करता हूँ सेनापति।'' सूर्यम ने इलियान से कहा।

''रुक जाइए कुमार, यह शत्रु का कोई षड्यंत्र भी हो सकता है।'' इलियान ने सूर्यम को चेतावनी दी।

''आप चिंतित न होइए महाराज, यदि कोई संकट आन पड़ा तो मैं तत्काल ही वक्रबाहु को आवाहन दे दूँगा।'' सूर्यम ने अपने अश्व की लगाम खींची और भानुसेन के पीछे दौड़ पड़ा।

''किंतु कुमार...।'' इलियान ने सूर्यम को रोकने का प्रयत्न किया, किंतु सूर्यम

उनकी पुकार सुने बिना ही आगे बढ़ चुका था।

वो भानुसेन के पीछे लग गया। भानुसेन भागता चला जा रहा था। इलियान को यह कुछ ठीक नहीं लगा। उन्होंने भी अपना रथ उसी दिशा में मोड़ लिया।

इधर तेजस्वी ने अंततः विद्रोही नागों के सरदार तक्षक को खोज निकाला। उसे देखते ही तेजस्वी ने एक बाण सीधा उसकी जाँघ की ओर छोड़ा। तक्षक वार बचाकर एक ओर हट गया और फिर से अपनी सेना के मध्य लुप्त हो गया।

यह देख तेजस्वी ने अपना विजयधनुष उठाया और एक दिव्यास्त्र को आवाहन दिया। उस महाअस्त्र को अपने धनुष पर चढ़ाकर तेजस्वी ने चेतावनी दी, ''तक्षक, जहाँ भी छुपे हो सामने आ जाओ, अन्यथा मेरा यह अस्त्र एक ही बार में तुम्हारी समस्त सेना का नाश कर देगा।''

यह सुनकर विद्रोही नागों की सेना में से निकलकर तक्षक, तेजस्वी के समक्ष आ खड़ा हुआ।

''तुम तो बड़ी सरलता से मान गए तक्षक।'' तेजस्वी ने दिव्यास्त्र को वापस भेज दिया।

किंतु अगला दृश्य देखते ही तेजस्वी की आँखें फट की फटी रह गयीं। तक्षक की सेना के कई नाग उसी का रूप धरकर तेजस्वी के समक्ष आ खड़े हुए। अब तेजस्वी के समक्ष बहुत सारे तक्षक थे। वास्तविक तक्षक को पहचानना कठिन हो रहा था।

कुछ विचार कर तेजस्वी ने विषंधर को आदेश दिया, ''नागराज विषंधर, अपनी सेना को युद्ध छोड़कर पीछे हटने का आदेश दीजिये।''

''किंतु क्यों?'' विषंधर ने प्रश्न किया।

''प्रश्न मत कीजिये नागराज, जैसा कह रहा हूँ वैसा कीजिये।'' तेजस्वी ने आदेश दिया।

''जैसी आज्ञा।'' नागसेना, पीछे हटो!

विषंधर के आदेश पर नागों की सेना पीछे हटने लगी।

यह देख तक्षक के साथ-साथ उसके सभी बहरूपिये ठहाका मारकर हँस पड़े।

इसके उपरांत तेजस्वी अपने अश्व से उतरा और अपना विजयधनुष लिए एक ओर खड़ा हो गया। अब सामने खड़ी थी लगभग बीस सहस्त्र की नाग सेना और तेजस्वी के पीछे भी नागसैनिकों की संख्या लगभग उतनी ही थी।

किंतु तेजस्वी ने उनका सहारा नहीं लिया।

उसने चीखकर नागसेना को आदेश दिया, ''कोई भी मेरे पीछे नहीं आएगा!''

यह कहकर तेजस्वी ने अपने धनुष पर एक साथ बारह बाण चढ़ाये और तक्षक के बारह बहरूपियों के सर धड़ से अलग कर दिए। नाग सैनिकों ने उस विषफुंकार का प्रयोग करना आरंभ किया, किंतु विजयधनुष की शक्ति ने तेजस्वी के सम्पूर्ण शरीर को अभेद बनाया हुआ था। विष का भी कोई प्रभाव उस पर नहीं पड़ा।

तक्षक और उसके बहरूपिए भयभीत होकर पीछे हटने लगे। तेजस्वी ने अकेले ही अपने बाणों की वर्षा से तक्षक की सेना का नाश आरंभ कर दिया। अपने सैनिकों के गिरते शवों को तक्षक देख न पाया। उसके सारे बहरूपिये अपने वास्तविक रूप में आ गये।

तक्षक ने तेजस्वी के समक्ष घुटनों के बल बैठकर हाथ जोड़ लिये। यह देख तेजस्वी ने अपने प्रंचड बाणों की वर्षा रोक दी और अपना धनुष नीचे किया।

"दया, दया करो कुमार।'' तक्षक ने याचना की।

तेजस्वी का क्रोध कुछ हद तक शांत हुआ। वह तक्षक को घूरने लगा।

तक्षक भूमि से उठा और तेजस्वी के समक्ष हाथ जोड़ लिए, "हम पर दया कीजिये महावीर, हम आपकी शक्ति से अनभिज्ञ थे; हममें आपका सामना करने की शक्ति नहीं है और यह युद्ध भी हमारा निजी नहीं है, कृपा करके हमें जाने दीजिए।''

तेजस्वी ने शालीनता से कहा, "तो फिर ठीक है, जाओ दिया तुम्हें अभयदान; अब तुम और तुम्हारी यह सेना दूर-दूर तक रणभूमि में दिखाई नहीं देनी चाहिए।''

"ऐसा ही होगा महावीर।'' तक्षक अपनी सेना के साथ प्रस्थान करने लगा।

यह देख रक्षराज से द्वंद करते हुए युगांधर ने उस पर कटाक्ष किया, "देख लिया अपनी कायरों की सेना को, इनके बल पर तुम नागसेना से युद्ध करने चले थे मार्केश!''

मार्केश ने युगांधर को धकेलकर भूमि पर गिरा दिया और उस पर तलवार से वार किया, जिसे युगांधर ने अपने फरसे से सफलतापूर्वक रोक लिया।

मार्केश के मुख पर अब भी मुस्कराहट थी, "तुम लोग छोटी-छोटी सफलताओं में संतुष्ट होते रहो, मुझे कोई आपत्ति नहीं है।''

युगांधर को उसकी यह बात समझ नहीं आयी। उसने रक्षराज को पीछे धकेला। उन दोनों का द्वंद्व जारी रहा।

वहीं सूर्यम, भानुसेन का पीछा करते करते काफी दूर निकल आया। महाराज इलियान भी उसके पीछे आ रहे थे। किंतु तभी महाऋषि कपिश इलियान के मार्ग में आ खड़े हुए।

इलियान को अपने विरोधी सेनापति की ललकार का उत्तर देना ही पड़ा। दोनों ने

एक-दूसरे पर बाण वर्षा की और द्वंद्व आरंभ हो गया।

भानुसेन कुछ दूर जाकर रुक गया। सूर्यम भी उसके पीछे आ चुका था। किंतु जब उसने पलटकर देखा तो महाराज इलियान उसे स्वयं से बहुत दूर दिखाई दिए।

अगले ही क्षण बरछी और ढाल लिए सैकड़ों सैनिक सूर्यम को घेरने लगे। भानुसेन के चार पुत्रों (श्यामक, सहिष्णु, वासुसेन और सुषेण) ने भी सूर्यम को घेर लिया था।

सेनापति इलियान यह देखकर चिंतित हो गए। उन्होंने कपिश पर बाणों की गति और तीव्र की। किंतु कपिश भी तो परशुराम शिष्य थे, उन पर विजय पाना सरल नहीं था। यह देख इलियान ने अपने एक बाण में लाल ध्वज बाँधा और उसे आकाश में छोड़ दिया।

यह बाण शीघ्र ही उस मोर्चे से भी गुजरा, जहाँ तेजस्वी खड़ा था।

''यह तो संकट का संकेत है।'' तेजस्वी तत्काल ही अपने अश्व पर आरूढ़ हुआ और जिस दिशा से लाल ध्वज लपेटे हुए बाण आया था, उसी दिशा में दौड़ पड़ा।

वहीं सूर्यम ने अपनी म्यान से महाऋषि ओमेश्वर की दिव्य तलवार निकाली और भानुसेन के पुत्रों को सावधान किया, ''हमारा बचपन साथ में बीता है भाइयों! इस रणभूमि में हम शत्रु अवश्य हैं, किंतु यदि दो भाई आपस में युद्ध करें यह उचित नहीं।''

यह देख भानुसेन भी अपने अश्व से उतरा और सूर्यम के निकट आने लगा, ''ये अब तुम्हारे भाई नहीं रहे सूर्यम; जितना इनमें तुम अपने भाइयों को देखोगे, उतनी पीड़ादायक मृत्यु प्राप्त होगी तुम्हें।''

''वक्रबाहु को आवाहन देने का यही उचित समय है।'' सूर्यम ने अपनी अँगूठी की ओर देखा और उसे मस्तक से लगाया।

''प्रहार करो इस पर!'' भानुसेन ने अपने पुत्रों को आदेश दिया।

श्यामक ने सूर्यम के हाथ पर प्रहार किया, जिससे उसका ध्यान भंग हो गया। यह देख सूर्यम कुछ कदम पीछे हटा और श्यामक की छाती पर वार कर उसे घायल कर दिया। महर्षि ओमेश्वर की दिव्य तलवार उसके घाव को भी जलाने लगी।

''अरे मूर्खों, एक साथ प्रहार करो इस पर!'' भानुसेन अपने पुत्रों पर चीख पड़ा।

यह सुनकर सहिष्णु, सुषेण और वासुसेन एक साथ सूर्यम पर टूट पड़े। उन तीनों का प्रहार अत्यंत बलशाली था, किंतु फिर भी सूर्यम ने दिव्य तलवार की सहायता से उन सबको पीछे धकेल दिया। भानुसेन के तीनों पुत्र भूमि पर गिर पड़े।

भानुसेन अपने पुत्रों पर चीखा, ''अरे कायरों, अपने ज्येष्ठ के समान तुम सब भी महाबली वक्रबाहु के वरदानी हो, उठो और वार करो अपने शत्रु पर।''

"ज्येष्ठ अखण्ड जितना साहस हर किसी में नहीं होता काकाश्री; ये सब अभी बालक हैं, इनमें मेरा सामना करने की शक्ति नहीं है।'' सूर्यम ने विश्वास से कहा।

भानुसेन ने अपने पुत्रों को प्रेरित करने का प्रयत्न किया, ''उठो मूर्खों, यह तुच्छ मनुष्य तुम सबकी वीरता पर प्रश्नचिह्न लगा रहा है, उठो और वध करो इसका।''

इस बार भानुसेन के चारों पुत्र सहिष्णु, सुषेण, वासुसेन और श्यामक उठ खड़े हुए। उन्होंने एक साथ सूर्यम पर प्रहार किया। सूर्यम बड़ी ही कठिनाई से उनके वारों से बचता हुआ उन्हें घायल करता जा रहा था।

तभी भानुसेन की दृष्टि अपनी ओर आते हुए तेजस्वी की ओर पड़ी।

''अब समय नहीं है हमारे पास।'' भानुसेन ने एक भाला उठाया और सूर्यम की ओर चला दिया।

सूर्यम उस वार से स्तब्ध रह गया। वह भाला उसके उदर को चीरते हुए पीठ को पार कर गया। उसके उदर से रक्त का फव्वारा फूट पड़ा। घायल हुए भानुसेन के पुत्र पीछे हट गए।

'सूर्यम...!' तेजस्वी उसे भूमि पर गिरते देख चीख पड़ा।

उसकी यह चीख वहाँ से कोसों दूर युद्ध कर रहे अखण्ड को भी सुनाई दे गयी। वह सबकुछ छोड़कर उस चीख की दिशा में दौड़ा।

सूर्यम ने अपने उदर से वह भाला खींच निकाला। उसने अपनी अँगूठी को अपने मस्तक से लगाया और ध्यान केंद्रित किया, ''महाबली वक्रबाहु, मैं तुम्हारा आवाहन करता हूँ, प्रकट हो महाबली!''

भानुसेन अपने पुत्रों पर फिर से चीखा, ''अरे मूर्खों, रोको उसे, वो वक्रबाहु का आवाहन कर रहा है।''

सूर्यम हँस पड़ा, ''मेरा आवाहन पूर्ण हो चुका है भानुसेन।''

भानुसेन के चारों पुत्रों ने एक बार फिर सूर्यम पर आक्रमण किया। घायलावस्था में वो उन सबके प्रहार से बच नहीं पाया। किसी ने उसकी कमर पर घाव किया तो किसी ने हाथ पर।

तेजस्वी ने अपने बाणों की वर्षा से सैनिकों द्वारा बनाया किला तहस-नहस कर दिया। भानुसेन के पुत्र भय से पीछे हटने लगे। तेजस्वी ने उन्हें भी अपने बाणों से घायल कर भूमि पर गिरा दिया।

सूर्यम तब तक अपने घुटनों के बल आ गया। यह देख भानुसेन उसका मस्तक काटने के लिए आगे बढ़ा, किंतु उसकी चलाई हुई तलवार अगले ही क्षण टूटकर बिखर गयी।

यह वक्रबाहु की वज्रासमान भुजाओं का प्रताप था, जिससे टकराकर भानुसेन की तलवार टूट गयी थी। वक्रबाहु ने भानुसेन का कंठ पकड़कर उसे हवा में उठाया और उसे कई गज दूर फेंक दिया। भानुसेन भूमि पर गिरकर घायल हो गया।

वक्रबाहु उसकी ओर दौड़ा, किंतु तभी उसकी रक्षा के लिए त्रिभुज, नरभेड़िये के रूप में उसके समक्ष खड़ा हुआ। दोनों भयंकर योद्धा एक-दूसरे की ओर दौड़ पड़े। इन भयंकर योद्धाओं का द्वंद्व देख भानुसेन के किसी भी पुत्र में उठकर आगे बढ़ने का साहस नहीं बचा था।

सूर्यम भूमि पर गिरने को था, किंतु तेजस्वी ने शीघ्र ही आकर उसे सँभाल लिया।

''भ्राताश्री...! म..मुझे शिविर लौटना है भ्राताश्री।'' सूर्यम ने घायल अवस्था में विनती की।

''अवश्य अवश्य सूर्यम।'' तेजस्वी ने अपने सैनिकों को पुकार लगायी।

बलिष्ठगढ़ के सैन्यदल से कुछ योद्धा आये और सूर्यम को उठाकर अपने शिविर की ओर दौड़े।

तेजस्वी ने आकाश की ओर देखा सूर्यास्त होने को था। भानुसेन कुछ गज दूर भूमि पर पड़ा था।

''आज इसका अंत कर ही देता हूँ।'' तेजस्वी अपना धनुष लिए भानुसेन की ओर बढ़ा।

वह भानुसेन पर बाण चलने ही वाला था कि अखण्ड उनके मध्य आ गया।

''तो आप फिर इसकी रक्षा को आ गए!'' तेजस्वी क्रोध में था।

''यही मेरा प्रण है तेजस्वी; मैंने अपनी माता को वचन दिया है कि जब तक मैं जीवित हूँ, मेरे पिता को कोई हानि नहीं पहुँचा सकता।'' अखण्ड ने दृढ़ता से कहा।

''तो फिर सामना कीजिये मेरे बाणों का।'' तेजस्वी ने अखण्ड पर भी बाणों की वर्षा आरंभ कर दी।

अखण्ड बड़ी ही चपलता से गदा का प्रयोग कर उसका वार बचाता गया।

वहीं वक्रबाहु और त्रिभुज का द्वंद्व जारी था। त्रिभुज के नखों का वक्रबाहु पर कोई प्रभाव न पड़ते देख भानुसेन चिंतित हो गया।

वक्रबाहु पूरी तरह से त्रिभुज पर हावी हो चुका था। वो उसकी छाती पर चढ़कर उसके मुख पर मुष्टि से प्रहार करने लगा। उसने त्रिभुज की दायीं भुजा पकड़ी और पूरी शक्ति लगाकर उसे उखाड़ फेंका। किंतु अगले ही क्षण उसके स्थान पर एक नयी भुजा उग आयी। वक्रबाहु अचंभित रह गया।

त्रिभुज ने उसे उठाकर दूर फेंक दिया। वक्रबाहु उठकर वापस उसकी ओर दौड़ा, किंतु उन दोनों के टकराते ही युद्ध समाप्ति का शंख दोनों पक्षों से बजा दिया गया।

सूर्यास्त हो चुका था। अखण्ड और तेजस्वी का द्वंद्व भी समाप्त हो चुका था।

तेजस्वी पलटकर जाने लगा।

"रुक जाओ तेजस्वी! जाने से पूर्व मेरे एक प्रश्न का एक उत्तर दो।" अखण्ड ने उसे रोका।

तेजस्वी, अखण्ड की ओर पलटा, 'कहिये।'

"तुमने सूर्यम का नाम जोर से लिया था। तुम्हारी इस चीख को सुनकर ही मैं दौड़ता हुआ यहाँ आया हूँ। बताओ तेजस्वी, क्यों चीखे थे तुम?" अखण्ड ने प्रश्न किया।

तेजस्वी मौन खड़ा था। अखण्ड उसके निकट गया, "मेरा हृदय काँप रहा है तेजस्वी, बताओ मुझे क्या हुआ आज?"

तेजस्वी ने पलटकर भानुसेन के अन्य भाइयों की ओर देखा, "यह प्रश्न अपने इन कायर भाइयों से कीजिये ज्येष्ठ, क्योंकि मुझे इसका उत्तर देने में कोई रुचि नहीं है।"

यह कहकर तेजस्वी वहाँ से प्रस्थान कर गया। अखण्ड मौन खड़ा उसे जाते देखा रहा।

विदर्भ के शिविर में आज शोक का माहौल था। सूर्यम् अपने शिविर में अंतिम साँसें ले रहा था। तेजस्वी, वक्रबाहु और वीरसेन भी शीघ्र ही वहाँ पहुँच आये। तेजस्वी के हाथ से उसका धनुष सरक गया। वीरसेन ने तड़पते हुए अपने पुत्र का सिर गोद में ले लिया।

सूर्यम ने महाऋषि ओमेश्वर की तलवार तेजस्वी के हाथों में सौंपी। तेजस्वी उसके पास आया और उसका हाथ पकड़ा। तभी युगांधर भी नागराज विषंधर के साथ वहाँ आ पहुँचा। सूर्यम् की स्थिति देख वो भी अवाक् रह गया। इसके उपरांत सूर्यम् ने कहना आरंभ किया।

"भ्राता... तेजस्वी... भ्राता... युंगाधर; यूँ तो हमारी बाल्यवस्था.... साथ....नहीं बीती, किंतु पाताल.... में आप ....के साथ बिताये तीन मास और पिछले तीन वर्ष अविस्मरणीय थे। मुझे दुःख इस बात का है कि...आप लोगों के साथ मैं और समय व्यतीत नहीं कर पाया। किन्तु महर्षि ओमेश्वर की ये तलवार आपको सौंपकर मैं अपने अंतिम कर्तव्य से मुक्त होना चाहता हूँ भ्राता तेजस्वी।" सूर्यम् ने महर्षि ओमेश्वर की

दिव्य तलवार तेजस्वी को सौंपते हुए कहा।

तत्पश्चात वो वक्रबाहु की ओर मुड़ा, ''मैं भी तुमसे कुछ माँगना चाहता हूँ वक्रबाहु।''

''आज्ञा दें कुमार।'' वक्रबाहु भी सूर्यम के पास आकर बैठ गया।

''मैं तुमसे एक वचन... माँगता हूँ वक्रबाहु; जब तक भ्राता... तेजस्वी रक्षराज का अंत कर इस युद्ध में विजयी नहीं हो जाते, तुम उनके.. साथ इस युद्ध में भाग लोगे। इसके उपरांत... तुम मुक्त हो वक्रबाहु, जहाँ तुम्हारी इच्छा.... तुम जा सकते हो।'' सूर्यम ने वक्रबाहु की ओर देखा।

''मैं आपको वचन देता हूँ कुमार, जब तक रक्षराज का वध नहीं हो जाता और बलिष्ठगढ़ की सेना विजयी नहीं हो जाती, मैं विदर्भ की सेना में विध्वंस मचाता रहूँगा।'' वक्रबाहु ने विश्वास दिलाया।

वक्रबाहु के कथन से संतुष्ट होकर सूर्यम् अपने पिता वीरसेन की ओर देखने लगा, ''पिताश्री अब...आप भी मेरा अंतिम प्रणाम... स्वीकार करें।''

''नहीं पुत्र, मैं तुम्हें प्रस्थान की आज्ञा नहीं दूँगा।'' वीरसेन के नेत्र अश्रुओं से भरे थे।

''क्षमा करें पिताश्री, आपकी इस... आज्ञा का पालन...करना मेरे वश में नहीं है।'' सूर्यम् ने मृत्यु से पूर्व अपने दोनों हाथ जोड़ लिये और अपने नेत्र सदा के लिये बंद कर लिये।

'सूर्यम...!' तेजस्वी और युगांधर दोनों चीख पड़े। वीरसेन के नेत्र भी अश्रुओं से भरे थे।

''ये सब कैसे हुआ भ्राता तेजस्वी?'' युगांधर ने प्रश्न किया।

तेजस्वी ने युगांधर को भानुसेन और उसके पुत्रों के किये छल के विषय में सबकुछ बता दिया।

युगांधर की मुट्ठियाँ क्रोध से भिंच गयीं, ''बस बहुत हुआ, मैं सौगंध लेता हूँ, जिस प्रकार हमारा शिविर आज शोकसंतप्त है, कल विदर्भ के शिविर में घनघोर मातम छायेगा; भ्राता अखण्ड को छोड़कर कल भानुसेन का एक भी पुत्र जीवित नहीं रहेगा यह मेरा प्रण है।'' युगांधर ने फरसा उठकर सौगंध ली।

''ये क्या कह रहे हो युगांधर, भला उन बालकों ने हमारा क्या बिगाड़ा है, तुम उनके वध की प्रतिज्ञा क्यों ले रहे हो; दण्ड का भागी तो वो भानुसेन है।'' तेजस्वी, युगांधर की प्रतिज्ञा सुन स्तब्ध था।

''उसकी मृत्यु उसके लिये दण्ड नहीं है भ्राताश्री; उसके पुत्र भी इस घटना के

लिए उतने ही उत्तरदायी हैं जितना कि वो; इसलिए अब भानुसेन को भी वही पीड़ा महसूस करनी होगी, जो काकाश्री वीरसेन और हम सबने सही है। जीवित रहते हुए जब वो अपने सभी पुत्रों के शव देखेगा, तब उसकी पीड़ा देख मुझे शांति की अनुभूति होगी। उसने हमारे पिता महाराज विक्रमाजित को छल से मारा था, उसने सूर्यम को छल से मारा; इसका दण्ड उसके हृदय को मर्मान्तक पीड़ा देना ही है और कदाचित् अपने पुत्रों का शव देख, क्रोध में वो अपने सुरक्षा घेरे से बाहर आ जाय।''

''उचित है, भानुसेन को बिल से बाहर निकालने का यही उचित मार्ग है। भानुसेन के पुत्र भी उसके इस कपट में बराबर के भागी हैं। केवल यही नहीं, अब हमें त्रिभुज और रक्षराज की मृत्यु का भी उपाय खोजना ही होगा, अन्यथा इस युद्ध का अंत कभी नहीं होगा।'' तेजस्वी भी कुपित था।

''किंतु ये होगा कैसे?'' युगांधर ने प्रश्न किया।

''पता नहीं युगांधर, इसका उपाय हमें स्वयं ही खोजना होगा।'' तेजस्वी भी सोच में पड़ गया।

रात्रि में सूर्यम की चिता को अग्नि दी गयी। अखण्ड भी सूचना मिलने पर वहाँ उपस्थित हो गया। तेजस्वी और युगांधर ने उसे देखकर भी अनदेखा कर दिया।

वो तेजस्वी के निकट गया, ''तेजस्वी देखो...।''

''सूर्यम के अंतिम-संस्कार की विधि पूरी हो चुकी है ज्येष्ठ, उचित होगा कि आप कल के युद्ध की तैयारी कीजिये।'' इतना कहकर तेजस्वी वहाँ से प्रस्थान कर गया।

युगांधर भी अखण्ड को क्रोध से घूरता हुआ चला गया।

'कदाचित् मैं इसी उलाहना के योग्य हूँ।' यह विचार कर अखण्ड वहाँ से प्रस्थान कर गया।

तेजस्वी एक नदी के निकट आकर खड़ा हो गया।

युगांधर भी उसके निकट आकर खड़ा हो गया, ''भ्राता अखण्ड के विषय में सोच रहे हैं?''

''मेरे पास व्यर्थ का समय नहीं है युगांधर, जो मैं उनके विषय में सोचूँ; मेरा ध्यान इस समय केवल रक्षराज मार्केश और त्रिभुज की मृत्यु का उपाय खोजने में है।'' तेजस्वी ने कहा।

''वो तो है भ्राताश्री, अभी हमारे लिए सबसे बड़ा प्रश्न यही है।'' युगांधर भी दुविधा में था।

तभी उड़ता हुआ एक पत्र आया और तेजस्वी के कंधे पर गिरा। तेजस्वी ने वह पत्र उठाया और उसके शब्द पढ़े

महाऋषि ओमेश्वर की तीसरी तलवार। मार्केश का अंत उसके बिना संभव नहीं।

"ये कैसा संदेश है भ्राताश्री?" युगांधर ने प्रश्न किया।

"पता नहीं युगांधर, कदाचित् यह उसी गुप्त सहायक का संदेश है, जिसने पाताल में हमारी सहायता की थी।" तेजस्वी ने पत्र युगांधर को दिया।

युगांधर ने पत्र पढ़कर तेजस्वी की ओर देखा, "तो फिर हम ऐसा करते क्यों नहीं? हमें महाऋषि ओमेश्वर की तीसरी तलवार खोजने निकलना चाहिए।"

"एक संदेश-पत्र को देख ये युद्ध छोड़कर नहीं जा सकते हम और वैसे भी हमें इस बात का ज्ञान भी कहाँ है कि महाऋषि ओमेश्वर की वो तीसरी तलवार है कहाँ और उससे भी बड़ा प्रश्न ये है कि हमारा ये गुप्त सहायक है कौन।" तेजस्वी ने प्रश्न उठाया।

"तुम्हारी शंका मैं अभी मिटा देता हूँ।" तभी पीछे से एक स्वर सुनाई दिया।

तेजस्वी और युगांधर ने पलटकर देखा। महाराज विक्रमाजित उन दोनों को अपने समक्ष खड़े दिखाई दिए।

'पिताश्री...!' वो दोनों विक्रमाजित की ओर दौड़ पड़े।

उन दोनों भाइयों ने अपने पिता के चरण स्पर्श करने चाहे, किंतु वहाँ वायु के अतिरिक्त और कुछ नहीं था।

"मैं जीवित नहीं हूँ पुत्रों, क्या यह बात विस्मरण हो गयी तुम्हें?" विक्रमाजित मुस्कुराये।

तेजस्वी और युगांधर भूमि से उठे। उनके नेत्र अश्रुओं से भरे हुए थे।

"तो वो आप थे जिन्होंने पाताल में हमारी सहायता की थी?" तेजस्वी ने अनुमान लगाया।

"हाँ पुत्रों, यही सत्य है और आज भी मैं इसी उद्देश्य से यहाँ आया हूँ; रक्षराज मार्केश की मृत्यु का रहस्य मुझे ज्ञात है।" विक्रमाजित ने कहा।

"ठीक है पिताश्री, उसके लिए अभी बहुत समय है हमारे पास, पहले आप ....।" तेजस्वी भावुक होने लगा था।

विक्रमाजित ने तेजस्वी की बात काटी, "समय ही तो नहीं है हमारे पास तेजस्वी, क्योंकि तुम्हें अभी इसी समय यहाँ से कई कोस दूर जाकर वहाँ से लौटकर भी आना है।"

"आपके कहने का अर्थ क्या है पिताश्री?" युगांधर ने प्रश्न किया।

"तुम्हारे समक्ष दो विकराल संकट हैं, एक त्रिभुज, दूसरा मार्केश। जहाँ तक

त्रिभुज का प्रश्न है, उसकी मृत्यु का उपाय बहुत ही सरल है; बस तुम्हें उसकी पीठ पर उगी हुई तीसरी भुजा उखाड़ फेंकनी है, क्योंकि वही उसकी शक्ति का केंद्र है। उसके उपरांत उसका कोई घाव नहीं भरेगा, तब वक्रबाहु बड़ी ही सरलता से उसका वध कर सकता है।''

विक्रमाजित ने कहना जारी रखा, ''और जहाँ तक मार्केश का प्रश्न है, तो महर्षि ओमेश्वर ने अपने परमशत्रु दुर्भीक्ष के विनाश के लिये पंचशस्त्र का निर्माण किया था; किन्तु वो असुरों के हाथ न लगे, इसलिये उसे पाँच तलवारों में विभाजित कर दिया था। उनमें से दो तलवारें देवलोक में हैं। तुम दोनों के पास दो तलवारें हैं; यदि तीसरी तलवार तुम्हारे पास आ जाय तो उसके संगम से एक महाअस्त्र का निर्माण होगा और जब यह महाअस्त्र मार्केश के शरीर में लगेगा तो उसकी मायावी शक्तियाँ कुछ समय के लिए ठप हो जायेंगी; तब मार्केश का वध वही कर पायेगा जो उसे मल्लयुद्ध में चुनौती देकर उसे पराजित कर सके, क्योंकि इस समय दंशक की आत्मा भी मार्केश के शरीर में समायी हुई है, जिससे उसका बल दोगुना बढ़ चुका है, इसलिए इतना सब करने के बाद भी यह चुनौती सरल नहीं होगी। यहाँ से दक्षिण की दिशा में कई कोस की दूरी पर वह स्थान है, जहाँ महाॠषि ओमेश्वर की तीसरी तलवार उनके कुछ ग्रामीण भक्तों की सुरक्षा में है, तुम्हें शीघ्र ही यहाँ से निकलना होगा।''

''तो क्या महाबली वक्रबाहु ही मार्केश का अंत करेंगे? उनका बल भी तो अथाह है।'' युगांधर ने प्रश्न किया।

''वक्रबाहु पहले भी मार्केश से पराजित हो चुका है; उसका सामना तो तेजस्वी को ही करना होगा, क्योंकि महाॠषि शंकराचार्य की भविष्यवाणी के अनुसार इसे ही मार्केश का अंत कर इस धरा को उसके पापों से मुक्त करना है।'' विक्रमाजित ने कहा।

''किंतु यह होगा कैसे?'' तेजस्वी ने प्रश्न किया।

''बताता हूँ।'' विक्रमाजित ने अपनी योजना समझानी आरंभ की।

इसके उपरांत विक्रमाजित अंतर्धान हो गए।

युगांधर ने झट से अपनी दिव्य तलवार निकालकर तेजस्वी के हाथों में दी। तेजस्वी हिचकिचाया।

''चिंतित मत होइए, भ्राताश्री। जब तक देव शेषनाग का वरदान में दिया हुआ फरसा मेरे पास है, संसार को कोई भी योद्धा मुझ पर विजय नहीं पा सकता; आप निश्चिंत होकर उस महाअस्त्र का निर्माण कीजिये, कल रक्षराज का मार्ग मैं स्वयं रोकूँगा।'' युगांधर ने विश्वास दिलाया।

''नहीं युगांधर, तुम्हें इस तलवार की आवश्यकता है। ये असुरों के विरुद्ध तुम्हारा सबसे प्रबल अस्त्र है और रही बात महाअस्त्र के निर्माण की, तो वो मेरे लौटने के बाद

हो जायेगा, इसलिए ये तलवार तुम अपने पास ही रखो।'' तेजस्वी मुस्कुराया।

''ठीक है जैसी आपकी इच्छा।'' युगांधर ने सहमति जताई।

शीघ्र ही तेजस्वी, सूर्यम की दी हुई दिव्य तलवार के साथ अपने अश्व पर आरूढ़ हुआ और विक्रमाजित के बताये स्थान की ओर बढ़ चला।

वहीं विदर्भ के शिविर में अखण्ड, क्रोध में भानुसेन के शिविर की ओर बढ़ रहा था। उस शिविर में पहुँचते ही उसने भानुसेन का कंठ पकड़ उसे हवा में उठा दिया, ''ऐसा छल क्यों किया आपने?''

अखण्ड की दहाड़ सुनकर निकट के शिविर में बैठा रक्षराज मार्केश भी अपने पुत्र के शिविर की ओर दौड़ा।

अखण्ड ने अपने पिता को भूमि पर पटक दिया।

''अरे बालक था वो; इतना भी सामर्थ्य नहीं था आपमें कि उस पर सामने से वार कर सकें; इतने सारे योद्धाओं ने घेरकर क्यों मारा उसे?'' अखण्ड, भानुसेन पर बरस पड़ा।

उसने भानुसेन को फिर से उठाया और उसकी आँखों में देखा, ''सुना मैंने, कितनी पीड़ा दी आपने सूर्यम को; उसे चारों ओर से घेरकर मारा गया; अब जितनी पीड़ा उसे दी है उससे कहीं अधिक पीड़ा मैं तुम्हें दूँगा भानुसेन।''

अखण्ड ने भानुसेन के मुख पर मुष्टि प्रहार करना चाहा, किंतु मार्केश ने उसका हाथ पकड़ लिया।

''रुक जाओ अखण्ड, अपनी माता को दिए हुए वचन का स्मरण करो।'' रक्षराज मार्केश ने उसे स्मरण कराया।

झल्लाकर अखण्ड पीछे हटा। उसके नेत्रों के समक्ष सूर्यम का मुख तैरने लगा, ''मृत्यु से पूर्व मैं सूर्यम से एक बार मिल भी नहीं पाया, केवल तुम्हारे कारण भानुसेन।''

अखण्ड एक बार फिर भानुसेन पर झपटा। मार्केश ने बीच में आकर उसका बचाव किया, ''स्वयं पर नियंत्रण रखो अखण्ड, वो तुम्हारे पिता हैं।''

''अरे नहीं चाहिए मुझे ऐसा कपटी पिता।'' अखण्ड पीछे हटा।

उसने मार्केश की ओर देखा, ''और तुम, भगवान् महाबली के वंशज, रक्षराज दुशल, या मार्केश, जो भी नाम है तुम्हारा। सदैव युद्ध नियमों की उलाहना देते आये थे न तुम और अब छल-प्रपंच पर उतर आये।''

मार्केश को क्रोध आ गया, "भगवान् महाबली की सौगंध, मैंने कभी किसी द्वंद्व में आज तक स्वेच्छा से कोई छल नहीं किया; जो भी छल हुआ, मुझसे छुपाकर किया गया।"

"किंतु उस छल का समर्थन तो करते आये हो न तुम; क्या यह इस वंश की छवि को कलंकित करने के लिए पर्याप्त नहीं है।" अखण्ड का क्रोध शांत होने का नाम ही नहीं ले रहा था।

"इस सेना की कमान मेरे हाथ में नहीं है; यह प्रश्न जाकर अपने सेनापति कपिश से करो। जो भी हुआ है उनके नेतृत्व में हुआ है, इसलिए इस छल के लिए मैं उत्तरदायी नहीं हूँ।" रक्षराज मार्केश ने अपने बचाव में कहा।

"किंतु यह भानुसेन तो उसके लिए उत्तरदायी है ही।" अखण्ड उग्र होकर एक बार फिर भानुसेन की ओर बढ़ा।

'अखण्ड...!' तभी पीछे से एक स्वर सुनाई दिया।

अखण्ड ने पलटकर देखा। सामने खड़ी स्त्री को देख उसका समस्त क्रोध अश्रु में परिवर्तित हो गया। वह उसकी माता वैशाली थीं।

अखण्ड उनसे लिपट गया, "मैंने सूर्यम को खो दिया माता; खो दिया मैंने उसे।"

वैशाली ने उसे गले से लगाये रखा। कुछ ही समय में अश्रु बहाते हुए वह अपनी माता के आँचल में एक बालक की भाँति सो गया।

वैशाली ने उसे भूमि पर लिटाया।

यह हृदयविदारक दृश्य देख भानुसेन के नेत्रों से भी अश्रु फूट पड़े। वो दोनों अखण्ड के निकट आकर बैठ गए।

वैशाली ने भानुसेन से क्षमा माँगी, "इसे क्षमा कर दीजिये आर्य; मैं वचन देती हूँ कि कल के युद्ध में एक बार फिर आपका समर्थन करने लौट आएगा, मैं इसे मना लूँगी।"

"बस करो वैशाली, मुझे और लज्जित न करो।" भानुसेन के नेत्रों में भी ग्लानि के अश्रु थे।

रक्षराज ने अखण्ड के मस्तक पर हाथ फेरा, "अपनी माँ को देखते ही इसकी सारी पीड़ा बाहर आ गयी। जानते हो भानुसेन, जब शिवन्या की मृत्यु हुई थी, तब मेरे नेत्रों से एक अश्रु भी नहीं निकला था, क्योंकि मैं यह मानता था कि अश्रु कायर बहाते हैं, योद्धा नहीं। किंतु सत्य तो ये था कि मैं अपना दुःख किसी से बाँट नहीं सकता था, क्योंकि मैंने कभी किसी को इस योग्य समझा ही नहीं। किंतु बड़े से बड़ा वीर भी जब

अपनी माता के आँचल में आता है तो उसके मन की सारी पीड़ा फूट ही पड़ती है।''

मार्केश ने कहना जारी रखा, ''मुझे अपने किसी भाई की मृत्यु पर इतना दुःख नहीं हुआ, जितना शिवन्या की मृत्यु पर हुआ था; किंतु कदाचित् प्रेम की वास्तविक परिभाषा को कभी मैंने जाना ही नहीं। यह संबध रक्त से नहीं, भावनाओं से जुड़ता है और इसका जीता जागता उदाहरण हमारे समक्ष है कि यह प्रेम दो भाइयों में भी संभव है और दो मित्रों में भी।''

''सारी भूल कदाचित् मेरी ही है पिताश्री, इसीलिए आज मेरे ही पुत्र ने मुझ पर प्रहार किया।'' भानुसेन के मन में भी ग्लानि का भाव उत्पन्न हो रहा था।

रक्षराज ने अपने पुत्र के कंधे पर हाथ रखा, ''मैंने जो योजना बनायी थी, उसके अनुसार तुम्हें सूर्यम को घेरना था और उसे अकेले ही उचित द्वंद्व में पराजित कर उसका वध करना था और तुम ऐसा कर भी सकते थे; किंतु तुमने मेरे स्थान पर रक्षगुरु भैरवनाथ की साम दाम दण्ड भेद की रणनीति अपनाई है भानुसेन। इतना ही नहीं, तुमने अपने शेष पुत्रों को अपने ही जैसा बना दिया है, जिन्होंने हमारे वंश को सदा के लिए कलंकित कर दिया है। कहीं ऐसा न हो कि तुम्हें इसका भयंकर परिणाम भोगना पड़े और जहाँ तक अखण्ड का विषय है तो उसने अपने जीवन का अभिन्न अंग खोया है। इसलिए उसके दुर्व्यवहार के लिए उसे क्षमा कर देना। मुझे अंदेशा था कि ऐसा कुछ अवश्य होगा, इसीलिए मैंने वैशाली को संदेश भिजवाकर पहले ही यहाँ बुलवा लिया था और अब मुझे विश्वास है कि उसकी नींद खुलते ही उसका क्रोध शांत हो जाएगा, क्योंकि यह अपने मन की पीड़ा बाहर निकाल चुका है। कदाचित् मेरी ही पीड़ा सदैव मेरे मन में रहेगी, जिसे मैं कभी बाहर निकाल नहीं पाऊँगा।''

इतना कहकर मार्केश उस शिविर से बाहर चला गया। भानुसेन मौन बैठा मार्केश को जाते हुए देखता रहा।

भानुसेन को मौन देख वैशाली ने कहा, ''आप दूसरे शिविर में चले जाइए, आर्य; आज रात्रि का पूरा समय मैं अपने ज्येष्ठ पुत्र के साथ व्यतीत करन चाहती हूँ।''

''जैसी तुम्हारी इच्छा वैशाली।'' भानुसेन उठकर शिविर से बाहर चला गया।

<hr>

रात्रि का अंतिम प्रहर बीतने को था। तेजस्वी उस ग्राम में पहुँच चुका था। महर्षि ओमेश्वर की एक और दिव्य तलवार उसके सामने थी। यह देख तेजस्वी के कदमों में बिजली की सी फुर्ती आ गयी। उसके कदम तेजी से तलवार की ओर बढ़ने लगे।

'ठहरो!' तभी एक स्वर ने तेजस्वी के कदम रोक दिये।

तेजस्वी ने इधर-उधर दृष्टि घुमाकर देखा, वहाँ कोई नहीं था, ''कौन है जो मेरे लक्ष्य को मुझसे दूर करना चाहता है, सामने आओ!''

तेजस्वी की ललकार सुनकर साधारण वस्त्र पहने एक योद्धा, धनुष लिये तेजस्वी के समक्ष आ खड़ा हुआ। तेजस्वी उसे देख आश्चर्यचकित रह गया।

"कौन हो तुम और मेरा मार्ग क्यों रोक रहे हो?" तेजस्वी ने उस योद्धा से प्रश्न किया।

"मैं इस कबीले "वन्त्रस्थ" का सरदार भद्रभट्ट हूँ। आर्यावर्त की भूमि पर महर्षि ओमेश्वर की ये एकमात्र तलवार है और हमारे कबीले के वंश का उत्तरदायित्व है कि हमें इस तलवार की सुरक्षा अपने प्राण देकर भी करनी है।" उस योद्धा ने अपना परिचय दिया।

"यदि ऐसा है तो मैं आपसे विनती करता हूँ कि इस तलवार को मुझे ले जाने दें; पृथ्वी पर असुरों का आतंक बहुत अधिक बढ़ चुका है; उनके नायक रक्षराज मार्केश के अंत के लिये मुझे इस तलवार की आवश्यकता है।" तेजस्वी ने विनती की।

"कदापि नहीं; महर्षि ओमेश्वर ने कहा था कि जब तक महाराज विक्रमाजित या उनका कोई वंशज इसे स्वयं लेने न आये, तब तक इस तलवार की सुरक्षा का उत्तरदायित्व हमारा है।" भद्रभट्ट ने स्पष्ट रूप से कह दिया।

"यदि ऐसा है तो मैं आपको बता दूँ कि मैं आर्यावर्त के सर्वश्रेष्ठ योद्धा, स्वर्गीय महाराज विक्रमाजित का पुत्र तेजस्वी हूँ।" तेजस्वी ने अपना परिचय दिया।

"एक वनवासी का वेश धारण किये हुए तुम स्वयं को राजकुमार बता रहे हो; यदि ये सत्य भी है तो पहले मुझसे युद्ध कर अपना सामर्थ्य सिद्ध करो।" भद्रभट्ट ने तेजस्वी को ललकारा।

तेजस्वी ने आकाश की ओर देखा। सूर्योदय होने को था। उसने भद्रभट्ट से विनती की, "कृपया मेरा समय नष्ट न करें भद्र, सूर्योदय होने को है, युद्ध आरंभ होनेवाला है, मै आपसे विनती करता हूँ, ये तलवार मुझे सौंप दीजिये।"

"कदापि नहीं, यदि अपना सामर्थ्य सिद्ध नहीं कर सकते तो चले जाओ यहाँ से।"

"यदि आप प्रदर्शन ही चाहते हैं तो यही सही, सावधान!" तेजस्वी ने भी शर-संधान के लिये धनुष उठा लिया।

भद्रभट्ट चंद क्षणों तक भी तेजस्वी के समक्ष नहीं टिक सका। उसका धुनष कटकर गिर गया। अपने किये पर उसे ग्लानि हुई। उसने तेजस्वी से क्षमा माँगी, "मुझे क्षमा कीजिये कुँवर, मैं आपको पहचान न सका; इस तलवार पर निःसंदेह आपका ही अधिकार है, आप इसे ले जा सकते हैं।"

"धन्यवाद भद्रभट्ट।" तेजस्वी महर्षि ओमेश्वर की तलवार के पास जा पहुँचा।

उसने म्यान से सूर्यम की दी हुई तलवार निकाली, जो उसके पास पहले से ही थी। उन दोनों तलवारों का स्पर्श होते ही एक तीव्र प्रकाश फूटा और तेजस्वी के हाथ में बाण के रूप में एक महाअस्त्र प्रकट हुआ।

'*सावधान रक्षराज मार्केश, आ रहा हूँ मैं*।' तेजस्वी ने मन ही मन विचार किया और चल पड़ा रक्षराज के अंत के लिये।

अध्याय 18

रक्षराज का अंत

युद्ध का चौथा दिन

तेजस्वी रणभूमि की ओर निकल चुका था। वहीं रणांगण में तेजस्वी की अनुपस्थिति में ही युद्ध आरंभ हो चुका था।

अखण्ड अभी अपने कर्तव्य से विमुख होकर अपने शिविर में ही बैठा था।

चौथा दिन कदाचित् विदर्भ की सेना के लिए सबसे विध्वंसकारी था। वक्रबाहु विदर्भ की सेना को गजरूप धरकर चीटियों की तरह मसल रहा था। यह देख रक्षराज ने त्रिभुज को दूसरी दिशा से शत्रु सेना का नाश करने भेजा, क्योंकि उसे ज्ञात था कि यदि त्रिभुज वक्रबाहु के समक्ष गया तो वो उसका सामना नहीं कर पायेगा और उससे उलझकर रह जाएगा।

आज रक्षराज मार्केश को रोकने का दायित्व सेनापति इलियान को दिया गया था। योजना के अनुसार वह उसे रणभूमि में खोजने लगे।

रक्षराज ने ठीक से पूरी रणभूमि का निरीक्षण किया और शीघ्र ही उसे ज्ञात हो गया कि तेजस्वी रणभूमि में उपस्थित नहीं है। वो तत्काल ही सेनापति कपिश के पास पहुँचा।

''प्रधान सेनापति, मैं समस्त रणभूमि का निरीक्षण कर चुका हूँ, तेजस्वी रणांगण में उपस्थित नहीं है; युगांधर का वध करने का यही अवसर है हमारे पास।'' रक्षराज ने

कहा।

"युगांधर को द्वंद्व में कोई पराजित नहीं कर सकता रक्षराज; उसकी मृत्यु कैसे हो सकती है?" महर्षि कपिश ने प्रश्न किया।

"वो केवल तब तक अजेय है, जब तक उसका दिव्य फरसा उसके हाथ में है; यदि वो फरसा उसके हाथ से छुड़ा दिया जाय तो एक सशक्त योद्धा उसका वध कर सकता है।" मार्केश ने सुझाव दिया।

"किंतु आप यह करेंगे कैसे रक्षराज?" कपिश ने प्रश्न किया।

"मेरे पास एक योजना है।" रक्षराज अपनी योजना कपिश को समझाने लगा।

इसके उपरांत वह युगांधर को खोजने प्रस्थान कर गया।

रक्षराज ने अनुमान लगाया था कि युगांधर फिर एक बार उसका मार्ग रोकने आएगा, किंतु उसकी आशा के विपरीत सेनापति इलियान उसके मार्ग में आ खड़े हुए। उन्होंने रक्षराज की ओर बाण चलाकर उसे चुनौती दी।

मार्केश ने भी अपने बाणों से उनके प्रहार का यथोचित उत्तर दिया।

भानुसेन के साथ कपिश उसकी ढाल बनकर चल रहे थे और शत्रु सेना का नाश कर रहे थे।

इधर युगांधर रणभूमि में अपनी प्रतिज्ञा पूर्ण करने के लिए भानुसेन के पुत्रों को ढूँढ़ने लगा। शीघ्र ही उनमें से एक वासुसेन सैनिकों का वध करता हुआ उसके सामने पड़ गया। युगांधर, भानुसेन को भी वही पीड़ा देना चाहता था, जो वीरसेन को सूर्यम की मृत्यु से हुई थी। उसने वासुसेन को अवसर दिये बिना ही फरसा उसकी ओर चला दिया। वासुसेन को तड़पने का भी अवसर नहीं मिला। उसकी गर्दन छटककर दूर जा गिरी और शरीर भूमि पर गिरकर निष्प्राण हो गया। भानुसेन के चारों पुत्र वीरभद्र, सुषेण, श्यामक और सहिष्णु ने ये वीभत्स दृश्य अपनी आँखों से देखा। वो चारों एक साथ युगांधर से युद्ध करने दौड़ पड़े।

अखण्ड के शिविर में एक सैनिक ने आकर युगांधर के इस कृत्य के विषय में सूचित किया।

अखण्ड से रहा न गया। वो तत्काल ही अपने शिविर से निकलकर अपने अश्व पर आरूढ़ हुआ और अपने भाइयों की रक्षा करने दौड़ा।

किंतु कुछ दूर जाते ही वक्रबाहु उसके मार्ग में आ खड़ा हुआ।

"तनिक ठहरो महाबली अखण्ड, पाताल में हमारा द्वंद्व अधूरा रह गया था, क्यों न आज इसे पूरा कर लें।" वक्रबाहु ने गजरूप से वास्तविक रूप में आकर अखण्ड को ललकारा।

“अभी मेरे मार्ग से हट जाओ वक्रबाहु, मुझे अपने भाइयों की रक्षा करनी है, मुझे जाने दो।” अखण्ड ने शालीनता से कहा।

“जब तक युगांधर तुम्हारे भाइयों का वध करके अपनी प्रतिज्ञा पूर्ण नहीं कर लेते, मैं तुम्हें कहीं नहीं जाने दूँगा अखण्ड।” वक्रबाहु उसकी ओर दौड़ पड़ा।

“यदि ऐसा है तो फिर तुम्हारा वध करने के उपरांत उस युगांधर की मृत्यु भी मेरे ही हाथों होगी, सावधान वक्रबाहु!” अखण्ड वक्रबाहु की ओर दौड़ा। वक्रबाहु भी अपनी पूरी शक्ति लगाकर उससे युद्ध करने लगा। दोनों महाबालियों का युद्ध अत्यंत भयानक प्रतीत हो रहा था। कोई एक-दूसरे से पराजय स्वीकार करने को तैयार नहीं था।

इधर युगांधर का फरसा रक्त का प्यासा हो रहा था। वीरभद्र, सुषेण, सहिष्णु और श्यामक उससे एक साथ युद्ध कर रहे थे, किंतु अजेय युगांधर के फरसे के समक्ष उन सबका टिकना कठिन प्रतीत हो रहा था। उसके अगले ही प्रहार से वो चारों भूमि पर गिर पड़े।

वहीं रक्षराज के संकेत पर कपिश उसकी सहायता के लिए आ पहुँचे। इसके उपरांत मार्केश वहाँ से निकल गया और कपिश, इलियान से युद्ध करने लगे।

युगांधर ने वीरभद्र की गर्दन पकड़कर उसे उठाया और भूमि पर पटक दिया। उसने म्यान से महात्रऋषि ओमेश्वर की तलवार निकाली और उससे उसकी छाती भेद दी, “क्षमा करना बालक, किन्तु तुम्हारे पिता को उसके बिल से बाहर लाने के लिये मुझे तुम सबकी बलि चढ़ानी होगी।”

उसके अगले वार ने सीधा वीरभद्र के हृदय को भेद दिया था। घावों में तीव्र जलन होने के कारण वीरभद्र अधिक समय तक जीवित नहीं रह पाया।

यह देख घायल सुषेण, सहिष्णु और श्यामक भूमि से उठे और तलवारें लेकर युगांधर की ओर दौड़े। युगांधर के एक हाथ में अब देव शेषनाग का दिया हुआ दिव्य फरसा था और दूसरे हाथ में महात्रऋषि ओमेश्वर की दिव्य तलवार।

भानुसेन के तीनों पुत्र युगांधर के ही वार से घायल होकर भूमि पर गिर पड़े।

“तुम तीनों वही हो न जो सूर्यम के साथ हुए छल में सम्मिलित थे; इसका दण्ड तो तुम्हें मिलना ही चाहिए।” युगांधर ने उन तीनों को क्रोध से देखा।

सहिष्णु ने उठकर उसका सामना करने का साहस किया। उसके निकट आते ही युगांधर ने बिजली की गति से तलवार चलायी और उसका मुंड, रुंड से अलग कर दिया। रक्त के फव्वारे छोड़ता हुआ उसका भी शव भूमि पर गिर पड़ा।

इसके उपरांत युगांधर चीखा, “भानुसेन...! अरे कैसे पिता हो तुम, अपने प्राण बचाने के लिये बिल में छिपे बैठे हो; भ्राता अखण्ड को छोड़ तुम्हारे केवल दो पुत्र शेष

बचे हैं, क्या इनका रक्षण नहीं करोगे? यदि इनके प्राण बचाने हैं तो बाहर आओ।'' भानुसेन को ललकार कर युगांधर ने कुछ क्षण प्रतीक्षा की। इसके उपरांत सुषेण की गर्दन काटकर उसका वध कर दिया।

युगांधर की ललकार सुन भानुसेन अपने सुरक्षा घेरे से बाहर निकल युगांधर की ओर दौड़ा।

''लो भानुसेन, तुम्हारा एक और पुत्र मारा गया; भ्राता अखण्ड भले तुम्हारे साथ हों, किन्तु उनका हृदय तुम अपने पक्ष में कभी नहीं कर पाओगे और ये गया तुम्हारा अंतिम आज्ञाकारी पुत्र।'' कहकर युगांधर ने श्यामक को भूमि पर गिराया और दिव्य तलवार से उसकी भी छाती भेद दी।

'युगांधर!' भानुसेन अपने रथ से गदा लिये कूद पड़ा और सुरक्षा घेरे को तोड़ता हुआ युगांधर के पास आ गया।

''कैसा क्रूर और निर्दय योद्धा है तू, इन बालकों का इतनी क्रूरता से वध करते हुए हाथ नहीं काँपे तेरे?'' भानुसेन युगांधर पर चीखा।

''तूने मेरे अनुज सूर्यम् का जिस प्रकार वध किया था, वो भूल गया? तेरे ये सारे पुत्र उसके कपट में सम्मिलित थे। अच्छा हुआ जो आज तू स्वयं ही मेरे समक्ष आ गया भानुसेन, मेरा फरसा तेरे रक्त का प्यासा है; आज इसे तेरा रक्त पिलाकर इसकी प्यास बुझा दूँगा मैं।'' रक्त से सना फरसा लेकर युगांधर भानुसेन की ओर दौड़ा।

भानुसेन ने भी गदा उठाई और युगांधर की ओर दौड़ पड़ा। उन दोनों में भीषण द्वंद्व आरम्भ हो गया।

अखण्ड और वक्रबाहु का द्वंद्व भी शीघ्र ही थम गया, क्योंकि वक्रबाहु का मार्ग रोकने त्रिभुज उसके समक्ष आ खड़ा हुआ था।

''आप जाइए युवराज, आपके पिता संकट में हैं।'' त्रिभुज ने अखण्ड से कहा।

अखण्ड तत्काल ही अपने अश्व पर आरूढ़ हुआ और उस दिशा में निकल पड़ा, जहाँ युगांधर और भानुसेन का द्वंद्व चल रहा था।

त्रिभुज वक्रबाहु पर टूट पड़ा। उसने अपने नखों से उसकी वज्रसमान छाती पर कई वार किये, किंतु वक्रबाहु पर उसका कोई प्रभाव नहीं पड़ा। उसने त्रिभुज की छाती पर मुष्टि प्रहार कर उसे पीछे धकेल दिया। दोनों भूमि से उठे और एक बार फिर द्वंद्व के लिए भिड़ गये।

वहीं मार्केश और अखण्ड दोनों ही अब भानुसेन की सहायता के लिए आ चुके थे।

रक्षराज ने भानुसेन को आदेश दिया, ''भागो पुत्र भानुसेन! भागो अपने प्राण

बचाओ; ये हमारी योजना का अंग है, विचार मत करो।''

भानुसेन द्वंद्व छोड़कर भागने लगा।

''भागता कहाँ है कायर!'' उसका वध करने के लिए युगांधर ने फरसा उसकी ओर चला दिया, किन्तु भानुसेन और फरसे के बीच रक्षराज मार्केश आकर खड़ा हो गया और फरसा उसकी छाती में जा धँसा। उसने पूरी शक्ति लगाकर फरसा पकड़ लिया।

''पुत्र अखण्ड, वध करो युगांधर का, वो निःशस्त्र है!'' मार्केश ने पूरी शक्ति लगाकर फरसे को पकड़ा था।

अखण्ड अपनी गदा लिए युगांधर की ओर बढ़ा, ''अपने फरसे के बल पर बहुत क्रूरता का प्रदर्शन कर लिया तुमने युगांधर, अब तुम्हारा वध करके मैं अपने सभी भाइयों की मृत्यु का प्रतिशोध लूँगा। आज तुम पर कोई दया नहीं करेगा युगांधर, तुम्हारी मृत्यु तो सुनिश्चित है आज।'' अखण्ड ने गदा पर शिकंजा कसा।

''आपके भाइयों का वध करके मैंने उनका वध किया है, जो आपकी ही भाँति इन नीच असुरों के पक्ष से युद्ध कर रहे थे। सूर्यम के साथ हुए छल में आपके चार भाई सम्मिलित थे, इसलिए उनका अंत तो होना ही था और अब आपका वध करके मैं आपको भी इस पाप के बोझ से मुक्त कर दूँगा ज्येष्ठ। नागों का भूतपूर्व राजा होने के अतिरिक्त मैं महाराज विक्रमाजित जैसे महावीर का अंश भी हूँ भ्राता अखण्ड; मुझे कम आँकने की भूल मत कीजियेगा।'' युगांधर, अखण्ड की ओर दौड़ा।

दोनों महारथी एक दूसरे की ओर दौड़े। उन दोनों का द्वंद्व आरम्भ हो गया। अखण्ड ने गदा मारकर युगांधर को भूमि पर गिरा दिया। तत्काल ही वो भूमि से उठा और द्वंद्व करने आगे बढ़ा।

युगांधर ने महाऋषि ओमेश्वर की दिव्य तलवार निकाली। वो तलवार जैसे ही अखण्ड की गदा से टकरायी, गदा उसके हाथ से छूट गयी। युगांधर के अगले वार से अखण्ड की दायीं भुजा घायल हो गयी।

वो ज्वलनशील घाव सहन करना सरल नहीं था, किंतु वो अखण्ड था; ऐसे घावों में उसे पीछे हटाने का सामर्थ्य नहीं था। युगांधर का अगला वार अखण्ड ने अपने बायें हाथ से रोक लिया। उसके पंजे पर गहरा घाव हो गया और उसके घाव में तीव्र जलन होने लगी, किंतु फिर भी वह युगांधर की तलवार को पकड़े रहा।

उसने अगला प्रहार युगांधर की छाती पर किया और उसे भूमि पर गिरा दिया। दिव्य तलवार अखण्ड ने भूमि पर गिरा दी। उसके बायें हाथ का पंजा बुरी तरह झुलस गया था।

अब युगांधर और अखण्ड दोनों निःशस्त्र थे। पूरे साहस से युगांधर उठकर

अखण्ड की ओर दौड़ा। दोनों भाइयों में भयंकर द्वंद्व आरंभ हो गया।

यह देख रक्षराज ने अपनी छाती से युगांधर का फरसा निकालकर भूमि पर गिरा दिया। उसके घाव तत्काल ही भर गए, '*इसे तो अब अखण्ड ही सँभाल लेगा, मैं शत्रु सेना का नाश करता हूँ।*' मार्केश अपने रथ पर आरूढ़ होकर शत्रु सेना का नाश करने के लिए प्रस्थान कर गया।

आज मार्केश का मार्ग रोकने वाला कोई न था। वह बड़ी तीव्रगति से बलिष्ठगढ़ के सैन्यबल का नाश करता जा रहा था।

वक्रबाहु और त्रिभुज का द्वंद्व भी जारी था। आज के दिन वक्रबाहु को त्रिभुज की मृत्यु का रहस्य ज्ञात था। वह किसी भी प्रकार से उसकी पीठ पर उगी तीसरी भुजा को पकड़ने का प्रयत्न कर रहा था और अंततः उसे वो अवसर प्राप्त हो ही गया। उसने त्रिभुज को उठाकर पीठ के बल भूमि पर पटका और उस पर चढ़ गया।

इसके उपरांत उसने त्रिभुज की पीठ पर उगी भुजा को कसकर पकड़ा और पूरी शक्ति लगाकर उसे उखाड़ फेंका।

त्रिभुज पीड़ा से तड़पकर चीखा। उसकी चीख समस्त रणभूमि में गूँज उठी। इसके उपरांत वक्रबाहु ने दोनों हाथों से उसका मस्तक पकड़ा और उसे उखाड़कर दूर फेंक दिया।

उसके शरीर से फूटे रक्त के छींटे वक्रबाहु के समस्त शरीर पर लग गये। हृदय को दहला देने वाला यह दृश्य देख आसपास उपस्थित शत्रु सैनिकों ने भयभीत होकर अपने शस्त्र गिरा दिए।

अखण्ड और युगांधर का द्वंद्व जारी था। उसने युगांधर को पूरा हवा में उठाया और भूमि पर पटक दिया। युगांधर स्वयं को बेबस महसूस करने लगा। उसने भूमि पर गिरा हुआ अपना फरसा देखा। वह उसकी ओर बढ़ा। यह देख अखण्ड ने उसे पीछे धकेल दिया।

''अपनी मृत्यु तक तो तुम्हें यह तुम्हारा फरसा प्राप्त नहीं होगा युगांधर।'' अखण्ड, युगांधर और फरसे के बीच में खड़ा हो गया।

युगांधर बाज की गति से अखण्ड पर झपटा और उसे लेकर भूमि पर गिर पड़ा। अखण्ड का एक हाथ झुलसा हुआ था। युगांधर ने अपनी मुष्टि से उसके उसी हाथ को दबा दिया। उसका फरसा निकट ही पड़ा था। उसने अपना दूसरा हाथ बढ़ाकर उसे पाने का प्रयत्न किया, किंतु अखण्ड ने उसका वो हाथ भी रोक लिया। दोनों में संघर्ष जारी था।

तभी भानुसेन की दृष्टि तेजस्वी की ओर गयी। अपने अश्व पर आरूढ़ हुए वह रणभूमि में आ चुका था और उसी की ओर बढ़ रहा था।

"यदि ये यहाँ आ गया तो इन दोनों को पराजित करना और कठिन हो जाएगा।" यह विचारकर भानुसेन ने भूमि पर गिरी एक तलवार उठायी और अखण्ड की पीठ पर चढ़े युगांधर की पीठ के आर-पार कर दी।

'युगांधर...!' उसी दिशा में आते हुए तेजस्वी ने यह दृश्य देख लिया। वह क्षणभर के लिए स्तब्ध रह गया।

युगांधर ने पलटकर भानुसेन को भूमि पर धकेल दिया। अखण्ड भी भूमि से उठ खड़ा हुआ।

"कब तक इन अधर्मियों का साथ देंगे आप?" युगांधर ने पीड़ा में ही अखण्ड से प्रश्न किया।

"मुझे क्षमा कर दो अनुज, मैं विवश हूँ; मैं तुम्हारा वध करना चाहता था, किंतु इस प्रकार छल से नहीं। मेरे वचन ने मुझे इन पाखंडियों का साथ देने पर विवश कर दिया है।" अखण्ड के नेत्र से अश्रु बह उठे।

तेजस्वी ने अपना अश्व तीव्रगति से उसकी ओर दौड़ाया। वहीं युगांधर, भानुसेन की ओर पलटा। उसे देख वह भूमि पर गिरी महर्षि ओमेश्वर की तलवार की ओर बढ़ा। अखण्ड ने ग्लानि में उस क्षण उसका मार्ग नहीं रोका, किंतु जब वह तलवार लेकर भानुसेन की ओर बढ़ा, तब उसे रोकने के लिए अखण्ड को भी अपनी तलवार बीच में अड़ानी पड़ी।

भानुसेन ने इस क्षण का पूरा लाभ उठाया। उसने भूमि पर गिरी अखण्ड की गदा उठाई और सीधे युगांधर के मस्तक पर दे मारी।

'भानुसेन...!' तेजस्वी ने क्रोध में भानुसेन की ओर बाण चलाया। वह बाण सीधा भानुसेन की छाती में जा लगा। वह घायल होकर भूमि पर गिर पड़ा।

अखण्ड अपने पिता को सँभालने दौड़ा। वह तत्काल ही भानुसेन को उठाकर उसे किसी सुरक्षित स्थान की ओर बढ़ गया।

तेजस्वी को भी युगांधर के निकट पहुँचने में विलंब हो गया। भूमि पर गिरते हुए युगांधर को किसी प्रकार उसने सँभाला।

युगांधर के मुख पर मुस्कान थी। उसने तेजस्वी की ओर देखा, "भ्राता तेजस्वी, अपनी मृत्यु से पूर्व मुझे रक्षराज मार्केश का अंत देखना है।"

"हाँ हाँ ऐसा ही होगा अनुज, ऐसा ही होगा।" तेजस्वी ने उसे विश्वास दिलाया।

"तो फिर लीजिये महर्षि ओमेश्वर की यह तीसरी तलवार; महाअस्त्र का निर्माण कीजिये भ्राता और अंत कर दीजिये उस मार्केश का।" युगांधर ने दिव्य तलवार तेजस्वी के हाथों में सौंपी।

तेजस्वी ने भी दो तलवारों के संगम से बना बाण निकाला। एक प्रकाश फूटा और तीसरी तलवार उस बाण में समा गयी।

तभी वीरसेन और महर्षि शंकराचार्य भी वहाँ पहुँचे। नागराज विषंधर ने वहाँ पहुँचकर युगांधर का घाव देखा। उन्होंने युगांधर को थामने का प्रयास किया।

युगांधर के मुख पर मुस्कान थी, "चिंतित न होइए पितामह, जब तक रक्षराज जीवित है, मैं मृत्यु को प्राप्त नहीं होऊँगा।"

"आप इसे सँभालिए, मैं रक्षराज का अंत करके आता हूँ।" तेजस्वी अपना धनुष और तीन तलवारों के संगम से बना वह महाअस्त्र लिए मार्केश का अंत करने चल पड़ा।

विषंधर का मस्तक भी क्रोध से फटा जा रहा था। उन्होंने वीरसेन से कहा, "आप मेरे पौत्र का ध्यान रखिये महाराज; मुझे भी किसी शत्रु का अंत करना है, ताकि यह विनाश समाप्त हो सके।"

"आप किस शत्रु की बात कर रहे हैं नागराज?" वीरसेन ने प्रश्न किया।

"शत्रु के प्रधान सेनापति की।"

"महाऋृषि कपिश; उनका वध आप कैसे करेंगे विषंधर?" वीरसेन ने प्रश्न किया।

"हमारे शत्रु छल पर छल किये जा रहे हैं, समय आ गया है कि हम भी एक छल करें।" विषंधर कहकर आगे बढ़ गए।

रक्षराज मार्केश बलिष्ठगढ़ की सेना का विनाश किये जा रहा था। तेजस्वी उसके मार्ग में आ खड़ा हुआ, "बस बहुत हुआ मार्केश, अब अपने अंत के लिए सज्ज हो जाओ।"

"तुम व्यर्थ का प्रयास करते रहो और यह युद्ध चलता रहेगा, जो कभी समाप्त नहीं होगा।" मार्केश मुस्कुराया।

"आज नहीं मार्केश, आज नहीं।" तेजस्वी ने महाअस्त्र रूपी बाण को विजयधनुष पर चढ़ाया और मार्केश की ओर छोड़ दिया।

वह बाण सीधा मार्केश की छाती में जा लगा। उसके घाव जलने लगे, फिर भी उसने पूरी शक्ति लगाकर उसे अपनी छाती से निकाल फेंका।

मार्केश ने तेजस्वी की ओर देख कटाक्ष किया, "कर लिया अपनी शक्ति का व्यर्थ प्रदर्शन? और कोई इच्छा बची है तो वो भी पूरी कर लो।"

"अपनी शक्तियों को जाँच लो मार्केश, अब तुम किसी माया और दिव्यास्त्र का प्रयोग नहीं कर सकते।"

तेजस्वी के कहने पर मार्केश ने अपनी शक्तियों की जाँच की। वाकई अब उसकी कोई मायाशक्ति कार्य नहीं कर रही थी।

तेजस्वी अपने अश्व से नीचे उतरा और विजयधनुष को अपने मस्तक से लगाकर अपने अश्व पर रख दिया, ''अब कोई माया नहीं, इस युद्ध का निर्णय अब बाहुबल करेगा।''

''भूल कर रहे हो तेजस्वी, विजयधनुष के बिना तुम मेरे समक्ष क्षणभर भी नहीं ठहर सकते।'' मार्केश मुस्कुराया।

तेजस्वी ने अपने नेत्र बंद किये और आवाहन किया, ''*पिताश्री, आज हमारे संघर्ष के अंत का समय आया है, मैं आपका आवाहन करता हूँ, आप मेरे शरीर में समाकर मेरी सहायता करें। मुझे इस युद्ध में वीरगति पाये योद्धाओं का प्रतिशोध लेना है और मेरी माँ चित्रलेखा का प्रतिकार लेना आपका भी उत्तरदायित्व है पिताश्री; आज हम पिता-पुत्र मिलकर इस असुर का अंत करेंगे, मैं आपका आवाहन करता हूँ, पिताश्री।*''

आकाश से एक बिजली कड़की और विक्रमाजित की आत्मा तेजस्वी के शरीर में समा गयी।

''रक्षराज मार्केश! आज न कोई अस्त्र न कोई शस्त्र। तुम्हारी मृत्यु संसार के किसी शस्त्र से संभव नहीं, इसलिए अब इस युद्ध का निर्णय बाहुबल करेगा। मैं जानता हूँ, कि तुम्हारे शरीर में तुम्हारे अनुज दंशक की आत्मा समायी है, जिससे तुम्हारा बाहुबल दोगुना हो गया है, इसलिए मेरी सहायता के लिए मेरे भी शरीर में भी मेरे पिता महाराज विक्रमाजित की आत्मा समा चुकी है और आज हम दोनों का बाहुबल तुम्हारे प्राण लेने को तत्पर है।'' तेजस्वी की आँखें रक्षराज का शव देखने को तत्पर थीं।

तेजस्वी और मार्केश पूरी गति से एक-दूसरे की ओर दौड़े। उनके टकराव का दृश्य देखने के लिये आसपास के सभी योद्धा अपने अपने द्वंद्व अधूरे छोड़ उनके समक्ष आ खड़े हुये। रणभूमि के उस स्थान पर केवल रक्षराज और तेजस्वी का द्वंद्व चल रहा था। शेष योद्धा केवल दर्शक थे।

वहीं, वहाँ से दूर समाधि में बैठे भैरवनाथ को कुछ अनिष्ट होने का संकेत मिला। वो तत्काल ही अपने अश्व पर आरूढ़ हुआ और रणभूमि की ओर निकल पड़ा।

इलियान और महर्षि कपिश का द्वंद्व भी धीरे-धीरे भंयकर रूप लेता जा रहा था। दोनों के शरीर से तीव्रगति से रक्त बहा जा रहा था।

नागों के राजा विषंधर वहाँ आ पहुँचे। उस द्वंद्व को देख विषंधर ने अपने नेत्र बंद किये और एक सूक्ष्म नाग का रूप ले लिया। धीरे-धीरे वह उस रूप में सेनापति इलियान के रथ पर चढ़ गए और रेंगते हुए उनके तुरीर्ण में छिप गये।

जैसे ही इलियान ने कपिश पर वार करने के लिए अगला बाण उठाया, विषंधर उस पर सवार हो गये। वो बाण सीधे कपिश के कंधे पर जा लगा। विषंधर ने अवसर पाते ही महर्षि कपिश के कंठ पर दंश मार दिया।

कपिश स्तब्ध रह गये। उन्होंने विषंधर को सर्प रूप में ही पकड़कर भूमि पर फेंक दिया।

''ये छल करके आपने उचित नहीं किया महाराज इलियान।'' कपिश ने इलियान पर कटाक्ष किया।

इलियान को स्थिति समझ नहीं आ रही थी, इसलिए वह मौन रह गये।

''यह छल मेरा है सेनापति कपिश।'' विषंधर अपने असली रूप में आकर बोले।

कपिश स्तब्ध रह गये।

''आश्चर्य मत कीजिये प्रधान सेनापति; कुमार सूर्यम की मृत्यु छल से हुई और उस छल में आप भी सम्मिलित थे, क्योंकि आपने उन तक सहायता नहीं पहुँचने दी और मेरे पौत्र युगांधर की भी मृत्यु आज छल से ही हुई है। जब आपके पक्ष से कपट पे कपट हुए जा रहे हैं तो अब आपकी मृत्यु भी छल से ही होगी, क्योंकि आप इसी के योग्य हैं। मेरा भयंकर विष बहुत शीघ्र आपको मृत्यु की नींद सुला देगा।'' विषंधर ने तर्क दिया।

कपिश की चेतना लुप्त होने लगी, फिर भी उन्होंने उस अवस्था में ही तलवार उठायी और अपने रथ से कूद पड़े। अपनी चेतना लुप्त होने से पहले ही उन्होंने विषंधर का मस्तक काटकर भूमि पर गिरा दिया।

इसके उपरांत विष प्रभाव से कपिश भी भूमि पर गिर पड़े। विषंधर के प्राण-पखेरू उड़ने में अधिक समय नहीं लगा। कपिश भी भूमि पर गिरकर अचेत हो गये। इलियान ने अपना धनुष नीचे कर लिया। वो इस छल से लज्जित थे।

वहीं तेजस्वी और रक्षराज मार्केश का द्वंद्व अभी भी चल रहा था। तेजस्वी, मार्केश पर हावी होता जा रहा था। उसने उठाकर मार्केश को दूर फेंक दिया।

तभी अपने अश्व पर सवार रक्षगुरु भैरवनाथ रणभूमि में पहुँच आये, ''रुक जाओ मार्केश! लौट आओ; ये द्वंद्व मत करो।''

भैरवनाथ का प्रलाप सुन तेजस्वी ने रक्षराज पर कटाक्ष किया, ''लो रक्षराज, बार-बार तुम्हें रणभूमि से बचाकर निकालने वाला रक्षगुरु फिर आ गया तुम्हारे प्राणों की रक्षा के लिये; जा रणछोड़ रक्षराज, चला जा अपने प्राण बचाकर।''

''कभी नहीं; आज यदि मृत्यु भी मुझे डस ले तो भी मैं पीछे न हटूँगा, तुम्हारे और मेरे मध्य कोई नहीं आयेगा आज।'' मार्केश मल्लयुद्ध के लिए एक बार फिर

तेजस्वी की ओर दौड़ा।

भैरवनाथ के बढ़ते मार्ग को बलिष्ठाढ़ के राजा भार्गव ने अवरुद्ध कर दिया, ''आज नहीं भैरवनाथ, आज नहीं; आज रक्षराज मार्केश की रक्षा महादेव भी नहीं कर पायेंगे, उसका अंत आज निश्चित है।''

राजा भार्गव भाला लेकर रथ से नीचे उतरे और भैरवनाथ की ओर बढ़ने लगे। भैरवनाथ ने भी तलवार उठाई और भार्गव की ओर बढ़ा।

कुछ ही क्षणों के द्वंद्व के उपरांत भैरवनाथ बड़ी सरलता से परास्त हो गया। भार्गव ने उसका दाँव काटा और भाला उसके उदर में घोंप दिया। इतनी सरलता से मिली विजय से भार्गव विस्मित रह गये। भैरवनाथ ने उनकी इस असावधानी का पूरा लाभ उठाया और अपनी तलवार से उनका भी उदर चीर दिया।

भार्गव और भैरवनाथ दोनों ही भूमि पर गिरकर तड़पने लगे।

सूर्यास्त होते ही सेनाओं के युद्ध पर विराम लग गया, किंतु तेजस्वी और रक्षराज में होता द्वंद्व जारी था। तभी रक्षराज को तेजस्वी में विक्रमाजित का चेहरा दिखाई देने लगा।

'विक्रमाजित...!' रक्षराज के मन में भय व्याप्त हो गया।

''हाँ रक्षराज, आज तुम्हारे सारे पापों का दंड देने आया हूँ मैं; ये मेरे पुत्र को सोलह वर्षों तक मुझसे दूर करने का लिये।'' यह कहकर तेजस्वी रूपी विक्रमाजित ने मार्केश के मुखपर मुष्टि से प्रहार किया, फलस्वरूप रक्षराज के मुख से रक्त का फव्वारा फूट पड़ा। वह भूमि पर गिर गया।

तेजस्वी उसकी छाती पर सवार हो गया।

''तुम्हारे पक्ष में किसी ने युद्ध धर्म का पालन नहीं किया रक्षराज; छल से सूर्यम और युगांधर का वध किया, इसलिए आज किसी भी युद्ध धर्म का पालन नहीं होगा, ये युद्ध अब तुम्हारे अंत तक चलेगा, चाहे सूर्यास्त हो या फिर सूर्योदय।'' तेजस्वी का मुख एक बार फिर वास्तविक रूप में आया और उसके मुष्टि प्रहार से रक्षराज के चेहरे से रक्त की धारा बहने लगी। एक बार फिर तेजस्वी का मुख विक्रमाजित के मुख में परिवर्तित हो गया।

''ये मेरा अंतिम प्रहार है मार्केश, मेरी प्रियसी चित्रलेखा की मृत्यु के लिये।'' तेजस्वी रूपी विक्रमाजित ने पूरी शक्ति लगाकर मार्केश की छाती पर प्रहार किया।

रक्षराज का सम्पूर्ण शरीर रक्तरंजित हो गया। वो भूमि पर गिर पड़ा। ''विक्रमाजित, तुम ये... मत समझना कि मेरा अंत कर तुम विजयी हो गये हो; एक महासंकट... तो... मेरी... मृत्यु के उपरांत आयेगा और... स्मरण... रहे, तुम्हारी...

आत्मा को तब तक... शांति नहीं मिली...जब तक तुमने अपनी पत्नी...की... मृत्यु... का प्रतिशोध...नहीं ले लिया, मैं...भी... शांत...।''

उसके अंतिम शब्द पूरे होने से पूर्व ही तेजस्वी ने उसका कंठ दबा दिया। अपनी पूरी शक्ति का प्रयोग कर वो उसका कंठ तब तक दबाता रहा, जब तक उसकी साँसें नहीं रुक गयीं। उसे निष्प्राण छोड़ तेजस्वी भूमि से उठा।

'हर-हर महादेव...!' तेजस्वी के साथ ही समस्त बलिष्ठगढ़ की सेना ने ये नारा लगाया।

तेजस्वी तत्काल युगांधर की ओर दौड़ पड़ा। युगांधर भी अपनी अंतिम साँस ले रहा था। उसे शीघ्र ही सुवर्या की आत्मा दिखने लगी।

तेजस्वी उसके निकट आकर बैठ गया, ''हम विजयी हुए अनुज, हम विजयी हुए; उस पापी रक्षराज का अंत हुआ।''

तेजस्वी के कथन के उपरांत युगांधर ने मुस्कुराकर कहा, ''बधाई हो भ्राताश्री, हम अपना प्रतिशोध लेने में सफल रहे।''

तभी युगांधर की माँ कनिष्का वहाँ पहुँचीं। अपने पुत्र की दशा देख वो तड़प उठीं, ''पुत्र ये क्या दशा बना ली है तुमने, ये सब कैसे हुआ?'' कनिष्का के नेत्र अश्रुओं से भर गए।

युगांधर ने अपने दोनों हाथ जोड़े, ''मुझे प्रस्थान की आज्ञा दें माता; मैंने इस युद्ध में वीरगति पाई है, मेरी सुवर्या मुझे... बुला रही है... माता, मुझे... प्रस्थान....की आज्ञा... दीजिये।''

''नहीं पुत्र, तुम कहीं नहीं जा सकते।'' कनिष्का तड़प उठीं।

अगले ही क्षण सुवर्या का मुख युगांधर के सामने आ गया, ''मुझे मत रोकिये माता, मैं सुवर्या को अपने समक्ष देख सकता हूँ,.. वो म..मुझे पुकार रही है। और आप चिंतित मत होइए... सुवर्या ने मुझे वचन दिया है... कि वो मुझसे मिलने के लिए फिर लौटकर आएगी, इसलिए मैं भी लौट आऊँगा माता... मेरी प्रतीक्षा करना।''

इतना कहकर उस महावीर युगांधर ने अपनी अंतिम साँस ली।

पाताल में असुरों पर भारी पड़ने वाले सबसे सामर्थ्यवान योद्धा का शरीर अब निष्प्राण हो चुका था। कनिष्का अपने पुत्र से लिपटकर चीख पड़ी। समस्त रणक्षेत्र शोकग्रस्त हो गया, सबके नेत्र अश्रुओं से भरे थे। अखण्ड भी ग्लानि के भाव से मृत्यु का अनुभव कर रहा था।

महर्षि कपिश और नागराज विषंधर का शरीर भी निष्प्राण हो चुका था। कपिश के नेत्रों में मृत्यु से पूर्व केवल प्रायश्चित के आँसू थे।

यह देख अखण्ड भानुसेन के पास आया, ''ये युद्ध करके क्या प्राप्त हुआ पिताश्री; लाखों सैनिक, आपके सारे पुत्र, सूर्यम्, युगांधर, सब एक प्रतिशोध की अग्नि की भेंट चढ़ गये; अब भी समय है पिताश्री, अपनी भूल की क्षमा माँग लीजिये, सूर्योदय होने में केवल एक प्रहर बचा है।'' अखण्ड ने भानुसेन से विनती की।

''यदि मैंने ऐसा नहीं किया तो क्या तुम मेरा त्याग कर दोगे अखण्ड?'' भानुसेन ने अखण्ड से प्रश्न किया।

''मैं एक क्षत्रिय हूँ पिताश्री, अपना वचन नहीं तोड़ सकता; आपका और मेरा साथ तो मेरी मृत्यु के उपरांत ही टूटेगा।'' अखण्ड ने स्पष्टता से कहा।

''मैं भी एक क्षत्राणी का पुत्र हूँ अखण्ड। महज सोलह वर्ष की आयु में मैंने भी सौगंध ली थी कि मैं विक्रमाजित के वंश का विनाश कर दूँगा; यदि अब मैं पीछे हटा तो मेरे पिता मार्केश की, महर्षि कपिश की एवं मेरे सभी पुत्रों की मृत्यु का अपमान होगा। किंतु तुम पीछे हट सकते हो पुत्र; तुमने मेरी रक्षा का जो वचन वैशाली को दिया था, मैं तुम्हें उससे मुक्त करता हूँ, तुम सुबाहु को लेकर यहाँ से चले जाओ।'' भानुसेन ने कहा।

''वचन माता को दिया है, तो इससे मुक्त करने का अधिकार भी उन्हें ही है। मैंने आपकी रक्षा का प्रण लिया है, इसलिये कुछ ही घड़ियों बाद आरंभ होने वाले महासंग्राम में मैं आपका साथ अवश्य दूँगा। आप जैसे भी हैं, पिता हैं मेरे, आपको इस प्रकार अकेला कैसे छोड़ सकता हूँ मैं; रही बात सुबाहु की, तो आज जिस प्रकार महाविनाश हुआ है उसे ध्यान में रखते हुए मैंने सुबाहु को एक सुरक्षित स्थान पर भेज दिया है सुबाहु अब इस रणक्षेत्र से दूर रहेगा।'' अखण्ड ने कहा।

अध्याय 18

अतीत का रहस्य

सूर्योदय होने को था। वर्षों के उपरांत तेजस्वी ने वनवासी का वेश त्यागकर कवच धारण किया। अपने शिविर में वो अंतिम दिन के युद्ध की तैयारी कर रहा था।

तभी हस्तिनापुर के महाराज इलियान उसके कक्ष में आये।

"क्या बात है महाराज इलियान, आप इस समय यहाँ!" तेजस्वी ने प्रश्न किया।

"मैं अब इस युद्ध में भाग नहीं ले सकता कुमार।" इलियान ने स्पष्ट रूप से कहा।

"ये आप क्या कह रहे हैं महाराज, ऐसा क्या हो गया?" तेजस्वी को इलियान की बात सुन आश्चर्य हुआ।

"इस युद्ध ने हम चंद्रवंशियों के माथे पर बहुत बड़ा कलंक लगाया है कुमार और इस कलंक को धोने में न जाने कितना समय लग जाएगा।" इलियान झल्लाये हुए थे।

तेजस्वी को उनकी बात समझ आ गयी थी, "आप महर्षि कपिश के वध के विषय में बात कर रहे हैं?"

"चाहे शत्रु पक्ष से कितना भी छल किया गया हो, हम चंद्रवंशी कभी छल नहीं करते; किंतु नागराज विषंधर ने जिस छल का स्रोत मुझे बनाया, उससे हमारा पूरा वंश कलंकित हो जाएगा; क्या कहेगा समाज कि हस्तिनापुर के चंद्रवंशी राजा इलियान ने

छल से एक ब्राह्मण की हत्या की; कैसे उठाऊँगा मैं अपने हृदय पर ये बोझ?'' इलियान ने प्रश्न किया।

तेजस्वी ने इलियान को समझाने का प्रयत्न किया, ''मैं आपकी बात समझ रहा हूँ महाराज, किंतु यह छल नागराज विषंधर का था, उनके अतिरिक्त इसका उत्तरदायी कोई नहीं है; फिर भी यदि आप जाना चाहते हैं तो मैं आपको नहीं रोकूँगा।''

''आर्यावर्त की यह भूमि और यह समाज इस सत्य को नहीं स्वीकारेगा कुमार, इसलिए मुझे इस पाप से मुक्त होने के लिए प्रायश्चित करना ही होगा और वैसे भी इस युद्ध में तो आप लगभग विजयी हो ही चुके हैं, कदाचित् अब आपको हमारी आवश्यकता नहीं है।''

''यह रणभूमि आपके बिना अधूरी है और रहेगी महाराज; आपके नेतृत्व में चार दिवस तक हमने इस युद्ध में अपना सर्वश्रेष्ठ प्रदर्शन किया और विजय प्राप्त की, इसलिए आपकी इस इच्छा का मान रखना भी हमारा उत्तरदायित्व है; आप प्रस्थान कीजिये हस्तिनापुर नरेश।'' तेजस्वी मुस्कुराया।

''धन्यवाद कुमार, आपने मेरे हृदय से एक बहुत बड़ा बोझ उतार दिया है।'' यह कहकर हस्तिनापुर नरेश उसके शिविर से प्रस्थान कर गए।

❖

सूर्योदय होते ही पाँचवें दिन का महासंग्राम भी आरंभ हो गया। तेजस्वी प्रथम बार कवच धारण कर रथ पर आरूढ़ हुआ था, किंतु ना जाने क्यों आज वक्रबाहु रणक्षेत्र में उपस्थित नहीं था। सब उसे खोजते रह गये किंतु वो कहीं नहीं मिला।

बलिष्ठगढ़ की सेना का नेतृत्व आज महर्षि शंकराचार्य के हाथों में था। वहीं विदर्भ की सेना का नेतृत्व अखण्ड कर रहा था।

तेजस्वी सीधा भानुसेन की ओर बढ़ा चला जा रहा था। अखण्ड उसे रोकने उसके मार्ग में आने ही वाला था कि वीरसेन ने उसका मार्ग रोक लिया। भाला उठाकर वो रथ से कूद पड़े, ''आओ पुत्र अखण्ड, आज प्रथम बार मुझसे भी द्वंद्व कर लो।''

''मुझे जाने दीजिये तातश्री, मेरा वचन मुझे पुकार रहा है; मुझे पिताश्री की रक्षा करनी है।'' अखण्ड ने विनती की।

अखण्ड की विनती के उत्तरस्वरूप वीरसेन ने भाला उसकी ओर उछाल दिया, ''भानुसेन के वध के उपरांत तुम अपने वचन से भी मुक्त हो जाओगे पुत्र, सावधान!''

वीरसेन की ललकार का उत्तर अखण्ड को देना ही पड़ा। बलिष्ठगढ़ के शेष योद्धा महर्षि शंकराचार्य के नेतृत्व में विदर्भ की सेना में विध्वंस मचा रहे थे।

अखण्ड की अधीरता वीरसेन पर भारी पड़ गयी। उसने शीघ्र ही भाले से वीरसेन

के उदर को चीर दिया। वो भूमि पर गिर पड़े।

अखण्ड भी घुटनों के बल आ गया, "म . . मुझे क्षमा . . . करें तातश्री, मैं विवश था।" अखण्ड के नेत्र में प्रायश्चित के आँसू थे।

इधर तेजस्वी ने अंततः भानुसेन को खोज निकाला। उसने भानुसेन को ललकारा, "अब और विनाश नहीं भानुसेन, तुम्हारे अंत के लिए मैं प्रस्तुत हूँ, युद्ध करो मुझसे।"

"मैं भी कायर नहीं तेजस्वी, जो मृत्यु को पीठ दिखाकर भाग जाये, सावधान!" भानुसेन ने भी धनुष उठा लिया, किन्तु तेजस्वी के क्रोध ने दो क्षणों में ही उसे निःशस्त्र कर दिया।

"अब और नहीं भानुसेन, मेरा ये अग्निअस्त्र तुम्हारे समूल अस्तित्व को ही मिटा देगा, तुम्हें जीवित ही भस्म कर देगा।" कहकर तेजस्वी ने अग्निअस्त्र भानुसेन की ओर छोड़ दिया। तभी वायु की गति से दौड़ता हुआ अखण्ड, भानुसेन के रथ पर चढ़ आया और अग्निअस्त्र इससे पहले भानुसेन तक पहुँचता, वो उसे रथ से लेकर कूद गया। एक भयंकर विस्फोट हुआ और भानुसेन का रथ जलकर भस्म हो गया।

भानुसेन थोड़ा घायल हो गया। यह देख अखण्ड ने उसे दूसरे रथ पर बिठाया और रणभूमि से पलायन करने लगा।

"ये क्या कर रहे हो पुत्र अखण्ड, रणभूमि से पलायन करने से तो उचित है कि मैं मृत्यु स्वीकार कर लूँ।" घायल अवस्था में रथ पर बैठे भानुसेन ने अपने पुत्र को रोकने का प्रयास किया।

"इस समय मुझे मेरा उत्तरदायित्व निभाना है, इसलिये आप मौन रहिये और मुझे मेरा कार्य करने दीजिये।" अखण्ड, रथ को हाँकते हुए बढ़ चला।

"रुक जाइए भ्राता अखण्ड, आखिर कब तक अपने अधर्मी पिता का रक्षण करेंगे आप?" तेजस्वी की चेतावनी सुनकर भी अखण्ड नहीं रुका।

इधर घायल अवस्था में भी वीरसेन ने भानुसेन के रथ का पीछा करना आरंभ किया। अखण्ड, रथ को हाँकता हुआ कई कोस दूर ले गया। वो किस मार्ग पर जा रहा था इसका उसे स्वयं भी भान नहीं था। शीघ्र ही उसकी यात्रा एक गहरी खाई के पास आकर रुकी। आगे का मार्ग उसे दिखाई न दिया।

तेजस्वी भी उसका पीछा करते हुए वहाँ आ पहुँचा, "कब तक सत्य से भागेंगे भ्राता अखण्ड; सत्य स्वीकार कर लीजिये, अब आप अपने पिता का रक्षण नहीं कर पायेंगे।"

अखण्ड ने पलटकर तेजस्वी को चुनौती दी, "जब तक मेरी देह में प्राण हैं तब

तक पिताश्री को कोई स्पर्श भी नहीं कर सकता। द्वंद करो मुझसे, वध करो मेरा, यदि कर सको तो; उसके उपरांत ही तुम पिताश्री तक पहुँच सकते हो।''

''यदि आपकी यही इच्छा है भ्राता तो मैं भी आपको पर्याप्त अवसर दूँगा। मैं अपने विजयधनुष से युद्ध नहीं करूँगा, मैं आपको खड्ग से युद्ध की चुनौती देता हूँ ज्येष्ठ।'' तेजस्वी ने तलवार म्यान से खींच निकाली।

''मेरे बल का सामना कर पाओगे अनुज?'' अखण्ड ने भी तलवार म्यान से खींचकर चुनौती दी।

''कदाचित् आपको ज्ञात नहीं, कि मेरे इस शरीर में इस समय मेरे पिता महाराज विक्रमाजित की आत्मा का वास है, इसलिए उनका बल भी मेरे साथ है; इसलिये आप अपने रक्षण के विषय में विचार कीजिये ज्येष्ठ।'' तेजस्वी खड्ग उठाकर रथ से कूद पड़ा।

दोनों भाई एक-दूसरे से द्वंद्व करने को तत्पर थे और एक-दूसरे की ओर बढ़े चले जा रहे थे। तभी युगांधर की माता कनिष्का वहाँ आ पहुँचीं।

''पुत्र तेजस्वी, अखण्ड मेरे युगांधर की मृत्यु का उत्तरदायी है, मुझे इसकी मृत्यु चाहिये।'' कनिष्का चीखीं।

अखण्ड और तेजस्वी की तलवारों के टकराव ने आसपास का वातावरण हिला दिया। विक्रमाजित रूपी तेजस्वी, अखण्ड पर भारी पड़ रहा था। यह देख भानुसेन भूमि से उठा और इस द्वंद्व में विघ्न डालना चाहा। तभी वीरसेन वहाँ पहुँच आये और उसके मार्ग में खड़े हो गये। वीरसेन अत्यंत घायल अवस्था में थे, फिर भी उन्होंने भानुसेन को द्वंद्व की चुनौती दी। उन दोनों घायल योद्धाओं का द्वंद्व भी आरम्भ हो गया। यह देख विक्रमाजित की आत्मा तेजस्वी के शरीर से अलग हो गयी और वीरसेन के शरीर में समा गयी। वीरसेन का बल कई गुना बढ़ गया। उन्होंने भानुसेन को भूमि पर गिरा दिया।

अब वीरसेन का भाला भानुसेन की गर्दन पर था। वीरसेन के मुख के स्थान पर शीघ्र ही भानुसेन को विक्रमाजित का मुख दिखाई देने लगा। उन्होंने मृत्यु के द्वार पर खड़े भानुसेन के समक्ष घोषणा की।

''मेरी प्रतिज्ञा पूर्ण हुई भानुसेन, तुम्हारा और तुम्हारे पिता का अंत हुआ।'' कहकर वीरसेन ने भानुसेन की छाती अपने भाले से भेद दी। भाला उसके हृदय को पार कर गया।

भानुसेन, विक्रमाजित की आत्मा को देखता ही रह गया, ''प्रतिशोध..अभी शेष है... विक्रमाजित।'' अपनी बात पूरी करने से पूर्व ही उसका शरीर निष्प्राण हो गया।

वीरसेन भी भूमि पर गिर पड़े। यह दृश्य देख तेजस्वी और अखण्ड का द्वंद्व थम

गया।

"आपके अधर्मी पिता का अंत हुआ ज्येष्ठ, अब इस युद्ध की हमें कोई आवश्यकता नहीं।" तेजस्वी ने अपनी तलवार नीचे की।

"नहीं, अखण्ड मेरे पुत्र की मृत्यु का उत्तरदायी है, उसे दंड मिलेगा, मुझे प्रतिशोध चाहिये।" कहकर कनिष्का ने भूमि पर गिरी तलवार उठाई और अखण्ड की ओर बढ़ीं

"मैं आपका अपराधी हूँ, मुझे दण्डित करने का आपको पूर्ण अधिकार है।" अखण्ड ने भी अपनी तलवार भूमि पर गिरा दी और अपनी मृत्यु का स्वागत किया।

"रुक जाइए माता!" किंतु तेजस्वी का कनिष्का को रोकने का प्रयास सफल नहीं हुआ। कदाचित् महर्षि शंकराचार्य के श्राप ने उनकी बुद्धि हर ली थी। उन्होंने सीधे अखण्ड के उदर पर प्रहार किया और तलवार उसकी पीठ से पार कर दी।

'ज्येष्ठ...!' तेजस्वी चीख पड़ा।

"मुझे क्षमा कर दो माता; मैं विवश था।" अखण्ड ने अपने दोनों हाथ जोड़ लिये।

अकस्मात् ही कनिष्का का क्रोध, करुणा में परिवर्तित हो गया। वो भूमि पर बैठ गयीं, "मुझे क्षमा कर दो पुत्र, मैं प्रतिशोध में अंधी हो गयी थी।" कदाचित् महर्षि शंकराचार्य के श्राप ने कनिष्का की बुद्धि हर ली थी।

"ये आपने क्या किया भ्राता अखण्ड, अपना रक्षण क्यों नहीं किया?" तेजस्वी, अखण्ड की ओर बढ़ा।

"ये मेरे पापों का दण्ड है अनुज, तुम जाओ और महाराज वीरसेन के प्राण बचाओ; कदाचित् उनके ...प्राण बचाना अभी ....संभव....हो..।" इतना कहते हुए अखण्ड के पैर एक पत्थर से टकराये। असंतुलित होकर वो गहरी खाई में गिर पड़ा।

"भ्राता अखण्ड...!" तेजस्वी अकस्मात् हुई इस घटना को अवाक् होकर देखता रह गया। वह भूमि पर बैठ गया।

तत्काल ही तेजस्वी ने पास खड़े सैनिकों को आदेश दिया, "सैनिकों, जाओ और भ्राता अखण्ड की देह को ढूँढ़कर लाओ।"

तभी महाराज विक्रमाजित की आत्मा वहाँ प्रकट हुई, "तुम अखण्ड को बचा नहीं पाओगे पुत्र, महर्षि शंकराचार्य का श्राप मिथ्या नहीं हो सकता; ये महायुद्ध अंततः समाप्त हुआ, हम विजयी हुए।"

तेजस्वी ने भूमि से उठकर उन्हें नमन किया और बोला "कदाचित् आप उचित कह रहे हैं पिताश्री, किंतु भ्राता अखण्ड के शव को सम्मानपूर्वक विदा तो करना ही

होगा। इस युद्ध ने केवल विध्वंस किया, पाँच दिवस में पाँच अक्षौहिणी सेना की बलि चढ़ गयी; चाहे वो विदर्भ के हों या बलिष्ठगढ़ के, थे तो वो भी मनुष्य ही और इस प्रकार अपनों को खोकर कौन सी विजय का उल्लास मनाऊँ मैं?''

''तुम्हारा कहना उचित है पुत्र, ये युद्ध हम जीतकर भी हार गये।'' इसके पश्चात् विक्रमाजित, कनिष्का की ओर मुड़े, ''ये तुमने उचित नहीं किया कनिष्का।''

''मुझसे भूल हुई, मैं प्रतिशोध में अंधी हो गयी थी; किंतु मेरा भी तो कोई अपना जीवित नहीं बचा, आपने भी तो मेरा त्याग कर दिया था।'' कनिष्का के नेत्र अश्रुओं से भरे हुए थे।

'मैं तुम्हारा अपराधी हूँ कनिष्का, किंतु इस घटना में तुम्हारा कोई दोष नहीं है; कदाचित् महर्षि शंकराचार्य के श्राप ने तुम्हारी बुद्धि हर ली थी। खैर अच्छा हुआ, मुक्त होने से पूर्व तुमसे भी मिलना संभव हो पाया। युगांधर जैसे वीर पुत्र को पाकर मैं धन्य हो गया, किंतु जैसा उसने वचन दिया है, वो अपनी प्रेमिका सुवर्या को पाने के लिये अवश्य लौटेगा; तुम उसकी प्रतीक्षा करो। रही बात मेरी, तो मैंने सदा तुम्हारे साथ अन्याय किया है कनिष्का, उसके लिए मैं क्षमाप्रार्थी हूँ।'' विक्रमाजित ने अपने हाथ जोड़े।

''मुझे आपसे कोई शिकायत नहीं है स्वामी, अपराध तो मुझसे हुआ है; आपने जो एक वर्ष मेरे साथ बिताया, वही मेरे लिये सबसे अनमोल था।''

''तुम्हारा उत्तरदायित्व अब सम्पूर्ण नागजाति का संरक्षण है कनिष्का और इस उत्तरदायित्व को निभाने के लिए तुम्हीं सर्वाधिक योग्य हो।''

इसके उपरांत वह तेजस्वी की ओर मुड़े, ''अब मुझे आज्ञा दो पुत्र तेजस्वी, मेरे प्रस्थान का समय हो गया है।''

तेजस्वी और कनिष्का ने नम आँखों से उन्हें विदा किया। विक्रमाजित को अंततः मुक्ति मिल ही गयी।

कनिष्का भी बिना कुछ कहे, तेजस्वी से विदा लेकर अपनी नागों की सेना के साथ प्रस्थान कर गयीं। तेजस्वी ने उन्हें रोकना चाहा, किंतु वो सफल नहीं हुआ।

***

विदर्भ का एक भी महारथी योद्धा जीवित नहीं था। बलिष्ठगढ़ के शिविर में तेजस्वी के अतिरिक्त मगध के युवराज शाल्व, विदर्भ के महामंत्री संजय, बलिष्ठगढ़ के सेनापति चक्रसेन और महर्षि शंकराचार्य ही जीवित बचे थे।

महाराज वीरसेन जीवन और मृत्यु के मध्य संघर्ष कर रहे थे, परन्तु महर्षि शंकराचार्य के वर्षों पूर्व दिये कुलनाश के श्राप के कारण वो भी इस संघर्ष में पराजित

हुए। कई वैद्य मिलकर भी वीरसेन के प्राण नहीं बचा सके। अंततः वीरसेन ने भी अपनी अंतिम साँस ली।

अपने सभी परिजनों को खोने के उपरांत तेजस्वी विदर्भ के राजमहल पहुँचा। विदर्भ का महल शोकाकुल था। चारों तरफ केवल शांति छायी हुई थी।

तभी भानुसेन की पत्नी वैशाली महल के बाहर आ पहुँचीं। वो अत्यंत क्रोधित थीं। उन्होंने तेजस्वी को श्राप दे दिया, "दुष्ट तेजस्वी, तूने इसी सिंहासन के लोभ में मेरे सभी पुत्रों का वध किया है न; मैं तुझे श्राप देती हूँ कि इसी सिंहासन का उत्तराधिकारी विदर्भ के इस साम्राज्य के पतन का कारण बनेगा, मेरे पति का अधूरा प्रतिशोध अवश्य पूर्ण होगा, राजा भभूति के वंश का पतन अवश्य होगा, जिसका कारण तेरा ही पुत्र होगा, ये मेरा श्राप है।" तेजस्वी को श्राप देकर वैशाली ने कटार से अपना उदर चीर दिया।

'राजमाता...!' तेजस्वी चीख पड़ा।

एक पल के लिये तो तेजस्वी अवाक् रह गया, किंतु अगले ही क्षण उसने सैनिकों को आदेश दिया, "सैनिकों, जाओ और तत्काल ही वैद्यराज को प्रस्तुत करो; हमें किसी भी मूल्य पर राजमाता के प्राण बचाने होंगे, शीघ्र जाओ।"

महल के द्वार पर तेजस्वी सहित मगध युवराज शाल्व, संजय और चक्रसेन भी उपस्थित थे। वैशाली का श्राप सुनकर सभी को झटका लगा।

कुछ ही समय में वैद्यराज महल में आये और भानुसेन की पत्नी वैशाली का उपचार आरंभ किया।

तभी एक सैनिक तेजस्वी के समक्ष आया, "महाबली वक्रबाहु आपसे भेंट करने के इच्छुक हैं कुँवर तेजस्वी; वो महल के द्वार पर आपकी प्रतीक्षा कर रहे हैं।"

"युद्ध के मध्य में हमारा साथ छोड़ने के उपरांत अब क्यों आया है वो यहाँ पर?" तेजस्वी के नेत्र क्रोध से लाल थे। वो तत्काल ही महल के बाहर आ पहुँचा।

वक्रबाहु वहाँ उसकी प्रतीक्षा कर रहा था। उसे देख तेजस्वी क्रोधित हो उठा, "वक्रबाहु, तुम कहाँ थे? हम तो रणभूमि में तुम्हें खोजते ही रह गये।"

"मुझे क्षमा करें, किंतु रक्षराज का अंत होते ही मुझे एक तीव्र झटका लगा, जिससे मैं कुछ समय मूर्छित पड़ा रहा और मेरी स्मृतियाँ वापस लौट आयीं।" वक्रबाहु ने सफाई दी।

"तो फिर अब लौट के क्यों आये हो? तुम तो हमारे दासत्व से मुक्त हो चुके हो, फिर यहाँ आने का उद्देश्य क्या है, चले जाओ यहाँ से!" तेजस्वी ने अपना मुँह फेर लिया।

“मेरी स्मृतियाँ लौट चुकी हैं कुमार तेजस्वी, इसलिए मैं आपको आनेवाले संकट से सावधान करने आया हूँ।” वक्रबाहु, तेजस्वी को समझाने का प्रयत्न कर रहा था।

जिस रणभूमि में विदर्भ और बलिष्ठगढ़ के मध्य महायुद्ध सम्पन्न हुआ था, वहाँ लाखों शव पड़े थे। उनमें से एक शव जीवित हो उठा। ये और कोई नहीं, रक्षगुरु भैरवनाथ था। राजा भार्गव का भाला शीघ्र ही उसने अपने शरीर से निकाल फेंका और मन ही मन विचार किया, ‘मूर्ख राजा भार्गव, सोच भी कैसे लिया कि असुरों के गुरुदेव, एक सिद्ध मांत्रिक की मृत्यु इस साधारण से भाले से हो जाएगी; उस रक्षराज मार्केश के कारण ही आज तक मै महाअसुर दुर्भीक्ष को जीवित नहीं कर पाया था।”

“किन्तु अब जागेगा महाअसुर दुर्भीक्ष और इस प्रयोजन में मेरा शस्त्र बनेगा रक्षराज का रणछोड़ पौत्र सुबाहु।” रक्षगुरु भैरवनाथ ने अपना दंड उठाकर सौगंध ली।

इधर विदर्भ में तेजस्वी को वक्रबाहु की अधीरता समझ नहीं आ रही थी।

“तुम किस संकट के विषय में कह रहे हो वक्रबाहु; क्या इस महाविनाश के उपरांत अब भी कोई संकट शेष है? और तुम्हारी स्मृतियाँ लौटीं कैसे?” तेजस्वी ने प्रश्न किया।

“मेरी स्मृतियाँ लौटने का कारण मैं आपको बाद में समझाऊँगा, इस समय चिंता का विषय ये है कि वो रक्षगुरु भैरवनाथ जीवित है।”

“क्या...? ये क्या कह रहे हो, वक्रबाहु; उसके शव को तो मैंने अपने नेत्रों से देखा था, राजा भार्गव ने उसका वध किया था।” तेजस्वी अवाक् रह गया।

“वो एक सिद्ध मांत्रिक है, साधारण शस्त्र उसका बाल भी बाँका नहीं कर सकते।” वक्रबाहु ने तर्क दिया।

कुछ क्षण विचार करने के उपरांत तेजस्वी ने भी उसकी बात से सहमति जताई, “कदाचित् तुम उचित कह रहे हो वक्रबाहु; तुम किसी संकट के विषय में कह रहे थे, कैसा संकट?”

“आज तक भैरवनाथ, रक्षराज मार्केश के कारण ही वर्षों पूर्व सुप्तावस्था में गये दुर्भीक्ष को जगा नहीं पाया था, किंतु मार्केश की मृत्यु के उपरांत वो उसे जगाने का प्रयत्न अवश्य करेगा।”

‘दुर्भीक्ष...? ये नाम मैं पहले भी सुन चुका हूँ. आखिर कौन है ये दुर्भीक्ष?” तेजस्वी ने प्रश्न किया।

“अभी हमारे पास इतना समय नहीं है कुँवर तेजस्वी.बस इतना जान लीजिये कि आपके पिता महाराज विक्रमाजित जैसे सामर्थ्यवान वीर से मैं भी पराजित हुआ था.किंतु

महायोद्धा दुर्भीक्ष पहला ऐसा योद्धा था. जिसे संसार के सर्वश्रेष्ठ योद्धा महाराज विक्रमाजित भी पराजित नहीं कर पाये थे; उस दुर्भीक्ष को केवल एक व्यक्ति परास्त कर सकता था और वो थे महर्षि ओमेश्वर, जो अब इस संसार में नहीं रहे।''

''और यदि दुर्भीक्ष जाग गया तो?''

''महाविनाश होगा; वो अपने साथ हुए हर एक अन्याय का प्रतिशोध लेगा। महर्षि ओमेश्वर ने प्रतिज्ञा की थी कि जब दुर्भीक्ष जागेगा तो वो उसके अंत के लिए एक क्षत्रिय योद्धा के रूप में जन्म लेंगे; किंतु इससे पूर्व कि दुर्भीक्ष जागे, हमें भैरवनाथ को रोकना होगा।'' वक्रबाहु अधीर हो रहा था।

तभी एक सैनिक दौड़ता हुआ तेजस्वी के समक्ष आ खड़ा हुआ और उसे सूचना दी, 'कुँवर, हमने युवराज अखण्ड के शव को ढूँढ़ने का अथक प्रयास किया, किन्तु सफल नहीं हुए; न जाने वो कहाँ अदृश्य हो गये हैं।''

उस सैनिक की बात सुनकर वक्रबाहु के मुख पर मुस्कान आ गई। उसने कहा ''अखण्ड कोई साधारण योद्धा नहीं जो इतनी सरलता से मृत्यु को प्राप्त हो जाये।''

वक्रबाहु की बात सुनकर तेजस्वी की आँखे आश्चर्य से फैल गयीं।

'तो क्या भ्राता अखण्ड जीवित हैं?' तेजस्वी के नेत्र भीग गये। उसके स्वर में प्रसन्नता की ध्वनि थी।

तभी पीछे से एक स्वर सुनाई दिया, ''हाँ मैं जीवित हूँ और अपने पिता के प्रतिशोध के लिये लौटा हूँ और तुम्हारा वध करके ही मेरी तलवार की प्यास बुझेगी; आश्चर्य है, तुमने मेरी माता का भी रक्षण नहीं किया।''

ये स्वर सुन तेजस्वी पलटा। अखण्ड हाथ में रक्त से सनी तलवार लिये तेजस्वी को घूर रहा था।

तेजस्वी के नेत्रों से अश्रु बह उठे, ''आपकी माता को कुछ नहीं होगा ज्येष्ठ; किन्तु मैं आपका अपराधी हूँ, आपके द्वारा दंड प्राप्त करने को सज्ज हूँ मैं।'' तेजस्वी निःशस्त्र था। वो अखण्ड के समक्ष झुक गया। अखण्ड उसका मस्तक काटने आगे बढ़ा।

वक्रबाहु ने उसका वार रोक लिया, ''रुक जाओ मूर्ख अखण्ड; जो मूर्खता तुम्हारे पिता और पितामह रक्षराज ने की, उसे मत दोहराओ, मैं तुमसे विनती करता हूँ।''

अखण्ड क्रोधित था, ''तुमने मेरे प्राणों की रक्षा की है वक्रबाहु, इसलिये मैं तुम पर प्रहार नहीं करना चाहता; हट जाओ मेरे मार्ग से, मैं अपने पिता का अधूरा स्वप्न पूरा करना चाहता हूँ, उनका प्रतिशोध पूर्ण अवश्य होगा।''

अखण्ड की आँखों का क्रोध देख वक्रबाहु के नेत्रों में अश्रु आ गये। उसने अपनी

पूरी शक्ति लगायी और अखण्ड को भूमि पर गिरा दिया।

"क्या जानते हो तुम अपने पिता के प्रतिशोध के बारे में? सब मिथ्या है; केवल उस पापी भैरवनाथ का छल है। इस षड्यंत्र का रहस्य केवल मुझे ज्ञात था, इसलिये उस भैरवनाथ ने मुझे वर्षों तक पाताल में बंदी बनाने का कुचक्र रचा।"

वक्रबाहु की बातें सुन तेजस्वी और अखण्ड दोनों ही भूमि से उठ खड़े हुए।

"हाँ तेजस्वी, मेरा परम मित्र रक्षराज दुशल भी अपनी पत्नी शिवन्या की मृत्यु का उत्तरदायी राजा भभूति को मानता था, इसलिये वो मानव समाज से ही घृणा करने लगा; किंतु उसी दुशल ने एक बार शिवन्या के प्रेम के लिये महाअसुर दुर्भीक्ष को परास्त करने में तुम्हारे पूर्वजों की सहायता की थी। किंतु वो ये नहीं जानता था कि उसकी पत्नी शिवन्या की मृत्यु का कारण रक्षगुरु भैरवनाथ का षड्यंत्र था, ताकि वो मार्केश यानी मेरे परममित्र दुशल को मानव समाज के विरुद्ध खड़ा कर सके। तुम सब इस छल का शिकार हो। यदि मेरी स्मृति समय पर लौट आती तो ये युद्ध ही नहीं होता।" वक्रबाहु अतीत के सत्य से अखण्ड और तेजस्वी को अवगत कराने का प्रयत्न कर रहा था।

"दुर्भीक्ष! दुर्भीक्ष!! आखिर कौन है यह दुर्भीक्ष?" तेजस्वी ने प्रश्न किया।

"एक ऐसा योद्धा, जिसके बिना आपके पूर्वजों की हर कथा अधूरी है।" वक्रबाहु ने कहा।

<hr>

इधर नागलोक में नागरानी कनिष्का अत्यंत क्रोध में थीं।

इसका कारण जानने के लिये एक नागसैनिक ने उनसे प्रश्न किया, 'क्या हुआ नागदेवी? मुझे प्रश्न करने का अधिकार तो नहीं, किंतु अपने पुत्र तेजस्वी से मिले बिना ही आप यहाँ क्यों आ गयीं?'

"तेजस्वी मेरा पुत्र नहीं है, मेरे पुत्र युगांधर की मृत्यु का उत्तरदायी है वो; इसका दण्ड उसे भोगना होगा।" कनिष्का की आँखें क्रोध से लाल थीं।

बहुत सवाल उठ रहे होंगे पाठकों के मन में-जैसे कौन है ये दुर्भीक्ष? क्या सबंध है उसका महर्षि ओमेश्वर और विक्रमाजित से? क्या हुआ था जब विक्रमाजित का सामना दुर्भीक्ष से हुआ था? यदि दुर्भीक्ष असुरों का राजा था, तो मार्केश किस प्रकार रक्षराज बना और किस प्रकार उसने दुर्भीक्ष को परास्त करने में सहायता की? क्या रहस्य है भानुसेन की उस प्रतिज्ञा का, जो उसने अपनी माता शिवन्या की मृत्यु के उपरांत ली थी? कौन सा ऐसा छल किया भैरवनाथ ने, जो शिवन्या की मृत्यु का कारण बना? आखिर क्यों रुष्ट है कनिष्का, तेजस्वी से? क्या भानुसेन की पत्नी वैशाली के प्राण बच पायेंगे?

और सबसे बड़ा रहस्य; यदि महाबली अखण्ड जीवित है, तो महर्षि शंकराचार्य के दिये कुलनाश के श्राप का क्या होगा?

सवाल बहुत हैं, किंतु उत्तर पाने के लिये आप सबको 'रणक्षेत्रम्' की अगली कड़ी की प्रतीक्षा करनी होगी। जब इस कथा में प्रवेश करेगा चार खण्डों में बँटी इस पूरी श्रृंखला का सबसे प्रमुख पात्र 'असुरेश्वर दुर्भीक्ष'

जानने के लिए पढ़ें-

रणक्षेत्रम्

- खण्ड दो -
असुरेश्वर दुर्भीक्ष की वापसी

www.ingramcontent.com/pod-product-compliance
Lightning Source LLC
Chambersburg PA
CBHW030858050726
47500CB00008B/54
* 9 7 8 9 3 8 8 5 5 6 1 5 6 *